COLLECTION SÉRIE NOIRE

Créée par Marcel Duhamel

BATYA GOUR

Meurtre en direct

TRADUIT DE L'HÉBREU
PAR EMMANUEL MOSES

nrf

GALLIMARD

Titre original :

RETSACH, METSALMIM

1

Michaël Ohayon posa aux pieds du lit le lourd volume intitulé *Un mariage bien arrangé* dont la lecture l'absorbait depuis le début de son congé, quinze jours plus tôt. Comment pouvait-on en même temps écrire un roman pareil et vivre ? Comme les reproches que lui adressaient les femmes qu'il avait aimées puis son fils unique au sujet de son immersion dans le travail et de son inaccessibilité quand il était plongé dans une affaire lui semblaient soudain justifiés ! Inventer et ensuite décrire une réalité ou la soumettre à une investigation lui semblaient à présent relever du même effort, de la même angoisse. Un bruit dans le couloir interrompit le flot de ses pensées. Il s'y précipita et, de là, gagna la salle de bains. Il avait laissé ouverte la porte du placard sous le lavabo pour éviter la moisissure. Le seau qu'il avait placé sous le lavabo s'était renversé comme si un chat était passé par là, ce qui était impossible dans la mesure où les fenêtres étaient fermées et les stores baissés. La pluie crépitait rageusement et une flaque d'eau trouble s'était formée près de la porte d'entrée. Rien ne pouvait expliquer la chute du seau. « L'effet papillon », aurait dit Tsila si elle avait vu ça. Et Balilti, s'il l'avait entendue, se serait certainement énervé et aurait lancé : « Toi et tes effets ! J'en ai ma claque de tes papillons ! Tu ne peux pas nous sortir autre chose ? Ce ne sont pourtant pas les explications qui manquent ! J'aimerais bien t'entendre dire, pour une fois, "je ne sais pas" ! » Il regagna la chambre à coucher et considéra le paquet de cigarettes intact posé sur la table de nuit à côté de la lampe. Il n'avait pas fumé de la journée. Il avait occupé la première semaine de son congé à compter et à rationner. Il en fumait deux de moins par jour. Ensuite, quand il se rendit compte qu'il lui faudrait vingt jours pour ne plus fumer du tout et vu qu'il ne lui restait qu'une semaine de vacances avant de retourner au travail, il arrêta d'un coup. Cela faisait cinq jours déjà qu'il n'avait pas touché à une cigarette. D'où ses difficultés à trouver le sommeil, peut-être. Mais le seau renversé le réveilla complètement. Il valait mieux qu'il reprenne sa lecture. S'il y avait une chose de sûre à propos de ce livre, avec sa profusion de personnages extraordinaires et les épisodes historiques qu'il évoquait, c'est qu'il permettait par instants d'oublier le sevrage. Juste au moment où il retrouvait la position adéquate, alors qu'il avait déjà le livre à la main et qu'il allait s'y absorber à nouveau, le téléphone se mit à sonner.

*

Il n'y a pas de véritable entreprise artistique qui ne soit le résultat d'une succession d'obstacles surmontés avec succès. Et plus elle est significative à nos yeux, plus les embûches semblent difficiles, comme si on nous mettait à l'épreuve sur le droit qui nous a été imparti — que nous nous sommes arrogé — de faire ce à quoi nous rêvions. On peut même être amené à penser, parfois, que les freins et les difficultés sont le moteur de l'entreprise en question, antagonique ou têtue en apparence, et sans lesquels… Beny Meyouhas interrompit le cours de ses réflexions et consulta le moniteur de contrôle puis il se tourna vers Schreiber, le seul opérateur avec lequel il était disposé à travailler sur ce film. Le visage large, blanc et lisse de Schreiber rayonna lorsqu'il l'éloigna du viseur de la caméra et qu'il se redressa. Beny Meyouhas lui toucha l'épaule et le poussa un peu pour appliquer, à son tour, son œil au viseur. Il vit alors, lui aussi, la silhouette qui se tenait au bord du toit, près du parapet, agrippant le bas de sa robe blanche tandis que ses traits pâles et ravagés étaient tournés vers le ciel obscur. Le réalisateur leva la tête et pointa la lune du doigt.

Il avait plu toute la semaine, la nuit, en particulier, et bien que les météorologistes eussent affirmé que ces pluies abondantes auguraient un merveilleux hiver, Beny Meyouhas ne savait plus à quel saint se vouer. Il lui semblait que le producteur en personne avait suscité ces pluies afin d'empêcher le tournage nocturne de l'adaptation de *Ido et Eïnam* d'Agnon et, ainsi, « en finir avec ce machin qui nous a déjà bouffé tout le budget fictions originales », pour s'exprimer comme lui. Après avoir désespéré de la possibilité de terminer ces derniers plans, tournés en cachette sinon carrément dans la clandestinité, à l'ombre de la menace — certes, aucun membre de l'équipe n'en parlait mais tous savaient qu'elle était bien réelle — représentée par Mati Cohen, le producteur exécutif, qui était susceptible de survenir d'un instant à l'autre sur le plateau et d'interrompre sans délai les plans de raccord, la pluie cessa brusquement et la lune apparut, pleine, ronde et jaune, comme si elle avait finalement accepté de tenir son rôle et d'éclairer les pas de Guemoula la somnambule, l'héroïne de la nouvelle d'Agnon, qui marchait dans son sommeil sur le bord du parapet en entonnant les chansons de son enfance.

À la vérité, cette nuit-là où la pluie avait cessé et la lune resplendissait, Mati Cohen se dirigeait vers le studio et, à minuit moins dix, il se trouvait déjà sur la plate-forme du deuxième étage, dans l'étroit couloir ouvert au-dessus des entrepôts, tout près de la porte menant au toit. Mais ceux qui étaient là-haut n'en savaient rien, personne ne l'ayant vu passer. En effet, bien que massif, ses foulées étaient toujours rapides et légères. Il gravit silencieusement l'escalier en fer, ne jeta même pas un regard aux décors dont certains étaient faiblement éclairés par des ampoules tandis qu'une obscurité épaisse recouvrait les autres. Parvenu sur la plate-forme, il s'immobilisa et contempla sous ses pieds le couloir sombre où des éléments de décors appuyés contre les murs projetaient leur ombre sur les coins du plafond. Si un enfant, quelqu'un de l'extérieur ou un nouvel employé, avait été conduit là, il aurait eu l'impression d'être dans un royaume de spectres, l'endroit était franchement effrayant, lui-même se mit à trembler lorsqu'il perçut soudain les voix, étouffées, chuchotantes, des voix humaines en tout cas, sans aucun doute possible. Il se pencha et vit deux ombres. Il les distinguait quelques mètres plus bas, les entendait murmurer et il reconnut la voix d'une femme, familière mais qu'il fut incapable d'identifier, protester et dire : « Non, non, non, non » — il ignorait à qui elles appartenaient, à un homme et une femme probablement, et, de toute façon, il ne leur prêtait aucune attention particulière, il s'agissait peut-être d'un couple, des voleurs d'amour, une liaison clandestine de plus. Comme, de son poste d'observation, il les voyait l'un tout contre l'autre et les mains de celui qui semblait être l'homme enserrant la gorge de la silhouette féminine de plus petite taille, il ne les gratifia que d'un regard furtif avant de poursuivre son chemin. En arrivant devant la porte blanche en fer qui ouvrait sur le toit, son portable se mit à vibrer. N'eût été cet appel, la dernière heure du film de Beny Meyouhas aurait sonné à l'instant même mais il n'était pas question de laisser tomber Malkah lorsque Matan était en proie à une de ses crises d'asthme et il lui donna ses instructions à voix basse, lui dit d'appeler une ambulance et il redescendit quatre à quatre l'escalier. Il courait pour arriver le plus vite possible, c'était sa troisième crise ce mois-ci, et le garçon n'avait que quatre ans, que devait-il faire ? S'arrêter et vérifier si le couple était toujours en bas ? C'est ce qu'il grommela plus tard, en apprenant ce qui était arrivé, mais comment aurait-il pu se douter de quoi que ce soit ? Il avait une urgence.

Aucun des membres de l'équipe qui se trouvaient sur le toit n'entendit Mati Cohen, pas plus lorsqu'il s'arrêta devant la porte blanche en fer que quand il revint sur ses pas.

« Parfait, murmura Schreiber, l'opérateur, à l'oreille de Beny Meyouhas. Il est parfait, ce cadrage, non ? »

Beny Meyouhas approuva de la tête, fit claquer ses doigts et lança « Action » puis il se déplaça un instant de côté pour voir Sarah marcher les yeux mi-clos, tenant dans sa petite main le bas de sa robe blanche, avançant à pas mesurés, alors qu'elle chantait la chanson de Guemoula la somnambule, une chanson déchirante, d'une pureté inouïe. Bien qu'il n'y eût personne d'autre sur le toit que son équipe restreinte — Schreiber, Dany le perchiste, lui-même et Hagar, son bras droit —, et qu'aucun bruit ne couvrît le chant de Sarah, il mit ses mains en porte-voix et cria : « Coupez ! » Schreiber recula et lui jeta un regard ostensiblement las tandis que Hagar, qui se tenait jusque-là près de la rambarde, s'approchait de lui.

« Pourquoi ? Pourquoi avoir arrêté là ? s'enquit-elle avec un accent de mécontentement. C'était excellent, tellement… tellement beau !

— Beau, oui », dit Beny Meyouhas, et il se passa les mains sur les yeux. « Mais pas assez près du bord. Pas assez effrayant.

— Dix-sept prises, marmonna Schreiber, dix-sept prises depuis onze heures et il est déjà une heure du matin, une heure passée, et on n'est pas assez près du bord pour monsieur. »

Hagar lui lança un regard furieux. « Qu'est-ce que ça peut bien te faire ? maugréa-t-elle. Dès qu'il est minuit une — on raque plein pot —, tu touches deux cents pour cent de supplément, alors boucle-la.

— Non mais, dis donc, personne n'a le droit d'ouvrir la bouche à part toi ? ricana Schreiber. Tu te crois la seule à avoir des droits, ici ? Des privilèges d'ancienneté, c'est ça ? Je m'en bats l'œil de l'argent, moi, et il commence à nous gonfler avec ses exigences, j'ai vu le cadrage, non ? »

Beny Meyouhas, absorbé par sa tâche, indifférent au brouhaha alentour, jeta un œil sur le moniteur de contrôle et dit : « Elle n'est pas assez près du bord pour qu'on pense qu'elle va tomber, pour qu'on retienne son souffle quelques secondes avant de se rendre compte qu'il ne va rien lui arriver. Sarah », lança-t-il à la jeune fille qui se penchait, recroquevillée, étreignant son corps frêle entre ses bras minces qui s'échappaient des larges manches de la robe, « je veux que tu t'approches du bord…

— Mais je risque de tomber. » Elle se redressa et promena un regard circulaire qui s'immobilisa quand il rencontra celui de Hagar. « Je peux…, murmura-t-elle, c'est…

— N'aie pas peur, tu ne tomberas pas, tu as bien vu lors des répétitions, tu ne te souviens pas que… Hagar. » Meyouhas se tourna vers la productrice.

« Accompagne-la jusqu'au bord et reste avec elle… »

Hagar tira sur la ceinture de son jean moulant, remonta la fermeture éclair de son coupe-vent, entoura du bras les épaules de la jeune fille tremblante qu'elle conduisit jusqu'à la balustrade improvisée installée tout exprès au bord du toit.

Beny Meyouhas considéra la rambarde, leva la tête vers les antennes qui hérissaient le toit et, plus haut, vers la pleine lune qui éclairait le bâtiment des « fils » — ce bâtiment rectangulaire oblong qui était autrefois une filature, d'où son nom bizarre, qu'on avait depuis bardé de volées d'escaliers provisoires, de galeries en bois dont le sol tremblait quand on marchait dessus, de passages secrets conduisant au parking que seuls les initiés connaissaient et utilisaient, de pièces et de salles ainsi que de boyaux souterrains qui débouchaient peut-être sur le bâtiment principal dont une poignée de gens se rappelait encore le nom original, « le pavillon des diamants ». Lorsqu'on s'accoudait sur le toit à la rambarde peinte en rouge, on n'imaginait pas tous les trésors déployés là sous les yeux, aux « fils » ; non seulement le bureau de Tirtsah et les magasins des décors, sur lesquels elle avait mis la main, mais également un atelier de menuiserie, les magasins des costumes et même un luxueux studio numérique pour émissions de variétés et réceptions ; du matériel d'éclairage et d'enregistrement sonore, les petits magasins situés sous les escaliers — seuls les anciens étaient au courant de leur existence — et les couloirs où l'on entreposait les grands décors — entre autres celui de la ville natale de Guemoula, l'héroïne d'Agnon, que Tirtsah avait peint et la pièce que Max avait découverte lors des fouilles qu'il avait entreprises —, une chambre murée au rez-de-chaussée, remplie d'un invraisemblable bric-à-brac. Dix ans plus tôt, à l'occasion d'une panne d'électricité, Max Levin avait martelé le mur du doigt, écouté le son creux, fait un trou, jeté un coup d'œil à l'intérieur, stupéfait — Tirtsah aimait raconter cette histoire à chaque fois qu'elle en avait l'opportunité — puis il s'était éloigné sans mot dire, revenant avec une pelle pour élargir le trou et mettre ainsi au jour l'immense salle où l'on enregistrait les émissions de variétés populaires du vendredi soir. Il apparut bientôt qu'il s'agissait d'un ancien puits qui alimentait l'hôtel des impôts allemand s'élevant à cet emplacement. On y tourna un film et, grâce à Max, on installa aussi des tuyaux sur le toit et on équipa le local d'un appareil de climatisation sur lequel il avait encore la haute main. Même la nouvelle table de montage perfectionnée — le dernier cri, avait promis Max en présentant le devis à la comptabilité et en voyant le visage scandalisé de Levi, l'un des responsables du service — y était remisée, dans la pièce jouxtant la menuiserie. Plus loin, dans les salles affectées à la construction des décors, on conservait les hautes colonnes que Tirtsah avait édifiées et contre la porte de la salle des appareils d'éclairage on avait posé les colonnes de marbre. Tirtsah elle-même avait proposé d'utiliser le magasin des décors et l'escalier en fer pour filmer la première rencontre entre Ginath et Gamzou, les protagonistes de la nouvelle d'Agnon, afin d'économiser le tournage de scènes en extérieur. Cette étendue, le royaume exclusif de Tirtsah et de Max Levin, l'accessoiriste, exaltait Beny Meyouhas. Il aurait aimé en utiliser les moindres recoins. Il y avait même là une chambre de repos avec un poster géant de Kim Basinger juste au-dessus du canapé sur lequel le roi des machinistes passait le plus clair de ses journées, ils appelaient « baraquement » la succession de pièces dans l'une desquelles, la plus fraîche, ils conservaient leurs sandwichs et les bières. Voilà trente ans qu'il travaillait à la télévision et il existait encore dans ce bâtiment des endroits dont il ignorait tout ; mais, ainsi que l'avait dit Schreiber, hilare, comme s'il se croyait drôle, qu'est-ce donc qu'un réalisateur de télévision ? Le plus bas de l'échelle, en termes d'importance. Pourtant, Beny Meyouhas n'en avait cure. Surtout à présent qu'on le laissait enfin faire ce qu'il voulait vraiment. De toute façon, Max et Tirtsah étaient les seuls à connaître tous les coins et recoins. Et Tirtsah… Une semaine d'angoisse, cela faisait maintenant toute une semaine qu'elle refusait obstinément de lui parler. Deux personnes vivaient sous le même toit, s'aimaient, depuis huit ans, sans lien aucun, ni enfants, ni patrimoine, ni cérémonies religieuses, et voilà qu'elle refusait de lui adresser la parole. À chaque fois qu'il essayait de lui expliquer, elle… mais elle s'était donné un mal fou pour le décor, allant même jusqu'à polir la grande colonne de marbre — lisse et parfaite comme la colonne d'un palais, fin prête pour le tournage — avant de l'entreposer dans les coulisses. Une œuvre d'art. Qui aurait pu croire qu'on la couvrirait d'un graffiti en lettres rouges, « Vous êtes dans un bordel ashkénaze », les gens étaient malades. Peu leur importait de détruire la beauté. Au contraire : c'était leur vœu le plus cher. On pouvait même se demander si la vue d'une grande beauté n'éveillait pas, chez les gens, une pulsion de destruction. Et qu'ils soient intelligents ou cultivés ne changeait rien à l'affaire. N'était-ce d'ailleurs pas là le sujet de *Ido et Eïnam* ?

Beny Meyouhas fixa l'angle du toit. C'est Max Levin qui avait proposé que l'on filme Guemoula en train de marcher sur le toit du bâtiment des décors. La lune éclairait le cactus dans le seau rouillé, déplacé pour qu'il n'apparaisse pas dans le champ, et la surface maculée de taches de couleur recouverte de sable. Du coin du toit lui parvenait encore cette odeur de fumée qui s'échappait du gril. La première fois que Beny Meyouhas était monté et avait découvert avec stupeur l'appareil noir de suie, les braises froides et le tas de petits os que les chats avaient rongés, Max, comme s'il regrettait de l'avoir conduit au cœur du royaume, lui avait dit sur un ton embarrassé, de sa voix aux fortes inflexions hongroises : « Le jeune serrurier a un passe-temps, il élève des poules près du compresseur. Alors les gars, tu comprends, quand ils passent la nuit ici ou qu'ils arrivent tôt le matin, ils se font frire des œufs et parfois même, ils grillent un poulet, pas entier, non, mais des ailes ou une escalope. »

« On s'amuse bien, ici », avait raillé Hagar, qui se tenait près de la porte et examinait les taches de couleur sur le sol. « Chez nous, à la télévision, l'accessoiriste est un authentique potentat. » Max Levin avait eu une grimace de désapprobation qui avait éveillé les soupçons de Beny ; il s'efforçait toujours d'éviter la confrontation avec le personnel technique, « de bonnes relations équivalent à la moitié du travail », disait-il à Hagar et à tous ceux qui l'entouraient lorsqu'il démarrait un projet. « Il faudra recouvrir ça, peut-être avec du sable », avait suggéré Hagar en griffonnant quelque chose dans son bloc-notes jaune. « Ça te convient ? » avait-elle demandé à Beny après un court moment pendant lequel il avait examiné l'endroit. « Ils ont aussi un terrain de basket au fond, bref, tout un petit monde, avait-elle ajouté. Et penser qu'on ne le savait même pas ! » Il avait hoché la tête. C'était ce qu'il lui fallait. Par chance, Dieu sait pourquoi, Max Levin avait accepté.

« Coupez ! » lança Beny Meyouhas, qui se tourna de nouveau vers le moniteur puis vers la porte. « Il n'est pas encore là ? grommela-t-il.

— Qui ça ? demanda Schreiber.

— Avi, répondit à sa place Hagar, qui se tenait à l'angle du toit. Il attend Avi qui est descendu chercher un projecteur portable.

— Mais c'est la pleine lune, protesta Schreiber.

— Tout à l'heure, quand il est parti, elle était cachée, dit Hagar, qui jeta un coup d'œil sur son portable. Il ne va pas tarder, assura-t-elle à Beny. Et Max aussi va sûrement arriver tout de suite avec le cheval. »

Mais elle se trompait. Cela faisait déjà plus de dix minutes qu'Avi, l'éclairagiste, parlementait avec le gardien de nuit, dans sa guérite, pour tenter de le convaincre de le laisser entrer. « Papiers, répétait le nouveau vigile avec un accent indéfinissable. Sans papiers, entrée interdite. » Rien n'y faisait. Appeler Hagar sur son portable pour qu'elle descende le secourir était inutile puisqu'ils étaient en plein tournage. Elle ne répondrait pas.

Le pauvre bougre regardait autour de lui, il était une heure et demie du matin, pas un chat. Rien qu'un nouveau gardien de nuit, peut-être russe ou sud-américain, qui s'entêtait, le retenait dès qu'il faisait mine de vouloir se forcer un passage, refusant de le croire. Une voiture pila devant la guérite dans un crissement de pneus. Max Levin en sortit, sans fermer la portière derrière lui, et s'approcha, trapu, ses lunettes suspendues à son cou par une chaîne métallique, la tête inclinée sur le côté. « Max, s'exclama Avi joyeusement. Dis-lui que je travaille avec vous sur ce film.

— Il ne te laissera pas entrer, pourquoi le ferait-il ? Ne le laisse pas entrer », ordonna Max au gardien puis il il disparut à l'intérieur et attendit qu'Avi blêmisse avant de revenir sur ses pas en souriant et de dire quelque chose en hongrois au gardien qui caressa ses longs cheveux clairsemés, lui répondit et laissa finalement Avi passer.

« *Iguen miguen* ? » se moqua Avi lorsqu'ils franchirent l'entrée du bâtiment et qu'il éclaira le long couloir de sa lampe à arc.

« Moi, à ta place, je ne bayerais pas aux corneilles, dit Max. Surtout si Beny attend ton projecteur.

— Dis-moi, lui demanda Avi. Dis-moi à quoi ça rime, ce caprice, à une heure du matin ? Il se prend pour le roi d'Angleterre ou quoi ? Avec tout le respect que je lui dois… Et toi, qu'est-ce que tu fabriques ici à une heure pareille ?

— Un cheval bleu, il faut que je lui apporte un cheval bleu.

Viens, viens, éclaire le magasin. Il n'y a pas assez de lumière à l'intérieur », répondit Max en se glissant dans la pièce, un espace fermé de panneaux en contreplaqué sous l'escalier en fer.

« Je n'y comprends plus rien, rien du tout, dit Avi, l'éclairagiste, où est la prise ? » et, tout en parlant, il tâtait le mur, déroulait le câble électrique de l'appareil d'éclairage, enfonça la fiche dans la prise qu'il avait trouvée et braqua le projecteur portable sur le centre de la pièce, l'alluma et suivit les ombres noires qui projetaient des contours flous sur les murs. « Je ne comprends pas comment on peut continuer à tourner quand il n'y a plus de budget et pourquoi il nous envoie chercher des trucs quand Mati Cohen est en route.

— Comment ça, en route ? » lui demanda Max, affolé, tout en tirant un cheval de bois peint en bleu hors du magasin. « Maintenant ? Mati Cohen va rappliquer à cette heure-ci ?

— Tu en parles comme si tu ne le connaissais pas », dit Avi, et il tourna le projecteur de côté. « À quoi bon t'embêter avec ce cheval ? » Sans attendre la réponse, il poursuivit son explication : « J'ai entendu à la cafétéria que quelqu'un a fait part à Mati Cohen d'une rumeur selon laquelle le tournage continue la nuit et il veut les prendre sur le fait. Peut-être qu'il n'y a plus personne là-haut à qui apporter le cheval et le projecteur parce que, si ça se trouve, il a tout fermé à clé et ils se sont carapatés. C'est ce qu'on raconte à la cafétéria. »

Max fixa Avi qui souriait à moitié. « Je ne vois pas ce qu'il y a de drôle, le blâma-t-il, c'est la production la plus importante à la télévision, en ce moment, et toi, tu ne trouves rien de mieux à faire que de rire.

— Qu'est-ce qu'elle a de si important, hein ? protesta l'éclairagiste. Tout le monde marche ici sur la pointe des pieds et dit Agnon, Agnon, comme si c'était je ne sais qui. D'abord c'est quoi, ce film, j'aimerais bien le savoir. Personne ne va le regarder. Zéro pour cent d'audience, tu peux en être sûr.

— Cela fait six mois que tu es dans l'équipe et tu ne sais pas de quoi il s'agit. Tu n'as pas honte ?

— Qu'est-ce qu'il y a à savoir, j'ai entendu dire que ça racontait l'histoire d'une fille, une Indienne.

— Pas une Indienne, lui expliqua Max. Je lis mal l'hébreu et Agnon a une langue particulièrement difficile et en plus il paraît que cette nouvelle, *Ido et Eïnam*, est impossible à comprendre mais une chose est sûre, cette fille n'est pas indienne. Elle vient d'une tribu juive d'Orient.

— Bref, une Éthiopienne, trancha Avi.

— À peu près, c'est probable, une ancienne tribu juive, dit Max. Elle est somnambule, elle marche la nuit et elle chante ses chansons. Son père l'a mariée à un érudit, un chercheur, qui l'a emmenée à Jérusalem et, à Jérusalem, elle se balade sur les toits et elle chante, c'est ce que je sais.

— Ma nièce », dit Avi en tirant le câble électrique et en se poussant pour laisser passer Max.

« Éclaire, éclaire, lui commanda Max. Tu fais des économies de batterie ou quoi ? »

Et Avi braqua le projecteur sur le couloir où ils s'avançaient. « Elle avait la maladie de la pleine lune, lança Avi, qui essayait de rattraper Max. Elle se promenait la nuit. Une fois, je me suis réveillé et je l'ai trouvée debout près de mon lit. J'ai eu une de ces frousses ! Nous étions enfants, je ne connaissais pas la maladie de la pleine lune mais je savais fichtrement bien avoir peur, tu peux me croire. » L'appareil balayait à présent les décors de son faisceau lumineux. « Dis donc, il y a quelqu'un ici, chuchota-t-il. Vise-moi le coin, là-bas, près de la colonne, il y a quelqu'un je te dis. »

Max Levin vit, lui aussi, la botte blanche puis la jambe entière dans un pantalon sombre. Ce n'est que lorsqu'ils se furent suffisamment approchés de la colonne qu'il se pencha pour en avoir le cœur net. Avi éclaira le visage et un cri étranglé lui échappa. D'un geste rapide, il tourna la tête et le projecteur lui glissa des mains pour tomber près du mur et illuminer la flaque sombre.

« C'est Tirtsah, Tirtsah, murmura Max Levin. Qu'est-ce qui t'arrive, Tirtsah ? » lui demanda-t-il d'une voix rauque puis il s'accroupit et lui toucha le bras. « C'est Tirtsah », répéta-t-il, stupéfait, et il leva la tête, examinant la paume de sa main. « Il y a du sang, plein de sang. Son visage... Regarde son visage... »

Avi ne répondit rien.

« Tu m'écoutes, lança Max, la gorge nouée. Je crois que la colonne lui est tombée dessus... appelle une ambulance, je ne sens plus son pouls, appelle vite une ambulance. »

Avi ne répondait toujours rien. Au lieu de parler, il toussa de toutes ses forces puis Max l'entendit vomir. Il y avait du sang partout. Avi vomit à nouveau et, d'une main très froide, il tâta le téléphone portable qui était coincé dans sa ceinture et composa le numéro des urgences.

À ce moment précis, la pluie se remit à marteler lourdement les fenêtres du bâtiment mais personne n'y prêtait attention, pas plus qu'aux grêlons qui criblaient les minces cloisons.

Même Chimchon Tsadik, le directeur de la chaîne publique, Chouchou pour les intimes, qui arriva après la police et fit un signe à Max Levin qui l'attendait, semblait ne pas se rendre compte qu'il pleuvait. Ruisselant, il demeura quelques instants immobile à l'entrée du bâtiment des « fils » avant de dire, lançant un regard inquiet vers le couloir partiellement éclairé : « Un accident terrible — tu n'imagines pas — à la sortie de Jérusalem... un bouchon d'au moins deux heures... affreux... deux enfants... la bagnole était complètement démolie... on les a désincarcérés en découpant la tôle à la tronçonneuse... je suis sorti de ma voiture et j'ai tout vu de mes propres yeux... » Son visage mouillé luisait à la lumière bleue du gyrophare du véhicule de police et les phares de l'ambulance éclairaient les fondrières qui s'étaient formées sur l'asphalte du parking. L'eau dégouttait de son manteau en cuir, de ses cheveux coupés ras et du col de sa chemise. Chacun de ses pas dans le long couloir, à présent éclairé par le faisceau des lampes des inspecteurs de la brigade criminelle, laissait une empreinte de semelle mouillée. (« Eh, vous, avait crié le gardien en direction de sa voiture au moment où il en sortait, vos papiers, vos papiers ! » jusqu'au moment où Max Levin, qui se tenait dans l'entrée et fumait une cigarette, l'arrête, lui prenne le bras et lui dise avec une inflexion de pitié dans la voix : « Tais-toi. C'est le directeur de la chaîne. »)

Quand Tsadik, qui continuait de laisser un sillage d'eau sur son passage, parvint à hauteur du corps, il détourna le visage et murmura : « Tirtsah, mon Dieu, Tirtsah ! » L'officier de police lui chuchota quelques mots à l'oreille et Tsadik fixa du regard la grande colonne qui gisait près du corps et la grosse boule de marbre maculée de sang. Il s'accroupit et frappa la colonne du doigt. « J'en reviens pas, cria-t-il. Du vrai marbre, avec quel argent est-ce qu'elle s'est payé ça, elle se croyait à Hollywood ? » Il hoqueta, se releva et des yeux il fit le tour de la pièce. « C'est affreux, affreux, marmonna-t-il. Qu'est-ce qu'elle fabriquait là en pleine nuit ? » Son regard passa d'Avi, l'éclairagiste, affalé dans un coin, à Max qui se tenait à côté de lui puis à l'équipe descendue du toit avant de se fixer sur le visage de Sarah, enfoui dans le creux de l'épaule de Hagar. Il considéra ses bras tremblants dans les manches de sa robe blanche et ses jambes fines, ses pieds nus. « Qu'est-ce que vous fichez tous là à... ? » demanda-t-il.

Max Levin s'approcha de Tsadik, lui murmura quelque chose et le directeur lui lança un regard stupéfait. « Je comprends pas, dit-il d'une voix sèche. Ça continue ? Je pensais que Mati avait tout arrêté. Où est Beny ? » Il prononça ces derniers mots d'une voix furieuse.

Max fit un signe de la tête en direction du toit. « On a essayé de le retenir là-haut le plus longtemps possible..., dit-il. Jusqu'à ce que... je me suis dit qu'on pourrait peut-être la couvrir... ça va être très dur pour lui. »

Le regard de Tsadik se porta sur le médecin qui se tenait près du corps. Celui-ci écarta les bras et désigna l'inspecteur de la tête puis il s'approcha de Tsadik : « Je suis le docteur Eliascheff, je lui ai déjà dit », il indiqua de nouveau l'officier de police d'un signe de tête puis les techniciens de l'identité judiciaire accroupis autour du corps, « je leur ai dit que cette colonne l'a écrasée. Elle se tenait ici », il pointa le doigt vers les panneaux de bois coulissants, « et ça lui est probablement tombé dessus, à première vue le crâne est fracturé, ça, j'en suis sûr, peut-être bien que la colonne, si elle se tenait juste dessous…

— Il est encore trop tôt pour savoir, dit l'un des agents de l'identité judiciaire en se relevant.

— Pour savoir quoi ? s'irrita Tsadik. Pour savoir comment… »

Tsadik se tut lorsque Beny Meyouhas arriva en courant. Il écarta tous ceux qui se trouvaient autour du corps, ignora les inspecteurs, tomba à genoux et s'effondra sur Tirtsah, conscient ou non, les journalistes qui rapportèrent plus tard les faits étaient partagés sur la question, l'un d'entre eux regrettant que Schreiber n'ait pas filmé la scène mais soit resté en arrière, les bras tendus, comme s'il cherchait à s'excuser de ne rien pouvoir empêcher — Beny Meyouhas s'allongea sur le corps de Tirtsah, ignorant les protestations des inspecteurs de la criminelle et les marques à la craie blanche, la collecte minutieuse d'indices ou de preuves, et il cria à plusieurs reprises : « C'est ma faute… ma faute… » Hagar, penchée sur lui, essaya de le relever. Il repoussa violemment son bras. Une lumière scintilla — le flash de l'appareil photo des inspecteurs de l'identité judiciaire.

« C'est le mari ? demanda l'officier de police à Tsadik. C'est son mari ? »

Il désigna de la tête Beny Meyouhas, que les inspecteurs éloignaient de force du corps. « Oui, son compagnon, dit Tsadik. Ils sont ensemble depuis plusieurs années. Le grand amour. Vous… Je vous connais ?

— Bahar, commissaire Bahar, je veux que tout le monde sorte d'ici, lui chuchota l'officier de police, on ne peut pas travailler comme ça.

— Je leur avais dit, se lamenta Tsadik, je n'arrêtais pas de leur dire qu'il finirait par y avoir un accident, ici. Mais je ne pensais pas que… Comment est-ce arrivé ? »

L'officier de police pointa son doigt vers la colonne blanche qu'on était en train de déplacer avec beaucoup de difficultés.

« C'est ce qui l'a écrasée ? Comment ? Pourquoi ne s'est-elle pas poussée quand la colonne s'est écroulée ? Et pourquoi est-elle enfouie comme ça sous les panneaux, comment… »

L'officier de police répéta : « Comme l'a énoncé le médecin, il est trop tôt pour savoir, ce n'est qu'après… » mais Tsadik ne l'écoutait plus. Il leva la tête et dit : « Il faut prévenir Rubin. Quelqu'un est allé chercher Rubin ? »

Personne ne répondit.

« Téléphonez à Rubin », ordonna Tsadik et Max Levin regarda autour de lui. Il vit Hagar hocher la tête et composer un numéro.

« Pas de réponse », fit-elle au bout d'un moment.

— Si ça se trouve, il est dans le bâtiment, dit Max. Essaie d'appeler les salles de montage.

— Quelles salles ? Où ça ? demanda à voix basse l'officier de police.

— Les salles qui se trouvent dans le bâtiment principal, lui expliqua Max.

— Peu importe, remarqua Tsadik, laissons-le profiter de quelques heures supplémentaires de tranquillité. Plus rien ne presse maintenant. »

Ariéh Rubin était bien dans l'une des salles de montage, au troisième étage du bâtiment principal, mais il ne s'y trouvait pas seul. Natacha, qui tirait sur les pointes brûlées de ses cheveux clairs en jetant alternativement un coup d'œil sur le moniteur de contrôle et sur la vitre, était assise à ses côtés. Quelque temps plus tôt, lorsque l'ambulance et la voiture de police étaient arrivées, elle s'était approchée de la fenêtre et avait regardé dehors. « Rubin, viens voir, il se passe sûrement quelque chose, il y a plein de bruits de sirènes. À deux heures du matin, je me demande de quoi il peut bien s'agir… un attentat, peut-être.

— Ne t'inquiète pas, lui dit Rubin d'une voix distraite sans lever les yeux du moniteur de contrôle. Quoi que ce soit, si c'est important, on sera mis au courant assez tôt. » Puis il arrêta la cassette et se tourna vers elle, pensif.

Elle l'avait surpris lorsqu'elle avait fait irruption dans la pièce à une heure du matin, hors d'haleine. Elle avait jeté le sac en toile usé, claqué la porte derrière elle, s'était débarrassée de sa vareuse militaire dégoulinant d'eau sur la moquette bleue qui tapissait entièrement la salle sans prêter la moindre attention à la tache humide qui commençait à y apparaître, le tout accompagné d'un flot ininterrompu de paroles. « Attends un peu, je dois terminer quelque chose », avait-il tenté de l'arrêter tout en saisissant des bouts de phrases — « deux semaines… la nuit comme le jour… à chaque instant de libre… je ne peux pas tout arrêter comme ça… » — jusqu'au moment où elle agrippa la manche de sa chemise. « Rubin », avait-elle dit sans se soucier de l'état où elle le trouvait — à savoir profondément absorbé dans son travail, ce qui ne l'empêcha pas d'appuyer sur la touche pause —, « Rubin, tu dois voir ça, crois-moi, Rubin, tu vas mourir quand tu verras ça. » Puis elle avait vidé le contenu de son sac sur la moquette et examiné trois cassettes, choisissant l'une d'entre elles qu'elle avait approchée du moniteur.

Rubin lui avait lancé un regard sceptique. Il était en plein reportage sur les victimes des interrogatoires du Shin Beth. Quelques jours plus tôt, il avait déjà expliqué à Hefetz, le directeur du service des informations générales, qu'il s'intéressait davantage au comportement des médecins des hôpitaux israéliens qui les couvraient qu'aux agents du Shin Beth eux-mêmes et qu'il avait enfin réussi, pour la première fois, à briser la loi du silence de ces praticiens. Il avait eu de la chance, avait-il dit encore à Hefetz, car il était tombé sur l'un des médecins, membre de l'association « Betselem », qui ne supportait plus les cas auxquels il était confronté. Et à compter du moment où ce médecin avait parlé, il n'avait plus été possible d'arrêter la machine. Le directeur de l'hôpital lui-même avait échoué à tenir à distance Ariéh Rubin.

« Natacha, dit Rubin d'un ton las, il est presque deux heures du matin, je dois avoir terminé demain matin, pourquoi est-ce que », il pointa la cassette qu'elle tenait, « ça ne peut pas attendre quelques heures ? Qu'est-ce qui presse tant ?

— Tu vas voir », lui promit-elle, et sans plus tarder elle se pencha sur le moniteur de contrôle, appuya sur le bouton, sortit la cassette sur laquelle il était en train de travailler et y inséra la sienne. Avant même qu'il ait eu le temps de protester, elle actionna l'appareil sans ajouter un mot puis, l'arrêtant un bref moment, elle s'écria d'une voix triomphale : « Je t'en prie, juge par toi-même. »

Contre son gré, le regard de Rubin se porta sur le moniteur. Il avait l'intention de regimber mais la silhouette encapuchonnée de noir attira son attention.

« Qu'est-ce que c'est que ça ? lui demanda-t-il tout en continuant de fixer le moniteur.

— Tu devrais plutôt me demander qui c'est, rectifia-t-elle en posant un doigt court et fin à l'ongle rongé sur le moniteur. Tu sais d'ailleurs très bien de qui il s'agit. Tu le reconnais, non ?

— Je le reconnais, soupira Rubin. Évidemment que je le reconnais. Le grand rabbin. Où est-ce que ça a été filmé ? On dirait un aéroport. À l'aéroport ?

— Oui, dit Natacha en se redressant. À l'aéroport, avant son départ pour l'étranger, vêtu d'un habit de pope qu'il semble avoir trouvé dans un magasin des costumes… avoue que c'est quelque chose ? Tu en conviens ?

— C'est vrai, dit Rubin. J'en conviens. Mais qu'est-ce que ça signifie ?

— Il faut te dire que je file le rabbin Alharizi depuis un certain temps, jubila Natacha. J'ai découvert qu'une fois par semaine il retrouve des gens dans une sorte de restaurant du quartier de la Colline française…

— Comment ça, une sorte de restaurant ? dit Rubin d'un ton énervé.

— Il y a un endroit dans le quartier de la Colline française, je ne te dirai pas où, exactement, qui est une espèce de… pas exactement un restaurant, plutôt un café, et c'est là qu'une fois par semaine il retrouve des gens, je ne les connais pas. Mais il y arrive et en repart avec une serviette, une mallette noire, comme… tiens, regarde », elle revint en arrière et s'arrêta sur l'image où le rabbin Alharizi portait une petite valise noire, « comme celle-là, non, attends, pas *comme* celle-là, c'est la mallette dont je te parle. Regarde bien — elle est attachée à son poignet par une chaîne. Tu le vois ? »

Rubin hocha la tête en signe d'assentiment — il avait bien vu. « Ils se retrouvent donc dans ce restaurant et puis… ? lui demanda-t-il.

— C'est tout, dit Natacha. Je n'en sais pas plus. Mais j'ai l'impression que de très grosses sommes d'argent y circulent. J'ai passé la tête à l'intérieur, une fois. J'ai vu des billets, des dollars. Et je sais que le rabbin Alharizi a effectué plusieurs voyages au Canada, trois fois en trois mois, et qu'il avait avec lui cette mallette. Qu'est-ce qu'on peut en conclure ? Que quelqu'un lui confie de l'argent et qu'il le transporte au Canada !

— Et alors ? dit Rubin en lui lançant un regard interrogateur.

— Quoi et alors ? dit Natacha sur un ton exaspéré. Tu trouves ça normal, toi ? Qu'il reçoive une importante somme d'argent et la transporte au Canada ?

— Il a peut-être fait un héritage ? Ou vendu une maison ?

— Foutaises ! s'écria Natacha. Je sais où il habite, crois-moi, il n'a ni vendu ni hérité. Et en plus, regarde », elle fit avancer la cassette en accéléré et s'arrêta sur l'image du rabbin Alharizi en costume de pope, « il transporte de l'argent au Canada pour quelque chose de gros et d'illégal… vise-moi son déguisement, c'est louche, non ? Je te l'affirme — quelque chose de gros et d'illégal. J'en mets ma main à couper.

— Comment peux-tu en être sûre ?

— Rubin, ricana Natacha. Tu me l'as toi-même appris, on ne dévoile pas ses sources. J'ai une source et je ne la dévoilerai pas. Mais j'ai besoin que tu me donnes un coup de main. Convaincs-le de me fournir une équipe, je veux démêler toute l'affaire.

— Convaincre qui ? Hefetz ? s'étonna Rubin. Tu veux que je convainque Hefetz ? Qui peut le convaincre mieux que toi ? Tu n'as besoin de l'aide de personne quand il s'agit de Hefetz. Tu sais très bien que personne, ici, n'a autant d'influence sur lui que toi.

— Écoute, Rubin, dit Natacha dont les lèvres tremblaient comme si elle allait éclater en sanglots. Tu te trompes, et en tant que… peu importe, tu te trompes du tout au tout. C'est très blessant de ta part. Je n'ai aucune influence sur lui, tu parles de façon stéréotypée…

— Ah, dit Rubin en souriant faiblement. Stéréotypée, je comprends…

— N'aie pas ce ton condescendant avec moi, Rubin, dit Natacha, qui tira sur les manches de son gros pull. Tu penses de manière stéréotypée, comme dans les films américains. Ça ne marche pas comme ça, dans la vie, au contraire…

— Explique-moi », Rubin croisa les bras et recula sa chaise, « explique-moi donc comment ça marche dans la vie.

— D'accord, je sais que tu as de l'expérience, que tu es toi-même… peu importe », Natacha se tapa les cuisses, « je n'ai pas dit que… peu importe, Hefetz ne m'aidera pas, il ne m'aidera en aucun cas…

— Natacha, dit Rubin d'une voix à laquelle il s'efforça de donner un ton paternel et tolérant. Comment veux-tu que je court-circuite le directeur des informations générales pour t'aider, explique-le-moi, et tout particulièrement dans ce cas, alors que toi et lui…

— Au contraire, implora-t-elle. Si quelqu'un comme Hefetz couche avec une femme, avec une jeune fille, il perd son respect pour elle… il parle gentiment, peut-être, mais il ne me considérera jamais plus sérieusement, comme quelqu'un de professionnel, il pense que… Quoi qu'il en soit, si quelqu'un de son importance baise avec une journaliste débutante, tu crois vraiment qu'il va lui donner de l'avancement pour autant ? »

Rubin eut une grimace. « Je n'apprécie pas… pourquoi est-ce que tu dis ça ? Pourquoi est-ce que tu te dévalorises tellement ? Tu n'es pas qu'un bon coup, pour lui, il est évident que c'est devenu sérieux entre vous.

— Peu importe notre relation, l'interrompit Natacha, peu importe ce qu'il dit, il peut bien parler d'amour du matin au soir, je t'assure que si un homme marié s'envoie en l'air avec une fille deux fois plus jeune que lui, c'est un coup, point barre… de toute façon, c'est fini.

— Ah, dit Rubin, c'est fini. Je comprends maintenant », et il leva les yeux vers le plafond.

« Qu'est-ce que tu as compris ? » exigea de savoir Natacha, et elle appuya d'un doigt tremblant sur le bouton. La cassette s'éjecta lentement. « Dans la mesure où… tu ne veux pas…

— Allons, Natacha, ne sois pas aussi susceptible, donne-la-moi », dit-il, et il saisit avec force le poignet épais de la main qui tenait la cassette.

« Tu admets que c'est de la dynamite ?

— De la dynamite ? » Il contracta les lèvres comme s'il goûtait ce mot. « O.K., admettons. De la dynamite dont a n'a pas encore allumé la mèche, pour reprendre ton image, mais n'oublie pas que la dynamite est dévastatrice, tu n'obtiendras peut-être pas le feu vert, surtout si c'est tout ce que tu as…

— J'en ai deux autres, dit Natacha, qui se baissa pour fourgonner dans le sac en toile.

— Deux autres cassettes », répliqua Rubin, l'air songeur, le visage tourné vers la vitre puis il lui demanda : « Depuis quand ? »

Natacha se tenait à côté de lui et elle aussi regardait par la fenêtre. « Regarde-moi ça, dit-elle avec inquiétude, il y a plein de gyrophares de police, peut-être que… peut-être qu'il est vraiment arrivé quelque chose ? Viens voir. » Elle s'écarta.

Il regarda à son tour. « Je ne sais vraiment pas, dit-il. On ne voit pas grand-chose d'ici. Tu veux qu'on descende ?

— On peut téléphoner et demander ce qui se passe, tiens, voilà les deux autres cassettes. Depuis quand quoi ? » Elle lui tendit les cassettes.

« Depuis quand est-ce que c'est fini entre toi et Hefetz ? » Rubin ignora la main tendue dans sa direction.

« Depuis aujourd'hui, maintenant, il y a une demi-heure », répliqua-t-elle, et elle introduisit l'une des cassettes dans le moniteur de contrôle, la fit défiler en arrière. « De toute façon, sa femme rentre demain. Pendant ses deux semaines d'absence j'ai compris… quelle importance… j'ai déjà vingt-cinq ans… on ne peut pas miser sa vie sur quelqu'un avec qui aucun avenir n'est envisageable. » Moulées par son jean usé, ses cuisses semblaient plus grêles que jamais et son mince visage donnait l'impression d'être complètement perdu.

« Tu n'as pas tort, dit Rubin. Je suis à fond pour une famille et des enfants. »

Natacha ricana. « Tu peux en parler à ton aise », elle sourit, « toi qui as une famille et des enfants, n'est-ce pas ? » Elle se tut brusquement et le considéra avec crainte. Elle avait passé les limites.

Rubin ne réagit pas.

Natacha prit peur. Elle savait que depuis qu'il s'était séparé de Tirtsah, huit ans plus tôt, il n'y avait pas eu d'autre femme dans sa vie. Chacun avait remarqué qu'il évitait soigneusement toute liaison amoureuse sérieuse. Alors que, pendant son mariage, Rubin avait eu la réputation d'un sacré coureur, d'un homme qui avait régulièrement plusieurs maîtresses à la fois, « sans distinction d'âge ou de couleur » selon l'expression de Nivah, la secrétaire du service des informations générales, il avait adopté, ces dernières années, un comportement des plus discrets. Personne ne savait plus à qui il procurait à présent un « plaisir de brève durée et sans illusions » — la formule, rapportée par Dafnah, de la banque d'images, était de lui —, et il conservait d'excellents rapports, chaleureux voire amicaux, avec les conquêtes que la rumeur lui prêtait. Avec toutes, à l'exception de Nivah peut-être, qui, Natacha l'avait remarqué à deux reprises, quand elle tentait de parler à Rubin, essuyait ses dérobades. Tout le monde, à la cafétéria comme dans la salle de rédaction et les couloirs, parlait de l'enfant et de la ressemblance frappante entre eux. Rubin pensait que personne n'était au courant de l'existence de l'enfant et Natacha n'avait guère l'intention d'être celle qui lui révélerait ce qu'on racontait. Pas plus tard qu'il y a quelques jours, Nivah avait parlé d'un cadeau pour les sept ans du petit. On disait que Rubin avait refusé de le voir. On disait que Nivah lui avait joué un tour, qu'elle lui avait tendu un piège, qu'elle pensait que si elle lui faisait un enfant, il accepterait de vivre avec elle. Mais c'est tout le contraire qui s'était produit, comme cela arrive, parfois.

Natacha prit peur : peut-être qu'en lui rappelant qu'il n'avait ni famille ni enfants elle avait gâché ses chances.

« Regarde-toi, Natacha », dit Rubin d'une voix où, à la surprise de celle-ci, vibrait la compassion. « Tu as mangé quelque chose, aujourd'hui ? Tu ressembles à une anorexique. Non, non, n'allume pas de cigarette ici, tu vois bien que les fenêtres sont fermées à cause de toute cette pluie et en plus j'ai la gorge irritée. Livre-moi plutôt tes hypothèses à propos du rabbin Alharizi et de ce qu'il trafique avec toutes ces sommes d'argent, son déguisement et le Canada. Essayons de comprendre ce que tout ça signifie et ensuite on réfléchira ensemble à la meilleure façon d'agir. »

2

« Voici le conducteur, nous avons quand même réussi à l'établir dans les temps », dit Nivah et elle posa sur la table de Tsadik une feuille de papier où s'étalait la liste des sujets du journal du soir. « Jettes-y un œil », ajouta-t-elle avec étonnement et elle posa une feuille identique devant Erez, le chef d'édition, assis non loin de Tsadik ainsi qu'une troisième, devant le siège vide voisin. « Regarde-moi ça, je n'en reviens pas que tout le monde soit déjà là, je n'ai jamais vu cet endroit aussi plein à une heure pareille. »

Tsadik présidait la grande table rectangulaire. La lumière blafarde qui pénétrait dans la pièce par la baie vitrée éclairait les pointes grises parsemées dans ses cheveux ras et les cernes sombres qui conféraient à son visage empâté une expression de débauché fourbu. Son regard fit le tour des personnes présentes puis il jeta un coup d'œil à l'horloge fixée sur le mur en face de lui, derrière les deux écrans qui diffusaient le programme de la première et de la deuxième chaîne. Il avait l'intention de répondre à Nivah, secrétaire du service des informations générales depuis des lustres, réputée pour avoir la dent dure et des reparties cinglantes, mais sa secrétaire personnelle, Aviva, le précéda. Comme à son habitude, elle était assise derrière lui dans le siège capitonné et paraissait ne rien entendre — elle examina attentivement le trait foncé qui délimitait ses lèvres charnues, remit le bâton de rouge et le miroir rond dans sa petite trousse qui reprit sa place au fond de son sac dont elle tira la fermeture éclair d'un geste brusque puis elle le posa sous le siège de son patron et dit : « Il est quand même regrettable que quelqu'un doive mourir ici pour que les gens arrivent à l'heure à la conférence du matin », ensuite elle étendit de côté l'une de ses longues jambes, « mais il est déjà huit heures vingt et, malgré les circonstances, certains ne sont pourtant toujours pas là », et elle inspecta méticuleusement sa cuisse et sa fine cheville.

Tsadik lissa les bords de la feuille et écrivit sur la grille à l'aide d'un stylo avec lequel il avait, un peu plus tôt, tapé sur la table pour exiger le silence. Il souligna les chiffres qui indiquaient la durée impartie à chaque reportage, puis borda d'un trait les majuscules formant les mots alignés dans la colonne des sujets, ajouta deux points d'exclamation à côté de l'expression « prend de l'ampleur » notée en marge du titre « La grève du jour ». Du coin de l'œil, il aperçut l'occiput rosâtre de Nivah qui affleurait sous les courtes mèches rouges de sa chevelure clairsemée. Elle était arrivée quelques jours auparavant avec cette nouvelle coiffure, de couleur rouge, à la place de ses boucles grises en bataille. Elle se pencha vers la jambe d'Aviva, palpa sa chaussure rouge et brillante et chuchota : « Elles sont neuves ?

— Cent vingt shekels, tu imagines ? tout cuir, italiennes et regarde comme elles flattent le pied. » Aviva sourit et ajusta le col de son mince pull-over bleu, se croisa les mains et s'étira de manière à mettre ses seins en valeur. Tsadik considéra un instant ces deux femmes, si différentes l'une de l'autre ; de Nivah, il se disait souvent qu'elle avait « renoncé » — un terme que Rubin lui avait appris et qui signifiait qu'elle ne faisait aucun effort pour soigner sa féminité. Rubin lui avait expliqué, lors d'un voyage qu'ils avaient effectué ensemble à l'étranger, que les femmes qui cessent de se teindre les cheveux et de surveiller leur ligne, celles qui mettent des chemises en flanelle à carreaux et de grosses chaussettes de laine, peuvent répéter mille fois qu'elles sont partisanes du « look naturel », qu'elles en ont assez de ressembler à des poupées et qu'elles luttent pour la libération de la femme de toutes les bêtises que les hommes leur ont imposées, la vérité n'en reste pas moins que ces femmes-là sont désespérées, qu'elles ont renoncé à la possibilité de plaire aux hommes et même de prétendre qu'elles espèrent trouver celui qui les désirera et les aimera. On aurait pu supposer que Nivah envierait Aviva ou la mépriserait puisque cette dernière représentait son antithèse : une belle blonde qui, d'après ses calculs, devait avoir une bonne quarantaine bien qu'on lui eût à peine donné trente-cinq ans, dont les cils battaient et les sourcils s'étiraient à n'en plus finir, dont le rire sonnait partout et qui adressait aux hommes des sourires de ses lèvres pulpeuses entre lesquelles elle coinçait un ongle peint en rouge en signe de promesse que… — s'il ne la connaissait pas depuis tant d'années, il aurait pu être tenté de penser que… mais mieux valait ne pas y penser, justement, s'il voulait éviter les problèmes. Il ferait mieux de s'attaquer au conducteur. Chaque jour il doit leur faire son petit discours sur l'importance qu'il y a à être présent et attentif à la conférence du matin et à commencer à l'heure le point sur les éditions de la veille puis passer rapidement à l'examen du premier conducteur de la journée voué obligatoirement à subir des dizaines de modifications. Pendant trois années entières, il lui aura fallu claquer des mains et crier pour qu'ils rejoignent la salle de conférences et voilà que soudain, parce que survient une tragédie, tous, ou presque, sont présents autour de la table. « Il est vraiment dommage que l'on ait besoin d'une tragédie, dit-il en ôtant ses lunettes, pour que tout le monde soit là à huit heures vingt du matin. » Il frappa de nouveau du bout de son stylo sur la table et s'écria : « Mesdames et messieurs, un peu de silence, s'il vous plaît !

— Pourquoi est-ce que tu leur demandes le silence, je te prie ? dit Nivah en posant près de la feuille une tasse de café. Il règne ici un vrai silence de mort. » Regrettant aussitôt ses paroles, elle lui lança un regard contrit : « Excuse-moi », et baissa les yeux.

Aviva agita la main et cria elle aussi : « Silence ! » puis elle déplaça son siège pour que Hefetz, le directeur des informations générales, puisse se glisser entre Erez, le chef d'édition, et Tsadik. Tsadik s'éclaircit la gorge et à ce moment précis, alors que tous les regards convergeaient vers lui, retentirent dans la pièce le vrombissement d'une perceuse et le choc d'un lourd marteau, de ceux qui servent à abattre un mur. Par la baie vitrée, on pouvait apercevoir un des employés du service d'entretien dans le bureau des chroniqueurs du service étranger, une grande perceuse à la main, l'autre sur la bouche pour se protéger de la poussière.

« Je n'en reviens pas, marmonna Tsadik. Il a bien choisi son moment, celui-là, on se croirait dans un film des Marx Brothers, ma parole.

— Arrêtez-moi ça ! cria Nivah. Silence ! » Elle courut à la baie vitrée et la martela du poing. L'employé du service d'entretien sursauta et le vrombissement cessa. Deux bruyants coups de marteau ébranlèrent encore la pièce, on entendit un bruit d'éboulement puis plus rien.

« Mes amis, commença Tsadik d'une voix basse et enrouée tout en dessinant des traits sur la feuille posée devant lui. Avant toute chose, je voudrais dire quelques mots au sujet de la tragédie qui nous a frappés. Une terrible tragédie. » Il soupira, leva la tête et se heurta au regard de Dany Benizri, le chroniqueur des questions sociales, assis à l'autre bout, près du coin de la table, le menton appuyé sur la main. « Une tragédie — le mot n'est pas trop fort, nous avons perdu notre chère Tirtsah. Tous ceux qui ont travaillé avec elle savent quelle perte cruelle sa mort représente. Cette femme… Tirtsah Rubin était unique… synonyme de… »

Le téléphone sonnait, impérieux, sans discontinuer et Nivah finit par décrocher le combiné. Il l'entendit s'indigner à voix basse : « Tu l'as bousillé au cours du montage ? » Il fixa le visage cuivré, en lame de couteau, de Dany Benizri. Celui-ci se redressa, frotta la mince cicatrice rose qui partait de son sourcil droit en se prolongeant jusqu'à l'oreille et approuva de la tête.

« Il est même possible de voir un symbole dans la façon dont elle… » poursuivit Tsadik qui n'avait nullement l'intention de laisser le téléphone, Nivah ou toute autre chose l'empêcher de prononcer l'oraison qu'il avait préparée et répétée en vue de cet instant depuis six heures du matin, « … près des coulisses, non loin du magasin des décors, un terrible accident mais… » il percevait à présent les murmures autour de lui. Des bribes de phrases résonnaient à ses oreilles (« Elle est morte sur le coup ? demanda Miri, la correctrice, à Aviva. — Oui, oui, elle n'a pas souffert », intervint Keren, la présentatrice).

Tsadik posa un doigt sur chacune de ses tempes et pressa fortement. Il n'avait pas fermé l'œil de la nuit. Il n'avait prévenu Rubin qu'à quatre heures du matin, après avoir répondu à toutes les questions de l'officier de police. Il était ensuite resté plus d'une heure avec lui et Rubin, pâle, tremblant, avait hoché la tête et enfoui un long moment son visage entre ses mains puis il s'était redressé, s'était épongé le front et avait dit avec colère : « Comment as-tu pu laisser Beny la voir dans cet état ? Pourquoi ne m'avez-vous pas appelé ? J'étais dans la salle de montage, tu n'as même pas essayé de me trouver… Qui est avec lui ? Conduis-moi auprès de Beny, je dois le voir. »

C'était bien le diable si Tsadik comprenait pourquoi Ariéh Rubin s'affligeait autant de la mort d'une femme qui l'avait quitté plusieurs années auparavant et comment il pouvait rester le meilleur ami de Beny Meyouhas, l'homme pour lequel elle était partie. D'ailleurs, personne ne comprenait pourquoi elle avait quitté Rubin. Tout le monde savait combien il aimait Tirtsah, qui n'était pourtant pas une beauté fatale, tout en fricotant sans arrêt avec d'autres femmes. On disait qu'elles étaient folles de lui. Tsadik lui-même l'avait vu à l'œuvre plus d'une fois, en particulier lors de leur voyage de formation en Angleterre dix ans plus tôt ; il n'oublierait jamais comment la jeune assistante de la directrice de la banque d'images de la BBC avait regardé Rubin — un vrai canon avec ses cheveux blond platine, exactement à la manière de Jayne Mansfield — qui se souvient de Jayne Mansfield à présent ? — et un corps, le corps d'une top model — et comment ils avaient disparu le soir même pendant vingt-quatre heures ; d'ailleurs, quand il avait besoin de quelque chose de la BBC, il demandait à Rubin d'utiliser ses relations. Ladite jeune fille, s'était-il laissé dire, y avait entre-temps été nommée à un poste clé, elle avait été mariée deux fois mais elle oubliait tout dès qu'il s'agissait de Rubin et le retrouvait à chaque fois qu'ils en avaient l'occasion, par exemple le jour où Rubin, en route pour les États-Unis, avait fait escale à Londres. Ce n'est pas Rubin qui le lui avait rapporté mais quelqu'un les avait vus — il lui semblait qu'il s'agissait de Mati Cohen mais il ne l'aurait pas juré. Pour Tirtsah, c'était différent —, tout le monde était au courant qu'elle l'avait plaqué mais on ne savait pas pourquoi. Était-ce en raison des autres femmes ? C'était peu probable étant donné qu'il y en avait toujours eu, dans sa vie. Mais peut-être avait-elle ignoré jusque-là ses infidélités et venait-elle de découvrir, pour la première fois, qu'il l'avait trompée. Quelqu'un le lui avait peut-être raconté. Il coula un regard vers Nivah et prit conscience qu'elle avait beaucoup vieilli depuis un an, son menton s'était amolli et ce pli de graisse flottant le long de son cou révélait son âge sans que sa nouvelle coiffure, ces cheveux courts comme ceux d'un jeune homme aux épis teints en rouge vif, ne lui soit d'aucun secours. On aurait dit qu'elle avait soudain pris peur de s'être négligée si longtemps et décidé de faire un léger effort une dernière fois. Mais c'était sans espoir — même un régime n'y aurait rien changé. S'il en avait eu le courage, il lui aurait demandé comment elle se sentait maintenant que Tirtsah n'était plus, comment elle se sentait vraiment. Encore que la réponse tombât sous le sens, il était évident que la voie était libre, à présent, pour elle et qu'elle pourrait peut-être mettre le grappin sur Rubin, avec l'enfant et tout le reste. Il était étrange de se dire que Tirtsah était partie vivre avec Beny Meyouhas. Il n'avait jamais compris cette décision. D'un autre côté, durant toutes ces années, tous savaient pertinemment que Beny Meyouhas était amoureux de Tirtsah. Et tous savaient que c'était à cause d'elle qu'il ne s'était jamais marié. Mais en comparaison avec Rubin, Beny était… il avait l'air d'être son père avec son petit visage ratatiné et il ne faisait pas le poids face à Rubin, bien qu'ils eussent le même âge. Tsadik avait eu le temps de réfléchir à tout ça puisqu'il n'avait pas dormi de la nuit et aussi aux questions de cet officier de police, Élie Bahar. Il avait prétendu se rendre sur les lieux pour établir un rapport de routine sur l'accident, pourtant, après avoir parlé avec quelqu'un au téléphone — Tsadik n'avait pas entendu la conversation, il l'avait seulement vu se mettre dans un coin et chuchoter —, il avait demandé la liste des ingénieurs, des entreprises, des techniciens et de Dieu sait qui encore pour déterminer s'il y avait là une négligence criminelle, c'était ce qu'il avait dit. Au début, il semblait que c'était l'affaire du seul médecin légiste mais l'officier de police avait commencé tout d'un coup à poser des questions sur Tirtsah et sur sa vie, comme si l'accident avait quelque chose à voir avec ces informations-là. L'ironie dans l'histoire était que Tirtsah était la responsable principale de cette négligence. Tsadik avait dû expliquer au commissaire Élie Bahar qu'elle s'obstinait toujours, et cette fois plus encore qu'à l'ordinaire, lorsqu'il s'agissait d'un film de son mari et de décors particulièrement coûteux, à laisser ceux-ci là où ils étaient installés. Dans le cas présent, elle avait été jusqu'à refuser de les entreposer à la menuiserie avant la fin du tournage. Quitte à parler de responsabilité, il était également loisible de pointer un doigt accusateur sur Beny Meyouhas lui-même pour négligence coupable, ainsi que sur Hagar, le bras droit de Beny et sa productrice ; le commissaire avait alors souhaité les entendre, même après que Tsadik lui eut expliqué plusieurs fois les habitudes de Tirtsah dans son travail, en vertu desquelles elle avait elle-même indiqué aux ouvriers de la menuiserie où poser les décors et la colonne de marbre. Du marbre ! à chaque fois qu'il y pense, il voit rouge — ils s'imaginent peut-être qu'il nage dans un océan d'argent ? Et cette affirmation de Beny Meyouhas qu'un acteur joue autrement s'il s'appuie à une colonne de marbre et pas à un vulgaire morceau d'aggloméré. Des sornettes ! N'eussent été ses idées, aucune colonne n'aurait écrasé le crâne de Tirtsah. Lui, Tsadik, ne cesse de leur dire que cette gabegie folle est la source de tout ce qui ne va pas. Et à propos d'argent, où est donc Mati Cohen qui avait promis de mettre un terme à ce projet — dans trois quarts d'heure aura lieu dans son bureau une conférence de tous les chefs de services et Mati Cohen doit y assister lui aussi mais personne ne l'a vu depuis hier. Il est impératif d'en finir avec ce film grotesque qui a déjà coûté plus de deux millions — tout le budget de la fiction y est passé — mais ils diront maintenant que c'est inopportun ; il serait inconvenant d'arrêter le projet de Beny Meyouhas alors qu'il vient de perdre sa compagne. Peu lui importe que le rabbinat considère Tirtsah comme sa femme ou pas, il a l'esprit très large — les préjugés ne sont pas dans sa nature et Beny Meyouhas la présentait toujours comme sa femme —, donc pour lui, Tsadik, elle l'était. Si seulement on parvenait à lui expliquer comment ces deux-là, Rubin et Beny Meyouhas, avaient fait pour rester amis. Chez les femmes, une chose pareille aurait été inconcevable, avait-il dit à Hefetz le matin, avant la conférence du service des informations générales, alors qu'ils parlaient de l'enquête de police, elles se seraient haïes à vie, jusqu'à leur dernier souffle. Des amitiés de ce type, à toute épreuve, n'existent que chez les hommes. « Mais moi, en tant qu'homme, je ne sais pas si j'aurais pu, avoua-t-il à Hefetz, je ne sais pas si j'aurais pu rester ami intime avec quelqu'un qui vit avec mon ancienne femme, et je sais encore moins ce que j'aurais fait si j'avais été toujours amoureux d'elle.

— Il ne s'agit pas d'amitié, c'est beaucoup plus que ça, dit Hefetz. C'est… comme… ils sont comme… comme des frères, ils se connaissent depuis l'enfance… c'est une affaire de famille. Tu ne crois pas ? Ils formaient réellement une famille, j'ai moi-même entendu Rubin dire de Beny "je l'aime comme mon frère", alors qu'est-ce que tu aurais fait à sa place ? Tu aurais désavoué ton frère ? Un membre de ta propre famille ?

— Je trouve au contraire que ça rend les choses encore plus difficiles à comprendre. Moi, je n'aurais pas pu.

— On ne ne peut jamais préjuger de sa propre réaction à telle ou telle chose, dit Hefetz, moi, par exemple… », continua-t-il sur un ton enflammé puis, brusquement, il se tut. Tsadik, qui suivait son regard, vit Natacha à la porte de la rédaction, échevelée, dans son accoutrement habituel — la vareuse militaire, le jean et l'écharpe rouge élimée. Elle parcourait la salle des yeux comme si elle était à la recherche de quelqu'un et finit par arrêter ses yeux bleus sur Tsadik. Elle les considéra tous deux pendant un bref instant puis elle retourna dans le couloir. Hefetz se rembrunit.

Pourquoi diantre les gens se compliquaient-ils tellement l'existence ? Bon, certes, lui non plus, Tsadik, n'était pas particulièrement… mais avec une jeunesse de vingt-cinq ans ? Alors que son aînée en avait vingt-quatre ? Ils n'ont aucun scrupule. Et de surcroît une collègue de bureau, lui n'aurait jamais fait ça, se taper une fille avec qui on travaille. En tout cas pas ici, à l'étranger à la rigueur, là où personne ne peut… Le bruit de la perceuse résonna à nouveau et un nuage de poussière s'échappa de la pièce latérale, par la porte grande ouverte, pour se diffuser dans la salle de la rédaction.

« Dis-leur d'arrêter », ordonna-t-il à Aviva qui haussa les épaules et répondit : « Impossible. Ça fait un mois que je les attends. Tu as voulu qu'on fasse des rénovations dans le bureau des chroniqueurs du service étranger, tu t'en souviens ou pas ? Je les ai attendus un mois et il a fallu qu'ils commencent aujourd'hui. Mais ne compte pas sur moi pour leur dire de s'en aller. Fais-le toi-même, si tu veux. Appelle le service d'entretien.

— Ça suffit ! hurla Tsadik. Faites une pause, allez prendre un café et revenez dans une heure. » Deux ouvriers se tenaient à l'entrée du bureau des chroniqueurs du service étranger et le regardaient. Tsadik s'efforça de baisser la voix : « Vous n'êtes pas au courant de ce qui est arrivé ? » L'ouvrier qui tenait la perceuse le considérait silencieusement. « On ne vous a pas dit qu'une de nos principales collaboratrices a été tuée cette nuit ? » Le second ouvrier hocha la tête et marmonna quelque chose au premier. Ils entrèrent dans la salle de rédaction et regardèrent à la dérobée tous ceux qui étaient assis autour de la grande table. Aviva se précipita vers eux. « Revenez dans une heure ou deux », leur lança-t-elle, puis elle se tourna vers Tsadik d'un air réprobateur : « Avec tout le mal que je me suis donné pour leur mettre la main dessus, dit-elle, et juste au moment où ils ont trouvé un créneau pour commencer les travaux, il faut que tu me les chasses !

— On doit discuter du conducteur, il y a toutes sortes de problèmes et de changements dans les sujets de l'édition de ce soir », dit Hefetz, et Tsadik acquiesça de la tête. Erez déplia ostensiblement la feuille. « Deux mots encore », demanda Tsadik, qui se racla de nouveau la gorge. « J'ai quelque chose d'autre à vous dire. » Erez soupira et Hefetz couvrit la feuille de ses deux grandes paumes.

« Nous savons tous, dit Tsadik d'une voix étranglée, à quel point Tirtsah s'est consacrée à son travail, combien elle était dévouée, et tous ceux qui ont travaillé avec elle savent qu'elle était disponible de nuit comme de jour. On peut affirmer qu'elle a littéralement sacrifié sa vie… qu'elle l'a sacrifiée, si j'ose dire, sur l'autel de son travail. Je n'ai pas besoin de vous rappeler », Tsadik jeta un regard aux boucles rousses de David Shalit, le chroniqueur des affaires policières, qui était assis près de lui et notait quelque chose dans son carnet, « que Tirtsah était une artiste, une perfectionniste et un être de grande intégrité. Tout cela, vous le savez aussi bien que moi. Nous avons passé trente ans, elle et moi, dans ce bâtiment où il n'y avait rien quand nous avons commencé. Elle, moi, Rubin, Beny Meyouhas et toi aussi, Hefetz, nous sommes là depuis le début. Et je ne l'ai jamais entendue dire du mal de quiconque. Vous savez… Tirtsah… Tirtsah… Tirtsah était quelqu'un de bien », il fit le tour de la table du regard — jamais la salle de rédaction n'avait été plongée dans un tel silence et jamais il n'avait pu prononcer une phrase complète sans que quelqu'un fasse une remarque sarcastique, « mais entre-temps, dit-il lentement, accentuant chaque mot, nous ne pouvons pas tout arrêter. En salle de rédaction, le deuil est un luxe qu'on ne peut pas se permettre, surtout sur une chaîne publique. » Les yeux embués de larmes, il fixa successivement toutes les personnes présentes qui, l'une après l'autre, baissèrent la tête. « On ne peut pas arrêter l'information », dit-il solennellement puis il enfouit son visage entre ses mains.

« Nous n'avons pas le choix », s'empressa de lui faire écho Hefetz de sa voix de basse. Il passa une main sur son crâne parfaitement rasé et caressa sa courte barbe. « Pouvons-nous faire autrement ? Non. Quelqu'un se chargera-t-il du travail à notre place ? Non. Nul ne le fera. Voilà ce que j'avais à ajouter. Il n'y a pas le choix. » Pendant combien de temps encore, se demanda distraitement Tsadik, supportera-t-il de voir ce Hefetz briguer sa place sans vergogne ? Tout le monde se rend parfaitement compte que Hefetz l'imite comme un perroquet et répète comme un disque rayé cent fois chacune de ses paroles… À vomir… Soudain, Hefetz se crispa, tourné vers la porte de la salle de rédaction. Ariéh Rubin se tenait dans l'encadrement avec Natacha, qui agrippait un pan de son manteau. Cette Natacha est trop maigre, elle a l'air sale et cette écharpe en laine sans laquelle elle ne se déplace jamais, qui entoure son cou et lui couvre le menton, lui donne l'allure d'une orpheline, mais ses yeux sont si bleus… pourquoi est-elle collée ainsi à Rubin ? Impossible qu'il y ait quelque chose entre eux. D'abord, parce qu'elle est avec Hefetz et que Rubin n'aurait pas… ne ferait jamais… Rubin a de la classe… il ne se fourrerait jamais dans un tel guêpier… Tsadik avait l'impression que le silence s'était encore accru. Tous observèrent Rubin sans dire un mot jusqu'au moment où Nivah s'avança vers Rubin et posa les mains sur ses bras, le regarda comme s'ils étaient seuls dans la salle de rédaction — une vraie scène de film américain — et dit doucement, mais de manière que tout le monde puisse l'entendre : « Une terrible tragédie. Nous nous sommes inquiétés pour toi, Ariéh. Tu vas bien ? » Rubin secoua la tête sans lui prêter la moindre attention, se dégagea délicatement de son emprise et s'approcha de Tsadik à qui il murmura, penché vers son oreille : « Je dois te parler, Tsadik, le plus tôt possible.

— Pas maintenant, répondit Tsadik, effrayé, après la conférence du matin j'en ai une autre, avec les chefs de services, mais à dix heures, si tu veux…

— Tout de suite, chuchota Rubin. Immédiatement après l'examen du conducteur. C'est très urgent.

— D'accord, c'est bon, céda Tsadik. Mais à présent, assieds-toi. »

Hefetz s'empressa d'écarter sa chaise qu'il accola à celle d'Erez et Rubin prit place à un des coins de la table. Aviva, qui se tenait en retrait, posa sa main sur l'épaule de Rubin et la pressa avec tendresse tandis que David Shalit attira son regard et fit un geste d'impuissance. La situation est vraiment intenable. Les gens ne savent que dire ni quoi penser. Ariéh Rubin saisit la feuille et Hefetz suivit des yeux Natacha, qui fixait Rubin d'un air interrogateur tout en jetant son sac en toile sur le canapé d'angle situé à côté de la fontaine d'eau froide.

« Nous ne pouvons pas faire autrement », répéta Hefetz et il détourna son regard de Natacha, qui était maintenant appuyée au mur et jouait avec les franges de son écharpe de laine rouge. « Comme on dit, le deuil est un luxe que nous ne pouvons pas nous permettre. Nous devons parler du conducteur.

— Alors, qu'est-ce qu'il y a de prévu au programme aujourd'hui ? soupira Tsadik. Je vois les sujets suivants : l'extension du conflit social aux chauffeurs de taxi et aux fonctionnaires de santé qui décrètent une grève illimitée, ils ne vont certainement pas tarder à descendre manifester dans les rues. Vous avez quelque chose là-dessus ?

— L'aéroport et les poubelles, répondit Erez. Un reportage sur les poubelles de Tel-Aviv. Nous avons des images pour l'ouverture, et des interviews de nombreux passagers.

— À propos de l'aéroport, je vous ai déjà dit hier de présenter un angle original, neuf, des travailleurs immigrés, des Arabes, se plaignit Hefetz. Je vous l'ai dit, montrez-moi des travailleurs immigrés, vrai ou faux ? Il serait peut-être intéressant aussi de joindre par téléphone des gens qui sont bloqués à l'étranger, non ?

— Pourquoi appeler l'étranger ? Avec une grève générale et les transports publics paralysés, il y a une tonne de sujets sur place », intervint David Shalit et, comme chaque fois qu'il parlait de ce qui le touchait de près, son front et le bout de son menton en pointe rougirent, dissimulant ses taches de rousseur. « Il y a un numéro de téléphone qui permet à ceux qui sont restés sans argent à l'étranger d'appeler gratuitement Israël, à Tel-Aviv...

— Il paraît que les soldats se battent pour des places de bus », l'interrompit Nivah, assise à l'autre bout de la table où elle était occupée à démêler le cordon du téléphone rouge posé devant elle.

Erez haussa la voix et ajusta la monture métallique de ses lunettes : « Nous avons aussi l'affaire du Mossad, Zohar va s'en charger, il a des infos exclusives.

— Où est-il, d'ailleurs ? Je le croyais en Turquie, en train de couvrir les manœuvres de l'armée.

— Dites donc, intervint Miri, la correctrice, en enlevant ses lunettes de lecture. Vous ne pensez pas qu'il est temps de faire quelque chose à propos de ces encarts proclamant "Menteur !" qui s'étalent tous les jours dans le quotidien *Ha'aretz* ? Vous ne croyez pas qu'il serait intéressant de découvrir qui les finance — elles ont dû coûter les yeux de la tête — et qui elles visent ?

— Non, dit Hefetz à Erez. Il est de retour, il a appelé pour dire qu'il serait en retard, il ne sait pas encore ce qui est arrivé à Tirtsah, il a eu un tuyau et il est parti en reportage avec une équipe, il va sûrement passer un coup de fil d'une minute à l'autre...

— Tout le monde le sait, dit Aviva en avançant sa lèvre inférieure. Il n'échappe à personne que le menteur en question n'est autre que Bibi Netanyahou.

— Tu en es sûre ? demanda Miri en remettant ses lunettes aux verres épais tandis qu'elle se penchait vers sa feuille. Parfois, ce qui paraît évident…

— Absolument, il n'y a aucun doute là-dessus, lui assura Aviva.

— Et n'oublions pas Bezalel, poursuivit Erez, qui doit revenir dans deux heures avec le Premier ministre. Il y a un Conseil des ministres extraordinaire consacré au plan de retrait et, ce soir, une réunion du bureau politique du Parti travailliste.

— Tu m'en diras tant, ricana Nivah, qui avait débranché et rebranché le cordon au téléphone rouge.

— Eh oui, dit Hefetz, le Parti travailliste n'est pas encore mort. » Puis il se tourna vers Erez : « Vous voulez enterrer les travaillistes ou quoi ? Ce n'est pas votre mère, les gars. Et je ne vois rien sur Golda Meir dans le conducteur, je vous ai pourtant parlé, hier, de la cérémonie à sa mémoire et je vous ai demandé de la filmer ou au moins de la mentionner.

— Et quid du sujet sur Bassiouni ? s'enquit Tsadik, je ne vois rien d'autre que "l'ambassadeur d'Égypte et le scandale", vous n'avez rien de nouveau ? Est-ce qu'il faut attendre que Bezalel rentre de Washington dans quelques heures avec le Premier ministre ?

— Écoutez, lança Nivah en agitant le combiné. Nous ne pouvons pas obtenir de studio à Tel-Aviv, vous entendez ça ? » Elle regarda Hefetz qui acquiesça d'un signe de tête. « Comment faire alors ? » demanda Nivah qui, instruite par l'expérience, n'attendit pas la réponse — elle suivait Hefetz qui se tourna d'abord vers David Shalit puis loucha avec précaution en direction de l'autre bout de la table, près de la bouilloire portative, là où était assise Natacha. « Vous vouliez interviewer Amir Peretz en direct de Tel-Aviv à propos de la grève ? » leur rappela-t-elle mais personne ne réagit et elle fit avec son bras un geste de désespoir puis examina ses ongles peints en vert fluorescent — elle avait cessé de se maquiller pendant des années et voilà que maintenant elle se peignait les ongles, et en vert, par-dessus le marché ! allez comprendre les gens, se dit

Tsadik en réprimant une grimace, cette couleur-là était vraiment déplacée après ce qui venait de se passer cette nuit — et elle retira un de ses pieds, enveloppés d'épaisses chaussettes de laine, des lourds sabots qu'elle portait, pour le poser sur la chaise voisine.

« Écoutez voir », dit David Shalit en tirant sur le col de son pull noir et en se grattant une piqûre d'insecte qu'il avait sur le cou. « Concernant Bassiouni, j'ai entendu à la radio l'information à son sujet, ils ont donné le nom du médecin contre lequel la femme a déposé une plainte mais pas son nom à elle — elle croit qu'elle peut réclamer un million de dollars et les traîner tous dans la boue, Bassiouni, le médecin qui l'a examinée, et garder l'anonymat ? Diffusons le nom du médecin.

— Pourquoi ? À quoi cela nous avancera-t-il ? demanda Hefetz. On n'en a rien à fiche de ce médecin ? Tu lui dois quelque chose ? Il t'a rendu un service quelconque ? Je ne vois pas pour quelle raison on prendrait sa défense.

— Tu me demandes à quoi cela nous avancera ? protesta le chroniqueur. Voilà une femme qui se prétend victime et dans le même temps salit tout le monde, je ne vois pas pourquoi on la ménagerait. Passons outre le référé ou alors ne diffusons pas le nom du médecin, ce sont toujours les hommes qui se font avoir.

— Attendez un moment, je veux essayer de comprendre. » Tsadik se pencha vers David Shalit qui était en train de fourrager dans ses boucles rousses avant de les plaquer contre ses joues en feu. Il tira à nouveau son col roulé, gratta la boursouflure rouge au milieu de son cou maigre et se rejeta au fond de son siège. « De quoi est-ce que vous parlez tous, là ?

— Elle les assigne tous les deux, Bassiouni et le médecin, dit David Shalit en tapant du plat de la main sur la table. Elle a porté plainte contre eux ! et le tribunal n'a pas interdit la publication de leur nom. Libre à elle de détruire leur réputation. Mais elle, pas touche, son nom ne doit pas être divulgué. À ce compte-là, on peut accuser n'importe qui de n'importe quoi. Demain, une femme racontera que toi ou moi…

— Je te rappelle que cette décision est le fait du juge. Tu n'en es pas comptable. Ce n'est pas toi qui l'as prise, dit Hefetz, qui lança un coup d'œil en direction de Natacha.

— Et après ? cria David Shalit dont les joues virèrent carrément à l'écarlate. Qu'il aille se faire voir, ton juge. J'en ai ma claque de toutes ces sangsues qui baisent comme des lapines et hurlent au viol. Aujourd'hui, n'importe quelle gonzesse peut dire qu'on l'a violée et détruire la vie d'un homme même si c'est elle qui…

— Rien à faire, le coupa Tsadik, quand l'affaire a éclaté, le nom du médecin et celui de Bassiouni avaient déjà été publiés, et nous sommes une chaîne publique, je le répète, nous sommes mal placés pour enfreindre une décision.

— D'accord, mais le tribunal a conclu à un manque de preuves matérielles et maintenant, elle se ramène et dit qu'ils ont sali son nom. Elle va même jusqu'à les traîner en justice. »

La porte du bureau des chroniqueurs du service étranger s'ouvrit et Tsipi, l'une des assistantes de production, leur cria : « Quel est l'interprète qui doit venir ? J'ai les propos du ministre turc de la Défense à faire traduire. »

David Shalit se leva et alla s'asseoir à côté de la dactylo. « Reste là, on n'a pas encore terminé », lui enjoignit Hefetz et il se passa une main sur le visage. « Vous ne trouvez pas qu'il fait une chaleur étouffante, ici ? Baissez un peu le chauffage.

— Tu veux que je passe un coup de fil au service d'entretien ? demanda Nivah avec une feinte innocence en remettant son pied dans le sabot. Tu as oublié qu'on n'a aucun contrôle sur le réglage du chauffage ?

— J'entends tout d'ici, dit David Shalit, et pour ce qui est de parler… à quoi bon, puisque personne ne m'écoute et que ce n'est pas moi qui décide.

— Quelqu'un peut-il m'expliquer ce que la mention "documents militaires" recouvre ? » exigea Tsadik.

Hefetz se pencha en avant et se frotta la nuque. « Je t'en ai déjà touché deux mots, dit-il d'une voix lasse, on a trouvé dans une poubelle des documents militaires classés top secret, nous avons les images mais pas encore le texte — j'ai attribué huit secondes au sujet, soit deux mots par seconde. »

La porte des chroniqueurs du service étranger s'ouvrit à nouveau et Tsipi s'approcha d'un pas lourd de Hefetz tout en boutonnant non sans peine la chemise écossaise en flanelle qui ne couvrait qu'imparfaitement son ventre proéminent. « Il fait une chaleur à crever ici, de quoi faire tourner de l'œil une femme enceinte », se plaignit-elle et elle répéta qu'elle n'avait pas de traduction pour le reportage envoyé par le chroniqueur militaire en Turquie.

Le téléphone se remit à tinter. « Hefetz, Bezalel au bout du fil, pour toi, lança Nivah. Qu'est-ce que tu voulais lui demander ? Hefetz, c'est à toi que je parle, qu'est-ce que tu voulais lui demander ? Hefetz, tu m'entends ? Je te parle, réponds-moi », exigea-t-elle, impatiente comme une petite fille, ses lèvres fines creusées par la contrariété.

« Une seconde, cria Hefetz, je suis en train de faire un calcul, une seconde, d'accord ? Qu'est-ce qu'il nous rapporte ? Demande-lui s'il a un scoop à placer avant le conducteur. Dès qu'on sera fixés, on établira le conducteur définitif. Demande-lui exactement ce qu'il a pour nous, non, passe-le-moi plutôt. »

L'espace d'un instant, tout s'embrouilla dans l'esprit de Tsadik — il eut l'impression d'entendre les voix qui l'entouraient comme à travers une bulle d'eau et de voir le réalisateur du journal tirer Keren par le bras comme derrière une paroi de verre. Il entendit l'assistante de production appeler la Turquie du bureau des chroniqueurs du service étranger, Erez se renseigner sur les chiffres du sondage effectué lors de l'émission politique *Popolitika* et Keren demander à haute voix : « Je vois écrit "Clinton" sur la feuille ? Quelqu'un sait de quoi il s'agit ?

— No lo so, lui répondit Erez, qui se détourna.

— Mes amis, dit-il avec autorité. N'est-ce pas ce qu'ils attendent de lui, qu'il parle sur un ton sans réplique, peu importe ce qu'il dise : "Aujourd'hui, on ne déborde pas, respectez, s'il vous plaît, le temps d'antenne imparti, aucun dépassement n'est possible parce qu'il est prévu que *Popolitika* dure plus longtemps que d'habitude."

— Le conducteur te va ? Tu n'as rien dit, se plaignit Erez.

— À part le reportage sur Moshé Leon, tes sujets ne valent rien, lui répondit Tsadik.

— Ce sont des récits bouleversants ! s'exclama Erez d'une voix vibrante d'émotion.

— Je te répète qu'ils ne valent pas un clou. »

Brusquement, les deux téléviseurs fixés au-dessus de la table s'allumèrent simultanément. « Baisse le volume, ordonna Tsadik à Aviva, ou plutôt, coupe carrément le son.

— Je n'ai rien à voir là-dedans, protesta Aviva. C'est Erez qui a la télécommande, il voulait voir quelque chose sur la deuxième chaîne. Baissez le volume, vous autres », dit-elle en se tournant vers Erez.

« On passe l'allumage de la première bougie de Hanoukkah avant ou après ? lança quelqu'un dans le bureau de l'infographiste.

— Avant, voyons, comme tous les ans », répondit Nivah en criant et elle retira une page de l'imprimante. « Voilà la version corrigée du conducteur », déclara-t-elle en détachant les bords dentelés de la feuille.

Dany Benizri se leva, s'étira — Tsadik aperçut brièvement son ombre et son ventre plat. Il avait exactement la même silhouette à son âge, vingt ans plus tôt. Il pouvait rentrer sa chemise dans le pantalon sans qu'elle plisse alors que, maintenant, il y avait une véritable montagne qui le précédait. Il rectifia sa chemise en tricot de soie noire. « Pourquoi as-tu mis les licenciés de l'usine Hulit en vingt-septième position ? maugréa Benizri. Je te cause, Erez, ne fais pas celui qui n'entend pas. » Benizri jeta un regard furieux à Erez et celui-ci haussa les épaules en montrant Hefetz de la tête. Le chroniqueur social se tourna alors vers ce dernier. « Dis donc, Hefetz, tu as vu ça ?

— Tu peux mettre une croix dessus pour aujourd'hui, mon vieux, dit Erez. On est déjà en surnombre de sujets liés à la grève.

— Et le meurtre à Petach Tikvah ? demanda David Shalit. Je vous ai apporté hier des témoignages de voisins, ça ne figure même pas dans le conducteur.

— Supprimé, rétorqua Erez avec indifférence tout en jouant avec la fermeture éclair de son pull bleu.

— Supprimé ? s'étrangla David Shalit. Comment peux-tu supprimer un sujet pareil ? Quelqu'un plante un couteau dans le ventre de quelqu'un d'autre pour la seule raison que ce dernier s'est plaint du bruit fait par ses coups de klaxon et tu trouves ça sans intérêt ? Tu devrais le mettre en tête du conducteur !

— Je suis désolé, dit Erez, imperturbable. On l'a remplacé par le sujet sur Moshé Leon. Dites donc, quelqu'un a fermé le radiateur ? Il fait un froid de loup, ici.

— Nivah ! cria Tsvia, l'une des assistantes de production. Nous n'avons pas obtenu de studio à Tel-Aviv, tu m'entends ? »

David Shalit s'installa à côté de la dactylo. « Tu veux un sujet fort pour l'ouverture ? lança-t-il à Erez. Trouves-en un, alors.

— Allez, vas-y, aide-moi, je note.

— Débrouille-toi tout seul », s'exaspéra David Shalit en lui tournant le dos. Ses petits yeux bleus, que les épais verres de ses lunettes amenuisaient encore, errèrent puis croisèrent ceux d'Eliahou Lotfi, le chroniqueur chargé des questions d'environnement, l'un des doyens de la rédaction, affligé d'une voix aux inflexions hésitantes qui lui conférait un air d'impuissance et en présence duquel Tsadik se sentait toujours mal à l'aise car le remords de ne pas l'avoir promu toutes ces années l'assaillait alors immanquablement. « Tu veux me demander quelque chose, Eliahou ? dit David Shalit.

— Non, rien, simplement… si tu ne lui proposes pas de sujet d'ouverture et pour autant que tu as un moment, j'aimerais bien te montrer mon reportage sur les détritus qui s'amoncellent sur la plage de Tel-Aviv, histoire d'avoir ta réaction. »

Nivah décrocha le combiné. « J'ai Liat en ligne, elle a un problème de liaison satellite, je n'arrive pas à...

— Une telle puanteur est intolérable, lança Erez. Ça vient du sujet sur les poubelles », ironisa-t-il à l'intention de Tsadik.

Tsadik consulta la feuille que Nivah lui tendait. « Miri, demanda-t-il sans lever la tête, tu l'as déjà relu ? Je ne vois aucune correction. »

La correctrice quitta péniblement sa chaise et s'approcha de Tsadik.

« Ce qui est écrit ici est encore plus critique que ce qui a été annoncé hier soir, lui dit-il, surpris. Vous ne pouvez pas parler de cette façon du congrès mondial du Likoud. » Mais elle n'entendit pas la fin de sa phrase car à ce moment précis le téléphone se mit à sonner et Benizri, qui se trouvait à côté de l'autre appareil et fixait le plafond d'un air ostensiblement désespéré, hurla dans l'appareil comme s'il parlait à un sourd ou à un attardé : « Je ne te ferai pas de clin d'œil, je me contenterai de toucher ma cravate... »

Sa voix fut alors couverte par celle de Nivah, qui se mit à crier : « Attendez un moment, qu'est-ce qui se passe, là ? Regardez... »

Quelque chose dans son intonation les fit tous se taire. Les regards se levèrent en direction des téléviseurs installés au-dessus de la grande table. Les portes des bureaux latéraux s'étaient ouvertes et sur le seuil se tenaient Tsipi, Tsvia et Liat, les assistantes de production, ainsi qu'Irit, la stagiaire du service étranger. À l'entrée de son bureau, Tamari, l'infographiste, dit : « La deuxième chaîne a annoncé qu'il y a des terroristes dans un des souterrains du périphérique.

— J'ai entendu à la radio qu'on a enlevé quelqu'un », dit d'une voix entrecoupée Yaala, la chroniqueuse culturelle, qui venait d'arriver.

Tous se tournèrent à nouveau vers le téléviseur ; non pas celui mis sur la première chaîne où l'on voyait un studio, un animateur et deux débatteurs — un homme âgé et une jeune femme — mais celui qui diffusait la deuxième chaîne et montrait un reporter en parka militaire tendant un micro à un policier.

Hefetz se tapa bruyamment les cuisses. « La deuxième chaîne nous a encore coiffés sur le poteau. »

Personne ne songea à monter le son. Sous l'image apparut le nom du commissaire en chef Molho. « C'est où ? C'est quoi ? demanda nerveusement Nivah.

— Tu vois pas ? Regarde, c'est la voie souterraine, dit, impatient, David Shalit.

— Qu'est-ce qui a bien pu s'y passer ? demanda Aviva.

— Taisez-vous et laissez-nous écouter », cria quelqu'un.

Un nouveau titre indiquait : « Entrée de la voie souterraine du périphérique au sud de Jérusalem. »

Un silence absolu s'abattit sur la pièce où seule retentit la sonnerie du téléphone.

« Le téléphone sonne, vous êtes sourds ? dit Nivah. C'est le téléphone rouge, il faut répondre, Aviva, réponds, c'est le rouge ! » Et, sans détourner les yeux du poste, elle décrocha le combiné du téléphone posé devant elle qui lui aussi s'était mis à sonner. « Je ne comprends rien, dit-elle, parle plus clairement — il s'agit du Hamas ou quoi ? » À cet instant, les premières notes de la quarantième symphonie de Mozart se firent entendre dans toute leur majesté — une sonnerie de téléphone portable — et Nivah s'empressa d'ouvrir son sac à dos en cuir noir, fouilla à l'intérieur pendant plusieurs secondes et finit par en sortir son portable argenté, jeta un coup d'œil sur l'écran, fit une grimace et dit : « Oui, maman, qu'est-ce que tu veux ? »

Tsadik se tenait devant le téléviseur et contemplait l'animateur posé et ses deux invités qui remuaient les lèvres sans proférer un son.

« Qu'est-ce que tu fabriques au supermarché de la rue Agron ? la tança Nivah. Enfin, maman, on était convenues que tu ne sortirais pas de la maison avant que j'arrive !

— Allô ? dit Aviva, qui avait décroché le téléphone rouge. Allô, oui, il est là, un instant, je vous prie. » Elle tendit le combiné à Tsadik et dit : « C'est pour toi. »

Tsadik écouta, leva la tête et cria : « Silence, je vous rassure — ce ne sont pas des terroristes. »

Quelqu'un monta le son du téléviseur, ce qui permit d'entendre le chroniqueur militaire de la deuxième chaîne résumer les événements. « Je viens d'en avoir la confirmation officielle, dit-il, visiblement ému, en regardant la caméra. Il ne s'agit pas d'un acte terroriste. Voilà les informations dont nous disposons à l'heure qu'il est : à six heures quarante-cinq ce matin, la voie souterraine du périphérique qui relie directement les colonies de Goush Etzion à Jérusalem a été bloquée par quatre camions, d'après nos sources, le véhicule de la ministre du Travail et des Affaires sociales.

— Baissez le son ! hurla Hefetz, je ne comprends pas pourquoi Zohar n'est pas à l'antenne ! Pourquoi leur chroniqueur militaire peut être sur place et pas le nôtre !

— Ce n'est pas un chroniqueur militaire qu'il te faut, dit Aviva, persifleuse, et elle sortit de son sac sa petite trousse. Tu ne l'as pas entendu ? Ça n'a rien d'une opération terroriste, ce sont les grévistes, ils ont kidnappé madame la ministre Ben-Tsvi.

— Oui, dit Hefetz, mais nous venons seulement de l'apprendre. Zohar était en train de se rendre sur les lieux, je comprends maintenant pourquoi il était si pressé, et il devrait y être exactement comme leur chroniqueur militaire, mais peu importe. Benizri, descends dans le studio, on va interrompre le débat — allez, bouge-toi, descends !

— Le voilà, le voilà », s'exclama Aviva et tous portèrent leur regard vers le téléviseur qui diffusait la première chaîne. On y voyait Zohar, un micro à la main, une épaisse écharpe de laine grise autour du cou, qui parlait face à la caméra mais le son ne fonctionnait pas puis, presque aussitôt, l'image disparut elle aussi, remplacée par la formule consacrée : « Veuillez nous excuser pour cette interruption intempestive des programmes. »

« Comme d'habitude, ricana Tsipi qui se trouvait sur le seuil du bureau des chroniqueurs du service étranger. Le contraire m'aurait étonné.

— Dites-moi franchement comment on peut travailler de cette manière et espérer faire de l'audience ? grommela David Shalit.

— Ce que je ne saisis pas, dit Hefetz d'une voix rauque et avec des accents de désespoir sans ôter ses yeux de l'écran, c'est pourquoi ça arrive toujours à des moments pareils, parfois… je vous jure… je me demande si les techniciens ne le font pas exprès.

— Je ne vois pas du tout, dit Dany Benizri à Hefetz, ce que fabrique là un chroniqueur militaire. Tu m'écoutes ? S'il s'agit vraiment des ouvriers licenciés, c'est à moi d'y être, non ?

— Toi, mon vieux, trancha Hefetz, où est ta veste ? Toi, tu descends illico dans le studio, on interrompt l'émission, tu m'as compris ?

— Ma place n'est pas dans le studio, protesta Benizri, je te l'ai dit, je dois être…

— Tu vas faire ce qu'on te dit, lui ordonna Hefetz. Et toi, Nivah, tu m'écoutes ? Trouve-moi le documentaire sur les ouvriers de Hulit, celui que Benizri a montré dans l'émission de Rubin, il y a à peu près un an, c'est urgent. »

Nivah composa un numéro intérieur. « La banque d'images est occupée », dit-elle calmement et Tsadik aurait pu jurer qu'il percevait dans sa voix une note de satisfaction dont il ne comprenait guère la cause. « Ça peut sonner occupé pendant des heures », assura-t-elle tout en continuant à fixer les téléviseurs — Zohar avait reparu, le micro à la main, à l'entrée du souterrain et derrière lui s'élevaient des colonnes de fumée puis il s'évanouit pour céder la place au titre : « Les programmes reprendront dans un court instant. » L'autre écran était toujours occupé par le reporter en parka militaire.

« C'est Sivan Gribor, la nouvelle recrue de la rédaction de la deuxième chaîne, dit Hefetz, un doigt sur l'arête du nez. Il a une sacrée veine d'avoir pioché une si bonne carte dès le premier jour », se plaignit-il mais, à cet instant, la liaison avec Zohar fut rétablie. Tous se figèrent et écoutèrent leur chroniqueur annoncer d'une voix étranglée que « l'enlèvement avait été préparé comme une opération militaire : quatre camions dans lesquels avaient pris place des ouvriers de Hulit avaient bloqué le véhicule de la ministre du Travail, son chauffeur ayant ensuite alerté la police ».

« Une chose pareille ne nous est encore jamais arrivée », s'écria Hefetz et il tapa sur l'épaule de Tsadik. Il était peut-être possible d'interpréter le geste comme l'expression d'une émotion mêlée d'angoisse mais l'éclair jaunâtre dans les yeux bruns de Hefetz trahissait un sentiment de nature différente, une ardeur qui, de fait, n'était pas totalement étrangère à Tsadik non plus mais qui n'avait pas sa place ce matin, après la tragédie, et Tsadik fut tenté de rappeler à Hefetz qu'ils avaient perdu Tirtsah à peine quelques heures plus tôt, quand ses yeux rencontrèrent, devant la salle de rédaction, non loin de Natacha, qui se tenait appuyée au chambranle de la porte comme si ce qui venait de se dérouler dans la voie souterraine ne l'intéressait pas le moins du monde, le commissaire Élie Bahar qui le regardait et lui faisait des signes de la main. Tsadik se fraya un chemin parmi les reporters, les assistantes de production, deux ouvriers du service d'entretien qui se trouvaient devant le bureau des chroniqueurs du service étranger, la correctrice, l'infographiste et tous ceux qui avaient appris que quelque chose s'était passé et s'étaient empressés de venir là pour obtenir plus d'informations. Il s'immobilisa face à Élie Bahar et, avec une sorte de joie mauvaise à l'idée que les circonstances ne permettaient pas de lui porter toute l'attention requise, il dit : « Vous parlez d'une histoire », et le commissaire approuva de la tête et dit : « On m'a tout raconté dans le couloir, une catastrophe.

— Alors, accordez-nous quelques minutes, le pria Tsadik. Je n'ai pas encore eu le temps de préparer les gens. » Il leva les yeux vers le téléviseur et il vit un policier qui se tenait à côté de Zohar et l'écoutait. « C'est un gars de chez vous, vous le connaissez ? » demanda-t-il à Élie Bahar, et celui-ci cligna des paupières — il avait des cils longs et sombres, comme ceux d'une fille, des yeux verts et un front haut, seul le menton était trop petit pour ce visage — et répondit à contrecœur : « Oui, c'est le commissaire Shlomo Molho, un brave type », hurla-t-il parce que le son avait été monté au maximum.

« Ainsi, nasilla Zohar devant le souterrain, la police est fondée à penser que les licenciés sont munis d'explosifs… nul ne sait jusqu'où ils sont prêts à aller… Pour l'heure, aucune négociation n'a été entamée entre les licenciés et les forces de police. Entre-temps, dit-il dans son micro en se tournant de côté, il nous a été demandé de signaler au public que la voie souterraine est fermée à la circulation. Les automobilistes sont priés d'éviter les lieux et d'emprunter des itinéraires de remplacement. »

« Benizri, cria Hefetz en direction de la paroi vitrée du bureau de l'infographiste. Qu'est-ce que tu fais là ? Est-ce que je ne t'ai pas dit de descendre dans le studio et d'interrompre l'émission ? Nehemiah y est déjà et Nivah est allée chercher elle-même à la banque d'images la cassette que tu as faite avec les ouvriers de Hulit il y a un an. Pourquoi est-ce que tu traînes encore là ? Je t'ai pourtant demandé de descendre ? Je te l'ai demandé ou non ? Tout le monde m'est témoin — je te l'ai dit ! »

Dany Benizri, qui se trouvait dans le bureau de l'infographiste, ne répondit pas immédiatement. Tsadik le vit penché sur l'écran de l'ordinateur en train d'expliquer quelque chose à Tamari et se précipita vers lui tout en considérant le dessin qu'elle avait préparé, le réseau routier et le souterrain avec les camions bloquant les deux issues, deux d'un côté, deux de l'autre. Ainsi, il y en a, ici, qui font un travail digne de ce nom, c'est ce qu'il aurait voulu dire une fois de retour sur son siège mais, lorsqu'il tourna la tête, il vit Ariéh Rubin qui se tenait à côté de lui, le fixant d'un regard interrogateur.

« Je ne te demande pas plus de deux minutes, lui dit Ariéh Rubin. Trois au grand maximum. » Tsadik haussa les épaules et fit un geste d'impuissance.

Sur le seuil de la salle de rédaction, le commissaire Bahar se recula pour laisser passer Benizri qui sortit en courant et se dirigea vers le studio de l'étage en dessous.

« Deux minutes, je t'en prie », insista Rubin, et Tsadik aperçut Natacha qui les suivait du regard, assise dans un coin de la salle de conférences.

« Une seconde, Rubin, s'il te plaît », dit Tsadik, et il pointa un doigt vers le téléviseur. L'image se brouilla une fois encore et Zohar disparut, remplacé à présent par des agents qui couraient dans tous les sens. « Je ne comprends rien, s'irrita Tsadik. Où est-ce qu'ils courent, comme ça ? Pourquoi est-ce qu'on les voit ? Regardez ce que filme le cameraman de la deuxième chaîne et…

— Calme-toi, Tsadik », dit Hefetz, qui surgit soudain à ses côtés. Il jeta un coup d'œil à l'écran puis au commissaire Bahar qui se tenait contre le mur près du tableau d'affichage.

« Sache que Zohar est en contact permanent avec la police, dit Hefetz, il est le premier à s'être rendu sur les lieux, aucun reporter ne l'avait devancé mais voilà, nous ne sommes pas maîtres à bord et tout cela n'a servi à rien parce que les vrais patrons, tu n'es pas sans le savoir, ce sont les techniciens et qu'on ne vienne pas nous dire, après, qu'il est honteux que la deuxième chaîne nous enfonce à chaque fois, ils n'ont pas de syndicat de techniciens, eux. »

Tsadik espérait qu'en raison du brouhaha qui régnait dans la pièce — le bruit qui s'échappait des deux téléviseurs, les téléphones qui n'arrêtaient pas de sonner et les conversations tous azimuts — personne n'avait entendu ces propos mais du bureau des chroniqueurs du service étranger sortit un inconnu, de grande taille, en bleu de chauffe, qui lança : « Il est temps de cesser d'accuser les techniciens de tous les maux », et à l'instant même David Shalit s'approcha du commissaire Bahar, lui tapa familièrement sur l'épaule et, d'une voix amicale, un rien railleuse, il lui dit : « Monsieur le commissaire Élie Bahar en personne, que nous vaut l'honneur de votre visite ? »

Élie Bahar eut un sourire gêné et plissa les yeux sans rien répondre. Il se contenta de hausser les épaules en désignant le directeur de la chaîne publique d'un geste de la tête.

« Tiens, tiens, le grand manitou a fait appel à vous ? demanda David Shalit d'un air sceptique. Pour quelle raison ? Qu'est-ce que la police a à voir dans tout ça ? Et tant qu'à faire, pourquoi est-ce que votre chef, Ohayon, ne s'est pas déplacé en personne ? Il est en congé ?

— Ils sont peut-être venus chercher l'indiscret qui leur a coupé l'herbe sous le pied », ironisa Aviva. Elle alla rejoindre Rubin, espérant peut-être, elle aussi, s'entretenir en tête à tête avec Tsadik. « La police est toujours en retard d'un train…

— Moi, à votre place, lui dit Bahar, si une de mes collègues de travail avait été tuée dans la nuit, je ne serais pas d'humeur à rire… »

Hefetz se tourna vers Tsadik : « Tu lui as demandé de venir ? Pourquoi est-ce que la police débarque ici, tout d'un coup ?

— Mesdames et messieurs, lança Tsadik sur le pas de la porte de la salle de rédaction. Je vous demande une minute d'attention », tous firent miraculeusement silence, « la personne qui se trouve à mes côtés est le commissaire Élie Bahar de la préfecture de Jérusalem, il est là pour enquêter sur la mort de Tirtsah et déterminer s'il y a eu ou pas négligence coupable dans cette terrible tragédie… il va donc interroger certains d'entre vous. J'invite chacun à se montrer coopératif avec lui comme avec tout autre représentant de la police car il est dans notre intérêt à tous que cette enquête s'achève au plus vite. »

Natacha se tenait derrière Rubin et tirait nerveusement sur sa manche. Il posa la main sur son bras pour la tranquilliser.

« Tsadik, dit Rubin.

— Une seconde, Rubin, une seconde, tu ne vois pas que je... » Natacha recula de quelques pas.

« Je ne comprends pas la raison d'une enquête, dit Hefetz, agacé. Quelqu'un a-t-il commis un crime ? Elle a été écrasée sous une colonne de marbre, non ?

— Qu'est-ce qui te prend ? lui chuchota Nivah. Tu oublies la procédure en cas de décès accidentel ?

— Qu'est-ce qui se passe ? » demanda l'ouvrier du service d'entretien, qui surgit du bureau des chroniqueurs du service étranger avec un grand seau en plastique à la main et une spatule en métal maculée de taches blanches. Il se cogna contre Elmaliah, le cameraman, qui pénétrait dans la salle de rédaction en tenant un énorme sandwich.

« Regarde où tu vas, le réprimanda Elmaliah. Tu as failli faire tomber mon sandwich. Tu ne sais pas, dit-il à Hefetz, que si une personne meurt ailleurs que dans son lit, de maladie, ou à l'hôpital, sans certificat médical, il faut alerter la police pour qu'elle établisse s'il s'agit d'un accident et qui en est responsable ?

— Parfois, dans le cas d'un chantier, il faut poursuivre le maître d'œuvre pour négligence coupable », intervint David Shalit, et il posa le gobelet en polystyrène vide sur le bord de la table. « Ça peut être un délit pénal. »

Élie Bahar chuchota quelque chose à l'oreille de Tsadik, et ce dernier leva la tête en lançant : « Quelqu'un a vu Max ?

— Max Levin, s'étonna Aviva. Je ne vois pas ce qu'il vient faire là-dedans, ah... je vois, acquiesça-t-elle, c'est lui qui a découvert... il doit être aux "fils", dans son bureau.

— Précisément, expliqua Tsadik, il devrait y être mais il n'y est pas. Trouve-le-moi, Aviva, nous avons besoin de lui de toute urgence et aussi d'Avi Lachmann, l'éclairagiste qui était avec lui quand il a... » Puis il se tourna vers le commissaire et ajouta : « Accompagnez-la. Elle vous les trouvera. En plus, vous serez mieux dans mon bureau. En attendant, vous pouvez... »

Aviva adressa un sourire suave à Élie Bahar, enroula une boucle oxygénée autour de son index et le commissaire la suivit sans protester.

« Nivah, lança Hefetz, tu as apporté le magnétoscope dans le studio ?

— Oui, oui, bougonna-t-elle d'une voix entrecoupée. Je cours comme une folle, j'arrive à la banque d'images où ce type, Hezi… la prochaine fois, je le tue s'il… ne comptez plus sur moi pour descendre à la banque d'images, il me dégoûte.

— Pourquoi ? Qu'est-ce qu'il t'a fait, au juste ? lui demanda David Shalit avec une expression faussement candide.

— Voilà, ils ont interrompu l'émission », dit Tsadik, satisfait, en voyant Nehemiah, l'animateur, Dany Benizri et le directeur général du ministère de l'Économie à l'écran. « Bravo, Hefetz, tu nous as amené le directeur général du ministère de l'Économie, ajouta-t-il, chapeau pour la rapidité.

— C'est normal, dit Hefetz, indifférent au compliment. La ministre du Travail et des Affaires sociales est retenue en otage, c'est pas rien, ils menacent de se faire sauter avec elle, qu'est-ce qu'il pouvait bien me dire ? Qu'il avait mieux à faire que de venir ? Regardez-le, ce Sivan… quoi ? »

Cette fois, c'était la deuxième chaîne qui semblait connaître des difficultés de transmission. Le chroniqueur militaire, emmitouflé dans son manteau, grelottant de froid, essuyait du revers de la main les gouttes sur son front et, bien que l'on vît ses lèvres remuer, on ne l'entendait pas.

Hefetz monta le son du téléviseur mis sur la chaîne publique. « Monsieur », dit Dany Benizri au directeur général du ministère de l'Économie qui pinçait les lèvres tandis qu'un mouchoir bleu ciel bien repassé épongeait sa calvitie brillante, « je ne vous attaque pas, j'aimerais simplement savoir ce que sont devenues les sommes que le gouvernement s'est engagé à injecter dans les caisses de l'usine Hulit en juillet de l'année dernière, lors de la précédente crise…

— Avant tout », l'interrompit le directeur général, qui recouvrit sa chemise des manches de son manteau de tweed bleu et il s'agita sur sa chaise, « je tiens à condamner avec la plus grande sévérité ce qui constitue à mes yeux non seulement un acte d'une gravité extrême mais aussi un précédent des plus dangereux… »

Les yeux sombres de Dany Benizri étincelèrent. Il se tourna vers l'animateur de l'émission et celui-ci lui fit signe de patienter mais Dany Benizri ne lui prêta aucune attention et coupa la parole à son interlocuteur : « Vous ne répondez pas à ma question, s'écria-t-il.

— Il faut bien comprendre, lui lança le directeur général, qu'une telle violence est proprement inacceptable.

— Il n'a été fait état d'aucune violence pour le moment », dit Dany Benizri et il frotta du doigt le bouton supérieur de sa chemise bleue.

« Il exagère, il exagère beaucoup, dit Nivah dans la salle de rédaction. Et ça ? », elle pointa un doigt vers le téléviseur qui diffusait la deuxième chaîne où des colonnes de fumée étaient visibles à l'entrée du souterrain, « ce n'est pas de la violence ? »

Elle posa son regard sur Ariéh Rubin qui se tenait à côté de Tsadik et avait les yeux rivés sur l'écran. Il finit par hocher légèrement la tête en signe d'approbation.

« Hefetz, dit Nivah. Demande à Nehemiah de couper Benizri, on ne peut pas le laisser dire ça… »

Hefetz fit signe à Tsipi, l'assistante de production, et lui dit d'une voix enrouée : « Viens par ici, descends, vérifie ce qu'est devenu le magnétoscope que Nivah a pris à la banque d'images, vois s'ils l'ont préparé, demande à Dalit ce qu'il en est. » Il se tourna à nouveau vers le poste.

Les trois participants au débat impromptu occupaient toujours l'un des deux écrans : le directeur général du ministère de l'Économie, le chroniqueur des questions sociales Dany Benizri et l'animateur, Nehemiah, un des plus anciens journalistes politiques de la chaîne, réputé pour son honnêteté, son air un peu guindé et l'apathie dans laquelle il avait le don de plonger ses spectateurs. Il semblait que Nehemiah avait perdu le contrôle de la situation et Dany Benizri fixait maintenant son interlocuteur d'un regard incandescent.

« Je suis désolé, dit le directeur général en tâtant le bord de sa cravate, je suis désolé... »

Il était clair, d'après le geste de l'animateur — il se toucha le lobe derrière lequel était dissimulée l'oreillette qui lui transmettait les instructions de la régie —, qu'il devait avoir reçu l'ordre de calmer la fougue du chroniqueur des questions sociales. « Dany, Dany, dit Nehemiah à Benizri, je vous en prie, s'il vous plaît... »

Mais Dany Benizri ne prêtait aucune attention à Nehemiah. Penché vers le directeur général, il lui demanda : « Monsieur, dites-moi quelle alternative ont ces pauvres gens ? »

Les sourcils clairs et touffus du directeur général se haussèrent jusqu'au milieu de son front, ce qui conféra à son visage rond un air horrifié et stupéfait : « Monsieur Benizri, lança-t-il en faisant des efforts visibles pour se maîtriser, vous vous rendez compte de ce que vous dites ? C'est donc la seule option ? Je vous rappelle qu'il s'agit de personnes qui, pendant des années, ont gagné des fortunes en travaillant en équipe et que certaines d'entre elles habitent dans des villas.

— Messieurs ! » les rappela à l'ordre l'animateur mais ils l'ignorèrent. « Quoi ? s'exclama Benizri, ébahi. Ai-je bien entendu ? D'après vous, ils seraient millionnaires, c'est ça ? »

Nehemiah toucha de nouveau son oreille et fronça les sourcils. « Euh, s'il vous plaît, Dany », dit-il en agitant la main sur le côté, comme s'il essayait de faire signe à la régie située hors champ derrière la paroi vitrée.

La réalisatrice et la productrice se trouvaient à la régie ainsi que le reste de l'équipe du studio. Il leur jeta un regard suppliant mais aucun d'entre eux n'était en mesure de lui venir en aide. C'était un direct totalement improvisé et il ne parvenait pas à diriger le débat entre ses interlocuteurs qui donnaient l'impression d'avoir totalement oublié sa présence.

« Je ne peux parler que de faits », dit le directeur général et il se plongea dans les feuilles étalées devant lui sur la table.

En bon animateur, Nehemiah se pencha vers les feuilles du directeur général mais ce geste avait quelque chose de pathétique alors que, derrière lui, la voix de Benizri rugissait : « De quelles villas parlez-vous ? »

Le directeur général posa la main sur son tas de feuilles et dit : « Certains de ces ouvriers ont gagné jusqu'à trente mille shekels les semaines où ils travaillaient en équipe.

— Vous trompez sciemment le public »… l'accusa Dany Benizri, et il fixa Nehemiah d'un regard désapprobateur. « Il trompe le public, aucun d'entre eux n'est riche, souligna-t-il, et aucun ouvrier ne gagne les sommes qu'il a indiquées. »

Une agitation soudaine anima la régie. La productrice agita les bras, l'air furieux. Nehemiah s'éclaircit la gorge, remua sur son siège et interrompit le directeur général. « Ces événements dramatiques nous rappellent la terrible affaire Hannah Cohen », il se tourna vers Dany Benizri, « estimez-vous que les choses peuvent dégénérer de la même façon ? »

Benizri se détourna un moment vers la paroi vitrée. « Si vous me demandez mon avis, dit-il lentement, en accentuant chaque syllabe, tout dépend de l'attitude adoptée par les forces de police. Une réaction erronée peut provoquer, cette fois encore, une tragé… »

Le directeur général remua sur son siège et agita les mains. « Je suis désolé, le coupa-t-il, mais quand une poignée d'individus décide de faire la loi, la police n'a pas le choix.

— Eux non plus n'ont pas le choix ! » lança Dany Benizri.

Dans la salle de rédaction, tous fixaient l'écran. « Benizri a pété les plombs ou quoi ? » s'irrita Elmaliah la bouche pleine en posant le reste de son sandwich sur la table. « Qu'est-ce qui lui prend, de parler comme ça ? »

La caméra se rapprocha du directeur général dont le visage exprima un intense dégoût. « Je suis désolé, monsieur, lança-t-il avec colère à Benizri. Êtes-vous journaliste ou dirigeant du mouvement ouvrier ? Il me semble que vous devriez vous montrer neutre, non ? »

Dany Benizri ouvrit la bouche pour dire quelque chose mais Nehemiah, après avoir tâté l'oreillette où il trouva de nouvelles forces, posa la main sur le bras de celui-ci. « Excusez-moi de vous interrompre un court instant, monsieur le directeur général, lança-t-il. Dany, Dany, je vous en prie, j'aimerais que nous regardions ensemble un extrait du reportage que vous avez réalisé sur l'usine Hulit il y a un an, dans le cadre de l'émission d'Ariéh Rubin, *La justice de l'aiguillon*... »

Mais le directeur général refusa de se laisser réduire au silence, il agita un doigt menaçant sous le nez de Dany Benizri et s'écria : « Je ne tolérerai pas vos insultes une seconde de plus ! »

Le salut vint de la régie où la réalisatrice interrompit le débat et donna l'ordre de diffuser la cassette montrant les événements qui s'étaient déroulés un an plus tôt à l'usine de bouteilles Hulit. Avant que Nehemiah ait eu le temps de dire quelques mots de transition, on vit sur l'écran une femme qui se tenait sur un toit et criait. Seuls les professionnels pouvaient savoir qu'il s'agissait d'un reportage ancien.

Un profond silence régnait dans la salle de rédaction jusqu'au moment où Hefetz s'approcha du téléphone, composa un numéro et dit : « Passez-moi Dalit. » Au bout de quelques secondes, tout le monde l'entendit hurler : « Pourquoi n'y a-t-il pas de titre ? On risque de penser que le reportage a été réalisé aujourd'hui même — j'exige qu'on répète qu'il s'agit d'un document d'archives, je compte sur toi pour corriger ça sur-le-champ ! » Il se tourna ensuite vers Nivah, les joues rouges de colère : « Tu voulais une femme comme éditrice des informations générales, eh bien, je te félicite ! elle multiplie les conneries ! Tu es d'accord ou pas ? »

Mais Nivah ne s'émut pas le moins du monde. Elle lui adressa un léger sourire et dit : « Tu penses qu'un homme aurait fait mieux ? »

Entre-temps, sous l'image de Hannah Cohen, apparut le titre « Document d'archives » qui couvrit les mots « Hannah Cohen » et « Usine Hulit dans le sud d'Israël ». Une voix se fit entendre : « Cela fait six mois que je le supplie à genoux, je lui dis, versez-nous notre salaire — je ne vous demande pas l'aumône — on a travaillé dur pour gagner cet argent — et lui me répond — revenez demain — revenez demain — il n'y a plus de demain ! il n'y aura plus de demain ! ils habitent dans des villas et conduisent des Volvos et nous, on n'a même pas de quoi nourrir nos enfants ! il n'y aura pas de demain ! Comment est-ce que je vais nourrir mes enfants ? » À ses pieds, on voyait des gens qui levaient la tête. Puis, derrière la porte menant au toit, des policiers qui la martelaient du poing et menaçaient de la forcer et des manifestants qui tentaient de les en empêcher en faisant un rempart de leur corps. Pour finir, les agents réussirent à les repousser et à enfoncer la porte — certains manifestants leur criaient : « Ne vous approchez pas » et : « Nous mettrons le feu à l'usine » — et, dans la confusion qui s'ensuivit, Hannah Cohen apparut, bousculée elle aussi, et essayant de garder l'équilibre tandis que deux agents se dirigeaient vers elle pour la contraindre à descendre du toit — puis elle tomba dans le vide.

« Monsieur le directeur général, souhaitez-vous réagir aux images que nous venons de voir ? » demanda Nehemiah au directeur général, qui baissa les yeux.

Dans la salle de rédaction, tous se turent un instant puis Elmaliah, qui se tenait à côté de la bouilloire et remuait sa cuillère dans son gobelet en polystyrène, dit : « Est-ce que c'est le moment de montrer des choses pareilles ? Satanée course à l'audimat !

— Qu'est-ce que tu racontes ? s'exclama Nivah. C'est tant mieux qu'on montre ça ! » Elle jeta un coup d'œil affolé à l'horloge, tendit la main vers le sac à dos en cuir noir, en sortit son téléphone portable et appuya sur l'une des touches. « Maman ? Pourquoi tu ne m'appelles pas ? Quand es-tu rentrée ? la tança-t-elle.

— De toute façon, tout le monde s'en tape, marmonna Tsipi, qui se tenait sur le seuil du bureau des chroniqueurs du service étranger.

— Alors, ne sors plus, dit Nivah en haussant la voix. Tu m'entends, maman ? S'il te plaît, ne sors plus. » Elle remit le téléphone dans son sac, soupira, regarda autour d'elle, comme pour vérifier si des témoins avaient assisté à sa conversation, hocha la tête et se tourna vers le téléviseur.

« Eh, regardez ce qui se passe là-bas ! » cria Erez et il pointa un doigt vers le téléviseur. L'agent qui se tenait à l'entrée du souterrain lança un appel dans son mégaphone : « Shimshi, j'entre seul, je suis tout seul, regarde-moi. » Au fond, la tête d'un homme barbu, d'un certain âge, apparut entre les camions qui bloquaient l'issue de la voie. Il cria : « Dégage, Elias. Tu veux une autre Hannah Cohen ? » Ensuite on entendit la voix de l'envoyé spécial de la deuxième chaîne relater, à voix basse, tel un chroniqueur sportif lors des temps morts d'un match de football, que les grévistes avaient expliqué un peu plus tôt aux agents qu'ils n'avaient plus rien à perdre et que si ceux-ci tentaient un assaut, ils se feraient sauter avec la ministre du Travail et des Affaires sociales, son chauffeur et sa voiture de fonction. « Pour les citer, poursuivit le reporter d'une voix émue, le leader des grévistes, Moshé Shimshi, a déclaré à la police que si des agents pénétraient dans le souterrain, ils n'y trouveraient que des cadavres, et… attendez », sa voix se fit plus forte, « il semble que nous assistions à de nouveaux développements », à ce moment précis, le débat transmis par la chaîne publique fut interrompu et remplacé par Zohar, en parka militaire, son écharpe autour de la gorge, tremblant de froid. Il se tenait à l'entrée du souterrain et des colonnes de fumée s'élevaient derrière lui. « Comme vous le voyez, dit-il, on brûle ici des pneus… les ouvriers grévistes exigent que le journaliste de la première chaîne Dany Benizri les représente lors des pourparlers… des pneus sont incendiés, les grévistes menacent de se faire sauter et la vie de la ministre du Travail et des Affaires sociales est en danger…

— Qu'est-ce qu'il vient de dire ? s'exclama, ébahi, Hefetz. Ils veulent quoi ?

— Tu l'as entendu comme nous. Ils veulent que Dany Benizri les représente lors des négociations avec le gouvernement, rétorqua Erez.

— Je descends dans le studio », dit Hefetz et il sortit précipitamment de la salle de rédaction. Tsadik ouvrit grande la bouche mais il la referma aussitôt sans avoir rien dit et suivit Hefetz.

Hefetz se tenait derrière le pupitre de la régie et observait le studio à travers la paroi vitrée. Tsadik vint se placer à côté de lui et lui aussi vit l'expression de stupéfaction qui se peignit sur le visage de Nehemiah — tous trois regardaient Zohar et l'écoutaient. « Vous avez entendu ce qu'il a dit ? » lança Nehemiah en direction de la paroi vitrée tandis que Dany Benizri se levait, décrochait le micro attaché au col de sa chemise d'un geste hâtif et se dirigeait vers la porte du studio.

« Dany, dit Nehemiah d'une voix inquiète, où vas-tu ? » Benizri ne répondit pas, au lieu de quoi, il prit la veste accrochée à la patère de la porte du studio. « Dany, lui lança de nouveau Nehemiah, tu ne peux pas t'en aller au beau milieu de l'émission ! » L'écran montrait le policier au mégaphone qui criait : « Shimshi, Shimshi, reste là ! Si on t'amène Dany Benizri, tu le laisseras entrer ? »

Dany Benizri sortit du studio et pénétra dans la régie.

« Où est-ce que tu vas comme ça ? » lui lança Hefetz. Tsadik acquiesça discrètement de la tête et Dalit, l'éditrice, se leva et le suivit avec un moniteur et un spot. « Tu ne vas nulle part ! » lui intima Hefetz mais Dany Benizri était déjà dehors. Le téléphone de l'éditrice sonna pour demander à Tsadik de remonter car les chefs des différents services l'attendaient dans son bureau. En entrant dans la pièce, il croisa le regard accusateur de Rubin. « Je n'ai pas le temps, s'irrita Tsadik. Mati ! » lança-t-il à Mati Cohen comme celui-ci s'apprêtait à pénétrer dans le bureau de la secrétaire. Il fixa Aviva d'un regard malheureux et dit : « Je ne savais pas, pour Tirtsah, je viens de voir l'affiche, je ne savais rien. Tsadik, je dois te parler.

— Encore un, soupira Tsadik, mais qu'est-ce que vous avez donc tous, aujourd'hui, nous avons une confé…

— Tsadik, dit Mati Cohen, d'une voix essoufflée, en épongeant la sueur qui ruisselait sur ses joues écarlates. Accorde-moi une petite minute. » Il fit le tour de la pièce d'un regard apeuré et saisit le bras de Tsadik, chuchotant : « Hier soir… je… »

Tsadik tourna lui aussi la tête de tous côtés — les chefs de services se tenaient devant sa porte, le chef du service d'entretien était même déjà à l'intérieur, se versant du café, et Max Levin ainsi que le commissaire Élie Bahar se dirigeaient, quant à eux, vers une pièce adjacente qu'Aviva, la secrétaire, avait mise à leur disposition. « D'accord, dit-il à Mati Cohen. Mais une minute, pas plus, et ensuite on rejoint les autres. »

Ils sortirent dans le couloir. Mati Cohen jeta un coup d'œil vers l'escalier puis vers l'autre bout du couloir comme pour s'assurer que personne ne les écoutait. « Voilà, dit-il à Tsadik d'une voix terrorisée. Hier soir, je me suis rendu aux “fils”. Je devais monter sur le toit pour arrêter le tournage de Beny Meyouhas mais il a fallu que je fasse demi-tour avant d'y arriver parce que mon fils… le petit, tu sais, je t'ai raconté, celui qui a des bronchiolites, ma femme ne savait pas quoi… j'ai dû l'emmener aux urgences… c'est la raison pour laquelle je ne savais pas pour Tirtsah. Jusqu'à ce que je voie l'affiche, ce matin et alors, brusquement… »

Tsadik le considéra avec impatience. « Mais qu'est-ce que tout ça a à voir avec Tirtsah ? lui demanda-t-il. Et qu'est-ce que tu veux raconter à la police ?

— Eh bien, je… » Mati Cohen hésita et mit une main sur son

ventre énorme. Le temps d'un instant, on n'entendit plus que les voix qui s'échappaient des deux téléviseurs installés dans tous les bureaux. Des bribes de phrases qui mélangeaient le nom de l'usine Hulit et celui de Dany Benizri parvinrent aux oreilles de Tsadik, avec la respiration haletante du chef du service de la production, qui murmurait : « J'ai vu Tirtsah, près des coulisses, j'étais en train de marcher là-haut, tu vois, dans le couloir ouvert qui mène au toit, je tenais la rambarde et j'ai regardé — je l'ai vue avec quelqu'un, je suis presque sûr qu'il s'agissait d'elle mais je ne pourrais pas le jurer, et il y avait quelqu'un, un homme ou une femme, avec elle, je l'ai seulement entendue dire : “Non, non, non.”

— Il était quelle heure ? demanda Tsadik.

— Je peux te le dire exactement, à cause du gosse. Ma femme a téléphoné une minute plus tard, soit à minuit moins dix précises. »

Tsadik crut soudain défaillir. Il s'appuya contre le mur et lui demanda d'une voix tremblante : « Minuit moins dix, tu en es certain ?

— Certain.

— Mais ils disent qu'elle est probablement morte vers minuit, dit Tsadik d'une voix pensive. Tu es conscient de ce que ça… mais tu n'es pas sûr qu'il s'agissait de Tirtsah ?

— Non, admit Mati Cohen.

— Alors, mettons ça entre parenthèses pour l'instant, proposa Tsadik. Après la conférence, on en reparlera, il faut peut-être… mais je ne tiens pas à avoir la police dans les pattes et… bon, il me paraît urgent d'attendre.

— Tsadik », l'appela avec humeur Aviva de son bureau, situé en face de celui de son patron, « ils sont tous là, qu'est-ce que je leur dis ? »

3

« Celui qui ne lève pas la tête de son tas d'ordures ne peut pas savoir ce qu'il y a derrière la rue, même s'il est futé comme Shimshi, cela ne lui servira à rien — s'il est dans la merde, il ne voit rien », dit Rachel Shimshi et elle resserra son étreinte autour du bras de Sarit pour la forcer à s'asseoir à côté d'elle, sur le canapé. Des cinq femmes installées chez elle dans le living devant le poste et fixant, bouche bée, les nuages de fumée noire qui enveloppaient Dany Benizri, à l'entrée du souterrain, c'était pour Sarit que Rachel Shimshi s'inquiétait le plus ; non seulement à cause des problèmes qu'elle avait eus au cours de sa grossesse au point qu'on avait cru qu'elle ne pourrait pas garder l'enfant mais surtout en raison de la promesse qu'elle avait faite à Adèle. Quelques jours avant sa mort, alors qu'elle ne parlait presque plus, Rachel lui avait promis de veiller sur la petite. Car pour elles deux, bien que mariée et enceinte, Sarit était en effet toujours la petite. Depuis qu'Adèle s'en était allée, elle n'avait plus à qui parler et raconter sa vie, tout ce qui lui restait était Sarit sur laquelle elle devait veiller. Cette dernière se dégagea de l'emprise de Rachel Shimshi, quitta le canapé, pointa un doigt vers le téléviseur et s'écria : « Laissez-moi tranquille, mon Dieu, regardez ce qui se passe.

— Nous ne sommes pas aveugles. On voit toutes ce qui se

passe », lui dit Rachel Shimshi en regardant la fumée noire s'échapper du souterrain et dissimuler à présent Dany Benizri qui, quelques années plus tôt, était venu chez eux, à la maison, et avait mangé à leur table. C'est pour cette raison que Shimshi pensait qu'il était de leur côté et avait exigé qu'il vienne les représenter. Lorsqu'elle s'était réveillée à deux heures du matin et avait vu Shimshi en train de s'habiller dans le noir comme un voleur, elle avait essayé de le dissuader. Elle était encore choquée qu'il ait essayé de sortir en catimini. Il avait pris ses vêtements pour les enfiler dans la cuisine et même posé ses chaussures dans le couloir, pensant qu'elle ne l'entendrait pas quitter la maison. Il ne voulait pas qu'elle lui fasse des difficultés. Combien de fois lui avait-elle dit que partir en guerre ne servirait à rien, que les propriétaires de l'usine finiraient par gagner, comme toujours — les riches continuent de s'enrichir et les pauvres se font baiser — et qu'ils n'avaient qu'à prendre les indemnités et voir comment ils s'en sortiraient. Mais Shimshi refusait purement et simplement de renoncer, il estimait qu'en tant que responsable syndical il devait donner l'exemple. Et quel besoin avait-il eu de prendre avec lui Avram, alors que Sarit était enceinte et qu'ils venaient d'apprendre que le bébé ne risquait plus rien…

Elle avait dit à son mari : « Il faudra d'abord que tu me passes sur le corps », et essayé de s'allonger devant la porte. S'il avait tenté de la pousser, elle aurait à coup sûr réussi à l'arrêter, même si elle avait dû se servir de ses ongles pour ça. Mais Shimshi n'était pas idiot. Il la connaissait trop bien, lui aussi. Il ne s'était pas forcé un passage. Il s'était immobilisé à côté d'elle, près de la porte, et était tombé à genoux puis, doucement, tout doucement, il lui avait dit : « Rachel, sois gentille, je n'ai pas le choix, si je n'y vais pas, je perds tout ce qui me reste, ma fierté. On se moque de nous, on est des jouets entre leurs mains, c'est une affaire d'honneur, comprends-moi, c'est plus important que tout, plus que la facture d'électricité à payer. » Elle avait été obligée de le laisser passer. Il n'avait pas voulu lui révéler son plan mais, à présent, elle voyait tout à la télévision.

Elle ne se doutait pas qu'ils avaient préparé de la dynamite et qu'ils projetaient de faire sauter le souterrain et de prendre la ministre en otage. Elle était à mille lieues de l'imaginer. Et qu'ils feraient appel à Dany Benizri.

Elle plissa les yeux, à la télévision le reportage traînait en longueur et les filles attendaient autour d'elle comme si elle avait pris, elle aussi, les choses en main. Fanny, qui tirait sur ses mèches jaunes, tenait le bébé et lui tapait le dos bien qu'il fût silencieux maintenant, et grillait cigarette sur cigarette. Même Sarit, malgré son ventre, continuait de fumer. Et Rosy, avec ses jambes gonflées par le diabète. Les pauvres ! Et les enfants ! Qu'allaient devenir les enfants ? Il valait mieux qu'elle ne parle à personne de ses craintes, qu'elle n'ouvre pas la bouche à ce sujet. Elle savait très bien ce qu'ils allaient devenir, Benizri ou pas : ils finiraient tous en prison. Tous sans exception. Son Shimshi, le mari de Fanny, Gérard, Meïr, celui de Simi, et Avram, l'homme de Sarit. L'abandonner comme il l'avait fait, pendant sa première grossesse, après tous les ennuis qu'elle avait eus et partir en pleine nuit avec tous ces vieux qui n'avaient plus rien à perdre ! Elle avait dit tout ça à Shimshi quand elle l'avait surpris en train d'essayer de sortir de la maison sans qu'elle s'en aperçoive. « Tu es vieux, ces combats-là ne sont plus de ton âge, lui avait-elle dit. — C'est précisément parce que je suis vieux, lui avait-il répondu, que je n'ai rien à perdre. » Comment quelqu'un comme lui, avec son intelligence, soucieux de ses enfants et petits-enfants, notamment du petit Dudi qui était à un mois de sa bar-mitsva, pouvait-il organiser cet enlèvement de la ministre, sans lui en parler ! Il fallait être suicidaire pour kidnapper la ministre du Travail et des Affaires sociales et menacer de tout faire sauter ! Et voilà que les filles se mettaient à crier, maintenant. Pourquoi est-ce qu'elles criaient comme ça ? Il fallait s'en remettre à Dieu. Lui seul savait comment tout ça se terminerait.

*

Sur le siège arrière du véhicule de transmission par satellite qui filait sur la route en direction du souterrain, Dany Benizri troqua sa chemise bleu ciel contre un pull à col roulé noir placé dans son sac à dos et il calcula qu'il disposait de vingt minutes en tout et pour tout avant de se retrouver devant les caméras. Vingt minutes au cours desquelles il devait dire quelque chose à Tikvah et aussi rassurer sa mère. Il devait veiller à n'être ni trop élégant ni trop enjoué, cela risquait de faire mauvais effet à l'écran, lorsqu'il serait sur les lieux et entrerait dans le souterrain bourré d'explosifs. Heureusement qu'il avait ce coupe-vent kaki, qui passait bien et donnait l'impression que, dans l'urgence, il n'avait pas eu le temps de se changer. Avant qu'il puisse enfiler sa main dans la manche du pull, son portable sonna. Il s'y attendait. « Quoi ? Tikvah, qu'est-ce que tu as ? » lui demanda-t-il en simulant la surprise car elle n'était peut-être pas au fait des derniers développements. Pendant un long moment, il l'écouta lui faire son numéro entrecoupé de sanglots hystériques puis il lui dit : « Tikvah, calme-toi, je t'en supplie, calme-toi. Si tu continues, la petite va se mettre à pleurer elle aussi. N'aie pas peur, tu connais Shimshi et toute sa famille, ils ne me feront rien, ni à moi ni à personne. »

Tikvah cessa de pleurer un court instant et lui rappela ce que Shimshi avait déclaré à la télévision, ses menaces de se faire sauter avec les autres.

« Et après ? dit Dany Benizri sans s'émouvoir. Ça ne veut strictement rien dire, tu devrais déjà le savoir, ils veulent seulement attirer l'attention. Est-ce que tu peux dire à ma mère que tout va... fais ce que tu peux pour qu'elle ne m'appelle pas, s'il te plaît... » Avant qu'elle ait eu le temps de réfléchir ou de recommencer à pleurer, il se mit à parler des vaccins, du rendez-vous au centre d'allaitement et du sérum physiologique prescrit pour la petite par le pédiatre qu'elle vénérait et que lui ne supportait pas. Ensuite il regarda par la vitre les rues inondées de pluie à travers lesquelles le véhicule fonçait. Qui aurait pu prévoir que la matinée évoluerait ainsi, commencée parmi les conversations sur la mort de Tirtsah et s'achevant dans ce véhicule de transmission par satellite qui se hâtait vers le souterrain. Mais il était faux de dire qu'elle se terminait. Rien n'était encore fini ; car à l'entrée du souterrain, non loin des voitures de police, s'élevait une fumée noire au milieu de laquelle Moshé Shimshi l'attendait, une cagoule grise sur la tête, vêtu de son bleu de travail. Zohar s'écarta en faisant la moue. « Il ne me laisse pas entrer, le salopard, chuchota-t-il à Dany Benizri. Il sait que je suis de la télé mais il ne veut rien entendre. Tu es le seul à qui ils veulent parler, ils t'attendent comme le Messie. »

Dany Benizri écarta les bras comme pour signifier qu'il n'avait aucun mérite à cette exigence et il considéra Zohar avec appréhension, lui tapa sur l'épaule et dit : « Chapeau, Zohar, tu as fait du bon travail. » Sans avoir rien à se reprocher et sans s'en apercevoir, on peut susciter la jalousie d'un collègue et se trouver soudain face à un ennemi de plus, uniquement parce qu'on lui a été préféré. Était-ce sa faute ? Il n'avait nullement l'intention de lui voler la vedette — il n'y était pour rien — mais d'autre part rater une occasion pareille aurait été inhumain. « Écoute, dit-il en se raclant la gorge, je n'ai pas... » mais Zohar lui avait déjà tourné le dos et ramassait ses affaires.

« Allez, vas-y, entre », lui dit Zohar en montant dans le véhicule de transmission. « Je te le laisse », ricana-t-il en posant la main sur l'épaule d'Ijo, le cameraman. « Et tu peux me remercier. On a été pris de court, on n'a même pas de perchman, Ijo est toute l'équipe que tu auras.

— Ils le laisseront entrer ? » demanda Dany Benizri en jetant un regard à l'agent de police armé du mégaphone qui se tenait à côté de Shimshi.

Le policier haussa les épaules, se tourna vers Shimshi, désigna Ijo le cameraman du doigt et demanda : « Tu es d'accord qu'il l'accompagne ?

— Non. Benizri doit être seul, dit Shimshi en baissant la tête.

— Si tu veux, je peux t'attendre ici », dit Ijo. Il tendit à Benizri la caméra et le petit téléviseur relié par un câble au véhicule. Dany Benizri s'approcha de Shimshi d'un pas hésitant, redoutant qu'il ne s'oppose à le laisser entrer avec son équipement mais celui-ci se contenta de le fixer silencieusement un long moment et pour finir il dit : « Tu vois, comme tu n'es pas revenu nous rendre visite à la maison, il fallait bien qu'on se retrouve ici. »

Benizri eut un sourire forcé. Il n'avait rien à craindre. Cela faisait des années qu'il connaissait Shimshi, depuis l'époque où il n'était qu'enquêteur débutant tandis que Shimshi jouait déjà un rôle important au sein de son syndicat. Il était ridicule d'avoir peur de lui et, pourtant, il ne pouvait s'empêcher d'être pris de panique. Peut-être en raison du souffle court et saccadé de Shimshi, qui paraissait, lui aussi, en proie à une sorte de terreur.

« Écoute », lui dit Shimshi, et il l'entraîna à l'intérieur du souterrain. « Nous avons un problème. »

Benizri sentit sa main frémir et la poignée du téléviseur se couvrir de moiteur. Shimshi se mit à courir et il lui emboîta le pas. La caméra et le téléviseur ralentissaient son allure. Il vit, de loin, deux camions en travers de la chaussée. Un groupe d'hommes qui les entouraient, tous en bleu de chauffe, un bonnet de laine sur la tête, s'écartèrent pour le laisser passer. Derrière les camions se trouvait la Volvo grise et il aperçut Azriel, le chauffeur de Timnah Ben-Tsvi, la ministre du Travail et des Affaires sociales, les poignets appuyés sur le toit de la voiture, la tête courbée et le visage entre les mains. Shimshi s'arrêta net devant la voiture. Azriel se redressa. Il feignit d'ignorer la présence de Shimshi et posa ses grands yeux clairs sur Dany Benizri, se caressant le menton d'une main tremblante.

« Où est la ministre ? » demanda Benizri.

Azriel indiqua de la tête la banquette arrière de la Volvo. « Elle n'est pas bien, chuchota-t-il. Je ne sais pas quoi faire. »

Shimshi se racla la gorge. « C'est ce que je te disais, expliqua-t-il à Benizri. Nous avons un problème, elle n'est pas trop… comment dire… elle ne se sent pas très bien et il vaut mieux en finir au plus vite. » Il enleva sa cagoule militaire et fourragea ses cheveux gris clairsemés collés à son crâne.

« Qu'est-ce qui lui est arrivé ? » demanda, inquiet, Benizri, qui prit une profonde inspiration et toussa. Un nuage de fumée noire et suffocant remplissait le souterrain.

« Elle a eu un malaise », dit Shimshi et Benizri posa le téléviseur aux pieds d'Azriel puis il jeta un coup d'œil à l'intérieur.

La ministre du Travail et des Affaires sociales était étendue, recroquevillée sur le siège arrière. Quelqu'un lui avait placé un grand sac sous la tête. Elle avait les yeux fermés. Benizri s'engouffra dans la voiture et demanda si elle était consciente.

« Elle s'est évanouie ! lança Shimshi.

— Tu parles !, cria l'un des deux hommes qui se tenaient à proximité de la voiture. Elle fait semblant. C'est une bonne actrice, voilà tout. » Benizri lui tâta le pouls. Il était faible et lent. Il examina son visage qui avait une vilaine teinte grise et écouta sa respiration lourde et précipitée. Ensuite il jeta un regard de côté et l'assit, ôta sa veste en laine noire et déboutonna sa chemise bleue.

« Dites donc, s'alarma Azriel, le chauffeur, qu'est-ce qui vous prend ?

— Laissez-moi faire, j'étais infirmier, à l'armée », dit Dany Benizri, puis il souleva d'un coup la partie supérieure de son corps et, tout en la tenant dans ses bras, il dégrafa les attaches de son soutien-gorge dont il écarta les bonnets, révélant deux petits seins blancs dont la rondeur et la fermeté le surprirent. Confus de son intérêt pour eux, il se hâta de tourner la tête, comme pour s'assurer que personne n'avait remarqué son regard. Il tapota ses joues. Elle manqua de lui glisser des mains mais il la serrait fort et, du pied, il poussa la porte de la Volvo pour qu'elle ne se referme pas. « Shimshi, cria-t-il. Shimshi, c'est dangereux ce que vous faites.

— C'est rien du tout, lança le plus jeune des deux hommes qui se tenaient à côté de Shimshi. Du cinéma, une vraie chochotte des beaux quartiers.

— Shimshi, l'avertit Benizri. Je te le répète, j'étais infirmier à l'armée… j'ai vu des choses… c'est dangereux. Tu ne sais pas si elle a un problème médical, tu ne peux pas prendre ce risque, elle peut avoir de l'asthme, une allergie ou même le diabète…

— C'est de l'asthme, elle a une crise d'asthme », dit Azriel, et il se redressa. « Je le leur ai dit mais ils ne veulent rien écouter. »

Dany Benizri la couvrit avec la veste en laine puis il sortit de la voiture et s'approcha de Shimshi au point de le toucher. « Écoute bien ce que je vais te dire, lui chuchota-t-il, ça peut mal se terminer, ça peut… elle peut étouffer… et alors vous serez foutus. Crois-moi, je sais de quoi je parle, sors-la d'ici d'urgence. Si quelque chose lui arrive, la police donnera l'assaut, dynamite ou pas… et vous sortirez à l'état de cadavres. »

Shimshi leva les yeux vers ses camarades qui s'étaient éloignés en direction des camions et écrasa entre ses doigts la cagoule.

« Laisse-la sortir immédiatement, dit Dany Benizri, fais-la sortir avant qu'il soit trop tard et je… fais-la sortir et prenez-moi à sa place, je serai votre monnaie d'échange.

— Je ne suis pas seul, ici », chuchota Shimshi et il plia sa cagoule. « Je ne peux pas décider une chose pareille sans consulter mes camarades.

— Alors consulte-les, mais vite », dit Dany Benizri.

Shimshi recula et rassembla ses camarades autour de lui. Dany Benizri retourna sur la banquette arrière, s'assit et posa la tête de la ministre sur ses genoux.

« Vous avez de l'eau ? » demanda-t-il à Azriel et le chauffeur s'empressa d'ouvrir la portière avant puis il lui tendit une petite bouteille d'eau minérale. « J'en ai toujours une sur moi… au cas où…

— Savez-vous si elle a un vaporisateur ? » demanda Benizri tout en tirant à lui le sac qu'on avait placé sous sa tête et il l'ouvrit. « De la Ventoline ou autre chose ?

— Que faites-vous ? s'indigna Azriel, de quel droit ouvrez-vous… c'est le sac à main de Sarah, vous ne pouvez pas… »

Dany Benizri fouilla le sac, trouva un vaporisateur, ouvrit grande la bouche de la ministre, lui boucha le nez et lui administra plusieurs pulvérisations.

Azriel s'arc-bouta et Benizri, de l'intérieur de la voiture, ne pouvait voir que ses poignets et ses doigts qui tremblaient. Il marmonna : « Mon Dieu, mon Dieu. »

Shimshi s'approcha de la voiture et secoua négativement la tête. « Elle ne sort pas, dit-il. La majorité est contre sa sortie sans condition. Il faut d'abord qu'on parvienne à un accord.

— Shimshi, le supplia Dany Benizri, tu leur as expliqué ce qu'ils risquaient ? C'est sérieux, tu le leur as dit ? Le sang va couler, ici, je te le promets.

— Rien à faire, dit calmement Shimshi, elle ne sortira pas avant qu'on signe un accord. Si on la laisse sortir maintenant, personne ne voudra plus nous parler.

— Comment veux-tu qu'il y ait un accord ? demanda Benizri en consultant le moniteur. Dis-le-moi, comment peux-tu espérer conclure un accord dans des circonstances pareilles ?

— Tu vas t'en charger, dit Shimshi, c'est pour ça que tu es là. On va tout t'expliquer et tu le négocieras pour nous. Tout dépend de toi maintenant. »

*

Élie Bahar se trouvait dans l'antichambre du bureau du directeur de la chaîne et observait les gens qui tentaient l'un après l'autre de franchir la porte de Tsadik mais s'en voyaient interdire l'accès et refluaient alors vers le bureau de sa secrétaire où ils se pressaient autour du poste. Le bureau d'Aviva était placé devant la fenêtre, au milieu de la pièce qui ouvrait d'un côté sur le bureau du directeur et de l'autre sur une petite pièce où se trouvaient une table, des chaises, un canapé en skaï orange, une grande bouilloire vide, des tasses en céramique et un bol rempli de bonbons. Le lieu semblait destiné aux entretiens privés du directeur ou aux réunions de ses collaborateurs les plus proches. De la façon dont les tasses étaient rangées et de l'épaisse couche de poussière qui s'y était accumulée, on pouvait déduire que la pièce n'avait pas servi depuis longtemps. Tsadik ouvrit la porte de son bureau et demanda à Aviva de faire entrer Max Levin, l'accessoiriste, ainsi qu'Avi, l'éclairagiste, mais tous deux étaient à présent collés au téléviseur dans le bureau de la secrétaire et il se rapprocha pour voir ce qu'ils regardaient tous.

Pour comprendre comment les choses se passaient à la première chaîne, il suffisait de rester dans le couloir à observer les allées et venues entre le bureau de la secrétaire et celui du directeur.

Élie Bahar fixa attentivement Ariéh Rubin, l'homme qui avait révélé l'affaire des pots-de-vin dans la police. Comme le responsable de la fuite n'avait jamais été trouvé, les rapports entre le directeur de la première chaîne et le commandant du secteur centre étaient, depuis, des plus tendus.

Ariéh entra silencieusement dans le bureau de Tsadik et referma la porte derrière lui. Élie Bahar aurait donné cher pour assister à leur conversation. Quatre personnes, dont la jeune fille à l'écharpe en laine et aux ongles rongés, se tenaient déjà dans l'antichambre du bureau du P-DG mais la secrétaire ne les laissait pas entrer.

Élie Bahar l'avait vue plus tôt dans le couloir et, à présent, elle consultait l'horloge puis regardait la porte comme si sa vie dépendait de ce qui allait en sortir. Elle n'était pas particulièrement belle, il y avait quelque chose d'affamé dans ses traits ravagés, c'était ce qu'aurait dit Michaël Ohayon s'il l'avait vue, lui qui avait appris à Élie Bahar comment observer les gens. Il était difficile de savoir ce que Michaël aurait dit d'Aviva, la secrétaire bimbo, qui ne cessait de triturer ses mèches blondes et ne le quittait pas des yeux même quand elle chuchotait au téléphone, qui sonnait sans arrêt. Il avait peine à identifier la nature de ce regard qu'elle lui jetait, un regard soupçonneux et scrutateur, a priori, mais qui brillait d'une espèce de lueur... comme si elle lui faisait les yeux doux...

Tout le monde fixait le petit poste de télévision installé en haut du mur et toutes les pièces retentissaient des voix de Dany Benizri qui se trouvait dans le souterrain et du directeur général du ministère de l'Économie, assis dans l'un des studios de la première chaîne avec une femme obèse dont on voyait qu'elle avait été autrefois très belle. Un titre au bas de l'écran indiquait qu'il s'agissait de « Sarit Hermoni, assistante sociale ». La correspondance de Benizri et l'émission alternaient dans un silence total. Seule Aviva continuait de chuchoter dans le combiné afin de ne pas déranger tous ceux qui se pressaient autour d'elle pour écouter ce qui se disait. Ils se comportaient tous comme dans un QG de campagne après le déclenchement d'une guerre. Mati Cohen était assis près du bureau d'Aviva. Tsadik avait conseillé à Élie Bahar de lui parler à l'issue de la conférence parce qu'il s'était trouvé sur les lieux la veille et qu'il avait probablement vu la défunte. (« Où étais-tu passé ? avait demandé plus tôt Aviva de sa voix irritante à Mati Cohen. On t'a cherché partout. — J'étais aux urgences de l'hôpital Shaareï Tsedek, avec mon fils, si tu veux tout savoir. » Il s'était assis lourdement et avait ajouté : « Il me faut un café, je n'ai pas dormi de la nuit, je n'ai même pas eu le temps de me changer, je porte toujours le costume d'hier, regarde. — En quel honneur est-ce que t'es endimanché comme ça ? Tu vas à une réception ? Un ministre t'attend ? — Je te l'ai dit, ce sont mes vêtements d'hier. J'ai participé à une réunion en présence du ministre, je ne pouvais pas décemment... ») Il regardait maintenant l'écran et tenait son ventre proéminent entre ses mains. Élie l'observa longuement, ayant peine à comprendre comment des gens se permettaient d'en arriver au point où respirer leur devenait une tâche presque impossible à force de graisse, et ce Mati Cohen n'avait même pas l'air âgé, il lui donnait quarante ans tout au plus.

« Accordez-nous quelques minutes. Le temps qu'on débrouille la situation, là-bas », lui avait dit Tsadik peu avant et il l'avait planté là dans la « petite pièce ». Mais Élie Bahar n'était ni un enfant ni un nigaud et, refusant de rester dans une pièce aux portes fermées, il demeura sur le seuil de l'antichambre et entendit le « ils sont devenus complètement fous, c'est du jamais vu ! » qu'avait laissé échapper Mati Cohen sans quitter l'écran des yeux.

« Ils sont tout sauf fous », lui répondit Nivah, la secrétaire du service des informations générales, appuyée sur le bureau d'Aviva, un pied posé sur la cuisse de son autre jambe, comme une cigogne. « Ils sont tout sauf fous car on ne peut rien obtenir sans violence.

— Mais ils n'obtiendront rien ! » hurla Hefetz, le directeur des informations générales, qu'Élie Bahar avait aperçu plus tôt en train d'essayer de parler avec la jeune fille qui se tenait dans l'antichambre et se rongeait les ongles sans cesser de fixer la porte du bureau de Tsadik. Elle semblait être la seule à s'intéresser moins à ce qui se passait dans le souterrain qu'à la porte de Tsadik, à croire que le sort du monde était en train de s'y décider. « Rien du tout ! »

Le téléphone sonna et Aviva ne répondit pas. Elle fixait l'écran, pétrifiée.

« Écoute, lui chuchota soudain Mati Cohen, je veux te dire quelque chose, quand tout ça sera terminé… » il fit un signe de la tête en direction du poste de télévision, « Tsadik m'a dit que vous… enquêtiez sur les événements de la nuit dernière et moi… » il promena autour de lui un regard apeuré et agita la main comme s'il regrettait d'en avoir déjà trop dit, « tout à l'heure, je vous dirai, quand ça sera terminé… » répéta-t-il en tamponnant son front luisant et il dénoua sa cravate.

Il y a des moments, ils sont rares, où les médias agissent véritablement, immédiatement et de manière visible sur la réalité. Celui où le journaliste Dany Benizri se transforma en acteur principal d'un accord entre les ouvriers et le ministre de l'Économie en était assurément un. « Tu te trouves là, raconterait-il plus tard à Michaël. Et brusquement tu vois le directeur général du ministère de l'Économie piégé comme un rat, en direct, à la télévision ! Je croyais rêver ! Il n'avait aucune chance de s'en tirer ! Shimshi était en train de dicter un communiqué à Benizri… l'écran était divisé en deux et tu comprends… nous étions là, le regard rivé sur le téléviseur, tous autant que nous étions, et personne n'osait respirer ! »

D'ailleurs, la même scène, celle de spectateurs figés, silencieux et attentifs n'était pas propre au bureau d'Aviva mais se déroulait un peu partout dans l'immeuble, dans les couloirs, à la cafétéria, en régie et dans le hall d'entrée. Shimshi, de sa voix enrouée de fumeur, dictait en effet à Dany Benizri, qui le répétait mot pour mot, l'accord que les grévistes proposaient au directeur général du ministère de l'Économie. Le silence était total dans le bureau de la secrétaire du directeur de la chaîne quand le poste diffusa les paroles suivantes de Benizri adressées à l'animateur de l'émission : « Nehemiah, dit-il, debout près de la voiture de la ministre du Travail et des Affaires sociales, Monsieur le directeur général devrait prendre une feuille de papier et écrire… — Dany », l'interrompit l'animateur tandis que l'écran montrait maintenant le studio où le directeur général du ministère de l'Économie chuchotait quelque chose à l'animateur. Celui-ci approuva de la tête et se tourna vers l'une des caméras. « Tu nous reçois ? » Le directeur général s'empressa d'ajouter : « Ces négociations ne ressemblent à rien. »

On aurait pu s'attendre à une remarque sarcastique de la part d'une des personnes présentes dans le bureau d'Aviva, en réaction aux propos du directeur général du ministère de l'Économie mais tous gardèrent le silence et contemplèrent l'image suivante : celle de Dany Benizri dans le souterrain.

« Vous n'avez pas le choix, monsieur », dit Dany Benizri, que le froid tassait sur lui-même. Il désigna de la tête la Volvo grise : « Madame Ben-Tsvi doit sortir d'ici au plus vite, son état… » On vit de nouveau apparaître à l'écran le studio de télévision où quelqu'un entra et posa devant le directeur général un stylo et une feuille.

« Je n'en crois pas mes yeux », murmura Mati Cohen sans détacher son regard de l'écran et il s'essuya une nouvelle fois le visage.

Le souterrain se substitua au studio, avec Benizri et Shimshi à côté des camions. Shimshi prit un air menaçant et dit : « J'espère qu'il note tout, je ne me répéterai pas. » Puis il fit face au groupe d'hommes qui se pressait derrière lui et cria : « Silence, taisez-vous ! » Il se tourna ensuite vers Benizri et dit : « Allez, vas-y, commence ! »

Malgré ces préambules, les journalistes assemblés dans le bureau de la secrétaire furent stupéfaits lorsque le reporter commença à lire le texte qu'il tenait à la main : « Le directeur général s'engage… » Il se tourna vers Shimshi et sembla attendre son assentiment.

« Personnellement, ajouta Shimshi.

— Personnellement », répéta Dany Benizri et son visage pâle remplit l'écran pendant un court instant avant d'être remplacé par l'image du studio et l'expression horrifiée du directeur général.

« Regardez-moi ça, marmonna Nivah, toujours appuyée au bureau de la secrétaire. Il note, comme on lui a dit de le faire. »

Les silhouettes de Benizri et de Shimshi se découpèrent encore une fois : « … à faire appliquer sous les vingt-quatre heures les accords de salaire et d'indemnités de licenciement qu'il a lui-même signés il y a sept mois sans les respecter. » Benizri leva les yeux vers la caméra.

Shimshi, qui se tenait un peu en retrait, dit alors : « Je veux voir le papier. »

« Comment est-ce qu'on peut le lui montrer ? » demanda d'une voix inquiète Aviva, qui fixait le poste.

« Montrez le studio », commanda Benizri.

Élie Bahar percevait la lourde respiration de Mati Cohen qui se massait le cou. « Bravo à la production ! » dit-il à voix basse lorsque l'écran se divisa en deux, la partie droite occupée par le studio où la caméra filmait en gros plan le directeur général qui, penché sur sa feuille de papier, était en train d'y apposer sa signature, et la partie gauche, par le groupe d'hommes qui entourait Dany Benizri et regardait le petit téléviseur portatif placé devant lui.

« C'est bon, Dany », lança dans le studio Nehemiah, et il montra le papier à la caméra. « Le directeur général a signé, la balle est dans votre camp, maintenant… »

Sur la partie gauche de l'écran, la main de Shimshi flotta au-dessus de la feuille, comme si elle hésitait, puis elle finit par signer sur le dos d'un des hommes. Benizri saisit alors le papier et le montra à son tour à la caméra.

Toutes les personnes présentes dans le bureau de la secrétaire — à l'exception d'Aviva qui s'empressa de fouiller dans son grand sac comme si elle n'attendait que ce moment pour le faire — applaudirent et acclamèrent l'heureuse issue des négociations. La porte du bureau de Tsadik s'ouvrit et le directeur apparut, l'air radieux. Il lança à l'assemblée : « Il faut cesser de dire qu'on cafouille toujours, vous avez vu comme moi qui a sauvé la situation, non ? » Et Hefetz, qui se tenait non loin de lui, dit avec un grand sourire sans joie tandis que ses petits yeux clignaient derrière les verres épais de ses lunettes : « Bravo, les gars, bravo. C'est un grand jour pour le service des infos générales.

— Il n'y a pas de quoi grimper aux rideaux », grommela Aviva et elle repoussa avec colère son grand sac, « rien de bon ne sortira de tout ça, vous verrez bien, souvenez-vous de ce que je vous dis, souviens-t'en, Nivah, tu entends ?

— Pourquoi est-ce que tu dois toujours tout gâcher ? » se froissa Nivah et elle remit le pied dans le sabot disgracieux qui lui tenait lieu de chaussure, « tu es un vrai rabat-joie, comme si…

— Ce n'est pas ma faute, grogna Aviva, c'est celle de la vie, elle est ainsi faite. »

Rubin sortit à son tour du bureau de Tsadik. Élie Bahar l'entendit dire : « Ne t'en fais pas » à la jeune femme dont le visage s'illumina sous le regard de Hefetz, qui pâlit lorsqu'elle se jeta dans les bras de Rubin.

« Comment s'appelle-t-elle ? » demanda Élie Bahar à Aviva à voix basse. Elle le regarda et dit : « Natacha », puis elle lança d'une voix forte : « Hefetz, Mati, Yacobi, vous tous, les chefs de services », elle battait dans ses mains comme une maîtresse d'école, « vous pouvez entrer maintenant, la conférence de rédaction va commencer, allez, vite ! »

Hefetz demeura en arrière. Il regardait à l'écran Benizri suivre des yeux la Volvo de la ministre et la voiture de police qui la précédait. Il hocha la tête et marmonna : « Je me demande ce qui nous attend encore ! » puis il entra dans le bureau de Tsadik où on l'entendit dire : « Je vous aurais prévenus, rien de bon n'en sortira, croyez-moi. »

« Vous aussi », Aviva fit signe à Rubin et à Mati Cohen, « Max va bientôt arriver, dès qu'il en aura terminé avec l'inspecteur », bougonna-t-elle en direction de la porte ouverte de Tsadik. Élie Bahar resta à sa place d'où il pouvait considérer à son aise tous ceux qui entraient chez le directeur. Dans l'encadrement, Rubin demanda à Mati Cohen : « Tu y étais cette nuit ? » Il vit le hochement de tête affirmatif de Mati Cohen qui détourna le regard pour ne pas croiser celui de Rubin et rencontra celui d'Élie Bahar avant de baisser les yeux rapidement vers la moquette marron.

« Tu voulais interrompre le tournage ? lui demanda Rubin sur un ton menaçant. Interrompre maintenant le tournage de *Ido et Eïnam* ? » Et Mati Cohen ôta les mains de sa panse énorme et prit une profonde inspiration puis il écarta les bras d'un geste impuissant.

« À ce stade ? Alors que le film est déjà presque terminé ? »

Mati Cohen haussa les épaules et son visage se déforma en une grimace qui, elle aussi, signifiait qu'il n'avait pas le choix.

« On en reparlera après la conférence, lui dit Rubin.

— Après la conférence je dois m'entretenir avec la police, lui répondit Mati Cohen en lançant un regard à Élie Bahar.

— Pourquoi ? »

Mati Cohen haussa de nouveau les épaules et lorgna autour de lui. « C'est ce qu'ils veulent. » Il se dandina d'un pied sur l'autre. « Tu sais, à cause de Tirtsah.

— Alors plus tard, lui dit Rubin.

— Vous venez ? Qu'est-ce que vous fichez ? leur cria Tsadik, qui se tenait dans l'embrasure de sa porte. Pourquoi est-ce que vous n'entrez pas ? On n'attend que vous. » Mati Cohen regarda pensivement Tsadik. « Est-ce que je lui parle maintenant ou pas ? » lui demanda-t-il en indiquant de la tête la « petite pièce ».

« J'aimerais vous voir tout de suite », dit Élie Bahar, et il s'écarta pour laisser entrer Mati Cohen.

« Un instant, dit Mati Cohen, laissez-moi prendre une tasse de café dans le bureau de Tsadik, je n'ai pas dormi de la nuit... »

Aucun des deux n'ouvrit la bouche pendant un long moment. Entre deux sonneries du téléphone dans le bureau d'Aviva, Élie Bahar entendait dans la « petite pièce » les gorgées de Mati Cohen ou sa lourde respiration. Ce visage gonflé, cramoisi, ce souffle pénible et grinçant inquiétaient l'inspecteur. Mati Cohen semblait sur le point de suffoquer. Michaël Ohayon lui avait appris à se taire et à attendre. Mais le temps pressait et aucun soupçon ne pesait sur Mati Cohen. Il ne devait pas oublier qu'il s'agissait seulement d'un accident. (C'était également ce que Michaël lui avait dit dans la nuit, quand il l'avait appelé à la rescousse : « Tu n'as pas besoin de moi, c'est un accident, rien que de très banal. » Élie lui avait répondu : « Tu me manques trop, je ne peux pas travailler sans toi. » Michaël avait ri et lui avait rétorqué : « Tiens le coup. Il est une heure du matin, on se revoit dans sept ou huit heures. ») « J'ai compris que vous étiez sur les lieux », finit par dire Élie Bahar et, à son plus grand dépit, il s'aperçut qu'il avait rompu le silence à l'instant précis où Mati Cohen s'apprêtait à dire quelque chose. Ce dernier ouvrit grande la bouche puis la referma comme un poisson qui manque d'air. « Les lieux, quels lieux... ah, vous voulez parler de l'endroit où Tirtsah... ? »

Élie Bahar acquiesça. « Vous y trouviez-vous avant sa mort ? Vous l'avez vue ? »

Mati Cohen expliqua que juste avant minuit il était passé dans le couloir au-dessus du magasin des costumes et que Tirtsah se tenait à côté des coulisses.

« Elle vous a vu elle aussi ? demanda Élie Bahar.

— Je ne sais pas, je ne crois pas, réfléchit à haute voix Mati Cohen. Je me dirigeais vers le toit où Beny Meyouhas tournait son film ; je ne me suis pas arrêté. Elle ne… c'est ce que… elle n'était pas seule.

— Pas seule ? » Élie Bahar dissimula sa surprise et répéta la question pour gagner du temps. C'était un autre truc que Michaël lui avait enseigné des années auparavant : il ne fallait jamais manifester une trop grande surprise de peur que la personne interrogée ne commence à surveiller son langage, cesse d'être spontanée, et que l'on n'obtienne pas toutes les informations qu'elle était susceptible de livrer. « Il y avait quelqu'un avec elle ?

— Oui, et ils étaient en train de parler. Je ne sais pas qui c'était parce qu'il faisait assez sombre en bas et qu'elle était cachée par les coulisses. Je la distinguais à peine, en fait, je ne l'ai reconnue qu'à ses bottes et à sa voix.

— C'est elle qui parlait ? voulut savoir Élie Bahar.

— Pas exactement… elle ne parlait pas vraiment… elle a seulement dit… je crois qu'elle a dit "non, non" ou quelque chose dans le genre.

— Avec qui parlait-elle ? » demanda Élie Bahar en réprimant son émotion ; son pouls s'était accéléré car ce témoignage changeait tout. « Qui était avec elle ?

— C'est précisément ce que j'ignore », dit Mati Cohen en tirant sur les manches de son manteau bleu et en examinant un des boutons dorés.

« Un homme ou une femme ? » demanda Élie Bahar sur un ton affable, comme s'il n'était pas particulièrement pressé d'obtenir la réponse.

Mati Cohen eut une moue désolée. « Impossible à dire, je suis navré, il faisait noir et l'autre personne ne parlait pas.

— Qu'avez-vous vu au juste ? demanda Élie Bahar. Pouvez-vous me le décrire comme si j'étais… comme si j'étais un journaliste à qui vous racontiez la façon dont les choses se sont déroulées.

— Voilà : on m'a appelé pour me dire que Beny Meyouhas tournait en pleine nuit…

— Qui vous a appelé ? » demanda Élie Bahar en dessinant quelque chose dans le bloc-notes jaune posé sur ses genoux.

« Peu importe, on m'a appelé, c'est tout, dit Mati Cohen, visiblement mécontent. Nous avions une sorte d'accord selon lequel il devait arrêter le tournage faute de budget… bref, ça concerne… quoi qu'il en soit, je suis arrivé pour le prendre sur le fait et je savais qu'ils étaient sur le toit, aux "fils". »

La main d'Élie Bahar s'immobilisa sur la feuille. « Les "fils" ? Qu'est-ce que c'est que ça ?

— Les "fils", voyons, dit Mati Cohen avec impatience, dans l'autre bâtiment, là où on construit les décors, où… enfin, les "fils", quoi, vous n'avez pas visité le deuxième bâtiment ? Vous n'avez pas vu l'endroit où Tirtsah… ?

— J'y étais. C'est ça, les "fils" ?

— Il s'agit d'une ancienne filature, lui expliqua Mati Cohen, je ne sais pas si vous avez remarqué mais il y a là-bas un petit escalier qui monte au deuxième étage, une sorte de demi-étage, puis un couloir étroit, ouvert, avec une balustrade, au-dessus de l'atelier des décors et de la menuiserie, au-dessus… peu importe, on peut suivre ce couloir et voir ce qui se passe en bas sans difficulté. C'est dégagé, voyez-vous, alors je me suis tenu à la balustrade, je marchais vite et j'étais très fatigué et sacrément embêté parce que je savais que… qu'arrêter un tournage en plein milieu, c'est rageant… surtout s'il s'agit d'un Beny Meyouhas qui… » Mati Cohen se tut, quitta péniblement son siège, sortit d'une des poches de son pantalon un mouchoir à carreaux froissé et s'épongea le visage. « Il fait une chaleur à crever ici, ou est-ce que je me trompe ? se plaignit-il.

— Pas particulièrement, dit Élie Bahar. J'imagine que le chauffage marche, ça doit être ça. » Il toucha le radiateur et son doigt s'enduisit d'écaillures de peinture jaunâtre. « Non, il est froid, constatat-il avec étonnement.

— Économies, dit non sans satisfaction Mati Cohen. On commence à chauffer vers quatre-cinq heures, en fonction de la température. Où en étions-nous ? » Il consulta nerveusement sa montre.

« Vous étiez embêté d'avoir à interrompre le tournage de Beny Meyouhas, l'aida Élie Bahar. Vous longiez le couloir du deuxième étage et vous regardiez en bas.

— Oui, mais je ne me suis pas arrêté parce qu'il fallait que je dise à Beny Meyouhas… » Il soupira. « Pour finir, je n'en ai rien fait.

— Et pourquoi ?

— Parce que je suis revenu sur mes pas. Ma femme m'a téléphoné et j'ai dû emmener le petit aux urgences, il a eu une crise, il souffre de bronchites spasmodiques, je ne pouvais pas… il fallait y aller tout de suite, c'était une urgence, quand il a ses crises, il suffoque, il est déjà arrivé à l'hosto tout bleu. C'est moi qui avais la voiture. En plus, ma femme ne conduit pas. Je n'avais pas le choix, en plus… elle est enceinte et… nous avons perdu… bah », il eut une grimace d'exaspération, comme si sa propre prolixité l'irritait, « bref, il était impératif que je rentre.

— Vous êtes retourné sur vos pas ? demanda Élie Bahar.

— Oui, bien sûr, il n'y a pas d'autre chemin pour sortir des "fils" ou plutôt, si, il y en a un, par-derrière, un raccourci qui mène directement au parking et il y a… il y a aussi un passage de l'intérieur du bâtiment principal… mais j'avais garé ma voiture dans le petit parking…

— Donc, vous avez repris ce même couloir ?

— Je viens de vous le dire », repartit Mati Cohen et il le considéra avec étonnement.

« Elle était encore là ?

— Qui ça ? Tirtsah ?

— Tirtsah et la personne qui se trouvait avec elle.

— Je n'ai pas fait attention, dit Mati Cohen, l'air stupéfait, comme s'il saisissait l'absurdité de cette distraction. Je n'ai pas regardé ce qui se passait en bas, j'étais stressé par…

— Vous étiez pressé, lui suggéra Élie Bahar.

— Voilà, j'étais pressé, à cause du petit, ma femme m'avait dit qu'il était déjà… c'est ça, j'étais pressé et je serais incapable de vous dire si elle était encore en bas ou pas, je ne sais pas où on l'a trouvée, je n'ai appris que ce matin le…

— On l'a trouvée près des coulisses, près de la colonne, une colonne de marbre blanc.

— Je crois m'en souvenir maintenant, dit Mati Cohen. Il y avait une sorte de boule dessus ? Je l'ai probablement vue à un moment donné.

— C'est cette boule qui lui a écrasé le visage et le crâne », lui indiqua Élie Bahar sans détacher son regard de Mati Cohen, qui pâlit soudain.

« Nom de Dieu », marmonna Mati Cohen et il passa sa langue sur ses lèvres qui s'étaient desséchées d'un coup. « Est-ce qu'il y a… est-ce qu'il y a de l'eau ici ? » demanda-t-il en quittant son siège. Il s'approcha en titubant de la bouilloire, en souleva le couvercle, versa un peu d'eau chaude dans un verre en polystyrène et le vida d'un trait.

« Je suis désolé, dit-il en se rasseyant, je n'ai pas regardé en bas au retour, je ne sais vraiment pas si elle y était encore mais à l'aller, elle était bien en train de parler à quelqu'un à côté des coulisses, c'est-à-dire que… » Il s'interrompit net. Élie Bahar croisa les bras et attendit la fin de la phrase. Les gens — Michaël le lui avait appris également — ne supportent pas le silence. Mais Mati Cohen continuait de se taire. Son visage boursouflé était crispé par un effort dont Élie Bahar peinait à identifier la nature et ses yeux plissés semblaient tenter de déchiffrer les détails d'un tableau qu'il était seul à voir.

« Ce n'était pas une simple conversation », devina Élie Bahar et Mati Cohen darda sur lui un regard effrayé.

« Je ne sais pas ce que vous entendez par "pas une simple conversation". » Élie Bahar crut percevoir dans sa voix une note d'humiliation ou de désespoir. « Je ne peux pas vous en dire plus… je ne sais vraiment pas avec qui elle discutait… je n'en ai aucune idée…

— Pas même si c'était un homme ou une femme ? insista Élie Bahar.

— Non. Rien. Dans la pénombre qui régnait, je ne peux même pas… si Tirtsah n'avait pas été en train de parler, je n'aurais pas su que c'était elle… d'ailleurs je ne jurerais pas que…

— Il est capital que vous soyez sûr que c'était bien Tirtsah et que vous vous rappeliez ce qu'elle a dit », Élie Bahar ne parvint pas à dissimuler sa déception, « vous ne vous figurez pas comme c'est important. »

Mati Cohen le fixa avec un air confus mais au bout de quelques instants ses traits s'éclairèrent et revêtirent une expression d'intelligence. « Pour les assurances, hein ?

— Exactement », dit Élie Bahar qui n'avait nullement l'intention, à ce stade, de livrer la moindre de ses réflexions.

« Mais puisque je vous dis tout ce que je sais, l'implora Mati Cohen. Je fais de mon mieux. En me dirigeant vers le toit je pensais à Beny Meyouhas et j'y étais presque quand elle a téléphoné puis j'ai fait demi-tour et…

— Personne n'a entendu votre téléphone ?

— Qui aurait pu l'entendre ?

— Eh bien, les gens sur le toit, répliqua Élie Bahar. Ou même Tirtsah, tiens, si elle était en bas, elle a certainement entendu la sonnerie et réagi ? Elle a dû vous apercevoir, vous appeler même ?

— Non », Mati Cohen secoua la tête comme pour renforcer ses propos. « Je ne voulais pas qu'on sache que je… enfin… personne n'était au courant de ma venue, j'avais mis mon téléphone en mode vibreur, personne ne l'a entendu. Je l'ai senti bouger dans ma poche. J'étais près de la porte du toit, j'ai vu s'afficher sur l'écran mon numéro et j'ai su que c'était ma femme, j'ai seulement dit "quoi ?", elle m'a parlé du petit, je lui ai chuchoté "j'arrive" et je suis retourné sur mes pas, voilà comment les choses se sont passées. On ne pouvait pas m'entendre. Ni sur le toit, vous imaginez, là-haut, à ciel ouvert, il est proprement impossible de… ni même en bas, je ne vois pas…

— Vous êtes reparti en courant ?

— Je viens de vous le dire, j'avais peur que le gamin…

— Personne ne savait que vous étiez dans le bâtiment ? demanda à nouveau Élie Bahar.

— Non, c'était une visite surprise, il fallait que je les prenne en flagrant délit, que je constate par moi-même qu'ils n'avaient pas respecté la décision de la chaîne.

— Comment est-ce possible ? s'étonna Élie Bahar. On décide de mettre un terme à une production de télévision et l'équipe poursuit le tournage comme si de rien n'était ? Est-ce techniquement possible ?

— Tout d'abord », Mati Cohen baissa la tête et examina attentivement ses doigts, « il faut savoir que cette décision a été prise discrètement, nous ne voulions pas que… personne n'était encore au courant à l'exception de Beny Meyouhas lui-même, de sa productrice exécutive, Hagar, et peut-être, mais je n'en suis pas sûr, de Max Levin. Nous n'avions pas intérêt à causer un esclandre, mais je suis persuadé que Hagar l'a raconté à quelqu'un. Elle est tellement dévouée à Beny Meyouhas que… cela fait de nombreuses années qu'elle…

— Je comprends mieux à présent », marmonna Élie Bahar. Il sortit de la poche de sa chemise un papier, le déplia et relut les noms qui y étaient inscrits. « Voilà pourquoi vous ne figurez pas sur la liste.

— Quelle liste ? demanda sur un ton paniqué Mati Cohen.

— La liste des personnes qui se trouvaient dans le bâtiment la nuit dernière, quand l'accident s'est produit, vous n'y figurez pas parce que nul ne se doutait que… mais Tsadik, lui, le savait, c'est lui qui m'a dit que…

— Tsadik le savait, confirma Mati Cohen. Évidemment qu'il le savait, il… je ne serais jamais intervenu sans l'assentiment de… mais il ignorait que j'avais l'intention de m'y rendre hier, je ne l'avais dit à personne.

— Et le gardien ? le vigile ? Il ne vous a pas vu entrer ? »

Mati Cohen se versa un second verre d'eau et fit non de la tête puis il but une grande gorgée. « Il ne m'a pas vu, expliqua-t-il, il n'a pas pu me voir étant donné que je suis arrivé par-derrière, par le petit parking.

— Où se trouve ce parking, exactement ? demanda Élie Bahar.

— Derrière les "fils", les vétérans parmi nous le connaissent, il permet d'accéder directement au bâtiment, on monte un escalier et il y a une porte, elle est toujours verrouillée mais certaines personnes possèdent une clé, ce qui leur permet de s'y garer et d'entrer sans qu'on les remarque…

— Qu'entendez-vous par "certaines personnes" ? De qui s'agit-il ? voulut savoir Élie Bahar.

— Des chefs de services, par exemple, ils peuvent… mais aussi toutes sortes de… d'ouvriers, menuisiers, décorateurs etc., ou les équipes des grandes productions réalisées aux "fils"… par exemple, l'émission politique *Popolitika*… il y a un grand studio en bas, réservé aux émissions du vendredi soir… ceux qui y travaillent de manière régulière ont, eux aussi, la clé… en fait, on ne sait plus trop qui en a une et qui n'en a pas.

— Ce que j'aimerais », dit Élie Bahar et il loucha vers sa montre, « c'est qu'après votre conférence, vous veniez avec moi à l'Esplanade russe, j'ai une idée…

— Mais c'est impossible, dit Mati Cohen avec une répugnance

manifeste. Je dois parler à Rubin et voir ce que va devenir le tournage de *Ido et Eïnam* et cet après-midi… je ne peux pas me dérober aux obsèques, je suis déjà fautif de n'avoir appris que ce matin…

— Vous ne manquerez pas les obsèques, lui promit Élie Bahar. Je vous ramènerai moi-même pour que vous soyez à l'heure.

— Mais qu'est-ce que… pourquoi avez-vous besoin que…

— Il me faut tout d'abord une déposition signée, dit Élie Bahar. Et par ailleurs il y a… j'ai eu une idée pour stimuler votre mémoire, j'ai rencontré récemment… vous verrez, faites-moi confiance.

— Mais je dois avant tout aller à la conférence de rédaction, l'avertit Mati Cohen. J'ai quelques problèmes à régler sans retard.

— Je vous attends, promit Élie Bahar, je serai ici ou dans le bureau d'Aviva.

— Voulez-vous que je transmette à Max Levin que vous souhaitez le voir ? proposa Mati Cohen.

— Excellente idée », dit Élie Bahar et il l'accompagna jusqu'à la porte où il s'arrêta, le suivant des yeux tandis qu'il entrait dans le bureau de Tsadik.

Lorsque la porte du bureau de Tsadik se referma, Élie Bahar fit signe à Max Levin d'entrer dans la « petite pièce ».

« Je suis sur les rotules », dit Max Levin et il prit place dans l'un des deux sièges capitonnés placés près du mur. « À la place du sang, je n'ai plus que du café dans les veines, je suis crevé, rendu. » Il jeta un regard fatigué à Élie Bahar. « Je leur ai déjà tout dit cette nuit — je n'ai rien à ajouter là-dessus. » Élie Bahar considéra son visage étroit, ridé et racorni tandis qu'il frottait ses paupières rougies. « On travaille pendant trente ans avec quelqu'un, on devient inséparables et en un clin d'œil, tout d'un coup… rien…

— Je veux simplement qu'on vérifie ensemble ce que vous nous avez dit hier et votre déposition », lui expliqua Élie Bahar, puis il lui fit lecture du récit circonstancié qu'il avait fait, la veille. « C'est bien ainsi que les choses se sont passées ? » demanda Élie Bahar à Max Levin. Le chef accessoiriste approuva d'un hochement de tête.

Puis il ajouta : « Le visage de Tirtsah était complètement broyé... c'était... » Il ne termina pas sa phrase.

« Donc vous n'avez pas de clé pour la porte qui se trouve à l'arrière des "fils" ? lui demanda Élie Bahar avec une indifférence feinte.

— Vous allez rire, soupira Max Levin, je suis l'inventeur de cette porte, je l'emprunte chaque fois parce que je travaille presque uniquement aux "fils", j'y ai mon bureau... mais j'avais laissé les clés dans la poche de ma veste et je portais mon coupe-vent, cette nuit...

— Dites-moi, ça vous arrive souvent ? demanda Élie Bahar, je veux dire de travailler si tard, en pleine nuit ?

— Beny Meyouhas m'a appelé et m'a demandé de venir de toute urgence ... » il marqua une courte pause et marmonna, « je travaille avec Beny Meyouhas depuis plus de... presque trente ans, ça crée un lien, vous savez... il peut me demander ce qu'il veut, même au beau milieu de la nuit... et il ne m'appelle qu'en cas d'extrême urgence », lui expliqua Max Levin avant de se frotter les joues où apparaissaient çà et là des touffes grises et en grinçant des dents trop belles pour être naturelles.

« Qu'y avait-il de tellement urgent ? demanda Élie Bahar. Vous étiez très nombreux, sur le plateau, les acteurs, l'éclairagiste, les machinistes, Tirtsah, vous-même — pourquoi toute cette activité en pleine nuit ?

— On tournait des scènes nocturnes de *Ido et Eïnam*, je l'ai déjà expliqué hier, dit Max Levin, c'est un projet de grande envergure sur lequel Beny Meyouhas travaille depuis très longtemps. L'écriture du scénario a duré plusieurs années et le tournage, qui a commencé il y a trois mois, est presque terminé.

— Mais pourquoi tourner si tard ? insista Élie Bahar, on est en décembre, il fait nuit dès cinq heures de l'après-midi, pourquoi attendre minuit ?

— Non, vous ne comprenez pas », dit Max Levin, il se pencha vers le plateau de verre poussiéreux qui recouvrait le bureau et il posa le coude, « on avait besoin de la lune ! Dans cette scène, Guemoula, l'héroïne de l'histoire, marche la nuit sur les toits, elle est somnambule. C'est décrit dans la nouvelle d'Agnon », expliqua-t-il, et Élie Bahar eut l'impression que cette dernière phrase avait été prononcée par Max Levin avec une note de fierté, comme si celui-ci savait pertinemment que lui, Élie Bahar, ne connaissait pas la nouvelle d'Agnon, ce qui était vrai bien qu'il n'eût pas l'intention de l'admettre.

« Je comprends, dit Élie sur un ton affirmatif, que Mati Cohen était sur les lieux du tournage, cette nuit. Qu'est-ce qu'il faisait là ?

— On me l'a raconté ce matin », dit Max Levin avec précaution. Il jeta un regard soupçonneux à Élie Bahar : « Il est producteur sur la chaîne, il gère les budgets, vous ne lui avez pas posé la question quand vous l'avez interrogé tout à l'heure ? Il est venu cette nuit pour… je ne vois pas le lien avec votre enquête.

— Il n'y en a pas, expliqua Élie Bahar, j'ai simplement cru comprendre qu'il était là pour interrompre le tournage, il l'a fait ?

— Personne ne l'a vu, s'il est venu, il a dû repartir aussi sec, lança Max Levin avec mépris. Personne n'arrêtera cette production, même s'il y a des dépassements budgétaires… ce n'est pas… c'est un projet dans lequel trop de gens sont investis… c'est trop important pour que…

— Alors comment se fait-il, demanda Élie Bahar, si tant de gens sont impliqués dans le projet et s'il a coûté si cher, s'il vous mobilise tous de nuit comme de jour, comment se fait-il qu'un tel accident soit possible ? »

Max Levin lui présenta ensuite avec tout un luxe de détails les méthodes de travail de Tirtsah et comment elle ne permettait à personne de toucher à ses créations, pas même à lui, Max Levin, qui collaborait avec elle depuis plus de trente ans — « et croyez-moi, elle savait que je suis quelqu'un de responsable, elle le savait très bien, et pourtant elle refusait que je… » Il tordit ses doigts calleux et cura ses ongles noirs et longs. « Nul n'avait le droit d'y toucher, dit Max Levin. Elle n'avait confiance en personne, du coup elle porte la responsabilité… elle l'aurait admis elle-même. » Il loua alors le perfectionnisme de Tirtsah et son attention aux moindres détails, évoqua les heures de travail commun, lui comme chef accessoiriste et elle comme chef décoratrice, souligna que tout le monde l'aimait malgré ses exigences et s'était mobilisé pour l'aider, « tous, les ouvriers, les couturières, absolument tout le monde », sur ce projet, celui de *Ido et Eïnam*, pas tant en raison de l'estime qu'ils éprouvaient envers Beny Meyouhas, « je ne veux pas dire par là qu'ils ne l'estiment pas, au contraire, ils l'estiment beaucoup, c'est un metteur en scène de premier ordre, même si cela fait des années qu'il n'a pas les coudées franches pour faire ce qu'il veut… mais c'est un homme distant… il n'arrive pas à nouer de relations personnelles avec les gens… », que de l'affection qu'ils vouaient à Tirtsah, Beny était son mari, « ou c'était tout comme », se corrigea-t-il, « ils vivaient ensemble depuis six ou sept ans, depuis qu'elle et Rubin avaient divorcé, mais Rubin était resté très lié avec Beny Meyouhas… » Il s'essuya les yeux et marqua un long temps d'arrêt.

« Peu importe tous ces détails, c'est une affreuse tragédie, résuma-t-il pour finir, dont elle porte seule la responsabilité… je veux dire… » Il se tut et fixa Élie Bahar d'un regard triste. « De quelque manière que vous tourniez les choses, c'est terrible, dit-il enfin, mais pourtant vrai, chacun pourra vous le confirmer, même Avi, l'éclairagiste, chacun tombera d'accord…

— Vous savez, dit Élie Bahar sur un ton délibérément pensif, les techniciens de l'identité judiciaire ont mesuré les différentes dimensions de la colonne et calculé son angle de chute. Ils sont d'avis qu'un tel objet ne peut tomber de lui-même. Pensez donc, une colonne de marbre ! S'abattre précisément sur son crâne et le broyer, pourquoi ne s'est-elle pas écartée ? »

Max Levin se frotta à nouveau les joues, enfouit son visage dans ses mains, le frotta vigoureusement comme quelqu'un qui vient de se réveiller et dit, ses doigts couvrant toujours sa bouche : « Je me pose la même question, je n'y comprends rien. Elle était peut-être fatiguée… quand on est fatigué, les mouvements sont plus… on est moins attentif… ça doit être…

— Il vous semble invraisemblable que quelqu'un ait fait tomber la colonne sur elle ? »

Max Levin ôta ses mains de son visage, se redressa sur sa chaise sans paraître plus grand pour cela, tant son corps était chétif, et il le regarda avec stupeur : « Quoi ? Que quelqu'un ait… ? Comment ? Accidentellement ? »

Élie Bahar resta silencieux.

« Non, non, c'est impossible, s'écria Max Levin, hors de question. » Il fixa Élie Bahar avec une telle insistance que celui-ci en ressentit une certaine gêne, malgré son expérience. Il avait posé sa question machinalement, sans y réfléchir et ne s'était pas attendu à une réaction aussi vive, à cette expression offensée et au ton piqué de Max Levin. Son accent l'intriguait, d'ailleurs. Russe ? Pas vraiment, il peinait à l'identifier mais constatait qu'il se renforçait quand Max Levin haussait la voix. Ce dernier répéta : « Impossible ! Comment pouvez-vous même envisager une pareille hypothèse ? Nous ne sommes pas à Hollywood, ici ! Est-ce que vous savez seulement combien Tirtsah était aimée ? Trente ans dans la maison et pas un seul ennemi et cependant, croyez-moi, elle n'était pas facile, elle faisait trimer ses collaborateurs comme des forçats mais voilà, elle était intègre, d'une intégrité qui ne se voit plus guère aujourd'hui, et elle respectait tout le monde, toujours prête à donner un coup de main… Allez demander ce qu'ils pensaient d'elle aux couturières, aux peintres, aux menuisiers, aux ouvriers les plus… vous verrez. Demandez-le aussi à Avi, l'éclairagiste, il vous dira la même chose. »

Élie Bahar acquiesça de la tête et dit : « Oui, il est dans le couloir, je vais tout de suite l'interroger mais savez-vous où se trouve Beny Meyouhas ? »

Max Levin haussa les épaules. « J'imagine qu'il est chez lui, il est probablement… on n'a pas dû le laisser seul, Hagar est sûrement avec lui, c'est son assistante, sa productrice, depuis des années…

mais demandez à Aviva qu'elle se renseigne. » Il se leva, se dirigea vers la porte, l'ouvrit toute grande et cria : « Aviva, est-ce que tu peux aider l'inspecteur à trouver Beny ?

— Évidemment, dit Aviva. Venez, Élie, vous vous appelez bien Élie, non ? On va essayer de le trouver chez lui, Ariéh Rubin m'a dit qu'il y était, venez, asseyez-vous là. » Elle ôta les chemises en carton de la chaise installée à côté de son bureau et lui tapota l'épaule pour lui signifier d'y prendre place. Élie Bahar la regarda et s'assit docilement.

4

« Vous le voyez ? » avait dit l'officier des renseignements Dany Balilti à Mati Cohen avant de toucher l'épaule de l'homme grand et mince qui avait quitté son siège lorsqu'ils étaient entrés dans la pièce. L'homme avait fait le tour de la table, s'était arrêté devant Mati et avait serré froidement la main que lui tendait Balilti qui, de sa main libre, avait remonté la ceinture de son pantalon au-dessus de son ventre pansu. Côte à côte, ils ressemblaient à Laurel et Hardy. « Regardez-le attentivement », avait dit Balilti à Mati Cohen non sans fierté comme s'il s'était adressé à un parent qu'il avait élevé, « c'est un artiste, ne l'oubliez pas. Ilan n'est pas un simple technicien, c'est un peintre, il nous fait une insigne faveur en travaillant pour nous, n'est-ce pas, Ilan ? »

À présent, alors qu'il était assis depuis une heure en face d'Ilan Katz, Mati Cohen se tordait les doigts et remuait sur sa chaise, trop étroite pour lui. Il avait bien fallu qu'il réponde quelque chose, non seulement pour complaire à cet Ilan Katz qui l'avait engagé de la manière la plus touchante qui soit à lui livrer tout ce qui lui passait par la tête concernant le moment précis où il avait longé le couloir du deuxième étage dans le bâtiment des « fils » et aperçu Tirtsah avec quelqu'un d'autre en bas, mais aussi parce qu'il était épuisé, que ses pieds lui faisaient mal, de même que son épaule gauche et les bras, et que son unique souhait était de pouvoir enfin rentrer chez lui pour dormir.

« Je ne suis même pas sûr qu'il s'agissait de Tirtsah, hésita Mati Cohen. L'endroit était si sombre, ce couloir est toujours plongé dans l'obscurité », ajouta-t-il d'une voix implorante, mais cet Ilan Katz, assis en face de lui, les sourcils froncés, le fixant de ses yeux brillants, au milieu d'un réseau de plis minuscules, d'un éclat où se mêlaient patience, confiance et attente, semblait ne rien entendre de ce qu'il disait et n'avoir aucunement l'intention de le laisser tranquille. Il se contentait de rester assis et, sans détacher de lui son regard, il répéta pour la millième fois : « N'importe quoi, tout ce dont vous vous souvenez, une tache sur le mur, un carreau fissuré, absolument tout. »

Histoire d'avoir la paix, Mati finit par dire : « Je crois qu'il était plus grand », il but une gorgée d'eau et poursuivit : « Celui qui me tournait le dos était plus grand qu'elle.

— Ah ! s'écria joyeusement Ilan Katz. Vous voyez ? La mémoire vous revient ! » Il posa le dessin qui représentait deux silhouettes floues et, sur une autre feuille, il esquissa rapidement à nouveau deux formes, celles d'une femme et d'un homme plus grand qu'elle. « C'est bien ce que je vous affirmais. Chaque mot est porteur d'un enseignement », dit-il d'une voix satisfaite et il plissa les yeux. « Vous avez dit "il", j'en ai déduit que vous avez vu un homme, vous avez dit "dos", ce qui implique qu'il lui faisait face, qui sait ? il était peut-être en train de la frapper sans que vous vous en soyez rendu compte. Essayons de rendre avec un peu plus de détails le personnage d'après votre souvenir. Sachez qu'on retient toujours plus qu'on ne le pense », conclut-il sur un ton un peu docte.

Les événements de la matinée, après une nuit sans sommeil, le visage congestionné du petit qui brûlait de fièvre et toussait sans discontinuer ainsi que l'hystérie de Malkah — il plaignait le petit d'avoir une mère pareille, toujours désemparée —, la nouvelle de la mort de Tirtsah et ces gens avec leurs questions, leurs exigences et leurs pressions, ce flot incessant de paroles, ces menaces, bref tout ceci l'avait profondément perturbé. Même la conversation avec Hagar, qui l'avait appelé sur son portable alors qu'il revenait de l'hôpital Hadassah pour le dissuader de mettre fin au tournage du film de Beny, lui avait laissé un goût amer. Il ne s'était pas laissé faire, pourtant, lui répondant : « N'essaie pas de m'intimider », « Ça ne marche pas avec moi » et « Vous allez m'obéir, vu ? » « Tu es sans cœur », lui avait-elle asséné. Cette accusation était injuste. Il était tout simplement une personne responsable. Cela faisait-il de lui un sans-cœur pour autant ? Sa fonction au sein de la chaîne ne lui permettait pas de fermer les yeux sur cette gabegie même si jouer le rôle de l'avare, détesté par tout le monde, était loin de l'enchanter. On lui en voulait parce qu'il avait la haute main sur les finances. Personne ne savait qu'il était d'un naturel conciliant et généreux. Il aurait dû rendre son tablier depuis belle lurette. En réalité, ce travail n'était pas pour lui. Il aurait mieux fait de devenir expert-comptable ou au moins conseiller fiscal. Il avait commencé des études de comptabilité et, n'eût été Tamar — elle était partie avec la petite après deux années de mariage et depuis huit ans, maintenant, elle le pressait comme un citron, elle avait refusé sa proposition de la laisser s'en aller seule et de garder la petite avec lui, et l'avocat qu'elle avait engagé l'avait plumé de la belle manière, le salaud, il avait été contraint de tout lui donner, la moitié de l'appartement, la moitié des économies, une pension alimentaire et, par-dessus le marché, elle avait monté la petite contre lui —, il aurait déjà terminé ses études depuis longtemps et serait expert-comptable avec un diplôme en bonne et due forme et un cabinet. Oui, sacrée matinée que celle-là, qui le voyait à présent à l'Esplanade russe, lui qui n'avait encore jamais mis les pieds dans un commissariat de police ! Et pourquoi y aurait-il été ? Avait-il jamais enfreint la loi ? Ah si, il s'en souvenait, maintenant, une fois, il était venu déposer en faveur d'un de ses voisins, victime d'une agression. Et voilà qu'il y était conduit comme un délinquant, par la porte de derrière, et qu'Élie

Bahar le pressait d'avancer au vu et au su de tous — à un moment donné, il eut même l'impression d'apercevoir Epstein, du service d'entretien —, dans un couloir sans fin, marchant au pas de course tandis qu'il peinait sur ses talons. Ils s'engagèrent à nouveau dans un long corridor au bout duquel, alors que Mati manquait suffoquer, Élie Bahar avait poussé une porte blanche lui découvrant un autre couloir qui s'ouvrait sur une aile flambant neuve, dégageant une odeur de peinture fraîche et de bois, où se succédaient des bureaux encore vides. Dans le dernier d'entre eux, Mati avait retrouvé l'officier des renseignements, Balilti, celui qui avait de petits yeux et des valises. Tous deux avaient pris place en face de lui — il avait éprouvé de nouveau le besoin de boire du café bien que cela lui fût interdit et senti son sang palpiter derrière ses oreilles et des battements résonner sous sa voûte crânienne — et s'étaient remis à le cuisiner, cherchant à savoir si Tirtsah était aimée, si elle avait des ennemis, si elle s'entendait bien avec son mari, Beny Meyouhas, si l'un des ouvriers de l'atelier des décors avait une dent contre elle, s'il était vrai que Rubin était un don Juan et que certaines femmes voulaient… ils avaient même évoqué Nivah et parlé de l'enfant, à lui, Mati Cohen, qui avait horreur des ragots et de la médisance. Il leur avait dit sur tous les tons que Tirtsah était irréprochable, méticuleuse dans son travail mais d'une grande droiture et que tout le monde… qu'elle n'avait aucun ennemi et qu'en tout état de cause, il s'agissait d'un accident. Ils lui étaient alors tombés sur le paletot et lui avaient demandé à plusieurs reprises pourquoi il s'y était rendu en pleine nuit. Il avait essayé de leur expliquer ; il avait parlé des méthodes de travail et raconté pourquoi il avait dû débouler au milieu de la nuit pour mettre fin au tournage. « Vous ne comprenez pas, leur avait-il dit. Nous disposons d'un budget déterminé pour la fiction et Beny l'a dépensé à lui tout seul. Mais il ne s'est pas arrêté là, non, il a maintenant plusieurs scènes complémentaires à tourner. Des finitions qui coûtent la somme rondelette de cinquante mille dollars.

— Qu'entendez-vous par scènes complémentaires ? lui avait demandé Élie Bahar. Des nouvelles prises de scènes déjà tournées ou des ajouts ?

— Les deux, ainsi que des scènes supplémentaires nécessitées par des changements dans le scénario ou des corrections à apporter.

— J'ai entendu dire que Beny Meyouhas est un vrai perfectionniste, vous le confirmez ? avait demandé Élie Bahar.

— Et comment », avait approuvé Mati, qui, aussitôt, avait eu l'impression d'en avoir trop dit, la façon de travailler de Beny Meyouhas ne regardait pas la police.

« Combien avez-vous investi dans ce film ? avait voulu savoir Balilti. Quel est le budget d'un projet de ce genre ? »

Mati Cohen détestait parler de chiffres avec des gens que cela ne concernait pas. « Je ne m'en souviens plus très bien, avait-il fini par dire, mais le coût d'une telle production est très élevé, croyez-moi. Quoi qu'il en soit, cela n'a rien à voir avec Tirtsah et son accident… » Sa chemise était trempée de sueur. Il pleuvait, il faisait froid mais la pièce était surchauffée et il avait de nouveau eu l'impression de suffoquer, malgré sa cravate dénouée qu'il avait enlevée, pliée et mise dans la poche de sa veste. Il n'avait pas dit un mot de la mise au placard de Beny Meyouhas qui, pendant des années, n'avait pu tourner que des âneries, des programmes pour la jeunesse, des émissions religieuses et autres sottises. Il n'avait pas soufflé mot non plus du don anonyme parvenu de manière imprévisible de l'étranger, un don dont la vocation était de contribuer à financer l'adaptation cinématographique des chefs-d'œuvre de la littérature hébraïque. Sans ces fonds, jamais Beny Meyouhas n'aurait été autorisé à réaliser son Agnon. Mais rien n'était trop beau pour Meyouhas. Il avait gaspillé tout le montant du don avant de dilapider le budget du département fiction.

« Pouvez-vous être plus concret ? Vous voulez parler d'un million ? de deux ? » Les yeux de Balilti étincelaient et il était clair qu'il ne renoncerait pas.

« Je ne m'en souviens plus au juste », lui avait répondu Mati. Personne ne l'obligerait à livrer une telle information. Il n'était pas de ceux qui lavent leur linge sale en public.

Balilti n'abandonnait pas. « Je vous demande seulement un ordre de grandeur, une estimation, pas un montant au centime près. »

Il ne s'en sortirait pas à moins de lui jeter un os. « Autour de deux millions.

— De dollars ou de shekels ?

— De dollars, dans la production cinématographique on parle toujours en dollars, même si les sommes inscrites le sont en shekels. »

Balilti avait sifflé.

« Ce n'est pas grand-chose pour un film, s'était défendu Mati. À l'étranger, c'est même dérisoire, mais chez nous... »

Balilti avait jeté un regard à Élie Bahar et lui avait dit : « Tu entends ça ? Imagine tout ce qu'on pourrait faire, avec un fric pareil.

— Cet argent-là n'est pas destiné à l'usage personnel de quiconque, avait expliqué Mati Cohen. C'est le budget d'un film. En revanche, les salaires de l'équipe sont tout ce qu'il y a de plus moyen. »

Balilti n'avait pas réagi. Il s'était contenté de griffonner sur la feuille qu'il tenait, l'avait pliée et avait dit : « Je vous pose à nouveau la question : vous ne vous souvenez absolument pas de ce que vous avez vu en bas ? Qui se trouvait avec Tirtsah ? Il était tard, ça ne pouvait pas être n'importe qui... »

Mati avait répété qu'il ne l'avait vue qu'en passant, alors qu'il se dirigeait vers la porte du toit puis qu'il avait repris le couloir ouvert du deuxième étage pratiquement au pas de course et n'avait fait que jeter un rapide coup d'œil en bas, il ne s'était pas arrêté parce qu'il était pressé de rentrer chez lui à cause de l'enfant qu'il devait emmener aux urgences, mais sans plus de succès que précédemment.

« Ce n'est pas grave », Balilti s'était levé, « nous allons vous aider à vous souvenir de ce que vous avez oublié, venez, celui qui sait comment vous faire retrouver la mémoire n'est pas loin, c'est un spécialiste. Il pêche les souvenirs comme des poissons. »

À présent, l'homme grand et mince assis en face de lui, son genou pointu effleurant celui de Mati, lissait sa barbe blonde clairsemée et se frottait le bout du nez, pointu également. « Dites-moi maintenant sans réfléchir, puisque vous avez vu sa tête, s'il portait un chapeau ou une kippah.

— Je crois qu'il était tête nue », dit Mati et il s'essuya le visage. Une vague de froid le parcourut, suivie une série de frissons. Sa chemise était trempée de sueur, il avait des nausées et mal à l'épaule gauche ainsi qu'à la poitrine. Pourtant, il n'avait mangé qu'un feuilleté au fromage… il avait néanmoins l'impression que quelque chose ne lui avait pas réussi.

« Bon, il ne portait pas de chapeau, mais avait-il des cheveux ou une calvitie ? » demanda Ilan Katz en touchant son front dégagé et en ajustant sa petite kippah puis il se gratta de nouveau le bout du nez. Il rappelait à Mati le Pinocchio représenté dans un livre qu'il avait quand il était petit.

« Pas de calvitie », dit Mati, près de vomir sur le papier retenu par une grosse pince au tableau en aggloméré que l'homme coinçait entre ses genoux anguleux.

« Une kippah ? demanda Ilan Katz, tout en dessinant au crayon la tête de la silhouette la plus grande, la couvrant d'une épaisse chevelure. Des cheveux lisses ? bouclés ? Répondez spontanément, vite.

— Pas de kippah, dit Mati Cohen, qui s'épongea à nouveau les joues. Est-ce que nous pouvons nous arrêter ? Je ne me sens pas très bien, ajouta-t-il.

— Nous n'en avons plus pour très longtemps, nous faisons de gros progrès », lui promit Ilan Katz. Soudain, Mati eut l'impression que le bras du dessinateur qui bougeait par à-coups se brouillait et que sa voix pleine d'enthousiasme se faisait étouffée, comme si elle lui parvenait de derrière une paroi de verre. « Des cheveux bouclés ou lisses ?

— Lisses, je crois », dit Mati Cohen et il se redressa avec difficulté, s'agrippa des deux mains aux côtés de sa chaise en bois et respira à fond. Jusque-là, ce moyen s'était montré efficace pour supprimer la douleur à la poitrine qu'il connaissait bien pour l'avoir ressentie non seulement quelques années plus tôt mais les nuits précédentes, une douleur paralysante, comme si une agrafe géante s'était enfoncée dans le côté gauche de sa poitrine et y avait été écrasée puis pliée, une douleur à vous couper le souffle et dont il espérait qu'elle disparaîtrait d'elle-même, sans que personne ne se rende compte de ce qu'il endurait.

« Bravo, Mati, vous êtes formidable. Des cheveux lisses. Clairs ou foncés ? »

Mati ne réagit pas. La douleur l'empêchait de parler mais le dessinateur ne s'en aperçut pas. « Vous avez vu ses jambes ? ses chaussures ? Commençons par les jambes, longues ? minces ? Quelles chaussures portait-il ? » demanda-t-il d'une voix allègre, sans prêter la moindre attention aux difficultés respiratoires de Mati qui avait posé sa main droite sur sa poitrine.

Ilan Katz tambourina, tapota le papier du bout de son crayon, se leva brusquement avec fracas, le poussa en arrière, se dressa devant lui et dit : « Vous devez répondre rapidement, il faut battre le fer tant qu'il est chaud, plus le temps passera, moins vous serez capable de vous remémorer ces détails, croyez-moi. Chaque heure qui passe amoindrit la mémoire », il agita sous le nez de Mati un doigt long, maigre et jaunâtre, « une précision vestimentaire ? Avait-il un manteau ? une veste ? un pull ? Que portait-il ? »

Mati entendit sa propre voix, elle aussi semblait assourdie, qui dit : « Non, non, pas de manteau, je ne… pas… » Brusquement tout se mit à tourner autour de lui et la douleur au bras s'intensifia de même que celle qui lui déchirait la poitrine. Pas à la manière d'un coup de couteau mais plutôt d'une pression exercée par un pied géant qui le broyait… lui écrasait la poitrine… quelque chose d'une puissance énorme… on allait bientôt entendre l'explosion de ses os et leur pulvérisation. Il perçut des chuchotements. On le toucha, on déboutonna sa chemise. Il avait froid. Froid et mal. Il ne pouvait plus respirer. Et brusquement tout s'obscurcit.

*

« Alors là, pour une surprise c'est une surprise », dit Tsadik sans aucun signe de joie quand il vit le commissaire principal Michaël Ohayon à la porte de son bureau, « si je m'attendais à vous voir ici. » Il se leva et vint à la rencontre du policier, fit barrage de son corps et jeta un regard interrogateur à Élie Bahar mais celui-ci, qui n'avait nullement l'intention de lui expliquer pourquoi il avait alerté son patron, lui lança en retour un regard faussement candide.

« Je me doutais bien que la police nous enverrait quelqu'un pour poser des questions », bégaya Tsadik en passant sa main sur son menton mal rasé, et il ajouta : « Mais j'étais loin de penser qu'on aurait droit à leur grande vedette. »

Michaël Ohayon tendit le bras et pointa un doigt vers un point imaginaire comme pour rappeler à Tsadik ce qui avait eu lieu à cet endroit quelques heures plus tôt puis il dit : « Nous sommes là en raison du… de l'accident dont a été victime Tirtsah Rubin. » Il tourna la tête et aperçut l'expression mécontente de Tsadik. Il poursuivit : « Mais ce n'est pas le seul motif de ma présence.

— Ah bon, quelque chose d'autre justifie donc votre invasion de ces lieux ? » demanda Tsadik. Michaël hésita. Lors de la réunion de crise convoquée par le commandant du secteur centre et le commandant en chef de la police — après avoir appelé l'ambulance et s'être assuré que l'état de Mati Cohen avait été stabilisé bien qu'il n'eût pas repris connaissance —, Emmanuel Shorer avait averti Balilti et Ilan Katz que la famille risquait de les poursuivre et de réclamer des indemnités. Il leur avait demandé comment ils avaient pu ne pas remarquer l'état de Mati Cohen. « Croyez-moi, monsieur, avait dit Balilti, une main sur le cœur, il ne montrait aucun signe, aucun symptôme, il respirait bien avec difficulté mais, vu son poids, cela ne m'a pas semblé alarmant... » Michaël, qui savait que Mati Cohen s'était plaint d'un malaise, était demeuré silencieux. Le commandant en chef avait coupé court au meeting, rappelant que le moment était mal choisi pour épiloguer sur le sujet. Il avait exprimé l'espoir que Mati Cohen se rétablirait promptement, promis d'examiner les choses de près quand le calme serait revenu et était sorti de la pièce, laissant derrière lui un parfum de menace qu'Emmanuel Shorer avait renforcé lorsqu'il s'était tourné vers Michaël et lui avait ordonné d'annoncer à Tsadik avec tact et ménagement ce qui était arrivé à Mati Cohen « avant de lancer une enquête interne ».

Élie Bahar, qui se tenait derrière Michaël, vit Aviva humecter ses lèvres qui se mirent à scintiller puis les entrouvrir pour darder la pointe tremblante de sa langue rose dans la direction de Michaël qu'elle dévorait de ses grands yeux, fardés d'une ombre bleuâtre. À regarder Michaël à travers les yeux d'Aviva, comme pour la première fois, de la même manière qu'on redécouvre des gens qui nous sont si proches qu'on avait cessé de les voir pour ce qu'ils sont depuis longtemps, on ne pouvait qu'admirer sa haute stature et sa silhouette juvénile ; et quelle dureté retenue dégageaient ses cheveux courts poivre et sel ! Quel mystère recelaient ses yeux sombres sous ses sourcils fournis ! Élie Bahar glissa un regard en biais vers la courbe de son nez aquilin — « viril », aurait dit Tsila, sa femme, qui travaillait avec eux dans l'équipe d'investigations spéciales comme coordinatrice. « Il ne lui manque que la fossette pour ressembler à Kirk Douglas », avait dit un jour Tsila. Élie n'avait pas oublié cette remarque qui avait suscité en lui, l'espace d'un instant, une ombre de jalousie mais il se hâta de l'étouffer car il était incapable d'un tel sentiment à l'égard de Michaël. Son supérieur, certes, mais surtout un ami de longue date. Le parrain de ses enfants. Il ne l'aimait pas moins que Tsila. Il fallait cependant lui reconnaître, malgré ses quarante-six ou quarante-sept ans, l'air d'un jeune homme et un rapide coup d'œil suffisait pour se rendre compte qu'il était libre comme l'air… sans fil à la patte. Il n'y avait qu'à voir ce regard solitaire, sévère, qui parfois fixait un point par-delà l'épaule de son interlocuteur, ce regard en raison duquel Aviva se contemplait maintenant dans le miroir de poche rond qu'elle avait sorti d'un des tiroirs de son bureau. Par ailleurs, il était manifeste qu'il était lui-même très sensible aux femmes — à leur sourire, notamment — et qu'il ne les craignait en aucune façon. Le regard qu'il jeta à Aviva lorsqu'ils pénétrèrent dans son bureau n'échappa pas à Élie Bahar. Michaël avait donc remarqué les minauderies de la jeune femme et n'y était pas demeuré insensible.

« Si nous passions dans ton bureau, proposa Michaël à Tsadik sur un ton apaisant. Je sais que tu viens de traverser des moments extrêmement pénibles mais il est nécessaire de… » Il posa à nouveau son regard sur Aviva qui, les coudes sur la table, le menton dans le creux de sa main, le dévorait de ses grands yeux verts et humides sans même se donner la peine de dissimuler qu'elle suivait la conversation.

« D'accord », soupira Tsadik, et il entra dans la pièce où il se dirigea vers son fauteuil d'un pas lourd. « Je suis encore sous le choc, dit-il tandis que Michaël et Élie Bahar prenaient place en face de lui. Je vous parle normalement, en apparence, mais ne vous y fiez pas. Je suis bouleversé. Je me demande néanmoins s'il y a lieu d'effectuer une enquête. Il ne s'agit pas d'un meurtre, que je sache, c'est tout simplement un malheureux… et, de surcroît, je pensais que la police était mobilisée aujourd'hui par ces grévistes… peu importe… je m'égare… qu'est-ce que tu fais là, au juste ? »

Michaël désigna Élie Bahar de la tête : « On avait besoin de renfort.

— Alors toi aussi, comme ce ministre que je ne nommerai pas, si des amis vous appellent, vous venez sans hésiter ? marmonna Tsadik. Ce n'est pas que je sois mécontent de te voir… s'empressa-t-il d'ajouter avec une sèche perfidie, mais n'avez-vous rien de mieux à faire aujourd'hui, tous les deux ?

— Les ouvriers de l'usine Hulit sont déjà sous les verrous, dit sur un ton de dédain Élie Bahar. Ils n'ont plus de souci à se faire. » Il ajouta d'une voix amère : « Quant aux véritables coupables, vous pouvez être sûr qu'ils tireront leur épingle du jeu.

— C'est toujours comme ça, chez nous, concéda Tsadik, qui pressa un bouton sur son appareil téléphonique. Je peux vous offrir quelque chose à boire ?

— Un café », dit Élie Bahar et il lança un regard interrogateur à Michaël. Celui-ci haussa les épaules avec indifférence en guise de réponse.

Ils attendirent que Tsadik demande à Aviva d'apporter les boissons.

Élie Bahar considéra Michaël et ce dernier approuva de la tête. « Nous voulions… il faut… nous voulons vous demander de reporter les obsèques.

— Les reporter ? » Tsadik n'en revenait pas. « Quoi ? Les obsèques de Tirtsah ? Vous n'y pensez pas ! Nous avons fait placarder des avis, tout le monde est déjà prévenu, comment voulez-vous que nous les reportions ? Et pourquoi diable le ferions-nous ? Reporter à quand ?

— Écoutez, dit Élie Bahar, il y a… le médecin légiste a trouvé plusieurs éléments qui…

— Quels éléments ? Quoi donc ? dit Tsadik d'une voix affolée. Qu'a-t-il trouvé ? Où ?

— Certains indices suscitent des interrogations, répondit prudemment Michaël.

— Quels indices ? demanda Tsadik.

— Par exemple des contusions au cou.

— Tirtsah avait des contusions au cou ? s'étonna Tsadik.

— Oui, dit Michaël, des contusions provoquées par des mains qui se sont refermées sur sa gorge et l'ont étranglée. Elle a deux marques nettes, une de chaque côté. »

Par deux fois, Tsadik ouvrit la bouche et la referma aussitôt. Un profond silence s'ensuivit, troublé seulement par sa respiration entrecoupée et des voix provenant de derrière la porte.

« Qu'est-ce que ça veut dire ? chuchota Tsadik.

— Ça veut dire », Michaël s'exprimait lentement sans détacher son regard de Tsadik, « que ce que Mati Cohen a vu en montant sur le toit a une importance capitale. Seule une autopsie nous renseignera sur l'heure exacte de la mort et il nous faut la connaître, avec le plus de précision possible… ce qui nous permettra de tenir le bout d'un fil conducteur.

— Mais qu'est-ce qu'il a… il n'a rien vu de… il ne m'a pas dit que… il n'est même pas certain qu'il s'agissait de Tirtsah, il m'a dit qu'il faisait sombre et… il…

— Parfois, on voit plus qu'on ne croit », intervint Élie Bahar.

Tsadik allait dire quelque chose mais à ce moment précis la porte s'ouvrit et Aviva pénétra dans la pièce. Elle tenait un plateau. « Je n'ai pas laissé Manesh de la cafétéria entrer et vous interrompre », expliqua-t-elle et elle posa le plateau sur le bureau de Tsadik, « je me suis dit que vous ne vouliez pas être dérangés… » Elle adressa un sourire désarmant à Michaël et posa une tasse devant lui. « Vous le buvez avec du sucre ? des sucrettes ? du lait ? » lui demanda-t-elle après s'être approchée de lui au point de le toucher, son bras se frottant presque contre son épaule. Élie pouvait sentir les effluves de parfum citronné, délicat et surprenant, qu'elle dégageait et apercevoir les pores dilatés de ses joues ainsi que le duvet clair qui couvrait sa lèvre supérieure. « Tsadik, j'ai complètement oublié de te le dire », et elle se redressa. Il y a eu un appel pour toi de l'hôpital Shaareï Tsedek. Tu sais de quoi il peut bien s'agir ? » Tsadik secoua négativement la tête.

« Deux sucres, s'il vous plaît », dit Michaël et il prit deux sachets de sucre sur le plateau, en déchira les bords et les vida dans sa tasse.

« Heureux ceux qui n'ont pas à se soucier de leur poids ! » soupira Aviva et elle posa une autre tasse devant Tsadik. « J'y ai déjà mis une sucrette », ajouta-t-elle sur le ton d'une nurse qui est au fait des lubies de l'enfant dont elle s'occupe. « Je vous ai aussi apporté des feuilletés chauds », continua-t-elle en posant la troisième tasse devant Élie Bahar.

« C'est très gentil, marmonna Tsadik, qu'est-ce qu'ils me veulent à Shaareï Tsedek, ça me tracasse, tu peux leur passer un coup de fil et le leur demander ?

— Bien sûr. Regarde-moi ces feuilletés, aux épinards, s'enorgueillit Aviva, ils viennent de sortir du four, comme tu les aimes, Tsadik, et tu ferais mieux de prendre des forces parce que tu as du pain sur la planche.

— Qu'est-ce que tu veux dire ? » Tsadik se redressa, inquiet.

« Il y a trois personnes qui t'attendent derrière la porte. Dany Benizri, Natacha et Rubin qui a quelque chose d'urgent à voir avec toi... il m'a dit que tu lui as promis... lui et Natacha sont sur des charbons ardents. Il est pressé parce qu'il doit aller chez Beny Meyouhas et que le policier... » elle montra Élie Bahar du doigt, elle avait soudain oublié son nom, « veut lui poser des questions. » Élie Bahar acquiesça de la tête.

« Tu ne vois pas que je... ils vont devoir patienter jusqu'à ce que j'en aie fini avec la police, dit Tsadik, quant à Rubin, je lui ai déjà parlé, je pensais que... » il fit un geste résigné de la main, « dis-lui que je termine avec ces messieurs et que... »

Aviva fit un petit signe de la tête à Élie Bahar et sourit à Michaël et, comme elle sortait du bureau, elle s'immobilisa soudain, regarda Tsadik et dit : « Les gens parlent... » Tsadik attendit qu'elle poursuive, « ils disent que... ils disent que ce n'est pas un accident... pour Tirtsah... que...

— Ça suffit maintenant, Aviva, merci pour tout », l'interrompit Tsadik, et elle lui jeta un regard vexé puis elle quitta la pièce.

« Où en étions-nous ? » demanda Tsadik quelques secondes après que la porte se fut refermée.

— Nous en étions à ce que Mati Cohen a vu et n'a pas vu, dit Élie Bahar.

— C'est juste, dit Tsadik, il n'a rien vu, il n'y avait rien à voir, personne n'a…

— Tsadik, dit Michaël, nous avons besoin de l'autorisation de la famille pour ordonner l'autopsie. »

Tsadik repoussa l'assiette sur laquelle reposait le feuilleté, rassembla les grains de sésame dispersés sur le plateau de verre de son bureau et resta silencieux.

Élie Bahar se pencha en avant et expliqua : « Le médecin légiste dit que…

— J'ai compris, j'ai compris, l'interrompit nerveusement Tsadik. La seule famille de Tirtsah c'est Beny Meyouhas. Demandez-lui l'autorisation. Mais vous n'avez aucune… Mati Cohen n'est même pas sûr…

— Nous pensions avoir des méthodes pour l'aider à retrouver la mémoire », dit Élie Bahar. Michaël lui lança un regard dissuasif et Élie se hâta d'ajouter : « Rien de violent, n'ayez crainte.

— Vous voulez l'hypnotiser ou quoi ? ironisa Tsadik.

— À la vérité », dit Michaël et il se pencha à son tour vers Tsadik, « l'appel de l'hôpital Shaareï Tsedek avait certainement pour objet l'état de Mati et nous avions l'intention…

— Pourquoi ? Il lui est arrivé quelque chose ? demanda Tsadik d'une voix inquiète.

— Il a eu un infarctus, intervint Élie Bahar, juste après avoir réussi à se souvenir de plusieurs détails très importants.

— Mon Dieu ! s'exclama Tsadik.

— Il a eu un malaise au milieu de la reconstitution de la scène et nous avons appelé une ambulance, poursuivit Élie Bahar.

— C'est votre faute ! » Tsadik se redressa sur son siège et déplaça la tasse de café. « Vous l'avez rendu fou, après la nuit qu'il a passée aux urgences, après la mort de Tirtsah, il avait bien besoin de ce… pourquoi est-ce que vous lui avez pris la tête, j'aimerais le savoir, vous l'avez menacé, c'est ça ?

— Ne dis pas de bêtises, Tsadik, répliqua vivement Michaël. Pourquoi veux-tu qu'on l'ait menacé ? Nous ne l'avons même pas brusqué. Il y a dans nos services un spécialiste de la mémoire et il a travaillé un certain temps avec lui jusqu'à ce qu'il se souvienne de de ce qu'il a vu dans les détails. »

Tsadik se tâta le visage comme s'il avait perdu le sens du toucher et essayait de le retrouver. « De quels détails… et pourquoi… écoutez, je dois aller à l'hôpital, Mati est… nous sommes très proches, j'ai été mêlé de près à son divorce et à… et en plus je… » Il se tut.

« Rien ne presse, dit Élie Bahar, il est en réanimation, on ne l'a pas encore stabilisé mais les médecins sont optimistes. Ils ne vous laisseront pas entrer le voir, à mon avis.

— Je ne peux pas… » Tsadik se leva et poussa son grand fauteuil en cuir, « je ne peux pas rester assis les bras croisés alors que… vous avez prévenu sa femme ? »

Élie acquiesça : « Oui, elle est à son chevet.

— Et l'enfant ? s'inquiéta Tsadik.

— L'enfant va bien, le rassura Élie Bahar, sa grand-mère est avec lui à l'hôpital Hadassah.

— Je ne peux vraiment pas… » Tsadik décrocha le combiné.

« Attends un instant, Tsadik », lui demanda Michaël, et il posa la main sur son poignet. « J'aimerais quand même revenir au sujet précédent, permets-nous d'éclaircir quelques points, je te demande de coopérer et de reporter les obsèques, non pas de quelques jours mais de quelques heures, pas plus.

— Je ne comprends pas ce que tu veux dire », s'emporta Tsadik avant de se rasseoir. « Pour Tirtsah, il s'agit d'un accident ! » Il s'épongea le front. « Je refuse que vous nous embêtiez avec vos investigations totalement injustifiées, tirées par les cheveux, et que vous en profitiez pour fouiner un peu partout, je suis au fait de vos méthodes, moi. » Il posa sur Michaël un regard perçant, tira sur le lobe de son oreille et palpa une cicatrice à côté de son sourcil droit. « On se connaît depuis combien de temps, tous les deux, hein, Michaël ? Je me souviens que tu étais deux niveaux au-dessous de moi, dans la classe de mon cousin Ouzi, tu passais tous les après-midi chez lui, je me souviens que… alors, s'il te plaît, ne me raconte pas de salades, je ne tiens pas à avoir la police entre les pattes, ici, qui plus est sans aucune raison valable, en train de chercher des renseignements sur un tas de choses.

— Quelles choses, Tsadik ? demanda calmement Michaël. Quels renseignements pouvons-nous bien chercher ici ?

— Ohayon, dit Tsadik avec des intonations menaçantes dans la voix, je te préviens, pas de… bref, tu sais très bien de quoi je veux parler. »

Michaël ne réagit pas.

« Je veux parler de la fuite, vous allez profiter de la situation pour essayer de mettre la main sur celui qui a tout balancé à Ariéh Rubin. Je te rappelle que le rôle de la presse est de révéler ce genre de scandales. Vous aviez un haut gradé véreux. Notre rôle… Ariéh Rubin est un journaliste de premier ordre et tu ne le priveras pas de ses sources.

— Je ne vois pas à quoi tu veux faire allusion, dit Michaël avec une indifférence ostensible. Une personne est morte ici, la nuit dernière, et des doutes pèsent sur l'origine de ce décès. Je supposais que la réponse à cette question t'intéresserait au plus haut point et je n'imaginais pas que tu te défilerais à cause de… mais je me trompe peut-être. Tu préfères ne rien savoir ? »

Tsadik croisa les bras sur sa poitrine d'un air courroucé. « Tu n'as pas honte ? s'indigna-t-il. Tu me prends pour un imbécile ? » Il haussa la voix : « Tu ne sais pas que nous vous avons sacrément secoué le cocotier avec ce dossier explosif ? Que, grâce à nous, vous avez nettoyé les écuries d'Augias ? Tu ignores que votre commandant en chef n'aura de cesse de trouver le responsable de la fuite concernant les pots-de-vin reçus par le commandant du secteur nord ? » Sa voix était allée crescendo et c'est en criant qu'il lui lança : « Si tu me parles de cette façon », il frappa du poing sur le bureau, « alors sache que… vous ne pourrez entrer ici qu'avec un mandat de perquisition, tu m'as compris ? Tu en as un ou pas ? »

Michaël fit signe que non de la tête. « Tsadik, calme-toi, je pensais qu'entre nous, nous n'avions pas besoin de mandat, dit-il d'un ton conciliant. Je te rassure, en ce moment, je me fiche éperdument de cette histoire-là, elle est totalement étrangère à ma démarche. Je suis là pour tirer au clair la mort de Tirtsah Rubin et je pense que tu as tout intérêt à ce que cette affaire trouve une solution rapide. À moins, évidemment, que ce ne soit pas le cas…

— Qu'est-ce que tu veux dire par là ? Parle plus clairement. Tu crois que je te cache quelque chose ? »

Michaël demeura silencieux.

« Tu n'es pas bien ? s'emporta Tsadik. Que veux-tu que je cache ? J'ai montré hier à tes agents le lieu où … et vous ? » il désigna Élie Bahar du doigt, « n'avez-vous pas obtenu toute l'aide que vous avez demandée ? N'ai-je pas donné l'ordre que…

— Je ne le nie pas, vous avez pleinement collaboré, tenta de le calmer Élie Bahar, mais il faut que vous compreniez, Mati Cohen a vu quelque chose. On ne peut pas faire l'impasse là-dessus.

— Quoi ? Qu'est-ce qu'il a vu ?

— De quoi nécessiter une autopsie », dit Élie Bahar.

Tsadik fixa son téléphone, serra les lèvres et posa de nouveau son regard sur eux.

« Écoute, Tsadik, dit Michaël, la police doit pouvoir venir ici faire son enquête, c'est évident. À toi de voir si tu me veux pour interlocuteur ou si tu préfères te trouver face à quelqu'un d'autre. Qu'en dis-tu ? »

Tsadik ne répondit rien.

« D'accord, dit Michaël, je conclus de ton silence que nous nous comprenons. Dans ce cas, j'aimerais tirer deux trois choses au clair avec toi.

— Quoi donc ? Tout est clair, non ? grommela Tsadik.

— Pas tout à fait, insista Michaël, le point concernant la porte de derrière, par exemple. Le gardien n'a même pas vu Mati Cohen entrer dans le bâtiment des "fils" puisque c'est cette porte-là qu'il a empruntée.

— Évidemment qu'il l'a empruntée, expliqua impatiemment Tsadik, puisqu'il montait voir Beny Meyouhas sur le toit. Il n'avait aucune raison de passer par l'entrée principale et par conséquent devant le gardien.

— Mais tout le monde peut entrer par-derrière, alors ? s'étonna Élie Bahar.

— Pas tout le monde, dit Tsadik en se frottant les joues. Uniquement ceux qui ont la clé de la porte et seuls les chefs de services et autres cadres supérieurs de la chaîne l'ont… enfin, pour autant qu'ils travaillent aux "fils".

— Il nous faut leurs noms, reprit Élie Bahar, le nom de toutes les personnes qui peuvent passer par cette porte sans que le gardien les voie.

— Aviva vous les donnera et ceux qui travaillent aux "fils" pourront eux aussi vous renseigner là-dessus, Max Levin sait… mais vous voulez me faire croire que quelqu'un aurait fait tomber sur Tirtsah…

— Lors de la reconstitution avec Mati, il est ressorti qu'il a peut-être assisté à une querelle, dit Michaël avec précaution. Nous souhaitons aussi nous entretenir avec son mari, Beny Meyouhas, que nous devons voir de toute manière pour lui demander l'autorisation de pratiquer l'autopsie. »

Tsadik le considéra attentivement. « D'accord, je suis disposé à t'aider mais à une condition, finit-il par dire.

— Je t'écoute, dit Michaël, je n'apprécie pas particulièrement les marchés mais je suis prêt à t'écouter.

— Si vous ne trouvez rien de suspect, vous nous laisserez tranquilles sans chercher à trouver l'informateur de Rubin. Cette affaire-là sera considérée comme classée.

— Et si c'est le contraire qui se produit ?

— Le contraire de quoi ? lui demanda Tsadik.

— Si on trouve quelque chose ?

— Si vous trouvez quelque chose ?

— Oui », dit Michaël et il croisa les bras. « Si nous trouvons qu'il y a eu quelque chose de louche, tu nous donneras le nom de l'informateur ?

— Pas question ! s'écria Tsadik. Vous n'aurez rien d'autre qu'une collaboration sur toute la ligne.

— C'était une plaisanterie, le rassura Élie Bahar.

— Elle n'a rien de drôle, dit Tsadik, elle ne me fait vraiment pas rire. Vous pouvez aller voir Beny Meyouhas mais je doute qu'il vous apprenne quoi que ce soit de nouveau. Il ne coopérera pas, j'en ai peur, on m'a dit qu'il était plongé dans un état catatonique profond. Il est couché sur son lit et ne desserre pas les dents.

— Qui est proche de lui ? demanda Michaël. Toi ?

— Oui »... Tsadik hésita. « C'est un type très renfermé, pas... mais Hagar, sa productrice, est chez lui, en ce moment, avec son actrice indienne, elles ne le lâchent pas d'une semelle.

— Je me suis laissé dire que Rubin et lui sont très liés, lança Élie Bahar.

— Oui, c'est exact », Tsadik jeta un regard vers la porte, « s'il accepte de parler à quelqu'un c'est à Rubin.

— Nous nous sommes dit que nous l'emmènerions peut-être avec nous, dit Élie Bahar.

— Il est là, dehors », marmotta Tsadik et il appuya sur un bouton à côté du téléphone.

« Oui ? répondit la voix forte et métallique d'Aviva.

— Fais entrer Rubin », ordonna Tsadik.

Quelques secondes plus tard la porte s'ouvrit et Rubin apparut dans l'embrasure, sur le fond rouge de l'écharpe de Natacha.

« Attends dehors un instant, Natacha, lui demanda Tsadik. Entre seul, Ariéh. Je te présente le... commissaire principal ? » Michaël approuva de la tête, « le commissaire principal Michaël Ohayon.

— J'ai entendu parler de vous », dit Rubin en lui tendant la main.

Michaël la serra et dit, gêné : « Pour ma part, je suis un fan de vos émissions, le commissaire Élie Bahar aussi, d'ailleurs, comme nous tous.

— Vraiment ? » demanda Rubin sans sourire et il tira sur les manches de sa veste de sport en laine. Élie Bahar observa son visage allongé, les deux rides profondes qui sillonnaient ses joues, ses yeux marron fendus et le regard concentré, incandescent, qui y brillait. Rubin serra également la main d'Élie et posa sur Tsadik un regard interrogateur. « Natacha attend depuis… » dit-il en se tournant vers la porte.

« Je sais, qu'elle attende encore un peu, dit Tsadik avec une expression agacée.

— Tsadik, dit Rubin en passant sa main dans ses cheveux gris coupés ras, elle a trouvé un truc sensationnel. »

Élie Bahar eut du mal à dissimuler son émotion. Michaël se souvenait-il qu'Ariéh Rubin était le grand héros de Tsila ? Il fallait reconnaître que de près, dans la réalité, il était encore plus impressionnant qu'à l'écran. Et modeste, avec ça, parfaitement naturel. Vraiment impressionnant.

Rubin suivit silencieusement Élie Bahar jusqu'à sa voiture et y monta. La radio de bord crépitait mais elle ne couvrait pas la voix du chroniqueur des affaires sociales de Kol Israël 2 qui décrivait la descente des ouvriers licenciés du fourgon de police, menottés, sous le regard de leurs épouses, près de l'Esplanade russe, accompagnés de Dany Benizri, « le héros du jour », précisa le journaliste, « à qui je tire mon chapeau ».

« Merci, Guidi, dit le journaliste de la première chaîne.

— Dany Benizri, que va-t-il se passer maintenant ? Quelle sera la conséquence des actes de ces hommes ? » demanda le journaliste de radio mais Élie Bahar n'entendit pas la réponse de Benizri car il écoutait Michaël déclarer à Rubin combien son émission hebdomadaire *La justice de l'aiguillon* était importante. Il lui dit alors : « Le nom de votre émission m'intrigue depuis longtemps.

— C'est le titre d'un poème que j'aime beaucoup, dit Rubin.

— Quel poème ? demanda alors Michaël.

— Un poème de Dan Pagis sur les frelons, mais dans le poème, les frelons sont une sorte de symbole », marmonna Ariéh Rubin, et il regarda par la fenêtre. « Ça serait trop long à expliquer mais pour moi, il y a un lien avec l'émission.

— Une émission qui en a », osa intervenir Élie Bahar, assis sur la banquette arrière, tout en imaginant comment il raconterait à Tsila sa rencontre avec Rubin. Au moment où ils s'arrêtèrent devant l'entrée de l'immeuble de Beny Meyouhas, Rubin dit de sa voix caverneuse, singulière : « Il vaut peut-être mieux que j'entre en premier et que vous attendiez quelques minutes avant de me suivre, qu'en pensez-vous ? ». Élie continuait de se demander comment il raconterait sa rencontre avec Rubin à Tsila. Il ne devait omettre aucun détail.

« Vous avez raison, après tout, vous êtes son meilleur ami, dit Michaël.

— Depuis l'âge de dix ans, à l'école primaire, dit Rubin, on a tout fait ensemble. Beny est… comme mon frère. » Il se tenait à présent à l'extérieur de la voiture. « Je vous appellerai dans quelques instants », leur promit-il.

5

Au bout d'un quart d'heure d'attente, Élie Bahar tira la poignée en laiton placée sous la plaque de céramique ornée d'oiseaux et de fleurs au milieu de laquelle figuraient les deux noms « Rubin » et « Meyouhas » séparés par un tiret et il frappa à la porte en bois. Une frêle jeune fille dont la longue chevelure noire masquait la moitié du visage pâle lui ouvrit. Elle demeura un instant silencieuse, cligna des yeux et se frotta les pieds puis elle tourna la tête comme pour obtenir l'autorisation de faire entrer les inconnus mais, en l'absence de toute consigne, elle finit par hausser les épaules avec indifférence et murmura : « Ne restez pas là, il fait très froid dehors », et elle baissa les yeux, s'écartant pour les laisser passer.

« Cela fait un quart d'heure que nous sommes dehors sous la pluie, dit Élie Bahar d'une voix irritée, une fois dans le vestibule. Rubin nous a dit il y a vingt minutes qu'il nous ferait monter tout de suite.

— Je..., commença la jeune fille, visiblement embarrassée. Je suis seulement... je n'habite pas là... je ne peux pas...

— Qui êtes-vous ? lui demanda Élie Bahar.

— Je... je m'appelle Sarah », elle se frotta les mains, « je suis une actrice... je participe au film de Beny, je joue le rôle de Guemoula. »

Une pâle lumière d'hiver qui pénétrait dans la pièce par une grande fenêtre en plein cintre éclairait le mur sombre, peint en bleu marine, ainsi que la maquette d'une maison en bois, posée sur un plateau en aggloméré, portant une étiquette où il était écrit : « maison des Greifenbach ». Michaël contempla la maquette, les fenêtres et les barreaux, les antichambres et les couloirs qui reliaient les différentes ailes de la maison, les pièces éclairées et celles qui étaient plongées dans l'obscurité. Des panneaux de contreplaqué peints recouvraient la partie supérieure de la maison et sur ces méplats s'élevaient des toits de hauteurs variées qui pour certains étaient entourés de garde-corps sombres. Les garde-corps, tout comme les ailes de la maison, étaient rattachés par des plans légèrement inclinés. Sur une étagère voisine, un magnétoscope était allumé mais aucune image n'occupait l'écran de télévision où tremblotait un halo bleuté.

« C'est une maison de poupées ? demanda à voix basse Élie Bahar. Je ne savais pas qu'ils avaient des enfants en bas âge, regarde, des lampes et tout…

— C'est une maquette, dit Michaël, le modèle réduit de la maison dans *Ido et Eïnam*, le film qu'il est en train de réaliser.

— Comment le sais-tu ? » Élie Bahar avait une expression mi-furieuse, mi-admirative.

« J'ai suivi un cours sur Agnon en première année de fac. Je te l'ai raconté un jour, tu l'as oublié ? C'était un cours facultatif. Et il se trouve qu'on a étudié cette nouvelle, *Ido et Eïnam.* » Il posa son regard sur Élie et s'empressa d'ajouter : « Mais je ne l'ai jamais comprise. L'histoire est magnifique bien que très obscure, pleine de symboles. Le prof nous les avait expliqués, ce qui, entre nous, ne m'avait pas beaucoup avancé. Je me souviens du nom de la maison », il indiqua du doigt l'étiquette, « "Greifenbach", et de la jeune fille qui marche la nuit sur les toits et entonne les chants de Ido et Eïnam. » Il ne dit pas à Élie qu'il se rappelait également très bien le docteur Gamzou et le docteur Ginat, le collectionneur de livres et spécialiste du folklore, et la rencontre entre Guemoula et Ginat, mais surtout la fin atroce de la nouvelle. Il croyait encore entendre la voix terne du professeur lire avec des trémolos émus : « Pour quelle raison Ginat détruisit-il son œuvre et brûla-t-il en un court instant le fruit d'un labeur de nombreuses années ? » Combien de fois, depuis, à la vue de ces gens qui réduisent à néant en l'espace d'un moment ce qu'ils avaient de plus cher au monde, cette question n'avait-elle pas jailli dans son esprit ?

Une femme d'une quarantaine d'années vêtue d'un jean élimé sortit de la cuisine. Ses nombreuses mèches blanches, ses traits ridés et durs et ses petits yeux gris qui les fixaient d'un air soupçonneux, tout en elle faisait contraste avec la jeune femme. « C'est à cause de moi, je suis seule fautive, leur dit-elle sans chercher à s'excuser. Ariéh Rubin m'a demandé de vous appeler mais je voulais être sûre que… » Elle indiqua de la tête la porte fermée à l'extrémité d'un large couloir. « Beny n'est pas encore en état de… je me suis dit que ça pouvait attendre, déclara-t-elle.

— Vous êtes de sa famille, sa sœur ou une proche parente ? demanda Élie Bahar.

— Je m'appelle Hagar. » Elle secoua ses cheveux et posa une main sur sa gorge.

« Hagar comment ? » insista Élie Bahar tandis que Michaël promenait un regard circulaire dans la pièce avant d'observer attentivement une série de photos en noir et blanc accrochées sur le mur vis-à-vis de la porte palière. Entre deux clichés d'hommes en uniforme, assis les uns contre les autres sur un sol aride, les mains levées et croisées sur la nuque, leurs yeux bridés fixant l'objectif d'un côté et une photo montrant un groupe de soldats de nationalité indéterminée, visiblement exténués et accroupis autour de plusieurs fosses de l'autre, il y avait une grande photo où posait une bande d'adolescents hâlés. Trois d'entre eux portaient un short, une chemise aux manches négligemment retroussées jusqu'aux coudes, des godillots et un keffieh. Au milieu du groupe se tenait une jeune fille, mince et bronzée, en short et chemise blanche, qui jouait avec les franges d'un keffieh enroulé autour de son cou. Ses cheveux longs et clairs volaient au vent et effleuraient le bras du plus grand des jeunes gens qui reposait sur ses épaules. Michaël plissa les yeux. S'il reconnaissait le grand jeune homme, dont la mèche projetait une ombre sur le front et le sourire épanoui, il n'avait, en revanche, jamais vu les deux autres adolescents ou la jeune fille. Ariéh Rubin était toujours un très bel homme mais son visage ne dégageait plus la même joie de vivre que celle concentrée dans ce sourire, vieux de trente ans, et la petite fossette en haut de sa joue droite avait disparu. Tous semblaient gais comme on peut l'être lors de l'excursion annuelle d'un mouvement de jeunesse ; lui aussi possédait des photos de cette sorte, avec des groupes plus ou moins importants, prises lors de voyages de classe dans le Néguev ou en Galilée.

« Vous êtes la productrice de Beny Meyouhas », dit Élie Bahar d'un ton catégorique, histoire de montrer qu'il en connaissait un bout sur Beny.

« Sa productrice, son assistante et sa meilleure amie, je suis tout ça », dit-elle sèchement comme pour leur signifier clairement que rien ne se faisait sans elle.

Michaël se tourna vers elle. « Qui sont les jeunes sur cette photo ? » il montra le cliché du doigt, « je reconnais Ariéh Rubin, mais pas les autres.

— La jeune fille à côté de lui, c'est Tirtsah et celui- là », elle s'approcha de la photo et toucha le visage d'un des adolescents, de petite taille et au visage parsemé de taches de son, « c'est Beny. Beny Meyouhas. Il n'a pas changé. Ils ont fait leur service militaire ensemble. Cette photo a été prise au cours d'une excursion qu'ils ont faite dans le Néguev après le bac et juste avant leur incorporation. Et là, ils étaient déjà à l'armée. » Elle pointa le doigt vers une autre photo où l'on voyait trois jeunes gens en uniforme, le béret passé sous l'épaulette, des brodequins de paras couverts de poussière aux pieds, se tenant bras dessus bras dessous. Rubin était au milieu, flanqué, à droite, de Beny Meyouhas et, à gauche, du troisième jeune homme, mince, aux cheveux noirs, de la photo datant de l'excursion dans le désert du Néguev.

« Qui est-ce ? » demanda Michaël en le montrant à Hagar. Il était accroupi devant Tirtsah, la bouche fendue en un sourire clownesque et les bras grands ouverts.

« Je ne le connais pas très bien, dit-elle à contrecœur, je ne l'ai jamais rencontré. Il s'appelle Shroul, ils étaient inséparables. Les trois mousquetaires, en quelque sorte. On les voyait toujours ensemble. Ils ont grandi à Haïfa, dans des camps pour nouveaux immigrants, puis ils se sont retrouvés sur les bancs du lycée scientifique et ensuite dans les paras, tout le monde les connaissait.

— Où est-il maintenant, ce Shroul ? demanda Michaël.

— Aux États-Unis. Il a été grièvement blessé à la guerre du Kippour et l'armée l'a fait transporter dans un hôpital spécialisé en Californie. Il a décidé de rester sur place. J'ai appris qu'il avait trouvé la foi et qu'il était devenu très pratiquant.

— Ils sont encore en contact tous les trois ? » demanda Michaël. Hagar allait lui répondre quand la porte s'ouvrit, au bout du couloir. Rubin apparut dans l'encadrement. « Vous pouvez entrer », dit-il à Michaël, puis il se tourna vers Hagar : « Prépare-lui s'il te plaît une tasse de thé, il crève de soif, et mets-y trois sucres. Il a besoin d'énergie.

— Il n'a rien pris depuis hier à part un peu d'eau, se plaignit Hagar. Il a arrêté de se taper la tête contre le mur ? J'ai eu peur qu'il s'ouvre le crâne.

— Oui, il est calme maintenant », dit Rubin avant de regagner la chambre de Beny. Michaël le suivit. La pièce était spacieuse et haute de plafond. Un grand lit en désordre était placé contre le muret, un homme maigre y était assis, la tête appuyée contre le mur. Il ne regarda ni Michaël, qui se tenait sur le seuil de la chambre, ni Rubin, qui s'installa au bord du lit. Michaël considéra le petit visage fripé et les yeux bleus embués qui fixaient le mur. Il était non seulement impossible de retrouver dans les traits de cet homme une trace quelconque du jeune homme aux taches de rousseur des photos, mais également d'imaginer que Rubin et lui avaient le même âge. Derrière le lit il y avait deux fenêtres en plein cintre dont le rebord extérieur était orné de pensées. La pluie avait cessé. Michaël tira vers lui une chaise et la plaça à proximité du lit. Élie Bahar se tenait près de la porte ouverte, hésitant sur la conduite à adopter. Des voix étouffées s'échappaient d'une autre pièce de l'appartement. Michaël, qui avait pris place sur une chaise, mit un certain temps à comprendre que les voix provenaient d'un téléviseur ou d'un poste de radio. Il perçut la principale nouvelle du journal d'une oreille distraite : « Le porte-parole de l'hôpital vient d'annoncer que l'état de santé de la ministre du Travail et des Affaires sociales est stable et qu'elle pourra sans doute regagner son domicile dans quelques jours. »

Michaël se présenta à Beny Meyouhas qui cilla, attacha sur lui son regard et tordit ses lèvres desséchées et fendues. « Ariéh m'a dit, marmonna-t-il dans un souffle, que vous souhaitiez reporter les obsèques et ordonner l'autopsie… je ne… vous n'avez pas besoin de mon autorisation, nous n'étions pas mariés officiellement, c'est Ariéh qui doit vous donner son accord. Ils n'étaient pas divorcés.

— Nous allons tout de suite en parler », dit Michaël, qui jeta un œil interrogateur à Élie Bahar. Celui-ci haussa les épaules dans un geste d'ignorance. « Mais vous n'êtes pas opposé à cet examen ? » demanda Michaël et Beny Meyouhas, à qui le chagrin tordait la bouche, répondit : « Qu'importe, maintenant, Tirtsah n'est plus là. Elle nous a quittés.

— Tâche de savoir qui doit signer l'autorisation », dit à voix basse Michaël à Élie Bahar et ce dernier acquiesça. « Je m'en occupe », promit-il et il tourna les talons. « Vous voulez m'accompagner ? Il vaut peut-être mieux les laisser seuls », suggéra-t-il à Rubin.

Rubin se redressa. « Pourquoi voudriez-vous que je sorte de la chambre ? s'étonna-t-il. Je dois rester avec Beny. »

Beny Meyouhas frappa du poing contre le mur. Ses phalanges étaient rouges et écorchées. « Il n'ira nulle part, dit-il d'une voix enrouée. Je n'ai pas de secrets pour lui. »

Élie Bahar regagna rapidement le vestibule. Michaël ferma la porte. Seul le sifflement de la respiration lourde de Beny Meyouhas était audible. On aurait dit qu'il était sur le point d'étouffer.

« Saviez-vous, dit Michaël, que Tirtsah était dans le bâtiment, en pleine nuit. Nous essayons de comprendre ce qu'elle était venue y faire à une heure si tardive. Vous le saviez ? »

Beny Meyouhas fit non de la tête et passa une main dans sa chevelure clairsemée. « Je ne le savais pas, finit-il par dire.

— C'est curieux, non ? s'étonna Michaël. Vous étiez pourtant en train de tourner sur le toit, comment est-ce possible ?

— Elle ne me l'a pas dit », rétorqua-t-il et il se tourna vers la fenêtre.

Michaël lui demanda s'il savait pour quelle raison elle se trouvait dans le magasin des décors à minuit.

Il n'en avait pas la moindre idée.

Michaël lui demanda s'il était envisageable qu'elle ait donné rendez-vous à l'un de ses collaborateurs.

« Tout est possible. Comment voulez-vous que je le sache ?

— Je vous demande seulement si cela lui arrivait, s'il y avait eu des précédents », expliqua Michaël.

La bouche de Beny Meyouhas se tordit à nouveau. Elle avait sans arrêt des rendez-vous avec ses collaborateurs, dans son bureau, à la cafétéria, un peu partout, mais jamais en pleine nuit.

« J'essaie de comprendre, dit lentement Michaël en soulignant chaque mot, ce que vous avez voulu dire quand vous avez hurlé "c'est ma faute !" à la vue de Tirtsah… gisant sans vie ? »

Beny Meyouhas le regarda avec stupéfaction.

« Vous vous souvenez de l'avoir dit ? demanda Michaël.

— Je me souviens… » Une expression d'embarras se peignit sur le visage de Beny puis il serra les lèvres d'un air indifférent, « mais à quoi bon m'expliquer ?

— Vous vouliez peut-être dire qu'elle était venue travailler aussi tard à cause de vous ?

— Non, ce n'est pas ça.

— Pourquoi alors ? Avez-vous fait quelque chose qui ait provoqué directement ou indirectement sa mort ? »

Beny Meyouhas posa sur lui un regard furieux. « Le marbre », finit-il par dire et il enfouit son visage dans ses mains. « Ils m'ont dit que c'est le marbre qui l'a écrasée.

— N'y pense plus, Beny, tu ne dois pas te dire ça », intervint Ariéh Rubin, qui prit une mine inquiète. Il se pencha vers Beny et lui entoura l'épaule du bras. « Ce n'est pas ta faute, personne n'a jamais pu dire quoi faire à Tirtsah, tu aurais pu lui demander mille fois de déplacer la colonne qu'elle ne t'aurait pas écouté.

— D'habitude, quand elle sortait, elle ne vous disait pas où elle allait ? demanda Michaël.

— Parfois, pas toujours. Ça dépendait, répondit-il à contrecœur.

— Ça dépendait de quoi ? De l'endroit où elle allait ? De l'heure ? De quoi au juste ? »

Beny Meyouhas ne le regardait pas. Il considérait ses doigts qui froissaient la première page du *Haaretz* jeté sur le lit. Entre l'encart publicitaire qui proclamait en lettres majuscules, comme tous les jours depuis plusieurs mois, « MENTEUR ! » et l'article consacré au coiffeur de Jérusalem et sa petite amie mannequin qui avaient été retrouvés sans vie, criblés de balles, un entrefilet signalait que la chef décoratrice de la première chaîne était morte accidentellement.

Beny Meyouhas resta muet.

« Comment se fait-il qu'elle ne vous ait rien dit ? Vous étiez pourtant au même endroit, en même temps, puisque vous tourniez une scène sur le toit ! »

Beny Meyouhas fit une grimace. « Oui, c'est exact.

— Depuis quand y étiez-vous ? À partir de quelle heure ?

— Peu après six heures, dès la tombée de la nuit. Nous attendions que la lune se lève. C'était la pleine lune, hier, et nous espérions qu'elle se montrerait entre les nuages.

— Qui savait que vous étiez là ? » demanda Michaël.

Beny Meyouhas haussa les épaules. « Tout le monde, dit-il sans détacher son regard de ses doigts. Tous ceux qui avaient besoin de le savoir.

— Étiez-vous au courant que Mati Cohen était en train de monter... » demanda Michaël et il sentit Rubin se crisper. « Le thé arrive tout de suite, dit Rubin à Beny Meyouhas. Tu as des difficultés d'élocution parce que tu ne bois pas assez. » Dans le regard que Rubin lui lança, Michaël lut comme un avertissement mais il prit le parti de passer outre. « Mati Cohen était en train de monter vous voir sur le toit, dit-il à Beny Meyouhas, pour vous ordonner d'arrêter le tournage du film, vous le saviez ? »

Beny leva les yeux. « Non, dit-il d'une voix sèche, je l'ignorais. Il y avait des rumeurs... j'avais eu vent qu'ils ne me laisseraient pas faire les retakes... Tsadik m'avait laissé entendre que... mais je ne savais pas qu'il... » avec l'étonnement, sa voix retrouva son timbre, « en tout cas il n'est pas venu, je ne l'ai pas vu.

— Il avait l'intention de vous surprendre quand il a aperçu Tirtsah, vers minuit, avant... » Michaël fit un geste de la main au lieu de terminer sa phrase. « Elle était encore vivante, à ce moment. »

Beny Meyouhas le regarda. Contrairement à sa voix et aux autres parties de son corps, ses yeux ronds bleu pâle étaient maintenant pleins d'expressivité et il s'en dégageait une douleur vivante et tumultueuse. Les cernes rougeâtres qui les entouraient lui donnaient l'air d'un homme aux abois.

« Elle n'était pas seule, il y avait quelqu'un avec elle, dit Michaël, quelqu'un avec qui elle avait une altercation. »

Beny Meyouhas se taisait.

« Nous pensions que vous saviez peut-être avec qui elle pouvait bien se disputer en pleine nuit, dit Michaël.

— Non, je l'ignore, dit Beny Meyouhas, je ne savais même pas qu'elle était là. Si j'avais su, j'aurais... » il se tut et enfouit à nouveau son visage dans ses mains.

« Vous auriez quoi ? s'empressa de lui demander Michaël. Vous auriez fait quoi ?

— Je lui aurais parlé, je lui aurais dit… quelle importance ?

— Vous êtes sûr qu'elle ne vous a pas dit qu'elle irait travailler ? » insista Michaël.

Beny Meyouhas secoua négativement la tête. « Je n'en savais rien.

— Je crois comprendre que vous étiez… en crise. S'agissait-il d'une rupture ? d'un différend ? » risqua Michaël.

Beny le considéra ébahi. « Nous… comment diable le saviez-vous ? » Sa voix prit soudain des accents de méfiance, « personne ne… » il se passa une main sur la figure. On n'entendait rien d'autre que sa respiration lourde. Ariéh Rubin posa une main sur son épaule.

« Vous étiez pourtant heureux ensemble, non ? » demanda Michaël, indifférent au regard sévère que lui lançait Rubin, tout en scrutant le visage de Beny.

« Très, très heureux », dit Beny Meyouhas, « mon Dieu… comment… » il cacha son visage dans ses mains.

« Vous vous trouviez sur place vous aussi, dit Michaël à Ariéh Rubin.

— Quand ça ? demanda Rubin, surpris.

— Hier, dans la nuit, quand Tirtsah… vous y étiez, n'est-ce pas ?

— Oui, c'est exact, dans les salles de montage. Elles se trouvent dans le bâtiment principal, je ne me doutais guère… je n'avais pas vu Tirtsah, j'étais en plein travail, dit Rubin.

— Il n'y a pas de passage entre les deux bâtiments ? Un couloir qui les relie ? demanda Michaël.

— Non, lui assura Rubin, on peut à peine circuler entre les étages dans le même bâtiment. Mais il y a toujours du monde dans le bâtiment principal. En dehors de la loge des vigiles, certaines pièces sont occupées vingt-quatre heures sur vingt-quatre. La salle des radioamateurs, par exemple, il vous sera facile de savoir qui était de service, la nuit dernière.

— Quel était le sujet de votre dispute ? » lui demanda Michaël à brûle-pourpoint.

Beny Meyouhas posa sur lui un regard apeuré. « Quelque chose de personnel, qui n'a rien à voir avec… c'était strictement personnel. »

Michaël jeta un coup d'œil sur le journal. Il fut attiré par le titre de l'article en bas de page sur un colis piégé déposé devant la porte de l'appartement de deux étudiantes arabes, dans la partie juive de la ville. Il avait été établi que la bombe avait été placée par des juifs ultrareligieux et un artificier avait été légèrement blessé au cours du désamorçage de l'engin. « On ne peut jamais savoir à l'avance si deux choses sont liées entre elles ou pas, dit-il après quelques secondes de silence, parfois, une telle relation s'avère…

— Je ne veux pas en parler, s'insurgea Beny Meyouhas.

— C'était une dispute sérieuse ? s'enquit Michaël. Elle aurait pu avoir un impact sur l'avenir de votre couple ? Vous avez envisagé de rompre ? »

Beny Meyouhas s'étendit, replia ses jambes sur son ventre et éclata en sanglots. Le visage d'Ariéh Rubin exprima la stupeur. Au bout de quelques secondes, il se pencha vers Beny et lui toucha l'épaule.

« Vous étiez au courant ? » lui demanda Michaël.

Rubin fit non de la tête. « Je n'en avais aucune idée. »

La porte s'ouvrit et Hagar entra, tenant une soucoupe où reposait la tasse de thé avec une cuillère qui tintait. Michaël s'empressa de s'effacer pour lui livrer passage et alla se poster près de la fenêtre d'où il l'observa tandis qu'elle posait la soucoupe et la tasse de thé sur l'étagère près du lit et fixait Rubin d'un regard inquisiteur et accusateur. Celui-ci haussa les épaules d'un air innocent puis elle toucha le bras de Beny Meyouhas qui ôta ses mains de son visage et la regarda comme s'il la voyait pour la première fois de sa vie.

Michaël aperçut alors sous le lit une paire de bottines en velours noir ornées de dentelle. Il se demanda si elles appartenaient à Tirtsah mais elles avaient quelque chose d'enfantin et de coquet qui ne cadrait pas avec l'image qu'il s'était faite d'elle. Il en était là de ses réflexions quand il entendit Rubin dire : « Bois, bois, Beny, si tu ne veux pas qu'on te mette sous perfusion, tu es en train de te déshydrater, tu n'es pas obligé de te nourrir mais tu dois boire. »

Le choc de la tête de Beny contre le mur horrifia Michaël. « Elle nous a quittés, Ariéh, hoqueta-t-il, elle ne voulait plus de moi. »

La porte s'ouvrit de nouveau et Élie Bahar apparut sur le seuil. Il considéra un court instant les deux hommes couchés sur le lit et dit à Michaël : « Ils veulent qu'Ariéh Rubin signe, s'il est d'accord. »

Rubin le regarda d'un air étonné puis il hocha affirmativement la tête. Il se tourna ensuite vers Beny et dit : « Je vais signer l'autorisation d'autopsie… si tu ne t'y opposes pas. Qu'en penses-tu ?

— Je dois vraiment y aller, fit Élie Bahar avec impatience. Une jeune femme va vous appeler… on va vous téléphoner et vous apporter tous les papiers. C'est bon ? » Sans attendre la réponse, il sortit en hâte de la chambre.

« Beny, hésita Rubin, tu es d'accord ? Ça te va ?

— Elle nous a quittés, Ariéh, elle ne voulait plus vivre avec moi. Je n'ai plus de raison de… je n'avais plus de raison de…

— C'est comme ça tout le temps », dit Hagar qui se tenait dans un coin et fronçait les sourcils, ce qui eut pour effet de creuser encore la ride qu'elle avait entre les yeux, « il n'arrête pas de dire la même chose », et elle quitta la pièce.

Michaël lui emboîta le pas. Dans le vestibule, elle posa le bras sur le chambranle de la porte de la cuisine et y mit sa tête.

« J'ai l'impression que personne n'est aussi proche de lui que vous, dit-il avec un regard appuyé. Vous savez donc peut-être ce qui s'est passé entre eux. »

Elle leva la tête et se tourna à moitié. « Entre qui et qui ? demanda-t-elle, l'air méfiant.

— Entre Beny et Tirtsah.

— Que voulez-vous qu'il se soit passé ? Quand ça ?

— Rubin m'a dit que vous pourriez me renseigner à ce sujet, dit Michaël, sur la crise entre eux, il m'a dit que vous sauriez de quoi il s'agit, que vous avez certainement perçu quelque chose, même si… même si Beny ne vous en a peut-être pas parlé ouvertement… Rubin m'a dit que vous êtes la seule personne qui sache ce que ressent Beny… »

Ses traits s'adoucirent. « Croyez-moi, je n'en ai pas la moindre idée. Nous sommes très proches… je veux dire, assez liés, mais pas intimes, vous comprenez… il ne m'a jamais parlé de Tirtsah. » Elle gratta du bout de l'ongle une tache invisible sur l'encadrement de la porte. « Ce qui nous lie est le… » elle désigna la maquette d'un mouvement de la tête, « enfin, le travail. Là, je suis sa conseillère et parfois son médecin. Mais pour ce qui est de sa vie privée, de sa relation avec Tirtsah, c'est autre chose. Je ne m'en suis jamais mêlée.

— Pourtant, vous avez bien dû avoir des intuitions, des impressions, les gens sensibles perçoivent toutes sortes de choses, vous n'êtes pas de mon avis ? »

Elle tourna la tête vers le couloir, comme pour s'assurer que personne ne les entendait. « Où est Sarah ? marmonna-t-elle, son manteau est toujours là, je pense qu'elle est dans le salon, en train de regarder la télévision. C'est vrai qu'il y avait des tensions entre eux ces derniers temps. Beny était particulièrement angoissé, je l'ai très bien senti, je le connais comme ma poche, je savais que quelque chose clochait. Je ne lui ai rien demandé par discrétion mais ça ne faisait pas l'ombre d'un doute, il n'y avait qu'à voir l'attitude de Tirtsah… même à mon égard… mais je n'en sais pas plus… » Elle consulta sa montre d'un air affolé. « Vous avez l'intention de rester là encore un petit moment ? » lui demanda-t-elle et, sans attendre la réponse de Michaël, elle poursuivit : « Si c'est le cas, je veux… il faut que je retourne au bureau pour parler à Tsadik de la suite du tournage, il est hors de question de tout arrêter maintenant… nous n'avons que deux ou trois scènes à refaire… il doit… je compte voir Tsadik avec Rubin pour… Sarah ! » elle se tourna vers la jeune fille qui avait surgi de la pièce contiguë, « tu peux rester là jusqu'à mon retour ? Je ne veux pas laisser Beny tout seul.

— Aucun problème, dit la jeune fille en se frottant à nouveau les pieds.

— Pourquoi est-ce que tu es en chaussettes ? Où sont tes chaussures ? » s'étonna Hagar et la jeune fille pâlit, « là-bas, je les ai enlevées », elle montra le salon du doigt, « je vais tout de suite… il fait froid ici… mais elles étaient couvertes de boue et… » elle se tut et Hagar mit son manteau sans prêter attention à ses explications. « Ariéh, Ariéh, on y va ? » lança-t-elle en direction de la chambre à coucher et elle ouvrit la porte.

« Où sont vraiment vos chaussures ? » demanda Michaël à voix basse à la jeune fille qui rougit et indiqua la pièce dont elle venait de sortir.

« Des bottines noires, liserées de dentelle ? »

Elle le regarda d'un air craintif et acquiesça de la tête.

« Vous les avez perdues ? »

Elle haussa vaguement les épaules.

« Si je vous disais que je sais, moi, où elles sont ? demanda Michaël. Vous voulez que je vous le dise ?

— Pas la peine, chuchota-t-elle, et elle jeta un coup d'œil apeuré vers la chambre à coucher. Je ne veux pas que Hagar le sache. Si elle l'apprend, elle… » Elle laissa sa phrase en suspens.

« Que fera-t-elle si elle l'apprend ?

— Elle pensera que nous… elle pensera que je… » Elle écarta les mains.

« Que vous ? Continuez.

— Que je, vous savez bien, que j'étais avec lui, dit-elle en se détournant.

— Alors que la vérité est différente, c'est ça ?

— Oui, enfin, non. Il… il pleurait tellement et il m'a demandé de… Hagar n'était pas encore là… alors je… non pas que… je me suis seulement couchée à côté de lui, il m'a serrée dans ses bras en pleurant et il m'a parlé, j'étais démunie… je l'ai laissé parler.

— Et qu'est-ce qu'il vous a dit ?

— Pour ne rien vous cacher, je n'y ai pas compris grand-chose, admit-elle, mais il a dit qu'elle ne voulait plus de lui, qu'elle… Tirtsah… était déjà partie depuis longtemps… qu'elle l'avait quitté… il répétait : "elle ne me l'a pas pardonné". »

Rubin et Hagar sortirent de la chambre à coucher. « Nous allons voir Tsadik, dit Hagar, vous comptez rester encore longtemps ?

— Non, pas longtemps », promit Michaël qui, à la vérité, ne savait pas combien de temps il passerait encore dans l'appartement de Beny.

« Mais toi, tu restes là », ordonna Hagar à Sarah qui accepta avec enthousiasme. « Aussi longtemps qu'il le faudra », déclara-t-elle.

Quand la porte se fut refermée, elle posa sur lui un regard inquiet. « Vous ne lui direz rien ? l'implora-t-elle.

— Pourquoi avez-vous si peur d'elle ? demanda Michaël. Vous pensez qu'elle est jalouse ? Qu'elle vous en voudra ?

— J'en suis certaine », dit la jeune femme, et elle le regarda comme s'il était un demeuré. Tout le monde le sait. Elle… lui… depuis toujours, c'est ce qu'on m'a raconté.

— Et Tirtsah ?

— Ce n'est pas ce que je veux dire. Ils n'ont jamais couché ensemble mais on raconte qu'elle est amoureuse de lui, depuis le début. Je ne sais pas si Tirtsah était…

— Vous êtes contente de travailler avec lui ? » demanda Michaël.

Elle s'illumina. « C'est un grand homme… tout le monde le dit… un grand réalisateur, il vous apprend tout, mais il exige beaucoup, sans cesse.

— Qui a fabriqué cette maquette, c'est Tirtsah ?

— Oui, c'est la maquette de la maison », dit-elle et elle pinça ses lèvres rouges et charnues, ce qui conféra à son visage un air de gravité. « Toute l'action s'y déroule. Vous connaissez *Ido et Eïnam* ?

Michaël marmotta quelques mots indistincts.

« Je joue le rôle de Guemoula..., dit-elle, et ses yeux brillèrent d'un éclat de fierté. C'est la raison pour laquelle je dois bien comprendre l'histoire. *Ido et Eïnam* est une nouvelle qui puise dans les origines hébraïques du peuple juif, récita-t-elle. Beny dit que c'est en même temps l'histoire du chaînon manquant de l'histoire juive ancienne et de la tentative des intellectuels ashkénazes de castrer les juifs orientaux... Il a ... il nous en a parlé avant le début du tournage... je ne suis pas certaine d'avoir compris mais Hagar dit que c'est en fait l'histoire de deux hommes qui luttent pour conquérir une femme et qu'à la fin, tous meurent à cause de cette rivalité.

— Tous les trois ?

— Non, Guemoula et Ginat, seulement, mais psychiquement... émotionnellement... Gamzou meurt lui aussi avec eux.

— Vous êtes donc contente de jouer dans ce film ?

— C'est une expérience unique. » Elle ramassa ses longs cheveux luisants derrière ses oreilles. « C'est un grand privilège, dit-elle, et elle le fixa de ses grands yeux noirs et étincelants. Il m'a choisie parmi un grand nombre de... il y avait un tas de filles à l'audition, même des chanteuses... j'aimerais que ça ne prenne jamais fin, vous ne pouvez pas imaginer comme c'est beau... »

Il jeta un coup d'œil à la cassette qui était introduite dans la fente du magnétoscope et dit : « Je vois que vous avez déjà une cassette. » Il se pencha vers l'appareil et appuya sur le bouton « marche ».

« Non, non, s'affola la jeune fille, n'y touchez pas, c'est interdit, c'est un enregistrement de travail qui nous sert à corriger nos erreurs, à nous montrer comment jouer les scènes, je ne... il n'est même pas monté… Beny sera très fâché si quelqu'un de l'extérieur le visionne sans… »

Les modulations d'une chanson dans une langue étrange emplirent la pièce. Ils sortaient de la bouche de Sarah-Guemoula qui marchait sur la rambarde du toit, vêtue d'une robe blanche légère et ample, les mains écartées. Ses manches ressemblaient à des ailes et ses cheveux noirs brillaient sous la lune ronde suspendue au-dessus d'elle. L'image disparut de l'écran et fut brièvement remplacée par des contours flous puis par un homme barbu, grand et à la peau foncée, habillé d'une lourde robe argentée sur laquelle pendait une sorte de pectoral. Il portait quelque chose dans les bras, Michaël mit plusieurs secondes avant de reconnaître un agneau ruisselant de sang. Guemoula dans sa robe blanche, la tête inclinée, et près d'elle un homme en costume clair coiffé d'un chapeau se tenaient côte à côte devant l'homme barbu. « Qui est-ce ? » chuchota-t-il et il montra du doigt l'homme qui trempait ses mains dans le sang de l'agneau égorgé. « C'est le docteur Gamzou », répondit-elle à voix basse alors que l'homme au chapeau traçait du doigt avec le sang de l'animal un signe sur le front de Guemoula. « C'est juste avant la cérémonie de leur mariage. Ça ne fait pas partie de l'histoire, c'est une scène que… Beny l'a ajoutée. Vous n'avez pas le droit… personne ne doit encore… » Les sons aigus d'une flûte accompagnaient la scène ainsi que les grommellements indistincts de l'homme barbu.

Ils ne s'étaient pas aperçus que Beny, pieds nus, avait longé le couloir et pénétré dans le vestibule. Michaël ne se rendit compte de sa présence que lorsqu'il parvint pratiquement à sa hauteur. Sans prononcer une parole, Beny appuya sur le bouton et arrêta la cassette. La pièce retentit brusquement d'une musique d'orchestre et un groupe d'enfants assis autour d'un chandelier de Hanoukkah hurla en chœur la réponse à une question posée par l'animateur, Adir Bareket, que Michaël connaissait bien. Quatorze ans plus tôt, quand son fils Youval avait dix ans, il était accro aux émissions animées par Adir Bareket et il avait supplié son père de pouvoir y participer ou au moins d'assister à l'enregistrement de l'une d'elles, invoquant les prix et les surprises qu'on y distribuait et, par une ruse vouée presque infailliblement à échouer, affirmant d'une voix pleurnicharde que tous les autres parents y avaient emmené leurs enfants. Mais Michaël, qui aimait d'ordinaire réaliser les rêves de l'enfant, refusa avec obstination et expliqua à son fils unique, qu'il ne voyait, à cette époque-là, que deux fois par semaine et un week-end sur deux, ce qu'il détestait dans cette émission où certains enfants recevaient des prix et des cadeaux après s'être ridiculisés, à la plus grande satisfaction de l'animateur et sous les vivats des enfants présents dans l'assistance, après avoir exposé leurs faiblesses cachées ou leur ignorance et leur naïveté en public. Il considéra pendant un bref instant Adir Bareket qui pérorait avant l'allumage de la première bougie de Hanoukkah et remarqua que son visage avait gonflé au fil des années, que ses yeux étaient maintenant noyés sous un réseau de plis charnus, ce qui n'avait apparemment pas nui à sa popularité ; au contraire, il était à présent la vedette d'une émission de variétés pour adultes diffusée le vendredi soir dont le thème principal était l'exposition de la vie intime de différents couples, selon le modèle d'une émission américaine de grande audience.

« On arrête mon tournage, dit Beny Meyouhas avec étonnement plutôt qu'avec amertume, il me manque cinquante mille dollars et on décide de tout stopper. Combien coûte une émission répugnante comme celle de Bareket, réalisée en direct avec cinq caméras dans le plus grand studio des "fils", avec tout un cirque pour divertir les enfants ? Une fortune, pour sûr, dit-il d'un ton méprisant, mais voilà, c'est ce que la populace demande, ici comme partout ailleurs dans le monde, et n'eût été le soutien de la Société pour la défense de la culture orientale... on ne m'aurait même pas laissé commencer le... » Il leva le bras et son visage prit une expression de lassitude.

« Ce que j'en ai vu est très impressionnant, hésita Michaël, j'imagine que… ça va chercher dans les combien ?

— Cinquante mille dollars, pas plus, répéta Meyouhas, et pour une somme pareille, ils veulent interrompre la production la plus ambitieuse qu'ils ont eue depuis des années. Mais désormais, tout ça n'a plus aucune importance. »

La jeune fille commença à dire quelque chose en guise de protestation mais elle se ravisa et inclina docilement la tête. « Ils finiront par lui accorder le budget nécessaire, dit-elle à Michaël d'une voix faible, ils verront…

— Sarah m'a dit », Michaël s'était tourné vers Beny Meyouhas, « que vous aviez livré aux acteurs, avant le début du tournage, votre interprétation de *Ido et Eïnam* mais elle n'a pas su me l'expliquer exactement, pouvez-vous me dire ce que…

— Maintenant ? s'étonna Beny Meyouhas. Vous voulez que je vous… je ne vois vraiment pas le rapport. »

Michaël le regarda d'un air engageant sans répondre.

« Bon, dit Beny Meyouhas en fixant le mur comme s'il y lisait un discours gravé dans le plâtre, j'ai découvert que cette nouvelle, *Ido et Eïnam*, n'a pas pour sujet, comme on le suppose, les anciens écrits juifs ou la tribu de Gad qui n'est pas rentrée de l'exil de Babylone. J'ai découvert que c'est une nouvelle sur les juifs orientaux en Israël et sur les méfaits du sionisme à leur égard. L'Orient, dans cette histoire, est représenté par Guemoula qui chante un hymne à la lune alors que l'Occident, autrement dit le sionisme, tente d'y trouver une grammaire… une grammaire, vous saisissez ? tente de trouver une grammaire dans ces chants, inventés en fait par un père et sa fille. Et vous savez ce qu'il y a de beau là-dedans ? »

Michaël le regardait, fasciné. « Non, dit-il.

— Ce qu'il y a de beau chez Agnon, c'est qu'il aime vraiment les différentes communautés qui composent ce pays sans penser pour autant qu'elles sont parfaites…

— Qui donc ? demanda Michaël. Qui n'est pas parfait à son avis ?

— Les Orientaux, il pense qu'eux aussi sont en pleine décadence et sur le déclin. Cette histoire est une véritable tragédie et elle touche au mystère, si j'ose dire, de notre vie ici. À mes yeux, il s'agit de la nouvelle la plus belle et la plus triste jamais écrite sur le sionisme et je ne crois pas avoir besoin d'ajouter qu'Agnon est un géant, comparable à Shakespeare et pour moi… »

Michaël voulut réagir. Les propos que Beny venait de tenir sur Agnon et sa vision des juifs orientaux l'avaient touché de manière totalement imprévue. Ils étaient tellement plus exaltants que les commentaires du morne professeur de littérature dont il avait suivi les cours, quelque vingt ans auparavant. L'explication de Beny et la façon dont elle s'adaptait aux images délicates qu'il avait vues un instant plus tôt étaient empreintes d'une grande sensibilité, imprégnées d'une tristesse déchirante et surtout d'une franchise à laquelle il n'était pas habitué, a fortiori de la part d'un homme de télévision.

Le signal du biper retentit et interrompit Beny Meyouhas. Il se tut et jeta autour de lui un regard apeuré. Michaël attendit un peu et comprit que Beny Meyouhas n'ouvrirait plus la bouche. Il consulta l'appareil et demanda la permission d'utiliser le téléphone. Beny Meyouhas acquiesça distraitement et appuya sur le bouton de la télécommande. L'écran s'éteignit. À la voix d'Élie Bahar se mêlait celle d'un téléviseur qui annonçait l'arrestation des ouvriers grévistes de l'usine Hulit et leur probable inculpation. Michaël écouta Élie Bahar puis il dit : « J'arrive. Je file parler à Tsadik.

— Quelque chose ne va pas ? demanda la jeune fille.

— Oui », dit Michaël, et il posa son regard sur Beny Meyouhas qui était penché sur le magnétoscope. « Mati Cohen est décédé il y a un quart d'heure. »

Elle se mit à trembler et couvrit sa bouche de la main comme pour étouffer un cri. Le visage de Beny Meyouhas ne trahit aucune réaction. Avait-il seulement entendu la nouvelle ? Il se releva avec une lenteur infinie et regagna sans un mot sa chambre à coucher.

6

Cela faisait déjà une demi-heure que Natacha se tenait près des toilettes des dames, au bout du couloir du deuxième étage. De ce poste d'observation, elle pouvait voir tous ceux qui entraient dans le bureau d'Aviva et les privilégiés que Tsadik recevait. À deux reprises, elle était passée devant le bureau de la secrétaire et, mine de rien, elle avait jeté un regard furtif à l'intérieur de la pièce. Aviva, qui parlait au téléphone, ne s'était aperçue de rien. Ensuite elle avait regagné sa position près des toilettes et, chaque fois que quelqu'un s'approchait, elle courait s'y cacher. Non pas qu'elle eût honte mais elle ne voulait tout simplement pas avoir à expliquer ce qu'elle faisait là. Elle ne le savait pas trop elle-même, à vrai dire. Certes, au début, elle avait guetté l'arrivée de Rubin et, maintenant qu'il était là, elle attendait qu'il sorte du bureau de Tsadik. Ce qu'elle savait bien, en revanche, c'est qu'il ne mentionnerait même pas son scoop, ayant vu Hagar et compris que leur seul souci en ce moment était Beny Meyouhas et son film.

Elle aurait pu parler à Hefetz, le faire agir, mais elle n'en avait pas le courage. Comment pouvait-elle lui demander de lui fournir une équipe après qu'elle lui avait dit : « Tu me dégoûtes », ce qui était bien le fond de sa pensée, d'ailleurs. Elle n'avait aucune envie de l'entendre lui parler à nouveau de sa femme qui aurait dû rentrer le surlendemain mais avait avancé son vol. Elle ne s'était même pas donné la peine d'écouter la fin de sa phrase. Elle l'avait planté là. Elle en avait assez d'être son joujou. Elle n'était pas idiote. Elle connaissait Hefetz. Si elle lui révélait l'affaire, il la lui retirerait et la confierait à quelqu'un d'autre. Il lui promettrait, comme toujours, qu'elle obtiendrait tous les moyens nécessaires pour faire son enquête et son reportage mais, en définitive, il récupérerait le sujet et s'en attribuerait le crédit. Il ne mélangeait pas l'amour et le travail. Il était même capable de prétexter que c'était pour son bien, qu'il fallait qu'elle ménage sa santé. Et de toute façon, il n'oserait pas lui donner son feu vert. Personne n'en aurait le cran, à présent que Tsadik lui avait dit : « Natacha, tout est gelé. » Quand le directeur de la chaîne a parlé, tous courbent l'échine. Il n'y a qu'à voir leur réaction à tous, après le passage de deux policiers et l'accident : ils font dans leur froc. D'accord, il ne s'agit pas d'un banal accident de travail, il y a eu mort d'homme (ou plutôt de femme). Et elle ferait mieux de cesser de jouer les indifférentes et de faire comme si Tirtsah était une totale étrangère. Elle ne la connaissait pas très bien, c'est vrai, mais la nouvelle l'a beaucoup affectée. Il n'est pas nécessaire de connaître quelqu'un pour que sa mort vous rende triste. Comme celle de chaque personne qui meurt prématurément. Et dans le cas de Tirtsah, elle éprouve un chagrin sincère, ne fût-ce qu'à cause de Rubin, son mari, qu'elle connaît, pour le coup, très bien, qu'elle aime et dont elle sait combien Tirtsah lui était chère. Mais bon, force lui est quand même d'avouer que la mort de Tirtsah a tout gâché pour elle. Qui l'écoutera, maintenant ? Comme l'a dit Tsadik, à partir du moment où la police entre en scène, il faut se soumettre. Tout le monde doit se soumettre. Il ne veut avoir d'emmerdes avec personne. C'est tout ce qui me manque, lui a-t-il dit en se curant les dents, me mettre à dos les ultrareligieux. Comme si on n'avait pas assez d'ennuis. Elle avait essayé de revenir à la charge, lui avait couru après dans le couloir comme un chiot pour lui expliquer l'importance de la chose quand Rubin était chez Beny

Meyouhas avec la police, lui répétant que si elle ne battait pas le fer pendant qu'il était chaud, elle ne pourrait peut-être plus jamais les coincer, mais il s'était contenté de lui répondre, sans s'arrêter, sans même la gratifier d'un regard : « Ma mignonne, oublie-moi pour l'instant, ce n'est vraiment pas le moment. »

Elle passa par deux fois encore devant Aviva qui, lorsqu'elle l'aperçut enfin, lui demanda : « Natacha, tu as deux minutes ? » Tout en l'écoutant, elle essayait de saisir ce qui se disait dans le bureau de Tsadik. Mais aucun son ne lui parvenait, elle aurait dû coller son oreille à la porte pour cela. Ce qui était hors de question en présence d'Aviva et de l'équipe de *Tous en rond* qui squattait la « petite pièce » et la rendait sourde avec leurs engueulades à propos du conducteur de l'émission du soir. Aviva lui dit : « Rends-moi service, Natacha, je n'en peux plus », elle jeta un regard furieux vers la porte de Tsadik, « il ne me laisse pas bouger, s'il n'y avait que lui, je devrais m'installer ici. Il oublie que les gens ont parfois des besoins. Sois sympa, remplace-moi quelques secondes, et ne laisse aucun d'entre eux », elle indiqua de la tête la porte de la « petite pièce » où était réunie l'équipe de *Tous en rond*, « utiliser mes téléphones. Je t'avoue que de les avoir ici, c'est le pompon », marmonna-t-elle, « mais voilà, il y a des travaux en bas alors je ne peux pas les virer. Où veux-tu qu'ils tiennent leur conférence de rédaction ? »

Et comme pour illustrer ses propos, on entendit à ce moment le cri de Yankale Golan, le producteur de *Tous en rond*, aisément reconnaissable à sa voix de basse : « Vous bossez pendant une semaine et c'est tout ce que vous venez me proposer ? Je ne fais pas l'ouverture avec le secrétaire général des employés de l'industrie aéronautique… je n'appelle pas ça un sujet, moi… il est midi, vous n'avez rien de mieux à m'offrir ? » Aviva bondit hors de son bureau et les téléphones sonnèrent sur la table mais Natacha ne répondit pas. Elle se plaça devant la porte de Tsadik. De la « petite pièce » lui parvenaient d'autres sonneries de téléphones et des éclats de voix. Une femme se plaignit : « Ne fume pas ici, Assi, s'il te plaît, tu ne peux pas te retenir dix minutes ou quoi ? » La porte de la « petite pièce » s'ouvrit. Assaf Kuper sortit dans le couloir. Il ne l'avait même pas remarquée. Il lui tournait le dos et parlait dans son téléphone portable. « Je ne veux pas de cris, je veux quelque chose de douloureux et de sensible... tu représentes un assassin... j'aimerais que tu m'en parles... » Il hurlait dans l'appareil coincé entre son oreille et son épaule tout en tirant sur sa ceinture et en allumant une cigarette de sa main libre. Elle observait sa kippah tricotée qui semblait près de tomber. « Si tu es devant un dilemme..., dit-il à son interlocuteur. Tu n'es pas pris dans un dilemme ? Tu es capable de m'expliquer pourquoi ? Je ne t'entends plus... une question d'argent ? Ça passera mal... rien d'autre que l'argent ? »

Natacha s'approcha silencieusement de la porte de Tsadik, le dos à la fenêtre, sans détacher son regard du couloir, pour s'assurer que personne ne pourrait la surprendre en train d'écouter aux portes. Elle parvint ainsi à entendre Rubin dire : « Tsadik, je t'en prie, regarde une séquence, une seule séquence, fais-le pour moi, ce n'est pas beaucoup te demander... et tu comprendras que c'est un film à la gloire de la culture juive orientale... tu sais comme moi qu'un sujet pareil, c'est de l'or. » Elle entendit aussi Hagar intervenir, couper la parole à Rubin comme si elle était avec lui sur un pied d'égalité et, de sa voix si artificiellement douce de jardinière d'enfants, dire : « Tsadik, c'est d'après une nouvelle d'Agnon ! Un prix Nobel ! le film sera porté à ton crédit, il aura été réalisé sous ton mandat et Beny le dédiera à la mémoire de Tirtsah. » Hagar parlait à Tsadik comme s'il était un demeuré. Pensait-elle vraiment qu'il ne voyait pas clair dans son jeu ?

Tsadik dit quelque chose mais Natacha ne comprit pas quoi exactement puis un silence s'ensuivit. Soudain jaillit de derrière la porte le chant d'une femme à la voix si limpide, si pure, qu'elle en fut parcourue de frissons. Quand elle entendait Mercedes Sosa chanter, elle avait froid et chaud en même temps et elle se mettait à trembler. C'était exactement ce qu'elle ressentait à présent. Mercedes

Sosa n'y était pas pour grand-chose pourtant. La voix chantait dans une autre langue, inconnue, une chanson étrange et triste qui ressemblait à une complainte. Natacha s'éloigna de la porte et s'installa au bureau d'Aviva. Elle avait été bien inspirée car alors qu'elle décrochait le combiné, Nivah apparut sur le seuil. Cette dernière agita une feuille de papier et, sans même jeter un regard dans la pièce, elle dit : « Aviva, nous avons reçu une télécopie que Tsadik doit absolument lire. » Elle finit par tourner la tête vers le bureau et dit d'une mine déçue : « Ah, Natacha, où est Aviva ? » Sans attendre sa réponse, elle poursuivit : « Elle est aux toilettes ? Dis-lui que je la cherche. » Elle avait déjà pivoté sur ses talons mais, se ravisant, elle se retourna et ajouta : « J'ai complètement oublié, Hefetz te cherche, il a déjà essayé plusieurs fois ce matin... pourquoi ne réponds-tu pas quand ton biper sonne ? » Natacha n'eut même pas le temps d'ouvrir la bouche que Nivah repartait en courant, le choc de ses sabots résonnant jusqu'au fond du couloir avec ses cris : « Benizri, Benizri, où vas-tu ? Dany Benizri, tu ne partiras pas d'ici avant d'avoir vu Hefetz, il t'attend ! »

Natacha ne cherchait pas à se la couler douce, elle était prête à travailler dur et à fournir des reportages de première qualité. Comme Dany Benizri. Il avait fait quelque chose de formidable. Entrer dans le souterrain, avec les ouvriers licenciés, sans aucune appréhension. C'est la seule façon pour un journaliste d'accomplir sa tâche. Mais on lui avait permis de le faire. Il n'avait pas eu besoin de lutter ou de convaincre quiconque. Elle non plus n'avait pas peur. Pour obtenir des résultats, elle était prête à prendre de nombreux risques. Comme si elle ignorait qu'il était dangereux de se frotter à ces ultrareligieux ! Elle le savait pertinemment. Mais elle n'avait nullement l'intention de rester assise les bras croisés à attendre qu'on daigne lui donner le feu vert. Il était exclu qu'une jeune fille de sa trempe, lorsque l'occasion se présente, ne la saisisse pas. Elle savait se débrouiller dans des situations beaucoup plus désespérées que celle-là. N'était-elle pas, elle, une femme seule, montée à bord d'un avion à destination de Tel-Aviv en pleine guerre du Golfe, le premier jour de l'attaque des missiles irakiens, alors que le vol était complet ? N'avait-elle pas été engagée comme reporter à une époque où il n'y avait aucun poste ? Certes, on ne lui avait même pas accordé le statut d'enquêtrice free lance, payée à l'heure, mais rien que le fait d'obtenir un contrat par les temps qui couraient n'était pas à la portée de tout le monde. Et elle ne le devait pas à Hefetz. Elle y était parvenue toute seule. Pour autant que quelqu'un l'eut aidée, c'est plutôt à Schreiber qu'elle était redevable. Hefetz n'était arrivé que plus tard et il ne lui avait été d'aucune utilité, au contraire, il n'avait fait que lui nuire, en raison de son envie. Comme s'il y avait lieu de l'envier, elle ! Qu'avait-elle que lui ou les autres n'avaient pas ? Elle aurait bien aimé le savoir pour se convaincre enfin qu'elle aussi avait sa part de chance dans la vie. De fait, il n'y avait absolument rien à lui envier ; des baises hâtives dans son bureau, la nuit, et tous ces coups de fil de sa femme qui le cherchait continuellement. Est-ce qu'il l'avait seulement emmenée quelque part ? Est-ce qu'il lui avait donné quelque chose ? Nada. Il ne l'avait même pas invitée au restaurant de peur qu'on les voie ensemble. Et le jour de son anniversaire, il ne lui avait rien offert, ni un parfum ni une rose. Rien. À la vérité, elle ne savait plus très bien où elle en était. Mais il ne fallait pas qu'elle se laisse abattre. N'était-ce pas elle qui avait réussi à dégoter l'adresse secrète de l'appartement où le rabbin Alharizi rencontrait cet avocat qu'on disait intime du Premier ministre ? N'était-ce pas elle qui avait réussi à le photographier déguisé en pope à l'aéroport ? Personne ne pouvait prétendre qu'elle n'était pas dotée d'un flair journalistique exceptionnel. Quand tout serait derrière elle, elle retrouverait la femme qui lui avait téléphoné pour lui indiquer l'adresse et l'heure et la remercierait comme elle le méritait. Si seulement on la laissait au moins présenter son sujet sur le scandale des pensions fictives versées à des retraités décédés avant que la commission des finances de la Knesset ne se réunisse ! Elle avait été informée de ces pratiques non par la femme mystérieuse mais par un jeune homme, anciennement ultrareligieux, qui avait perdu la foi. Il lui avait livré les faits en lui disant : « C'est Nathan qui m'a conseillé de m'adresser à vous », bien qu'elle ne connût aucun Nathan. Elle n'en avait encore parlé à personne et espérait que la chance tant attendue se présenterait enfin, pas plus tard que le jour même. Si elle révélait aujourd'hui l'affaire des pensions, on lui donnerait la possibilité d'enquêter sur l'autre histoire, autrement plus grave. Dans le cas contraire, les pensions fictives continueraient à être versées. Nul ne pouvait douter de la véracité de ses dires, elle avait pris ses précautions, s'était procuré les noms, les certificats de décès et la liste des morts qu'on maquillait en vivants. Et pourtant, elle n'était pas sûre de réussir à imposer son sujet, aujourd'hui, sur la chaîne et encore moins d'obtenir de la rédaction une équipe, un preneur de son, un éclairagiste et un cameraman, pour filmer le rabbin cette nuit. En fait, elle avait la certitude qu'on la lui refuserait.

« Merci, ma chérie », dit Aviva. Natacha sortit du bureau et retourna au bout du couloir, à côté des toilettes. Elle entendait maintenant la voix de Tsadik et lorgna vers le bureau. Tsadik sortit de son bureau, sans Rubin ni Hagar, se planta dans le couloir et appela tous ceux qui s'y trouvaient : « Nahoum, Schreiber, Assaf, venez ! » Il ouvrit aussi la porte de la « petite pièce » et cria à l'intention de ceux qui y étaient réunis : « Venez tous voir le film magnifique que nous avons produit à la gloire des juifs orientaux d'après le grand Agnon… » Tous le suivirent. Hefetz aussi, qui ne l'a pas vue, et ce type sympa, Max Levin, du département des accessoires, ainsi qu'Avi, l'éclairagiste. Ils étaient sûrement là pour évoquer les vols de spots. Elle avait entendu dire à la rédaction des informations générales que l'enquête sur la mort de Tirtsah se doublait d'une investigation relative aux vols d'appareils d'éclairage. Tiens, Schreiber était là aussi. Mais il s'échappa un moment pour aller aux toilettes. Ce qui lui donna une idée.

« Schreiber, chuchota-t-elle. Viens là un moment. »

Il s'arrêta devant la porte des toilettes des hommes et la regarda avec étonnement. « Où ça ? »

Elle lui montra la porte des toilettes des dames.

« Tu plaisantes, Natacha ? Je ne peux pas entrer dans les toilettes des dames, tu le sais bien. Tu veux me créer des ennuis. On risque de m'accuser de harcèlement sexuel. » Il passa sa large main sur son crâne rasé et l'anneau qu'il portait au petit doigt scintilla.

« Schreiber, lui dit-elle d'une petite voix qui ne manquait jamais de produire son effet sur lui. Rends-moi service. »

Il jeta un regard alentour et finit par ouvrir la porte du bureau de la directrice du département de la fiction, à côté des toilettes des dames. La pièce était vide et, de toute façon, Schreiber pouvait aller où il voulait, il était cameraman, il n'avait rien à craindre. On n'allait pas le virer pour ça. C'était ce qu'il était en train de lui expliquer pendant qu'elle tournait la tête de tous les côtés pour vérifier que personne ne les avait remarqués. Ils étaient à présent tous deux dans le bureau de la directrice de la fiction. Schreiber inclina la tête et la fixa attentivement, comme s'il pouvait lire dans ses pensées.

« Qu'est-ce qui ne va pas, Natacha ? » lui demanda-t-il de sa voix pleine de bonté... les larmes lui venaient aux yeux... elle se sentait tout à coup tellement seule... comme... comme l'autre fois, quand il lui avait demandé la même chose et qu'elle avait pleuré dans ses bras avant qu'il l'emmène, sans que personne le sache, voir cette femme médecin de la rue Palmach qui avait résolu le problème. Il avait même réglé la consultation sans jamais lui en reparler ou réclamer qu'elle le rembourse.

« Schreiber, murmura-t-elle, tu dois m'aider dans l'affaire du rabbin Alharizi.

— De quoi s'agit-il au juste ? » lui demanda-t-il avec douceur et il tâta nerveusement l'arrière de son crâne. Elle savait que l'évocation seule du nom du rabbin le mettait dans tous ses états, et elle lui raconta brièvement ce qu'elle avait trouvé. « Je vais te montrer la cassette, personne ne l'a vue hormis Rubin et ça l'a rendu dingue mais à présent, à cause de Tirtsah et de Beny Meyouhas, il n'a pas le temps de… »

Schreiber la considéra d'un air médusé. « Natacha », dit-il d'une voix rauque et il alluma une cigarette sans la quitter des yeux. « Tu sais ce qu'ils te feront s'ils l'apprennent ? Ils ne rigolent pas avec ça. On t'a dit : "Pas maintenant", alors ne discute pas. En plus, la police rôde dans les parages. Le moment est mal choisi pour s'occuper des juifs ultrareligieux. »

Lorsqu'elle lui expliqua à nouveau de quoi il retournait et qu'elle lui montra le rabbin Alharizi en costume de pope, Schreiber siffla et se mit à rire puis il éteignit l'appareil. Il lui sembla moins catégorique, bien qu'il lui dît à nouveau : « Non, hors de question. Je ne prends pas ce genre de risques.

— Il n'y a aucun risque, lui assura-t-elle, je te demande seulement de te tenir derrière la porte lorsque l'argent change de mains et de filmer la transaction. J'ai tout ce qu'il faut, le dossier est bouclé. Où est le problème ?

— Natacha, ça ne marchera pas sans équipe, sans véhicule de transmission. Il nous faut un preneur de son, un éclairagiste, tout…

— Schreiber, l'interrompit-elle, trouve-nous un véhicule de transmission par satellite, sans équipe… tu peux te débrouiller tout seul… n'oublie pas que je me suis coltiné sans l'aide de personne l'histoire des morts vivants…

— Je ne comprends pas. » Schreiber ouvrit la porte et jeta un coup d'œil dans le couloir. « Tu parles de deux choses différentes, non ?

— À mon avis elles sont liées, lui répondit-elle. Il y a d'abord les noms fictifs que je dois… mais je m'en occuperai de mon côté… sauf que ce sont des clopinettes en comparaison avec…

— Natacha, l'interrompit-il tandis que des gouttes de sueur perlaient sur son crâne chauve, on ne peut pas aller à l'encontre du syndicat. Si quelqu'un l'apprend… tu sais très bien à quels ennuis je m'expose… je n'ai pas le droit de filmer sans preneur de son ni éclairagiste, c'est interdit… ils se mettront tous en grève. Hefetz sait que tu es seule sur ce coup ? »

Elle fit non de la tête et l'ébauche d'un sourire inquiet tendit sa bouche.

« Et qu'en pense-t-il ? demanda Schreiber en la considérant avec méfiance. Qu'est-ce que tu lui as dit ? Tu lui as dit que je… tu lui as dit que… ? Natacha ! Ça ne va pas la tête ! » Il avait l'air furieux.

« Je n'avais pas le choix, Schreiber, on ne me donne pas… si j'avais dit que j'étais seule à… il aurait envoyé quelqu'un d'autre à ma place, il m'aurait dit que je n'ai pas d'exclusivité sur le sujet.

— Natacha, tu ne peux pas le faire sans son consentement !

— Rubin m'a promis qu'il arrangerait tout avec Hefetz, qu'il obtiendrait son accord a posteriori, marmonna-t-elle, et aussi qu'il te couvrirait si la deuxième affaire tournait mal. Il s'y est engagé après avoir vu les documents.

— Dis-moi ce que tu crois que nous verrons là-bas. »

Elle lui parla du restaurant, des rencontres et des tas de billets, des cartes et de la valise. Il la regarda avec de grands yeux effrayés.

« Natacha, lui dit-il alors d'une voix étranglée, tu joues avec le feu. Tu ne mesures pas à qui tu t'attaques. N'oublie pas, Natacha, d'où je viens. Je les connais, tu ne t'en sortiras pas indemne, ils se vengeront, je les connais mieux que quiconque, j'en étais », lui dit-il et il tira sur la boucle d'oreille qui pendait à son oreille gauche. « Ils te tueront, maquilleront ça en accident, prononceront contre toi une malédiction, si tu as tapé dans le mille et que tout ça est vrai, tu es foutue.

— C'est mon boulot de journaliste, Schreiber, je prends ce travail au sérieux et je te demande de faire la même chose, le supplia-t-elle.

— Je n'aime pas le journalisme, je suis opérateur de prises de vues, tu ne le savais pas ? maugréa-t-il. J'aime ce que je fais en ce moment pour Beny Meyouhas, je n'ai vraiment pas le temps de t'aider en ce moment », lui dit-il en souriant et il lui tapota du doigt le bout du nez.

Elle s'agrippa à sa chemise comme s'ils étaient dans un mélo. « Schreiber, je t'en prie.

— Natacha, je ne peux pas », l'implora à son tour Schreiber tandis que des bruits de pas et des cris retentissaient dans le couloir, « il est de nouveau arrivé quelque chose », Schreiber sortit une cigarette d'une des poches de son gilet safari clair et palpa son double menton. Sa petite bouche se crispa, perdue dans son large visage pendant qu'il prêtait l'oreille au brouhaha dans le couloir. « Dieu sait ce qui se passe, un attentat, peut-être, je ne peux pas tout arrêter pour rester là à discuter ici avec toi, comprends-moi, Natacha.

— Schreiber », lui dit-elle et elle ôta son écharpe rouge puis elle enleva son manteau noir, son pull et pour finir son tricot de corps noir également. Elle se plaça le dos à la porte, ses petits mamelons dressés. « Écoute, Schreiber… tu veux baiser ? »

Il la regarda avec horreur et, l'espace d'un instant, elle se dit, terrifiée, qu'il allait peut-être la gifler mais alors, une lueur familière tremblota dans son œil droit, celui qui louchait légèrement, et ses lèvres minces furent parcourues d'un frisson. Il commença à sourire puis un rire étranglé le secoua.

« Qu'est-ce que tu fais, Natacha ? », il toussait tout en parlant, « rhabille-toi tout de suite, remets ton pull, ça va pas ? Tu es prête à tout pour… ? » Dans le couloir, le vacarme s'intensifiait, « quelque chose est sûrement arrivé », il l'aida à passer son pull et enfila ses bras dans les manches comme si elle était une petite fille. « Viens, sortons d'ici.

— Promets d'abord, demanda-t-elle, promets que tu m'aideras. »

Schreiber leva les yeux au ciel. « Si tu n'étais pas une telle… une vraie… sans… personne… au monde… » il hocha la tête d'un air réprobateur, « si je ne te connaissais pas si bien et si je ne savais pas que tu le ferais de toute manière, je t'aurais dit d'aller voir Hefetz, mais tu ne le feras pas, je me trompe ?

— Ça ne servira à rien, dit-elle avec rage, mais si tu viens avec moi… je… je te récompenserai.

— Comment ? » Schreiber éclata franchement de rire, cette fois. Il remua la tête de côté et d'autre, s'essuya la bouche à la manche de sa chemise en flanelle à carreaux, tira le bas de son gilet safari et joua avec la fermeture éclair d'une des poches. « Tu me donneras les économies que tu n'as pas ? Tu feras des ménages pour ça ? Le trottoir ? D'accord. Je te donnerai une réponse tout à l'heure. »

Elle ne lui lâcha pas le coude : « Quand ? Quand est-ce que tu me donneras ta réponse ? Quand il sera trop tard ? »

Schreiber se dégagea. « Il est onze heures et quart, dans deux heures, d'accord ? » Il lui tint la main et la lui caressa. « Tu ne fais rien avant que je t'aie donné ma réponse, tu ne pars pas, tu ne parles à personne, rien. Tu m'as compris ? »

Natacha acquiesça de la tête et le suivit alors qu'il fourrait rapidement sa cigarette dans la poche de son gilet safari, ouvrait la porte et jetait un coup d'œil dans le couloir.

« Sors, lui dit-il, vas-y d'abord pour qu'on ne nous voie pas ensemble et qu'on croie que toi et moi… je n'ai vraiment pas envie de me fritter avec Hefetz au sujet de sa petite amie.

— Je ne suis pas sa petite amie », lui chuchota-t-elle, furieuse, et elle fila dans le couloir pour tomber nez à nez avec Hefetz. Il avait une expression sévère mais elle ne put scruter son regard, derrière les verres teintés de ses lunettes. « Je t'ai cherchée toute la matinée, où étais-tu ? » Et sans attendre sa réponse il poursuivit : « Tu sais pour Mati Cohen ? »

Elle fit signe que non.

« Mati Cohen est décédé. » Il enleva ses lunettes et se frotta l'œil droit de la main. « Il y a une demi-heure. Il est parti, comme ça, tu te rends compte ? »

La nouvelle la laissa de pierre, c'est tout juste si elle ne haussa pas les épaules. Elle l'avait à peine connu. Elle comptait pour rien et lui était une des grosses pointures de la boîte. Comment Hefetz voulait-il qu'elle ressente quelque chose ? Elle se composa un visage de circonstance lorsque Hefetz continua et dit : « Un type se lève le matin, en pleine forme… bon, j'exagère peut-être un peu, dans son cas, mais du moins en relative bonne santé, malgré son surpoids, et quelques heures plus tard, tout est fini. »

Natacha acquiesça d'un signe de tête. « De quoi est-il mort ?

— D'une crise cardiaque, au siège de la police, à l'Esplanade russe, pendant un interrogatoire au sujet de la mort de Tirtsah. Il n'avait pas dormi la nuit précédente et cet interrogatoire, dès le matin… trop d'efforts, trop d'émotions, selon les médecins… » Il fixa l'escalier et examina les deux hommes qui en gravissaient les dernières marches. « Ils sont de retour, on dirait. » Le mépris lui tordit la bouche.

« Qui ça ? demanda Natacha d'une voix étouffée.

— Tu ne les as pas vus ? les flics ? Ceux qui étaient là tout à l'heure. Les revoilà. »

Elle comprit qu'elle n'avait plus aucune chance. Qui l'écouterait, à présent ? Il était de moins en moins probable qu'on la laisse présenter ce soir-là son sujet sur les élèves des yeshivas. Elle considéra des deux hommes et les reconnut : ils étaient dans la salle de rédaction quelques heures plus tôt. L'un, le plus grand, celui qui avait des yeux sombres et des sourcils épais, faisait un signe de la tête en direction de Hefetz et il lui sembla qu'il lui lançait un regard appuyé, un regard qui lui inspirait le désir d'être quelqu'un de bien. De passer à ses yeux pour quelqu'un de bien. L'autre dit quelques mots à Aviva tandis que la porte du bureau de Tsadik s'ouvrait. Rubin en sortit avec Hagar à qui il était en train d'expliquer quelque chose. Elle lui toucha le coude et il lui dit à nouveau : « Pas maintenant, Natacha, un peu plus tard. »

*

« Une conférence hebdomadaire ? demanda Michaël.

— Si je ne suis pas en voyage, confirma Tsadik.

— Vous vous retrouvez dans votre bureau et vous prenez un café, c'est ça ?

— Un café, répondit Tsadik, un thé, une infusion, un déca. Nous sommes équipés. Regardez, il y a une bouilloire, du sucre, des sucrettes, du lait longue conservation, des verres à usage unique pour ceux qui les supportent, ce qui n'est pas mon cas, des tasses, bref... une vraie petite cafétéria. Autrefois, j'avais même des filtres à café et du chocolat en poudre mais l'heure est aux restrictions.

— Mati Cohen buvait du café ?

— Toujours. Avec deux sucrettes et une demi-cuillère de sucre en poudre, sans lait. Ces informations vous semblent d'une importance capitale, monsieur le commissaire ? Je vous avoue que... »

Michaël feignit d'ignorer l'ironie et le reproche qu'il sentait poindre dans la question de Tsadik. « Et chacun savait ce que les autres prenaient ?

— Plus ou moins, dit Tsadik, certains, ceux qui ont une bonne mémoire. Pour ma part, je sais exactement ce que chacun boit et en quelle quantité, Hefetz aussi, je crois, et peut-être Amsalem de la cafétéria, mais il avait une buvette, autrefois, alors c'est normal. Quant aux autres, honnêtement, je l'ignore.

— Chacun prépare sa propre boisson ? »

Tsadik posa un regard ébahi sur Michaël. « Quel est le sens de toutes ces questions ? Vous pensez que le café est frelaté ? empoisonné ? Je vous le dis : cet homme était une bombe à retardement, un mort ambulant, imaginez donc, avec son poids et tout ce café !

— Comment les choses se passent-elles d'habitude ? insista Michaël. Quelqu'un prépare les boissons pour tout le monde ?

— Vous savez, je ne fais pas particulièrement attention à ces choses-là, dit Tsadik d'un ton impatient.

— Je comprends, mais je vous demande néanmoins de faire un effort et de vous souvenir exactement.

— Si quelqu'un a préparé le café de Mati, c'est ça ? »

Michaël fit oui de la tête.

« C'est moi qui l'ai préparé, vous êtes content ? Ne me regardez pas avec des yeux grands comme des soucoupes, je vous le répète : je lui ai préparé son café. En personne. Ça vous choque ?

— Vous lui avez fait son café et ensuite vous le lui avez servi ? demanda Michaël.

— Absolument, dit Tsadik, mon poste ne m'est pas monté à la tête. Je n'oublie ni qui je suis ni d'où je viens.

— Vous l'avez fait vous-même, répéta Michaël.

— Puisque je vous le dis ! s'insurgea Tsadik. Je l'ai posé sur le bureau, devant lui. Je n'aurais pas dû ?

— Il va falloir analyser ce café, l'avertit Michaël. C'est la procédure habituelle, comme l'autopsie, d'ailleurs.

— Quoi ? » Tsadik eut un sursaut. « Quelle autopsie ? Qui l'a ordonnée ?

« Il nous a semblé… » Michaël toussota, « voilà, nous avons parlé à la femme de Mati Cohen… il est apparemment mort d'un infarctus, vous le savez, mais son médecin l'a examiné il y a de cela deux ou trois semaines et n'a rien trouvé d'anormal. Sa femme nous a également dit qu'il se sentait très bien ces derniers jours, il avait même entrepris un régime, avouez que c'est troublant. »

Tsadik réfléchit un long moment et il finit par dire : « Pas la peine de l'autopsier, je vous le dis, moi, c'est une crise cardiaque. Je vous parie mon salaire.

— Possible, dit Michaël, possible et même probable mais par acquit de conscience… »

La porte s'ouvrit brusquement et Aviva surgit dans l'embrasure, les yeux fixés sur Tsadik. « Excusez-moi, dit-elle en adressant un petit sourire craintif à Michaël. Je ne veux pas vous déranger mais Benizri est là et tu avais demandé à ce que je le fasse entrer dès qu'il arriverait, je suis épuisée, Tsadik, au bout du rouleau. Tout le monde, ici… il attend depuis un quart d'heure et en plus il y a un type, au téléphone, qui… il ne veut pas me donner son nom mais il dit que…

— Tu ne vois pas ce qui se passe ici ? Je ne suis pas… sois gentille, Aviva, débrouille-toi pour que…

— Qu'est-ce que je dois lui dire ? Il attend au bout du fil et n'oublie pas Benizri qui poireaute dehors depuis pas mal de temps.

— On en a encore pour quelques minutes. Demande à Benizri d'être patient et que le type au téléphone attende également. Qu'est-ce qu'il me veut ? Pourquoi est-ce que tu lui as… » Tsadik regarda tour à tour Michaël et Élie Bahar. « Bon, je vous ai dit tout ce que je savais, faites-en l'usage qui vous conviendra… si vous faites pratiquer l'autopsie et que… peu importe, je vais de toute façon aller la voir.

— Qui ça ? demanda Aviva, qui se tenait toujours sur le seuil du bureau. Et tous les…

— Malkah, la femme de Mati Cohen. Il faut que je passe chez elle. » Tsadik s'appuya sur le bureau et inclina son fauteuil vers l'arrière.

Dany Benizri apparut dans l'encadrement de la porte et Tsadik lui cria : « Viens, entre, Dany, tu as appris pour Mati Cohen ? Tu sais ce qui lui est arrivé ? » Lorsque Benizri fit oui d'un signe de la tête avec une mine grave et dit : « C'est vraiment terrible », Tsadik soupira. « Je ne sais pas comment on va supporter ça… mais toi, tu as été formidable, je te tire mon chapeau, viens que je t'embrasse. Vous l'avez vu ? demanda-t-il à Michaël et à Élie Bahar qui s'étaient levés et se dirigeaient vers le couloir, vous avez vu comment il a sauvé la situation ? Et on ose nous faire des reproches !

— Pour Mati Cohen, c'est le cœur ? » demanda Benizri et Tsadik acquiesça en écartant les bras.

« Qu'y faire ? » Le directeur prit un air sérieux puis il secoua la tête et ajouta, philosophe : « Nous sommes peu de chose et sois gentil, éteins-moi cette cigarette. Comment est-ce que ça s'est terminé là-bas ? On les a arrêtés, non ?

— Ils ont transporté la ministre à l'hôpital Hadassah à Eïn

Karem et Shimshi et les autres ont été emmenés dans un fourgon cellulaire. Ils sont maintenant sous les verrous.

— Bon, c'était prévisible, dit Tsadik. Approche, prends un cigare. » Il tendit à Dany Benizri une grande boîte de cigares, Dany Benizri en prit un et l'examina avec méfiance. « Un cigare, ça ne s'inspecte pas, ça se hume, mon vieux. » Il attendit que Benizri plante le cigare entre ses lèvres et il le lui alluma avec une allumette prise dans une des boîtes qui remplissaient le grand bol en verre placé au bord de son bureau. « Vous en voulez un aussi ? » proposa-t-il à Michaël, qui se tenait près de la porte et attendait que Tsadik l'ouvre. « Non merci, répondit Michaël, chacun son poison. »

Le visage de Tsadik se tordit tandis qu'il baissait la poignée et poussait le battant. « Si je vous appelle après quatorze heures, c'est bon ? » demanda Michaël et Tsadik hocha la tête en signe d'assentiment avant de refermer la porte. Ils se trouvaient déjà dans le couloir lorsque Michaël entendit Tsadik marmonner : « Tomber raide mort, comme ça, c'est incompréhensible. »

Près de la porte de la « petite pièce », Rubin et Natacha parlaient à voix basse. Élie Bahar les observa pendant que Michaël prenait le paquet posé sur le bureau d'Aviva. « Heureusement qu'ils n'ont pas emporté les verres. On se plaint toujours qu'ils ne les débarrassent pas assez vite et maintenant… quelle chance que tout soit resté ici… un mal pour un bien comme on dit, conclut Aviva. J'ai mis le verre dans un sachet en plastique, comme au cinéma, je ne l'ai pas touché. J'ai bien fait ? » Elle battit des cils.

« Très bien, lui assura Michaël.

— Mais je n'ai pas compris pourquoi vous vouliez l'emporter », dit Aviva et elle inclina légèrement la tête, secouant ses boucles, « je me demandais aussi si vous aviez besoin d'autre chose. Tsadik m'a dit de vous donner tout ce dont… des numéros de téléphone ou des adresses ? » Sa voix était douce et enjôleuse et Élie Bahar remarqua la curiosité qui se peignait sur le visage d'Ariéh Rubin dont le regard passait d'Aviva à Michaël Ohayon comme s'il assistait à un spectacle particulièrement intéressant.

« Commissaire Ohayon, dit Rubin, je n'ai pas encore eu l'occasion de vous dire que je suis moi aussi un de vos fans, demandez-lui », il désigna Aviva de la tête, « je le lui ai dit plus d'une fois. »

Aviva acquiesça vigoureusement.

« Vraiment ? s'étonna Michaël, gêné. Je ne savais pas qu'on... je pensais que...

— J'ai fait une partie de mon service militaire au kibboutz M. », lui indiqua Rubin. Il évoqua l'affaire de meurtre qui s'y était déroulée et remarqua que, depuis, beaucoup d'eau avait coulé sous les ponts, « on peut même affirmer qu'aujourd'hui le kibboutz est un anachronisme, mais à l'époque la police n'avait encore jamais enquêté sur un meurtre dans un kibboutz, c'était une grande première. Je pourrais d'ailleurs vous parler de deux ou trois cas dont la police n'a pas eu connaissance et qui ont été réglés par les kibboutz eux-mêmes. Natacha, voici le commissaire principal Michaël Ohayon, tu seras certainement amenée à le revoir ». Michaël serra la main osseuse et sèche qu'elle lui tendit et lui présenta Élie Bahar.

« On peut entrer ? demanda Rubin à Aviva, je suis sûr que Benizri n'y verra aucun inconvénient, ça fera gagner du temps à tout le monde, qu'en penses-tu, Aviva ? On était convenus de se voir à dix heures et entre-temps... les gens meurent ici comme des mouches... »

Elle haussa les épaules. « Je ne comprends pas pourquoi tu es si pressé, Rubin », dit-elle, et elle jeta un regard glacial sur Natacha. « Les gens meurent mais je note que certains ne perdent pas le nord, tu peux toujours essayer. »

Rubin saisit la poignée mais Tsadik le devança et ouvrit la porte de l'intérieur. Il se tenait sous le chambranle, la main posée sur l'épaule du chroniqueur des affaires sociales et ses joues boursouflées, habituellement rouges, étaient très pâles. « Rubin, dit-il d'une voix grave, nous avons un second enterrement, tu es au courant ? »

Rubin hocha la tête de bas en haut. « C'est tragique, tragique, dit Tsadik en s'épongeant le front. Mais que penses-tu de notre cher Benizri ? demanda-t-il sur un ton un peu plus léger. Un vrai rayon de soleil au milieu de toutes ces catastrophes, non ? Bravo, mon vieux, le félicita-t-il distraitement. Il va falloir continuer à suivre l'affaire, conseilla-t-il. Ça sera sûrement intéressant de voir comment elle se développe, mais je suis vraiment impressionné…

— Oh, ce n'est pas grand-chose, répondit Benizri avec modestie. Je n'ai fait que mon travail, comme tu me l'as appris… et pour ce qui est de suivre l'affaire, je reviens précisément de l'Esplanade russe, leurs femmes y sont déjà, tu devrais entendre le boucan qu'elles font… j'ai promis de toucher un mot à la ministre pour qu'elle fasse classer l'affaire, ils risquent gros si on les inculpe, ça relève du pénal.

— Tu perdras ton temps, dit Rubin, c'est un acte criminel. À mon avis, le ministère public s'est déjà saisi du dossier. Et quel dossier : enlèvement avec menace d'exécution de l'otage ! Madame la ministre n'y pourra rien, avec la meilleure volonté du monde.

— Je leur ai fait une promesse, dit Benizri. Je n'ai pas le choix.

— Où est hospitalisée la ministre ? à Hadassah ? C'est là que se trouve aussi Malkah, la femme de Mati Cohen, je t'accompagne », dit Tsadik. « Attends-moi. J'en termine avec… » Le téléphone sur le bureau d'Aviva sonna au moment précis où Tsadik pointait un doigt vers Rubin et Natacha et s'effaçait pour les laisser entrer.

« Quoi ? Qui ? l'entendit-on demander, je ne comprends rien, qui le demande ? »

Une expression de frayeur apparut bientôt sur son visage. « Tsadik, Tsadik, attends un peu, c'est…

— Ne me dérange pas, Aviva, je t'en prie, dit Tsadik, la main sur la poignée. Débrouille-toi toute seule, prends des décisions, un peu d'esprit d'initiative, que diable ! » Et sans lui jeter un regard, il s'engouffra dans son bureau dont il referma la porte derrière lui.

Aviva considéra l'appareil puis elle dit : « Allô ? Allô ? » mais son interlocuteur avait raccroché. Elle reposa délicatement le combiné et regarda autour d'elle. « Je n'ai même pas eu le temps d'avaler quoi que ce soit, aujourd'hui », dit-elle, tournée vers la « petite pièce » qui s'était vidée de ses occupants. Elle sortit alors lentement une boîte d'un sac en plastique, la posa devant elle sur le bureau, l'ouvrit et en examina le contenu comme si elle ne se souvenait pas de ce qu'elle y avait mis. Tout en soupirant, elle y prit un morceau de carotte coupé dans le sens de la longueur puis un second ainsi que deux branches malingres de céleri, les considéra d'un air sombre et, après avoir regardé droit devant elle, elle entreprit de les mâcher avec application.

7

Personne ne semblait avoir remarqué le véhicule de transmission par satellite qui faisait route vers Ramot. Avant de fourrer le formulaire dans la boîte à gants, Schreiber examina de nouveau la signature qu'il avait faite sur le bon de commande où il avait demandé du matériel, un cadreur, un preneur de son et un éclairagiste pour une interview du porte-parole de l'hôpital Hadassah à Eïn Karem par Rubin. En fait, l'interview eut bien lieu, elle était d'ailleurs prévue, mais Schreiber se débrouilla pour utiliser une partie du temps imparti à un autre entretien, avec le docteur Landau, celui-là — ce médecin que Rubin cherchait à dénoncer dans son reportage sur les praticiens qui collaboraient avec le Shin Beth et dévoyaient ainsi leur mission —, et le récupérer ni vu ni connu. Le docteur Landau avait reçu Rubin devant son bureau, écouté la première question que celui-ci lui avait posée puis il leur avait claqué la porte au nez, ce qui avait permis à Schreiber de garder un peu plus longtemps le véhicule de transmission.

« C'est là-bas, dit Natacha d'une voix fébrile, la deuxième maison sur la gauche, tu la vois ? Là où il y a un muret et une pancarte appelant les passants à faire la charité… » Elle avait craint tout du long que Schreiber ne se ravise ou qu'il doive soudain retourner à la rédaction. Certes, il avait éteint son portable mais on pouvait toujours le contacter sur son biper. Schreiber avait pourtant essayé de la rassurer. Il lui avait dit qu'il avait prévenu tout le monde qu'il allait faire un petit somme et que son biper serait éteint, lui aussi. Il n'empêche. Il pouvait lui dire tout à trac « j'en ai assez », la déposer devant chez elle et s'en aller. Après tout, qu'avait-il à y gagner ? Une boule d'angoisse lui avait comprimé l'estomac. Comment se faisait-il que personne ne l'imaginait capable de découvrir quelque chose d'important, de fournir un travail sérieux ? Comment se faisait-il qu'il lui fallait à chaque fois se mettre à genoux ? Pensait-on réellement qu'elle n'avait aucun talent journalistique ? Pour interrompre le flot de ses pensées, elle consulta son bracelet-montre. Elle avait encore deux heures ; ensuite, elle devrait se présenter à l'Esplanade russe. Le policier aux yeux verts avait prononcé le mot « enquête » mais l'autre, le grand au visage allongé et mat et aux sourcils touffus — qui tenait sans cesse une cigarette non entamée entre ses doigts et retirait la main dès que quelqu'un faisait mine de la lui allumer, précisant : « pas aujourd'hui », d'une voix douce —, avait, quant à lui, parlé de « conversation ». Lorsque Natacha lui avait demandé si elle était obligée de se rendre au siège de la police pour cela, il lui avait souri comme à une gamine et dit qu'elle avait vu trop de séries policières et qu'elle n'y était absolument pas *obligée* — il avait accentué le mot, ce qui l'avait plongée dans l'embarras — mais qu'il ne voyait pas pourquoi elle refuserait de les aider à élucider les circonstances de la mort de Tirtsah. Il était convaincu, dit-il encore, qu'elle serait également ravie d'éclairer leur lanterne en ce qui concernait Mati Cohen. Il avait incliné la tête sur le côté, l'avait examinée attentivement et lui avait rappelé qu'ils avaient convoqué tous ceux qui se trouvaient aux « fils » et dans le bâtiment principal au moment de la mort de Tirtsah. Pourquoi ferait-elle exception ? Il l'avait fixée de ce regard qu'elle avait déjà remarqué plus tôt, un regard sombre et triste, très intelligent mais triste. C'est l'obliquité des paupières qui leur donnait cet air triste, se dit-elle et elle vit Schreiber qui jetait un coup d'œil dans le rétroviseur extérieur. Lorsqu'on scrutait le fond des prunelles du commissaire Ohayon, on voyait qu'il était intelligent mais on se rendait compte aussi qu'il possédait une sorte de force… de puissance, plutôt. Elle avait eu l'impression qu'il l'étudiait. Comme dans un film de science-fiction qu'elle avait vu une fois et où, quand un personnage en regardait un autre, il voyait passer sous ses yeux, à une vitesse vertigineuse, tous les paysages intérieurs de ce dernier. Elle n'avait pas compris ce qu'il lui voulait, pourquoi il désirait tant lui parler et ce qu'il espérait tirer d'elle. Peut-être était-ce à cause de Hefetz, qui lui avait adressé un regard implorant pendant qu'elle s'entretenait avec les deux policiers. Tout le monde avait dû apercevoir sa façon de la fixer. D'un autre côté, Hefetz la regardait toujours de cette manière ou du moins ces derniers jours, depuis qu'elle lui avait dit que tout était fini entre eux. Pour elle, la séparation n'était pas douloureuse le moins du monde. Elle n'en pouvait plus de ce sac de nœuds, de ses manières doucereuses, de sa lâcheté. « Enfin », lui avait dit Schreiber en démarrant le véhicule. Il lui avait demandé comment Hefetz prenait la chose et elle avait haussé les épaules, « Hefetz ? Connais pas », et Schreiber avait éclaté de rire avant de dire : « Enfin, Dieu soit loué, tu as un peu de cervelle et tu commences à penser que tu mérites mieux que ça. » Elle avait dit au policier qu'elle serait occupée toute la matinée et qu'elle ne pourrait passer que dans l'après-midi et lui, rongeant le cure-dents qu'il tenait à la bouche après avoir jeté sa cigarette, toujours intacte, dans la corbeille, lui avait dit : « Bon, d'accord, cet après-midi », ajoutant que quand elle arriverait à l'Esplanade russe, il fallait qu'elle demande à voir Michaël Ohayon. Elle avait alors arrêté son regard sur son cou ; un cou long et étroit, avec une veine enroulée autour de la clavicule où elle avait eu l'impression de voir le sang palpiter. Ensuite elle avait examiné ses mains et un frisson l'avait parcourue : ses doigts étaient longs, délicats et hâlés comme elle les aimait. Elle s'était ressaisie et avait détourné le visage. Pourvu qu'il n'ait pas lu dans ses pensées ! Heureusement qu'il était concentré, à cet instant-là, sur le cure-dents qu'il venait de retirer d'entre ses lèvres. « Les ersatz ne me conviennent décidément pas », l'avait-elle entendu dire à l'autre policier, celui qui avait les yeux verts, qui lui avait tapoté l'épaule et rétorqué en souriant : « Tu as pris un engagement ? Tu dois t'y tenir. Tu voulais que Youval arrête de fumer ? Alors fais un sacrifice toi aussi. Tu me dis toujours qu'être parent c'est consentir à faire des sacrifices, que la condition de parent constitue un sacrifice, je me trompe ? » Elle avait compris qu'il était marié et qu'il avait des enfants. Au moins un. Qui était déjà en âge de fumer. Marié. Ils étaient tous mariés. Tous ceux qui valaient quelque chose. Et même les autres. Comment se faisait-il que les hommes, même quand ils étaient moches ou stupides, n'étaient jamais seuls, eux… et que, plus d'une fois, on en croisait un au bras d'une femme belle et intelligente ? Alors qu'elle… Mais Schreiber alors ? Il n'était pas marié, lui, et elle savait qu'il avait un faible pour elle. D'ailleurs, quelques jours auparavant, Aviva lui avait chuchoté, au-dessus du lavabo des toilettes du second : « Dis donc, Natacha, tu n'as pas remarqué que Schreiber te fait du gringue ? » Elle l'avait regardée en gloussant. Pourquoi ne se déclarait-il pas, dans ces conditions ? Par timidité, probablement. Il jouait les durs, les coriaces mais en fait… Ou peut-être était-ce à cause de Hefetz. Pourtant, il l'avait connue avant sa relation avec Hefetz. À propos de Hefetz, s'il tirait la langue, en ce moment, elle avait bien l'intention de l'exploiter à son tour, elle ne savait pas trop comment encore, mais elle n'allait pas s'en priver…

Schreiber se gara à un endroit discret d'où l'on pouvait voir le bâtiment de quatre étages aux fenêtres sans rideaux protégées par des barreaux. Aucun arbuste, aucune fleur ne venait relever d'un peu de couleur les barres d'immeubles gris qui se dressaient des deux côtés de la rue.

« Il n'y a même pas d'arbres, dit-elle à Schreiber.

— Ils n'aiment pas la végétation, c'est notoire, on ne plante rien, chez eux », grommela Schreiber et il écarta légèrement les deux rideaux qui masquaient l'intérieur du véhicule. Lorsqu'il leva les yeux vers le troisième étage, le store se baissa d'un coup, comme si quelqu'un avait perçu son regard.

« Tu as vu ça ? » Il se recula et épongea son crâne nu qui brillait déjà d'humidité. « Dès que je m'approche d'eux, je me mets à transpirer », se plaignit-il et il fouilla la poche de sa chemise, « c'est Hanoukkah, il pleut, on gèle et je trouve le moyen de transpirer.

— Filme l'entrée de l'immeuble, demanda Natacha, s'il te plaît, filme-la déjà.

— D'accord, répondit-il en enfonçant à présent la main dans l'une des poches de son gilet safari.

— Qu'est-ce que tu cherches comme ça ? lui dit Natacha avec impatience. Qu'est-ce que tu as à retourner sans arrêt tes poches ?

— Voilà », dit Schreiber et il sortit d'une poche latérale de sa veste une petite boîte bleue en métal. « Tu vois ce que c'est ? Tu comprends maintenant.

— Ce n'est pas le moment, lui reprocha-t-elle. Quand on aura terminé. Tu exagères, Schreiber. »

Il soupira et remit la boîte dans sa poche. « Comment veux-tu que je trompe mon ennui, ici, dans ce quartier ? Tu sais pourtant ce que ça représente pour moi, non ? » se défendit-il.

Son père était mort quelques années plus tôt et elle avait alors pensé que tout serait désormais plus facile pour lui, qu'il n'aurait plus à faire semblant d'être pratiquant. (« J'ai définitivement perdu la foi », répliquait Schreiber à tous ceux qui voulaient savoir pourquoi il ne portait plus la kippah, ce qui ne l'empêchait pas de remettre la calotte sur sa tête quand il allait rendre visite à sa vieille mère à Bnei-Brak.) « Schreiber », dit-elle, et elle fixa ses iris marron-vert, « je te suis tellement... je te dois tant, tu as toujours été si...

— Ne dis pas de bêtises », l'interrompit-il (il n'avait jamais pu supporter ses expressions de gratitude, pas même quand il l'avait conduite de la rue Palmach jusque chez lui, à Rehavia. Elle se remémora l'odeur de moisissure et d'humidité qui emplissait l'appartement en sous-sol où il habitait à l'époque, une lucarne grillagée par laquelle entrait un faible jour, un néon allumé en permanence dans l'unique pièce et le linge qui séchait sur les conduites d'eau chaude). « Si tu me disais qui t'a servi d'indicateur…

— Je te le répète, je ne dévoile jamais mes sources, arrête de me le demander », dit Natacha.

Schreiber inclina la tête et la considéra d'un regard amusé. « J'ai quand même quelques droits à titre d'associé, non ? » Il était passé sur la banquette arrière et braquait maintenant son objectif sur la fente entre les deux rideaux. Puis il sortit à nouveau la boîte en métal et y prit un petit paquet rougeâtre d'où il tira une feuille de papier à rouler. « Tu ne peux pas attendre ? protesta Natacha.

— Détends-toi, répondit-il avec calme, personne ne peut nous voir. On t'a menée en bateau. Nous avons tout le temps du monde. Il n'y a pas un chat dans la rue. Personne ne viendra, t'inquiète. Regarde, les stores sont baissés partout, il ne se passe strictement rien, il faut bien que je m'occupe ! Je ne peux même pas écouter la radio », maugréa-t-il et il enduisit de salive les bords de la feuille.

« C'est l'heure creuse, se défendit Natacha, tout le monde est à l'école et au travail, mais ne pense pas pour autant que…

— À la yeshiva, la corrigea-t-il avec impatience, les hommes sont à la yeshiva et les femmes travaillent. Tu n'y connais vraiment rien, tu ne sais même pas comment ils vivent, tu n'en as aucune idée », dit-il, et il s'allongea sur la banquette arrière.

« Mes sources », reprit-elle avec solennité (à cet instant, elle entendait à nouveau la voix de la femme qui l'avait appelée, une voix rauque et sans accent particulier derrière laquelle on percevait les pleurs d'un petit enfant), « mes sources m'ont dit explicitement "dans la matinée", elles m'ont explicitement déconseillé de venir le soir, parce que, alors, tout le monde…

— Les sources, lui fit écho Schreiber. Ah », il bâilla, « qu'est-ce que tu veux que je réponde à ça ? Contre tes sources, je ne fais pas le poids. » Il alluma la fine cigarette, aspira une bouffée profonde, toussa et la lui tendit.

« Laisse-moi tranquille, lui dit Natacha avec colère, je n'en veux pas.

— Natacha, l'adjura-t-il. Je suis crevé, j'ai à peine fermé l'œil, la nuit dernière, et tu sais que je… suis mal à l'aise dès que je m'approche d'eux… je me sens mal, c'est physique, je dois… c'est somatique », expliqua-t-il, et il agita la cigarette. « J'en ai mis très peu, mais sans un léger remontant, je ne suis tout simplement pas en mesure de…

— Tais-toi, lui chuchota-t-elle brusquement. Regarde et filme, le bout de la rue d'abord… »

Schreiber se redressa et colla son œil à la fente entre les deux parties du rideau. « Tiens, dit Natacha, regarde, tu ne diras plus que j'affabule. »

Les fenêtres de la limousine noire étaient, elles aussi, munies de rideaux. On ne distinguait que la silhouette de l'homme au chapeau noir et rond portant une barbe fournie qui occupait la place du conducteur. Le siège voisin était vide. Mais lorsque la voiture s'immobilisa, deux hommes en descendirent par la portière arrière. Ils jetèrent des regards autour d'eux et s'empressèrent d'entrer dans l'immeuble.

« Schreiber, cria Natacha d'une voix étranglée, filme-les en train d'entrer, tu les as pris ou pas ?

— Je les ai, je les ai, lui assura Schreiber, ne t'énerve pas, j'ai tout filmé. Mais ça n'a rien de renversant : deux hommes se rendent au domicile du rabbin Alharizi. Et après ?

— Deux hommes, tu dis ? murmura Natacha. Il ne s'agit pas de n'importe qui. Tu ne les reconnais pas ?

— Si, bien sûr que je les connais, soupira Schreiber. Bon, alors le rabbin Yitzhak Bashi et le rabbin Eliashiv Benami, qui sont les plus proches collaborateurs d'Alharizi, lui rendent visite. La belle affaire ! Il est parfaitement normal que ses adjoints viennent le voir !

— Pas n'importe quels collaborateurs, rétorqua Natacha. L'un est le trésorier du mouvement des juifs religieux orientaux, Yitzhak Bashi, on le voit souvent à la télé et l'autre, Benami, leur sert en quelque sorte de ministre des Affaires étrangères, pour ainsi dire.

— D'accord. » Schreiber appliqua son œil à l'oculaire de la caméra. « Mettons qu'ils aient une réunion, une conférence, c'est leur droit, non ? Où est le mal ? Je les ai, il y a... pourquoi tu cries ?... Qu'est-ce que... » Comme pour corroborer les dires de la jeune femme, trois hommes vêtus de sombre sortirent du coffre de la limousine une lourde caisse qu'ils posèrent sur le trottoir à côté de deux valises qu'ils avaient préalablement prises à l'arrière du véhicule. Le ciel s'éclaircit soudain et un rayon de soleil qui jouait sur les flaques autour de la voiture fit scintiller un cadenas en or sur l'une des deux valises.

« Schreiber, chuchota Natacha. Regarde... une caisse... des valises... continue de...

— Je t'ai entendue, je ne suis pas sourd, dit Schreiber impatiemment, mais ça ne prouve toujours rien, la caisse peut contenir des livres de prières, des volumes du Talmud, que sais-je encore ? Tu crois qu'il y a de l'or, à l'intérieur ? Des armes ? Un cadavre, peut-être bien ? Tu as vu trop de films sur...

— Je donnerais n'importe quoi pour... » Elle suivait du regard les trois hommes qui pénétrèrent dans l'immeuble et, brusquement, elle lui serra le poignet avec force. « Schreiber, dit-elle d'une voix survoltée, tu dois, tu dois voir... vas-y, frappe à la porte du rabbin Alharizi comme si tu t'étais...

— Natacha, l'interrompit-il, stop. Tu vas trop loin. Je n'entrerai nulle part. »

Elle perçut néanmoins dans sa voix une intonation qui lui laissa penser qu'il était sur le point de céder. Sa pression sur son bras se relâcha et, suppliante, elle reprit : « Je t'en prie, Schreiber, on touche au but, ça serait trop idiot ! »

L'argument porta.

« Je sais mieux que toi comment la mettre », lui dit-il lorsqu'elle ajusta la kippah sur son crâne et lissa les franges rituelles qu'il avait apportées avec lui. « Occupe-toi de la caméra et du micro. » Il palpa l'intérieur du manteau noir. « Tu n'étais pas encore née que je les connaissais déjà », lança-t-il puis il descendit du véhicule en regardant de tous les côtés.

*

Au moment où Schreiber montait chez le rabbin Alharizi, Dany Benizri se trouvait au guichet d'accueil de l'hôpital Hadassah à Eïn Karem. « Elle est certainement en réanimation », dit-il à l'employée qui refusait obstinément de lui communiquer dans quel service avait été hospitalisée la ministre. Il n'aurait jamais dû dire qu'il voulait voir « La Ministre du Travail et des Affaires Sociales » mais simplement Timnah Ben-Tsvi, comme s'il était un ami ou un parent. « Pourquoi refusez-vous de me dire où elle se trouve ? Pour des raisons de sécurité ? lui demanda-t-il d'une voix exaspérée.

— Monsieur, répondit l'employée sans lui accorder un regard, adressez-vous au porte-parole de l'hôpital, je ne peux pas vous en dire plus. »

Benizri allait repartir quand un médecin qui passait lui sourit. « Je vous ai déjà vu quelque part. À la télé, je crois, c'est ça ? » Il hocha la tête. « Vous présentez le journal, non, vous êtes chroniqueur de… j'y suis », il claqua des doigts, « le souterrain, les ouvriers, je vous félicite… nous vous avons vu… »

Benizri lui sourit en retour et, sans avoir l'air d'y attacher la moindre importance, il lui dit : « Je cherche justement la chambre de la ministre du Travail et des Affaires sociales, il paraît que…

— Venez, venez avec moi, je vais vous y conduire…, jubila le médecin. Il se trouve qu'elle est dans mon service. Quelle coïncidence, non ? »

Benizri le suivit docilement. Le médecin le pria d'attendre quelques instants dans le couloir principal et il poussa une porte battante. Dany Benizri en fit de même. Il se retrouva dans un second couloir, plus étroit, et s'étonna qu'aucune présence policière ne fût visible. On avait pourtant assassiné un Premier ministre quelques années plus tôt dans ce pays. Si les ministres n'étaient pas protégés, il n'était guère surprenant qu'ils se fassent enlever et enfermer dans des souterrains et qu'on puisse les filmer sur leur lit d'hôpital. Il n'avait pas de caméra. Des rideaux bleus voilaient les cloisons vitrées des chambres individuelles qui donnaient sur le couloir. Il y en avait trois. La dernière, au bout du corridor, était celle de la ministre. C'était là que se trouvait en ce moment le médecin. Benizri s'en approcha. Le rideau était partiellement ouvert. En y appliquant son visage, il la vit assise sur le lit. Le médecin était penché sur son dos nu et blanc et ses yeux fixaient un point lointain tandis que le praticien l'auscultait. Lorsqu'il retira le stéthoscope, elle se redressa et lui posa une question avec une expression inquiète. En entendant sa réponse, son visage s'épanouit en un large sourire. Un sourire ravissant, enfantin et désarmé. Elle avait les bras croisés sur ses petits seins pointus qu'il avait déjà vus et ce spectacle lui coupa brièvement le souffle. Il revit la teinte de ses mamelons, qu'elle cachait, et fut parcouru par un frisson qui eut pour effet de le sortir de son état de trouble ; en définitive, il n'était que ça : un voyeur traquant l'information. Il y avait néanmoins quelque chose de touchant dans le dos courbé, si fin, de cette femme avide de pouvoir, c'est en tout cas la réputation qu'elle avait, et qu'il avait plus d'une fois brocardée dans ses reportages. Elle lui paraissait maintenant plus vulnérable et émouvante encore que dans le souterrain. Le médecin l'aida à trouver les manches de sa robe de chambre et Benizri recula avec l'intention de regagner le couloir principal mais il se ravisa et s'approcha de la chambre. Le médecin se tenait devant la porte. « Je prépare la lettre », dit-il sans lever les yeux de la feuille qu'il tenait à la main et où il inscrivait quelque chose, « cela prendra quelques minutes, ensuite, je vous libère.

— Dès aujourd'hui ? » Dany Benizri perçut la note de surprise et d'inquiétude dans sa voix.

« Je pensais que ça vous ferait plaisir », s'étonna le médecin en fourrant le stéthoscope dans l'une des grandes poches de sa blouse verte qui accentuait la rousseur de ses cheveux et la pâleur de son visage constellé de taches de son. « Le professeur avait dit... lors de la visite... je croyais que... — On n'entend rien de suspect dans les voies respiratoires... je ne vois pas pourquoi... à quoi bon vous éterniser ici ? Je vous conseille de prendre quelques jours de repos. » Il referma son dossier médical. « Vous vouliez rester encore un petit peu avec nous ? lui demanda-t-il sur un ton qui parut un rien lubrique à Benizri.

— Non, rétorqua la ministre, je pensais seulement... j'ai donné sa journée à mon chauffeur, mon assistante parlementaire n'est pas... et mon mari... peu importe, je me débrouillerai. »

À cet instant, Benizri entra dans la chambre d'un pas décidé, plein d'assurance, feignant la gaieté, et dit : « Je peux peut-être vous aider à...

— Vous ? » s'assombrit Timnah Ben-Tsvi. « Comment se fait-il que la télévision soit là ? » exigea-t-elle de savoir mais le médecin était déjà sorti et il n'entendit pas sa protestation.

« Il n'y est pas du tout, le pauvre, dit Dany Benizri. Il croit que vous serez heureuse... » Soudain, comme si elle le reconnaissait et se souvenait de ce qu'il avait fait pour elle, ses traits s'adoucirent. « En fait, je n'ai pas encore eu l'occasion... je ne vous ai pas remercié. » Elle détourna les yeux, manifestement embarrassée. Elle était menue de visage et il remarqua ses lunettes aux verres épais, posées sur un carnet en cuir noir retourné sur le lit à côté d'une bonbonnière blanche rectangulaire et de deux chemises en carton entourées de coupures de journaux. « Vous en voulez un ? lui proposa-t-elle en montrant la boîte.

— Non merci », marmonna Dany et il fixa la chaise placée dans un coin de la pièce, près de la fenêtre. « Je peux ? » demanda-t-il. Il n'était pas parvenu à se hisser à la position qui était aujourd'hui la sienne en se montrant délicat ou timoré. Sans attendre sa réponse, il tira la chaise à lui et l'installa au chevet de son lit, ignorant le mouvement de recul de la ministre qui replia les jambes sous elle. Quelque chose dans son regard apeuré, ses lèvres qui avaient pris une expression boudeuse lui donna envie de la toucher. Il aurait pu le faire, caresser son genou, son épaule ou son bras dans un geste prétendument familier, un peu sans-gêne, peut-être, mais dans les limites des convenances, pourtant il préféra poser la main au bord du lit. « Je suis à votre service, lui dit-il complaisamment. J'ai cru comprendre que vous n'aviez aucun moyen de transport pour rentrer chez vous. Je peux vous raccompagner, si vous le désirez.

— Ça ne sera pas nécessaire, répondit-elle avec méfiance. On m'appellera un taxi.

— Une ministre ne prend pas de taxi, voyons, déclara Benizri d'une voix sans réplique. Ce qui vous est arrivé ne vous a pas suffi ?

— Je ne peux pas accepter », dit-elle, et il fixa la main qui froissait le drap. Où était à présent cette force qu'on lui attribuait et à laquelle lui-même pensait chaque fois qu'il entendait prononcer son nom, soutenant que le fait qu'elle fût une femme expliquait son comportement ? Comme il était étrange de se dire que cette femme, en robe de chambre en flanelle bleue ornée d'une fleur blanche brodée sur le col qu'elle serrait maintenant autour de son cou tandis que de l'autre main elle rassemblait ses boucles éparpillées, était celle qui avait suscité l'hostilité des employés de Hulit. À l'Esplanade russe, ce matin, un des camarades de Shimshi avait même réagi en crachant quand son nom avait été prononcé. D'ailleurs lui aussi l'avait souvent trouvée dédaigneuse et froide. Il avait été tenté de lui dire : « Vous êtes très différente de ce que j'imaginais », au lieu de quoi il se borna à lui demander ce qui l'empêchait d'accepter son offre.

« C'est déjà assez...

— Dans la mesure où personne ne peut vous déposer chez vous. » Son genou effleura celui de la ministre.

« Non, c'est vrai, mon mari ne rentre que demain, il est à l'étranger.

— Comment se fait-il qu'il ne soit pas là, à l'hôpital, avec vous ? On ne l'a pas prévenu ? » demanda, sournois, Benizri.

Elle pinça les lèvres, visiblement mécontente. « Il avait un voyage d'affaires prévu de longue date, il est parti la semaine dernière, avant que... »

Benizri voulait lui poser des questions sur leurs enfants, lui demander si elle n'avait pas d'amis, de proches qui... mais une intuition le retint. « Je ne vous mangerai pas, vous savez, dit-il en penchant la tête, et comme ça, si on vous enlève à nouveau, nous serons ensemble dès le départ. »

Elle eut un faible sourire qu'il interpréta comme un consentement.

« J'attends dehors que vous soyez prête ? demanda-t-il. Ça vous va ?

Elle fit un vague oui de la tête et Benizri sortit dans le couloir. Il n'osait plus, à présent, se poster devant le rideau de sa chambre. Au bout d'un quart d'heure d'attente, une infirmière arriva à grands pas, portant un sac, et elle ouvrit la porte de la chambre de la ministre. Il l'entendit lui expliquer l'utilisation du vaporisateur et lui indiquer ce qu'elle devait faire en cas de crise.

« Puis-je entrer ? » demanda-t-il, et il faillit la percuter. L'infirmière leva les yeux, le dévisagea et une lueur s'alluma au fond de ses pupilles : « N'êtes-vous pas... ?

— Si, si, confirma-t-il, je peux entrer ?

— Elle est prête », dit l'infirmière, et un pli d'étonnement se creusa entre ses sourcils. « Elle vous attend ? »

Benizri acquiesça et frappa à la porte, attendit qu'elle l'invite faiblement à entrer et baissa la poignée.

Tout se passa sans encombre jusqu'au moment où ils se retrouvèrent coincés dans un bouchon sur la route qui monte de Eïn Karem. Une longue file s'étirait en face d'eux et la chaussée était bloquée par des voitures de police, une ambulance et des badauds qui se pressaient au niveau du virage sur la route étroite et contemplaient un camion retourné sur le côté tel le cadavre d'un animal géant à côté d'une voiture broyée. Benizri coupa le moteur et la ministre soupira. Il écouta d'une oreille distraite la remarque qu'elle fit sur le nombre de tués sur les routes en Israël et la violence des conducteurs, leur grossièreté ainsi que l'impatience et l'absence de courtoisie qui les caractérisaient. Jusque-là, ils avaient eu une conversation paisible. Il n'avait toujours pas osé aborder le sujet qui motivait sa présence. Il désigna du doigt la route en contrebas et déclara qu'elle n'était absolument pas faite pour la circulation des automobiles. « Le problème est que le gouvernement se soucie comme d'une guigne des infrastructures et de l'état des routes, vous devez le savoir en tant que ministre. Aucun gouvernement n'est prêt à investir dans des plans à longue échéance et je ne les blâme pas : pourquoi entreprendre des projets qui nécessitent des sacrifices ou risquent de passer pour impopulaires et dont le gouvernement issu des élections suivantes bénéficiera ? » Tandis qu'il parlait, la ministre serrait les lèvres d'un air agacé et, alors qu'il marquait un temps d'arrêt, il vit qu'elle ouvrait la bouche pour dire quelque chose mais elle se ravisa. « Est-ce que j'ai tort ? la provoqua-t-il.

— Bien sûr que non, répliqua-t-elle avec colère. Vous vous figurez peut-être que je suis indifférente à ce qui se passe dans le pays ? » Elle ajouta, de plus en plus furieuse : « Je vous donne l'impression d'être une femme obnubilée par des intérêts politiciens ? D'être quelqu'un de cynique à ce point ? »

Benizri passa sa langue sur ses lèvres et lorgna vers sa voisine, notant combien la courbe de sa bouche était belle, et il remarqua qu'une légère rougeur colorait ses joues pâles. « Non, admit-il alors, habile. Vous ne me semblez pas cynique, au contraire, vous avez, ça saute aux yeux, des principes, et d'indéniables qualités humaines », ajouta-t-il, puis il se tut comme pour laisser agir ses propos. Quand il vit ses mains pendre le long de ses cuisses, il reprit, téméraire : « C'est la raison pour laquelle je veux vous parler de Shimshi et de ses compagnons. »

Les doigts de la ministre se nouèrent. « Je ne vois pas ce qu'il y a à dire à leur sujet, réagit-elle rudement. Ils vont croupir en prison, ces voyous.

— Ce ne sont pas des voyous », dit Benizri, et il braqua le volant afin de laisser passer l'ambulance qui repartait après avoir actionné son avertisseur et son gyrophare. La voiture de police en fit de même et les deux files d'automobiles parallèles purent enfin avancer. « Ils sont désespérés et vous le savez aussi bien que moi.

— Alors, selon vous, tous les désespérés du pays doivent enlever des ministres et menacer de les exécuter, c'est ça ? s'indigna-t-elle.

— Écoutez, Timnah, je peux vous appeler Timnah ? » et sans attendre sa réponse il s'empressa de poursuivre : « Après tout nous avons déjà… je veux dire, je pensais qu'à cause de ce qu'on avait vécu ensemble, je pouvais m'adresser à vous et vous demander… que vous annuliez les poursuites. Je sais que vous n'êtes pas de ceux… les choses se sont bien terminées pour vous et je suis sûr que vous n'êtes pas vindicative alors… ils demandent… »

Elle eut une sorte de grognement où il entrait tout à la fois de la surprise et de la colère mais resta silencieuse pendant plusieurs instants. Les essuie-glaces crissaient en raison de la pluie fine qui tombait à l'oblique sur la route étroite, bordée d'ornières. La voiture fit une embardée et d'un geste rapide, effrayé, elle se protégea le cou de la main, cette main à l'annulaire duquel brillait sa fine alliance, et elle finit par dire sèchement : « Vous êtes complètement fou », et d'une voix mesurée elle déclara qu'il était impossible d'arrêter la poursuite judiciaire. « C'est entre les mains du ministère public, ça ne dépend plus de moi, résuma-t-elle. Il s'agit d'un acte criminel — enlèvement suivi de menaces de mort », et elle ajouta que même si elle en avait eu le pouvoir (et elle ne l'avait pas), elle n'aurait pas arrêté la procédure contre les ouvriers de Hulit car une telle mesure aurait eu pour effet d'encourager l'anarchie qui régnait déjà en maître dans le pays, celle de la loi du plus fort, et qu'il était hors de question de tolérer le recours à la violence comme seul moyen pour obtenir satisfaction.

« Vous oubliez, dit Benizri lorsqu'ils passèrent devant la sculpture de Niki de Saint Phalle, dans le quartier de Kyriat Yovel, qu'ils ont tenté de vous rencontrer à plusieurs reprises et que vous leur avez opposé à chaque fois une fin de non-recevoir. Ils sont vraiment réduits au désespoir… »

Elle se redressa sur son siège, croisa les bras et le considéra longuement avant de lui demander sur un ton glacial pourquoi cette affaire lui tenait tant à cœur, débordant manifestement l'intérêt professionnel qu'il était en droit de lui porter. Avait-il un parent ou un proche parmi les ouvriers ?

Ayant ralenti, il slaloma adroitement entre les ornières.

« Quelle est la nature exacte de vos relations avec les ouvriers ? » insista-t-elle.

Dany Benizri détourna le visage pour qu'elle ne remarque pas le feu qui embrasait ses joues. Il n'avait nullement l'intention de lui parler de son amitié avec Shimshi. « C'est compliqué, finit-il par dire sur un ton d'indifférence feinte. Je ne sais pas comment vous l'expliquer, vous ne pouvez pas comprendre, lui dit-il. Ce n'est pas votre monde », conclut-il.

« *Why don't you try me ?* » lui demanda-t-elle, un rien provocatrice.

Au feu de la rue Golomb, il lui parla de son père et de l'attaque cérébrale dont il avait été victime lorsqu'il avait appris que la minoterie où il avait travaillé pendant trente et un ans allait fermer et de toutes ces années passées sans pouvoir parler ou marcher. Il ne lui dit mot, cependant, de la ressemblance entre Shimshi et son père. Il lui jeta un coup d'œil et vit qu'elle avait compris.

« Mais votre père n'a enlevé personne et n'a pas menacé de faire sauter un souterrain rempli de monde, lui rétorqua-t-elle.

— Je vous avais bien dit que vous ne comprendriez pas », lui répondit-il avec amertume. Ils se trouvaient à présent pris dans un nouvel embouteillage, à l'angle du boulevard Herzog et de la rue Tchernikhovsky. « Je n'aurais pas dû… enfin, vous savez bien, s'écria-t-il avec chaleur, que les défavorisés n'obtiennent jamais rien sans violence… quelle révolution a réussi sans… ?

— Dany Benizri, dit-elle d'une voix lasse en se passant une main sur le front. Soyez gentil, épargnez-moi vos leçons d'histoire et tournez, s'il vous plaît, ici. » Elle lui désigna du bras un parking en contrebas d'une rangée de maisons à deux étages au bout de la rue Palmach. « C'est là, la deuxième maison… »

Dany Benizri gara la voiture. « Attendez, dit-il après avoir éteint le moteur en jetant un coup d'œil à l'extérieur. Faites attention aux flaques et passez-moi votre sac. » Il fit la sourde oreille à ses protestations et la suivit jusqu'à sa porte, patientant pendant qu'elle sortait la clé de son sac et la faisait jouer dans la serrure. Il la suivit aussi dans le salon où elle tira les rideaux. Son téléphone portable se mit à sonner et, au même moment, le téléphone de la ministre commença de tinter lui aussi. Il consulta l'écran de son appareil et la vit du coin de l'œil décrocher le combiné. Il l'entendit dire : « Oui, je suis seule », tout en le regardant, et il coupa son portable. « C'est mon assistante parlementaire », lui dit-elle des lèvres, sans proférer un son. Il se plaça derrière elle, tout près, tandis qu'elle expliquait qu'elle devait se reposer, que personne ne savait qu'elle était rentrée chez elle et qu'elle souhaitait qu'on ne l'appelle plus. Il la vit reposer le combiné à côté de l'appareil. Elle se retourna, pensant qu'il se trouvait loin d'elle, sur le pas de la porte, et eut un mouvement de recul lorsqu'elle l'aperçut pratiquement contre elle.

Quand il l'enlaça, il remarqua la ride profonde près de son sourcil gauche. Il se dit qu'elle devait avoir au moins dix ans de plus que lui et que c'était la première fois de sa vie qu'il touchait de la sorte une femme plus âgée que lui mais quelque chose dans le dos svelte et fin troubla cette pensée ainsi que le goût de ses lèvres sèches et charnues.

Elle fut saisie par un mélange de frayeur et de colère devant l'audace dont faisait preuve Benizri, ce journaliste, percevant le danger et la menace que recelait la situation mais la vague de chaleur qui les entraînait l'un vers l'autre emporta ses scrupules, une vague que gonflait une immense solitude, un long tourment qui soudain, à ce moment précis, lui parurent intolérables. Ce journaliste, qui avait exprimé avec une telle franchise ce qu'il voulait et ce dont il avait besoin, lui avait aussi dit quelque chose qu'elle n'avait pas entendu depuis longtemps et qui lui avait fait comprendre qu'il pourrait être, si étrange et inattendu que ça paraisse, son ami.

Quand ils se réveillèrent, il était déjà en retard de deux heures à sa convocation à l'Esplanade russe (« Je vous demande simplement de venir, lui avait dit Michaël Ohayon. Il ne s'agira pas d'un interrogatoire mais d'une conversation »). Il avait cinq messages sur son portable, trois de Tikvah, qui le cherchait désespérément parce qu'elle ne savait pas comment calmer la petite qui pleurait sans arrêt depuis le matin. Il vit le visage frêle de Tikvah, démuni face à la petite, et il l'imagina alors en train d'errer dans les rues avec la poussette, impuissante à la faire taire. Elle était bien capable de le faire, de la sortir par ce froid de loup, pour aller chercher Gilead au jardin d'enfants et, à présent, elle devait être rentrée et elle était bloquée à la maison à cause de la pluie. Il avait complètement oublié ce qu'il avait promis à l'enfant. Jamais auparavant il n'avait perdu la tête de cette façon. Il n'arrivait pas à s'expliquer son comportement. Il posa son regard sur Timnah Ben-Tsvi, qui s'était assise sur le lit, comme s'il en cherchait la clé sur son visage. Elle ferma les yeux le temps d'un instant puis les rouvrit et le regarda à son tour.

« Tu regrettes qu'on l'ait fait ?

— Absolument pas. Mais je... » Il se tut et entreprit de se rhabiller.

« Ne pense pas que j'aie l'habitude de... et toi... ?

— Cette question ! répondit-il sur un ton sarcastique. Tous les jours ! » Lorsqu'il s'aperçut qu'elle pâlissait, il ajouta : « Mais non, je ne suis pas un coureur.

— Moi non plus... je veux dire, jamais encore...

— Tu n'avais jamais trompé ton mari ? »

Elle fit non de la tête.

« Alors c'est peut-être toi qui le regrettes, dit-il d'une voix qu'il voulut légère mais qui masquait mal ses appréhensions.

— Je ne regrette rien, répliqua-t-elle en croisant les bras autour de ses jambes. Je suis seulement, comment dire... un peu... effrayée...

— Effrayée, elle est effrayée, répéta-t-il lentement. J'ai entendu dire... » il hésita et sourit, « que les femmes se moquent des hommes qui leur demandent si c'était bon, mais j'aimerais... dis-moi ce qui t'effraie ?

— Si on nous voyait maintenant, dit la ministre du Travail et des Affaires sociales en rehaussant le grand oreiller et en le regardant s'habiller. Ça ferait l'ouverture du journal télévisé, avant les ouvriers et le reste.

— Non, je ne crois pas », dit Dany Benizri et il enfila son pull noir.

« Ou alors celle d'une émission à sensation...

— Chez nous ? Sur une chaîne publique ? Jamais », lui assura-t-il pendant qu'il mettait ses chaussures. Il se pencha alors sur elle, elle était allongée sur le dos, la tête appuyée au dossier du lit conjugal. Elle lui sourit. Mais son visage redevint grave quand il déposa un baiser sur son visage et ses lèvres. « C'est pour ça que j'y suis encore. » Il se redressa et s'examina dans la glace placée en face du lit. « Nous, au moins, nous avons une échelle de priorités fondée sur des valeurs morales », dit-il avec sérieux puis il lui adressa un tendre sourire.

*

Dans son bureau de l'Esplanade russe, Michaël écoutait les explications de Natacha. Elle voulait en finir vite et qu'il la laisse repartir. « Je sais que je suis en retard mais je dois être au travail dans une demi-heure et il y a des bouchons », lui avait-elle dit puis elle avait ajouté qu'elle devait peaufiner son reportage pour le journal du soir. Elle ne répondit pas à sa question sur le sujet du reportage et, quand il eut répété sa question, elle dit : « Secret professionnel. Je suis en droit de garder le silence. Vous m'avez dit qu'il s'agissait d'une conversation et pas d'un interrogatoire. » Il n'insista pas. Elle refusa également de lui expliquer la raison de son retard mais ses yeux brillaient et elle ne lâchait pas le sac en toile posé sur ses genoux. « Vous le saurez bientôt », lui promit-elle sans chercher à cacher la note de triomphe qui pointait dans sa voix. « Très bientôt même », ajouta-t-elle, et elle le fixa avec une allégresse tout enfantine qui éveilla en lui le désir de caresser ses joues hâves. Il y avait quelque chose en elle qui le faisait penser à un chat errant, un de ces félins qu'il est impossible d'apprivoiser, qui ferait tout pour une tête de poisson et même moins que ça. « Je l'ai appris, dit-elle, et elle battit des cils quand il évoqua la mort de Mati Cohen. Mais je n'ai pas… je n'avais aucune relation avec Mati Cohen… je ne suis pas assez… pas assez importante.

— Vous le serez », se surprit-il à lui répondre, en raison de son impétuosité, pensa-t-il, qu'il remarquait à l'agitation de ses doigts fins, à la torsion continuelle de ses lèvres minces et sa façon de regarder sa montre à tout instant. En revanche, elle répondit de bonne grâce et même avec un certain enthousiasme aux questions qui ne concernaient pas son reportage, décrivant notamment sa rencontre avec Rubin dans la salle de montage : « Il était en train de travailler à un reportage et je suis entrée en trombe mais il est tellement… tellement professionnel et perspicace qu'il a tout laissé en plan et m'a donné… » À la question sur l'heure à laquelle elle était entrée dans son bureau, elle tordit la bouche d'un air pensif puis elle dit : « Après une heure, en tout cas, parce que… peu importe, auparavant… je suis passée devant la salle de rédaction et j'ai vu… non, quelqu'un m'a dit… » Il l'arrêta et l'interrogea sur ses relations avec Hefetz. Elle ne rougit pas, ne pâlit pas non plus mais serra les barreaux de sa chaise, tendit les bras et remonta les épaules jusqu'aux oreilles puis elle courba la nuque de sorte que son visage fut bientôt noyé sous sa longue chevelure soyeuse et claire. « Écoutez, dit-elle d'une voix sourde, je ne sais pas ce qu'on vous a dit exactement mais c'est terminé entre nous.

— Avez-vous vu Hefetz dans la salle de rédaction ? Avant de monter voir Rubin ?

— Oui, confirma-t-elle, il m'a coincée alors que j'étais déjà dans l'escalier mais je ne lui ai rien dit au sujet de… » elle toucha son sac en toile et il comprit qu'elle n'avait rien dit à Hefetz du reportage sur lequel elle travaillait. Elle lui expliqua qu'elle connaissait à peine Tirtsah Rubin, « j'ai été engagée il y a un an et demi, au début, vous savez, j'étais collée au téléprompteur, alors… je ne suis dans le service des infos générales que depuis six mois, je ne la connaissais pour ainsi dire pas, je savais qui elle était, bien sûr, mais c'était tout ». Il la questionna, comme en passant, sur les relations entre Hefetz et Tirtsah Rubin et elle le regarda avec stupéfaction. « Hefetz ? Hefetz et Tirtsah ? Je ne crois pas qu'ils avaient une relation particulière, répondit-elle. Il est aux infos générales et elle s'occupait des décors. À la cafétéria, peut-être… parfois… mais pas plus que ça. » Comme tous ceux qu'il avait déjà interrogés, elle exclut catégoriquement que la mort de Tirtsah puisse être accidentelle. À sa question sur l'identité de la personne avec laquelle elle avait rendez-vous et, peut-être, se disputait avant minuit, elle se contenta de hausser les épaules et lui demanda s'il était certain qu'il s'agissait d'un rendez-vous, lui rappelant que Tirtsah était très appréciée et qu'elle n'avait jamais entendu dire qu'elle avait des ennemis, « mais je ne sais pas, je ne la connaissais pas… je ne suis liée qu'à Rubin et il m'a toujours aidée sans… » elle le fixa d'un regard qui le rendit songeur, un regard où il entrait tout à la fois une imploration et une vive émotion, c'est du moins ce qui lui sembla, puis elle baissa les yeux, comme subitement terrifiée. Il ferma brièvement les yeux. Voilà qu'il éprouvait de nouveau des difficultés de concentration. Si seulement il avait eu une cigarette sous la main ! Il rongea son cure-dents mais n'en tira pas l'ombre d'un plaisir.

Lors de la réunion de son équipe, on lui fit remarquer son agitation. Tsila dit avec tact que c'était un moment difficile à passer pour quelqu'un qui avait fumé pendant tant d'années mais Balilti, à qui les phrases de ce genre servaient de tremplin, pencha la tête et la considéra avec attention : « C'est maintenant que va se dévoiler sa véritable personnalité. Vous pensiez que c'était quelqu'un de calme ? d'aimable ? de délicat ? Toutes ses qualités avaient une cause et une seule : le tabac, je vous le dis, moi.

— Pourquoi est-ce que tu… c'est vraiment très difficile d'arrêter, tu sais, il faut l'aider, le réprimanda Tsila.

— C'est ainsi, dit tranquillement Balilti. Il y a des gens délicats et généreux qui sont toujours là pour vous aider et vous soutenir et il y en a d'autres qui… moi, par exemple, je n'avais pas besoin de prendre de congé pour arrêter de fumer, je me suis tout simplement levé un beau matin et j'ai dit "basta", je suis allé voir ce mec dont je vous ai parlé à Beit Shemesh, j'ai payé ce qu'il m'a demandé, il a apposé ses mains sur moi, le tout a peut-être duré sept minutes, et c'était fini. Combien de fois ne lui ai-je pas dit d'y aller », il indiqua Michaël de la tête. « Mais Monsieur n'a besoin de personne, il peut s'en sortir tout seul. Il n'a pas voulu m'écouter, tu sais ce qu'il m'a dit ? » Il hocha la tête. « Tu as été voir un de ces charlatans qui disent : "pour vous, ça sera six cents shekels" et maintenant, voilà le résultat ! »

Michaël étouffa un sourire. Depuis le début de leurs relations amicales et professionnelles, l'officier des renseignements Balilti tentait vainement de lui donner toutes sortes de conseils pratiques dans les domaines les plus variés : comment faire la cour à une femme (« Tantôt tu la reluques comme si tu étais fou d'elle et tantôt tu la joues pas intéressé pour un sou ») ; comment investir en Bourse (« Certains vont voir des courtiers mais moi, j'ai étudié le sujet, je peux te dire où et quand investir ») ; comment trouver un nouvel appartement (« Pourquoi est-ce que tu vis dans ce trou misérable ? Il y a de nouveaux projets immobiliers, près de chez nous, il y en a même en face, devant notre immeuble… ») ; comment obtenir des jours de congé (« Tu n'es jamais malade. Dis-leur que tu t'es pété le dos… que tu t'es déplacé une vertèbre… je te trouverai en un clin d'œil un toubib qui te signera une attestation médicale ») ; comment parler à son ex-femme (« Ne t'écrase pas comme ça ! tu lui as tout laissé, non ? ») ; comment régir la vie de son fils (« Guide-le, donne-lui des conseils mais il faut qu'il croie avoir tout trouvé tout seul, c'est important, à son âge »). Et si Michaël ne suivait pas ses avis, il le blessait au plus profond de son amour-propre.

« Pourquoi voulais-tu que j'aille le voir ? Ce n'est efficace que si on y croit, se défendit Michaël.

— Tu trouves qu'il vaut mieux pour ça gaspiller deux semaines de congé ? maugréa Balilti. Sans voyager nulle part, sans sortir de chez soi, à lire des bouquins, rouler des pensées et s'empêcher d'en griller une, en prenant du Valium à hautes doses, je parie ?

— Allez, arrête un peu, intervint Élie Bahar. N'as-tu pas pris de congé, toi aussi, pour faire une cure d'amaigrissement ? Tu ne vois pas que tu l'énerves encore plus ? »

Michaël eut un sourire forcé, censé dissimuler son agitation, le dégoût général qu'il éprouvait et surtout l'agacement que les remarques de Balilti provoquaient en lui et qu'il risquait fort d'exprimer haut et fort si celui-ci ne se taisait pas.

Chacun avait devant soi un rapport de l'autopsie de Mati Cohen.

« La Digoxine est bien cette substance qui sert de régulateur de tension, non ? demanda Tsila.

— Bien sûr, d'ailleurs, c'est écrit au début du rapport », dit Liliane. Elle montra la première page du rapport d'autopsie. « Il avait trois fois la dose normalement prescrite de Digoxine dans le sang. »

Tsila leva les yeux et la regarda ébahie. Michaël crut voir une grimace d'irritation à la commissure de ses lèvres qui se rétractèrent mais il ne pouvait en jurer.

« Pour une nouvelle, elle est plutôt active », avait dit Balilti avant la réunion, alors qu'ils étaient dans le couloir, et il avait suivi des yeux Liliane pendant qu'elle entrait dans la salle de conférences. « Un autre se serait dit, je vais prendre le temps de saisir les règles, de m'organiser, de me familiariser avec le terrain, mais pas elle ! Quelle assurance, je l'envie. Il y a une heure, elle vient vers moi et me dit : "J'ai quelques idées pour aborder cette affaire." J'étais estomaqué... bouche bée... elle n'est pas plutôt arrivée qu'elle a déjà des idées, t'imagines ? »

Michaël avait toussoté mais Balilti, sans attendre sa réponse, avait poursuivi à voix basse : « Je lui ai dit : "On ne sait même pas encore si on tient une affaire ou pas, on en est seulement à l'enquête préliminaire", et elle me répond : "C'est vous qui voyez", sur un ton vexé... bon, je ne sais pas, les Russes sont peut-être tous comme ça, elle est bien russe, non ? Au fait, comment est-ce qu'elle s'est retrouvée ici avec nous ?

— Une personne qui a émigré en Israël à l'âge de cinq ans ne peut pas vraiment être traitée de Russe, avait dit Michaël calmement. Elle vient des stups qui nous l'ont chaudement recommandée. »

Balilti avait sifflé entre ses dents. « Oublie les recommandations, vise-moi ce cul, lui dit-il à l'oreille. Tu en as déjà vu un aussi beau que ça ? C'est comme ? C'est... une chose pareille... je me couperais un bras pour l'essayer au moins une fois, pas toi ? »

Michaël avait jeté un coup d'œil embarrassé — Balilti le suivait comme pour s'assurer qu'il le faisait — sur le postérieur de la jeune femme qu'il avait trouvé, en effet, rebondi, disproportionné à son dos et ses hanches étroites.

« Ce n'est pas une femme avec un beau cul, avait conclu Balilti. C'est un beau cul avec une femme. D'accord, les jambes sont trop maigres mais elle est mignonne, non ? » Michaël avait souri involontairement et soupiré. Il savait que, dorénavant, il entendrait sans cesse parler du visage, des fesses et du culot de la jeune femme qu'il avait intégrée à son équipe à la demande de Yaffa de l'identification judiciaire, qui avait rendu service à une voisine. Yaffa lui avait dit combien cette voisine était formidable et obligeante (« Si je me retrouve sans sucre, par exemple, je suis toujours sûre d'en trouver chez elle, elle ne me refusera jamais rien. Maintenant que sa fille a des problèmes, je me sens obligée de lui donner un petit coup de main »). À ses dires, les problèmes de la fille de la voisine, une jeune femme très brillante, étaient d'ordre sentimental. Elle avait eu une relation amoureuse avec un collègue de travail (« Un type est venu, lui a parlé séparation et procédure en cours, ils sont tous à moins une du divorce et, après avoir tiré leur coup, ils remballent leur queue et filent au terrier, « à cause des enfants », soi-disant, et toi, tu te retrouves le bec dans l'eau, pourquoi ? Hein ? T'es pas une personne à part entière comme la femme du mec ou ses gosses, toi ? ») et elle voulait s'éloigner de lui (« Il lui a bouffé le cœur tout cru et comment veux-tu qu'elle réussisse à l'oublier si elle le voit tous les jours au bureau ? »). « Alors, qu'est-ce que t'en dis ? Il paraît qu'elle est libre », avait dit Balilti en le regardant d'un air rusé. Michaël avait toussoté à nouveau et il s'apprêtait à dire quelque chose de vague quand Tsila avait passé la tête hors de son bureau.

« Le rapport définitif sur la mort de Tirtsah Rubin est arrivé ? demanda Michaël.

— Oui, répondit Tsila. Mais je ne crois pas qu'on ait de quoi lancer une enquête. Qu'en penses-tu ?

— Je suis de ton avis », admit Michaël distraitement, et il fixa la cigarette que Liliane tenait. « À part deux ou trois choses que Beny Meyouhas a dites et dont je ne sais même pas…

— Tu n'as pas le droit de fumer ici, dit Tsila à Liliane d'un ton sec. Il est interdit de fumer pendant la conférence.

— Je ne savais pas », dit Liliane, confuse, et elle jeta son mégot à l'intérieur d'une bouteille d'eau à moitié vide.

« Depuis quand ? s'étonna Michaël. On a toujours fumé pendant les réunions et personne…

— Premièrement, dit Tsila sans le regarder, le patron a arrêté de fumer et c'est… et en plus, la pièce est surchauffée, les fenêtres sont fermées, ça me fait… ça m'incommode.

— Bon, dit Liliane, qui croisa les jambes et s'agita sur sa chaise. Je l'ignorais, pardon. »

Michaël posa un regard surpris sur Tsila. Elle ne s'était jamais plainte jusque-là, ni dans les bureaux ni dans les voitures où ils s'étaient trouvés ensemble et où, immanquablement, il avait fumé cigarette sur cigarette. Pas une fois pendant toutes ces années, elle ne lui avait fait une remarque ou demandé d'éteindre sa clope. Parfois, c'est vrai, elle lui lançait un regard triste quand il en allumait une et elle se prenait à soupirer. Un jour, elle lui avait dit : « Tôt ou tard, un médecin te dira d'arrêter et tu t'arrêteras. Alors pourquoi attendre ? » Il fit le tour de la pièce du regard et vit Élie Bahar baisser les yeux, gêné par la remarque de sa femme. « Laisse tomber, Tsila, s'il te plaît », lui dit-il. Michaël venait de comprendre que quelque chose s'était produit dans son équipe. L'éclat de Tsila devait avoir une raison plus sérieuse que la cigarette de Liliane.

« Tu as parlé à Dany Benizri ? demanda Michaël à Élie Bahar. Qu'est-ce qu'il t'a dit ?

— Rien de significatif, répondit Élie, mal à l'aise. Il a eu deux heures de retard, plus de deux heures même, parce qu'il était avec les ouvriers de Hulit, il devait les accompagner, je n'ai pas bien compris où d'ailleurs… en tout cas, il ne sait rien sur Beny Meyouhas et Tirtsah Rubin, il ne sait rien sur personne, bien que Rubin ait été son gourou, ah si, il ne s'entend pas avec Hefetz. Voilà tout ce que j'ai pu tirer de lui.

— Tant pis », Balilti eut un geste méprisant de la main. « Ils ne savent rien, ils ne veulent pas nous aider, on se débrouillera sans eux. C'est une vieille tradition, cette hostilité de la presse envers la police.

— Foutaises, s'exclama Liliane. À chaque fois que j'ai rencontré le chroniqueur des affaires policières de la télé, le rouquin, Shalit, c'est ça, on s'est très bien entendus. La collaboration entre nous a été parfaite. Il ne m'a jamais citée quand je ne voulais pas l'être... tous ces journalistes sont extrêmement fiables...

— Seulement s'ils ont besoin de nous, fit remarquer Tsila. Mais quand la situation est inversée et que nous avons besoin d'eux, c'est une autre histoire. Je viens de lire dans le journal que le syndicat des journalistes, qui compte trois cent cinquante adhérents, manifeste aujourd'hui devant le siège de la police à Tel-Aviv pour protester contre l'attitude des policiers qui les éloignent sans ménagement quand ils veulent faire leur travail et couvrir un crime ou un attentat.

— Les employés de la télévision publique sont différents, expliqua Balilti. Ce sont des fonctionnaires et il y a pas mal de choses que nous savons sans... » marmonna-t-il en fixant le marc au fond de sa tasse de café en porcelaine. Les autres utilisaient des gobelets jetables mais Balilti prétendait que les gobelets en polystyrène gâtaient le goût du café et il avait sa propre tasse, qu'il laissait dans un des tiroirs du bureau de Michaël. Il fit tourner la tasse entre ses doigts. Tous attendaient qu'il poursuive mais il se taisait.

Michaël mâchouillait le bout de son crayon et attendait lui aussi.

« Allez, dit Élie Bahar. Qu'est-ce que tu attends, tu veux qu'on se mette à genoux ?

— Il y a toutes sortes de choses, dit Balilti. Là où il y a des gens, il y a automatiquement des problèmes, des tensions, toutes sortes de choses », continua-t-il sans préciser autrement sa pensée.

« Tu fais allusion à l'affaire Tirtsah Rubin ? demanda Michaël.

— Entre autres », acquiesça Balilti en examinant le dernier bouton de sa chemise qui semblait ne tenir qu'à un fil et en tirant sur les manches de son pull bleu dont tous savaient que sa femme le lui avait tricoté pendant quinze jours entiers (« et je ne le savais même pas »). Il dit alors que Tirtsah Rubin, qui était la femme d'Ariéh Rubin avant de passer entre les mains de son ami Beny Meyouhas (« au lieu d'être le contraire, c'est l'inverse, vous me suivez ? Au lieu de quitter l'ennuyeux pour l'intéressant, elle a quitté celui qui avait de la classe, Rubin a beaucoup de classe, vous êtes d'accord ? pour ce Beny Meyouhas qui a l'air de son grand-père ») et avec qui elle avait vécu cinq ans, avait quitté Rubin parce qu'il n'arrêtait pas de courir le jupon. Balilti examina le bout de ses doigts. « Mais je ne sais pas si elle était au courant de l'enfant qu'il avait eu avec Nivah Pinhas, vous la connaissez ?

— On la connaît, on la connaît, soupira Élie Bahar. Tu oublies qu'on y était et elle n'est pas du genre timide ou silencieux, tu peux me croire.

— C'est vrai, elle hurle sans cesse, mais il y a des gens qui sont comme ça, question de nature, dit Balilti d'une voix docte. Surtout dans la presse, là les secrétaires sont très puissantes, n'importe laquelle, même la plus insignifiante, alors quand elles travaillent dans la salle de rédaction, vous imaginez… je dis toujours, si vous voulez devenir directeur, soyez bien avec la secrétaire… peu importe, où en étions-nous ? Ah oui, si Tirtsah était au courant, au sujet de l'enfant, ma foi, je n'en sais rien, pour ma part, mais je crois comprendre que Rubin a tout fait pour que Tirtsah ignore l'existence de cet enfant, même après qu'elle l'a eu quitté. Un petit de six ans, peut-être un peu plus, et qui ne sait pas qui est son père », dit-il d'un air perplexe et il leur raconta que Tirtsah ne pouvait plus avoir d'enfant. « Elle a fait quatre fausses couches… si vous saviez tous les traitements qu'elle a endurés, la pauvre… mais les médecins n'ont rien pu pour elle.

— Tu penses, intervint Liliane en caressant son menton pointu et en palpant le grain de beauté sombre à la naissance de son cou, qu'on peut maintenant le dire à l'enfant ?

— Évidemment, dit Balilti, rayonnant. Et que peut-on en déduire ?

— Que Nivah Pinhas avait tout intérêt à ce que... » Liliane attendit une approbation.

Michaël hocha la tête. « Mais Nivah Pinhas était dans le service des informations générales la nuit où Tirtsah est morte et elle n'a pas quitté la salle une seule fois, dit-il. Elle remplaçait exceptionnellement quelqu'un, on a vérifié.

— Il y avait beaucoup de monde dans le bâtiment, fit remarquer Élie Bahar. Hefetz, Rubin, la fille aux yeux bleus, la jeune, celle qui est toute mince...

— Natacha », dit Tsila.

Balilti poursuivit : « Meyouhas et Rubin ont des rapports étranges... ils sont comme des frères... mais il est difficile d'imaginer deux caractères aussi opposés...

— Ils ont fait leur service militaire ensemble, expliqua Michaël. Dans les paras. J'ai cru comprendre que pendant la guerre du Kippour, ils ont combattu ensemble dans le Sinaï. Leur compagnie a été presque entièrement décimée... il y a eu six survivants en tout et pour tout, dont trois sont décédés, entre-temps. Il ne reste plus que Rubin, Beny Meyouhas et un type qui vit aujourd'hui à Los Angeles.

— Ah, s'écria Balilti. Je comprends, à présent... » Il se leva, s'approcha de la fenêtre et regarda la cour. « Voyez-moi ça, dit-il comme s'il se parlait à lui-même. Les femmes des licenciés de Hulit sont encore là. Elles perdent leur temps. »

Michaël pianota sur le bord de la table. « Mais encore ? » dit-il enfin. Balilti restait silencieux, le regard fixé sur la cour et le portail.

« Qu'est-ce que tu comprends ? demanda Élie Bahar.

— Rien de particulier, répondit, faussement modeste, Balilti. Pas grand-chose, vraiment, mais dans le bureau de Rubin il y a un panneau en liège avec toutes sortes de photos grand format... pas des photos tirées de ses reportages ou des pin-up… et pas non plus, comme chez Tsadik, des photos avec des personnalités, Rabin, Clinton, le ministre de la Défense Yitzhak Mordehaï et… rien de ça chez Rubin. On y voit le portrait d'un enfant arabe aux grands yeux qui a l'air affamé, une photo qui les montre lui et Tirtsah au bord du lac de Tibériade, je crois, et des clichés historiques, un camp de prisonniers japonais pendant la Seconde Guerre mondiale, un autre de prisonniers américains au Vietnam, probablement, assis en rangs avec les mains levées…

— Je ne vois pas le rapport, dit Liliane en jetant un coup d'œil craintif en direction de Tsila, qui fit semblant de ne pas l'avoir entendue.

— Il y en a un, pourtant, rétorqua Balilti en lissant du doigt sa lèvre inférieure. Ils ont sûrement été faits prisonniers. Des expériences pareilles, le front, la captivité, ça lie pour la vie.

— Revenons aux résultats de l'autopsie, dit Michaël, qui supportait encore moins qu'à l'accoutumée le bavardage incessant de Balilti. Il y a d'abord cette marque, une contusion sur le cou de Tirtsah, comme si on l'avait serré violemment. Le médecin légiste n'a pas pu en déterminer l'apparition… elle date peut-être de la dispute qu'elle a eue avec Meyouhas quelques jours plus tôt. Le médecin estime que c'est improbable mais…

— Quoi ? s'exclama Tsila. Tu insinues que Beny Meyouhas est un mari violent ?

— Ce sont des choses qu'on voit malheureusement tous les jours, fit remarquer Liliane avec impétuosité. Ne me dis pas que tu penses qu'une personne célèbre doit forcément être quelqu'un de bien.

— Pas n'importe quelle célébrité, s'obstina Tsila. Le réalisateur de télévision le plus réputé du pays, le plus… comment dire… dont tout le monde sait qu'il… prends cette adaptation d'Agnon, par exemple… et puis, il n'a vraiment pas l'air d'un type qui bat sa femme.

— De quoi a l'air, à ton avis, un mari qui bat sa femme ? demanda Liliane sur un ton beaucoup plus calme. Tu penses qu'il a un regard sanguinaire ? Aux stups, il y avait des tas de… j'y ai appris une chose… si quelqu'un veut cacher quelque chose, rien de plus facile quand on est un col blanc. »

Tsila ouvrit la bouche pour lui répondre mais Michaël ne lui en laissa pas le loisir : « Quoi qu'il en soit, conclut-il, vous avez le rapport sous les yeux et vous pouvez voir, au bas de la première page, les mots "sous toute réserve".

— Ce qui est sûr, c'est que cet accident est vraiment bizarre, marmonna Tsila. Quand une colonne te tombe dessus, tu devrais avoir le temps de l'éviter. Et puis ce cri — "c'est ma faute !" — poussé par Meyouhas et qu'Élie a entendu me chiffonne aussi. N'oublions pas cette dispute sérieuse entre eux…

— Mais la déposition indique que Meyouhas n'a pas quitté le toit un seul instant, rappela Liliane.

— C'est inexact, dit Michaël. Il y a eu une pause, à un moment donné. Deux, en fait. L'une au moment du dîner, l'autre, simplement pour que l'équipe se détende un peu. La première a eu lieu à vingt-deux heures, la seconde, une heure et demie plus tard, quand Beny a demandé qu'on aille chercher un projecteur. Il aurait pu en profiter pour descendre en catimini…

— Ce n'est pas exclu, admit Balilti. Mais à mon avis, on n'a rien de tangible, personne n'a de mobile, quant à l'hypothèse d'un inconnu venu de l'extérieur, je n'y crois pas. Il y a un gardien, à l'entrée. Je ne vois pas comment… même avec une clé… la porte de derrière… qui aurait pu ?

— On ne sait pas encore, dit Michaël. En fait, on ne sait rien et on se retrouve devant un dilemme : commencer à fouiner ou pas ? Je crois qu'il faut s'en remettre à notre intuition plutôt qu'à tel ou tel indice.

— Et la Digoxine trouvée dans le sang de Mati Cohen ? intervint Liliane. Si on y ajoute l'accident, on… »

Balilti lui coupa la parole et dit : « Ça colle parfaitement avec le tableau, le type est cardiaque, il prend ce médicament depuis cinq ans et il a fait une erreur de posologie comme on peut tous en faire, je vous dis qu'on n'a rien de concret… »

Pendant qu'il parlait, Tsila fit passer les photocopies d'autres documents médicaux à Élie Bahar qui les parcourut brièvement avant de les remettre à Liliane.

Michaël attendit que Liliane donne les documents à Balilti et dit : « Toujours est-il que deux morts en l'espace d'une journée, victime chacun d'un accident, quand on sait qu'il existe une relation entre eux, je pense… c'est un peu… comment dire…

— Bon, protesta Balilti. Il arrive que… une coïncidence, tout simplement. » Il sourit. « Même si dans ton dictionnaire il n'y a pas d'entrée "Coïncidence", là, je crois qu'il faut bien que tu te rendes à l'évidence… » Il y avait une note de triomphe dans sa voix. « Tu éprouves toujours le besoin de contredire tout le monde mais là, vois-tu, tu t'es trompé.

— Je n'ai encore rien dit, lui rappela Michaël. Mais tu as raison, je pense, contrairement à toi… peu importe. On tranchera dans deux ou trois jours. Je dois de toute façon retourner au siège de la première chaîne pour parler à Hefetz qui ne peut pas venir. La rédaction prépare un gros sujet pour le journal du soir et toi », il se tourna vers Élie Bahar, « tu retournes chez Beny Meyouhas comme convenu. »

Élie Bahar considéra Tsila et, pendant un bref instant, Michaël crut apercevoir une lueur de crainte au fond de ses yeux. Tsila baissa les yeux et haussa les épaules. « Je ne serai pas long », dit Élie, et il sourit à Michaël. « C'est notre anniversaire de mariage, dit-il, on voulait… »

Michaël les regarda tous deux. « C'est vrai, se souvint-il. La première bougie de Hanoukkah. Vous êtes mariés depuis combien de temps ? Quatorze ans ?

— Quinze. Tu as oublié ? » Tsila fit mine de s'offusquer. « Tu en as été l'impresario pourtant.

— N'exagérons pas, railla Balilti. L'intermédiaire, tout au plus, le go-between, rien de plus, je me souviens qu'Élie… »

Michaël lui jeta un regard réprobateur. Il ne manquait plus que Balilti raconte comment Élie Bahar qui avait « peur de s'engager » en avait fait voir de toutes les couleurs à Tsila avant que Michaël n'intervînt, n'eût une conversation sérieuse avec lui et ne remette les choses d'équerre. Balilti baissa les yeux et n'en dit pas plus, un petit sourire flottant sur ses lèvres. Michaël mit fin alors à la réunion et il fut convenu qu'ils se retrouveraient le lendemain matin.

En sortant, Élie Bahar dit : « Quel idiot ! Benizri m'a dit qu'il était avec les ouvriers de Hulit mais j'ai vu de mes propres yeux leurs femmes quand je suis arrivé. Elles attendaient qu'on les transfère au… et la femme de Shimshi m'a dit : "Benizri est notre seul espoir, il nous sauvera." Je me demande où il était en réalité ? »

Balilti s'arrêta et palpa le cigare qu'il avait sorti de la poche de son manteau en tweed noir. « T'inquiète, ricana-t-il. C'est pas urgent, ces choses-là finissent toujours par s'expliquer. »

8

Regardant autour de lui, Michaël se tint immobile pendant un long moment à l'entrée de la grande pièce, devant les deux avis de décès de Tirtsah Rubin et de Mati Cohen. L'endroit était méconnaissable. Les gens s'affairaient et bourdonnaient, absorbés dans la préparation du journal et tout ce qui n'avait pas trait à l'information du jour était mis de côté, y compris la mort de Tirtsah Rubin et de Mati Cohen. Autour de la grande table rectangulaire, on se pressait, on s'interpellait et on consultait les documents qui traînaient un peu partout. Des téléphones sonnaient sans discontinuer, noyant le crépitement des imprimantes qui crachaient leurs feuilles à un rythme régulier, la sonnerie d'un portable reproduisait un air tiré de *Carmen* et une autre, la musique du générique de *Mission impossible*. Le chroniqueur parlementaire saisit ce dernier, hurla « Allô, allô ! » et secoua l'appareil avec une expression de désespoir. Dans le bureau de l'infographiste, par-delà la cloison vitrée, il vit Dany Benizri debout derrière celle-ci, pointant un doigt vers l'écran et, dans la pièce voisine, il reconnut Rivy, la traductrice (« Je vous présente Rivy, notre traductrice », lui avait dit quelqu'un le matin alors qu'il allait entrer dans le bureau de Tsadik). Elle était en conversation avec une jeune fille en jean et pull rouge qui agitait les mains et indiquait une autre cabine où un chroniqueur du service étranger était penché sur son clavier et parlait au téléphone sans cesser de taper son texte. Ils ressemblaient tous à des enfants que rien ne peut distraire quand ils sont plongés dans leurs jeux. « Dis donc, tu aurais pu te maquiller un peu mieux que ça ! » entendit-il quelqu'un lancer à Keren, la présentatrice, assise sur un canapé près de la porte d'entrée en train de parcourir du regard une des feuilles imprimées divisées par des lignes verticales et horizontales, qui se trouvaient sur la table, devant chaque siège, et qui avaient été déplacées lorsque la secrétaire de la rédaction avait fait le tour de la table en traînant les pieds dans ses sabots en guise de protestation contre la corvée qui lui avait été assignée et qui consistait précisément à substituer une nouvelle feuille à l'ancienne. La voix d'un enfant prononçant la bénédiction de la première bougie de Hanoukkah couvrit soudain le vacarme qui remplissait la pièce. Michaël leva la tête vers l'écran et vit la main tremblant d'émotion de l'enfant basané et bouclé qui se tenait devant l'étincelant chandelier à huit branches. « Qu'est-ce qui vous prend ? Qui a monté le son ? Moins fort ! » cria Nivah, qui se tourna vers David Shalit, le chroniqueur des affaires policières, et lui dit, à voix basse, cette fois : « Regarde-moi ça, ils ont un petit Éthiopien et, pour ne pas être en reste, je te parie qu'on va aller chercher un enfant russe. » Il se contenta de hausser les épaules en montrant la feuille et en grommelant : « C'est exactement la même. J'y comprends rien.

— Tu ne vois pas qu'il y a marqué dix-huit heures quarante-neuf, dit Nivah, mécontente. C'est le nouveau conducteur. Regarde mieux, tu verras qu'en une heure beaucoup de choses ont changé ! » Puis elle tourna la tête et lança : « Keren, ça y est ? Tu es maquillée ? Où est passée Natacha ? Elle devrait être là !

— Voilà, voilà, je suis là », lui cria Natacha du coin de la pièce où elle était assise. Elle s'approcha de la table. « Qu'est-ce que c'est que cette tenue ? la réprimanda-t-elle. Je te dis ça mais ce n'est pas mon rôle. » Elle tira par la manche une femme ridée dont les cheveux clairs et ternes étaient ramassés de manière assez lâche. « Ganit, dit

Nivah. Tu es la productrice de ce journal ou pas ? Alors il est temps que tu te réveilles. Comment est-ce que tu peux laisser Natacha passer à l'antenne avec un accoutrement pareil ? » Elle leva les yeux au plafond, telle une tragédienne, et poursuivit : « Pourquoi est-ce que je dois tout faire ici ? Natacha, descends tout de suite voir l'habilleuse dans la loge, tu m'as comprise ?

— Le plan avec le gouvernement a été monté ? » demanda Erez au chroniqueur politique, et celui-ci hocha la tête. « J'ai pratiquement terminé.

— Alors il faut tout recommencer, avec Bibi Netanyahou et David Levy, dit Erez.

— Arrête de hurler ! » dit, exaspéré, Yiftah Keïnan et il fourra les pans de sa chemise dans son pantalon. « Je te le fais en vingt secondes.

— Yiftah, demanda Erez avec impatience. On commence par David Levy ou par Bibi ?

— Je te l'ai déjà dit, il faut commencer par David Levy, répondit le chroniqueur politique, qui consultait le nouveau conducteur. Tu ne tronques pas mon sujet, hein ?

— Non, non, maugréa Erez. Combien de fois est-ce qu'il faut te le répéter ? »

Nivah leva à nouveau les yeux au ciel. « Vous ne pouvez pas arrêter de crier et commencer à vous parler poliment ? »

Hefetz présidait la table et Michaël se tenait derrière lui, le conducteur à la main. À l'autre bout, Erez faisait signe à la correctrice qui était en train se mettre du rouge à lèvres avec application et précaution. « Miri, Miri, tu as relu ça ?

— Moi ? Grands dieux ! Si tu crois que j'ai eu le temps ? » grommela-t-elle en refermant son poudrier et en se dirigeant vers la table.

Hefetz parlait au téléphone en examinant la liasse de papiers qu'il avait sous les yeux. « D'accord, il y a un jeune conducteur. Et après ? Il s'agit de deux mille shekels ! vociféra-t-il dans le combiné.

Ne me racontez pas de salades, je ne suis pas une poire, moi, je ne vais pas payer une somme pareille pour une assurance automobile. Quoi ? Non, ma boîte ne peut pas la prendre en charge… » Il leva un instant la tête et, quand il vit Michaël, il jeta un coup d'œil vers l'horloge, fit signe de la tête qu'il l'avait aperçu et il couvrit le micro de la main. « Vous allez devoir attendre, dit-il. Je ne peux pas vous recevoir tout de suite… vous voyez vous-même… les informations… on ne peut jamais convenir d'un rendez-vous avec un rédacteur en chef des infos générales… je ne peux pas tout planter là… je vous invite à prendre place sur le canapé, ça ne nous dérange pas mais, si vous préférez, vous pouvez sortir faire un tour, à vous de voir. Il y a la cafétéria, aussi. Nous avons un problème de satellite. Nous attendons qu'elle passe à l'antenne », il montra Natacha, « elle a un sujet qui va faire pas mal de bruit, vous pouvez rester si ça vous intéresse. Comme vous voulez », répéta-t-il et il reprit sa conversation téléphonique.

Erez déplaça sa chaise pour que Michaël puisse s'asseoir derrière lui et il maugréa : « On aimerait bien être mis au parfum, à propos de ce fameux sujet, tu comptes nous en parler quand ? Comment veux-tu que je fasse mon boulot de chef d'édition correctement sans savoir ce que… on est à quarante minutes du journal et regarde ce qu'ils m'ont écrit : "sujet X, 2 minutes et 5 secondes, Natacha", comment veux-tu que je trouve un titre ? » Michaël s'était assis avec l'intention d'attendre le moment où Hefetz se libérerait et d'observer le remue-ménage autour de lui, en étudiant les gens à la dérobée on peut apprendre beaucoup sur leur compte — mais Tsadik entra dans la pièce et lui fit un signe de la main avant de s'approcher de lui. « Où en sommes-nous ? » demanda-t-il, et il s'appuya à la table pour examiner le conducteur. « Qu'est-ce que je vois ? Vous avez sucré Yaacov Neeman ?

— Pas de place, je ne peux pas me permettre de déborder aujourd'hui, dit Hefetz, qui quitta son siège, le repoussa et posa un regard hostile sur Tsadik. Est-ce que je peux déborder ou pas ? Non, tu m'as demandé de ne pas le faire, alors…

— Tu as raison, s'excusa Tsadik en reculant. Je ne cherchais pas à intervenir, dit-il pour essayer de le calmer, ce n'était rien de plus qu'une question. »

Mais Hefetz fit mine de ne pas l'avoir entendu et il cria : « Keren, va voir Miri et vérifie ses corrections, qu'est-ce que tu fabriques là-bas ? Tu écris tes Mémoires ou quoi ? Tu dois les valider et tu n'as même pas… »

L'air de *La Panthère rose* s'échappa d'un grand sac noir posé à ses pieds et, un instant plus tard, Nivah se penchait dessus, y fouilla et, quand elle réussit finalement à en extraire le portable, il s'était tu. « Zut, encore une fois », fulmina-t-elle, et elle appuya nerveusement sur deux des touches. Elle se trouvait tout près de Michaël et il l'entendait souffler et demander : « Maman, quoi ? quoi ? » Puis quelques secondes plus tard : « Maintenant ? Je suis à une heure du journal et je n'ai pas le temps de… peu importe, dans l'armoire, à droite, en haut… non, pas là, sur l'étagère la plus haute… Écoute donc ce que je te dis… pourquoi est-ce que tu n'écoutes pas ce que je… tu as trouvé… bon, alors prends-le tout de suite… non, pas plus tard… Dieu du ciel… je raccroche à présent… » Elle éteignit l'appareil et le jeta dans les profondeurs du sac, le poussa sous le siège de Hefetz et s'élança vers l'imprimante qui expulsait feuille après feuille.

« Erez, Erez, cria David Shalit à l'intention du chef d'édition. Viens voir. Il faut modifier la présentation du meurtre commis à Jérusalem. Un référé interdit la diffusion de toute photo du coiffeur ou de sa petite amie. » Il rabattit avec colère le clapet de son portable et dit à Erez qui se dirigeait vers lui : « C'est la sensation du jour. Il ne s'agit pas de n'importe quel coiffeur mais de celui de l'épouse du Premier ministre, ça peut avoir des répercussions, j'ai quelques extraits d'un reportage diffusé par une télé locale et aussi…

— Pas seulement de la femme du Premier ministre, intervint Nivah. Bibi a déclaré que c'était son coiffeur "officiel" !

— Plus exactement, qu'il officiait chez lui, la corrigea David

Shalit. Monsieur considère que même les coiffeurs officient chez lui ! Non, mais quelle enflure ! Tu m'écoutes, Erez ? Il faut sucrer le sujet…

— D'accord, répondit Erez calmement. J'ai entendu, ne t'inquiète pas. De toute façon, ce n'est pas le sujet le plus brûlant, aujourd'hui, et en plus, attends un instant, j'ai déjà pris contact via la rédaction de Tel-Aviv avec l'avocat de la chaîne. Rien n'est définitif encore, concernant les photos. Le référé peut être annulé. Maintenant, soyez gentils, laissez-moi me concentrer deux minutes. Il faut que je rédige les titres. » Il s'installa à un des coins de la table et se pencha sur un tas de feuilles blanches.

« Si vous me demandez mon avis, c'est la dernière fois que nous verrons les ouvriers licenciés, demain, ça sera déjà du réchauffé, dit Erez.

— N'en sois pas si sûr, protesta Dany Benizri. L'affaire est loin d'être finie.

— Et le reportage sur les obsèques de Kahana et la violence ? » lança le chroniqueur parlementaire en déplaçant la kippah tricotée du sommet de son crâne vers le côté et en examinant avec attention un petit peigne qu'il avait sorti d'une des poches arrière de son pantalon. « Je ne le vois nulle part, la vie d'un Juif n'a plus aucune valeur et personne ne s'en…

— Regarde mieux que ça, tonna Hefetz. Vous ne savez pas lire ou quoi ? Sujet 13, tu ne vois pas écrit "Défiance et politique" ? C'est marqué ? Bon, ça comporte des menaces à l'encontre de la chaîne et des images de policiers à cheval embusqués derrière un arbre, on en a parlé ce matin, tu rêvais ?

— Mais dis donc, où est passé le sujet sur la rencontre entre Yitzhak Mordehaï et une délégation d'officiers supérieurs à propos du processus de paix ? demanda, furieux, Zohar, le chroniqueur militaire, en se grattant la pointe du menton. J'ai consacré des heures à… » il jeta sur la table un paquet de documents et regarda autour de lui mais personne ne sembla s'en émouvoir. « Tout le monde s'en fiche, dit-il, amer. Vous auriez pu m'accorder trente secondes, je me suis levé aux aurores, j'ai gelé dans des souterrains, pataugé dans des flaques pour obtenir… et vous vous en battez l'œil…

— Et la catastrophe minière en Russie ? » cria quelqu'un dans un des bureaux latéraux. Il s'agissait d'une femme enceinte qui apparut sur le seuil de la salle de conférences. « Vous trouvez que ce n'est pas important ? » Là encore, personne ne répondit. « Nivah, le coup de grisou en Russie, qu'est-ce qu'on en fait ?

— Garde-le sous le coude, on l'intégrera peut-être à l'édition de minuit, répliqua Nivah distraitement tout en parcourant les feuilles qui venaient de sortir de l'imprimante.

— Et l'or nazi, quid de l'or nazi ? demanda la femme au ventre proéminent en s'approchant de Hefetz. Tu l'as programmé pour quand ?

— On le diffusera vendredi, dans l'édition du week-end, lui promit Erez. Ça mérite une séquence mais sans commentaire. Je m'en occupe.

— D'ici à vendredi, je serai peut-être déjà en salle de travail, se plaignit la femme.

— Confie le reportage à Raphaël, lui dit Hefetz. C'est lui qui traite les correspondances de l'étranger en ton absence, non ?

— Raphaël », lança la femme enceinte, et elle se laissa tomber sur une chaise en soufflant comme un phoque. « On a besoin de toi, viens ! »

Michaël dévisagea le jeune homme à lunettes et au regard intelligent qui pouvait avoir l'âge de son fils. Hefetz lui tapa sur l'épaule et dit : « Écoute, Raphaël, nous avons deux sujets sur l'Amérique dont j'aimerais bien faire le commentaire, l'un à propos d'un massacre dans un lycée, tu sais, les deux ados qui ont tiré dans une école et ont tué… ça s'est passé où exactement ?

— Dans le Colorado », dit Raphaël d'une voix agréable et il fronça les sourcils, les joignant au-dessus de l'arête de son nez. « À Littleton, près de Denver et le lycée s'appelle Columbine.

— C'est ça, dit Hefetz comme s'il était au fait de tous ces détails. Et l'autre sujet, trouvé sur internet, concerne un virus mortel, “Monkeypox”, qui pourrait anéantir l'espèce humaine, tu en as entendu parler ? »

Raphaël hocha la tête. « On a aussi quelques images plutôt bonnes de l'incendie en Australie.

— Pas aujourd'hui, dit Hefetz. L'Australie n'est pas une priorité aujourd'hui. » Puis il se tourna vers Erez : « Si je comprends bien, il n'y a pas de chronique économique à cause de Wall Street, tu veux que Raphaël t'écrive un commentaire sur l'école dans le Colorado ou non ?

— Quelle est la particularité de ce virus ? demanda Erez à Raphaël.

— Ça vient des singes, répondit le jeune homme en ajustant ses lunettes. C'est une maladie qui passe des singes à l'homme.

— Elle passe comment ?

— Par voie sexuelle.

— Comme le sida ? » lança Hefetz, et il posa son regard sur Nivah qui tenait deux combinés dont l'un appliqué à son oreille et hochait la tête. « On finira tous par entrer au couvent.

— Tu ne m'as pas dit si tu veux la tuerie et la catastrophe minière, rappela la responsable du service étranger en caressant son ventre.

— L'un après l'autre, c'est un peu trop, réfléchit à haute voix Erez.

— Un virus ? intervint Hefetz. Tu veux qu'on fasse un sujet dessus ? Et la scientologie ? Tu la veux aussi ? Les sectes, ça me semble très intéressant. On pourrait retenir l'or nazi, la scientologie et le massacre dans le lycée du Colorado. »

Erez ne réagit pas mais se tourna vers Keren. « Viens t'asseoir à côté de moi. Au travail », lui dit-il, et la présentatrice s'exécuta docilement. « Et toi, ordonna-t-il à Raphaël. Monte écrire tes commentaires.

— Nivah, trouve-moi Rubin, lança Hefetz. Je veux savoir si son reportage sur les médecins et le Shin Beth est prêt ou si je le repousse à demain.

— Je crois qu'il l'avait prévu pour son émission de la semaine prochaine, dit Nivah en enfonçant la main dans ses cheveux rouges. De toute façon, je ne peux pas le joindre, j'ai déjà essayé, il est chez Beny Meyouhas et il ne décroche pas.

— Il n'y a pas que le journal, mon vieux », dit Tsadik à Michaël. Venez. En plus, c'est le coup de feu, pour eux. Je vais vous montrer la cafétéria, le centre nerveux de la maison, et je réussirai peut-être même à vous dégotter un beignet à la confiture, c'est mon péché mignon, pas ces donuts dégoûtants, non les vrais beignets de Hanoukkah comme les faisait ma grand-mère. »

Les deux avis de décès étaient collés tout le long du couloir, sur les murs et les portes, mais les locaux bouillonnaient de vie comme à l'ordinaire, trépidant à un rythme dément. Les écrans suspendus ici et là diffusaient la bénédiction sur la première bougie de Hanoukkah et une chorale d'enfants entonna l'hymne rituel *Mon salut est une forteresse rocheuse*. À la cafétéria, le chant fut rapidement couvert par un brouhaha où se détachaient nettement les cris de Dror Levin, le chroniqueur parlementaire, qui arriva en trombe, poussa Michaël, bouscula Tsadik alors qu'ils étaient dans la file d'attente près de la caisse et interpella un homme jeune en costume gris (« C'est l'avocat qui a été nommé il y a un mois conseiller juridique du gouvernement », lui expliqua Tsadik). « Vous vous prenez pour qui, avec vos âneries ? » lui cria Dror Levin, et il indiqua le fascicule ouvert que celui-ci tenait à la main. « Vous croyez m'apprendre ce que c'est que le document Nakdi ? J'ai un peu plus d'expérience que vous, je me permets de vous le rappeler. » L'avocat répondit d'une voix calme : « Tout ce que j'ai dit est écrit ici », il montra le fascicule, « je cite : “Un journaliste ou un photographe appelé à traiter un sujet d'une manière dont l'indépendance ne peut être garantie pour des raisons d'intérêts d'ordre personnel devra être récusé d'office." » Il leva les yeux. « Je me suis borné à paraphraser cet article du guide de notre conseil supérieur de l'audiovisuel que vous dites connaître aussi bien sinon mieux que moi. Si vous ne vous sentez pas visé, je ne vois pas pourquoi vous montez sur vos grands chevaux », conclut-il en remettant le fascicule bleu dans une chemise en carton qu'il portait sous le bras. Comme il tournait les talons, il ajouta : « Si Yossi Beilin vous invite à la bar-mitsva de son fils… » Il étendit les bras sans terminer sa phrase.

« Puisque je me suis rendu coupable de cet acte de corruption caractérisé, je pense qu'il faut… » ironisa le chroniqueur et il prit place à une table autour de laquelle un groupe bruyant était assis. « C'est l'équipe du JT, dit Tsadik avec une étrange fierté dans la voix. Le JT est notre navire amiral, d'habitude, Ariéh Rubin est de la partie mais aujourd'hui… et tenez, voilà Shoshi, l'autre chef d'édition, vous la voyez ? À son air, comme ça, toute petite, on ne dirait pas qu'elle fait marcher son monde à la baguette. » Michaël considéra la femme, fragile, de petite taille qui, sous son casque de cheveux gris, avait des traits de jeune femme. Lorsqu'ils s'approchèrent de la table, elle se tourna vers Tsadik et dit : « Nous parlons éthique, ici, on se demandait si quelqu'un s'opposerait, à cette table, à une invitation du maire de Jérusalem à visiter la ville en sa compagnie. » Un journaliste barbu à la voix de basse dit : « Je m'y opposerais, ça abolirait la distance nécessaire entre nous et je ne serais plus capable de faire correctement mon travail quand je le recevrais sur la chaîne…

— Moi, je n'y vois aucune faute professionnelle, trancha la chef d'édition. Assieds-toi, Tsadik, je voulais te demander qu'on nous briefe sur cette nouvelle méthode d'audiométrie que les Américains appellent *people rating* et qui va nous servir de seule mesure d'audience, si j'ai bien compris…

— Pas maintenant, dit le journaliste à la voix de basse en se caressant la barbe. Je voulais pour ma part suggérer un voyage de presse à Sderot ou Ofakim, des villes où nous... » Tsadik se laissa tomber sur une chaise. « Vous connaissez tous Ohayon ? Le commissaire principal Ohayon ? »

Ils le dévisagèrent et quelqu'un lui fit une place en lui disant : « Asseyez-vous, asseyez-vous. »

« Puisque vous êtes tous là, poursuivit Tsadik, je peux vous parler de ce qui me tracasse, une chose que je répète comme un perroquet : nous utilisons du matériel qui ne nous appartient pas. Mercredi dernier, par exemple, nous avons diffusé quatre plans du film de Noémie Alouf. Il aurait fallu demander l'autorisation à la réalisatrice. On s'expose à des poursuites et des amendes de plusieurs centaines de dollars.

— J'imagine que celui qui a fait ça ne savait pas que le film n'était pas libre de droits, dit le barbu. Je vais chercher une sucrette mais je tiens à vous dire que ça avait l'air d'extraits d'un reportage et pas d'un documentaire réalisé par quelqu'un d'extérieur à la chaîne.

— Qui vous dit qu'il s'agit bien d'extraits d'un documentaire ? » demanda le journaliste politique, et il saisit une chaise qu'il intercala entre celle de Michaël et celle de Tsadik. « J'affirme pour ma part que les plans ont été filmés tout exprès pour le JT. »

Tsadik appuya sa tête en arrière contre le mur avec une lassitude manifeste et il dit : « Ça a été vérifié.

— Où ? Par qui ? s'obstina le barbu.

— À la bibliothèque... nous en avons déjà parlé quand vous avez rediffusé une sé4quence de la dernière cérémonie des Oscars. »

Une bande d'enfants en costumes folkloriques yéménites, hassidiques et paysans, envahit la cafétéria, suivie de Adir Bareket, qui hurla : « Les enfants, un beignet et une boisson par personne, vous avez trois minutes, ensuite vous allez faire pipi et on y retourne. Vous m'avez compris ?

— Oui ! » répondirent-ils en chœur et Tsadik fit subitement une grimace et dit à l'intention de tous ceux qui étaient installés autour de la table : « Eh bien, c'est la conférence de clôture sur le JT ou quoi ?

— On n'a pas pu la faire plus tôt à cause des obsèques de Tirtsah, ça nous a bouffé toute la matinée et après, il a fallu que j'aille chez Beny Meyouhas… n'oublie pas que ça fait un bail qu'on se connaît lui et moi… c'est grâce à lui que je suis ici, dit Shoshi. Et comme nous avons repoussé la conférence d'édition de ce matin, il a bien fallu que… et on n'a même pas encore passé en revue le dernier JT. »

Michaël repoussa le beignet huileux. Il aurait dû en faire de même pour le café car il lui avait donné la nausée dès la première gorgée. Autour de lui, tout le monde avait une cigarette à la bouche malgré les pancartes qui indiquaient qu'il était interdit de fumer à la cafétéria et il aspira avec volupté les nuages de fumée qui flottaient au-dessus de la table. Combien de temps durerait cette sensation de manque qui le tourmentait tant ? Et qu'est-ce qu'il faisait là, au lieu d'attendre Hefetz dans son bureau ?

« Pourquoi la deuxième chaîne nous a-t-elle coiffés au poteau à propos de l'Irak ? se plaignit Tsadik.

— Je te l'ai dit mille fois, lui expliqua Erez. L'Irak n'a pas sa place dans le JT, les gens en ont assez des infos, ils veulent des magazines, des histoires individuelles, émouvantes. D'ailleurs, qu'est-ce qui s'est passé au juste en Irak ? Un de nos agents y a été arrêté ?

— En plus, dit le journaliste à la voix de basse, ils n'ont pas, comme nous, des techniciens qui tremblent devant les syndicats, tout se fait par appels d'offre, chez eux, les accords sont irrévocables et leurs techniciens sont tout-puissants…

— Pauvre Mati Cohen, gémit Shoshi. Qui aurait cru…

— Taisez-vous une seconde, cria Tsadik. Montez le son. »

Michaël leva les yeux vers l'écran. « Les tentatives ont été nombreuses pour interdire la diffusion du document que vous allez voir, dit Keren. La raison en est simple : on s'en doutait depuis des années mais, pour la première fois, une enquête exclusive fournit les preuves indiscutables, noms et chiffres à l'appui, de l'utilisation frauduleuse des subventions octroyées aux yeshivas. Un reportage de Natacha Goralnik. » Le visage de Natacha remplit l'écran. Elle avait une expression grave, solennelle, à mille lieues de son allure habituelle d'orpheline déjetée. « Les yeshivas, commença-t-elle, perçoivent des subventions proportionnelles au nombre d'élèves qui y étudient. Que se passe-t-il quand les fonds s'avèrent insuffisants ? C'est très simple : d'autres noms peuvent être appelés à la rescousse, des noms de personnes décédées, pour la plupart, trente-sept en tout », elle s'éclaircit la gorge, « les trente-sept noms que vous verrez sur la liste que nous allons vous montrer… » Une liste apparut alors à l'écran et un doigt se posa sur un des noms. Natacha lut : « Carte d'identité numéro 073523471 établie au nom de David Aharon, résidant 31 rue Kanfeï Nesharim, profession : étudiant de la yeshiva de Or Etsion. Le susnommé est décédé il y a cinq ans et pendant cinq ans — cinq ans ! répéta-t-elle —, il a été déclaré par la yeshiva comme élève, aussi l'État lui a-t-il versé sa bourse mensuelle pendant toute cette période. Il en va de même pour Haï Even-Shoshan (dont le nom et le numéro de carte d'identité s'étalent sur votre écran), pour Menashé Ben-Yossef (son nom et son numéro d'identité sont sur la liste eux aussi) », la voix de Natacha prit des accents dramatiques, « et pour trente-cinq autres personnes décédées qui continuent de bénéficier d'une bourse d'État mensuelle à la yeshiva de Or Etsion. » Chaque nom de la liste fit alors l'objet d'un gros plan.

« Bravo, rayonna Tsadik. Bravo, petite, chapeau, je vais lui donner de l'avancement, dit-il comme en confidence. Nous avons… peu importe, vous l'avez rencontrée ? Qu'en pensez-vous ? demanda-t-il à Michaël, qui hocha la tête en silence. Retournons à la salle de rédaction, je vais vous faire visiter un de nos studios. » Michaël le suivit. Il s'arrêta à l'entrée du studio, préférant ne pas déranger les techniciens assis devant les écrans de contrôle et la productrice installée à sa console, et observa les invités d'une émission en direct qui occupaient plusieurs canapés le long du mur et attendaient qu'on les fasse entrer dans le studio. Il reconnut parmi eux la ministre du Travail et des Affaires sociales, qui allait certainement être interviewée au sujet des ouvriers licenciés ainsi que le meilleur ami de… Natacha sortit du studio, tout sourire, et chacun lui tapa sur l'épaule. Les techniciens se tournèrent vers elle et sourirent eux aussi, personne ne pouvait se douter de ce qui était sur le point de se produire, tant les choses s'étaient bien passées jusque-là. Le téléphone sonna et Ganit décrocha le combiné. Au bout de quelques secondes et malgré le vacarme ambiant, on l'entendit dire, affolée : « Tsadik, heureusement que tu es là, je ne sais pas… il y a quelqu'un qui dit que… prends le téléphone, je t'en prie », et au même instant Hefetz surgit dans la régie, une feuille à la main : « On vient de recevoir ce fax, cria-t-il à la cantonade, on est dans la merde jusqu'au cou », Natacha le regarda sans comprendre, encore toute fière de sa prestation : « Alors, Hefetz, qu'est-ce que tu en dis ? », lui demanda-t-elle, provocatrice et, pour toute réponse, il lui tendit la feuille.

Michaël se tenait dans un coin, il contemplait la scène d'un air détaché, tout cela n'avait rien à voir avec l'enquête, pensait-il. « Quoi ? hurla Tsadik. Ils sont vivants ? Je monte immédiatement. Où est-il ? Près de la loge principale ?

— C'est Nivah », dit-il d'une voix terrifiée à Ganit, la productrice aux cheveux ternes et dont les bras nus étaient recouverts d'un fin duvet. Elle se précipita dans l'escalier, Tsadik la talonnait, Hefetz le suivait, comme dans un dessin animé, pensa Michaël qui courait derrière eux, ne voulant pas perdre ce dernier de vue. Devant la loge du vigile se tenaient trois juifs orthodoxes. « Je ne les ai pas laissés entrer… » dit le vigile mais Hefetz ne lui prêta aucune attention et il posa un œil stupéfait sur la carte d'identité que lui présentait l'un des jeunes orthodoxes qui sourit dans sa barbe en lui demandant, d'une voix tremblant de colère : « Alors, comme ça, je suis mort ?

— C'est pas vrai ! s'écria Hefetz en examinant de plus près le papier : "David Aharon, 31 rue Kanfeï Nesharim, numéro de carte d'identité 073523471", vous êtes donc vivant ? »

Le jeune homme écarta les mains, semblant dire : « la preuve ! » et Hefetz joignit les mains, d'un air désolé : « Je vous présente toutes nos excuses. Nous allons corriger sur-le-champ cette regrettable erreur. »

Natacha déboula du studio, Schreiber, qui se tenait près de la loge du vigile, tenta d'attirer son attention par de grands gestes de la main mais elle se planta devant Hefetz qui brandissait les télécopies que Nivah lui avait apportées. Cette dernière se trouvait au bas de la volée de marches, pâle, s'épongeant le front. « Une chose pareille n'était encore jamais arrivée », dit-elle sur un ton chevrotant, ne s'adressant à personne en particulier, on pouvait percevoir un fond de joie mauvaise dans sa voix. « Je vous l'avais bien dit, une jeunette sans expérience », souffla-t-elle à Schreiber, cette fois. Il la dévisagea d'un air dégoûté. « Espèce de vipère », lui lança-t-il, et il s'approcha de Natacha qui fixait la carte d'identité que Hefetz lui montrait. La journaliste posa ensuite un regard ébahi sur le jeune homme barbu qui lui dit : « Je suis David Aharon, je suis David Aharon, impie que vous êtes.

— Natacha, Natacha, lui chuchota Schreiber. Tiens le coup.

— Laisse tomber, Schreiber, dit-elle, articulant ses mots avec peine tant elle avait la bouche sèche, il n'y a pas à tortiller », elle se dégagea, « tu ne vois pas que je suis finie ? » Et elle remonta vers la salle de rédaction.

Dans l'escalier, elle heurta Rubin qui descendait quatre à quatre. « Natacha, cria-t-il. Où est-ce que tu vas ?

— Chercher mes affaires, répondit-elle d'une voix blanche.

— Reste là, lui dit Rubin en lui serrant le bras. Hefetz, Hefetz, tu l'entends ? Tsadik, je te demande de... »

Mais Tsadik ne lui accorda même pas un regard, il était penché sur le téléphone dans la loge du vigile et répétait : « Oui, monsieur », « Je suis désolé, monsieur » et « Oui, monsieur le Grand Rabbin. »

« Laisse Tsadik tranquille, Rubin, dit Hefetz. Tu ne vois pas qu'il fait le pompier ?

— On l'a piégée, Hefetz, lança Rubin. Pourquoi est-ce que tu l'engueules ? Tu ne vois pas qu'on l'a piégée ? Tu lui as confié ce reportage toi-même.

— Tsadik, dis-le-lui, exigea Rubin. Natacha », il lui fit descendre les marches et l'entraîna jusque dans le hall du bâtiment, « pourquoi est-ce que tu te tais ? Pourquoi est-ce que tu ne lui dis pas qu'on l'a piégée à cause de l'autre affaire ? Pourquoi est-ce que tu ne lui dis rien ? Tu sais bien », il se tourna vers Tsadik, « tu sais très bien que c'est pour que tu refuses qu'on s'intéresse à l'autre affaire qu'ils l'ont fait, c'est l'autre affaire qui les inquiète, on l'a piégée à cause de nous.

— Tu te trompes, dit Hefetz. Nous ne sommes pas des journalistes pour rien. Nous devons faire un travail de journalistes. Un journaliste politique ne se laisse pas piéger. Il ne fonce pas tête baissée sans utiliser sa cervelle, sans vérifier et revérifier ses informations.

— J'étais avec elle, intervint Schreiber. J'étais derrière elle quand nous avons frappé à la porte des voisins, quand nous leur avons posé des questions, cet homme n'habite pas à l'adresse indiquée, il a peut-être des faux papiers…

— Schreiber, ne te fatigue pas, dit Natacha d'une voix éteinte. Je suis fichue, vous n'y pourrez rien, laissez-moi tranquille. » Elle fit demi-tour et monta lentement l'escalier.

« Attendez-moi jusqu'à la fin du JT », ordonna Hefetz à Michaël, et il courut derrière elle en lançant à plusieurs reprises : « Natacha, Natacha », mais elle ne tourna pas une fois la tête dans sa direction. Schreiber aussi la suivit. Michaël hésita un court instant — il n'avait pas l'habitude de recevoir des ordres — puis il vit, à travers la porte vitrée à double battant, un groupe de juifs ultrareligieux se rassembler dans le hall. Ils vociféraient à qui mieux mieux quand brusquement surgit un homme d'un certain âge, grand et maigre, revêtu d'un caftan déchiré et portant une kippah tricotée sur ses rares cheveux gris. Il agita les mains, gantées de mitaines trouées, poussa le vigile et lui cria d'une voix suppliante : « Où est Rubin, Ariéh Rubin m'attend ! »

Le vigile chancela et tenta de retenir l'homme par le bras en disant : « Un instant, monsieur, vous ne pouvez pas… » mais celui-ci se dégagea de son emprise.

« Qui est-ce ? » cria le vigile à ses deux collègues, un jeune homme et une jeune fille, qui jaillirent de derrière le guichet de la loge et essayèrent, à leur tour, de maîtriser l'intrus mais il se débattit avec tant de force qu'il se débarrassa d'eux aussi et il se mit à hurler d'une voix désespérée : « Laissez-moi voir Ariéh Rubin… il… il m'attend, il m'a donné rendez-vous ! » Rubin s'approcha du forcené et lui dit : « Je suis Ariéh Rubin, je suis là. »

L'homme se calma instantanément, donnant l'impression qu'il allait s'écrouler. Le vigile lui saisit les bras et les tira en arrière.

« Lâche-le, Alon, tu ne vois pas à qui nous avons… ? » dit Rubin et il posa sa main sur l'épaule de l'homme.

Le vigile lança un regard hésitant à Rubin mais maintint les bras de l'homme derrière son dos.

« Je viens voir Ariéh Rubin, il me connaît, il sait… il me dira…, dit l'homme d'une voix tremblante avec un fort accent russe.

— Lâche-le, Alon, répéta Rubin à l'intention du vigile. Je suis là, je vais m'occuper de lui. » Il libéra l'homme et lui dit doucement : « Que puis-je pour vous, monsieur le Rabbin ? »

L'homme le regarda d'un air troublé. Il essaya de dire quelque chose mais ses mots restèrent bloqués dans sa gorge, ses paupières papillotèrent et il darda ses grands yeux bleus enflammés où brillait la terreur sur Rubin puis il répéta, d'une voix implorante : « Je viens voir Rubin, il m'a fixé rendez-vous, j'ai des documents, beaucoup de documents à lui montrer… »

La jeune fille qui se trouvait aux côtés d'Alon, effrayée, émit un cri inarticulé. « C'est comme ça avec les malades mentaux, dit Miri, la correctrice, qui sortait de la cafétéria et tenait à la main un beignet luisant d'huile. Ils nagent en pleine confusion. On satisfait à leur demande et ils ne s'en rendent même pas compte. Psychologie élémentaire.

— Mais c'est lui, Rubin », cria le vigile et il désigna Rubin du doigt.

Rubin, le bras toujours passé autour de l'épaule du déséquilibré, lui dit avec un sourire rassurant : « C'est très bien, bravo, comme s'il s'adressait à un enfant terrorisé. Comment vous appelez-vous ? » Puis il retira son bras.

« Moi ? David… David Glouzman, dit l'homme en essuyant son front dégagé et ses joues pâles avec ses mains. Je… j'ai… je veux… il y a une plainte… » Il se tut.

Les trois juifs orthodoxes qui se tenaient dans le hall d'entrée, leurs cartes d'identité toujours à la main, reculèrent jusqu'à la porte.

« Où habitez-vous ? » demanda Rubin et l'homme, les bras le long du corps, maintenant, récita, tel un enfant son compliment, toutes les informations concernant son adresse, à l'autre bout de la ville, y compris l'entrée de son bâtiment, son étage et le numéro de l'appartement.

Rubin fouilla la poche de son pantalon, en sortit un billet de vingt shekels et le mit dans le creux de la main de l'homme aux mitaines trouées. « C'est pour votre ticket de bus », dit-il en repliant les doigts de l'homme sur le billet, puis il l'accompagna jusqu'à la porte, le bras de nouveau autour de ses épaules. « Rentrez chez vous, lui dit-il suffisamment fort pour que Michaël l'entende. C'est ce que vous avez de mieux à faire. »

Lorsque la porte vitrée à deux battants s'ouvrit, quelques ultrareligieux les accueillirent en brandissant sous le nez de Rubin des pancartes qui portaient comme slogans en grosses lettres noires :

« Maudits sionistes ! », « Pollueurs du peuple d'Israël ! » et en rouge : « La télévision verse notre sang ! »

« Ils sont tous fêlés, dit Alon. On est dans une ville de fous et dans un pays de fous. »

Rubin rentra dans le bâtiment, examina ses mains, soupira, consulta l'horloge murale et dit aux trois agents de sécurité qui avaient regagné la loge : « Je dois aller chez Beny Meyouhas, on ne peut pas le laisser seul. Si Tsadik me cherche, qu'il laisse un message sur mon biper. »

Michaël jeta un regard sur l'horloge et l'écran fixé en face du guichet de la loge des vigiles qui montrait un clip de MTV où on voyait un jeune homme au torse nu et moucheté de gouttelettes d'eau embrasser une jeune fille en pleurs derrière laquelle cinq autres jeunes gens chantaient. Bien que le son fût baissé pratiquement à son maximum, on entendait le chœur des jeunes gens chanter *Could you be my girlfriend* et leur voix l'accompagna jusqu'à mi-hauteur de la volée de marches qui menait au service des informations générales.

*

Schreiber, le cameraman, se tenait dans le couloir du deuxième étage, tournant le dos aux bureaux, pianotant nerveusement sur la rampe. Sur le chemin de la salle de rédaction, Michaël passa devant un bureau dont la porte était entrouverte. Il y jeta un coup d'œil et vit Natacha, de dos, devant une rangée de casiers. Elle était en train de vider le contenu de l'un d'entre eux et d'en remplir son sac en toile. Hefetz se tenait tout près d'elle et lui parlait avec un accent implorant. Lorsqu'il aperçut Michaël, il s'empressa de dire : « Je vous demande une petite minute, j'arrive, attendez-moi là-bas », montrant de la tête la salle de rédaction. Michaël s'éloigna si lentement qu'il put entendre un gémissement, des sons étouffés et pour finir « … ne me crois pas quand je te dis que je me fais du souci pour toi ? » Mais il ne perçut pas la réponse de la jeune fille, si tant est qu'elle en fit une.

La salle était presque déserte et ceux qui s'y trouvaient parlaient à voix basse, comme on le fait quand une tragédie s'est produite. Nivah était assise près du télécopieur et retirait les pages qui en sortaient. Tout en prenant des notes sur une feuille volante, elle marmonnait : « Chaïm Nacht… perçoit une bourse d'études… en vie… quelqu'un sait ce que veulent dire les initiales GAD ? » « Grâce à Dieu », lui répondit quelqu'un dans un des bureaux attenants. Elle retira une autre page du fax, levant les yeux vers l'écran où débutait l'émission politique hebdomadaire dont l'animateur régulier avait été remplacé par un journaliste réputé pour son sérieux et sa retenue, par son débit lent et son habitude d'accentuer chaque syllabe. Il commença par signaler le caractère exceptionnel de l'émission et, avant même de présenter ses invités, souligna qu'une minute de silence serait observée « à la mémoire de notre chère camarade Tirtsah Rubin, chef décoratrice, qui a trouvé la mort dans un accident du travail, ici même ». D'une voix étranglée par l'émotion, il ajouta : « On pourrait dire qu'elle a sacrifié sa vie à son travail. » Il évoqua aussi Mati Cohen, le directeur de la société de production de la première chaîne, qui « tout en se tenant dans la coulisse, faisait vivre notre grande entreprise ». Il semblait que personne ne s'intéressait à l'émission, dans la salle, jusqu'au moment où l'un des invités réguliers, un gros homme âgé qui avait pour caractéristique principale un ton perpétuellement réprobateur, interrompit l'animateur et rappela les péchés des juifs ultrareligieux et le scandale de l'échec essuyé par Natacha qui, selon lui, « a raté une occasion qui ne se représentera pas de sitôt, ce qui semble être monnaie courante, chez vous, à la télévision ». Le public présent dans le studio applaudit et l'homme regarda autour de lui en arborant un sourire vaniteux.

Nivah fixa à nouveau l'écran, un tas de feuilles à la main, et lança à l'intention du vieil homme : « Boucle-la, tu vas encore nous rebattre les oreilles de ton enfance pendant la Shoah… » En effet, quelques secondes plus tard, l'homme prit un air grave, son sourire disparut, il baissa un instant les paupières puis les rouvrit et, fixant de ses petits yeux humides la caméra, il coupa de nouveau la parole à l'animateur. « Je suis désolé mais j'étais à Auschwitz, moi ! » Cette exclamation lui valut un redoublement de vivats et il baissa la tête, visiblement perdu dans des souvenirs douloureux, sa nuque épaisse faisant inexplicablement l'objet d'un gros plan. « Silence, on ne veut plus t'entendre ! cria Nivah. Quelqu'un peut-il couper le son ? »

Personne ne réagit autour d'elle. « Où est passée la télécommande ? Erez, tu me la donnes ? » Elle tendit la main vers une des liasses de feuilles et prit le zappeur qui était caché dessous. L'homme reprit la parole mais ses lèvres avaient beau remuer, on n'entendait plus le son de sa voix.

« Remets le son, protesta le chroniqueur des affaires policières. Ils vont bientôt parler du double meurtre à Jérusalem et je dois intervenir sur le sujet, j'attends le signal. » Il lui prit la télécommande des mains et monta le son au moment où une femme, invitée régulière elle aussi, disait, sur un ton enflammé : « Qui ose prétendre qu'on ne respecte pas la tradition juive, sur cette chaîne ? Ignorez-vous que tout laïques que nous sommes, nous préparons actuellement l'adaptation d'une nouvelle d'Agnon, le grand romancier juif ? » Elle se tut, l'air indigné, et ajusta son chapeau rond.

« Celle-là non plus, je ne la supporte pas, avec cette espèce de casserole qu'elle a sur la tête, grommela Nivah en se glissant dans ses sabots. Ça fait quarante-huit heures que je suis là, j'ai dû dormir deux ou trois heures. Je plie boutique, annonça-t-elle. Vous allez m'interroger aussi ? » demanda-t-elle à Michaël en faisant une grimace comme si l'idée d'une conversation avec lui était intolérable. Michaël comprit qu'en fait elle ne souhaitait que ça et, comme Hefetz tardait, il lui dit : « Je crains que ce ne soit nécessaire, après tout, vous connaissez mieux que quiconque…

— Alors mettons-nous là », dit-elle en simulant la contrariété, le doigt pointé vers un des bureaux contigus. Il la suivit et, avant qu'elle ne ferme la porte derrière lui, il entendit un homme s'écrier :

« Elle ment comme elle respire, celle-là ! Sans le financement privé destiné nominativement à Beny Meyouhas, jamais… »

Michaël n'avait nullement l'intention de s'entretenir avec Nivah, à ce stade, et de surcroît il aurait préféré que Liliane se charge de l'interroger, persuadé qu'il était (ce qui lui valait d'être taxé de machiste par certains dont Tsila) que les femmes étaient plus ouvertes entre elles. Mais Nivah voulait parler.

« Écoutez, lui dit-elle lorsqu'il s'assit. Je peux vous apprendre beaucoup de choses, mais qu'attendez-vous de moi, au juste ?

— Avant tout, dit Michaël, parlons de la mort de Tirtsah, en plein tournage de *Ido et Eïnam*. J'aimerais…

— Cette espèce d'accident ? demanda Nivah d'une voix impatiente.

— Pourquoi dites-vous "espèce d'accident" ? lui demanda-t-il, soudain intéressé. Vous pensez qu'il s'agit d'autre chose ?

— Non, non, se reprit-elle. Façon de parler. Vous voulez tout savoir sur l'accident ?

— Oui, évidemment, mais au préalable… vous est-il arrivé de travailler avec elle ? La connaissiez-vous ?

— Tirtsah était loin de tout ça », Nivah indiqua du doigt la salle de rédaction, « elle aurait dû travailler dans un théâtre comme… mais à cause de Rubin… ils avaient été mariés avant qu'elle vive avec Beny, alors naturellement, quand Beny tournait un film, ce qui lui arrive rarement, elle travaillait avec lui. »

Michaël lui demanda si elle aussi, comme beaucoup d'autres, avait le sentiment que les relations entre Beny Meyouhas et Ariéh Rubin n'avaient pas souffert de ce « triangle amoureux ».

« Bon, dit Nivah. C'est grâce à Rubin qui est une personne généreuse et pas, comment dire, pas conventionnelle… il est… différent… on ne peut pas… tout le monde le respecte.

— J'en déduis que vous l'estimez, dit-il.

— Beaucoup, répondit-elle avec chaleur.

— Et Beny Meyouhas ?

— Comment dire ? C'est un artiste, les artistes, c'est autre chose, non ? Lui non plus n'a rien à voir avec l'information et chaque fois… cela fait des années qu'on ne l'a pas laissé… il réalise le programme religieux, certains magazines culturels ou des émissions pour enfants, ce genre de choses où le rôle du réalisateur est assez marginal, il se contente de donner des instructions aux cadreurs, un réalisateur de télé ce n'est pas…

— Comment expliquez-vous ça ? demanda Michaël. On pense qu'il n'est pas doué ?

— Si, si, dit Nivah en haussant les épaules. Personne n'a jamais dit qu'il… mais doué pour quoi ? Pour adapter Agnon ? La télé ne s'y prête pas. Il ne veut réaliser que des projets… un documentaire sur un grand écrivain, passe encore… je me souviens qu'avant l'arrivée de Tsadik, il avait voulu faire le portrait de… j'ai oublié le nom du romancier, S. Yizhar, peut-être, mais on lui avait refusé le sujet et, une autre fois, il a eu l'idée d'interviewer un poète palestinien, à Ramallah, je crois, un exilé, ce n'est pas passé non plus, si vous me demandez mon avis, à juste titre. On est déjà assez mal vus comme ça à l'étranger, non ? Comme si on avait besoin de films sur des poètes qui vomissent notre patrie ! Il a alors présenté à la direction toutes sortes de projets plus bizarres les uns que les autres, un film d'après un roman expérimental, par exemple, et, là aussi, il s'est heurté à une fin de non-recevoir. Plus ses ambitions étaient élitistes, plus on lui confiait des trucs stupides jusqu'au jour où, après avoir été au placard pendant des années, on lui a permis de se lancer dans l'adaptation d'Agnon, grâce à… » elle n'acheva pas sa phrase.

« Grâce à quoi ? demanda Michaël.

— Non, dit Nivah. C'est… ça n'a pas d'importance… j'ai entendu dire qu'une grosse somme d'argent, un million et demi de dollars, avait été donnée par quelqu'un aux États-Unis pour la production de ce film… une fondation qui… je ne connais pas les détails mais il y avait sûrement une bonne raison… jamais le département fiction ne lui aurait donné les moyens nécessaires pour réaliser un tel projet et d'ailleurs, malgré ce financement exceptionnel, tout le budget annuel de la fiction y est passé, c'est qu'il n'était prêt à aucune concession. Heureusement pour lui, les décisions étaient prises par Tsadik. S'il avait eu à traiter avec Hefetz… » Elle se tut et lança un regard inquiet vers la salle de rédaction, derrière la cloison vitrée.

« Hefetz n'aurait pas donné son autorisation à ce projet s'il avait été directeur de la chaîne ?

— Jamais ! » ricana Nivah, et elle fourra ses doigts dans ses cheveux coupés ras puis elle secoua la tête et la remua de côté et d'autre, « jamais de la vie. » Avec une note de satisfaction discrète dans la voix, elle ajouta : « Mais pour le plus grand bonheur de Beny Meyouhas, Hefetz n'a pas été nommé.

— Il le voulait ? Je veux dire, devenir directeur de la première chaîne ?

— Il aurait tué père et mère pour ça, dit-elle avec une joie mauvaise. J'espère que… s'il devenait directeur, tout serait… il n'est pas aussi diplomate que… il a tout le temps l'impression qu'on attente à son honneur… c'est le genre de personne qui a le complexe de la victime, vous comprenez, il pense qu'on lui fait sans arrêt du tort… mais », elle se redressa soudain, « je parle trop, ça n'a rien à voir.

— Nous sommes partis de la production de *Ido et Eïnam*, lui rappela Michaël.

— Oui, dit-elle. Je crois que Rubin a joué un rôle dans l'attribution de ces fonds à Meyouhas… c'est peut-être même grâce à lui qu'il les a reçus… à propos, Beny Meyouhas a lui aussi le sentiment d'être un défavorisé, ses parents… il a grandi… bref ce n'est pas un fils de famille, il aurait voulu être ashkénaze, c'est sa chance de se faire un nom, de… et alors… Tirtsah…

— La mort de Tirtsah a donné un coup d'arrêt à la production, marmonna Michaël à mi-voix pour ne pas lui couper la parole.

— Oui, c'est ça… dites-moi », elle se pencha en avant et regarda par la cloison vitrée, « c'est un accident, vous en êtes sûr ?

— Que voulez-vous dire ?

— Rien », elle recula, « seulement, j'ai entendu dire que… on m'a raconté qu'elle avait au cou des… » elle se tut et s'épongea le visage. « Dans cette maison, dit-elle avec une mine dégoûtée, il y a sans cesse des rumeurs… on dit tout le temps…

— Vous pensez qu'il y a des gens qui n'aimaient pas Tirtsah ? » demanda Michaël.

Elle le regarda sans répondre puis finalement, elle dit : « Oui… mais vous devez me promettre que ça restera entre nous. »

Michaël ne réagit pas.

« Vous ne pouvez pas me le promettre ? s'inquiéta-t-elle. Je ne veux pas qu'on sache que je suis la source d'informations susceptibles d'entacher la mémoire de Tirtsah, d'autant que… c'est sans importance. »

Il hocha la tête.

« Quoi ? demanda Nivah d'une voix effrayée. Quoi ? On vous a déjà raconté quelque chose à ce sujet ? À propos de Rubin et de moi ?

— On m'a seulement parlé de l'enfant, dit-il à contrecœur. De l'enfant que vous avez eu avec… » Il fit un geste en direction du couloir.

« Il pense que personne n'est au courant, dit Nivah. Pour lui, c'est un secret d'État. »

Michaël l'observa attentivement et comprit que c'était elle qui avait éventé le secret. « Alors comme ça vous avez eu une liaison amoureuse. C'était sérieux ?

— Oui, ça n'a pas duré longtemps mais… il a eu un moment de… comment dire… c'est arrivé, quoi. Je suis tombée enceinte, j'aurais pu garder ça pour moi mais j'ai préféré lui dire. Je n'aime pas faire des entourloupettes. Il ne m'a pas forcée à m'en débarrasser… il n'a même pas essayé. Je lui ai dit : “Ariéh, j'ai trente-neuf ans”, j'avais trente-neuf ans, à l'époque, et c'était ma première grossesse, j'ai toujours cru que je ne pourrais pas avoir d'enfants parce que je n'ai qu'un ovaire… quoi qu'il en soit, je lui ai annoncé que je n'avais pas l'intention d'interrompre ma grossesse.

— Et il ne s'y est pas opposé ?

— Il m'a simplement dit que je pouvais compter sur lui, qu'il m'aiderait, financièrement et tout, si je gardais un profil bas, à cause de Tirtsah, qu'il ne voulait pas blesser.

— Mais maintenant que Tirtsah n'est plus, c'est différent, non ? »

Elle haussa les épaules. « Je ne sais pas comment Rubin voit les choses…, dit-elle d'une voix rêveuse.

— Je pensais que vous le saviez, dit tranquillement Michaël. Vous lui avez parlé de l'enfant, n'est-ce pas ?

— Quoi ? Quand ? dit-elle avec une expression inquiète.

— Aujourd'hui, il y a quelques heures, non ? » risqua Michaël qui les avait aperçus en train de discuter dans le couloir.

Elle le regarda comme frappée de panique. « Ça se sait déjà ? »

Michaël resta silencieux.

« Dans cette maison… » marmotta-t-elle, et elle se hâta d'ajouter : « Je ne… ce n'est pas exactement… nous… je pensais uniquement au bien-être de l'enfant, il a déjà sept ans et… »

Michaël était toujours silencieux.

« Ça n'a aucune importance, dit-elle en se mordant les lèvres. Vous ne devez pas croire que j'aurais été capable de tuer Tirtsah pour ça, vous avez compris ? »

Michaël hocha la tête pour lui signifier qu'il avait compris.

« Quoi, demanda-t-elle, visiblement effrayée. Vous pensez que je me serais querellée avec Tirtsah pour faire de Rubin mon… mon… ? »

Michaël était muet.

« Je… c'est l'évidence même… je ne suis pas, dit-elle d'une voix ferme. Et en plus ça ne m'aurait servi à rien… il ne me supporte pas, alors… »

Michaël eut du mal à cacher sa surprise en entendant cette dernière affirmation.

« Il vous l'a dit ? demanda-t-il.

— Bien sûr que non, il ne m'a rien dit de la sorte, il est délicat, mais je ne suis pas idiote, pas autant que j'en ai l'air, en tout cas, dit-elle sur un ton sec. Je vous ai étonné, hein ? demanda-t-elle avec satisfaction. De toute façon, je n'avais aucunement l'intention de vivre avec lui, je voulais seulement qu'il... qu'il voie Amichaï, il porte le nom d'un ami à eux mort à la guerre du Kippour, il m'en avait parlé et j'ai décidé de faire un geste, je voulais qu'il soit au moins... que l'enfant sache qui est son père... après tout, moi aussi je lui rends service, à Rubin, je veux dire, dans la mesure où il n'a pas d'autres enfants », elle cligna des yeux et ajouta dans un faible sourire : « Pas à ma connaissance, en tout cas. Pendant que Tirtsah était en vie, il ne voulait pas... il ne voulait pas lui faire mal, mais maintenant qu'elle n'est... plus en vie... »

Michaël la fixait sans rien dire.

« Ne me regardez pas comme ça, s'irrita Nivah. Je ne l'ai pas tuée, vous pouvez vérifier mon emploi du temps, je ne suis pas sortie de la salle de rédaction avant une heure du matin, tout le monde m'a vue, je n'en reviens pas d'avoir à dire ça.

— Qu'entendez-vous par "tout le monde" ?

— Hefetz, Natacha et la radioamatrice... elle peut même vous dire qu'à une heure du matin, j'étais là, elle est arrivée à une heure dix précises nous remettre un résumé du journal de Kol Israël 2 et de la radio militaire. Sérieusement, vous voulez vraiment que je réponde ?

— La radioamatrice ?

— Oui, Malkah, un petit bout de femme, elle était de service, cette nuit-là, et elle nous a montré le rapport capté sur la fréquence de la police... c'est drôle, non, de se dire que nous écoutons votre fréquence vingt-quatre heures sur vingt-quatre. Vous ne supposez quand même pas que nous allons nous contenter du peu que vous voulez bien nous livrer ?

— Mais la salle des radioamateurs est assez loin d'ici, non ? demanda Michaël.

— C'est vrai mais les gens n'arrêtent pas de bouger, dans ces locaux. Je crois bien avoir vu aussi un autre radioamateur après une heure du matin ou peut-être était-ce un peu avant, toujours est-il que je n'ai pas vu Tirtsah, ni d'ailleurs personne d'autre de l'équipe de Meyouhas. Comment voulez-vous que je pousse jusqu'aux "fils" quand on est occupé ici à préparer le conducteur du lendemain ? Et puis, je n'ai rien à y faire. C'est à eux qu'il faudrait poser la question.

— À propos de Tirtsah… » dit Michaël. Quelqu'un frappa à la cloison vitrée, il se retourna et vit Hefetz qui lui lançait un regard interrogateur. Il lui fit signe d'attendre quelques instants et Hefetz, comme s'il avait déjà patienté depuis des heures, fit une grimace plaintive puis il ouvrit la porte du bureau et dit : « J'attends ici, mais je ne peux pas vous accorder plus d'un quart d'heure. Après, il faut que je commence à plancher sur le conducteur de demain… » Michaël hocha la tête et Hefetz referma la porte.

« Il y a des gens, dit Nivah avec un air dégoûté, qui trament toujours quelque chose, dont les intérêts personnels… » Elle s'interrompit.

« Vous faites allusion à Hefetz ? demanda Michaël.

— Non… oui… je ne sais pas… ce n'est pas quelque chose de…

— Vous voulez parler de quelque chose de précis ?

— Non, mais je parie qu'il crève d'envie de savoir ce que je dis.

— De sa liaison avec Natacha peut-être ?

— Non. Elle n'est pas la première, vous savez… dès qu'une jeunette arrive, il lui passe dessus, ça dure depuis plusieurs années, il a le feu au pantalon… et elles, les pauvrettes, elles pensent que si le patron veut les bai… peu importe, je vous dis », elle se pencha en avant, ses coudes appuyés sur la table, « je vous jure que je la plains… elle est seule au monde… émigrée à quatorze ans sans son père, resté là-bas, il a une autre femme, quelque part en Russie, et sa mère qui l'a négligée, ensuite elle a fait un retour aux sources, les ultrareligieux lui ont mis le grappin dessus et l'ont mariée à un veuf, père de six jeunes enfants. Du coup, Natacha a grandi seule… vous vous rendez compte, elle a passé son bac toute seule, elle a fait des études et elle est arrivée ici. Si vous saviez comme on l'a exploitée au début ! Elle était prête à tout faire pour qu'on l'engage. À passer la serpillière, même. Je l'envoyais aux archives, à la buvette me chercher un café, à la boîte aux lettres. Elle acceptait tout. Sans jamais rechigner. C'est Schreiber qui l'a fait venir, je pense. Il l'a trouvée quelque part, un soir, et l'a recueillie comme un chaton… il lui avait dégoté un poste d'assistante enquêtrice… Il faut vous dire que Schreiber a des relations aux ressources humaines… et maintenant, elle est finie, tout ça parce que…

— Y avait-il un lien entre Natacha et Tirtsah ? demanda Michaël.

— Non, admit-elle. Mais j'ai pitié d'elle. Même Rubin ne pourra plus l'aider.

— Si nous revenions à Tirtsah ? suggéra-t-il.

— C'est faux que tout le monde l'aimait, je voulais simplement que vous le sachiez. »

Michaël croisa les bras.

« Ça m'exaspère que tout le monde dise qu'elle était une sainte. C'est archifaux aussi.

— Précisez, s'il vous plaît.

— On n'apprécie pas toujours les gens honnêtes et droits, si vous voyez ce que je veux dire… » Son intonation le surprit. Il ne s'attendait pas à ce qu'elle puisse parler d'une voix ténue et pensive.

« Vous pensez que je la haïssais à cause de Rubin, mais ce n'est pas vrai. Je n'avais rien contre elle, même si elle pouvait me taper sur les nerfs, croyez-moi. Les gens intègres, ceux qui ont des principes, poursuivit-elle, méditative, passent parfois les limites, je veux dire par là qu'ils sont trop corrects, énervants, quoi, si vous comprenez ce que je veux dire… »

Il haussa les sourcils d'un air interrogateur.

« Ils… s'ils ont une certaine éthique, s'ils exigent des autres le même sens moral, en vérifiant tout deux fois au lieu d'une, par exemple, en refusant de frauder l'État ou d'ajouter des heures sup bidon, qu'ils mettent la barre très haut, alors, c'est inévitable, ils se font des ennemis, voilà ce que je voulais dire. J'ai cru comprendre que… » Elle se tut.

« Oui ? » Il commençait à s'impatienter. « Quoi ?

— J'ai cru comprendre que ce n'est pas un accident et j'ai eu l'impression… comment dire… j'ai cru comprendre que dans le couloir des "fils" il y avait quelqu'un d'autre, c'est vrai ?

— Vous pensez à quelqu'un en particulier quand vous parlez d'ennemis ?

— Écoutez », dit-elle, et elle se pencha sous la table pour y chercher le sabot qu'elle avait ôté au moment de s'asseoir, « pff, lança-t-elle, en regardant par la cloison vitrée, je ne suis pas à l'aise… Hefetz rôde dans les parages comme un… »

Michaël ne se retourna pas. « Quelqu'un en particulier ? répéta-t-il.

— Non, finit-elle par répondre. Personne en particulier.

— Mais vous ne l'aimiez pas ? »

Elle haussa les épaules sans répondre.

« Vous voulez qu'on passe dans mon bureau ? maugréa Hefetz quand Michaël sortit de la cabine. Sinon, on peut descendre à la cafétéria ?

— Allons dans votre bureau », proposa Michaël, et il s'éloigna quelque peu de Hefetz, qui avait une tête de moins que lui, pour ne pas lui donner l'impression de l'écraser. « Si vous en êtes d'accord. »

Hefetz le précédait. En traversant la salle de rédaction, le directeur du service de l'information s'arrêta pour regarder l'écran. « Montez le son », ordonna-t-il, et on entendit la voix d'un des participants à l'émission politique diffusée en direct. « Ce n'est même pas sa fille biologique, hurla un jeune homme oxygéné en tâtant les boucles qui s'alignaient en haut de son oreille gauche, Mia l'a adoptée, avec son précédent mari, André Prévin, quand elle avait huit ans. Woody Allen a parfaitement raison, moi aussi, à sa place, j'aurais plaqué cette hystérique de Mia Farrow. » Des applaudissements et des rires sonores jaillirent des rangs du public. « Quoi qu'il en soit, poursuivit le jeune homme, je trouve ça très classe, leur mariage à Venise, très romantique et… — Il pourrait être son grand-père, il a trente-cinq ans de plus qu'elle ! s'écria une femme assise en vis-à-vis. — Tant mieux pour lui ! dit le jeune homme. De toute façon, c'est plus naturel que le contraire, des études ont montré qu'un homme âgé et une jeune femme… — Qu'est-ce que c'est que ces généralisations ? » lança un autre invité. Hefetz secoua les mains d'un air exaspéré. « Le pays est en flammes, le frère du président perçoit des pots-de-vin, on prolonge la concession de la deuxième chaîne et ces imbéciles glosent sur les galipettes de Woody Allen. Je ne l'ai jamais supporté, ce bonnet de nuit. Venez. » Il se tourna vers Michaël. « Abandonnons-les à leur triste sort », et sur le seuil de son bureau il ajouta : « Vous voyez ce qui les préoccupe ? Dans une émission dite politique ? Ah, les choses iraient autrement si j'étais responsable des… après tout, il s'agit du navire amiral de la télévision publique ! »

9

Les parents peuvent si peu pour le bonheur de leurs enfants ! Quand ils sont petits, il est aisé de les avoir sous sa protection mais au bout du compte, et plus tôt qu'on ne le pense, ils doivent apprendre à voler de leurs propres ailes, à se débrouiller tout seuls, pour leur bien comme pour celui de leurs parents. Comme Youval, son fils unique, qui sort depuis trop longtemps avec une fille dont il se plaint qu'elle lui « empoisonne la vie ». Pourtant, il ne veut pas rompre avec elle. (Était-ce vraiment elle qui « empoisonnait la vie » de Youval ? se demandait Michaël chaque fois que cette expression toute faite se présentait à son esprit et, comme toujours, s'y adjoignait ce nuage d'angoisse et de peine secrète qui entourait le nom de Youval quand il pensait à lui.) Il était réduit à l'impuissance, en l'espèce. Ni l'influence qu'il exerçait dans d'autres domaines sur son fils, ni son expérience ne pouvaient jouer, sa propre vie n'étant pas particulièrement un modèle de sagesse ou d'équilibre : en effet, non seulement son mariage avec la mère de Youval avait été un échec mais depuis son divorce, dix-huit ans plus tôt, il n'avait toujours pas trouvé de compagne. Il était bien tombé amoureux et cela, plus d'une fois, mais jamais de la « bonne personne ». L'obstacle rencontré était la plupart du temps de nature objective, d'ailleurs. À titre d'exemple, deux des femmes avec lesquelles il avait eu une liaison passionnée étaient mariées et avaient refusé de quitter leur époux.

Le téléphone tinta et cette sonnerie, à deux heures du matin, ne le dérangea pas. Il ne demandait qu'à être appelé puisque, de toute façon, il n'arrivait pas à fermer l'œil. « Tu ne peux plus ressentir de douleur. Au bout de deux ou trois semaines ton corps est déjà complètement sevré », lui avait dit sur un ton réprobateur Emmanuel Shorer, son ami intime et patron, l'homme qui avait accepté, quinze ans plus tôt, de jouer dans sa vie le rôle de père de substitution et lui avait proposé de s'engager dans la police à un moment où il avait désespérément eu besoin d'argent en raison du montant de la pension alimentaire exigé par Nirah (le coupant de ce fait irrévocablement de l'Université, au beau milieu des recherches qu'il effectuait en vue d'un doctorat d'histoire sur les rapports entre maîtres et apprentis dans les guildes au Moyen Âge). « Ta souffrance est d'origine purement psychologique, crois-en mon expérience, je sais de quoi je parle, lui avait assuré Shorer. Tu préfères arrêter le jour où tu n'auras plus le choix, comme moi après mon infarctus ? Ton essoufflement chronique ne te suffit pas ? » La veille, quand il avait repris le travail après quinze jours de congé qu'il avait passés, pour l'essentiel, seul, chez lui, Balilti, l'officier des renseignements qui se considérait comme un de ses meilleurs amis, avait posé sur lui un regard scrutateur. « C'est dur ? » lui avait-il demandé. « Insupportable », lui avait avoué Michaël sans peser ses mots comme à son habitude et il lui avait parlé de ses difficultés de concentration et de ses insomnies.

« Tout est dans la tête », avait déclaré, sans surprise, Balilti, « ton corps est complètement nettoyé, les symptômes que tu me décris là sont ceux d'une dépendance à caractère psychologique ». « La tête n'est pas moins réelle que le corps, que je sache », avait rétorqué Michaël, « ce qu'on ressent n'existe pas, pour toi, c'est ça ? »

Si on lui parlait une fois encore de psychologie, de l'esprit et de l'irréalité de la dépendance affective… il avait commencé à fumer à seize ans, trente ans plus tôt, à raison de vingt ou trente cigarettes par jour, et l'idée d'arrêter ne l'avait même pas effleuré. N'eût été l'accord conclu avec Youval, qui, lui aussi, avait commencé à fumer à seize ans — comment empêcher son fils adolescent de répéter les erreurs qu'on a commises ? —, aux termes duquel ils étaient convenus d'arrêter ensemble, il aurait craqué depuis belle lurette. À certains moments, il avait été à deux doigts de replonger. Il avait toujours un ou deux paquets qui traînaient à la maison et il savait qu'il n'avait que quelques pas à faire pour parvenir, dans la cuisine, au fond d'un des tiroirs, à la délivrance. « Allez », s'insinuait dans son esprit une voix étouffée, profonde, rusée et riche en échos mystérieux : « Rien qu'une dernière. » Mais cette voix tentatrice passait sous silence la cigarette suivante et toutes les autres. « Pas même une bouffée, l'avait prévenu Balilti, je te parle d'expérience, si tu savais le nombre de fois où j'ai arrêté avant d'arrêter définitivement. Il ne s'agit pas de cette ultime cigarette mais de celle d'après. Sans elle, la dernière ne vaut rien. Souviens-toi qu'une cigarette, ce n'est rien d'autre que la bouffée qui va à la rencontre de la bouffée qui lui succède. La cigarette, c'est toujours celle qui vient après la clope qu'on est en train de griller. Et alors, sans même t'en rendre compte, tu te retrouves à la case départ. » Il avait penché la tête de côté et fixé Michaël d'un regard intense puis soudain il avait souri : « Attention à ne pas prendre du poids, mon vieux. On compense avant tout par la bouffe. Si tu n'es pas vigilant, prépare-toi à dire adieu à ton allure de jeune homme et surtout aux filles. Mais à la réflexion, avait-il ajouté, comme les ersatz ce n'est pas ton truc, tu pourras peut-être fumer le cigare dans un an ou deux, après les repas. Le cigare n'est pas dangereux puisqu'on n'en inhale pas la fumée… »

Mais il ne s'était pas mis à manger comme quatre, et cela, peut-être parce qu'il ne réussissait pas à s'endormir. Il passait désormais une partie de ses nuits à marcher, d'abord dans son quartier puis au-delà. Une fois, il poussa jusqu'au village d'Aminadav et une meute de chiens-loups le menaça. Il ne dut son salut qu'à l'intervention d'un veilleur de nuit.

Ce fut l'inspecteur dépêché à l'appartement de Natacha à la suite de l'appel de Schreiber qui lui téléphona à deux heures du matin. Il lui dit : « J'ai pensé que ça vous intéresserait parce que Zmirah m'a raconté que vous étiez sur les deux affaires de la télé. » (Zmirah rassemblait et redistribuait toute la paperasse de l'unité et avait la haute main sur l'ensemble de l'organisation du travail, de la coordination des instructions à la transmission des dossiers en passant par l'établissement de la grille d'horaires des équipes. Autant dire qu'elle était au courant de tout. C'était une femme de haute taille, âgée d'une quarantaine d'années, qui, malgré ses jambes épaisses, s'obstinait à porter des jupes étroites et courtes et des chemises trop larges et dont la queue-de-cheval tressautait de côté et d'autre. Elle avait un faible pour Michaël et lui confiait ses problèmes sentimentaux ainsi que les difficultés qu'elle rencontrait avec son fils adolescent.) « Entre nous, ça glace le sang, lui avait dit l'officier de police, je n'avais encore jamais vu une chose pareille. Nous n'avons touché à rien. Venez voir par vous-même… »

Il ne pleuvait plus mais un vent fort soufflait par bourrasques. Des flaques d'eau luisaient sur la chaussée de l'avenue Bezek et, dans l'obscurité, les grands bulldozers disposés au pied du nouveau quartier résidentiel en cours de construction face à l'hôpital Shaareï Tsedek ressemblaient à des animaux géants figés. Il baissa sa vitre et respira à pleins poumons l'air frais et l'odeur de la pluie mêlée à celle de la terre mouillée. L'espace d'un instant, cette odeur lui rappela celle de la cour de son enfance, avec sa vapeur montant de la terre et le parfum de l'obscurité, qui, loin de l'effrayer, avait pour effet de le rassurer. On aurait dit que Jérusalem était une ville normale, que ses habitants étaient retirés dans leurs chambres et qu'ils dormaient en toute tranquillité. Comme les routes étaient désertes, il ne mit pas plus de sept minutes pour arriver et se gara rue Nissim Bahar, ce que lui avait conseillé de faire l'inspecteur, face à l'escalier raide et étroit de la rue Beer Sheva. (« Il y a moyen de la prendre en voiture aussi, par un autre chemin que les Hiérosolymitains connaissent, mais le temps que je vous explique, vous pourriez faire l'aller-retour deux fois », lui avait dit l'officier de police. Il vivait à Jérusalem depuis trente ans, il y avait été en internat mais, pour les autochtones, il restait un étranger.) Il grimpa lestement les marches exiguës et s'immobilisa sous le projecteur installé devant la porte blanche en fer. Une tête de brebis dégoulinant de sang pendait au bout d'une corde épaisse et se balançait au vent au-dessus du chambranle. Les yeux foncés et ronds de l'animal étaient figés dans une expression de candeur et de confiance.

« Yossi Cohen, vous ne me remettez pas ? dit sur un ton froissé l'officier de police. Nous nous sommes déjà rencontrés, à la bar-mitsva du fils de Balilti. » Il serrait le col fourré de sa parka militaire. « Il est là », dit-il dans le talkie-walkie qu'il tenait dans sa main libre, puis il lança à Michaël : « Heureusement que vous êtes arrivé, je suis au bord de la crise de nerfs, j'ai aussi réveillé Balilti, je dois rédiger cette nuit mon rapport à l'OR.

— À qui ? demanda Schreiber qui s'était approché d'eux et avait entendu la fin de la phrase de l'inspecteur.

— L'officier des renseignements », répondit l'inspecteur d'un ton agacé. Il se tourna vers Michaël et dit : « Notre camarade Balilti est en chemin, je ne lui ai pas plutôt dit que vous arriviez qu'il a décidé de venir lui aussi. Mais il ne sera pas là avant un certain temps », ajouta-t-il avec satisfaction.

« Vous ne l'enlevez pas ? » demanda Michaël, et il indiqua la tête de brebis sanglante qui projetait des ombres noires et dansantes sur la flaque sombre formée par les gouttes qui s'écoulaient du cou tranché de la bête. « Tout de suite, je ne voulais pas la décrocher avant que... les gars de l'identité judiciaire vont se pointer d'une minute à l'autre. Tenez, il y avait un mot attaché à la corde », dit l'officier de police, et il lui tendit un bout de carton. Michaël examina le dessin d'une tête de mort et les mots « Ta fin est proche » tracés maladroitement en grosses lettres d'imprimerie rouges. « Il vaut mieux que Balilti voie ça, dit l'inspecteur. S'il se dérange, je préfère ne toucher à rien. Mais vous pouvez entrer. Je les attends là. »

Le poêle à mazout allumé n'y changeait rien ; un froid intense régnait dans la pièce. Ce froid propre à Jérusalem et à ses maisons de vieilles pierres. Intense et dense. Schreiber se frottait les mains pour se réchauffer et les présentait aux flammes qui léchaient la grille noircie. « Elle ne voulait pas vous appeler », dit Schreiber, et il posa un regard désapprobateur sur Natacha. « J'ai mis du temps à la convaincre mais, à la fin, je lui ai dit : "Fais ce que bon te semble, pour ma part je ne veux pas avoir de problèmes avec eux."

— Eux ?

— Les ultrareligieux », dit Schreiber, et il recula jusqu'à la porte entrouverte pour allumer une cigarette puis il ajouta : « C'est eux qui ont fait ça, non ? Croyez-moi, je les connais. »

La pièce était minuscule et un lit à une place, défait, l'occupait presque entièrement. Des pulls y étaient jetés et de l'autre côté, dans un renfoncement, des chemises et une robe étaient suspendues à un portant. Quelques livres s'entassaient au pied du lit et, sur un tabouret en osier, il y avait un volume en russe. Face à la porte d'entrée se trouvait une sorte de coin cuisine dont le mur était semé de taches d'humidité et de moisissure. Derrière une porte entrebâillée, on pouvait voir une cuvette de W-C, un lavabo et un robinet muni d'une pomme de douche.

Michaël fit le tour de la pièce du regard. Tout était fonctionnel et pauvre, hormis un vase bleu sur l'unique table où un bouquet de narcisses achevait de faner et une lithographie accrochée au-dessus du lit qui représentait une tour solitaire et étrange dressée au milieu d'une étendue déserte couleur marron. Au sommet de l'édifice flottaient quatre drapeaux et, au premier plan, deux minuscules personnages étaient noyés dans une grande nappe d'ombre. Une atmosphère chargée de mystère, une sensation de solitude infinie, incommensurable, s'appesantissait sur l'œuvre. Juste en dessous, au bord du lit, serrée entre le mur de la table en bois sur laquelle se trouvaient le vase contenant les narcisses ainsi que des assiettes où des restes d'hoummous durci voisinaient avec des bouts de pitah, Natacha était roulée en boule, enveloppée d'une couverture militaire en laine grise, ce qui ne l'empêchait pas de trembler. Michaël plongea ses yeux dans ceux, couleur azur, de la jeune femme et n'y vit rien qui ressemblât à de la peur.

« On dirait que ça ne la touche absolument pas, dit Schreiber. Au début, elle a poussé un long cri mais ensuite, elle a fait comme si de rien n'était, elle a même voulu nettoyer et… j'ai dû insister pendant deux bonnes heures pour qu'elle accepte finalement d'appeler la police. Je ne l'ai pas laissée effacer le sang et toute cette saleté. Je voulais vous montrer les choses telles que… j'ai même pris des photos », ajouta-t-il, puis il dit d'une voix sourde : « C'était son idée.

— Qu'est-ce qui était l'idée de Natacha ? » demanda Michaël. Dehors, on entendait déjà le brouhaha de l'équipe de l'identité judiciaire et, bientôt, la voix tonnante de Balilti s'y surajouta.

« Les photos ?

— Non, répondit Schreiber. Vous appeler. Il baissa la tête : elle a dit que vous…

— Schreiber, boucle-la ! lui lança Natacha.

— C'est pourtant vrai ! Tu m'as pas dit de lui téléphoner ? Et que c'était le seul qui valait quelque chose ?

— Tu n'es pas obligé de vexer les gens, marmonna Natacha, et elle fixa la porte entrouverte. On n'est pas seuls, ici. Chacun mérite un petit mot d'encouragement. »

*

Les femmes des ouvriers licenciés assistèrent elles aussi en direct au fiasco de Natacha. Dans le salon de la famille Shimshi, dans une bourgade du Nord, près de la frontière, assises face au poste qui occupait toute une étagère, elles entendirent d'abord ses déclarations vibrantes, avant le reportage sur leurs maris, puis les démentis et les excuses présentés par la première chaîne. « Tous pourris », marmonna Esti, la belle-sœur de Rachel Shimshi, et elle posa ses mains sur son ventre proéminent. Rachel Shimshi la regarda avec inquiétude car elle savait ce que sa belle-sœur allait dire.

« Je ne veux pas rester assise les bras croisés, poursuivit celle-ci. S'ils doivent morfler, je serai là à leur côté.

— Une femme enceinte ne doit pas tenir des propos pareils », trancha Rachel Shimshi, et elle plissa les yeux comme elle le faisait toujours quand elle était en colère. « Je te demande seulement de me trouver les clés, rien de plus. » Elle se leva et se dirigea vers la cuisine. Esti la suivit et regarda sa belle-sœur laver les tasses avec des gestes lents.

« Tu ne peux pas me demander de rester à la maison quand vous descendez toutes vous battre contre le monde entier », se plaignit Esti.

Rachel Shimshi posa les tasses propres sur un torchon qu'elle avait étendu sur la table en formica et elle fixa Esti d'un regard calme. « Tu perds ton temps, dit-elle d'une voix ferme. Je ne te laisserai pas venir avec nous, point barre. »

Pour la première fois depuis qu'elle la connaissait, Esti, agrippée au plateau de marbre du plan de travail, osait tenir tête à sa belle-sœur. D'une voix essoufflée, elle s'entendit lui dire : « Je n'ai pas d'ordres à recevoir de toi, je fais ce que je veux. » Elle faillit éclater en sanglots, regrettant aussitôt sa rébellion. Elle n'avait pas eu l'intention de se montrer agressive et la dernière chose qu'elle souhaitait était de blesser Rachel, la grande sœur de Maxime, qui avait toujours été si bonne pour elle — « Tu mords la main qui te nourrit », aurait dit sa mère, Dieu ait son âme — et voilà comment elle la remerciait…

Rachel Shimshi n'avait pas hésité un seul instant. Elle avait attendu Maxime sur le parking couvert de l'usine et l'avait suivi des yeux pendant qu'il manœuvrait le camion. Une fois garé dans l'alignement des autres véhicules, il avait coupé le moteur et mis pied à terre. Elle avait ouvert la bouche mais s'était embrouillée, ne trouvant plus ses mots tant elle était oppressée (sa mère lui aurait conseillé d'attendre ; d'attendre qu'ils soient à la maison — « on ne peut pas raisonner un homme affamé », aurait-elle dit — mais Rachel ne pouvait plus attendre). Qui aurait cru que ce géant était le garçonnet d'autrefois ? Elle avait fixé son visage couvert d'une barbe de plusieurs jours, ses yeux froids, fermés à tout ce qui n'était pas « un fait accompli », une de ses expressions favorites, et avait été prise d'un désespoir intense. Ce n'était pas la première fois qu'elle avait voulu lui dire de ne pas oublier ; de ne pas oublier qu'elle l'avait porté dans ses bras, partout où elle allait, qu'elle était allée le chercher à la crèche tous les jours sans jamais être en retard, elle, une fillette de douze ans ! Son cœur se serrait quand elle entendait les pleurs de son petit frère — sa mère n'avait jamais eu le temps de s'occuper de lui, accaparée qu'elle était par tous les autres, les tâches domestiques et ses heures de ménage — dont les grands yeux, qui la regardaient avec espoir et confiance, la rendaient folle. Comme il l'aimait alors ! Même plus grand, il continuait à la suivre partout, avec le lapin en peluche qu'elle lui avait donné et qui le ne quittait jamais. Mais à présent, voilà qu'il la regardait comme si elle était une étrangère, une importune. Il l'avait écoutée d'un air méfiant quand elle lui avait demandé de lui prêter le camion et de l'aider à en trouver trois autres : « On ne les abîmera pas, il s'agit de les emprunter pour une nuit, c'est tout, on y chargera les bouteilles, on les déchargera et vous récupérerez vos camions demain matin. On ne dira pas que vous nous les avez prêtés, on prétendra qu'on les a pris sans autorisation, ça ne vous retombera pas dessus, je te le jure. » Puis, d'une voix presque moqueuse, il lui avait répondu : « Pas question. Tu dérailles ou quoi ? Je n'ai jamais entendu une idée aussi stupide. »

En sortant du parking, elle s'était retournée et lui avait lancé :

« Dis à Esti que je lui ai préparé tous les légumes farcis tels qu'elle les aime.

— Tu me la gâtes trop, avait-il crié. Est-ce que tu continueras à lui apporter chaque semaine ses plats préférés, une fois qu'elle aura accouché ?

— Dis-lui que je serai là dans une heure, lui avait-elle dit. On mangera des beignets et on allumera la deuxième bougie de Hanoukkah. »

Maintenant, dans la cuisine, face à Esti adossée au marbre, elle l'entendit dire d'une voix qui lui semblait lui parvenir de très loin : « Je ne te laisserai pas y aller seule. Tu as besoin de renforts. On va toutes se mobiliser. On est toutes avec toi.

— Je n'ai pas mon permis, marmonna Rachel Shimshi.

— Mais moi je l'ai, tout comme Sarit et Simi, lui rappela Esti. Laisse les autres t'aider pour une fois, arrête de vouloir tout faire toute seule… je vais passer un coup de fil à Tiki, tu verras comme on sera nombreuses.

— Mais comment est-ce que tu comptes faire, avec ton ventre ? Tu ne peux quand même pas porter des caisses remplies de bouteilles ? C'est lourd, même si elles sont vides.

— D'accord, dit Esti tout en composant un numéro sur le clavier du téléphone qui se trouvait dans la cuisine. Je te le promets, je ne porterai rien. C'est les autres qui le feront, O.K. ? »

*

« Des ultrareligieux ? demanda Michaël. À cause du sujet qui est passé au JT ?

— Non, c'est du flan, ça, dit Schreiber. Il s'agit d'autre chose… » Il jeta un coup d'œil inquiet vers Natacha.

« Il y a quelque chose de beaucoup plus sérieux, finit-elle par dire, qui n'a rien à voir avec ces subventions… on m'a induite en erreur, pour me griller au boulot et que je ne fourre pas mon nez dans l'autre affaire, bien plus grave, afin que mon patron refuse désormais de… d'ailleurs, je ne sais pas si on me laissera enquêter là-dessus, après la foirade de tout à l'heure…

— Ne t'en fais pas, tenta de la rassurer Schreiber. Hefetz acceptera et il réussira à convaincre Tsadik.

— Peut-être que tu as raison…, bredouilla-t-elle, et elle regarda la porte d'entrée. Mais qui plaidera ma cause auprès de Hefetz ?

— Je crois comprendre que vous refusez d'indiquer vos sources, dit Michaël. Mais vous devez nous mettre sur la piste, nous donner un indice, le bout d'un fil conducteur… il faut qu'on sache de quoi il retourne, même vaguement. »

Natacha posa sur un lui un regard méfiant puis elle se tourna vers la porte. Michaël s'empressa de la fermer. « Voilà, dit-il. Personne ne vous entendra, on est seuls.

— C'est…, commença-t-elle d'une voix hésitante. Il y a quelque temps, j'ai appris que… par le plus grand des hasards… bref, j'ai découvert une grosse magouille, qui porte sur des sommes très importantes, des sommes qui transitent par le rabbin Alharizi, mais pas uniquement… il y a d'autres gens impliqués… des sommes transportées dans des valises, des caisses. Des dollars, de l'or, plus que vous ne pouvez l'imaginer. Qu'ils font sortir clandestinement du pays.

— Vous connaissez la destination de ces capitaux ? demanda Michaël.

— Le Canada, probablement, mais ce qui est sûr c'est que ça sent la corruption à plein nez, à une échelle encore jamais vue ici.

— J'ai peine à le croire, marmonna Michaël.

— Vous pensez peut-être que j'ai tout inventé ? dit Natacha sur un ton agressif.

— Non, non, répondit-il. J'ai tout simplement du mal à croire qu'on se trouve devant une affaire de corruption aussi énorme que vous le dites.

— C'est un fait, répliqua sèchement Natacha. Et ils ne se doutent pas que j'en sais déjà un sacré bout sur leur combine, Schreiber aussi, d'ailleurs, mais aujourd'hui… après avoir planqué devant l'appartement du rabbin Alharizi… Schreiber est même monté… je pense qu'ils subodorent quelque chose…

— Sa vie est en danger, dit Schreiber. Croyez-moi. Ils ne s'arrêteront pas à une tête de brebis, c'est comme la tête de cheval dans *Le parrain*, ils ont dû s'en inspirer. »

À cet instant, la porte s'ouvrit à la volée et Balilti fit irruption dans la pièce, essoufflé, en regardant autour de lui. « Une turne d'étudiant, se dit-il, ça me rappelle ma jeunesse. « Vous risquez d'attraper une pneumonie, par ce froid et avec toute cette humidité ! » lança-t-il à Natacha.

Elle haussa les épaules.

Balilti s'approcha du lit et pointa un doigt vers la jeune femme. « Vous n'êtes pas de la télé ? demanda-t-il sur un ton ému. Ce n'est pas vous qui avez dénoncé des fraudes dans les yeshivas au JT ? »

Le regard de Natacha se perdit dans l'obscurité — Balilti avait laissé la porte ouverte — « On l'a piégée, s'empressa de dire Schreiber, ce n'est pas sa faute, elle s'est fait avoir.

— On l'a tout de suite compris, pas besoin d'être un génie pour ça, dit Balilti.

— Avec eux, il faut tout vérifier sept fois, ils… » il se retourna soudainement, « mais je préfère qu'on en parle plus tard, pas ici », chuchota-t-il, « le technicien de l'identité judiciaire est lui-même… »

Un homme portant une barbe et une kippah entra alors dans la pièce. « On a tout pris, dit-il à Michaël. J'ai emballé la tête, on a trouvé des empreintes mais je suis sûr qu'ils avaient des gants. Ils n'ont laissé aucune trace, un vrai boulot de professionnels. On a un peu nettoyé aussi, bien que ce ne soit pas évident, dans le noir… j'ai honte pour eux », ajouta-t-il tandis qu'il se dirigeait vers la porte. Sur le seuil, il se retourna et lança : « Quand je pense qu'ils se disent religieux ! »

Balilti posa le livre en russe par terre et s'assit sur le tabouret en osier. Schreiber s'était reculé et se tenait maintenant près de la porte. Michaël, appuyé à la table, levait de temps en temps les yeux vers la lithographie tout en écoutant d'une oreille distraite les questions que Balilti posait à Natacha. « Je ne comprends pas, s'obstinait Balilti. Qui vous a fait parvenir la cassette ?

— Une femme que je ne connais pas.

— Mais selon lui, il indiqua Schreiber de la tête, il y a une autre femme, orthodoxe elle aussi, qui vous a remis une seconde cassette ? »

Natacha se taisait.

Balilti regarda Schreiber. « C'est peut-être la même femme ? »

Schreiber fit une grimace d'ignorance.

« Vous ne me répondez pas ? demanda Balilti d'une voix agacée.

— Elle ne peut pas vous donner le nom de ses informateurs avant même que…, expliqua Schreiber.

— Vous n'avez pas retenu la leçon ? lui demanda Balilti. Vous tenez à vous faire posséder une nouvelle fois ?

— C'est différent », finit par dire Natacha en se frottant les joues. Une teinte rosâtre colora brièvement sa peau pâle, presque translucide, et une étincelle réfractaire brilla au fond de ses yeux innocents lorsqu'elle les posa sur lui : « Je vous l'ai dit : là, c'est tout à fait différent.

— Bon, dit Balilti. Comme on fait son lit on se couche. Mais je vous aurais prévenue. À vous de voir ». Puis il se tourna vers Michaël et dit : « Je libère Yossi Cohen, je lui prends la cassette puisqu'il a tout filmé et ensuite on y va. Venez avec moi », dit-il à Schreiber et ils quittèrent la pièce.

« Ma foi, vous feriez peut-être bien de partir quelques jours, il fit le tour de la chambre du regard, même si votre vie n'est pas en danger, est-ce que vous n'en avez pas assez de vous retrouver tous les soirs dans un endroit pareil ? »

Natacha rejeta la couverture qui l'enveloppait, étendit les jambes et s'assit sur le lit, le fixant avec une candeur absolue. Mais ses lèvres fines et longues, que tordait une grimace entêtée, démentaient cette pureté enfantine et lui conféraient une expression amère qui la vieillissait prématurément. Elle croisa et décroisa les jambes et ses pieds nus, malgré le froid ses bottes et ses chaussettes de laine gisaient par terre, frappèrent Michaël par leur aspect délicat, vulnérable.

Elle pencha la tête et considéra un point imaginaire sur le carrelage. « Je ne comprends pas pourquoi vous en faites toute une histoire… vous passez vos journées à voir des cadavres, pourtant…

— C'est vrai, admit Michaël. Mettons que nous sommes surpris. Quand on se rend sur le théâtre d'un crime, on sait ce qui nous y attend. Ici, on est perdus. Vous ne voulez vraiment pas nous aider ?

— Je ne peux pas, dit Natacha. C'est trop… pas avant que… c'est une affaire criminelle, vous savez ?

— Quoi donc ?

— Ce que j'ai découvert.

— Et personne n'est au courant à part Schreiber ?

— Si. Ariéh Rubin, répondit-elle. Mais je sais que je peux lui faire confiance… il est lui aussi sur des… Il n'a peur de personne, il n'a ni Dieu ni maître.

— Mais il ne doit pas trop avoir la tête à ça, maintenant, avec la mort de…

— Rubin a toujours la tête sur les épaules, l'interrompit Natacha, Rubin est… vous pensez vraiment qu'il a arrêté de travailler depuis la mort de Tirtsah ? En ce moment même, il prépare son reportage sur les médecins et pousse les feux du film de Beny Meyouhas…

— Écoutez, ma petite demoiselle, rugit Balilti dans l'embrasure. Vous ne resterez pas là, vu ? »

Natacha ne dit rien.

« Vous devez bien avoir un point de chute quelque part, de la famille, des amis, que sais-je ?

— Elle n'a personne, intervint Schreiber. Elle est seule au monde, comme on dit. Ne vous inquiétez pas, elle couchera chez moi.

— Non, monsieur, rétorqua Balilti. Sauf votre respect, c'est hors de question, vous aussi, d'après ce que j'ai compris…

— Tu lui as parlé ? s'écria Natacha. Qu'est-ce que tu lui as raconté ?

— Rien, je te le jure, Schreiber se posa la main sur le cœur, il m'a seulement demandé où nous avons été, cet après-midi, et je lui ai dit… il a compris de lui-même qu'on a planqué en face de l'appartement d'Alharizi et…

— Ne vous faites pas de bile, dit Balilti. Je ne trahirai pas votre secret. Mais vous ne pouvez pas aller chez lui. Vous risquez de tomber sur le corps de la brebis décapitée ! Laissez-nous d'abord y faire un tour, histoire de ne pas être tirés du lit une seconde fois. Elle ne peut pas passer la nuit chez nous, au bureau ? proposa-t-il à Michaël. On en profitera pour prendre sa déposition. »

Schreiber était silencieux. Il regardait Natacha. « Vous pouvez l'emmener avec vous ? demanda-t-il subitement à Michaël. Ne vous inquiétez pas pour moi, je me débrouillerai », ajouta-t-il, « je peux aller dormir chez ma sœur, même en pleine nuit, elle habite le quartier de Shaaré Hessed, pas loin d'ici. Mais je ne peux pas me pointer avec une fille, même si elle… ma sœur est très pratiquante et elle a toute une ribambelle d'enfants, elle ne comprendra pas que…

— Ne décide pas à ma place, dit Natacha d'une voix furieuse. Je suis assez grande pour prendre soin de ma personne, merci, et…

— Je vous emmène, dit Michaël d'un ton péremptoire. J'ai des choses à tirer au clair avec vous et il y a votre déposition à recueillir. Pourquoi attendre demain ? »

Natacha attrapa son sac en toile sans dire un mot, elle tapota le bras de Schreiber qui était en train de sortir de la maison et attendit près de la porte blanche que Michaël sorte à son tour puis elle ferma à double tour, mit la clé sous un pot vide et elle suivit docilement Michaël qui se dirigeait vers sa voiture.

En moins de dix minutes, ils furent à l'Esplanade russe et il la conduisit dans son bureau, posa sur la table les chemises en carton qui s'empilaient sur l'unique chaise de la pièce et lui fit signe de s'y asseoir. « Un café ? » demanda-t-il. Elle hocha la tête. « Du sucre ? Du lait ? » demanda-t-il. « Merci. Je le bois nature », dit Natacha, et il contempla ses mains osseuses et son corps grêle, sur le point de lui dire qu'elle pouvait se permettre de sucrer son café, puis il passa dans la petite pièce attenante où se trouvait la bouilloire.

Lorsqu'il retourna dans son bureau, sa tête reposait sur ses mains. Il écouta, dans le silence qui s'établit après qu'il eut refermé la porte, sa respiration entrecoupée, certain qu'elle s'était endormie, et il s'assit en face d'elle, le plus doucement possible, mélangeant le lait au café qui remplissait sa propre tasse. À présent aussi, l'envie d'une cigarette le saisissait, impérieuse, inexorable. Il jeta un regard triste sur sa tasse. Il lui semblait que, depuis qu'il avait arrêté de fumer, le café n'avait plus aucun goût. Natacha releva la tête. Ses yeux étaient grands ouverts. « Je vous ai réveillée, dit-il sur un ton navré.

— Pas du tout. Je ne dormais pas, je me reposais un moment. » Elle lui sourit subitement et son sourire dévoila une rangée de petites dents blanches, des dents d'enfant. « C'est vraiment un endroit où on peut se reposer, s'étonna-t-elle. On se sent en sécurité, chez vous. »

Michaël se mit à rire.

« Pourquoi riez-vous ? Il ne peut rien m'arriver, ici, n'est-ce pas ?

— C'est la première fois qu'on me dit qu'on se sent en sécurité dans mon bureau. Il faut être… ne pas avoir peur de… bref, ne pas avoir mauvaise conscience…

— Pourquoi aurais-je mauvaise conscience ? dit, surprise, Natacha. Je n'ai rien fait de mal. »

Michaël sourit. « Ça n'a rien à voir, dit-il. Il suffit de vivre pour se sentir coupable. »

Elle serra la tasse des deux mains et fixa des yeux un coin du bureau.

« Il faut qu'on subisse beaucoup de torts pour ne plus avoir mauvaise conscience, dit Michaël.

— Je suis experte en la matière, croyez-moi, dit Natacha en souriant. Mais je ne supporte pas les gens qui s'apitoient sur leur sort. On est responsable de la plupart des choses qui nous arrivent une fois l'enfance révolue. Je déteste les gens qui se lamentent sur ce qu'on leur a fait sans songer à leur propre responsabilité.

— Même si on les menace de mort pour le travail qu'ils accomplissent ? » demanda Michaël en trempant ses lèvres dans le café sans la quitter du regard.

Natacha contempla le fond de sa tasse puis elle lui jeta un bref regard et dit d'une voix fraîche : « Quelle façon élégante de revenir au sujet qui vous intéresse. »

Michaël étendit les bras comme pour dire qu'il n'avait pas le choix. « Je vous avais donné le programme : déposition et éclaircissement de certains points. Vous ne pouvez pas refuser de nommer les informateurs qui…

— Non seulement je le peux mais je le dois, dit Natacha. Je n'ai pas le choix, ma carrière sera définitivement fichue si je dis un mot de trop là-dessus. Vous n'allez quand même pas me mettre en prison si je ne parle pas ?

— Tout au moins, dit Michaël après avoir marqué une courte pause, et sans rentrer dans les détails, vous pouvez peut-être me dire qui a intérêt à vous faire un cadeau pareil. Vous avez des ennemis ? »

Natacha ricana. « Qui n'en a pas ? demanda-t-elle au bout de quelques secondes. Il suffit que… vous l'avez dit vous-même, il suffit de vivre pour avoir des ennemis, même si on n'a rien fait. Mais si, en plus, on veut devenir journaliste, qu'on est jeune et qu'on a une liaison avec le directeur des infos générales d'une chaîne de télévision, alors là…

— Vous pensez que vous avez suscité des jalousies ?

— Oui, mais ça n'a rien à voir avec… » Elle ne termina pas sa phrase.

« Rien à voir avec la tête de brebis ?

— Oui, c'est forcément lié à mon enquête, on veut… m'intimider parce que je suis tombée sur quelque chose de très gros. Mais je n'ai pas peur, au contraire, je me rends compte que j'ai semé la panique dans leurs rangs.

— Avec de telles sommes en jeu, dit Michaël, ce n'est guère étonnant. Il va falloir vous mettre sous protection policière.

— Sous protection ! s'exclama-t-elle. Vous voulez dire que je ne vais plus pouvoir faire un pas sans être suivie par un garde du corps ?

— Laissez-moi y réfléchir, dit Michaël. On verra. »

Après un moment de silence, Natacha demanda avec des accents enfantins : « Est-ce que je peux enlever mes bottes ? »

Michaël acquiesça d'un geste des mains et il la regarda pendant qu'elle retirait ses bottes et étendait ses jambes.

« Natacha, dit-il soudain, et elle le fixa en écarquillant les yeux. Pensez-vous que la mort de Tirtsah soit un accident ?

— Moi ? s'étonna-t-elle. Je… je n'en ai pas la moindre idée… je ne sais rien d'elle.

— Certes, insista-t-il. Mais donnez-moi néanmoins votre avis. »

Elle demeura silencieuse.

« Vous connaissez bien Rubin, dit Michaël.

— Oui, évidemment, mais il… » Elle chercha le mot. « Il est l'être le plus… il est vraiment… des gens comme lui, c'est rare. Croyez-moi, je sais des choses d'ordre personnel sur lui qui… » Une note de fierté ponctuait cette dernière phrase laissée inachevée.

« Par exemple ?

— Par exemple… sa… sa générosité à l'égard de Nivah, sur le plan matériel… bon, il ne pouvait pas reconnaître l'enfant pour ne pas ébruiter l'affaire mais il ne l'a pas laissée tomber… ou avec sa mère, également.

— Sa mère ?

— Elle est dans une maison de retraite médicalisée, dans le quartier de Bak'aa, vous voyez l'endroit ? Rue de Bethléem. Vous connaissez leurs tarifs ? Et qui paie, selon vous ?

— Il est fils unique, dit Michaël.

— Il est même sa seule famille. C'est une survivante de la Shoah. Et elle est déjà… il doit y passer chaque jour… voir les médecins et tout… la semaine dernière il a fallu… elle avait besoin d'un médicament… il a tout planté, son reportage, le montage… et s'est précipité à la pharmacie pour le lui acheter…

— Quel médicament ? » demanda, l'air intéressé, Michaël.

Elle le regarda, étonnée. « Je n'en sais rien, dit-elle. Quelle importance ? Quelque chose pour le cœur, je ne me souviens pas du nom, mais c'était très urgent, je ne… je me trouvais par hasard dans son bureau quand on l'a appelé et c'est comme ça que j'ai compris… peu importe, je vous assure, c'est un homme exceptionnel…

— Et Beny Meyouhas ?

— Lui, je ne le… mais c'est le meilleur ami de Rubin, alors, évidemment…

— Et Hefetz ? demanda Michaël.

— Hefetz… » Natacha roula des yeux. « C'est autre chose.

— Comment ça ?

— Il est… je ne sais pas comment vous l'expliquer, il a une personnalité complexe, un peu comme… les gens ne vous parleront que de son ambition mais il peut aussi se montrer chaleureux… attentionné. Je le pense sincèrement… bref, c'est compliqué.

— Vous étiez très proches, lui rappela Michaël. Intimes et même amoureux, n'est-ce pas ?

— Non, trancha Natacha. Je n'ai jamais été amoureuse de lui. Pas un seul instant. Il m'a simplement… j'ai… c'est-à-dire… quand quelqu'un de plus âgé me prend au sérieux, il m'est impossible de rester indifférente…

— Vraiment ?

— Quoi ? répondit-elle, troublée.

— Quand on vous prend au sérieux, lui expliqua-t-il.

— J'ai mis du temps à me rendre compte de l'amère vérité, dit-elle sur un ton légèrement ironique. Un homme deux fois plus vieux que moi, directeur des infos générales, marié depuis la nuit des temps et qui a de grands enfants ne peut pas tout envoyer promener…

— Vous avez l'air de ne pas croire que l'on puisse tomber amoureux de vous », lui dit Michaël.

Elle le regarda pendant un long moment, baissa les yeux et dit : « Je ne sais pas ce que… ce qu'on appelle tomber amoureux d'une personne.

— Et Schreiber, alors, qui vous protège et prend des risques pour vous ?

— Ça…, dit-elle, gênée. C'est plutôt de la compassion ou même de la générosité. Schreiber a un cœur d'or, ça n'a rien à voir avec l'amour. » Elle posa à nouveau sa tête sur les bras. « Je suis morte de fatigue, dit-elle d'une voix étouffée. Si vous voulez que je signe quelque chose, allons-y tout de suite, avant que je m'endorme sur ce bureau. »

À six heures du matin, alors que le ciel était encore sombre et que la pluie s'était remise à tomber, Balilti et Schreiber se trouvaient tous deux dans le bureau de Michaël. Ils faisaient fondre un morceau de sucre dans leur tasse et Balilti dressait l'oreille, écoutant le crépitement des pas dans les corridors, le grésillement des talkies-walkies et le son des avertisseurs des voitures de police.

« Je me demande ce qui a pu se passer, dit-il. Contactez donc vos collègues pendant que j'appelle les miens. On verra bien qui aura l'info en premier », le taquina-t-il.

« On n'a pas de réseau, ici », pesta Balilti, et il sortit dans le couloir. Schreiber lui emboîta le pas et tous deux revinrent quelques minutes plus tard.

« Je ne peux pas le croire, dit Balilti. Les… comment dis-tu, d'habitude », il se tourna vers Michaël, « les voies de la providence sont impénétrables.

— Ce n'est pas exactement ce que je dis, sourit Michaël.

— Bon, d'accord. Tu dis quoi, au juste ? »

Michaël soupira.

« D'accord, excuse, “les miracles se suivent et ne se ressemblent pas”, voilà ce qu'il dit toujours, vous m'écoutez ? demanda-t-il à Schreiber.

— Les pauvres, dit Schreiber. Elles sont vraiment à plaindre.

— Qui ? De quoi parlez-vous ? demanda Natacha, et elle enfila une botte sur sa chaussette épaisse.

— Les femmes des ouvriers licenciés de Hulit, dit Schreiber.

— Il leur est arrivé quelque chose ?

— Elles sont dans la mouise…, dit Balilti, et il se gratta le front. Je les comprends, mais elles se sont fourrées dans un sacré merdier… tu te rends compte ? Tous les véhicules de l'usine. Sept camions…

— Qu'est-ce qu'elles en ont fait ?

— Je vais te le dire, reprit Balilti. Elles les ont volés… elles ont pris les camions de l'usine, sept en tout… sans l'aide de personne… et elles les ont chargés de bouteilles vides… elles ont dévalisé tous les entrepôts de l'usine… et, ce matin, les employés sont arrivés et ont découvert qu'il n'y avait plus rien, ni camions ni…

— Et où sont-elles maintenant ?

— Elles se dirigent vers les intersections… on ne sait pas lesquelles… et elles ont l'intention d'y déverser leur cargaison de bouteilles, de bloquer les routes et de… bref, elles y sont jusqu'au cou.

— Et on ne peut pas les en empêcher ? demanda Natacha.

— On ne les a pas encore coincées. Affaire d'organisation.

— Dany Benizri est avec elles ? demanda Natacha.

— Tu divagues, s'étonna Schreiber. Tu crois qu'il va courir le danger de collaborer à cette action avec elles ? »

Natacha haussa les épaules sans rien répondre.

« Tu l'aurais fait ? insista Schreiber. Tu les aurais accompagnées ?

— Je ne sais pas, dit Natacha. En tout cas, ça aurait fait un reportage de première bourre.

— Ne l'écoutez pas, dit Schreiber à Michaël. L'ambition l'a rendue folle. »

10

« Quoi, vous voulez que je parle, comme ça ? C'est pas facile de… et avec ce magnéto je ne pourrai pas… peu importe, ça m'est difficile de parler… j'avais un mauvais pressentiment ce matin, au réveil. Je l'ai déjà dit, j'ai l'impression que plusieurs jours, plusieurs semaines se sont écoulés depuis ce matin… et il ne fait même pas encore nuit. Il y a quelques heures à peine. Quand je pense que tout ça est arrivé aujourd'hui. Je savais qu'il ne fallait pas que je sorte du lit. Parfois, tu ouvres les yeux, le matin, et avant même de remettre tes idées en place, tu sais que quelque chose ne va pas, comme après un cauchemar… d'ailleurs j'ai fait un drôle de rêve… je ne m'en souviens pas très bien… ces dernières nuits, j'ai des difficultés à… autrefois, je m'endormais instantanément, tout le monde le savait, pour peu qu'on donne un lit et un oreiller à Aviva, au bout d'une minute, elle dormait comme un bébé. Ç'avait été comme ça dès l'enfance. Mais je crois que la mort de Tirtsah et de Mati Cohen m'a perturbée. Je n'étais pas… pas particulièrement proche d'eux mais vous savez ce que c'est quand on travaille ensemble depuis des années… Tirtsah était là depuis le lancement de la première chaîne et moi, depuis vingt ans, j'avais vingt-deux ans quand j'ai commencé… tout d'un coup, mourir, comme ça, je ne… et toutes ces rumeurs sur la mort de Tirtsah ne favorisent pas le retour au calme. Je me suis souvenue de mon pressentiment juste avant de voir cet ultrareligieux brûlé se tenir près de mon bureau, c'est bizarre, non ? J'étais assise le dos à la porte, je parlais au téléphone, et tout d'un coup, ça m'a repris, j'ai tourné ma chaise et il se trouvait en face de moi. Personne ne peut entrer dans le bureau de Tsadik sans que je le voie. Personne. Il n'y a qu'une porte… ou en tout cas une seule porte utilisée jusqu'à ce que… bon, vous le savez aussi…

« Je ne sais plus rien, vraiment plus rien… je n'y comprends rien… comment quelqu'un de complètement… de complètement déformé, brûlé partout, au visage, aux mains, au cou, a fait pour entrer… sans que personne l'aperçoive… comment est-ce possible ? Sans se faire remarquer… J'ai vu ses mains et j'en suis encore retournée, et son visage… imaginez le choc, en caftan, chapeau, barbe et tout… comme ceux du quartier de Méa Shéarim ; mais la voix, il parlait comme l'un d'entre nous, pas du tout à la manière de ces Juifs diasporiques… il avait une belle voix, sans intonation yiddish, sans accent, un vrai tsabar, il est passé par la loge du vigile, je le sais parce qu'on m'avait téléphoné pour me prévenir de son arrivée, on m'avait dit, "Aviva, il y a là quelqu'un qui prétend avoir rendez-vous avec Tsadik". J'ai vérifié. C'était exact. Tsadik m'avait dit "Écris Sh". Je ne lui avais pas posé de questions. J'avais noté le rendez-vous dans son agenda. Puis il est ressorti et il a disparu. Comme si personne ne l'avait jamais vu. Vous avez réussi à le voir ? À le retrouver ? C'est bien ce que je vous dis : il a purement et simplement disparu.

« C'est le jour des disparus, si on peut dire. Ça a commencé tôt ce matin. On a parlé des femmes des ouvriers avec leurs bouteilles et voilà que les femmes comme les camions avaient disparu. Incroyable, non ? Comme à Naples, j'ai été à Naples, une fois, pour la journée seulement, mais je ne l'oublierai jamais, j'étais avec un… je tairai son nom parce que tout le monde le connaît… et je ne peux pas le traiter d'avare parce qu'il s'est montré… mais bon, il n'en reste pas moins avare, marié et avare, dans le sud de l'Italie, à Naples, par-dessus le marché, on était partis pour le week-end, peu importe… le bouquet final, comme qui dirait, pourquoi est-ce que j'en parle ? Ah, oui, à cause des femmes des ouvriers, on a vite compris qu'elles avaient pris les camions et qu'elles avaient déversé les bouteilles. C'était pareil à Naples, il y avait une grève des trains… chacun n'en fait qu'à sa tête. On ne respecte pas les feux, là-bas, le feu rouge n'est rien d'autre qu'une sorte de possibilité offerte aux automobilistes… alors donc, ce matin, on annonce que des camions ont été volés et ensuite on nous cite toutes les intersections principales, celles du Check Post, de Guelilot et les pénétrantes qui mènent au centre de Tel-Aviv et de Jérusalem. Mais il n'y avait pas que les camions qui avaient disparu, Dany Benizri était lui aussi introuvable. On a mis quatre heures pour le retrouver, lui, leur allié, je veux dire, celui des ouvriers… je n'ai toujours aucune idée de ce qu'il a fait pendant ce laps de temps. Et ce n'était que le début, un signe avant-coureur de la façon dont la journée allait se dérouler.

« Ensuite, Tsadik me dit : “Aviva, appelle Beny Meyouhas.” J'essaie de le joindre partout, sans succès. Il s'est volatilisé. Même Rubin ne sait pas où il est passé. Et Rubin est son meilleur ami. Je peux avoir un peu d'eau. Excusez-moi, mais avec tous ces comprimés, je ne sais plus trop… chaque fois que je vois… peu importe… Beny avait donc disparu, lui aussi, vous savez… avant que Tsadik… excusez-moi, je ne voulais pas pleurer… on travaille avec quelqu'un pendant des années et, tout d'un coup, il n'est plus là… je n'arrive toujours pas à le croire… trouver Tsadik, le directeur de la chaîne, dans… noyé dans tout ce sang… égorgé. Toute une vie fauchée en un instant. C'était quelqu'un de bien… peu importe, je vous jure que, dès que j'ai ouvert les yeux, j'ai su que ce serait une mauvaise journée. Il y a des gens qui ont des pressentiments, vous n'y croyez pas, vous ? Pas tout le monde, mais les gens sensibles, ceux qui captent des sortes de vibrations, je suis comme ça… appelez-le comme vous voudrez. Je suis arrivée à sept heures et demie parce que Tsadik… je peux vous demander encore un peu d'eau… Tsadik m'avait demandé de venir tôt à cause de la conférence hebdomadaire des directeurs de services et il s'attendait à ce qu'elle soit mouvementée… enfin, tout ça n'a plus d'importance, à présent. Vous comprenez, Tsadik et moi… je le connaissais comme personne… non pas qu'on ait… sa femme avait peur, au début, elle est passée voir de quoi j'avais l'air, c'est vrai que je ne suis pas laide et elle… bon, j'ai du succès avec les hommes, mais Tsadik, c'était autre chose… vous voyez ce que je veux dire ? On se connaissait depuis quinze ans, j'avais été la secrétaire de trois directeurs avant lui, il ne s'est jamais rien passé entre moi et aucun d'entre eux, question de principe… ça ne cause que des problèmes… avec Tsadik, on se connaissait du temps où il n'était que simple reporter… où en étais-je ? Ah oui, il m'avait demandé d'être là à sept heures trente. Il faisait encore nuit, il pleuvait, à la radio, on signalait des bouchons un peu partout mais pas encore l'opération des femmes des ouvriers licenciés, j'ai eu des difficultés d'allumage, il a fallu qu'un voisin descende pousser ma voiture, quoi qu'il en soit, j'ai pointé à sept heures et demie ou, pour être plus précise, à sept heures trente-sept… j'ai réussi à éviter les embouteillages… je connais un itinéraire bis… c'était à cause des bouteilles, à propos, je me demande comment elles s'y sont prises. En pleine nuit, et elles ne sont plus toutes jeunes, conduire tous ces camions… franchement, je leur tire mon chapeau… déverser ces bouteilles et les pulvériser aux intersections… vraiment comme à Naples… mais je n'aimerais pas être à leur place… elles se sont mises dans un sacré pétrin… enfin… j'arrive donc à sept heures et demie, il fait nuit noire, c'est l'hiver, quoi. Il y avait déjà pas mal de monde ici, le vigile, les radioamateurs, la cafétéria était déjà ouverte… je suis descendue chercher du café, un beignet pour Tsadik… voilà que je me remets à pleurer, je suis désolée, c'est ces piqûres ou peut-être les comprimés… je vous raconte tout, comme vous me l'avez demandé, dans les moindres détails… mais je n'arrive pas à me concentrer… je ne demande qu'à vous aider, pourtant… »

Aviva se tut un instant et regarda Michaël d'un air navré. « Je le sais, répondit ce dernier, nous apprécions beaucoup votre coopération malgré les circonstances pénibles, Aviva. » Elle prit une profonde inspiration et dit : « Je suis un peu longue mais je ne veux rien oublier.

— Nous avons tout le temps, dit Michaël sur un ton rassurant, presque paternel. Vous avez une excellente mémoire et je vois que vous êtes quelqu'un de très sensible. » Un air de satisfaction illumina brièvement son visage et elle reprit en soupirant : « À huit heures, un agent du service de maintenance, un électricien, pour être exacte, est venu réparer quelque chose dans le bureau de Tsadik — si vous saviez combien de fois il a fallu que je les appelle pour qu'ils daignent m'envoyer quelqu'un —, l'humidité a abîmé les fils électriques, il y avait des courts-circuits à répétition… je les ai attendus toute la semaine… enfin, le type était très gentil, un nouveau, jeune avec ça, je ne l'avais jamais vu, il portait une alliance… les meilleurs s'en vont les premiers, comme on dit, il arrive donc à huit heures, huit heures cinq, peut-être. Il commence à travailler et aussitôt, Tsadik ouvre la porte de son bureau et se met à crier : "Ça va pas, non ? Vous êtes fou ? Arrêtez ce boucan tout de suite !" Je lui ai dit : "Tsadik, calme-toi, il en a pour un quart d'heure, pas plus." Mais il m'a répondu : "Non. Qu'il revienne plus tard !" Alors l'électricien s'est arrêté, il venait de percer le mur mais il a bien fallu qu'il s'exécute. Je lui ai dit de rester. Vous imaginez, un trou dans le mur, de la poussière partout et lui qui n'allait peut-être plus revenir, je les connais, à la maintenance. Il s'est mis à rire et il m'a dit : "Ne vous inquiétez pas. Je laisse mon matos, la perceuse et tout, et je repasse après onze heures." Qui sait ? S'il n'avait pas laissé sa perceuse, peut-être que Tsadik serait toujours en vie ? Mon Dieu, et tout ce sang… regardez, j'en tremble encore… je suis traumatisée… rien ne sera plus comme avant, je le sais.

« Le téléphone n'a pas cessé de sonner de la matinée. Tout le monde cherchait Dany Benizri. On a fini par le trouver. Il ne répondait ni sur son portable ni sur le biper. Sa femme m'avait dit : "Il est rentré tard et reparti très tôt, je ne l'ai même pas vu." Je me suis dit que les femmes des ouvriers l'avaient peut-être prévenu et que, si ça se trouvait, il les avait accompagnées mais ce n'est qu'une hypothèse. J'ai entendu Tsadik crier après lui, la porte était entrouverte, il l'enguirlandait au téléphone, juste avant la conférence, hurlant : "Un quart d'heure avant nous !" et "tu travailles pour la deuxième chaîne, maintenant ?".

« Après, on est venu interviewer Tsadik sur le rôle de la télévision en temps de crise économique et une des journalistes, du quotidien *Yediot*, a appelé Benizri "un acteur plus qu'un observateur. Une personne qui agit et transforme la réalité". Non mais, vous vous rendez compte ? Inutile de vous dire que ça m'est resté en travers de la gorge. Il ne faut pas exagérer, tout de même. Il est brave, Benizri, mais de là à en faire un héros. Ça risque encore de lui monter à la tête. Elle préparait un portrait de lui pour son journal. Tsadik a alors dit à l'électricien qui était toujours là : "Revenez à onze heures et quart, plutôt, je déjeune avec le président de la chaîne." L'électricien a hoché la tête, il était en train d'enlever son bleu sous lequel il portait un jean. Il avait aussi une sorte de masque de protection. Bref, il a tout laissé dans mon bureau. Qui pouvait se douter de ce qui allait arriver un peu plus tard ? Je lui ai fait : "Vous n'oublierez pas de revenir ?" Il m'a regardée et a répondu : "Puisque je vous le dis." J'avais une prémonition, c'est pour ça que je lui ai posé la question.

« Après… vers neuf heures, alors que tous les directeurs de services étaient là et que je faisais l'aller-retour entre mon bureau et la salle de conférences, pas seulement pour leur servir le café, il y a aussi parfois des urgences, conférence ou pas… je ne sais pas trop de quoi ils parlaient mais je saisissais des bouts de phrases au vol… je ne suis pas une simple secrétaire, contrairement aux apparences… chaque métier nécessite de l'intelligence… même… j'ai entendu des bribes… ils parlaient de *Renaissance*, une série sur la création de l'État. Diti, la directrice des programmes, prétendait que la chaîne ne faisait pas assez de battage autour de la série. Alors Tsadik lui a dit : "La série démarre dans trois semaines et on passe une bande-annonce tous les soirs, qu'est-ce qu'il te faut de plus ?" Ils se sont pris de bec, enfin, pas vraiment, mais le ton est monté et… à un moment, ils se tournent vers moi et ils me demandent, tout de go : "Aviva, qui a raison ? On en fait assez ou pas pour *Renaissance* ?" Je n'ai pas su quoi répondre, je ne veux me mettre personne à dos, ah, ça, non. Puis c'est Nitsan, le responsable de la grille, qui commence à se plaindre. On avait remplacé sans le prévenir une émission culinaire par les *Simpson*. Il se sentait humilié, cantonné dans un rôle de potiche. Ensuite, il a évoqué *Ido et Eïnam*, le film réalisé par Beny Meyouhas, et l'idée de le diffuser en prime time et de lancer, en amont, une campagne de promo. Là non plus, personne n'avait jugé bon de lui en parler. Il était furieux et le synchronisateur des publicités étrangères l'était aussi, bon, je ne peux pas vous expliquer tout le travail qu'on fait ici en deux mots, alors, Rubin en a profité pour défendre le projet de Beny, j'étais là, j'apportais une citronnade à Diti qui avait mal à la gorge et j'ai entendu les cris qu'ils ont poussés à propos de *Ido et Eïnam*. Quand Rubin s'est tu, ils ont visionné une séquence et, j'étais sortie un moment, ils m'ont rappelée pour que je leur donne mon avis. Franchement, j'ai trouvé ça impressionnant. Je n'ai pas bien compris ce qu'on voyait, une sorte de sacrifice ou de mariage, avec une brebis qu'on égorgeait, oui, une brebis, pourquoi est-ce que vous me regardez de cette manière ? La brebis est égorgée et la jeune fille trempe… non, je ne peux pas en parler, avec tout ce sang… bref, ils m'ont appelée et m'ont demandé ce que j'en pensais, Tsadik respecte mes opinions, je le sais, alors j'ai dit "c'est beau" et j'ai ajouté : "Il y a eu beaucoup d'argent investi dans ce film, il serait dommage de ne pas le…" et là, Hefetz m'a interrompue en disant : "On a bien stoppé la construction de l'avion de combat Lavi après avoir investi deux milliards de dollars dans le projet", et Rubin lui a dit : "Tu trouves ça mauvais ? Comment est-ce qu'on peut trouver ça mauvais ? Quand a-t-on, pour la dernière fois, produit un téléfilm d'une telle qualité ?" Hefetz lui a répondu : "On n'est pas la BBC, ce n'est pas ce que les spectateurs veulent voir, il faut satisfaire les goûts du public, on fera zéro audience avec ça." Rubin lui a dit : "Hefetz, écoute, on a investi tellement d'argent et de travail dans ce film, ça serait vraiment regrettable." Et Hefetz a répondu : "Ce n'est pas un argument. Je viens de citer l'exemple du Lavi. Si on a pu arrêter la production de cet avion, on peut bien le faire aussi pour une dramatique, non ?" J'ai une bonne mémoire, n'est-ce pas ? Si vous me dites aujourd'hui quelque chose et que vous me demandez de le répéter demain, je pourrai le faire, mot pour mot. Après, tout le monde s'est mis à crier. J'ai vu que Tsadik s'était laissé convaincre, pas par Hefetz mais par Rubin. Il a regardé Hefetz et lui a dit à voix basse : "S'il n'y avait que toi, on s'en tiendrait à l'Eurovision et au JT." Hefetz l'a regardé en retour et lui a fait : "Pourquoi pas ? L'Eurovision te déplaît tant que ça ?" Alors Tsadik a reculé sa chaise, il s'est levé et il m'a dit : "Aviva, trouve-moi Beny Meyouhas, je veux lui annoncer personnellement qu'il a l'autorisation de terminer *Ido et Eïnam*." Certains ont applaudi mais pas tous. Hefetz n'a rien dit, il est allé se mettre au fond de la salle en faisant une tête… lui aussi je le connais depuis des années… on en a vécu des choses, ensemble… donc je me mets à la recherche de Beny Meyouhas. J'appelle son portable, je tente de le joindre chez lui, chez Hagar. Sans succès. Il ne répond pas et Hagar ne sait pas où il est. Et je vous rappelle qu'elle est son bras droit, son ombre… après, je veux dire avant que… » elle enfouit brièvement son visage dans ses mains, inspira profondément puis elle posa sur Michaël un regard terrifié, « avant que je trouve Tsadik couché sur la table, la tête… avec tout ce sang… » Michaël se leva, versa un peu d'eau dans son verre, le lui mit dans la main, toucha son épaule, et comme s'il s'adressait à un enfant effrayé, il lui dit : « Buvez, buvez, ça vous fera du bien. » Elle prit quelques gorgées, s'essuya les lèvres du revers de la main, leva vers lui son visage et le regarda d'un air reconnaissant.

« Hagar aussi est venue me voir. Elle s'est mise devant mon bureau et m'a dit qu'elle ne l'avait pas vu depuis la veille, qu'elle s'inquiétait pour lui… elle est venue avec son actrice, la fille éthiopienne, son nom m'échappe, elle est bien éthiopienne, non ? Tout le monde l'appelle "L'Indienne", "l'Indienne de Meyouhas", mais je crois bien qu'elle vient d'Éthiopie, elle n'a pas trop envie que ça se sache, elle préfère qu'on… personne ne sait rien d'elle à part Beny et Hagar et ils… ne pensez pas qu'ici les gens soient ouverts… il y a des castes… je sais de quoi je parle… surtout chez les techniciens… elle a la peau très foncée… pas assez peut-être… je ne sais pas s'il y a des Éthiopiens plus… moins noirs que… quoi qu'il en soit, elle me raconte que, la veille, quand elle était chez Beny, quelqu'un est arrivé et l'a appelé. Elle n'a pas vu la personne, je crois qu'elle était à l'autre bout de l'appartement ou peut-être aux toilettes. C'est en tout cas ce qu'elle m'a dit. Mais je… vous voyez à quoi je pense ? Je me dis que, c'est bien connu, les réalisateurs et leurs actrices ont souvent… enfin, je sais qu'avec la mort de Tirtsah, il doit être défait mais ça n'a rien à voir. Je me souviens qu'un jour, j'étais très jeune à l'époque, j'avais… un parent âgé, entre-temps il est mort, le pauvre. Sa femme, deux jours après qu'elle est décédée d'un cancer, on ne me l'avait pas dit mais je crois que c'est ce qu'elle avait, j'étais chez lui, en fait c'était elle ma parente, une cousine de ma mère, je faisais mon service militaire, ma mère m'avait dit : "Va lui rendre visite, Aviva, va, ma chérie", ma mère, Dieu ait son âme, j'étais sa cadette, si vous saviez comme elle m'aimait. En bonne fille, je lui ai obéi. Je le faisais toujours. Donc elle me dit : "Aviva, ma chérie, va voir Shmulik, ça lui changera les idées. Distrais-le un peu de son chagrin." Alors j'y suis allée, pour faire plaisir à ma mère. Je n'avais aucune envie de le faire parce que au fond de moi j'avais un mauvais pressentiment. Je vous l'ai dit, certaines personnes ont un don prémonitoire, elles perçoivent les choses à l'avance. Je suis allée prendre un verre d'eau dans la cuisine et alors, il s'est approché de moi et a commencé à me dire qu'ils n'étaient pas heureux ensemble, lui et sa femme, son corps était encore tiède, ils avaient été mariés trente ans, lui devait bien avoir la cinquantaine, avec de grands enfants, et moi, j'en avais à peine vingt et il ne trouve rien de mieux à faire que ça et il ne s'est pas contenté de me parler, il m'a caressée, le visage, d'abord, et après le corps, sans vergogne — la douleur l'avait peut-être rendu fou, allez savoir —, en tout cas voilà ce que je pense au sujet de Beny Meyouhas et de son actrice, je l'ai vue, c'est un beau brin de fille, il faut l'admettre, un peu fluette, peut-être, mais certains aiment ça, c'est une question de goût, moi, personnellement… où en étais-je ? Ah oui, impossible de mettre la main sur Beny et alors Rubin dit : "Je me charge de le retrouver" et Tsadik s'énerve : "On n'a pas que ça à faire ! Ton reportage est terminé ?" Et Rubin répond : "Terminé et monté. La mère du type interrogé par le Shin Beth m'a donné un tas de documents, il y a des médecins qui sont de vraies ordures, celui que j'ai interviewé est purement et simplement aux ordres, j'ai tout… attends-toi à une belle levée de boucliers", et Tsadik a soupiré à la perspective des ennuis qu'il aurait avec le porte-parole de l'hôpital, le ministre de la Santé et tous les autres mais… »

Dans la pièce voisine, derrière la vitre recouverte d'un épais rideau, on entendait Aviva bouger sur sa chaise, sangloter et boire son eau. Rafi s'empressa de changer la bande du magnétophone. « Quelle logorrhée, dit-il doucement, et il augmenta le son. Elle parle sans qu'on ait besoin de lui poser de questions, c'est bien la première fois que j'entends quelqu'un d'aussi… »

Des sanglots étouffés éclatèrent à nouveau, suivis d'un « Excusez-moi, je ne peux pas… » et d'une toux profonde et rauque.

« C'est à cause de la piqûre, expliqua le sergent Ronen. Chez certaines personnes, au lieu d'agir comme un sédatif, le produit a des effets excitants, ça les déshinibe complètement.

— Je me demande si elle a jamais été inhibée, celle-là, marmonna Rafi. Elle me semble être une de ces…

— Dis donc, chuchota Liliane quand ils entendirent Michaël demander à Aviva si elle avait la force de continuer. Il est toujours comme ça, Ohayon, il ne dit pas un mot ? » Elle jeta un coup d'œil par la fente à droite du rideau. « Comment est-ce qu'elle peut parler comme ça, d'une traite, s'il n'ouvre pas la bouche ? »

Rafi fit une grimace, caressa sa barbiche claire et dit : « Tu peux lui faire confiance, il procède toujours de cette façon, il les fixe d'un regard perçant et, crois-moi, ça marche à tous les coups.

— Ce n'est pas tout à fait exact, rectifia le sergent Ronen. Parfois il pose des questions… mais avec cette fille, il a compris qu'il suffisait de dire : "Ne vous en faites pas, racontez-moi tout ce que vous voulez" pour qu'elle se mette à parler. Il pèse chacun de ses mots. Vous avez remarqué comme il a accentué le *moi* de "racontez-moi" ? C'était pour lui donner l'impression que son récit lui importait personnellement — les gens ne demandent que ça, de se sentir utiles, intéressants…

— Taisez-vous, vous me dérangez, l'interrompit Rafi. Ça repart. »

« Il vaut mieux que vous me donniez la bouteille… ça m'évitera de vous la demander chaque fois… Qu'est-ce que je disais ? Ah oui, alors Nivah est entrée, elle cherchait Hefetz, puis ce fut le tour de Dany Benizri et après lui, il vint quelqu'un d'autre… je ne sais plus qui… je ne tiens pas le registre de tous ceux qui entrent et sortent, vous savez, contrairement au vigile qui lui doit tout noter, c'est le règlement. Je me contente de prendre les noms des gens qui ont rendez-vous avec Tsadik, un point c'est tout. D'ailleurs je vous ai remis mon agenda… un inspecteur me l'a pris… celui qui a les yeux verts… Élie, je crois, c'est ça ? Élie Bahar, oui. Gentil mais marié. Je vous l'ai dit, tous les gars gentils sont mariés… je me trompe ?

Bon, à un moment, Tsadik se retrouve seul, tout le monde est sorti, il passe un ou deux coups de fil… il doit être vers les dix heures et demie, les flashes d'information se succèdent sur les écrans. Tous ceux qui entrent dans mon bureau lèvent la tête pour voir où en sont les femmes des ouvriers licenciés. L'une d'entre elles, Esti, je crois, celle qui est enceinte, s'est attachée au volant d'un des camions, elles bloquent les carrefours et on cherche la ministre du Travail et des Affaires sociales qu'on finit par trouver, mais non sans mal… même son assistante parlementaire ignore où elle est… j'ai parfois le sentiment que, quand on ne trouve pas la personne qu'on cherche, on se retourne contre moi, au bureau… passons, je tiens seulement à faire mon travail du mieux que je peux et rentrer tranquillement chez moi en fin de journée. Vous m'avez comprise ? Évidemment que je suis surqualifiée, si vous saviez toutes les propositions que j'ai refusées… à l'heure où je vous parle, j'aurais pu être… mais rien ne vaut la fiche de paie, surtout quand on est une femme seule. Je serais perdue si je n'avais pas cette sécurité matérielle. Je ne parle pas de mon salaire, une misère, croyez-moi, mais avec les heures sup, la retraite et l'ancienneté… ça représente quand même quelque chose de non négligeable sur quoi je ne peux pas me permettre de tirer un trait, en tant que femme seule, vous saisissez ? Je suis faite ainsi, je n'ai pas le tempérament d'une aventurière, j'ai compris qu'il ne fallait pas lâcher la proie pour l'ombre, comme on dit. Où en étions-nous ? Dix heures et demie, voilà, j'ai levé la tête, il n'y avait personne autour de moi, Tsadik s'était peut-être débarrassé de tout le monde, je ne sais pas… quoi qu'il en soit, je me suis retrouvée seule, je parlais au téléphone, j'étais concentrée sur ma conversation et, tout d'un coup, je lève la tête et je vois ce type, le brûlé, j'ai presque hurlé… imaginez un peu, d'abord je vois la main, il met la main sur mon bureau, je n'avais même pas entendu ses pas, j'étais au téléphone, probablement, quand on m'avait prévenue qu'il était en train de monter, Alon, le vigile, m'avait appelée mais je ne savais pas… le téléphone a sonné… Savez-vous que des gens de chez vous, des policiers, je veux dire, ont emporté des dossiers… Tsadik était fumasse, il les a jetés dehors, vous ne le saviez pas ? Il a appelé le commandant en chef de la police, pas plus tard qu'hier, vous auriez dû l'entendre crier ! Il pensait que vous profitiez de l'occasion pour essayer de mettre la main sur le responsable de la fuite à propos du commandant de la région nord… peu importe… je suis donc au téléphone et, soudain, cette main, rouge brunâtre, apparaît sur ma table, on aurait dit celle de Frankenstein dans un film d'horreur… je ne supporte pas ce genre de films, la vie est déjà suffisamment cauchemardesque comme ça, non ? Vous êtes de mon avis ? J'ai vu la main et j'ai failli hurler… mais je ne l'ai pas fait, je l'ai seulement regardé et j'espère qu'il n'a pas remarqué… ça me désolerait… quoique maintenant, qu'il s'en soit aperçu ou pas, ça n'a plus aucune importance, n'est-ce pas ? Au même moment, Tsadik a ouvert sa porte et l'a vu, avec son chapeau noir, sa barbe, son caftan noir et tout. Je ne sais rien de lui mais, je vous le répète, il avait vraiment une belle voix, une voix de… présentateur de radio, il parlait comme nous, la même intonation, et Tsadik le fait entrer et me dit, "ne me passe aucun appel, je ne veux être dérangé en aucun cas". »

« On a parlé de toi, chuchota Rafi à Balilti qui venait d'entrer dans la « petite pièce ». Elle a raconté qu'on avait emporté des dossiers… ceux que tu as pris pour essayer de retrouver… elle a dit que tu avais profité de l'occasion pour…

— Et après ? » Balilti haussa les épaules. « C'était avant que Tsadik… » Il passa le pouce sur le pli qui faisait le tour de sa gorge sans achever sa phrase.

Une légère rougeur apparut sur les joues grêlées de taches de son et rasées de frais de Rafi. « Pourquoi ? Si tu avais su ce qui allait arriver à Tsadik, tu n'aurais pas pris les dossiers ? demanda-t-il avec un tremblement d'émotion dans la voix.

— Faites-moi plaisir, vous deux, ne recommencez pas comme hier, à la réunion.

— Non, mon petit, ce n'est pas ce que tu penses, dit Balilti à Rafi. Si j'avais su qu'une telle boucherie aurait lieu, j'aurais attendu parce que tu vois, maintenant, mon ami, maintenant on peut fouiller partout et personne ne nous mettra de bâtons dans les roues…

— Oh, un peu de silence ! exigea le sergent Ronen. On n'entend rien. »

Balilti se tut et se tourna vers la cloison. Il tira complètement le rideau et appliqua son visage sur le miroir sans tain.

« Il a demandé qu'on ne touche pas au rideau », chuchota Liliane. Balilti pencha la tête et la considéra, la bouche ouverte, comme s'il avait l'intention de dire quelque chose mais il se ravisa et n'émit qu'un long « sss… » avant de refermer sans bruit le rideau. Ceux qui le connaissaient savaient qu'il avait été à deux doigts d'insulter leur collègue.

« Bon, ce n'était pas la première fois que Tsadik demandait à ne pas être dérangé. Au bout d'une demi-heure — il a fallu que je monte la garde comme un chien devant son bureau pour que personne n'y entre et, croyez-moi, il y avait un monde fou qui cherchait à le voir, Hefetz, Natacha, Nivah, le type du syndicat, l'agent d'assurances, Shoshana, de l'atelier de couture —, bref, au bout d'une vingtaine de minutes, alors que le son de la télé était poussé au maximum, l'ultrareligieux brûlé sort, il aurait pu mettre des gants, au moins, pour cacher ses mains, me regarde et me dit "Au revoir" avec beaucoup de courtoisie, en me fixant d'un regard si intense que j'en ai eu la chair de poule. Je n'étais pas dégoûtée mais terrorisée. Bref, il me salue et s'en va. Puis Tsadik m'appelle à l'interphone et me demande… Je peux avoir encore un peu d'eau ?

« Il me fait : "Aviva, ne me passe aucune communication, je ne veux parler à personne, tu as compris ?" J'aurais bien aimé avoir, moi aussi, la possibilité de dire à quelqu'un de ne me passer aucun coup de fil ! Bien sûr que ça lui arrivait, quand il était en rendez-vous ou qu'il préparait une réunion importante. Mais là, c'était compliqué parce que tout le monde voulait lui parler, la secrétaire du président de la chaîne, le délégué syndical, la porte-parole de la ministre du Travail et des Affaires sociales, l'agent d'assurances qui était descendu à la cafétéria… même la femme de Dany Benizri, l'avocat des ouvriers licenciés, j'en oublie sûrement mais tout est écrit dans mon agenda, vous pourrez retrouver les noms, les appels entrants et sortants, je les note toujours… »

Derrière la vitre, on entendit Michaël dire : « Attendez un moment », puis une chaise grinça, une porte claqua et il apparut dans l'embrasure de la « petite pièce » où les autres étaient rassemblés. « Liliane, lui demanda-t-il à voix basse. Tu sais si Tsila a pu établir la liste des appels entrants ? »

Liliane acquiesça.

« Même sur son portable ?

— Oui, dit Liliane. Elle les a tous, avec l'heure et la durée de chacun, et aussi ceux de la veille et d'avant-hier. Elle peut même remonter à la semaine dernière si tu veux…

— J'aimerais examiner la liste avant la réunion, dit Michaël. Tu peux t'en occuper, le temps que la demoiselle termine sa déposition ? » Liliane hocha la tête. « Et tires-en plusieurs exemplaires, s'il te plaît, pour que tout le monde l'ait sous les yeux. »

Il considéra le cure-dents qu'il tenait entre ses doigts, l'inséra à nouveau dans sa bouche et regagna la pièce où Aviva était assise.

« Mon bureau était bondé. À l'un, il avait dit "Venez à dix heures", à l'autre, "Passez me voir deux minutes", et comme ils étaient furieux de devoir poireauter, ils me sont tous tombés dessus. Hefetz a commencé à crier après moi. Je lui ai dit : "Je ne fais qu'exécuter les ordres de Tsadik." Il est sorti mais au bout de dix minutes il était de retour, vers les onze heures et quart, et cette Natacha, dans son coin, elle ne disait rien, elle se tenait là, immobile, à attendre. On dit qu'elles sont prêtes à tout pour réussir, ces jeunes journalistes, mais Natacha est différente… je la trouve touchante… bien que pour être obstinée, elle est obstinée. Elle ne lâche pas l'os, comme on dit. Elle a dû arriver vers dix heures, après le départ de l'ultra-religieux, et elle n'a pas bougé d'un pouce. Elle n'attendait pas Tsadik, elle le guettait, vous voyez ce que je veux dire ? Et ensuite c'est la porte-parole de la Haute Autorité de l'audiovisuel qui s'est pointée puis l'électricien, celui de la maintenance, le gentil garçon, et un journaliste du *Time* à qui Tsadik avait promis, je ne sais pas comment… peu importe, toujours est-il qu'il ne sort pas de son bureau. Il devait être onze heures et quart passées, il avait un rendez-vous à l'extérieur, alors je l'appelle, il ne répond pas. Je me lève, je frappe à sa porte, il ne répond pas non plus. J'essaie d'ouvrir, la porte est verrouillée de l'intérieur, j'appelle son portable, toujours pas de réponse, finalement… finalement Hefetz me regarde et dit : “Ça ne me plaît pas, Aviva, il lui est peut-être arrivé quelque chose ?” Verbatim. Je n'étais pas loin de penser comme lui. Après tout, on a déjà eu deux morts, dont un hier…

« Je ne sais pas s'il a passé des coups de fil… en tout cas, il ne m'a pas demandé de joindre qui que ce soit… je ne sais pas… il a une ligne directe en plus de son portable… je n'étais pas au courant de l'existence de l'autre porte de sortie. C'est vous qui m'en avez parlé pour la première fois. Je suis pourtant dans la maison depuis quinze ans… Je continue… Hefetz a appelé le vigile et Alon rapplique, il essaie d'ouvrir la porte, lui aussi, il frappe, sans succès. Hefetz dit alors : “Contactez la maintenance.” Oui, Hefetz les a appelés. Ils sont arrivés très rapidement et ensuite… bon… ils ont ouvert la porte. Mais ça, vous le savez déjà, vous étiez sur place. Avant votre arrivée, Alon a refusé de me laisser entrer mais je ne pouvais pas rester assise à mon bureau sans rien faire. Je ne pouvais pas le croire. Alors je l'ai poussé et j'ai vu. Je n'oublierai jamais… on travaille des années avec quelqu'un… et soudain… le troisième en l'espace d'une semaine… non, en trois jours… vous savez, j'ai peut-être l'air d'une hystérique mais je ne le suis pas, au lycée, déjà, j'ai assisté à des scènes très dures, j'ai travaillé comme bénévole dans un hôpital, je viens d'une famille traditionnelle… très attachée aux valeurs morales et civiques… mais là, j'ai craqué, d'ailleurs je suis sûre que vous aussi, je vous ai observé, ça vous a remué… »

Elle avait raison. Pas plus que n'importe qui, il n'était pas vacciné contre le spectacle qui s'offrit à ses yeux dans le bureau de Tsadik. Et cela, non seulement en raison du visage broyé — « pas besoin de se presser le citron pour découvrir l'arme du crime, hein ? » avait dit le médecin légiste avec une pointe de satisfaction dans la voix en désignant la perceuse qui baignait dans une flaque de sang avec le bleu de travail — et de l'expression de surprise figée autour de la bouche, du corps qui avait glissé par terre du fauteuil en cuir placé derrière son bureau mais surtout à cause de tout ce sang qui donnait à la pièce l'aspect d'un abattoir. Et, sous prétexte d'examiner attentivement les papiers qui jonchaient le sol, il avait détourné la tête tandis que les techniciens du laboratoire d'identité judiciaire relevaient empreintes et indices qu'ils recueillaient sur des lamelles. Il ne s'était approché du corps qu'une fois celui-ci enveloppé dans la housse grise et disposé sur la civière. Le sang avait giclé partout, même sur le tapis bleu et le mur opposé, et son odeur de rouille acide remplissait la pièce. « Avant que vous l'ayez découvert, personne ne savait qu'il y avait une autre porte de sortie », répéta Aviva sur un ton admiratif et, cette fois, sa voix tremblait. Ce sont souvent les choses que nous découvrons par hasard, et qui ne sont ni le fruit d'efforts acharnés ni la conséquence d'une perspicacité à l'œuvre, qui nous auréolent d'une gloire embarrassante ; embarrassante parce que, malgré l'importance de la découverte, souvent proportionnelle à la facilité avec laquelle elle a été faite, elle nous semble imméritée, usurpée. En effet, comment pouvait-il se vanter de sa trouvaille alors qu'il avait tout bonnement éprouvé le besoin de respirer pendant que les techniciens s'affairaient un peu partout, leurs appareils photo à la main, la craie entre le pouce et l'index, agenouillés autour du corps ? Quel mérite y avait-il à s'aviser que ce que tout le monde avait pris pour une vieille armoire fermée à clé était en fait une porte ? Était-il concevable que celle-ci, en bois clair, soit réellement passée inaperçue aux yeux de tous ?

« J'ai essayé, une fois, il y a des années, mais elle était verrouillée », lui avait dit Hefetz alors qu'Ariéh Rubin l'avait regardé avec étonnement. « Une porte ? Une porte secrète ? » L'ombre d'un sourire avait glissé sur ses lèvres. « Croyez-moi, dans ce bâtiment, il y a eu tellement de transformations et d'ajouts, et on a maçonné tellement de corridors, de cagibis, de caves, de fenêtres, de portes qu'il est impossible de savoir où... »

Et Nivah ? « Montrez-la-moi, lui avait-elle demandé. Je veux la voir, je ne rentre pas, hein, tout a été nettoyé ? Alors je fermerai les yeux mais je veux voir cette porte. » Il l'avait conduite dans le couloir jusqu'à la porte en bois clair et elle l'avait considérée avec ahurissement. Puis elle avait tourné la poignée ronde et la porte s'était ouverte sans bruit. « Elle s'ouvre, avait-elle dit, stupéfaite. Je travaille ici depuis vingt ans et je pensais connaître chaque recoin du bâtiment ! Si je m'attendais à ça. Je me demande pourquoi personne ne l'avait remarquée ? »

Hefetz lui avait signalé qu'une armoire en fer qui avait été récemment déplacée la dérobait à la vue. « Donc, lui avait dit Michaël, les anciens savaient qu'elle existait. » Hefetz avait reculé sous la fixité du regard de Michaël puis il avait écarté les bras et dit : « Je ne me souviens pas l'avoir jamais su. » Rubin, jusque-là silencieux, avait alors dit : « Il est normal que dans un lieu qu'on connaît si bien, où on se trouve tous les jours, on n'exerce pas sa faculté d'observation comme dans un endroit inconnu. Ce qui est l'évidence même n'existe plus, pour ainsi dire. Une armoire était placée là pendant des années et personne n'a eu l'idée de l'ouvrir pour savoir ce qu'elle contenait. Je crois me rappeler qu'on y rangeait du matériel de bureau, des ramettes, des agrafeuses, des choses de ce genre. Elle était toujours verrouillée. Elle l'est encore, non ? Vous l'avez ouverte ?

— Oui, avait confirmé Élie Bahar. Mais personne n'en avait la clé. Pas plus que celle de la porte cachée, d'ailleurs.

— Je suis persuadée qu'elle est passée inaperçue à cause de cette armoire », avait dit Nivah. Cette conversation s'était déroulée au moment où les techniciens terminaient de collecter les indices, avant les interrogatoires dans les locaux de la police judiciaire à l'Esplanade russe. Ils étaient installés dans le bureau de Hefetz, non loin de la salle de rédaction. « Mais je vous l'affirme, avait poursuivi Nivah d'une voix émue. Personne ne s'est rendu compte que l'armoire a été enlevée. Et pourtant, on ne manque pas de gens qui ont l'œil, ici. Je serais moi-même incapable de vous dire si on l'a déplacée hier ou la semaine dernière. Vous savez, quand je marche dans les couloirs, je regarde toujours par terre.

— Ça peut paraître paradoxal, avait dit Ariéh Rubin. Mais il aura fallu que quelqu'un vienne de l'extérieur pour nous faire découvrir quelque chose qui était sous notre nez. Heureusement que vous êtes sorti respirer ! »

Dans le bureau de Tsadik, derrière une étagère où étaient disposées coupes et collections — drapeaux, boîtes d'allumettes, bouchons et mignonnettes —, il y avait un rideau partiellement tiré. En se penchant, Michaël avait aperçu une surface en bois clair qui faisait penser à un encadrement de porte. Il était sorti dans le couloir, avait ouvert plusieurs portes, découvert l'armoire en fer près de l'une d'elles et, en tournant machinalement la poignée de la porte, il s'était trouvé dans un tout petit espace, sorte de soupente qui donnait sur une autre porte. Il avait essayé d'ouvrir cette dernière mais quelque chose la bloquait. Il avait forcé et senti un objet vaciller de l'autre côté du battant. Soudain, il avait entendu derrière la porte la voix de Yaffa : « Qui est là ? Que se passe-t-il ? avait-elle crié d'une voix effrayée.

— Attendez un moment », avait-il dit, et il était retourné dans le bureau de Tsadik. Ils avaient déplacé l'étagère, Michaël avait tiré le rideau et la porte était apparue.

« Excusez-moi, Michaël », avait dit Yaffa, et elle l'avait poussé doucement pour enduire de poudre révélatrice blanche la poignée, la porte et l'étagère.

« On l'a utilisée récemment, n'est-ce pas ? avait demandé Michaël.

— Sans aucun doute, avait répondu Yaffa, et elle l'avait regardé d'un air dépité. Aujourd'hui même, sans quoi on aurait trouvé quelque chose, de la poussière, des toiles d'araignée, alors qu'il n'y a rien, regarde ! » Elle semblait furieuse. « Pas même... », elle avait soupiré, « j'imagine qu'on ne pouvait pas s'attendre à ce que quelqu'un utilise cette porte, assassine Tsadik et reparte en laissant des empreintes palmaires ou digitales.

— Il n'y a aucune marque ? avait demandé Michaël.

— Nada, avait marmonné Yaffa. Il y a des empreintes sur l'étagère, sur les mignonnettes et le reste mais pas sur la porte ; en tout cas, pas d'empreintes digitales. Mais ne vous inquiétez pas, on trouvera bien quelque chose, car comme on nous l'a appris, tout toucher...

— ... laisse des traces, avait complété Michaël d'une voix sourde et il avait soupiré.

— Vous n'y croyez pas ? » lui avait demandé Yaffa en s'accroupissant au pied de l'étagère et en ramassant avec précaution un cheveu au moyen d'une pincette. « Soyez gentil, avait-elle poursuivi avant qu'il ait le temps de répondre. Prenez dans le sac que j'ai posé près de la porte un sachet en plastique. Demandez à Rafi de vous le donner. » Il venait à peine de se retourner qu'elle criait : « Rafi, ouh ouh, quelqu'un ! passez-moi un sachet, j'ai trouvé un cheveu sur le tapis. » Michaël, qui se tenait entre Yaffa et un jeune homme qu'il n'avait encore jamais vu, avait tendu la main, reçu le sachet et le lui avait remis. « Vous ne m'avez pas répondu, vous y croyez ou pas ? » avait demandé Yaffa après s'être assise sur le tapis et avoir laissé choir le cheveu au fond du sachet qu'elle avait alors scellé. Elle avait posé sur lui un regard intrigué.

« Quoi ? Que tout contact laisse des traces ? L'expérience nous apprend que c'est juste, en général, avait dit Michaël sur un ton pensif. Mais nous savons que, souvent, la chance doit s'en mêler pour que…

— Quand donc vous a-t-on déçu, hein ? lui avait demandé, un brin vexée, Yaffa. Et moi qui pensais qu'avec toutes les affaires qu'on a élucidées ensemble vous alliez dire que…

— Non, non, s'empressa-t-il de répondre. Je ne voulais pas mettre en cause votre efficacité, vous êtes une équipe du tonnerre, mais il y a toujours…

— Les débuts sont difficiles », avait admis Yaffa. Bien qu'elle ne l'eût pas laissé terminer sa phrase, elle savait parfaitement ce qu'il craignait. « On commence par se dire qu'on ne trouvera rien, puis on examine les détails, on met de l'ordre dans ses idées et on finit par tomber sur quelque chose », avait-elle résumé, en partie pour lui remonter le moral et en partie pour se regonfler elle-même, et elle avait secoué sa longue queue-de-cheval. « Et dans cette affaire, nous jouons de chance parce que nous sommes arrivés rapidement sur les lieux de l'infraction, avant que quiconque puisse… qui vous a appelé, au fait, Ronen ?

— Oui, Ronen, avait confirmé Michaël.

— Vous l'aviez infiltré ici ? Je me demandais bien pourquoi je ne le voyais plus au bureau, ces derniers temps. Tsadik était au courant ? avait demandé Yaffa, l'air curieux.

— Oui, avait soupiré à nouveau Michaël. Il avait accepté, c'était après la mort de Mati Cohen… »

Deux jours seulement s'étaient écoulés depuis leur conversation sur les résultats de l'autopsie de Mati Cohen mais Michaël avait l'impression qu'elle s'était déroulée des semaines auparavant. Il lui avait parlé de la surdose de Digoxine dans le sang du producteur. « La Digoxine est un médicament qu'on donne aux cardiaques, c'est ça ? lui avait demandé Tsadik. Ça me dit quelque chose, il me semble avoir vu Mati en prendre un comprimé… »

Michaël lui avait expliqué que ce médicament, extrait de la digitale et utilisé dès le XVIIIe siècle pour augmenter le débit cardiaque et la force de contraction du myocarde, n'était pas sans risque. « Les médecins le savent et les malades aussi, avait-il expliqué à Tsadik, répétant ce que lui avait dit le médecin légiste. Le problème majeur de la Digoxine est son index thérapeutique étroit et les effets secondaires qui peuvent être mortels en cas de surdosage. » Le mot « digitale » l'avait fait penser au rythme digital et il avait cru percevoir un tic-tac digital, sorte de fond sonore approprié à l'effervescence de l'endroit où il se trouvait… et lorsque Tsadik s'était redressé dans son fauteuil et avait posé d'un air inquiet la main sur la poitrine avant de palper son bras gauche, Michaël avait ajouté que c'était la raison pour laquelle Mati Cohen faisait l'objet d'un suivi médical et de contrôles réguliers de son taux de Digoxine dans le sang et que, deux jours avant son décès, il avait fait des analyses qui avaient indiqué un taux normal de la substance dans son sang alors que l'autopsie en avait révélé une quantité quatre fois supérieure à la normale.

« Quatre fois supérieure ? s'était exclamé Tsadik d'une voix horrifiée. Est-ce qu'il aurait dépassé, délibérément ou par erreur, la dose prescrite ?

— Difficile à dire, avait répondu Michaël, il est difficile de savoir s'il a, effectivement, dépassé la dose ou si la surdose lui a été administrée à son insu. » Il avait songé aux différents rythmes cardiaques, le régulier et l'irrégulier, le trop lent et le trop rapide.

« Que voulez-vous dire ? Qu'on l'aurait empoisonné ? s'était écrié Tsadik, stupéfait. Soyons sérieux, c'est ridicule, impossible », avait-il ajouté d'un air affolé, puis il avait conclu sur un : « Ce sont là des hypothèses, n'est-ce pas, des élucubrations ? Vous ne disposez d'aucune preuve ? »

Toujours est-il qu'après cet échange, Tsadik avait donné son assentiment à l'infiltration du sergent Ronen qui avait pris immédiatement ses fonctions comme électricien du service de maintenance (« Uniquement parce que vous m'avez donné votre parole d'honneur qu'il ne s'approchera pas des dossiers et ne cherchera pas à trouver l'origine de la fuite, avait-il averti Michaël, et parce que j'ai confiance en vous et aussi en raison de la Digoxine, non pas que je croie à l'éventualité d'un meurtre déguisé mais bon… »). Voilà pourquoi, quand Aviva avait appelé le vigile, Ronen avait contacté Michaël, qui avait pu arriver sur la scène du crime avant le médecin légiste et les techniciens de l'identité judiciaire.

Il regardait à présent la profusion de boucles blondes qui descendaient en cascade sur le visage d'Aviva. Son visage était enfoui dans ses mains. Le rouge vif de ses ongles brillait sur le fond blanc de sa main et sa voix continuait de résonner à ses oreilles ; non pas cette voix faible, sans énergie, qu'elle avait employée pour lui faire son récit circonstancié mais celle, nasillarde et plaintive, qui avait été la sienne quand elle avait répété, après l'effraction du bureau de Tsadik, alors qu'elle se tenait près de la table : « Je ne comprends pas comment une chose pareille a pu arriver, je n'ai pas quitté ma chaise et personne… » Elle avait fini par s'effondrer dans les bras du président de la chaîne, appelé sur les lieux, puis avait accepté de prendre les calmants. « Sachez qu'avec ce comprimé, elle peut dormir plusieurs heures », l'avait prévenu le médecin, mais il ne s'était guère passé plus de quelques minutes avant qu'elle ne bondisse sur ses pieds, ce qui lui avait permis de l'emmener avec lui à l'Esplanade russe pour l'interroger. Les bras ballants, les jambes étendues en avant, elle semblait à bout de forces. Elle dit pourtant : « Je n'éprouve plus rien d'autre que de la fatigue, maintenant, je crois que je ne pourrais même pas me lever », et elle appuya ses bras sur la table, posa sa tête sur ses mains et sombra dans un profond sommeil.

Il resta encore un petit moment assis en face d'elle et revit l'agitation qui s'était emparée du bureau d'Aviva pendant que les indices étaient relevés à côté. Il se trouvait avec le commandant en chef de la police et Emmanuel Shorer, commandant du secteur centre, dans la « petite pièce ». Au bout de quelques instants, ils avaient été rejoints par le président de la première chaîne, Nathan Ben-Asher, en costume rayé sombre et pochette, les cheveux foncés brillants (« Vous croyez qu'il se les teint ? » avait chuchoté Yaffa) et élégamment peignés en arrière, ce qui mettait en valeur son front dégagé et ses joues enflées. Il avait regardé autour de lui, sorti un mouchoir à carreaux de la poche de son pantalon, l'avait passé méticuleusement sur une des chaises, avait tiré avec précaution sur son pantalon et s'était assis en marmottant « C'est une tragédie terrible, terrible, je ne sais pas comment... » puis il s'était tu, les avait regardés et avait dit avec fièvre en agitant un doigt : « Il faut d'abord vérifier qu'il ne s'agit pas d'un attentat. Je suis persuadé qu'il a été assassiné par des terroristes. » Lorsque le commandant en chef de la police lui avait alors proposé de fermer provisoirement la chaîne, Nathan Ben-Asher avait sursauté, indigné : « On ne ferme pas une chaîne publique ! » Il avait montré du doigt l'écran et augmenté le son. « Vous avez vu ce qui se passe en ce moment même ? Regardez ! » Ils avaient levé la tête et vu Dany Benizri escalader l'échelle d'un semi-remorque pour interviewer Rachel Shimshi, dont le corps était penché sur le volant auquel ses mains étaient attachées par des menottes. « Je n'ouvrirai pas, avait-elle crié d'une voix enrouée. Je ne détacherai pas mes menottes, je n'enlèverai pas la chaîne, vous pouvez le dire à tout le monde... on n'a plus rien à perdre. — Vous voulez qu'on cède la place à la deuxième chaîne ? » avait-il lancé d'une voix émue tandis que Dany Benizri disait à Rachel Shimshi : « Vous êtes désespérée, je vous comprends... — Nous voulons que tout le monde sache, avait repris Rachel Shimshi d'une voix forte, que nos maris sachent que nous sommes avec eux même si les autres les ont tous abandonnés, qu'ils ne pensent pas qu'on condamne ce qu'ils ont fait... qu'ils ne pensent pas qu'on les a abandonnés, nous aussi... — Mais soyons logiques... » avait dit Dany Benizri, elle l'avait interrompu aussitôt, « ne me parlez pas de logique, avait-elle crié, comment pouvez-vous demander à des gens poussés au désespoir de se montrer raisonnables ? Nous sommes ici dans une démocratie, la justice triomphera, on ne sortira pas des camions. Il faudra employer la force pour nous déloger », avait-elle encore lancé et elle s'était tournée vers Esti qui occupait le siège du conducteur, désignant du doigt son ventre proéminent. « Allez-y, attaquez-vous à une femme enceinte, j'aimerais voir ça ! »

« Voilà ce que j'appelle être à la pointe de l'actualité », avait dit le président de la chaîne avec une note de satisfaction dans la voix, à croire qu'on n'avait pas enlevé quelques minutes plus tôt le corps du directeur de la chaîne du bureau voisin. « Cette mission-là est sacrée, avait-il ajouté. On ne peut pas se permettre de tout arrêter, si tristes qu'on soit ici, il va falloir nommer rapidement un nouveau directeur et aller de l'avant, on va faire notre boulot et vous le vôtre et Tsadik... je suis persuadé que vous conclurez à un acte terroriste... c'est terrible... terrible... il était grand-père depuis deux mois...

— Depuis un an et demi, l'avait corrigé doucement Shorer.

— Quoi, depuis un an et demi ? avait demandé, confus, Ben-Asher.

— Le petit-fils, il a déjà un an et demi », avait dit Shorer, et il avait regardé par-delà l'épaule de Ben-Asher. « Vous avez un candidat en tête ? capable de prendre immédiatement la relève ? Ariéh Rubin, peut-être ?

— Non, pas Rubin, s'était empressé de dire Ben-Asher. Rubin doit continuer à faire ses reportages... » puis, plus lentement, soulignant chaque mot, comme s'il récitait un texte, il avait poursuivi : « Rubin est la preuve vivante de la bonne santé de notre démocratie, même s'il se montre un peu excessif, parfois... je disais à Tsadik, que Dieu ait son âme... je lui disais souvent que je trouvais Rubin de parti pris mais... il est vrai que sur une autre chaîne on l'aurait...

— À qui pensez-vous alors ? » avait demandé Shorer d'une voix calme en fixant les petits yeux du président de la chaîne qui s'épongeait le front à l'aide de son mouchoir à carreaux.

« Je vais vous le dire... et en vertu de mes pouvoirs... la nomination prendra effet dès aujourd'hui… j'ai d'ailleurs le soutien de la ministre et du chef du gouvernement…

— Vous voulez dire que le Premier ministre et la ministre de la Communication savent déjà… ce qui vient de se passer ? s'était étonné le commandant en chef de la police. Quand les avez-vous prévenus ?

— J'ai d'abord parlé au secrétaire général du gouvernement, de ma voiture, avait dit Ben-Asher d'une voix où affleurait une note de satisfaction. Je ne voulais pas qu'on l'apprenne en haut lieu par des fuites… j'ai aussi expliqué qu'il était important qu'on adopte toutes les dispositions nécessaires… j'ai également eu une conversation avec le Premier ministre sur la politique générale des chaînes publiques… » Se faisant tout d'un coup hésitant, on aurait dit qu'il marchait sur des œufs, il avait ajouté : « Tsadik… comment dire… était un homme exceptionnel, cela va sans dire… mais un peu… impulsif… ce qui faisait partie de son charme, d'ailleurs… »

Emmanuel Shorer avait tiré sur les pointes de sa moustache et soupiré. « J'ignorais, avait-il dit sèchement, que Tsadik avait un charme quelconque à vos yeux… j'ai cru comprendre que vous aviez menacé à plusieurs reprises de le limoger…

— Non, absolument pas, avait dit Ben-Asher, et il avait lissé ses cheveux avant d'épousseter une miette invisible sur son pantalon. Nous avions quelques désaccords mais il était de toute façon en fin de contrat et…

— Ah, dit Shorer. Vous n'aviez donc pas l'intention de prolonger son mandat ?

— Écoutez, ces décisions-là ne dépendent pas que de moi…, avait dit le président de la chaîne en remuant sur son siège. Rien de concret n'avait encore été arrêté mais à présent… » Il avait laissé sa phrase en suspens.

Le commandant en chef de la police lui avait alors demandé : « Comment pensez-vous que les choses vont se passer, ici, dans les jours qui viennent ?

— Vous voulez dire, le temps que vous meniez vos investigations dans nos locaux, c'est ça ? » Ben-Asher s'était redressé sur sa chaise.

« Admettons, avait dit Shorer. Cette ambiance de panique et de méfiance générale ne me semble pas très propice au travail, non ?

— Je ne vois aucune raison à ce que nos employés se montrent méfiants les uns vis-à-vis des autres, avait rétorqué Ben-Asher en prenant un air naïf. Il est patent qu'il s'agit d'un acte terroriste… un groupuscule extrémiste juif, peut-être… je mettrais Ariéh Rubin sous protection policière, si j'étais vous… et l'ensemble de la chaîne, tant qu'à faire… inutile de vous dire que vous avez carte blanche et que nous vous fournirons toute l'aide…

— Et qui va remplacer Tsadik ? avait demandé le commandant en chef de la police.

— Je vais nommer Hefetz directeur par intérim », avait déclaré Ben-Asher, et il s'était levé pour ouvrir la porte. « Appelez Hefetz, avait-il lancé d'une voix autoritaire. Où est-il ?

— Nos inspecteurs sont en train de lui parler », lui avait dit Shorer et, comme Ben-Asher blêmissait et s'écriait : « Quoi ? Vous êtes en train de le cuisiner ? », il avait ajouté : « On interroge tout le monde. Il ne s'agit encore que d'une enquête préliminaire.

— Accordez-lui deux minutes, avait exigé Ben-Asher. Il n'est pas question de laisser le navire amiral des chaînes publiques sans capitaine », avait-il déclaré solennellement sur le seuil de la pièce. « On ne peut pas permettre à l'anarchie de s'installer ici, les rênes de la maison doivent être fermement tenues, telle est ma devise », avait-il expliqué, et il avait crié à la cantonade : « Appelez Hefetz, où se trouve-t-il ? Dans son bureau ? » Le commandant en chef de la police avait levé les yeux vers Ben-Asher et était sur le point de dire quelque chose mais il n'en avait finalement rien fait et s'était tourné vers Emmanuel Shorer qui pianotait sur ses genoux. Haussant les épaules, ce dernier avait dit : « Bon, si le Premier ministre… vous pouvez l'appeler ? » avait-il demandé à Michaël, et celui-ci était allé chercher Hefetz dans son bureau, attenant à la salle de rédaction.

« Que tout le monde sorte du bureau de la secrétaire, avait ordonné le président de la chaîne. Qu'ils attendent ailleurs, il y a trop de… et baissez le son des télés ! » Il avait pointé le doigt vers les écrans qui transmettaient, à côté des images des camions bloquant les intersections, la conférence de presse improvisée de la ministre du Travail et des Affaires sociales, dans un des salons du nouvel hôtel Hilton. Tout en rejetant en arrière une mèche rebelle, elle insistait avec force sur la nécessité de respecter la loi. « Si tous les désespérés de ce pays décidaient de se faire justice… » Les journalistes s'étaient exécutés.

« Il faut fermer la chaîne, avait crié quelqu'un. Fermer la boutique et renvoyer les gens chez eux, c'est devenu trop dangereux de travailler ici.

— Ça va pas, non ? s'était exclamée une voix furieuse de femme. On ne peut pas fermer la chaîne, fermer une chaîne c'est comme… c'est comme s'il y avait la guerre et que… »

Ben-Asher avait ouvert la porte de la « petite pièce ». « Je vous demande de quitter les lieux, avait-il dit d'une voix glaciale. Laissez la police faire son travail dans les meilleures conditions, je vous prie de sortir. » Tous les regards avaient convergé sur lui. Petit à petit, silencieusement, le couloir et le bureau s'étaient vidés. « J'aimerais que vous postiez un agent à cet étage », avait dit le président de la chaîne au commandant en chef de la police. Celui-ci avait répondu : « Nous avons déjà bouclé le couloir, je ne comprends pas comment… » et il avait chuchoté quelque chose à Shorer qui était sorti d'un pas rapide de la pièce.

« Ah, vous voilà enfin, Hefetz », avait dit Ben-Asher, et il avait étiré ses lèvres en un large sourire qui dévoilait deux rangées de grandes dents d'une blancheur éclatante.

« Monsieur Ben-Asher, avait dit Hefetz d'une voix tremblante. Quelle…

— Pourquoi êtes-vous si formel, d'un coup, mon vieux, vous m'avez toujours appelé "Nathan" que je sache, non ?

— Les gens paniquent, ici, Nathan, avait expliqué Hefetz. Ils exigent qu'on mette la clé sous la porte, ils sont en colère, ils me prennent à partie comme si… que faire ?

— Asseyez-vous, mon vieux, avait dit Ben-Asher d'une voix paternelle. Asseyez-vous et prenez un peu d'eau. Calmez-vous. Vous devez être serein, donner l'exemple. Comme je tâche de le faire… et ce n'est pas toujours facile, croyez-moi. Vous savez, j'ai travaillé pendant de nombreuses années avec Tsadik, on s'était connus quand j'étais DRH, la télé était dans les langes, à l'époque… on en a fait, du chemin ensemble… malgré nos disputes, nos désaccords, nos différences… c'était quelqu'un d'épatant, un grand bonhomme… »

Hefetz avait acquiescé nerveusement et regardé autour de lui.

« Il y a des gens, avait poursuivi le président de la chaîne, qui prétendent que Tsadik et moi étions à couteaux tirés, en raison de la pétition, vous vous souvenez de la pétition ? » Hefetz hocha la tête, « et de la lettre de démission qu'il m'a adressée il y a un an et demi. Mais c'est faux. Vous, Hefetz, mon ami, vous savez combien j'estimais Tsadik, n'est-ce pas ?

— Oui, absolument », avait dit Hefetz, et il avait baissé la tête comme un élève réprimandé.

« Et j'ose penser qu'il m'estimait aussi, je me trompe ?

— Pas le moins du monde, avait dit Hefetz en levant la tête et en jetant un regard appuyé au commandant en chef de la police.

— Et je suis sûr qu'il aurait approuvé mon choix s'il avait su que je vous demanderais de lui succéder, dit Ben-Asher en examinant avec attention sa main et ses ongles manucurés. Qu'en dites-vous ?

— Je… je… je le ferai… si je n'ai pas le choix…, avait bredouillé Hefetz.

— Ça vous pose un problème ? s'était étonné Ben-Asher. Vous avez le sentiment que vous ne pourrez pas piloter le navire ? Le stabiliser ?

— Si, si, s'était empressé de répondre Hefetz. Mais… voyez-vous… je suis encore sous le choc…

— Nous avons évoqué la possibilité de fermer la première chaîne jusqu'à la fin de l'enquête, était intervenu le commandant en chef de la police. Qu'en dites-vous ? »

Emmanuel Shorer, qui était entre-temps revenu s'asseoir dans la pièce, avait haussé les sourcils et fixait Michaël d'un regard qui trahissait ses pensées. Leur longue amitié et leur complicité permettaient à Michaël de savoir exactement ce qui traversait l'esprit de Shorer. Si on lui avait demandé de décrire ce regard, il aurait dit que c'était celui de quelqu'un qui assiste à un spectacle présenté par des amateurs particulièrement maladroits. Quelques jours plus tôt, Shorer, au cours d'une conversation au sujet de sa belle-fille, maquilleuse à la télévision, lui avait parlé des désaccords — « ils appellent ça une guerre ouverte » — entre le directeur et le président de la première chaîne. Il lui avait notamment dit que Tsadik se plaignait des coupes claires arbitraires décrétées par le président de la chaîne, qui frappaient tout particulièrement une émission qui ne lui plaisait pas mais avaient également des incidences sur les costumes et le maquillage. Il lui avait aussi rapporté que le président de la chaîne souhaitait consacrer la chaîne publique — avec la bénédiction de la ministre de la Communication et du Premier ministre — aux émissions de variétés et aux jeux télévisés et en faire l'organe du gouvernement. Shorer avait de même évoqué un article paru quelques semaines plus tôt dans un quotidien local — sous-titré « Nid de guêpes ou désobéissance civile » — qui faisait état de la vive hostilité opposant, dans les coulisses, Tsadik, le directeur de la première chaîne, à son président et énonçait, comme hypothèse la plus probable pour en expliquer l'origine, les pressions exercées par le président de la chaîne à l'encontre de Tsadik pour le contraindre à démissionner au motif qu'il était responsable de la dégradation de la chaîne publique en ne veillant pas à son « impartialité ». Dans cet article, avait encore dit Shorer à Michaël, il avait été officieusement rapporté par des proches collaborateurs de Ben-Asher que ce dernier, lui-même nommé à son poste par le Premier ministre, avait reproché à Tsadik de ne pas changer les règles du jeu du débat télévisé. Tous deux étaient assis, en fin de soirée, dans un restaurant populaire du quartier de Mahané Yehouda, restaurant cher à Shorer où le patron, Ménash, dont l'établissement déménageait régulièrement, était lui-même aux fourneaux, cuisinant dans de grandes marmites en aluminium, « comme celles qu'utilisait ma grand-mère », lui avait dit Shorer, des spécialités séfarades et surtout des calzones, sortes de pâtés chauds faits d'une pâte très fine, pareils à ceux que sa mère préparait pour Rosh ha-shana, farcis de viande au lieu de fromage blanc (« On m'a dit que les Russes appellent ça des pirojki, mais ça n'a rien à voir », avait expliqué Shorer). Michaël, qui avait commencé à envisager d'arrêter de fumer, s'en était ouvert à son ami au début du repas et Shorer lui avait dit : « C'est évident, tu dois arrêter, regarde la couleur de ta peau... tu as les joues grises... tu devrais te faire faire un check-up. » Michaël avait haussé les épaules et dit : « Sois gentil, parlons d'autre chose », et, pour changer de sujet de conversation, Shorer lui avait fait part avec un malin plaisir de la décision prise par le président de la chaîne d'instituer un nouveau vocabulaire lors des émissions politiques et de bannir certains termes comme celui de « l'autre partie » pour désigner les Palestiniens. « Tu sais pourquoi ? » avait demandé Shorer, et sans attendre la réponse de Michaël il avait ajouté : « Parce qu'il est interdit de laisser cette "autre partie" écrire l'histoire de son point de vue, il ne faut par conséquent plus utiliser le mot "Intifada" mais le remplacer par "soulèvement", et à l'expression "Territoires occupés" doit être substituée la formule "la Judée, la Samarie et la bande de Gaza". Goûte-moi cette matbuha, c'est une recette de sa grand-mère. N'est-ce pas, Ménash, que cette matbuha vient de ta grand-mère ? » avait-il demandé au patron qui se tenait près d'eux et se frottait les mains. « Verse-toi encore un peu d'arak, avait ordonné Shorer à Michaël. Ça t'égaiera, regarde-moi, je commence à parler comme Balilti, à propos, il va bien ? Je ne l'ai pas vu depuis quelques jours… »

Ils avaient bu à la santé de Ménash et au succès de son troisième mariage, tout récent, avec une femme russe « qui a l'âme d'une Séfarade », leur avait dit Ménash, « pas une féministe du tout, regardez comme elle se débrouille bien en cuisine », et il leur avait indiqué du doigt, avec un air de fierté, une très jeune femme aux cheveux blonds qui se tenait derrière le guichet et les fixait en souriant.

« Tsadik n'est peut-être pas le génie du siècle, avait dit Shorer quand Ménash s'était éloigné. Mais c'est un type intègre et courageux, j'étais invité avec lui chez les Peled, vendredi soir, juste après la publication de l'article. Il m'a dit : “Qu'ils contrôlent les infos à la radio, passe encore, mais s'ils pensent que je vais bâillonner les invités de mes émissions politiques, ils se fourrent le doigt dans l'œil ! Je me vois mal interrompre un débat animé en criant : “Stop ! Ne prononcez pas le mot de ‘Territoires’, dites ‘la Judée, la Samarie et la bande de Gaza !’” Tsadik est quelqu'un de droit et de pragmatique, ça me plaît. Ensuite Aliza Peled, tu sais, celle qui a les cheveux blancs, elle enseigne à l'Université, tu l'as rencontrée au mariage de Momik », Michaël hocha la tête, « nous a dit qu'une amie à elle, correctrice, lui avait raconté qu'elle avait reçu pour consigne de supprimer autant que faire se peut les mots “Palestine” ou “Palestiniens” dans les commentaires qu'elle relit.

« On n'a parlé de rien d'autre de toute la soirée, avait soupiré Shorer. Tu vas à un dîner, tu espères prendre du bon temps mais voilà que la politique gâche tout. On était quatre couples, huit convives, et Tsadik a commencé à parler des coupes budgétaires. Ben-Asher refuse de prendre en charge les frais de déplacement des invités ; comment peut-on convier quelqu'un à une émission sans lui envoyer un taxi ? Quoi d'étonnant que tout le monde se bouscule pour participer aux débats de la deuxième chaîne ! »

« Nous l'annoncerons au journal du soir, avait ordonné le président de la chaîne à Hefetz. Vous prononcerez l'éloge funèbre, dites ce que vous voulez… mais je veux voir le texte avant que vous passiez à l'antenne. Vous direz ensuite que vous avez accepté… » Michaël avait mordu le cure-dents et jeté un regard à Shorer. On avait frappé discrètement à la porte qui s'était ouverte aussitôt et Élie Bahar avait fait signe à Michaël de venir le rejoindre dans le couloir. Michaël était sorti en hâte de la pièce. Il était revenu quelques instants plus tard, regardant tour à tour Shorer et le commandant en chef de la police.

« Quoi donc ? avait demandé d'une voix impatiente le commandant en chef de la police.

— Beny Meyouhas a disparu, avait dit Michaël. On ne le trouve nulle part.

— Meyouhas ? Le réalisateur ? avait demandé Ben-Asher. Il a disparu ?

— Hier. Personne ne l'a vu depuis, avait dit Michaël.

— C'est peut-être notre homme, avait dit le président de la chaîne. Il faut lancer un avis de recherche, n'est-ce pas ?

— Oui, avait dit Shorer. On n'a pas le choix.

— Un véritable avis de recherche ? Comme dans les films ? s'était inquiété Hefetz.

— Il faut même diffuser son portrait, avait dit Shorer. Et annoncer sa disparition au JT.

— Au journal de ce soir ? avait dit Hefetz. Vous pensez que… qu'il lui est arrivé quelque chose ?

— On ne pense rien, mon vieux », avait dit le président de la première chaîne, et il avait regardé le commandant en chef de la police. « Nous ne le présenterons pas comme témoin recherché et encore moins comme suspect, nous nous contenterons d'annoncer qu'il a disparu et que nous demandons à toute personne susceptible de l'avoir vu de contacter la police. »

11

Michaël était assis dans le bureau d'Ariéh Rubin, au bout du couloir du deuxième étage, et il remuait lentement sa cuillère dans sa tasse de café jaune. « J'ai fumé, autrefois », dit Rubin avec des accents nostalgiques, et il poussa un cendrier rempli à ras bord de mégots. « Ce sont ceux de la monteuse qui travaille avec moi, j'ai arrêté il y a quatre ans et deux mois. » Il s'assit sur la chaise qui était placée sur le côté du grand bureau, le dos au mur, et étendit les jambes. Michaël était installé en face de lui, vis-à-vis du mur et du grand panneau de liège couvert de photos, de coupures de journaux et de papiers de toutes sortes fixés par des punaises à têtes rouges ou bleues. Pendant les quelques heures écoulées depuis que la police avait procédé à l'enlèvement du corps de Tsadik, Michaël avait eu le loisir de consulter les dossiers secrets que le directeur de la chaîne gardait dans un tiroir fermé à clé de son bureau et, alors que les techniciens de l'identité judiciaire fourraient tout ce que contenait le bureau du défunt dans de grands sacs noirs, il avait examiné le coffre-fort où ce dernier serrait d'autres dossiers, dont nul ne connaissait l'existence. Il les avait emportés avec lui et s'était enfermé dans la « petite pièce ». Il avait feuilleté rapidement chacune des chemises en plastique qu'il avait posées devant lui et avait trouvé dans l'une la copie d'un contrat établi entre la chaîne et

Hefetz et dans une autre, à l'intérieur d'une enveloppe marron, les résultats d'analyses médicales de Tsadik. Il avait fini par tomber sur une chemise jaune scellée de ruban adhésif marron. Elle ne portait aucune inscription. Il avait déchiré avec précaution la bande adhésive et y avait trouvé une feuille sur laquelle étaient notés, d'une écriture fine, les détails concernant le budget de la production de *Ido et Eïnam* et le don qui en avait permis la réalisation. Il l'avait examinée attentivement, s'arrêtant longuement sur les signatures et, au moment où il avait posé la main sur le combiné pour raconter à Balilti ce qu'il avait trouvé, on l'avait appelé à l'autre bout du couloir ; Élie Bahar l'avait informé que l'interrogatoire préliminaire de Rubin était terminé. Il n'avait pas réussi à jeter un éclairage nouveau sur la disparition de Beny Meyouhas car Rubin affirmait ne rien savoir à ce sujet (« Il semble crédible », avait fait remarquer d'un air circonspect Élie Bahar, « c'est assez invraisemblable mais, dès qu'on lui parle, on se laisse convaincre ») tout en se déclarant prêt à les seconder dans leurs efforts pour le retrouver et même à accompagner Michaël lorsqu'il perquisitionnerait son appartement.

Une atmosphère oppressante régnait dans le bâtiment ainsi qu'un silence irréel. Les rares personnes présentes qui discutaient parlaient à voix basse. Même la salle de rédaction devant laquelle Michaël était passé en descendant vers le rez-de-chaussée était plus tranquille qu'à l'accoutumée. À la cafétéria, vide d'employés de la chaîne, une douzaine d'agents étaient en train d'écouter Yaffa leur décrire les circonstances supposées du meurtre « sous l'angle des traces ». Elle leur prédisait qu'étant donné la façon dont Tsadik avait été assassiné, ils finiraient tôt ou tard, s'ils cherchaient bien, sans se décourager, par trouver des vêtements maculés de sang. On entendait les voix des policiers qui s'affairaient un peu partout dans le bâtiment. Certaines pièces, où la relève d'indices battait son plein, avaient été interdites au personnel et les lieux du crime mis sous scellés. Leurs pas résonnaient dans les corridors vides pendant qu'ils fouillaient les armoires, les casiers, les entrepôts, les poubelles et accroissaient encore davantage l'angoisse paralysante qui pesait sur les employés qui ne quittaient leur bureau que s'ils y étaient forcés, et uniquement avec l'autorisation de la police. Personne ne pouvait entrer dans le bâtiment ni en sortir sans l'accord exprès de Michaël, de Balilti ou d'Élie Bahar.

Après son interrogatoire préliminaire et une déposition non signée, Ariéh Rubin avait accompagné Michaël chez Beny Meyouhas où ils avaient retrouvé Élie Bahar, le sergent Ronen et deux techniciens de l'identité judiciaire qui étaient à la recherche d'indices leur permettant de comprendre ce qui lui était arrivé. Rubin était parvenu à cacher aux yeux de tous la vive émotion qui l'avait saisi à la vue des tiroirs renversés, des sacs en plastique noirs remplis d'objets jugés mériter un examen approfondi mais Michaël, qui observait à la dérobée ses réactions — peut-être un geste lui échapperait-il qui attesterait qu'il savait ce qu'était devenu son ami intime — et était impressionné par la retenue qu'il manifestait, avait néanmoins remarqué à la posture tendue du journaliste, à la contraction répétée de sa paupière gauche ainsi qu'à son poing qu'il ouvrait de temps à autre, l'état de grande tension dans lequel il se trouvait. Il savait d'expérience que la tension et l'angoisse suscitaient chez certaines personnes un flot de paroles involontaires et associatives, surtout si l'on gardait un silence absolu en leur compagnie et que l'on prétendait être insensible à leur détresse ; il s'abstenait effectivement de parler et hormis les questions d'ordre pratique qu'il lui posait, comme celles concernant le déchiffrage des notes de Beny Meyouhas dans le petit agenda posé sur sa table de chevet ou des précisions sur les rendez-vous qui y figuraient, il ne lui adressait guère la parole. Mais Rubin ne succomba pas à la tentation de dissiper son angoisse en vidant son cœur. Au contraire, plus le temps passait, dans l'appartement de Beny, plus il se renfermait. Sur le chemin du retour, ils étaient demeurés silencieux et à présent aussi, dans le bureau de Rubin où ils sirotaient le café préparé par celui-ci, ils se taisaient. Quelque chose de profond et de sérieux émanait de son visage. Il avait le regard de celui qui assiste à l'anéantissement d'un être cher sans pouvoir lui apporter le moindre secours. Ce fut Michaël qui rompit le silence lorsque, levant les yeux vers le panneau de liège où étaient punaisées les photos en noir et blanc, il dit : « Ça a été pris pendant la Seconde Guerre mondiale ? » en pointant un doigt sur un cliché où l'on voyait des soldats japonais disposés en rangs serrés, leurs mains levées en signe de reddition.

« Oui », répondit Rubin, et il regarda à son tour le panneau de liège comme s'il le remarquait pour la première fois depuis longtemps. « J'en ai toute une collection, celle-là, par exemple », il désigna une autre photo où des soldats en uniforme gris étaient assis sur un sol aride, la tête baissée, « cette photo date, elle, de la Première Guerre, il s'agit de soldats faits prisonniers par les Français, et ceux-là », il attira l'attention de Michaël sur une image en couleurs de petites dimensions qui montrait des hommes en uniforme tacheté dans une jungle tropicale, « ce sont des Américains au Vietnam. J'en possède des dizaines, mais je ne peux pas toutes les mettre ici.

— Il y a plus gai comme collection, non ? nota Michaël. Je trouve le sujet un peu… bizarre. »

Rubin haussa les épaules. « C'est le genre de choses qui m'intéresse. Qu'y faire si ça sort de l'ordinaire ?

— Ce qui me frappe, c'est que vous n'ayez pas mis de photos d'Arabes et d'Israéliens, je ne sais pas, moi, des soldats égyptiens, par exemple… un grand classique, pourtant », s'étonna Michaël, et il reposa la tasse vide sur la table.

Rubin étira les lèvres en un demi-sourire crispé. « Trop familières. Elles ne seraient pas à leur place ici, dit-il doucement, je les garde là », il indiqua sa tête du doigt.

« On m'a dit que vous avez été fait prisonnier pendant la guerre du Kippour », reprit Michaël.

Rubin fit une moue dédaigneuse, se passa la main sur le visage, comme s'il voulait l'éponger, fixa le mur et dit : « Je préfère ne pas en parler… vous savez… c'est une sorte de légende… je n'ai pas vraiment été prisonnier, enfin, c'est du passé, tout ça… » Il appuya sur le bouton du poste placé sur une des étagères à portée de son bureau. En haut de l'écran apparut le visage de Tsadik, encadré de noir, et au centre, sur fond de vieilles photos représentant le défunt dans sa jeunesse et de plus récentes, l'une avec le président des États-Unis et l'autre avec le délégué du syndicat, certaines en noir et blanc, d'autres en couleurs, se tenait Giora Eïlam, présentateur de soirées de poésie et de chansons folkloriques et parolier au répertoire limité à des textes particulièrement tristes. Vêtu d'une chemise noire dont les boutons paraissaient prêts à sauter, lissant de temps à autre une mèche qui avait dû jadis être claire et n'était plus, à l'heure actuelle, qu'une touffe incolore, ses doigts boudinés entrecroisés sur la poitrine, il nommait d'une voix étranglée, l'image de la douleur, les personnalités qui posaient aux côtés de Tsadik (il cita rapidement Yitzhak Rabin, Golda Meir, Peres, Sharon en uniforme de général, Abba Eban, le président Gorbatchev, les présidents Carter et Clinton, Günter Grass, Yves Montand, et s'arrêta plus longuement sur un cliché où Tsadik, jeune, les cheveux longs, souriait le bras passé autour des épaules de Sophia Loren, puis il le montra en compagnie d'Arik Einstein et d'Uri Zohar). Il évoqua ensuite l'attachement du directeur à la chanson israélienne, en particulier aux chansons commémoratives, et avec un sourire ému, il raconta aux téléspectateurs que tous ceux qui connaissaient Tsadik l'avaient entendu plus d'une fois massacrer de sa voix de fausset des chansons comme *La colline des munitions* et *Nous étions tous les deux du même village*.

« Pour des inepties pareilles, ils ont tout l'argent qu'il faut », marmonna Rubin — Michaël nota que c'était la première fois qu'il entendait Rubin s'exprimer avec une ironie venimeuse hors antenne —, « il y a des gens qui glissent sur la vie comme des skieurs débutants », poursuivit Rubin sans détacher le regard de l'écran, « des braves types, des louangeurs-nés. Qui ne trouve pas Giora sympathique ? Qui oserait le critiquer ? Alors qu'entre nous, il ne fait rien d'autre qu'aligner les poncifs et les flatteries à longueur de temps pour éviter de fâcher quiconque et conserver intacte sa popularité. Je ne supporte pas les gens trop lisses, mielleux, ceux qui n'ont aucun ennemi. » Il coupa le son. « Je dois me tenir au courant, s'excusa-t-il. Il va sûrement y avoir un flash spécial sur Tsadik. »

Michaël considéra les petits yeux gris de Rubin et les pattes-d'oie qui les entouraient, la ride verticale entre ses sourcils sombres qui lui donnait un air sévère, son nez fin qu'une petite bosse rendait absolument remarquable, les deux sillons le long de ses joues qui attestaient de violents tourments, ses lèvres charnues, sans être sensuelles pour autant, et ses cheveux gris coupés court. « Un bel homme, il est encore mieux dans la réalité qu'à la télé… vous ne trouvez pas qu'il ressemble à Paul Newman ? » avait dit la veille à son sujet Yaffa, de l'identité judiciaire, alors qu'ils se trouvaient devant le bureau de Michaël, juste avant la réunion consacrée aux résultats de l'autopsie de Mati Cohen. « Vous pouvez être certains qu'il tombe toutes les filles qu'il veut », avait-elle chuchoté et, après un court instant de réflexion, elle avait ajouté : « Mais il n'a pas l'air très intéressé, il manque d'entrain, de vitalité, il a même quelque chose de… mort. Peut-être à cause du décès de Tirtsah, on dit qu'il l'aimait encore, malgré leur séparation. Qu'est-ce que tu penses de lui ? » avait-elle demandé à Tsila qui se tenait à côté d'elle, la main sur la poignée.

« Tu as raison, il n'a pas l'air d'un don Juan, mais j'ai moi aussi entendu dire qu'aucune femme ne s'était jamais…

— Il y a des hommes qui sont incapables de résister à une femme, avait dit rêveusement Yaffa. À le voir, je te parie qu'il est comme ça.

— Bonne méthode, avait dit Tsila d'une voix aigrie. Excellente méthode, même, non seulement tu tires un coup, mais tu évites la culpabilité et la responsabilité. » Yaffa avait posé sur elle un regard surpris. « Même si tu as un gosse en dehors du mariage, avait poursuivi Tsila, tu n'es pas coupable. Le paradis, quoi !

— Je pense pourtant que c'est un brave type, avait dit Yaffa. Faible, peut-être, mais il a… on dit qu'il est bon comme le pain, toujours prêt à aider.

— Je sais, je sais, un ange », avait marmotté Tsila, et elle avait tourné la poignée, était entrée dans le bureau et avait refermé la porte derrière elle sans la tenir à Yaffa ou Michaël.

« Qu'est-ce qu'elle a ? avait demandé Yaffa en secouant sa queue-de-cheval. Vous croyez que quelque chose ne va pas entre elle et Élie ? »

Michaël avait haussé les épaules. « Qui sait ? Tous les couples traversent des moments difficiles », avait-il répondu en ouvrant la porte, s'effaçant pour laisser Yaffa entrer. Lui aussi avait remarqué la mauvaise humeur constante de Tsila, depuis quelque temps, et la nervosité d'Élie. Bien que très proche d'eux, il leur avait servi d'entremetteur et était le parrain de leur aîné, il n'osait pas leur poser de questions à ce sujet. Tout au plus, quand il arrivait au bureau, le matin, se permettait-il de demander à Élie comment il allait en le fixant d'un regard appuyé, espérant qu'il se confierait, mais celui-ci détournait alors les yeux. Avant de prendre ses quinze jours de congé, Michaël avait invité Élie à deux reprises à boire un café dans un des bistros de la rue et lui avait demandé « Alors, tout va bien ? » sur un ton insistant afin de faire comprendre à son collègue et ami qu'il s'inquiétait pour lui mais Élie avait à nouveau esquivé, répondant la première fois « Oui, pourquoi ? » et, la seconde, « Ce n'est qu'un… » mais il n'avait pas achevé sa phrase et s'était empressé d'enchaîner sur autre chose.

Yaffa avait raison, songeait Michaël en observant à présent Rubin. Son visage avait cette dureté à la Humphrey Bogart dont les femmes raffolaient, prétendument, parce qu'à leurs yeux elle cachait une tendresse et une vulnérabilité extrêmes. Et, à la façon dont Rubin avait parlé à Yaffa, la veille, en quittant l'Esplanade russe, avec un mélange de raucité et de douceur, à sa manière de la regarder qui l'avait clairement fait fondre, il n'y avait aucun doute qu'il était parfaitement conscient de l'effet qu'il produisait sur les femmes et qu'il en retirait une profonde satisfaction. Ses yeux dégageaient une générosité — ou était-ce tout simplement une fragilité ? — à laquelle nul ne pouvait rester insensible.

« Vous êtes en bonne santé ? » demanda Michaël, et Rubin se recula sur son siège, l'air étonné. « Le cœur, la tension, tout ça. Dans votre déposition », Michaël lui montra le formulaire qu'il venait de sortir d'une enveloppe marron, « il est écrit que vous avez cinquante ans et que vous êtes né en 47. Est-ce exact ?

— C'est exact. J'aurai cinquante et un ans dans deux mois », précisa Rubin, et le même sourire sans joie que celui qu'il avait eu quelques minutes plus tôt se dessina sur ses lèvres. Ses yeux gris s'embuèrent. « Pourquoi vous intéressez-vous à mon état de santé ?

— Par mesure de prudence, expliqua Michaël. Nous ne voulons pas que ce qui est arrivé à ce pauvre Mati Cohen se reproduise.

— Vous pensez aussi que Mati Cohen a eu un infarctus à cause de l'interrogatoire et de la pression à laquelle on l'a soumis ? demanda, l'air tendu, Rubin. On n'aurait pas dû l'autoriser à se rendre à l'Esplanade russe, j'avais prévenu Tsadik... bah, quelle importance, à présent ! »

Rubin eut un geste fataliste du bras.

Michaël ne réagit pas à ces propos mais demanda de nouveau à Rubin s'il avait des ennuis de santé.

« Pas particulièrement, dit Rubin.

— Prenez-vous régulièrement des médicaments ? »

Rubin lui lança un regard surpris. « Non, répondit-il d'une voix tendue. Parfois un cachet d'aspirine contre la migraine, le mal de dos, ah oui, au printemps, je suis allergique au pollen de cyprès. Mais quel lien y a-t-il entre ma santé et le meurtre de Tsadik ?

— Nous posons la question à tout le monde, dit Michaël. De même que nous voulons savoir où se trouvait chacun au moment où Tsadik...

— Oui, dit Rubin distraitement. Le jeune homme... il s'appelle

Élie, je crois, me l'a déjà demandé. Je lui ai répondu que j'étais ici, dans mon bureau, avec le docteur Landau, du mouvement "Betselem". Nous étions en train de travailler sur le reportage pour l'émission de vendredi. Ça ne figure pas dans la déposition ?

— Si, probablement », dit Michaël, qui parcourut le formulaire, puis il sortit de l'enveloppe un petit carnet à spirale. « Mais on m'a demandé de vous poser à nouveau la question.

— Je n'ai pas bougé d'ici, je le leur ai dit, répondit Rubin.

— Et vous êtes certain, excusez-moi si j'insiste, de n'avoir eu aucun contact téléphonique avec Beny Meyouhas pendant votre séance de travail ?

— Certain, dit Rubin en se crispant. J'aurais aimé qu'il m'appelle, je le cherchais depuis plusieurs heures pour lui dire que le tournage de *Ido et Eïnam* pouvait continuer, que Tsadik avait annoncé qu'il lui accorderait les moyens nécessaires pour terminer le film mais il n'était nulle part. Il ne m'avait pas donné de ses nouvelles depuis la veille. Je ne comprends pas ce qu'il fait. Il pourrait au moins me passer un coup de fil… je suis inquiet…

— Et vous n'avez aucune idée de l'identité de la personne qui serait venue le chercher chez lui ?

— Pourquoi employez-vous le conditionnel ? s'étonna Rubin. C'est bien ce que Sarah a dit, elle était avec lui, non ?

— Ils étaient très proches, lui et Sarah », fit remarquer Michaël.

Rubin haussa les épaules. « Qui sait ? dit-il. Il paraît qu'il y a toujours des relations très étroites entre un réalisateur et ses acteurs.

— Allons, nous ne sommes plus des enfants, vous voyez très bien ce que je veux dire.

— C'était une question ou une affirmation ? demanda Rubin.

— Une question, dit Michaël. J'aimerais savoir s'il vous avait parlé de cette fille, Sarah, et je vous demande de me dire tout ce qui se présente à votre esprit à propos de l'homme qui est venu le chercher. Libre à vous d'énoncer les hypothèses les plus fantaisistes. Je serais également curieux de connaître la nature des relations de

Beny Meyouhas avec Tsadik et, par ailleurs, si vous avez une idée de l'endroit où il peut se trouver, je souhaiterais que vous me la communiquiez parce qu'à la lumière des événements de la journée, il n'est pas seulement suspect, il y a à craindre qu'il soit... je veux dire que sa vie est en danger, il est dans un état tel qu'il peut être tenté de faire une bêtise et je sais que vous êtes très liés. Ce n'est pas le moment de faire de la rétention d'informations.

— Nous sommes de grands amis, c'est vrai. Plus que ça, dit Rubin. Nous sommes des frères. Beny Meyouhas est mon frère.

— C'est une image, non ?

— Un frère d'élection est parfois plus proche qu'un frère biologique, dit Rubin en baissant les yeux.

— Vous vous connaissez depuis l'enfance », dit Michaël en levant les yeux vers le panneau de liège où était fixée, dans un coin, à droite, la même photo que celle qui était accrochée chez Beny Meyouhas et où tous deux posaient avec un troisième ami et Tirtsah lors d'une excursion scolaire.

« Depuis l'enfance, lui fit écho Rubin qui avait suivi son regard. Je suis fils unique, comme Beny. J'avais des parents âgés — mon père est mort quand j'avais douze ans, ma mère est toujours en vie — et lui aussi. La seule différence entre nous était nos origines : mes parents étaient des survivants des camps de concentration alors que les siens venaient de Turquie et de Boukhara, je crois. Il y avait eu une histoire difficile, dans sa famille. Ses parents n'avaient pas pu avoir d'enfants et, au bout de douze ans, son père avait épousé une seconde femme qui lui avait donné trois filles. Ce n'est qu'alors que la mère de Beny était tombée enceinte et l'avait mis au monde. Le père vivait entre les deux foyers et se démenait comme il pouvait pour nourrir les deux familles. Ils étaient pauvres, nous pas. Nous recevions des réparations d'Allemagne, ils touchaient les allocations familiales. Il venait chez moi, je l'aidais à faire ses devoirs... on jouait au foot, c'est comme ça que notre amitié a commencé. On ne s'est plus jamais quittés.

— Et Shroul ? demanda Michaël en regardant la photo.

Après un long silence, Rubin soupira. « Oui, il y avait aussi Shroul. Qui vous a parlé de lui ? »

Michaël ne répondit pas.

« Shroul est… on l'a connu à quatorze ans, en quatrième. Son père, qui avait émigré d'Irak, était un disciple de Jabotinski et avait épousé une Polonaise. Il faisait partie du premier cercle autour de Begin. Il avait été dans le Etsel, la résistance… avec Begin, précisément. Shroul s'est inscrit dans le même mouvement de jeunesse que nous, on a aidé les nouveaux immigrants ensemble, dans les campements de la côte. Sa famille était furieuse. Ils voulaient qu'il adhère au Betar… » Rubin marqua un temps d'arrêt et, au bout de quelques secondes, il ajouta : « Mais il vit à l'étranger.

— Il est parti après la guerre du Kippour, précisa Michaël. À cause de ses blessures.

— Il est à Los Angeles, il est devenu très pratiquant, dit Rubin avec amertume. Au début, on a gardé le contact mais cela fait des années que … » il n'acheva pas sa phrase et Michaël attendit qu'il poursuive, « … que nous ne nous sommes pas parlé », dit Rubin.

« Mais Tirtsah, elle, observa sèchement Michaël, est restée en rapport avec lui pendant toutes ces années.

— Tirtsah ! s'exclama, stupéfait, Rubin. Jamais de la vie ! Tirtsah n'avait rien à voir…

— Elle faisait partie de votre bande, elle apparaît à vos côtés sur la photo, non ? Les trois mousquetaires, etc.

— Quand on était jeunes, oui, elle était des nôtres, mais après…

— Elle a effectué un voyage aux États-Unis un mois avant sa mort, dit Michaël. Nous pensions qu'elle y était allée pour le rencontrer.

— Absolument pas ! s'indigna Rubin. Elle a fait ce déplacement pour des raisons strictement professionnelles. Elle a d'ailleurs passé la plus grande partie du séjour à New York, elle avait des rendez-vous avec des producteurs à... bon, il est possible qu'elle se soit rendue brièvement sur la côte Ouest », sa voix se fit plus hésitante, « je n'ai pas de détails sur ce voyage-là, je n'ai pas eu l'occasion de lui en parler », ajouta-t-il.

« Elle était bien à Los Angeles, pendant trois jours, lui dit Michaël. Nous le savons. Je peux même vous donner le nom de l'hôtel où elle est descendue et des personnes qu'elle a rencontrées », poursuivit-il d'un air impassible, bien qu'il n'eût en sa possession aucune de ces informations. « Vous ne pensez pas qu'elle ait vu Shroul ?

— Non, franchement, je ne le pense pas. Encore un peu de café ?

— Pourquoi pas ? Ne croyez-vous pas qu'étant à Los Angeles, pour des raisons professionnelles, je vous l'accorde, elle a très bien pu vouloir retrouver un ami de jeunesse ? Vous ne l'auriez pas fait, à sa place ?

— Si c'est le cas, elle ne m'en a rien dit, dit sèchement Rubin. Ni à moi ni à Beny, il me l'aurait raconté.

— Vous avez l'adresse de Shroul ?

— Pourquoi est-ce que vous vous intéressez tant à lui ? demanda Rubin d'une voix étonnée où Michaël crut déceler une pointe d'irritation.

— Ça me semble logique qu'on s'intéresse à lui dans la mesure où la dernière personne à avoir vu Tsadik en vie est un ultrareligieux à la peau brûlée, comme votre ami Shroul.

— Impossible, dit Rubin après un bref silence. Shroul n'avait aucune relation avec Tsadik, il ne le connaissait même pas, si Shroul était en Israël, vous pensez bien qu'on l'aurait su.

— C'est exactement ce que je vous demande, dit Michaël. Si Shroul débarquait en Israël, est-ce qu'il vous appellerait, est-ce qu'il appellerait Beny ?

— Bien sûr, dit Rubin. Il nous aurait prévenus, quelle question !

— Dites-moi, demanda Michaël. Shroul est un homme aisé ?

— Comment voulez-vous... je crois qu'il a très bien réussi, dans les diamants, si je ne m'abuse, répondit Rubin à contrecœur. Il a épousé une Juive américaine ultrareligieuse comme lui dont le père avait un atelier d'égrisage de diamants, une famille très riche… c'était l'aînée du diamantaire… elle avait une infirmité congénitale… une main paralysée ou quelque chose comme ça… je ne connais pas les détails mais on les a mariés parce que… bref, il fallait bien lui trouver quelqu'un…

— Vous ne l'avez jamais vue ? s'étonna Michaël. Vous n'avez pas été invité au mariage ?

— Non, jamais, dit Rubin. Lui, je l'ai rencontré deux fois, il y a des années de cela, à Los Angeles, mais il ne m'a même pas invité chez lui, sur le coup, je n'ai pas compris pourquoi… plus tard, je me suis dit qu'il avait une nouvelle vie et qu'il ne voulait certainement pas se souvenir de son passé… Il était devenu ultrareligieux lui aussi, prononçant une bénédiction avant d'entamer un fruit ou quand il sortait des toilettes, vous voyez ce que je veux dire ? »

Michaël hocha la tête. « Quand l'avez-vous vu pour la dernière fois ? » demanda-t-il.

Rubin réfléchit longuement avant de répondre. « Il y a dix-sept ans, je pense, mais je n'en suis pas sûr. » Il remua sur son siège, visiblement mal à l'aise. « Il est difficile de rester en contact après tant d'années et… nous ne nous sommes jamais téléphoné depuis. J'ai eu l'impression qu'il voulait couper les ponts avec nous, en plus, il n'aimait pas le type de travail que je fais ici…

— Pour des raisons politiques ? Il a des idées de droite ?

— Pas exactement, dit Rubin, de plus en plus mal à l'aise. Il avait… était devenu antisioniste. C'est-à-dire que… il se considérait, lui, comme un authentique sioniste, soutenant qu'il n'aurait pas fallu créer un État juif sur la terre d'Israël prématurément, avant l'avènement du Messie… il disait que c'était un sacrilège et toutes sortes d'autres choses… ahurissantes… tout d'un coup, quelqu'un qu'on croyait connaître aussi bien qu'un frère… aussi bien que soi-même… commence à s'exprimer comme s'il était possédé par un démon. Notre deuxième rencontre a été un vrai dialogue de sourds.

— Et Beny ?

— Quoi donc ?

— Entretient-il toujours des relations avec lui ?

— Non, il l'a revu quatre fois, je crois, mais les liens se sont définitivement interrompus entre eux il y a dix ans, de même qu'entre Shroul et Tirtsah.

— Et pourtant », dit Michaël, et il baissa les yeux vers les tas de journaux défraîchis, de magazines, de photos et de cassettes qui s'empilaient un peu partout dans la pièce, « il a financé la production de *Ido et Eïnam* à votre demande, n'est-ce pas ? »

Rubin se redressa sur son siège. Il resta quelques instants silencieux puis posa un regard affolé sur Michaël. « C'est-à-dire… Beny ne doit jamais l'apprendre, dit-il d'une voix étranglée. Je ne sais pas comment vous l'avez découvert, personne d'autre que moi et Tsadik n'était au courant, à part Shroul, bien entendu. Pas même Tirtsah. C'était un secret que je partageais avec Tsadik, Tsadik était un homme très droit, il ne vous l'aurait pas raconté… Beny était persuadé que son talent avait finalement été reconnu et… vous pensez sérieusement que, sans fonds privés, on l'aurait laissé réaliser son projet ? »

— Vous étiez donc en relations avec Shroul non pas il y a dix-sept ans mais il y a un an et demi, constata Michaël d'un ton sec. Ce n'est pas le moment de se montrer cachottier et je vous demande de tout me raconter, dans les moindres détails. Je vais d'ailleurs vous enregistrer. » Joignant le geste à la parole, il posa sur le bureau un petit magnétocassette, l'actionna en indiquant le jour, l'heure et le nom de son interlocuteur.

« Vous pensez que l'ultrareligieux qui est venu voir Tsadik était Shroul, dit Rubin sur un ton rêveur. Je ne peux pas prétendre que l'idée ne m'ait pas effleuré, moi aussi, mais je préfère…

— Je vous demande de me livrer toutes les informations concernant la façon dont vous l'avez contacté et dont les sommes ont été transférées pour les besoins de la production de *Ido et Eïnam* », insista Michaël.

Rubin fit le tour de la pièce du regard, comme pour gagner du temps, mais il ne proposa pas à Michaël de reprendre du café. « Oui, finit-il par dire. Je pensais qu'il fallait aider Beny à donner la pleine mesure de son talent. Il a cinquante ans, comme moi… si vous saviez à combien de portes il a frappé pour parvenir à adapter cette nouvelle d'Agnon et combien de refus il a essuyés… je voulais, je vous l'ai dit, Beny est comme, il est mon frère, mon seul frère.

— Shroul aussi, si la fraternité se pèse à l'aune de la générosité… il s'agit quand même de deux millions de dollars, non ?

— De ce point de vue, vous avez parfaitement raison, dit Rubin. Je savais que si je lui demandais de l'argent pour un projet de ce type, un projet littéraire, de qualité, et sans connotation politique, il accepterait.

— Vous l'avez rencontré… » Michaël consulta le carnet à spirale en faisant durer volontairement l'examen des notes, en fait, il se souvenait très bien des dates consignées dans le dossier secret de Tsadik, percevant la respiration lourde de Rubin et la tension qui s'était emparée de son corps et qui lui faisait étendre à présent les jambes, « il y a tout juste deux ans, pendant la fête de Hanoukkah, à Los Angeles.

— Je suis allé chez lui, avoua Rubin, à l'improviste, je l'ai attendu, j'avais son adresse, une parente à lui qui habite Israël me l'avait donnée, je savais qu'il avait eu cinq enfants, je l'avais suivi de loin, toutes ces années… je suis sentimental, je n'y peux rien… en fait, je n'avais pas accepté cette rupture… je ne suis pas du genre résigné, comme vous avez pu vous en rendre compte au travers de mon travail… de mon émission… toute ma vie… j'ai donc décidé d'agir… je suis parti, j'ai attendu, je l'ai guetté, je l'ai supplié. Il a accepté. Même un ultrareligieux est capable d'une bonne action envers un mécréant. Il est ainsi devenu le producteur clandestin, secret, du film. Un producteur fantôme. Aux termes de notre accord, personne ne devait jamais rien en savoir, je me serais d'ailleurs bien gardé de vous le dire, mais voilà, il se trouve que, Dieu sait comment, vous avez découvert le pot aux roses...

— Ça ne devrait pas vous étonner, dit Michaël, et il désigna de la tête le tas de cassettes au pied du bureau. Votre travail aussi repose sur des investigations. Vous m'avez raconté vous-même de quelle façon vous avez retrouvé ce médecin et la famille du jeune Palestinien molesté...

— Oui, soupira Rubin. Mais je tenais à ce que personne, et Beny moins que quiconque, n'apprenne la vérité parce que... vous devez comprendre quelle humiliation cela représente pour un metteur en scène de la valeur de Beny Meyouhas d'avoir à réaliser des émissions religieuses ou de variétés, des programmes pour enfants et une fois de temps en temps un documentaire insipide, il...

— Comment l'expliquez-vous ?

— C'est notre système qui veut ça, dit Rubin sur un ton amer. Nous ne sommes pas à Cinecittà, ici, et le niveau a dramatiquement baissé et il ne... Beny avait commencé à travailler pour la première chaîne dès ses débuts, il avait des espérances... il pensait que... et de fait, au début, il a réalisé quelques belles choses... vous pouvez descendre aux archives les visionner... il n'y avait pas encore de cassettes VHS à l'époque... vous verrez quel talent il avait... mais il a été progressivement mis sur la touche, cela fait des années que... il n'a pas eu le cran de s'en aller, prendre des initiatives, ce n'est pas son genre... il avait besoin de stabilité... il s'est résigné... Dans ces conditions, vous imaginez sans peine la joie qu'il a éprouvée quand Tsadik l'a convoqué pour lui annoncer qu'il pourrait réaliser *Ido et Eïnam*. Il a rajeuni de vingt ans... il a oublié d'un coup toutes ces inepties auxquelles il pensait être condamné jusqu'à l'âge de la retraite.

— Il n'avait donc aucune raison d'en vouloir à Tsadik ? demanda Michaël.

— Aucune, s'exclama Rubin. Au contraire, je vous l'ai déjà dit ainsi qu'à vos collègues, au commandant du secteur, Shorer, et même au commandant en chef de la police, personne ne connaît Beny aussi bien que moi, il serait incapable de faire du mal à une mouche. Il n'avait aucune raison de tuer Tsadik, il est impensable qu'il l'ait fait, Beny n'est absolument pas un assassin... il aurait préféré se suicider plutôt que de... il est déjà... bon, au point où on en est, je peux vous révéler qu'il... qu'il a déjà essayé de se supprimer... avec des comprimés... Il croyait qu'on allait le licencier... il a failli y passer... et si vous saviez comme je suis inquiet pour lui... » Le téléphone sonna et l'interrompit. Il se tut, s'épongea le front et jeta un regard à l'appareil avant de hausser les épaules sans décrocher. « Ça ne peut pas être Beny, dit-il. S'il m'appelle, ça sera sur le portable.

— Qui est responsable de l'utilisation à contre-emploi du talent de Beny ou, comme vous venez de le dire, de son humiliation ? demanda Michaël.

— Personne en particulier, dit Rubin après un long moment de silence. Pas Tsadik, en tout cas, si c'est ce que vous cherchez à savoir. La faute en incombe au monde dans lequel nous vivons, aux forces qui y sont à l'œuvre ; les causes de cette aberration sont à chercher du côté de la course à l'audience, de l'appât du gain, des luttes d'influence et de la nature, de l'essence de ce média, la télévision, qui est très puissant, très destructeur, même s'il peut parfois avoir des effets positifs. Mais l'image que ce pays a de lui-même, le rapport qu'il entretient avec sa culture, sa littérature, ses géants comme Agnon ou Bialik, et les relations malsaines entre la télévision, qui prend les spectateurs pour des idiots, et le pouvoir y entrent certainement aussi pour quelque chose. Heureusement que l'actuel président de la chaîne n'était pas encore en place, quand l'argent est arrivé, il n'aurait jamais accepté qu'il soit affecté à... il l'aurait confisqué et employé pour la production d'une émission populaire. Mais je suis peut-être naïf... en fait, il n'y a aucune affinité entre la télévision et l'art au sens traditionnel du terme.

— Vous le pensez sincèrement ? demanda Michaël. Et que faites-vous de la BBC ? Des films de Dennis Potter ?

— Vous avez raison », convint Rubin, qui ajouta : « La télévision peut produire des œuvres d'art de très haut niveau. Je parlais uniquement de notre situation, hic et nunc. La télévision est le symbole, la plaque sensible de l'évolution des mentalités dans ce pays. Ceux qui comme moi sont ici ne peuvent que faire le triste constat d'une sclérose généralisée. »

Rubin marqua une brève pause puis il dit doucement : « Je perds mon temps, vous savez déjà tout ça. Ce n'est pas très original.

— Tsadik a dirigé cette chaîne pendant ces trois dernières années, dit Michaël. Mais avant lui…

— Ça n'a jamais marché parce que ses prédécesseurs voulaient garder leur poste, affirma Rubin. Ils ne pouvaient pas défendre une production dont le coût aurait absorbé tout le budget du département fiction. On lui disait de faire quelque chose de moins… de moins ambitieux… c'était un des termes utilisés… on lui disait : "Adaptez un court roman, une nouvelle contemporaine, quelque chose comme ce qu'a fait Uri Zohar avec *Trois jours et un enfant* d'A.B. Yehoshua, ou comme le *Hirbet Hizé* de S. Yizhar réalisé par Ram Levy, un moyen métrage de 35-40 minutes."

— Il a refusé ?

— Non, il a fait quelques essais, une nouvelle de Yaacov Shabtaï, un scénario original, je peux vous les montrer, mais son rêve était… » Rubin ouvrit un des tiroirs de son bureau et en sortit trois cassettes attachées par un élastique. « Voilà les rushes, j'en conserve plusieurs copies.

— *Ido et Eïnam*, dit pensivement Michaël. C'est l'histoire d'un triangle amoureux…

— Vous connaissez le texte ? » demanda avec méfiance Rubin, et Michaël hocha la tête en signe d'assentiment. « Vous l'avez sûrement lu il y a fort longtemps, dit Rubin. Si vous le relisiez aujourd'hui, vous le verriez sous une autre lumière, Beny, en tout cas, le comprend d'une manière totalement différente, à ses yeux, c'est une histoire… attendez, il a écrit quelque chose à ce sujet, je vais essayer de mettre la main dessus », il se pencha sur le tiroir, « je vais vous retrouver ça, pour lui il s'agit d'une allégorie sur les traditions du judaïsme d'Orient et sur l'oppression qu'exercent la civilisation, les forces intellectuelles, universitaires, à l'encontre des forces originelles, des sources spontanées de l'esprit et de la sensibilité d'un peuple. Il soutient que le sionisme a commis une grossière erreur en s'identifiant à la civilisation occidentale. Mais si vous me demandez mon avis, je pense qu'il a surtout été attiré, sur le plan visuel, par le mystère, la profondeur, l'aspect énigmatique de la nouvelle… il voulait tout simplement se colleter à la grandeur esthétique de l'œuvre… » Sa voix faiblit progressivement et il haussa les épaules comme s'il renonçait à tenter d'expliquer sa pensée.

« Permettez-moi un instant de vous poser une question — comment dire ? — conventionnelle.

— *Be my guest*, dit Rubin. Vous voulez un verre d'eau ? » Sans attendre sa réponse, il se pencha et prit sous le bureau une bouteille d'eau minérale et deux verres en polystyrène.

« Beny est l'homme qui vit depuis quelques années avec la femme que vous avez passionnément aimée, qui était *votre* femme et qui vous a quitté, et vous voulez me dire que ça n'a affecté en rien vos relations ?

— Non, répondit Rubin. Cette question m'est posée sans trêve ces derniers temps, depuis que Tirtsah… n'est plus. Il n'y a pas un inspecteur, pas un médecin ou un collègue qui n'ait cherché à le savoir, directement ou indirectement… il est quand même étonnant que les gens soient dépourvus d'imagination à ce point… Ils généralisent leurs propres vies sans se représenter que les autres ne sont pas comme eux, qu'ils obéissent à des schémas de comportement différents de ceux qui leur sont familiers.

— Aucune tension ?

— Je ne sais pas comment vous l'expliquer, dit Rubin d'un ton las. D'ailleurs, je ne vois pas pourquoi les sentiments doivent nécessairement faire l'objet d'une explication. Je les aimais tous deux, Beny et Tirtsah. Notre mariage a échoué pour des raisons qui ne regardent qu'elle et moi, je ne souhaite pas m'exprimer à ce sujet, de toute façon, des rumeurs ont dû parvenir à vos oreilles… je vous ai vu vous entretenir avec Nivah et elle n'est pas très discrète sur ce chapitre », ajouta-t-il avec amertume.

« Vous faites allusion à l'enfant ? demanda Michaël.

— Tirtsah n'était pas au courant, du moins je l'espère, je voulais seulement… je voulais lui éviter une peine inutile », dit Rubin dont on aurait dit que les joues s'étaient soudain affaissées, comme si son visage s'était creusé sous l'effet du chagrin. « Mais il y avait d'autres raisons… vous vous tenez face à votre femme, elle veut savoir, elle insiste… lui a-t-on parlé ? a-t-elle une intuition ? Quoi qu'il en soit, vous répondez, vous mentez… et pour finir, même si vous parvenez à prouver que vous êtes blanc comme neige, on vous demande où vous étiez, avec qui, quand… après tout, un travail comme le mien favorise… allez expliquer que vous… j'ai un lourd passif… elle le savait et la situation de la femme qui espionne son mari infidèle… ça avait quelque chose d'humiliant, elle refusait ce rôle, cette attitude… nous avons fini par nous séparer, nous étions dans l'impasse. Et alors… Beny l'a toujours aimée… je préfère… je préférais qu'elle vive avec quelqu'un qui l'aimait vraiment, il lui était resté fidèle toutes ces années, sans rien espérer, sans rien attendre, il ne s'était pas marié… il avait bien entendu eu quelques… » Sa voix faiblit à nouveau mais Michaël se garda de prendre la parole et Rubin poursuivit : « … quelques petites amies, mais ça n'avait jamais été très loin, c'était elle qu'il voulait et en fin de compte, il l'a obtenue. Je vous l'ai dit, Beny est quelqu'un de rigide, d'intransigeant. Il préfère renoncer plutôt que de faire des concessions. Il ne l'avouera jamais, c'est ainsi. Je le connais. Croyez-moi, il n'a fait de mal à personne.

— Et Shroul ? demanda Michaël.

— Je vous le répète, s'il est en Israël, il n'a pas cherché à me contacter.

— Selon nos informations, il est arrivé… » il consulta derechef son carnet à spirale tout en guettant du coin de l'œil Rubin dont les traits se contractèrent, « il y a deux jours, le lendemain de la mort de Tirtsah…

— Il voulait peut-être assister à ses obsèques, dit Rubin. Je ne sais pas comment la nouvelle lui est parvenue, les journaux, sans doute, mais… je ne l'y ai pas vu, c'est facile à vérifier… l'enterrement a été filmé…

— C'est vous qui lui avez annoncé la mort de Tirtsah ?

— Franchement, non, dit Rubin, l'air coupable. Je n'en ai pas eu le temps…

— Mais il est raisonnable de penser qu'il l'a apprise ?

— Beny l'aura prévenu, dit Rubin avec une moue dubitative. Autrement, je ne vois pas comment… Si Tirtsah était en relations avec lui… il est possible que Beny l'ait appelé…

— Pourquoi était-elle en relations avec lui ?

— Je n'en ai pas la moindre idée, dit Rubin. Je vous le jure, peut-être pour obtenir une rallonge de manière à terminer le tournage, n'oubliez pas qu'elle était officiellement la compagne de Beny, sa femme, pour ainsi dire, et je pense qu'elle l'aimait.

— Elle savait qu'il finançait le projet ?

— Non, dit énergiquement Rubin. Elle ne savait strictement rien, mais elle a deviné que… un instant », il consulta sa montre et remit le son, « je veux voir ça. Descendez avec moi au studio si vous voulez qu'on continue à parler. Le flash sur Tsadik va bientôt interrompre le programme avec l'éloge funèbre prononcé par Hefetz, je veux être là quand il prendra la parole… »

Ils attendirent l'ascenseur et, quand la cabine arriva, Rubin en tira la porte étroite d'un geste brusque. Ils se retrouvèrent nez à nez avec Hefetz qui, torse nu, était en train d'enfiler un bras dans la manche d'une chemise bleu foncé. Une jeune femme aux cheveux en bataille, les joues en feu, se tenait contre lui. Elle portait sur les épaules une veste d'homme sombre et avait à la main un grand poudrier, une houppette et un pinceau épais. « Finis d'abord de t'habiller », dit-elle avant que Rubin ne les salue d'un geste et referme la porte vitrée.

« Prenons l'escalier, de toute façon l'ascenseur ne va pas jusqu'au sous-sol », dit-il à Michaël, et tandis qu'ils descendaient quatre à quatre, il ajouta, essoufflé : « Ce n'est pas ce que vous croyez, Hefetz n'était pas en train de… avant de passer à l'antenne, il doit s'habiller, se faire maquiller, c'est toujours comme ça quand il y a une urgence, on s'habille chemin faisant. »

Lorsqu'ils parvinrent au sous-sol, Rubin se dirigea vers la cafétéria et s'arrêta sous l'écran fixé au-dessus de l'entrée de la salle. La cafétéria était pratiquement déserte, à l'exception de deux tables au fond de la salle. L'une était occupée par des hommes en bleu de travail qui mangeaient silencieusement tandis qu'à l'autre étaient installés Natacha et Schreiber, le visage tourné vers un écran qui transmettait le JT de dix-sept heures de la deuxième chaîne. Le son était coupé mais derrière le présentateur dont les lèvres remuaient s'étalait un portrait agrandi de Beny Meyouhas sous lequel figurait la légende suivante : « Beny Meyouhas, réalisateur, porté disparu et recherché activement par la police. » À la vue de Rubin, Natacha ôta sa main de sous son menton et se leva mais il lui fit signe d'attendre. « Plus tard », lui lança-t-il d'une voix calme. Elle se rassit et salua ensuite Michaël de la tête.

« Si la cafétéria est vide alors qu'il reste encore une telle quantité de beignets, dit Rubin en se dirigeant lentement vers l'escalier, c'est que la situation est vraiment grave. Cet endroit est un peu le sismographe de la maison, son centre nerveux. Tout s'y décide, et cela depuis la création de la chaîne. Ce mur, à main droite, a été construit pendant que nous prenions nos repas, je m'en souviens comme si c'était hier, Tsadik… » Il se mit soudain à tousser comme s'il manquait d'air, ses yeux se remplirent de larmes et il hâta le pas, suivi par Michaël.

Rubin pria Michaël de rester dans la régie lumière. Derrière la cloison vitrée la ministre de la Communication était déjà installée dans le studio et une maquilleuse lui poudrait le nez. Hefetz s'assit à sa droite en serrant nerveusement le nœud de sa cravate bleu foncé. Keren, la présentatrice du journal, était à gauche de la ministre qui répondait à présent à une question. « Nous n'interrompons les émissions de radio et de télévision que pour Yom Kippour, dit la ministre sur un ton animé. Fermer la chaîne publique en raison d'une tragédie — et un assassinat est une tragédie à part entière — reviendrait à céder à… »

Michaël sortit de la régie lumière et passa à la régie centrale au moment où le réalisateur disait, penché sur le micro : « Allez, Keren, vire-la, remercie-la poliment et qu'elle la boucle ! » Son interjection ne permit pas à Michaël d'entendre la fin de la phrase de la ministre. « Caméra 2, *ready* ! » lança Tsipi, l'assistante de production qui tenait son gros ventre de ses deux mains. Elle le caressa brièvement et ajouta : « Caméra 2, *dissolve cue*… est-ce que quelqu'un peut allumer le moniteur, là-haut ? » cria-t-elle. « Caméra 1, *ready*, Dany », lança à son tour le réalisateur. Erez, le chef d'édition, se tenait en retrait, silencieux. Il posa un regard réprobateur sur Dany Benizri qui venait d'entrer en trombe dans la régie. Le journaliste enleva son pull, enfila une chemise noire posée sur un cintre et présenta son visage à la maquilleuse qui était en train de sortir. Elle fit une grimace. « Tu es déjà maquillé », dit-elle, et elle lui poudra le front de sa houppette. « Il se prend pour une star de cinéma américain, marmonna entre ses dents Erez. On ne le voit pas de la journée, ensuite il arrive au dernier moment et nous fait son strip-tease…

— Je change la cassette ? demanda un jeune homme assis devant le magnétoscope, mais personne ne lui répondit.

— Caméra 2, Hefetz, *ready* », ordonna le réalisateur. Hefetz ajusta son oreillette et but une gorgée d'eau. L'ambiance en régie évoqua à Michaël une salle d'opération ou un poste de commandement pendant une campagne militaire. Il est facile d'oublier que ce qui se déroule ici n'est pas une affaire de vie ou de mort, songea-t-il tandis qu'il considérait les techniciens concentrés chacun sur sa tâche, silencieux et tendus. « Dix secondes par mot », lança la productrice à Keren, la présentatrice. « Je veux un plan de profil sur les fenêtres ! cria le réalisateur. Je te le répète, fiche-la dehors », ajouta-t-il, exaspéré par l'entretien avec la ministre de la Communication qui traînait en longueur.

Trois caméras de télévision étaient pointées sur Hefetz et, bien que la maquilleuse lui eût poudré le front et le menton quelques instants plus tôt, son visage étincelait de sueur. Une partie de l'écran était occupée par des photos de Tsadik qui défilaient, enregistrées préalablement sur une cassette. On le voyait tour à tour enfant, adolescent, en uniforme blanc de sous-officier de marine et dans le studio du JT tandis que la voix tremblante de Hefetz récitait : « Nous avons essuyé une perte cruelle, aujourd'hui. J'en suis d'autant plus affecté que j'ai accompagné Shimshon Tsadik depuis le début de sa carrière, alors qu'il n'était qu'un jeune journaliste, et jusqu'à sa nomination au poste de directeur de la chaîne. » Une photo montrant Tsadik en train de feuilleter des documents et de parler au téléphone, installé à la table de conférences de la salle de rédaction, apparut alors à l'écran. « Shimshon Tsadik était un visionnaire et il jouissait de la confiance de tous. » Derrière Hefetz, Tsadik serrait maintenant la main de deux hommes en jean et polo. La légende, au bas de la photo, indiquait : « Shimshon Tsadik, directeur de la première chaîne ». Une nouvelle légende remplaça la précédente : « Signature de l'accord avec le syndicat des techniciens ». À ce moment, l'arrivée d'Elmaliah, le cadreur, dans la régie détourna l'attention de Michaël. Il considéra avec surprise le grand plateau de beignets qu'Elmaliah portait à bout de bras. Le cadreur semblait ne pas remarquer l'angoisse et la stupeur qui accablaient toutes les personnes présentes. « … j'ai donc accepté de remplacer Tsadik à titre provisoire, et ce, jusqu'à la nomination de son successeur », dit Hefetz alors qu'à l'arrière-plan se détachait le portrait de Tsadik, encadré de noir. « Et je m'engage à suivre la voie qu'il avait tracée, partageant sa foi dans le… » Elmaliah hocha la tête et dit, la bouche pleine du beignet qu'il tenait coincé entre ses dents : « Il réalise enfin le rêve de cha vie…

— Tais-toi, idiot, chuchota Nivah en se tamponnant les yeux. Tu n'as donc aucun respect pour…

— Ben quoi ? protesta Elmaliah. Qu'est-ce que j'ai dit ? » Il regarda autour de lui, s'essuya les lèvres du revers de la main et posa le plateau sur la table derrière laquelle Erez était assis. « Je ne savais pas que…, dit-il après avoir jeté un coup d'œil à la dérobée vers Michaël. Bon, et alors ? C'est vrai, non ? »

Erez allait répondre quelque chose quand Élie Bahar entra dans la régie, embrassa la pièce du regard et s'arrêta finalement sur Michaël. « On a trouvé Beny Meyouhas, dit Élie Bahar à mi-voix. On t'attend en haut. » Comme ils sortaient de la régie, tous les suivirent des yeux dans un silence de mort.

12

Dans l'escalier, en se dirigeant vers le hall, Élie Bahar expliqua à Michaël qu'il se trouvait par hasard sur le perron du bâtiment (« J'ai laissé Sasson rentrer chez lui — sa femme est au lit avec une grosse grippe et il lui avait promis qu'il serait à la maison avant huit heures pour allumer les bougies de Hanoukkah avec ses enfants —, je l'ai donc laissé rentrer et je suis resté quelques instants dehors pour donner des consignes à Boublil concernant le filtrage des entrées… si tu savais comme c'est compliqué… on bloque tous les employés depuis onze heures du matin… ils ont des obligations, des projets… ils veulent s'en aller… ») quand un taxi s'était arrêté devant l'entrée. Un homme de petite taille vêtu d'une parka kaki et d'un béret en etait sorti… « Je n'ai pas particulièrement fait attention à lui… mais je l'ai vu régler la course et regarder la porte. Il a aperçu l'avis de décès de Tsadik et il a blêmi », chuchota-t-il à Michaël alors qu'ils passaient devant la loge du vigile, « et quand il a vu le portrait de l'ultrareligieux — Élie Bahar faisait allusion au portrait-robot qu'Ilan Katz avait dessiné selon les descriptions confuses d'Aviva et qu'ils s'étaient empressés de diffuser partout et de coller sur toutes les portes à côté de l'avis de décès —, il s'en est approché et l'a touché… il avait l'air de quelqu'un qui a reçu un coup de massue sur la tête… j'étais de l'autre côté du vitrage et je ne comprenais toujours pas qui j'avais en face de moi… mais tout d'un coup, bingo ! je reconnais Beny Meyouhas… je ne pense pas que ce soit notre homme, vu sa réaction… tu te rends compte ? On le cherche comme des malades et lui… j'ai eu l'impression qu'il était dans le coaltar, complètement à l'ouest… »

Pendant qu'Élie Bahar parlait à voix basse, Michaël examinait l'expression de Beny Meyouhas qui se trouvait à présent à l'intérieur du bâtiment, près de la porte, entouré d'agents et de vigiles, les menottes aux poings, regardant fixement devant lui comme s'il était aveugle. Soudain, Ariéh Rubin déboucha de la régie et il se fraya en courant un chemin jusqu'à Beny. « Vous êtes fous ? détachez-le ! », il tira sur les menottes, « ce n'est pas un criminel ! » cria-t-il en posant les mains sur les épaules de Beny Meyouhas. « Beny, où étais-tu passé ? » lança-t-il en scrutant son visage comme pour s'assurer qu'il ne lui avait été fait aucun mal. Beny Meyouhas s'adossa au mur, près de la loge des vigiles, tourna la tête et ne répondit rien. Il évitait le regard de son ami comme d'ailleurs celui de tous ceux qui se pressaient autour de lui. Ses yeux étaient à moitié fermés et une immense fatigue se lisait sur ses traits. On aurait dit que s'il n'avait pas trouvé d'appui ou si on l'avait lâché, ne fût-ce qu'un moment, il se serait effondré.

« Ces menottes sont de rigueur ? » protesta Rubin. Personne ne semblait lui prêter la moindre attention car, à cet instant, Hagar apparut à son tour au bas de l'escalier. Elle courut vers lui, les bras écartés, mais en voyant l'expression sur son visage elle stoppa net et se recula en lançant : « Beny, Beny, où étais-tu ? On t'a cherché partout ! Tu vas bien ? Pourquoi n'as-tu pas… »

Michaël suivait le regard de Meyouhas qui fixait l'écran où s'étalait en gros plan le visage de Hefetz — dans le coin supérieur, à droite, se détachait le portrait de Tsadik entouré d'un cadre noir — qui disait : « … la décision de ne pas interrompre les émissions de la chaîne publique s'appuie aussi sur le dévouement et le courage du personnel de l'ensemble des services qui a souhaité honorer et rendre hommage à Shimshon Tsadik, que Dieu ait son âme, dans l'esprit de ses principes, de sa personnalité et de ses convictions... »

Les yeux de Beny Meyouhas papillotèrent et il les baissa puis les ferma avant que sa bouche ne se torde en une grimace de dégoût. L'image fut remplacée par le portrait-robot de l'ultrareligieux sous lequel figurait la mention « Recherché ». La voix de la présentatrice du JT se fit entendre : « ... appelle le public à l'aider à retrouver cet homme. Il mesure un mètre soixante-quinze environ, il est d'une constitution plutôt robuste et il a les yeux marron... des brûlures sur les mains et le poignet droit... » Quelqu'un coupa de nouveau le son.

Élie Bahar éloigna doucement Rubin et Hagar, faisant la sourde oreille à leur demande d'enlever les menottes à Beny Meyouhas. Rubin se tourna vers Michaël et s'étonna : « Pourquoi le traitez-vous comme un criminel ? Vous savez très bien qu'il est innocent ! »

Michaël ne réagit pas plus qu'Élie Bahar ; il fit, lui aussi, celui qui n'avait pas entendu.

Rubin parut sidéré. Il avait perdu toute confiance en Michaël auquel, jusque-là, il lui semblait que le liait un pacte secret. Il se tut et cessa de protester contre les officiers de police qui l'éloignaient de Beny Meyouhas.

« Où l'emmenez-vous ? » lança Hagar en courant derrière Élie Bahar et le sergent Boublil qui montaient l'escalier. Ils emmenèrent Beny au deuxième étage et elle les rejoignit dans le couloir puis les dépassa et entra dans la salle de rédaction où elle lança à la cantonade : « Beny est arrivé, il va bien, ils vont l'interroger dans le bureau de Hefetz. » Aussitôt se pressèrent autour de la porte Zohar, le chroniqueur militaire, David Shalit, le chroniqueur des affaires policières, Nivah, la secrétaire du service des informations générales, et Erez, le chef d'édition, qui venait de remonter de la régie.

« Beny ! » lança David Shalit en direction du réalisateur juste avant qu'on ne le fasse entrer dans le bureau du directeur des informations générales, réquisitionné provisoirement pour les besoins de l'enquête. Le groupe rassemblé dans le couloir considérait les policiers en silence. Rubin s'arrêta devant la porte. « Je peux attendre ici ? »

Michaël haussa les épaules. « À quoi bon ? rétorqua-t-il. Ça peut être très long.

— Dans ce cas, je retourne à la salle de montage. Si vous avez besoin de moi, vous savez où me trouver. » Rubin hésita et Michaël posa sur lui un regard étonné. « Il suffit de m'appeler », ajouta-t-il.

Michaël fit un geste ambigu de la tête puis il entra dans le bureau de Hefetz où le sergent Boublil le regarda et dit : « Vous voulez une tasse de café, monsieur ? Avec trois sucres, c'est ça ?

— Non, merci bien », dit Michaël, et il faillit ajouter : « Le café n'a aucun goût sans cigarette. » Mais, après avoir jeté un œil sur Beny Meyouhas, il poursuivit : « Si, en fait, une grande tasse, avec beaucoup de lait. » Ils échangèrent un regard d'intelligence et Boublil hocha la tête puis il se dirigea vers la salle de rédaction dont il revint, quelques instants plus tard, avec une tasse fumante. Il ressortit ensuite et se posta devant la porte afin d'écarter les curieux qui auraient été tentés de s'en approcher.

Élie Bahar installa Beny Meyouhas dans le siège placé devant le bureau, lui montra la tasse de café et, sans ouvrir la bouche, il lui ôta les menottes. Il alla se mettre dans un coin, près de la porte. Michaël s'assit face à Beny Meyouhas, qui déchira trois sachets de sucre l'un après l'autre, versa leur contenu dans la tasse et remua lentement sa boisson sans lever les yeux.

« Où étiez-vous ? » demanda Michaël. Beny ne le regardait toujours pas.

Après un long moment de silence, Michaël reprit d'une voix sévère et calme, tel un médecin interrogeant un grand malade qui a enfreint ses ordres : « Vous n'avez rien à nous dire ? » Beny fixait la tasse sans dire un mot.

« Vous finirez bien par parler », dit Michaël, en s'efforçant de maîtriser la colère qui s'accumulait en lui face à l'expression détachée flottant sur le visage du réalisateur. « Essayons de gagner du temps. »

On aurait dit que Beny Meyouhas n'avait pas entendu la question. Ses mains enserraient la tasse sur laquelle il était penché et dont il humait l'odeur, mais il ne la porta pas à ses lèvres.

« Vous inquiétez tout le monde pendant trente-six heures », dit Michaël, et Beny Meyouhas approcha enfin la tasse de sa bouche dans un geste très lent et but une petite gorgée. « Beaucoup de gens se faisaient du souci pour vous. Nous aimerions savoir où vous étiez passé. »

Beny posa un regard sur la fenêtre obscure derrière Michaël sans réagir.

« Vous ne voulez pas nous le dire ? » demanda Michaël qui ajouta, après une courte pause : « Nous voulons savoir, par exemple, si vous étiez là ce matin. »

Beny continuait de regarder la fenêtre sombre. Seul un bref clignement démentit son indifférence.

« Savez-vous que Tsadik a été assassiné ? »

Silence.

« Vous n'étiez pas au courant ? »

Beny Meyouhas se taisait toujours mais le cillement de sa paupière droite et un frisson qui le parcourut soudain indiquèrent clairement qu'il l'était. En revanche, il était impossible de savoir s'il était informé de la mort de Tsadik avant d'avoir vu l'avis de décès.

« Savez-vous où et comment il a été assassiné ? »

Beny Meyouhas se couvrit le visage, massa ses joues pâles, ferma les yeux, les ouvrit et fixa de nouveau la fenêtre. Un éclair illumina le ciel noir, suivi d'un unique coup de tonnerre, très proche, il semblait avoir roulé jusque derrière l'épaule de Michaël et, l'espace d'un instant, la lumière bleuâtre que répandait la lampe fluorescente et qui conférait à la pâleur de Beny Meyouhas un teint jaune maladif vacilla.

Michaël comprit que rien n'échappait à Meyouhas, qu'il percevait tout avec une intensité dont ceux qui l'entouraient n'avaient peut-être pas idée. L'écart étrange entre l'expression en perpétuel mouvement de son visage et la lenteur de ses gestes trahissait clairement la terrible détresse, l'angoisse paroxystique qui enveloppait cet homme hypersensible. « Bon, soupira-t-il. Je me vois dans l'obligation de vous arrêter. Vous allez être conduit à l'Esplanade russe où vous ferez l'objet d'une instruction au premier degré. Vous pouvez vous mettre en rapport avec votre avocat si vous le souhaitez. » Il marqua un temps d'arrêt, guettant la réaction de Meyouhas mais celui-ci restait impassible. Il ajouta alors sur un ton plus conciliant : « Je suis sincèrement désolé, si vous aviez accepté de parler, de collaborer, on aurait pu… » Il considéra de nouveau son vis-à-vis dont l'esprit paraissait ailleurs, très loin de là.

Élie Bahar attendit que Beny Meyouhas pose la tasse puis il lui remit les menottes et le mena au véhicule de police qui stationnait dans le parking. Michaël les accompagna jusqu'au hall d'entrée. Hagar s'approcha d'Élie Bahar et lui dit d'une voix tremblante, que l'émotion rendait suraiguë : « Si vous l'emmenez, je viens avec vous, je…

— Comme il vous plaira, l'interrompit Michaël. Vous êtes invitée à le suivre. De toute façon, nous vous aurions convoquée tôt ou tard, mais sachez que vous serez interrogée en bonne et due forme vous aussi.

— Vous ne m'effrayez pas », bougonna Hagar, frustrée de ne pouvoir faire un éclat, et elle se plaça à côté de Beny. Elle voulut lui saisir le bras mais après un coup d'œil sur son visage, son expression lugubre suffit à l'en dissuader. Boublil attendait dehors, près de la voiture de police, et il y fit monter Beny Meyouhas. Hagar se pencha pour y entrer à son tour mais Boublil l'arrêta et posa un regard interrogateur sur Élie Bahar. Élie leva le bras, l'air de dire « si elle y tient ! », et Boublil haussa les épaules avant de se mettre au volant.

Dans le couloir, sur le chemin de la cafétéria, Michaël vit Hefetz et Natacha absorbés dans une conversation. Hefetz tendit la main vers la joue de Natacha comme pour y effacer une tache ou épousseter une miette. Natacha repoussa son geste. Michaël s'approcha, vit la fureur luire dans le bleu des yeux de la jeune fille et il entendit ses paroles pleines de venin : « Ah, je comprends ! tu te fais du souci, tu veux t'occuper de moi, maintenant… » À cet instant, elle aperçut Michaël et se tut. Hefetz, qui se tenait le dos au couloir, se tourna et lança un regard désemparé à Michaël. « Je ne sais plus quoi faire… » se plaignit-il comme si Natacha était une fillette dont ils avaient la responsabilité commune.

Natacha tira sur une de ses mèches et l'examina avec attention. « Vous comprenez, dit-elle à Michaël, il se fait du souci pour moi, pour mon *well being*, il veille à ce que rien de fâcheux ne m'arrive, vous comprenez ? Je lui ai dit, ajouta-t-elle sans regarder Hefetz, que si c'était ainsi, il ferait peut-être aussi bien de m'emmener chez lui. Là, au moins, je suis certaine que je serai à l'abri. Qu'en pensez-vous ? Puisqu'il s'inquiète tant pour moi ?

— Ce n'est pas drôle, protesta Hefetz. Je me fais vraiment du mauvais sang pour toi, pourquoi est-ce que tu ne me crois pas ? Pourquoi est-ce que tu te comportes avec moi comme si j'étais un… criminel ? » Il se tourna à nouveau vers Michaël. « Elle ne me croit pas, se lamenta-t-il d'une voix étonnée. Elle croit que je veux seulement m'acheter une conduite ou que j'agis par intérêt, je ne veux qu'une chose, garantir sa sécurité… j'entends parler d'une brebis égorgée devant sa porte, la nuit, vingt-quatre heures après, tout à fait par hasard, il se trouve que je suis passé devant deux policiers qui en discutaient… personne ne m'informe de rien… elle me traite comme un étranger et moi, je ne demande qu'à… je la connais aussi bien que… nous sommes si proches… nous…

— Hefetz, dit Natacha d'une voix tranquille en soulignant chaque syllabe. Je te l'ai déjà dit mille fois, Hefetz, il n'y a plus de nous. Il y a moi et il y a toi, chacun de son côté… et si tu… si ce que je… » Elle s'adressa de nouveau à Michaël. « Il prétend qu'il m'aime, dit-elle sur un ton étonné où affleurait une pointe de désespoir. Qu'est-ce que ça signifie pour lui ? Que signifie aimer quelqu'un ? »

Hefetz posa un œil inquiet sur Michaël. « Natacha…, la prévint-il, Natacha…

— Tu ne vas pas me dire quoi… je vous le demande, que signifie aimer, aimer quelqu'un ? Répondez-moi tous les deux, exigea-t-elle, vous êtes beaucoup plus mûrs et sages que moi, que signifie aimer quelqu'un ? »

Michaël se tut et regarda Hefetz qui sautait nerveusement d'un pied sur l'autre en s'épongeant le front. Il ouvrit la bouche, resta muet un moment mais finit quand même par dire : « Natacha… s'il te plaît, Natacha…

— Aimer quelqu'un signifie qu'on veut son bien ? insista Natacha. Oui ou non ? »

Hefetz se racla la gorge mais ne répondit rien.

« Alors tu peux m'aider, tu peux me donner… m'aider… je veux que ce reportage soit diffusé, tu sais que je suis une bonne journaliste, c'est la seule chose qui…

— Vous l'entendez ? dit Hefetz à Michaël d'une voix étranglée, et il saisit le bras de Natacha. Tu ne comprends pas que c'est dangereux ? » Il se mit à chuchoter : « Après tout ce que… tu ne peux pas laisser tomber les ultrareligieux ? Pourquoi est-ce que tu fais une fixation sur eux ? Tu trouves que c'est le moment ?

— À cause d'une misérable tête de brebis ? ironisa Natacha en se dégageant de son étreinte.

— Non, non, pas seulement à cause de ça, dit Hefetz. C'est une des raisons, bien sûr, tu avoueras qu'il y a de quoi avoir peur, non, en pleine nuit… quoi ? Tu n'as pas eu les jetons en trouvant… tu rentres chez toi et une tête de brebis se balance au-dessus de ta porte ? Ça fout les boules, oui ! Mais ce n'est pas seulement à cause de ça, il y a aussi Tsadik… j'ai vu Tsadik… crois-moi, Natacha… » dit-il, et sa voix se brisa.

« N'ayez crainte, dit doucement Michaël. Nous vous emmenons à l'Esplanade russe et le temps qu'on prenne votre déposition… bref, il ne lui arrivera rien.

— Maintenant ? éclata Hefetz. Nous devons vous suivre maintenant à l'Esplanade russe ? On est au milieu de… nous avons une… » il montra la cafétéria de la tête où l'équipe du service des informations générales était installée autour de trois tables en formica rapprochées et discutait avec animation, « nous avons une réunion de travail urgente, on n'a nulle part où se mettre, la police est partout… c'est le seul endroit où nous pouvons… il y a plusieurs choses que… je n'ai pas encore choisi un directeur de l'info, je suis tout seul… Rubin refuse de me remplacer, même provisoirement, il me dit qu'il ne veut pas d'un poste administratif, et je n'ai… » Michaël haussa les épaules et lui fit signe de rejoindre les autres à la cafétéria puis il lui emboîta le pas, pénétrant dans la salle au moment où Nivah criait : « On ne peut pas annoncer au JT qu'un collègue de travail a été arrêté parce qu'il est soupçonné d'avoir commis un meurtre, comment faire ? »

Lorsqu'ils aperçurent Michaël, ils se turent. Ils le regardèrent pendant quelques secondes puis Nivah demanda, sur un ton apeuré et hostile : « Est-il vrai que vous avez arrêté Beny et qu'il est votre suspect numéro 1 ? » Et sans attendre sa réponse, elle ajouta : « Je n'en reviens pas ! Il faut être bouché pour penser que Beny Meyouhas… il n'était même pas sur place, comment est-il possible de…

— Nous avons quelques points à régler, dit Hefetz. Ils veulent qu'on aille à l'Esplanade russe faire notre déposition et…

— Maintenant ? s'insurgea Erez. Après nous avoir rendus chèvres toute la journée ? Non seulement nous sommes tous traumatisés par la mort atroce de Tsadik mais, de plus, je me demande ce qu'on a fait d'autre que déposer depuis ce matin.

— Tu veux dire qu'ils nous considèrent aussi comme des suspects ? s'indigna Nivah. Tout le personnel de la chaîne ? »

Michaël la regarda sans rien dire puis il observa Tsipi, l'assistante de production enceinte, qui soupirait, les bras posés sur la table, la tête penchée en avant. Lorsque ses yeux rencontrèrent ceux de David Shalit, le chroniqueur des affaires policières lui lança un regard interrogateur avant de se lever et de s'approcher de lui. « J'aimerais vous parler, commissaire principal Ohayon, chuchota-t-il. Je dois savoir combien…

— Laisse tomber, Dudu, dit Hefetz calmement. Tu ne vois pas qu'ils ont d'autres chats à fouetter ? » Il se tourna vers Michaël et demanda : « Vous nous donnez combien de temps pour…

— Une demi-heure, dit Michaël après avoir jeté un coup d'œil à sa montre. Et j'espère qu'on aura terminé d'ici à demain matin, tout dépend de l'évolution de la situation.

— Et le JT ? dit Hefetz sur un ton irrité. Vous ne pouvez pas emmener toute l'équipe, quelqu'un doit rester là pour présenter l'édition du soir.

— Préparez-moi une liste, dit Michaël. Une liste de ceux qui doivent impérativement être là ce soir et nous…

— Mais tout le monde, pratiquement, protesta Hefetz. Erez, le présentateur, l'assistante de production, l'enquêtrice, les chroniqueurs, Dany Benizri, Rubin, Nivah…

— On peut se passer de moi, le contredit Nivah.

— Préparez votre liste, nous viendrons les chercher après le JT, et tous ceux qui n'y figurent pas, dit Michaël, doivent nous suivre sans discuter, ceux qui ne peuvent pas venir à neuf heures et demie déposeront à minuit, ça ne me dérange absolument pas. »

À cet instant, un policier en uniforme entra dans la cafétéria. « Monsieur, dit l'agent d'une voix entrecoupée. Nous… voulions… » Il indiqua la porte d'un geste de la tête.

« Qu'est-ce qui se passe, Yigual ? Tu as du nouveau ? demanda Michaël, qui s'approcha de lui d'un pas rapide.

— Deux choses, monsieur, dit le policier. La première est que, dans le hall, un homme qui se présente comme journaliste a une enveloppe pour Hefetz. On ne l'a pas laissé entrer mais il a refusé de donner l'enveloppe à quiconque. Il nous a dit qu'il ne la remettrait qu'à Hefetz en main propre, c'est, paraît-il, ce que son rédacteur a exigé de lui et nous avons pensé qu'il fallait vous demander, monsieur, si…

— Hefetz », lança Michaël, et Hefetz accourut. « Raconte-lui ce que tu viens de me dire. Laisse-le décider, ordonna Michaël au policier.

— Je n'aurais pas osé vous déranger s'il ne s'était pas agi d'un journaliste, s'excusa le policier.

— Vous avez bien fait, dit Michaël. On ne sait jamais, dans ces cas-là… » Il songeait à Natacha et se demandait s'il n'était pas question d'elle, dans cette enveloppe destinée exclusivement à Hefetz.

Le policier expliqua à Hefetz de quoi il retournait et ils remontèrent tous les trois dans le hall. Michaël et le sergent Yigual restèrent près de la cage d'escalier et observèrent Hefetz pendant qu'il se dirigeait vers le jeune homme qui tenait un casque de motocycliste dans une main et une enveloppe jaune dans l'autre. Il la tendit silencieusement à Hefetz et tourna les talons. « Une seconde, lança Hefetz. Je n'ai pas signé le… » mais le jeune homme avait déjà disparu.

« Quelle est l'autre chose ? » demanda Michaël au sergent Yigual, et il regarda Hefetz qui après avoir soupesé l'enveloppe la déchirait à présent tout en reprenant le chemin de la cafétéria. Il hésita un moment à lui demander de l'ouvrir devant lui mais le sergent détourna son attention en lui disant : « Monsieur, il serait bon que vous montiez avec moi au second, là où se trouve le service des informations générales, on a trouvé… vous y êtes attendu. » Comme Michaël se dirigeait vers l'escalier, le sergent lui dit encore : « J'ai appelé l'ascenseur, c'est assez urgent, monsieur. » Ils s'y engouffrèrent, le sergent appuya sur le bouton du troisième et la porte se referma doucement.

À l'entrée de la salle de rédaction, il y avait un policier en faction et, à l'intérieur, il trouva trois techniciens de l'identité judiciaire. « Yaffa vous montrera de quoi il s'agit », lui dit l'un d'eux, et il pénétra dans l'une des cabines. « C'est le troisième bureau, celui des chroniqueurs du service étranger.

— On a découvert quelque chose, lui annonça Yaffa avec satisfaction. On disait tout à l'heure que tout contact laisse des traces, n'est-ce pas ? Eh bien, en voilà la preuve. » Elle indiqua d'une main recouverte d'un gant en silicone un tee-shirt bleu qu'elle déplia sur l'imprimante placée sous la fenêtre. « Vous voyez cette tache brunâtre ? En fait, elle est rouge, on a essayé de la nettoyer mais sans succès. Celui ou celle qui a voulu effacer la tache ne savait pas que le sang ne part qu'à l'eau froide. » Elle eut un large sourire. « Ça a été fait avec de l'eau bouillante qui vient peut-être de cette bouilloire », elle pointa un doigt vers l'appareil électrique qui était dans un coin de la pièce, « ou d'une autre. Quoi qu'il en soit, on a utilisé de l'eau bouillante et la tache n'a fait que changer de couleur.

— Vous êtes sûre que c'est du sang ? avança Michaël.

— Je ne suis jamais sûre de rien, dit Yaffa sur un ton piqué. Il faudra attendre l'analyse du tissu, mais je suis prête à le parier. Quand on égorge quelqu'un, on se fait forcément éclabousser, même si on se croit parfaitement protégé.

— Je ne me risquerai pas à parier avec vous, dit Michaël, et il se pencha sur le tee-shirt. Chaque fois que je me laisse aller à le faire, j'ai l'impression que… vous voyez ce qui est écrit sur l'étiquette ? C'est un tee-shirt…

— Excusez-moi de vous interrompre, monsieur, dit Yaffa. Ce tee-shirt recèle plus d'indices que tout ce que nous avons trouvé jusqu'à présent, c'est une véritable aubaine pour nous, un miracle. D'abord, si c'est bien du sang et qu'il est lié à la scène du crime, notez que j'ai employé deux fois le conditionnel, alors je peux vous assurer que le propriétaire du tee-shirt n'est pas une femme.

— Parce que c'est du L ?

— Pas nécessairement, certaines femmes aiment porter des vêtements amples, des chemises d'homme, par exemple, mais admettons. L'autre raison est ce que je viens de vous dire à propos du sang et de l'eau bouillante.

— Toutes les femmes ne savent pas forcément nettoyer les taches, lui opposa Michaël.

— Ah, dit Yaffa sur un ton victorieux. C'est juste, toutes les femmes ne savent pas nettoyer les taches mais pour ce qui est du sang, c'est différent. Chaque femme sait que le sang part d'abord à l'eau froide, si vous étiez réglé, vous le sauriez aussi. »

Michaël fit un geste penaud des mains. « Évidemment, je n'y avais pas pensé. En matière de règles, je n'ai aucune… que suis-je face aux forces cycliques de la nature ? dit-il d'un air sérieux. Mais la taille du tee-shirt ?

— Comme je vous l'ai dit, monsieur, c'est un tee-shirt d'homme, confirma Yaffa. Mais nous avons beaucoup de chance. S'il apparaît que c'est bien le sang de Tsadik, nous tenons le bon bout parce que, voyez-vous, il ne s'agit pas de n'importe quel tee-shirt mais d'une marque qu'on ne trouve pas chez nous, enfin, il faut encore vérifier dans les grands centres commerciaux de Tel-Aviv mais je crois qu'il vient de l'étranger, regardez », elle lui montra l'étiquette, « vous avez vu ? Eddie Bauer, États-Unis, une marque très chère de sportswear… je la connais par une collègue qui a rapporté des chaussettes à son petit ami. Je suis prête à parier que le propriétaire de ce tee-shirt en a d'autres et aussi des chaussettes de la même marque. Si vous trouvez quelqu'un qui a des tricots de corps, des chemises, des tee-shirts ou des chaussettes Eddie Bauer, son compte est bon, vous avez résolu votre affaire… vous me comprenez ? Ce genre d'articles ne s'achète qu'en Amérique. En plus, j'ai trouvé ça ! » Elle agita sous son nez un petit sachet en plastique scellé et lui montra un cheveu gris. « Il était sur le tee-shirt, à l'intérieur. Si c'est du sang et s'il provient bien de la scène du crime, ce cheveu peut être la clé de l'énigme.

— Qui a trouvé ce tee-shirt ? demanda Michaël.

— Yigual, derrière les ordinateurs, dans le bureau des chroniqueurs du service étranger, jeté entre le mur et la table, grossièrement plié. Qu'est-ce que tu en dis ?

— Chapeau, Yigual, dit Michaël, et le sergent rougit.

— Qui a occupé ce bureau, aujourd'hui, vous avez pu le savoir ?

— Excusez-moi, monsieur, intervint le sergent Yigual sans s'éloigner de la porte. Tout le monde. Il semble qu'on entre ici comme dans un moulin. De fait, il y a un mouvement continu entre ce bureau et la salle de rédaction.

— Vous n'avez donc pas les noms de tous ceux qui y sont passés aujourd'hui ? demanda Michaël.

— Si, bien sûr, monsieur, répondit, vexé, le sergent. Mais… » Il hésita puis se tut.

« Mais…

— Regardez la liste », dit le sergent, et il sortit de la poche de sa chemise un papier plié qu'il étala. « Vous y trouverez treize noms mais nous n'avons pas encore terminé… elle va certainement s'allonger, et en outre, monsieur, Yaffa dit que n'importe qui a pu entrer dans ce bureau, jeter le tee-shirt et ressortir aussitôt sans que personne ne s'en aperçoive. »

Michaël examina la liste qui comprenait les noms de Tsipi et de Tsvia, les deux assistantes de production, de Keren, la présentatrice, de Hefetz (« Qu'est-ce que Hefetz est venu y faire ? » demanda-t-il au sergent, et celui-ci se gratta le front et dit : « Je ne sais pas au juste, monsieur, il dit qu'il n'y est passé qu'en coup de vent »), de Rubin (« il est venu trouver Hefetz »), de Lotfi, le chroniqueur de l'environnement, d'Elmaliah, le cadreur, de Schreiber, de Natacha, de Nivah et même de Tsadik, qui y était vers huit heures du matin, le sergent ayant fait un tableau et noté, dans certains cas, l'heure à laquelle les différentes personnes s'étaient trouvées dans le bureau. Y figuraient aussi trois noms qui lui étaient inconnus (« celui-là est un chroniqueur du service étranger », dit le sergent, et il posa l'index sur le premier d'entre eux, « la deuxième est une… elle écrit les textes que les présentateurs du journal lisent, vous savez, sur un appareil qui est au-dessus de la caméra… et la troisième, là, anime des émissions littéraires, elle prépare un entretien avec un écrivain qui passera vendredi. Elle aime venir tôt au bureau, quand il n'y a encore personne, pour ne pas être dérangée, elle m'a donné une copie de l'entretien. J'ai ses coordonnées, mais elle est venue travailler ici avant le meurtre… je n'ai pas encore eu le temps d'interroger tout le monde. Je sais, par exemple, que Dany Benizri est passé avec un cadreur et qu'ils ont utilisé l'un des ordinateurs… vous pouvez lui parler, monsieur, il se trouve dans la salle de montage numéro 8, il y est depuis une heure et n'a pas voulu… il m'a dit : "Si vous nous bouclez ici, laissez-nous au moins travailler en paix." Je n'allais pas me disputer avec lui. Il m'a demandé de l'appeler quand vous serez là… je ne pouvais pas… Ariéh Rubin est lui aussi dans une des salles de montage, "à votre disposition", m'a-t-il dit… »).

Michaël plia la feuille, regarda le sergent et dit : « Très bien, Yigual, au boulot ! Il vous faut maintenant remplir le tableau et tirer au clair la raison pour laquelle chacune des personnes de la liste était dans le bureau et si l'une d'entre elles a vu quelqu'un entrer et…

— Oui, monsieur, dit le sergent, et ses gros yeux marron étincelèrent de fierté.

— Quand aurez-vous le résultat ? demanda Michaël à Yaffa.

— Pour le sang, bientôt, dès demain, peut-être, mais en ce qui concerne le cheveu, c'est plus compliqué… l'analyse des empreintes génétiques prend un certain temps… dans deux jours, j'espère.

— Je monte deux minutes, dit Michaël. Si Élie Bahar ou Balilti me cherchent, je serai là-haut. »

Le sergent Yigual hocha vigoureusement la tête et Michaël monta l'escalier quatre à quatre, pour mesurer l'intensité de cette douleur à la poitrine qu'il avait ressentie pendant plusieurs mois, en particulier quand il montait au pas de course un escalier, ce pourquoi son médecin de famille lui avait proscrit la cigarette, lui décrivant avec un luxe de détails les symptômes et l'évolution de certaines maladies respiratoires, et qui s'était singulièrement atténuée depuis qu'il ne fumait plus. Il lui semblait à présent qu'elle s'amplifiait à nouveau, qu'un sifflement se dégageait de ses poumons et, un long instant, il se demanda si son sevrage et les souffrances qui l'accompagnaient n'étaient pas inutiles.

Dany Benizri était assis à la table de montage, sa chemise noire ouverte sur un tricot de corps blanc. Lorsqu'il entendit la porte s'ouvrir, il détacha son regard de l'écran. Il avait arrêté le film sur l'image d'Esti, enceinte, au volant du camion, les mains sur le ventre, en train de se tordre, de gémir et de montrer quelque chose à la caméra tandis que Rachel Shimshi, assise sur le siège voisin, lui tapotait les joues avec une expression affolée.

« C'est le reportage sur les femmes des ouvriers pour l'édition de minuit », expliqua Dany Benizri avant que Michaël ait ouvert la bouche, « c'est… vraiment terrible ce qui s'est passé là-bas… cette fille », il montra Esti du doigt, « la belle-sœur de Shimshi, a perdu son bébé aujourd'hui… une première grossesse… » dit-il à Michaël, « c'est une journée noire, il y a eu tellement de tragédies. J'ai besoin de quelques minutes de plus pour terminer. » Michaël s'approcha de l'écran et examina l'image que Benizri avait figée. « Ce qui m'échappe, dit le journaliste, c'est l'attitude de Rachel Shimshi… Comment a-t-elle pu laisser Esti venir se joindre à elle, dans son état, et après toutes les difficultés qu'elle a eues à tomber enceinte… quel gâchis ! C'est ce qui a fait sortir Rachel Shimshi du camion. Elle a elle-même détaché les chaînes, elle a tout arrêté, les autres n'étaient même pas au courant. On a appelé une ambulance, elle perdait tellement de sang… Mais on me dit qu'elle va s'en sortir. Contrairement à son bébé. »

Le téléphone sonna et Benizri soupira. « Oui », dit-il d'une voix impatiente, puis il ajouta aussitôt : « Pardon, je pensais que c'était ma femme qui… d'accord, j'arrive tout de suite.

— Vous allez quelque part ? demanda Michaël. Parce que j'avais quelques questions à vous poser…

— C'était Hefetz, expliqua Benizri. Il m'a demandé de descendre tout de suite, je dois… il m'a dit qu'il s'agissait de quelque chose d'urgent.

— J'en ai pour une minute, dit Michaël. On peut faire quelques pas ensemble. C'est à propos du bureau des chroniqueurs du service étranger, quand vous y êtes-vous rendu exactement ? »

Benizri, qui était occupé à sortir la cassette du lecteur et à éteindre les boutons garnissant la table de montage, s'interrompit net et lui jeta un regard interloqué. « Le bureau des chroniqueurs du service étranger ? dit-il. Je n'y ai pas mis les pieds ! Quand ça ? Vous êtes sûr ? » Au bout de quelques instants, il hocha la tête : « Ah si, j'y suis, maintenant, avec l'infographiste, mais je n'y suis pas resté plus de quelques secondes. Il devait être midi, je m'en souviens à présent parce que j'en suis ressorti en courant, j'étais affamé… Pourquoi cette question ?

— Vous y êtes resté combien de temps, à votre avis ?

— Une vingtaine de minutes, j'ai parlé à l'infographiste et… pas plus que ça, non. » Benizri mit la cassette dans son sac et se dirigea vers la porte.

« Et pendant que vous y étiez, dit Michaël qui l'accompagna à l'ascenseur, il y a eu beaucoup de passage ?

— Comme toujours », dit Benizri lorsque la porte de l'ascenseur s'ouvrit. « Ce n'est pas un endroit très intime, ce bureau des chroniqueurs du service étranger, je crois même y avoir vu un des chroniqueurs, à un moment donné », il sourit sans joie à sa propre plaisanterie, « ainsi que la rédactrice du service étranger et… je ne m'en souviens plus très bien, nous étions dans un coin.

— Près de l'un des ordinateurs ? demanda Michaël une fois dans l'ascenseur avec Dany Benizri.

— Oui, comment le savez-vous ? s'étonna Benizri. Pourquoi ?

— Et vous n'avez rien remarqué de particulier ? de bizarre ? »

Benizri haussa les épaules. « Non, rien vu du tout. » L'ascenseur s'immobilisa et ils se dirigèrent vers la cafétéria. Hefetz se tenait sur le seuil de la salle. Dans une main, le nouveau directeur par intérim de la première chaîne tenait une tasse de café et, dans l'autre, l'enveloppe jaune. Hefetz fixa Dany avec sévérité et dit : « Écoute, Dany, j'ai reçu là... » Il aperçut alors Michaël et se tut.

« Quoi ? Qu'as-tu reçu ? demanda Dany en regardant l'enveloppe.

— Je... » dit Hefetz embarrassé, défaisant le nœud de sa cravate, déboutonnant nerveusement le haut de sa chemise et jouant avec les poils gris qui couvraient son torse (il ne portait pas de tricot de corps et Michaël se promit de demander à l'habilleuse ses habitudes et ses manies vestimentaires), « pas ici, comme ça, je n'avais pas l'intention de... mais à cause de la police, on n'a plus aucun endroit tranquille ici pour... »

Michaël ignora ce reproche et dit : « Une petite précision, Hefetz : non seulement il n'y a plus d'endroit tranquille mais, jusqu'à nouvel ordre, plus rien, ici, ne relèvera du domaine privé, c'est compris ? Votre directeur a été assassiné ce matin dans ces murs. Je dois, moi aussi, prendre connaissance du contenu de cette enveloppe parce qu'il intéresse peut-être notre affaire. »

Hefetz le regarda, visiblement mal à l'aise. « Je vous assure qu'il n'en est rien, dit-il à Michaël d'une voix faible.

— Allez, dit Benizri avec impatience. De quoi s'agit-il enfin ?

— D'accord, soupira Hefetz. Tu ne diras pas que je ne t'avais pas prévenu. » Il tendit l'enveloppe à Benizri.

Dany Benizri l'ouvrit et en sortit un paquet de photos. Il jeta un œil presque indifférent sur le premier cliché et, après un moment de stupéfaction, remit le tout dans l'enveloppe, regarda autour de lui et dit seulement : « Grand Dieu !

— Voilà », dit Hefetz, et Michaël eut l'impression d'entendre l'ombre d'une joie mauvaise dans sa voix : « C'est exactement ce que je me suis dit. Il ne manquait plus que ça.

— Puis-je ? » Michaël tendit la main vers l'enveloppe. Dany Benizri la retira. « Ça n'a rien à voir, croyez-moi, le supplia-t-il.

— Laissez-moi en juger, dit Michaël. Je suis sincèrement désolé mais je dois voir ces photos.

— Ce n'est rien… des photos… dans quel but des clichés où on me voit avec une femme dans une situation… intime ont-ils été adressés à Tsadik ? Tentative de chantage ? »

Michaël tendit à nouveau la main et Benizri y déposa l'enveloppe.

Michaël en ressortit lentement le paquet de photos et les examina. Dany Benizri jeta autour de lui des regards terrorisés.

« Ce sont effectivement des photos à caractère intime, confirma Michaël. Et il ne s'agit pas de n'importe quelle femme, n'est-ce pas ? On ne peut guère se tromper sur son identité.

— Croyez-moi, l'implora Benizri à nouveau. Il n'y a aucun rapport… ça va tout fiche en l'air… elle… la ministre… madame Ben-Tsvi n'avait nullement l'intention de… mon Dieu… et dire que je n'ai rien remarqué… » Il s'interrompit et posa un regard suppliant sur Michaël.

« Si ces photos parviennent à la chaîne le jour où son directeur a été assassiné, dit Michaël, et si elles ont pour but d'exercer un chantage sur un des journalistes vedettes de cette chaîne et sur la ministre du Travail et des Affaires sociales, il n'est pas interdit de penser que les deux choses sont liées.

— L'enveloppe ne contenait que les photos, dit Hefetz. Il n'y avait aucun billet ou quoi que ce soit d'autre qui porte à croire à une tentative de chantage.

— Qui l'a apportée ? demanda Benizri.

— Un jeune homme avec un casque à la main, dit Hefetz. Il ne voulait les remettre qu'à moi, heureusement, d'ailleurs !

— Pourquoi heureusement ? » s'écria Benizri, dont les mains tremblaient et les traits étaient livides. Il prit le paquet de photos des mains de Michaël et les parcourut rapidement. « Vous ne comprenez pas que ces photos d'elle et de moi, près de son domicile… dans le hall de l'hôtel, dans… ils ont dû utiliser un téléobjectif. Dans sa chambre ! Comment est-ce qu'ils ont pu être au courant si vite ? C'est… je suis fichu et pas seulement moi… »

Michaël tendit une nouvelle fois la main et Dany Benizri lui remit le paquet de photos. « En noir et blanc et en couleurs, histoire de varier les plaisirs ! ironisa avec amertume Benizri. Qu'est-ce que tu comptes en faire ? Les passer au JT ?

— Tu es sérieux ? » Hefetz le regarda ébahi.

« Évidemment que je suis sérieux, dit Benizri, Je ne sais plus trop…

— Tu es fou ? s'insurgea Hefetz. Tu crois peut-être qu'on est un tabloïd ? Quelle… jamais de la vie mais je ne sais pas comment la presse écrite va réagir. Avec ta veine, ça peut encore faire la une du *Yediot* ou d'un autre canard.

— Je dois passer un coup de fil », chuchota Dany Benizri, des gouttes de sueur perlaient sur sa lèvre supérieure. « Excusez-moi un moment. » Il se détourna et sortit son portable sur lequel il composa un numéro. « C'est moi. » Il s'éloigna.

Hefetz jeta un coup d'œil à l'intérieur de la cafétéria. « Regardez-moi ça, marmonna-t-il. Un silence sépulcral. » Il frissonna : « On ne peut plus ouvrir la bouche… tout résonne… je n'ai jamais vu la cafétéria aussi déserte, pas même pendant la guerre du Kippour. Et, croyez-moi, je suis un pilier… il y a toujours eu une cafétéria, ici. En 69, juste après la naissance de la chaîne, on y trouvait deux groupes, les gens ne se mélangeaient pas comme ils le font aujourd'hui. Il y avait d'un côté les Polonais, d'anciens communistes qui venaient d'arriver après avoir été expulsés de leur pays et se croyaient supérieurs aux autres parce qu'ils avaient travaillé dans le milieu du cinéma alors qu'en fin de compte ils n'étaient rien d'autre que des réfugiés, et, de l'autre, vous aviez les tables des Israéliens… tous jeunes… les tables étaient rondes, à l'époque, et on était assis des deux côtés de la salle. Moi, dans les années 70, j'arrivais de l'armée, de mes périodes de réserve, j'étais officier… Je me rendais à la cafétéria et je ne savais jamais où je devais m'asseoir… avec les jeunes ou les rédacteurs ? Avec les Polonais, qui fumaient comme des pompiers, je m'en souviens, et les… ils sont tous partis, maintenant. Les Polonais sont morts, envolés… allez savoir ! Il y avait toujours des cris… on n'entendait jamais les postes de télé, personne ne se souciait du bruit qu'ils faisaient… ils ont trouvé une redif, je leur ai dit de se décarcasser, mais je ne pensais pas que… »

Hefetz pénétra dans la salle de la cafétéria, jeta un regard aux deux seules tables occupées et il leva la tête vers l'écran. Michaël le regardait aussi. « Quel est donc, à votre avis, le rôle de l'écrivain ? » demanda avec une animation exagérée un jeune animateur au crâne rasé et au visage poupin, et il tripota sa barbiche foncée. Les deux hommes répondirent simultanément et se turent. Ils se regardèrent d'un air embarrassé et le plus jeune des deux invita de la main l'autre homme, que son visage émacié et ses lèvres étroites faisaient ressembler à un ermite, à parler en premier. Ce dernier se pencha en avant et expliqua que l'époque tout comme les médias avaient fragilisé le statut de l'artiste en général et de l'écrivain en particulier. « Les gens ne lisent plus, dit-il avec des accents d'amertume. À moins qu'on ne leur propose de la pornographie ou une histoire d'inceste familial…

— L'inceste est toujours familial, non ? » intervint une femme avec un petit sourire, et elle secoua ses boucles rousses. Le plus jeune des deux hommes dit : « Pour ma part, j'ai remarqué qu'on lit… j'ai reçu de très nombreux lettres et témoignages à la suite de la publication de mon roman *La Gitane de Giveat Olga*, ce livre a ému beaucoup de gens… les lecteurs semblent justement en avoir apprécié les passages érotiques… » La caméra montra alors trois livres en s'attardant sur celui du jeune écrivain.

« Qu'est-ce que c'est que ça ? Qui a choisi ce truc débile ? » s'écria Hefetz, et il courut vers le téléphone au moment où la femme lançait : « Vous nous avez demandé quel était le rôle de l'écrivain, eh bien, à mon avis, c'est de montrer la vérité et de la raconter ; parfois, il lui faut même mentir pour bien la raconter mais… » Hefetz raccrocha rageusement le combiné. À l'instant même, l'émission fut interrompue et un titre annonça une reprise imminente des programmes. Nivah, qui était assise à l'une des deux tables, se leva et s'approcha d'eux à pas lents, traînant ses sabots.

« Voilà votre liste », dit-elle à Michaël avec une rancœur ostensible, et elle lui tendit deux larges feuilles de papier, « tous les noms y figurent, avec les fonctions et les tâches de chacun. C'est bien ce que vous vouliez ? »

Michaël ignora sa question, parcourut les pages qu'elle lui avait données et dit : « Si je comprends bien, tous les noms inscrits dans la colonne de gauche sont libres en ce moment ? » Elle acquiesça.

« Et où sont-ils ?

— Dans la salle de rédaction, comme on nous l'avait demandé. Ils attendent que vous les emmeniez. C'était bien vos instructions, non ? »

Michaël sortit de la cafétéria et monta à la salle de rédaction. À l'entrée l'attendait le sergent Yigual qui lui annonça d'une voix émue que Tsila le cherchait. « Elle m'a dit qu'elle vous avait donné un portable, monsieur, dit le sergent Yigual d'une voix inquiète. Et elle prétend que vous ne l'avez pas allumé mais je lui ai expliqué qu'on ne captait pas à la cafétéria. » Michaël fouilla dans ses poches. Élie Bahar avait gardé le téléphone portable et ne l'avait sûrement pas allumé non plus. « Elle a demandé que vous lui passiez un coup de fil, dit le sergent. Elle a ajouté que c'était urgent. »

Yaffa composa sur son portable le numéro de Tsila — elle marmonna quelque chose au sujet des gens intelligents qui n'avaient aucun sens pratique — et lui tendit l'appareil. Tsila lui rappela la réunion des inspecteurs de son service qui devait impérativement avoir lieu « avant que commencent les interrogatoires et tout le bordel, dit-elle, ajoutant : Tout le monde est déjà dans la salle de conférences, une voiture de police vous attend devant l'immeuble de la chaîne de télévision. Faites vite. »

*

« On a tellement d'infos à traiter que je ne vois pas par où commencer », se plaignit Tsila alors que tous les inspecteurs étaient assis autour de la table en train de boire et de manger. Elle n'avait pu réunir l'équipe qu'après huit heures du soir, à la faveur d'une pause qu'elle avait décrétée de sa propre initiative. « Vous devez manger quelque chose, avait-elle dit à Michaël. Après une si longue journée, puisque, pendant le travail, il vous est impossible de rien avaler et, en plus, Balilti a apporté des pitahs et du hoummous... » Elle montra du doigt la table et ajouta : « Il y a aussi du café, mais essayez de me dégoter Élie, il ne répond ni sur le biper ni sur son portable, et appelez Balilti qui s'est absenté quelques minutes... Dieu seul sait où il est allé mais ces quelques minutes durent déjà depuis une demi-heure... il est toujours... ah, sacré Balilti, si on met la main dessus, il ne faut pas le lâcher. » Tout en parlant, elle ouvrit la porte de la salle et jeta un coup d'œil dans le corridor. « Dany Balilti, lança-t-elle. Quelqu'un a-t-il vu Balilti ? » Deux portes s'ouvrirent et Balilti apparut dans l'embrasure de l'une d'elles. « Pourquoi est-ce que tu cries comme ça ? lui demanda-t-il d'un air étonné. Je t'ai dit que j'arrivais, non ? Quoi ? On n'attend que moi ? Tout le monde est déjà là ? »

Michaël sourit quand il entendit Tsila lui lancer : « Oui, mon cœur, on n'attend que toi », mais à cet instant il entendit la voix d'Élie Bahar qui déboula, essoufflé, et demanda avec impatience : « Il y a du café ? » avant de s'écrouler sur l'une des chaises. « Vous êtes malades ? » s'écria-t-il à la vue du chandelier de Hanoukkah où trois bougies allumées étaient plantées. « Alors maintenant, on célèbre ici les fêtes juives comme les ultrareligieux et les gosses ?

— À propos d'enfants, dit Tsila. Tu ferais peut-être bien de passer de temps en temps à la maison. Les enfants ne t'ont pas vu depuis deux jours et je suis bloquée ici. Ta mère les a amenés pour l'allumage des bougies, on t'a cherché, tu étais injoignable.

— Je savais bien, marmonna Élie Bahar, que j'avais déjà vu ce chandelier quelque part, n'est-ce pas celui que Dana a confectionné à l'école ? »

Michaël soupira et considéra le cure-dents qu'il venait d'extraire de la poche de sa chemise.

« Prends donc un cigare, lui conseilla Balilti. Tiens-le entre tes doigts, tu verras comme c'est agréable. »

Michaël le regarda d'un air sceptique avant de hocher négativement la tête. « Trop tôt, lâcha-t-il. Beaucoup trop tôt, apporte-m'en un dans un mois.

— Si tu n'as pas replongé d'ici là », le taquina Balilti. Michaël ignora la remarque, provocation à un petit duel que Balilti appelait de ses vœux. « On commence », annonça-t-il, et, d'une voix calme, il lut les faits tels que Tsila les avait résumés par écrit, rappela les deux morts précédentes, évoqua la Digoxine de Mati Cohen et souligna que le meurtre de Tsadik levait les doutes qui planaient encore sur la nature de ces deux morts. « Notre hypothèse de travail, jusqu'à preuve du contraire, est que nous sommes devant trois crimes commis par un seul assassin.

— Cette Digoxine, dit Liliane en plissant le front, Mati Cohen en a pris une trop grande quantité ou quoi ?

— Quatre fois trop, dit Tsila. Il a pris quatre fois la dose prescrite.

— Délibérément ? demanda Liliane.

— Il n'a pas eu le temps de nous le dire, rétorqua sèchement Tsila, mais nous avons retrouvé la boîte, chez lui. Elle était vide.

— Je suggère, intervint Balilti, de se concentrer d'abord sur Tsadik puis de remonter en arrière parce que là, tout est clair. C'est l'affaire d'une demi-heure, une heure au maximum. Les alibis sont très précis.

— Les apparences sont trompeuses, dit Élie Bahar. Il y avait du monde dans le bâtiment au moment du crime. Des dizaines de gens, sinon plus. A-t-on des informations sur tous ceux qui sont entrés dans le bâtiment ? » demanda-t-il à Tsila, et elle lui expliqua que seuls les visiteurs apparaissaient dans le registre du vigile, dans la mesure où ils avaient obligation de présenter leurs papiers d'identité, contrairement au personnel de la chaîne.

« D'abord, dit Michaël, nous cherchons quelqu'un de l'intérieur, pas un visiteur.

— À cause de la porte, rappela Liliane.

— À cause de la porte, approuva Michaël. Il est clair que si l'assassin est entré par la porte côté couloir, c'est qu'il devait savoir qu'elle existait, ce qui, à mon avis, réduit beaucoup le champ des possibilités.

— Qui plus est, ajouta Balilti, celui qui était au courant de l'existence de cette porte est également celui qui possède une clé grâce à laquelle il a pu entrer par-derrière dans le bâtiment des "fils" la nuit où Tirtsah a été tuée sans avoir eu à passer devant la loge du gardien et je tiens à vous rappeler que je me suis entretenu avec le contrôleur d'émission, tu notes, Tsila ? » Il la regarda et elle dit : « Continue d'abord.

— Je me suis entretenu avec le coordinateur, dit Balilti qui prit un air important. Il faut aussi prêter attention à ceux qui sont dans les coulisses, interroger les personnalités, ce n'est pas très original... c'est précisément ceux qui ne sont pas au premier plan qui...

— Balilti, dit Tsila sur un ton exaspéré. Qu'est-ce qu'il a dit ?

— Le coordinateur décide de ce qui va être vu à l'écran, il a sa propre régie, c'est une sorte de grand organisateur, si vous voulez, toutes les images transmises par satellite aboutissent dans sa régie, mais ce qu'il est important de garder à l'esprit, prends note, Tsila, c'est qu'entre une heure et quatre heures du matin, la régie du coordinateur est vide, chacun peut y entrer. Et lui dans tout ça, me direz-vous ? Eh bien, sa mallette a été volée. La nuit, on éteint tous les appareils de l'immeuble et... » Il se tut et étendit les mains, l'air de dire : « Vous comprenez, non ? »

« Et ensuite ? dit Tsila. Je ne vois pas le rapport.

— Il y a toutes sortes d'endroits, poursuivit, sibyllin, Balilti. Toutes sortes de cachettes, toutes sortes de possibilités. Une infinité de possibilités. Il est difficile de savoir qui a accès à quoi, dans ces conditions.

— Et donc de savoir qui avait accès aux pilules de Mati Cohen, intervint le sergent Ronen. Je crois qu'on ne pourra jamais élucider ce point. Si une personne prend régulièrement un médicament, comment prouver que quelqu'un lui a administré une surdose ?

— Rien n'est impossible, dit Balilti avec l'assurance d'un homme d'expérience. Mais je pense vraiment que nous devrions commencer par la fin et remonter en arrière.

— La fin, dit Michaël, pose déjà une énigme : l'ultrareligieux brûlé qui s'est volatilisé. Personne ne l'a vu ni entendu.

— Nous avons diffusé un portrait-robot, lui rappela Tsila. Il est même passé au journal de cinq heures, tu ne l'as pas vu ?

— J'étais occupé, dit Michaël. Mais j'ai une idée... »

Balilti le regarda d'un air concentré. Puis il se redressa soudain et dit : « Tu peux tirer un trait dessus. J'y ai pensé aussi. C'est impossible.

— Comment peux-tu savoir de quoi il veut parler ? dit, agacé, Élie Bahar. Laisse-le terminer sa phrase !

— Je le sais, dit Balilti avec aplomb, parce que *great minds think alike,* O.K. ? Je sais qu'il a pensé que l'ultrareligieux brûlé n'était peut-être autre que Beny Meyouhas, pas vrai ? »

Michaël hocha la tête en signe d'assentiment.

« Pour qu'on le prenne pour Shroul ? poursuivit Balilti. Pour qu'on croie que leur ami Shroul était en Israël ?

— Qui est ce Shroul ? demanda le sergent Ronen.

— Une sorte de déguisement, en somme ? demanda Liliane.

— Pourquoi pas ? intervint Tsila. Après tout, il s'agit d'un réalisateur et il a accès à toutes sortes de... il a la possibilité de se grimer, et le savoir-faire nécessaire pour ça.

— La police des frontières n'a aucune trace de son entrée sur le territoire, dit Élie Bahar. Pas sous ce nom-là, en tout cas.

— Et alors ? dit Balilti d'un air dédaigneux. Il a très bien pu arriver avec un autre passeport, établi à un autre nom, un passeport américain avec un nom américain.

— Nous n'avons pas réussi à entrer en contact avec sa famille à Los Angeles, dit Élie Bahar. On essaie depuis ce matin mais personne ne répond. On tombe toujours sur une messagerie.

— Mais les réalisateurs ont la possibilité de le faire, insista Tsila.

— Qui a la possibilité de faire quoi ? demanda Emmanuel Shorer qui se tenait dans l'encadrement de la porte.

— Beny Meyouhas », répondit Tsila, et elle le regarda. Shorer pénétra dans la pièce, ferma la porte, tira une chaise et y prit place.

« On est en train de parler de l'ultrareligieux brûlé, expliqua Tsila.

— C'est bon, dit Shorer en agitant le bras. Continuez, je prends le train en marche.

— Mais deux points mettent cette hypothèse à mal, reprit Balilti. D'abord la différence de taille, Beny Meyouhas est beaucoup plus petit que l'homme décrit par Aviva, mais bon, on sait tous qu'il y a des moyens de se grandir, et ensuite, argument plus difficile à réfuter puisqu'il s'agit de l'ouïe d'Aviva, la voix. Aviva, la secrétaire de Tsadik, je le lui ai demandé, a beaucoup parlé de sa voix, et elle est prête à jurer que c'était une autre voix, une voix qu'on n'oublie pas, et inutile de vous rappeler qu'elle connaît parfaitement la voix de Beny. Elle est persuadée que ce n'était pas la sienne.

— Ça ne fait que renforcer ce que j'ai dit tout à l'heure, qu'il faut faire parler Beny Meyouhas, dit Rafi. Il répond à tous nos critères.

— On a beau le cuisiner, il ne craque pas. Qu'est-ce qu'on peut faire de plus ? demanda Liliane.

— Creuser comme Élie, aujourd'hui, dit Michaël. Alors, quoi de neuf ? » Il s'était tourné vers Élie Bahar.

« Pas grand-chose, dit ce dernier. J'ai posé les minicassettes sur ton bureau. Mais nous n'avons rien appris de plus que ce que nous savions déjà, cette fille, l'actrice, s'accroche à sa version. Elle prétend qu'ils étaient tous les deux chez lui. On a quand même réussi à lui faire avouer qu'elle était au lit avec lui, "pour le consoler", dit-elle. À un moment, on a sonné à la porte, Beny n'a pas voulu ouvrir mais la personne a tellement insisté, ne lâchant pas le timbre, qu'il a fini par aller ouvrir et il lui a alors crié de ne pas sortir de la chambre, de l'attendre, et elle a eu peur que ce soit Hagar, sa productrice. »

Balilti grogna. « Sa productrice ? dit-il. Son chien de garde, oui, son ombre, elle ne le quitte pas d'une semelle, elle le veut pour elle toute seule. Si elle avait trouvé la petite dans son lit, elle aurait passé un sale quart d'heure ! Qu'il vive avec Tirtsah, passe encore, mais si elle l'avait pincé avec une jeune actrice, putain !

— Elle a commencé par dire qu'elle n'avait rien entendu, qu'il avait fermé la porte de la chambre à coucher, alors on y est allés et on a fait une expérience.

— Bravo, dit Balilti. Tu es un garçon méthodique. »

Élie Bahar le fusilla de ses yeux verts et poursuivit : « Je suis resté dans la chambre et Kobi est allé se mettre sur le pas de la porte et il a prononcé quelques mots, d'une voix tout ce qu'il y a de plus normal, sans crier. Et je l'ai entendu. Je n'ai pas compris ce qu'il disait mais j'ai distinctement perçu le son de sa voix. J'ai alors tenté un coup de poker et j'ai dit à l'actrice qu'elle avait certainement entrouvert la porte pour écouter leur conversation. Au début, elle s'est récriée mais par la suite, quand je l'ai intimidée…

— Intimidée, maugréa Balilti. Tu l'as menacée de la boucler ou quoi ?

— Elle a donc fini par avouer qu'elle avait entrebâillé la porte par curiosité et qu'elle avait entendu une voix d'homme », continua Élie Bahar en ignorant la remarque de Balilti. « Beny Meyouhas parlait avec animation et l'autre lui répondait sans qu'elle saisisse le moindre mot de ce qu'il disait. Ensuite la porte palière s'est refermée. Comme Beny tardait à revenir, elle s'est levée, s'est habillée et s'est assise dans le salon où elle l'a attendu un certain temps. Puis elle est rentrée chez elle.

— Une seconde, dit Rafi. Il n'a pas regagné la chambre à coucher ? Il est sorti de chez lui en petite tenue ? On ne peut pas sortir dans la rue pieds nus, en plein hiver…

— On le lui a demandé, l'interrompit Élie Bahar. Tu penses bien que ça nous a intrigués aussi. Mais elle a dit qu'il avait laissé ses vêtements dans le séjour, là où ils ont commencé à…

— Chacun ses méthodes, marmonna Balilti.

— Non, dit Élie Bahar. Meyouhas n'est pas un coureur, j'ai cru comprendre que ce n'était pas… il lui a montré quelques rushes du film… en fait c'était une… visite de condoléances, je ne sais pas trop…

— À d'autres, ricana Balilti. On ramène chez soi une belle nana, on lui montre des rushes, quoi de plus normal quand on est un metteur en scène célèbre ? Puis on l'entraîne dans sa chambre à coucher… je vois ça d'ici.

— Ce n'est vraiment pas le moment de débiter des fadaises, dit Shorer. Il s'est rhabillé dans le salon ? Il est sorti de chez lui sans lui dire un mot ? Comment expliquez-vous ça ?

— Il était très pressé, répondit Balilti d'un ton sec. Il ne voulait pas que la petite sache qui était venu le voir.

— Reparlons un instant du meurtre proprement dit », suggéra Michaël. Il rappela que le crime avait certainement été commis pendant la demi-heure où Tsadik était resté seul dans son bureau, que quelqu'un avait utilisé la porte donnant sur le couloir, puis il dit qu'il était temps de déterminer les principaux suspects et de vérifier leur alibi.

« Tous les anciens sont suspects, trancha Balilti, dans la mesure où ils possèdent une clé de la porte située à l'arrière du bâtiment des "fils".

— D'accord, dit Élie Bahar. Et la chef couturière ?

— Qui ? demanda Balilti.

— La chef couturière, Shoshana Shem-Tov, elle a une clé de cette porte et elle est à deux ans de la retraite, dit Élie Bahar en compulsant ses notes.

— Je ne vois pas quel pourrait être son mobile ? s'exclama Balilti. Avait-elle quelque chose à reprocher à Tsadik ?

— Non, mais elle travaillait avec Tirtsah Rubin, précisa calmement Élie Bahar. Ainsi d'ailleurs qu'avec Beny Meyouhas, c'est la couturière, ce qui est normal, en tant que chef décoratrice…

— Et après ? dit Balilti. Ils étaient en bisbille ?

— Pas du tout, répliqua Élie Bahar. Mais ça te prouve que l'ancienneté n'est pas un critère valable…

— Messieurs, s'écria Shorer. On se croirait à la maternelle ! »

Un long silence s'ensuivit puis Élie Bahar s'éclaircit la gorge et reprit : « Commençons par les personnes clés. Max Levin, d'abord. La configuration actuelle du bâtiment des "fils" lui doit beaucoup. Par ailleurs, il possède, bien entendu, un double de la fameuse clé et il est plus que probable qu'il ait été au courant de l'existence de la porte côté couloir.

— Bon, dit Michaël. Et que savons-nous à son sujet ?

— Il était dans le bâtiment des "fils" au moment où Tsadik a été assassiné. Il a passé trois heures dans le bureau du responsable de la sécurité de la chaîne, un certain… » Élie Bahar ouvrit son carnet et le feuilleta, « … Ziko, un drôle de nom.

— Pas particulièrement, marmonna Shorer. C'est le diminutif bulgare de Yitzhak, peu importe, continuez, continuez.

— Ils ont parlé des vols, il semblerait que la chaîne soit l'objet de vols en série de matériel. Tenez, j'ai tout noté… on y a volé une caméra de télévision dont on vient de retrouver les traces dans les territoires sous contrôle de l'Autonomie palestinienne, on soupçonne un contremaître et un chef d'équipe de nettoyage… l'enquête a atteint des proportions inattendues et a mis au jour un véritable trafic d'équipements divers : spots, projecteurs, magnétoscopes, etc.

— J'ai remarqué que ce sujet les met tous sous pression, dit Rafi. J'ai échangé deux mots avec le chef du service de maintenance et j'ai examiné ses listes. Depuis la mort de Tirtsah, il y a un retour de matériel incroyable. Vous n'imaginez pas ce que les gens avaient chez eux… des caméras, des lecteurs DVD, tout un tas de choses… ils les restituent de peur de se faire perquisitionner.

— Bref, résuma Élie Bahar. On peut éliminer Max Levin, à mon avis, de même que tous ceux de la liste qui n'étaient pas seuls. Hefetz dit qu'il circulait dans le bâtiment, tout le monde l'a vu, il était à la cafétéria, à la bibliothèque, un peu partout, en fait.

— Nous ne nous intéressons qu'à une demi-heure bien précise, lui rappela Michaël.

— Il dit qu'il n'avait pas l'œil rivé sur sa montre mais qu'il est entré deux fois dans le bureau d'Aviva, qu'il voulait voir Tsadik… je ne sais pas si…

— Et Rubin ? demanda Shorer. Où était Rubin ?

— Dans son bureau. Il préparait l'émission de vendredi. C'est ce qu'il dit, en tout cas.

— Des témoins ? demanda Shorer.

— Non, répondit Élie Bahar. Personne en particulier. Mais il a interviewé un médecin, dans son bureau, pour son reportage sur la collaboration entre le corps médical et le Shin Beth.

— Oh, s'exclama Balilti. Comme j'aime ces belles âmes qui enquêtent sur… quoi ? Pourquoi est-ce que tu me lances un regard noir ? demanda-t-il à Michaël, je ne supporte pas tous ces gauchistes donneurs de leçons, ils ont l'impression que…

— Pas maintenant, Dany, dit doucement Shorer. Nous avons énormément de travail.

— Moi, en tout cas, dit Liliane, j'ai parlé à Rubin et à Natacha.

— Vraiment ? » demanda Tsila, le menton dans le creux de sa main, posant sur Liliane un regard curieux.

« Je lui ai parlé dans le bureau de Rubin pendant qu'il était dans la salle de montage, dit Liliane.

— Qui t'a demandé de le faire ? la réprimanda Tsila. Tu crois qu'il y a un rapport entre la tête de brebis qu'on a suspendue au-dessus de sa porte et les meurtres ? Tu crois que…

— Tsila, lui dit Michaël, je t'en prie, ça suffit. »

La coordinatrice jeta un regard méfiant à la jeune femme et reprit sur un ton plus conciliant : « Bon, alors, qu'est-ce que Natacha t'a dit ?

— Je l'ai enregistrée, dit Liliane d'un air satisfait. Voilà la cassette, vous voulez la voir ?

— Au préalable », dit Balilti pendant que Tsila insérait la cassette dans le lecteur et sortait d'un tiroir la télécommande, « j'ai quelque chose à dire à propos de cette tête de brebis : ça n'a rien à voir avec l'affaire.

— Expliquez-vous, lui demanda Shorer.

— Voilà, dit Balilti. J'ai des sources, surtout chez eux, et j'ai parlé à Schreiber, le cameraman, je commence à saisir… bref, elle est sur un très gros truc… j'ai quelques… une taupe, O.K. ? C'est dirigé uniquement contre Natacha, pour qu'elle laisse tomber l'affaire sur laquelle elle travaille. O.K. ?

— Quelle est cette affaire sur laquelle elle travaille ? demanda Liliane.

— Chérie, dit Balilti qui lui jeta un regard glacial, tu le sauras en temps voulu.

— En fait, ricana doucement Élie Bahar, il n'en a pas la moindre idée. Il ne sait pas tout. L'avez-vous remarqué ? »

Tsila jeta un regard réprobateur à son mari puis elle hocha la tête et alluma l'appareil avant que Balilti ait eu le temps de réagir.

« C'est le bureau de Rubin, d'accord ? Le sergent Yigual a installé la caméra… » dit Liliane lorsque Natacha apparut sur l'écran. Elle ôta l'écharpe rouge enroulée autour de sa gorge et fit le tour de la pièce du regard. Elle déplaça une photo qui était à l'envers au milieu des papiers dispersés sur la table et la contempla un court instant, fit une grimace en voyant le portrait d'un homme en blouse blanche de médecin, un stéthoscope pendant hors de sa poche, et lança la photo dans un coin. « Asseyez-vous, dit la voix de Liliane, on a l'impression que c'est la première fois que vous mettez les pieds dans ce bureau. » Une main débarrassa une chaise de la pile de chemises en carton qui s'y entassait et fit signe à Natacha de s'asseoir.

« Je ne viens ici que rarement », dit Natacha, et elle fixa la caméra, « la plupart du temps, nous nous retrouvons dans une des salles de montage ou à la cafétéria. — Pourquoi n'aimez-vous pas ces photos ? » lui demanda Liliane, et la caméra se braqua sur le panneau de liège qui couvrait entièrement le mur derrière le bureau de Rubin où étaient punaisées les photos en noir et blanc. Sur l'une d'elles on voyait des centaines de soldats japonais en uniforme, leurs mains levées dans un geste de reddition. Une autre montrait des soldats de la Wehrmacht, les mains sur la tête, et au bas du panneau, il y avait une photo de soldats basanés assis sur le sable, les pieds ligotés, et une autre où des soldats américains se tenaient tête baissée face à une rangée d'officiers japonais.

« Regardez-moi ça, lança Balilti. Il a là un véritable album. Il pourrait le publier, non ? »

Michaël regardait aussi la cassette. Il pensait à *La famille de l'homme*, un livre de photos du temps de sa jeunesse qu'aimait beaucoup Becky Pomeranz, la mère d'Uzi, son camarade de lycée, la première femme à l'avoir séduit. Elle l'avait initié à la musique et lui avait montré des livres de ce genre, avec des photos intéressantes et sensibles. Elle lui avait aussi appris à fumer, à dix-sept ans. Si seulement il avait eu maintenant une cigarette sous la main. Une seule cigarette… il ne faisait pas de doute que sa faculté de concentration en aurait grandement bénéficié. Peut-être devrait-il songer à recommencer à fumer, le temps de cette enquête. Ensuite il pourrait arrêter définitivement. Comme il aurait souhaité que quelqu'un l'autorise à fumer encore quelques semaines ! Mais il lui faudrait alors endurer à nouveau les tourments du sevrage et… il se passa les doigts sur le visage et effleura sa lèvre inférieure puis il dirigea de nouveau son regard vers l'écran.

« C'est la collection de Rubin, dit Natacha, sur la défensive. Il appelle ça sa collection pacifiste. C'est toujours mieux que des filles à poil. »

Le visage de Liliane apparut enfin dans le champ. Elle considérait Natacha avec un intérêt manifeste. « Je ne suis pas d'accord, lui dit-elle. Les filles à poil sont franchement plus belles, non ? » Elle lui adressa un sourire rusé : « Quand elles sont belles, bien sûr. Dites-moi autre chose, je pensais que vous aviez une liaison avec Hefetz. Couchez-vous avec Rubin aussi ? »

Balilti regarda Liliane en sifflant. « Bravo, madame Liliane, dit-il. Je vois que vous n'êtes pas passée pour rien par la brigade des stups.

— Je ne couche pas avec Rubin », dit Natacha d'une voix calme, et ses yeux d'un bleu insondable se détachaient sur son visage pâle où des taches cramoisies coloraient à présent les joues et le menton, « et j'ai rompu avec Hefetz. »

Michaël nota que la question ne l'avait, apparemment, pas offusquée. « Rubin est tout simplement extrêmement gentil avec moi, il l'a été depuis mon arrivée sur la chaîne et ça n'a rien de…

— De quoi ? demanda Liliane.

— De sexuel, dit Natacha en se couvrant le visage des mains.

— Venons-en au fait, proposa Liliane. J'aimerais savoir ce que vous faisiez ce matin entre dix et onze heures.

— J'ai d'abord passé un certain temps dans le couloir à attendre que Tsadik ait un moment de libre, puis Aviva m'a demandé de la remplacer, elle avait besoin d'aller aux toilettes et ensuite j'ai retrouvé Schreiber.

— Dans le bureau d'Aviva ? demanda Liliane. Près de la scène du crime, donc ?

— Je n'ai pas quitté mon siège, dit Natacha. Ils m'ont tous vue. Vous pouvez le leur demander. »

On entendit alors un martèlement contre la porte qui s'ouvrit. Le film s'interrompit.

« C'est tout ? demanda Tsila, déçue.

— C'est tout, confirma Liliane. Ensuite Beny Meyouhas est arrivé et la pagaille a commencé… mais j'ai vérifié son alibi. Tout est vrai. Aviva m'a confirmé ses dires, Hefetz l'a vue…

— Si Hefetz l'a vue, ironisa Élie Bahar.

— Il n'est pas le seul. Schreiber m'a dit qu'ils étaient bel et bien dans la « petite pièce » à côté de la porte qui…

— Schreiber en pince pour Natacha, dit Élie Bahar. Il faut en tenir compte.

— Ma parole, tout le monde est amoureux de cet oisillon ! s'étonna Balilti.

— Il y a des hommes que ça excite, lui assura Tsila, et elle coula un regard prudent vers son mari. Alors qu'il y en a d'autres dont on ne sait pas trop ce qui les excite.

— Est-ce que vous avez eu l'impression, à un moment quelconque, qu'elle vous cachait quelque chose ? demanda Michaël à Liliane. Compte tenu de votre expérience des toxicomanes, vous devez être experte en mensonges. »

Liliane sourit. « Je peux vous affirmer que Natacha ne me semble être ni une toxicomane ni une menteuse. Schreiber, en revanche, me semble être défoncé la plupart du temps. Il doit fumer pas mal d'herbe.

— Et ils n'ont pas de mobile, dit, songeur, Balilti. Pas plus Natacha ou Schreiber que Rubin, n'est-ce pas ? »

Liliane acquiesça.

« Quelqu'un veut-il encore quelque chose ? » demanda Tsila. Personne ne répondit. « Parce que, sinon, je débarrasse… ça sent… je suffoque.

— Revenons au meurtre », dit Michaël. Il rappela que l'assassin n'avait pu emprunter la porte latérale que pendant la demi-heure où Tsadik était demeuré seul dans son bureau, si on excluait la possibilité qu'il eût été perpétré par l'ultrareligieux passé par le bureau d'Aviva. « Nous savons aussi qu'il portait le bleu de travail d'un agent de maintenance, ajouta Michaël. Le bleu est resté dans le bureau et les techniciens de l'identité judiciaire sont persuadés qu'ils y relèveront des empreintes. Nous avons découvert…

— Le tee-shirt, compléta Tsila.

— L'assassin savait-il que l'agent de maintenance devait effectuer une réparation dans le bureau de Tsadik ? demanda Liliane. Est-il arrivé lui aussi en bleu de travail ou bien a-t-il revêtu celui de l'électricien du service de maintenance ? Je ne comprends pas très bien ce point.

— Il a dû entrer dans le bureau habillé normalement, dit Élie Bahar. En tout cas, personne ne se souvient d'avoir vu un technicien ou un agent de maintenance dans le couloir, personne n'a vu…

— Quoi d'étonnant à ça ? fit remarquer Balilti à mi-voix. Ils n'ont rien vu là-bas, ni celui qui a poussé Tirtsah Rubin, ni l'ultra-religieux sortir du bureau, ni…

— S'il a utilisé le bleu de chauffe de l'agent de maintenance qui était passé plus tôt, reprit Liliane, il devait savoir qu'il l'y trouverait. Quand on y pense, ça colle encore moins. Il n'a quand même pas dit à Tsadik : "Attends une minute, je mets le bleu de chauffe pour ne pas me salir et ensuite je t'enfonce la perceuse dans la gorge ?"

— Non, ma petite, soupira Balilti. N'as-tu pas suivi ce qu'on a dit à propos de l'autopsie de Tsadik ? On en a parlé à midi et tu étais là. Le médecin légiste ayant constaté une grosse contusion sur le crâne de Tsadik, près de la nuque, on en a conclu qu'il a perdu connaissance avant que la perceuse n'entre en action, capisci ?

— Il l'a frappé avec la perceuse, il ne l'a pas actionnée, ce qui explique l'absence de bruit », nota Élie Bahar.

Liliane baissa la tête. « Le rapport du médecin légiste n'était pas encore arrivé, affirma-t-elle. Je ne m'en souviens pas parce que je ne l'ai vu écrit nulle part.

— Alors tu dois me croire, chérie, tu dois tout simplement me croire, dit doucement Balilti. Il l'a d'abord frappé à la tête et, quand Tsadik a perdu connaissance, il a mis le bleu de travail et l'a broyé avec la perceuse. Tu as compris ?

— Sois gentil, Dany, dit Tsila. Épargne-nous ces détails.

— Alors il le savait ou pas ? demanda Liliane d'une voix têtue.

— Qui ? Quoi ? répondit, agacé, Balilti. Qui savait quoi ?

— L'assassin savait-il que l'électricien de la maintenance devait revenir ?

— Qu'il l'ait su ou pas, dit Tsila impatiemment, les choses ont dû se passer de la façon suivante : il est entré, quelque chose s'est produit qui l'a décidé à tuer Tsadik, il a commencé par le frapper sans réfléchir puis il a vu les vêtements de travail, les outils et l'idée lui est venue.

— Personne ne savait qu'un technicien serait là, dit Michaël, à part Aviva. Elle l'avait marqué dans son agenda en abrégé, rendant la notation illisible à toute autre personne qu'elle, nous l'avons vérifié. »

Mais Liliane s'obstinait : « Pourquoi ? Était-ce un secret ?

— Tu seras étonnée d'apprendre, s'exclama Tsila avec un accent de triomphe, qu'elle a pris cette habitude quand elle était secrétaire à l'État-Major, pendant son service militaire. “Pour décourager les curieux”, je la cite.

— C'est un moyen idéal pour que votre patron ne puisse pas se passer de vous, intervint Balilti. Un trait caractéristique des vieilles filles qui n'ont d'autre raison d'être et de vivre que leur travail.

— Toutes ne sont pas comme ça, dit Liliane, qui posa sur lui un regard blessé. Il y en a qui...

— Abrégeons, ordonna Michaël. As-tu la liste, Élie ? Celle de toutes les allées et venues avec les heures précises ? Sais-tu, par exemple, quand le médecin qui avait rendez-vous avec Rubin est arrivé ? L'as-tu noté ? Passe la liste à Tsila. Qui te semble suspect ?

— Personne. À première vue, tous ont... le laps de temps était trop court, expliqua Élie Bahar.

— J'aimerais revenir à la question du mobile », dit Michaël.

Cette suggestion souleva un léger brouhaha. « Un peu de silence ! » ordonna Michaël.

Tous se turent.

« Je ne vois pas en quoi ce point est déterminant, dit Shorer. Tout le monde a des ennemis, si c'est ce à quoi tu penses. Seuls les morts n'en ont pas.

— Si, les morts aussi ont des ennemis, marmonna Balilti. Croyez-moi, la mère de ma belle-sœur... » Il lança un regard à Michaël et s'interrompit.

« On sait, dit Élie Bahar, que le président de la chaîne n'aimait pas Tsadik.

— Soyons sérieux, dit Rafi sur un ton exaspéré. Il ne l'aimait pas, et après ?

— Je me borne à faire ce qu'on me dit, protesta Élie Bahar. Mais j'ai bien l'impression que les collaborateurs de Tsadik étaient vraiment très attachés à lui. Tous. Même les employés de la cafétéria. Ils pleurent comme des...

— Continue, dit Michaël.

— Je ne peux pas le prouver mais... vous avez vu le journal de dix-sept heures ? Quand ils ont annoncé la mort de Tsadik ?

— Oui, dit Michaël. Nous l'avons même enregistré, n'est-ce pas, Tsila ?

— La cassette est déjà dans le lecteur, répondit celle-ci. Je la lance ?

— Est-ce qu'on peut visionner l'éloge funèbre prononcé par Hefetz ? demanda Élie Bahar. J'étais sur place quand il l'a prononcé, pas dans le studio mais dans la salle de rédaction. »

Tsila mit en marche le magnétoscope et le visage joufflu de Hefetz apparut à l'écran. Il avait une expression d'une extrême gravité en déclarant : « Frappés de stupéfaction, la direction de la Haute Autorité de l'Audiovisuel et l'ensemble des employés de la première chaîne ont la douleur d'annoncer la mort de... »

« Il exagère, s'exclama Liliane. Les mêmes mots que pour... il ne s'agit tout de même pas d'un Premier ministre...

— Peu importe », lui dit Élie Bahar en lui faisant signe de se taire. Michaël suivait l'oraison d'une oreille distraite. « De tous les citoyens de notre pays… », « la grande chance… »

« Attendez un instant, s'écria Shorer qui, jusque-là, n'avait pratiquement pas ouvert la bouche. Écoutez bien ce qu'il dit là. Tsila, revenez en arrière, s'il vous plaît. »

Tsila appuya sur un des boutons de la télécommande et les images défilèrent à l'envers. « Voilà, lui indiqua Shorer. Maintenant, ouvrez bien vos oreilles. »

« … être fidèle au credo de Tsadik, Dieu ait son âme… » La voix de Hefetz vibrait d'émotion. « On n'arrête pas l'information… aussi ai-je accepté d'occuper le poste de directeur de la chaîne publique et me suis-je engagé à agir en accord avec mes supérieurs et à présenter sans parti pris la politique menée par le gouvernement dont nous sommes les mandataires… »

« Arrêtez là, Tsila, lança Shorer.

— Qu'a-t-il dit de tellement important ? s'étonna Balilti.

— Vous ne l'avez pas entendu ? demanda, interloqué, Shorer. "Présenter sans parti pris la politique menée par le gouvernement dont nous sommes, etc." C'est la première fois qu'un directeur s'exprime de cette manière. Il ne devrait pas se trouver à la tête de la chaîne publique. C'est contraire à… Tsadik, en tout cas, n'aurait jamais tenu de tels propos.

— Qu'entendez-vous par là ? demanda Balilti, et son visage eut une expression perplexe. Vous y voyez un mobile possible ? Vous pensez à un complot ? Quelqu'un aurait-il chargé Hefetz de… vous n'essayez tout de même pas de nous dire que quelqu'un a voulu mettre Tsadik hors d'état de nuire pour que Hefetz transforme la chaîne en caisse de résonance du gouvernement ? Vous l'envisagez sérieusement ?

— Nous avons appris, dit Shorer sans se départir de son calme, ou plutôt l'expérience nous a appris que, dans une affaire de meurtre, toute anomalie peut nous mettre sur la bonne piste. N'est-ce pas une anomalie à vos yeux ?

— En effet, il est bizarre que… » Balilti remua sur sa chaise, visiblement mal à l'aise. « Mais où voulez-vous en venir ? Vous voyez un rapport entre ce crime et l'affaire des ultrareligieux sur laquelle enquête… »

À cet instant la porte s'ouvrit et un agent en uniforme apparut dans l'embrasure. « Excusez-moi, monsieur », dit-il, essoufflé, à Michaël, puis, apercevant Emmanuel Shorer, il ajouta : « Et vous aussi, monsieur, mais…

— Que se passe-t-il, Davidov ? lui demanda Shorer.

— La station m'a appelé… on a trouvé un corps… dans un appartement près de la station-service d'Oranim… le standard n'a pas réussi à vous joindre à cause de la conférence. Vos portables sont apparemment éteints et vos bipers aussi. Alors on m'a demandé de vous prévenir. Il s'agit du corps d'un homme.

— Qu'est-ce que…, demanda Élie Bahar d'une voix nerveuse, vous venez nous… » mais il se tut dès que Shorer leva le bras.

« Était-ce urgent au point de nous déranger en pleine conférence ? demanda Shorer.

— Ils disent, monsieur, expliqua Davidov qui se tenait toujours sur le seuil de la pièce, que l'homme correspond au portrait-robot…

— Quoi ? Quoi ? s'écria Balilti en bondissant sur ses pieds.

— Ils disent que c'est un homme du même âge, avec des brûlures et des vêtements de juif ultrareligieux, dit Davidov en tirant sur son coupe-vent. Ils nous ont appelés de la scène du crime, mais d'un téléphone fixe, par mesure de prudence. Ils ont demandé que vous vous rendiez le plus rapidement possible sur les lieux », dit-il à Michaël.

« Où se trouve l'appartement ? » demanda Michaël qui s'était levé, imité par Élie Bahar et le sergent Ronen. Michaël fixa Shorer.

« Voilà, j'ai noté l'adresse », dit Davidov, et il lui tendit un morceau de papier. « Rue Mekor Haïm, deux maisons après la station-service d'Oranim, au deuxième étage. J'ai marqué aussi le nom de l'agent et du capitaine qui l'ont trouvé mais ils ont demandé que vous n'utilisiez pas votre émetteur. Contactez-les uniquement sur le portable dont le numéro figure sur le papier.

— Capitaine Nitsah Peretz ? Tu la connais ? » demanda Balilti après avoir jeté un coup d'œil par-dessus l'épaule de Shorer pendant qu'ils sortaient de la pièce à grandes foulées, essayant de rattraper Michaël qui dévalait déjà l'escalier.

« Je la connais, bien sûr que je la connais, dit Shorer. Nitsah, voyons, la rousse à la... » Shorer reproduisit d'un geste une taille svelte.

« Ah, Nina ! » lança Balilti, et un éclair scintilla au fond de ses pupilles, ils descendaient eux aussi l'escalier maintenant. « Depuis quand est-elle là, Nitsah la rousse ? N'a-t-elle pas été mutée dans le secteur sud ? J'ai entendu dire que... » Il regarda autour de lui mais l'expression de Shorer le réduisit au silence.

« On l'a mutée et elle revenue, dit Shorer, après la nomination du nouveau commandant en chef de la police. Pourquoi est-ce que vous trouvez ça tellement étonnant ? Elle devenait folle, là-bas, à Beer-Sheva. Elle n'avait personne à qui parler, elle était seule comme un chien. Je vous emmène ou préférez-vous faire le trajet avec Ohayon ?

— Cette question ! Je reste avec vous, évidemment, répondit jovialement Balilti. Vous me parlerez de Nina-Nitsah la rousse, c'est vraiment chouette que... » Il se tut lorsque Shorer sortit le gyrophare de la voiture et actionna l'avertisseur. Il suivait de près le véhicule dans lequel se trouvaient Michaël, Élie Bahar et Liliane, qui avait trouvé le moyen de se joindre à eux sans y être conviée.

« Qu'est-ce qui est chouette ? » demanda Shorer d'une voix forte pour se faire entendre malgré la sirène, mais Balilti se contenta de lever le bras et de le laisser retomber sur sa cuisse en soupirant : « Je n'ai rien dit. »

13

La cour qui s'étendait devant la maison — de vieux et hauts cyprès en cachaient l'aspect délabré — était éclairée par deux projecteurs installés devant l'entrée. Les voitures d'Emmanuel Shorer et de Michaël Ohayon s'arrêtèrent derrière le fourgon-laboratoire de l'identité judiciaire, juste à côté de l'ambulance qui stationnait près du portillon tordu et rouillé, et Balilti, qui sortit prestement de la voiture de Shorer, frissonna. « Brrr… il fait un froid de loup », lâcha-t-il en remontant le col fourré de son manteau. « Un hiver typiquement hiérosolymitain », dit-il au sergent Ronen qui était sorti, lui aussi, du véhicule. « On se croit en Californie, ici, mais dès qu'arrive la mauvaise saison on déchante rapidement ! » ajouta-t-il. Il jeta un coup d'œil sur une bande d'enfants qui avait surgi de derrière la barrière avant de se disperser presque aussitôt. « Ceux qui n'en ont pas souffert ne savent pas comme il peut faire froid chez nous. » Il fronça les sourcils pour mieux voir l'enfant qui se tenait devant le fourgon de l'identité judiciaire, perdu dans la foule des adultes que la pluie fine ne décourageait pas. « Dis-moi, lança-t-il sans s'adresser à personne en particulier, que font tous ces enfants, ici, à dix heures du soir ? Où sont leurs parents ? Ils ont école demain, non ? » Le sergent Ronen considéra pendant quelques instants les enfants qui détalaient dans toutes les directions puis il pénétra dans la cour. Quelques jeunes gens barbus qui portaient la kippah et étaient habillés de sombre se pressaient sous deux parapluies noirs. L'un d'eux interpella Shorer qui venait de sortir à son tour de la voiture et promenait un regard circulaire autour de lui : « Eh, monsieur le policier, qu'est-ce qui se passe ? Il paraît qu'on a tué quelqu'un ? » Shorer fit la sourde oreille et continua de marcher à grandes enjambées, la tête baissée pour s'abriter de la pluie.

« Nous sommes étudiants à la yeshiva, de l'autre côté de la rue, nous voulons savoir ce qui est arrivé ! cria un des jeunes.

— Dispersez-vous, tonna Balilti. Retournez dans votre yeshiva », ajouta-t-il avec mépris. « Ils se croient chez eux », fulmina-t-il quand il vit que le jeune homme ne bougeait pas. « Ils vous occupent une maison destinée à devenir un centre de loisirs et l'appellent une yeshiva. Fichez-moi le camp, il hurlait, à présent, continuez à détruire la ville, à la remplir de vos yeshivas. Vous l'avez déjà détruite, d'ailleurs, complètement détruite. »

Michaël posa la main sur son bras. « Pas maintenant, Dany, dit-il doucement. Tu as mal choisi ton moment pour changer le monde.

— Qui te parle du monde ! grommela Balilti. Ils détruisent le marché de Mahané Yehouda, partout où ils s'installent, la valeur des appartements baisse de moitié. »

Michaël soupira. Il faillit lui dire : « Combien de fois par jour est-ce qu'il faut que tu nous infliges tes imprécations contre les religieux et leur effet néfaste sur l'immobilier à Jérusalem ! » mais il préféra se taire et regarda une femme qui posait des sacs en plastique et des paniers remplis de provisions contre la barrière, à côté de l'allée étroite qui menait à l'entrée de la bâtisse. « Veuillez quitter les lieux », lui ordonna-t-il. Elle souleva ses sacs en ahanant et Michaël rejoignit Balilti et Shorer dans l'allée de pierres étroite que le projecteur éclairait d'une lumière bleue.

« Par ici, monsieur, leur cria un policier qui était sorti à leur rencontre. Faites attention, marchez bien sur les pierres, il y a de la boue des deux côtés », dit-il à Shorer qui ouvrait la marche. « Il y a un escalier, derrière, qui mène directement au deuxième étage », expliqua-t-il à Michaël avant de lancer un regard à Élie Bahar qui s'attardait au bout de l'allée et il les conduisit jusqu'au pied de l'escalier étroit.

Près de la dernière porte, au deuxième étage, on avait placé une grande torche qui éclairait la rampe rouillée partiellement descellée et les deux plantes qui encadraient la porte grande ouverte, revêtant l'unique géranium qui fleurissait, têtu, parmi les tiges desséchées, d'une teinte rose chewing-gum intense, et illuminait également la sonnette qui avait été arrachée et pendait au bout d'un fil électrique à côté du chambranle.

Nina, la rousse, qui portait un jean moulant, se tenait déjà sur le seuil de la porte. Elle n'est plus rousse, se dit Balilti. Ses cheveux coupés court avaient maintenant, sous l'éclairage blafard du couloir, des reflets platinés. Balilti chuchota — s'adressait-il à Michaël ? à lui-même ? — qu'elle avait aussi un peu grossi, ce qui ne nuisait pas au sex-appeal de son corps menu et ferme.

« Nina, Ninotchka, *long time no see* », dit Balilti qui passa devant Michaël et lui tapota le bras avant de l'embrasser sur la joue. Mais elle eut un mouvement de recul, pinça ses lèvres charnues et le repoussa délicatement d'une main où un diamant en bague jetait des feux.

« Qu'avons-nous ici, Nitsah ? » demanda Shorer, et elle lui dit : « Entrez, monsieur, venez voir. Il est dans la première chambre à droite. » Elle posa alors un regard sur Michaël et ses lèvres s'épanouirent en un demi-sourire. « Comment vas-tu ? » lui chuchota-t-elle. Il hocha la tête et haussa les épaules. « Ça peut aller », répondit-il.

Elle examina Liliane qui était déjà à l'intérieur et suivait Shorer dans la chambre où se trouvait le cadavre. « Tu as l'air en forme, dit-elle enfin à Michaël, il paraît que tu as arrêté de fumer, c'est vrai ? »

Élie Bahar les rejoignit et, entendant sa remarque, il rit doucement. Puis il se tourna vers le technicien de l'identité judiciaire qui était penché au-dessus d'un grand sac posé par terre dans l'entrée et lui tapa sur l'épaule.

« Les bruits de couloir se propagent plus rapidement que je ne le pensais », dit Michaël, et il s'approcha d'elle. Le parfum sucré et capiteux qu'elle utilisait le prit à la gorge, comme pendant la brève période où il lui avait servi de conseil matrimonial (elle était encore mariée à un homme qu'elle abhorrait mais qu'elle ne parvenait pas à quitter pour des raisons qu'il ne saisissait pas). Il lui avait même acheté un autre parfum, citronné et léger, mais après l'avoir remercié, la larme à l'œil (« Tu n'imagines pas comme c'est émouvant qu'un homme sache quoi offrir à une femme »), et l'avoir vaporisé sur son poignet, elle avait dit d'un air sceptique qu'elle n'avait pas l'intention de renoncer complètement à son Estée Lauder. Il ajouta : « À mon âge, tu arrêteras aussi. »

Balilti s'approcha d'elle, lui saisit la main et admira le diamant. « Vous êtes fiancée ? » lui demanda-t-il et, en voyant l'éclair qui étincelait dans ses yeux brun-vert, il réprima un sourire et prit un air compatissant quand elle lui dit que c'était la bague de fiançailles de sa mère, décédée quelques mois plus tôt.

Ils entrèrent dans la première chambre qui, en raison de son plafond bas, semblait petite et oppressante. Dans le couloir, un technicien de l'identité judiciaire leur avait dit que l'homme n'occupait probablement pas l'appartement depuis longtemps car le réfrigérateur était pratiquement vide et les chambres, non meublées. Le corps, habillé, reposait sur un lit étroit installé près du mur. Un lourd manteau était jeté sur une chaise en bois à côté d'une table et une écharpe de laine grise qu'il avait vraisemblablement portée autour du cou était entre les mains du médecin légiste penché sur lui. Il se retourna en entendant des pas et dit à Shorer : « Je suis à peu près sûr qu'il a été étranglé, soit avec ça », il leur tendit l'écharpe, « soit à mains nues. Vous voyez ? » il se tourna vers Michaël, « malgré les brûlures et la barbe, on peut apercevoir des traces. Cette teinte bien particulière de la peau et toutes ces taches sont des signes caractéristiques de la strangulation. »

Michaël considéra le frêle cadavre, déjà rigide, et détourna la tête. Les murs étaient nus et la pièce dégageait une odeur de froid et de moisi. Shorer rejeta du pied le cordon d'un poêle électrique placé près du lit. « Il ne l'a même pas allumé ? » demanda-t-il, et le médecin secoua négativement la tête. « C'est grâce au froid qu'il est si bien conservé, marmonna le médecin légiste, mais la mort est récente. J'estime qu'il a été tué il y a sept ou huit heures environ. Je vous donnerai plus de précisions après l'autopsie. » Il retroussa la manche du fin pull bleu que la victime portait et celle du tricot en flanelle grise qu'il avait en dessous et examina attentivement les marques sur son bras. La face interne était couverte d'hématomes. « On dirait qu'on lui a fait de nombreuses piqûres. Regardez », dit-il alors que Michaël s'approchait et se penchait sur le cadavre. « D'un côté, ça ne ressemble pas à… bon, il était très maigre, on en saura plus après l'autopsie, mais il y a là quelque chose de très…

— Il aurait pu pourrir ici », dit Nina en enfonçant ses mains dans les poches arrière de son jean moulant, et elle s'approcha à petits pas rapides. « Vous travaillez toujours dans cette tenue ? » lui demanda Balilti qui se tenait dans l'encadrement de la porte, appuyé au chambranle, et il pointa un doigt sur ses bottes de cuir aux talons fins. « J'allais à un rendez-vous galant, dit-elle, provocatrice, quand on m'a appelée. C'est beau la conscience professionnelle, hein ? Celui qui l'a étranglé, expliqua-t-elle à Michaël, s'est dit que, l'appartement étant vide, personne ne s'apercevrait de rien pendant plusieurs jours au moins. C'était l'idée. Mais, par miracle, la voisine l'a trouvé. Sans elle…

— L'appartement est inoccupé, dit Balilti. Le frigo a au moins cent ans.

— Il a un nom ? demanda Shorer. C'est notre homme ou pas ?

— C'est bien lui, confirma Nina. Non seulement il correspond au portrait-robot mais son passeport le prouve noir sur blanc. Il s'appelle Israël Hayoun, je vais vous montrer tout de suite… » Elle sortit de la chambre et y revint au bout de quelques instants avec à la main un sac en plastique qui contenait une enveloppe marron. « Il a deux passeports, un passeport israélien et un passeport américain. Il est entré en Israël avec le passeport américain, voilà le tampon, il y a deux jours. Regardez ici. » Elle ouvrit le passeport américain et leur montra le tampon d'entrée puis elle indiqua du doigt un tas dans un coin de la chambre. « Ce sont ses affaires, nous avons déjà inspecté la valise. » Michaël se dit qu'il y avait quelque chose de poignant dans cette vieille valise en cuir marron comme il n'en avait pas vu depuis des années, identique à celle qu'il avait trouvée un jour dans le grenier de Yusek, son ex-beau-père, attachée avec de la ficelle et qui, ainsi que l'autre, lui évoquait des images de déracinement, d'exil et de solitude. « Deux chemises, un pull, un pantalon, des sous-vêtements et des chaussettes, une bible, offerte par l'armée, un livre de prières, deux vieilles photos encadrées et ce livre, des poèmes, tu es expert en poésie, non ? » demanda-t-elle à Michaël, et elle lui remit un mince volume marron dont la couverture, maintenue par un élastique épais, s'effritait. Les pages étaient toutes jaunies. « Regarde, il y a une dédicace. Je ne connais pas la poésie hébraïque, marmonna-t-elle, contrairement à la poésie russe. » Il ôta avec précaution l'élastique et examina la première page. Sous le titre *Des étoiles par la fenêtre*, on avait écrit à l'encre noire : « Pour notre Shroul, à l'occasion de ses dix-sept hivers, de la part de Tirtsah et Ariéh. »

Michaël faillit dire quelque chose à propos d'Alterman, d'une génération, la sienne, nourrie par ses poèmes, et lui réciter « Les vieux paysages aussi ont leur heure de naissance » mais un seul regard porté sur l'horreur que dégageait le spectacle de cet homme si seul, si délaissé — mais le mot « délaissé » n'était-il pas trop esthétique, trop « altermanien » en regard du vide et de l'abandon qui l'entouraient ? —, lui fit seulement dire : « Vous avez tout examiné ? » et, le doigt pointé sur le tas d'effets : « L'identité judiciaire a déjà relevé les empreintes ? Je peux toucher ?

— Vas-y, lui répondit Nina. Ils sont dans la salle de bains, à présent, ils vérifient que… qu'est-ce que tu as trouvé ? » demanda-t-elle lorsque Michaël s'agenouilla près du tas et prit les deux photos qui se trouvaient sous les chemises. Il les contempla un long moment et en tendit une à Shorer qui se tenait au-dessus de lui et disait : « Montre-moi ça.

— Bon », dit Shorer en regardant la photo jaunie et maculée du trio qu'ils avaient déjà vue chez Beny Meyouhas et sur le panneau en liège dans le bureau d'Ariéh Rubin, « il n'y a aucun doute, c'est notre homme.

— Le nom dans le passeport et les brûlures sur les mains et le visage ne vous suffisent donc pas ? demanda Nina. Dès que je l'ai vu, j'ai su que c'était lui, même s'il ne ressemble pas tout à fait au portrait-robot.

— Cet appartement est une énigme pour moi, dit Balilti qui se tenait à présent au milieu de la chambre et regardait attentivement le corps. Pas ou peu de meubles, un canapé et un poêle, une cuisine quasiment vide. Qui l'a trouvé ? Vous avez parlé d'une voisine ? Où est-elle, cette voisine ? »

Michaël écouta Nina expliquer que l'appartement était vide en raison d'un litige consécutif à un divorce : « Ils ne sont pas parvenus à un accord, les propriétaires, à savoir sa sœur », elle indiqua le cadavre de la tête, « et son mari. Je connais ça. J'ai moi-même… si on ne trouve pas d'accord, l'appartement reste vide, bloqué, on ne peut ni le louer ni le vendre, et la voisine m'a dit que, jusqu'à il y a deux mois, sa sœur habitait encore là et ne voulait pas s'en aller, de crainte que son mari ne profite de son départ pour s'emparer de l'appartement et tout garder, alors ils y ont vécu ensemble. Ils ne s'adressaient plus la parole mais ils habitaient sous le même toit. Lui dans le salon, sur le canapé, et elle ici, dans la chambre. Ils ne se parlaient plus, ne… ils ne pouvaient plus se sentir mais aucun des deux n'était prêt à renoncer. À la fin, c'est ce que m'a dit la voisine, elle était en très bons termes avec la femme, avec sa sœur », elle montra à nouveau le corps de la tête, « qui est beaucoup plus jeune que lui, alors la voisine m'a dit… Vous voulez que je l'appelle ? » proposa-t-elle à Shorer, « elle a demandé que vous descendiez la voir… elle ne veut pas voir ça… »

— … elle-il-eux, grommela Balilti. Ils n'ont donc pas de noms, ces gens-là ?

— Terminez votre rapport, elle fera sa déposition tout à l'heure », dit Shorer en regardant Michaël. Michaël hocha la tête, s'écarta et fit signe à Élie Bahar.

« Vous voulez que je descende la voir ? » demanda Élie Bahar, et il posa un regard hostile sur Balilti. « Emmène-la avec Liliane à l'Esplanade russe faire sa déposition, dit Michaël. De toute façon, il y a trop de monde ici.

— Les autres restent là ? » demanda Élie Bahar, et il se tourna vers Balilti et le sergent Ronen. Il marmonna encore quelque chose mais Nina-Nitsah lui jeta un regard de maîtresse d'école sur un élève turbulent et, d'une voix particulièrement forte, comme pour couvrir les récriminations d'Élie Bahar, elle expliqua à Shorer : « L'avocat a dit à la propriétaire, la sœur de la victime, Dafna Gottlieb, son mari s'appelle Eldad Gottlieb, il est expert-comptable, la voisine dit que c'est un type affreux, il lui a donc dit qu'elle pouvait quitter l'appartement sans craindre d'être lésée, il y a… je n'ai pas très bien compris… à l'époque… vous vous en souvenez ? » demanda-t-elle tout à trac à Michaël qui n'en gardait aucun souvenir mais fit un geste vaguement approbateur de la main, « mon mari aussi m'avait donné du fil à retordre ! Vous vous souvenez qu'après notre décision de divorcer et son départ de la maison il était revenu coucher dans le salon, pour ne pas perdre ses droits, sur les conseils de son avocat ? Heureusement que nous n'avions pas d'enfants mais cette Dafna en a deux, des grands, qui ne vivent plus chez leurs parents… elle habite maintenant seule, le quartier de Pisgat Zeev, et attend de pouvoir vendre cet appartement, il paraît qu'il y a pas mal de demande », poursuivit Nina, « le coin n'est pas terrible mais c'est assez central et en plus… » Elle se tut et demeura pensive face au lit à une place où était étendu le corps.

« Nitsah, dit Shorer. Nous attendons que vous nous expliquiez comment on l'a trouvé.

— Ah, pardon, je pensais… la voisine, Sarit Marciano, c'est son nom, a une clé. Elle avait des invités, sa sœur et son beau-frère, avec leurs deux enfants, ils habitent la ville de Maalot, elle avait besoin d'un matelas, elle est donc montée et… il apparaît que Dafna Gottlieb ne savait même pas que son frère était en Israël, à plus forte raison dans son ancien appartement, et la voisine, Marciano, ne le savait pas non plus. Elle n'avait rien entendu. Imaginez le choc que ça lui a fait ! et en plus de le voir comme ça ! elle n'a touché à rien, elle a pris ses jambes à son cou en hurlant et nous a appelés. Je suis arrivée et voilà… comment je l'ai trouvé. Il n'avait même pas prévenu sa sœur…

— Et les autres voisins ? Personne n'a rien remarqué ? Il devait pourtant y avoir de la lumière, des voix, des pas, des bruits, quoi ! Quelque chose ! s'exclama Shorer.

— Non, non, elle était malade, dit Nina-Nitsah, prenant la défense de la voisine. Elle avait la grippe. Son fils était en excursion et elle était clouée au lit. Elle l'élève seule, son mari l'a plaquée il y a deux ans… Bref, elle n'a rien vu et rien entendu, c'est ce qu'elle dit. » Nitsah passa la pointe de sa langue sur ses lèvres pleines avant de mordiller sa lèvre inférieure. « Je ne sais pas si vous êtes de mon avis, mais il y a des choses qui ne collent pas.

— Quoi, par exemple ? lui demanda Michaël.

— Premièrement, on n'a pas l'impression qu'il ait passé deux jours dans cet appartement. Deuxièmement, j'ai peine à croire qu'il ait pu dormir ici. La voisine dit que le frère de Dafna Gottlieb vivait aux États-Unis et était un homme riche. Il l'a même aidée à payer les honoraires de son avocat au moment de son divorce, c'est ce que dit la voisine, alors qu'est-ce qu'il était venu faire dans cet appartement ? Il aurait pu aller à l'hôtel.

— Montrez-moi ce que vous avez trouvé dans l'enveloppe marron », lui demanda Shorer, et elle lui tendit une liasse de papiers. Il les parcourut rapidement. En ouvrant le passeport américain, il tomba sur une coupure de journal qu'il lut plus attentivement. « Qu'en penses-tu ? » demanda-t-il à Michaël en lui passant le bout de papier. Il s'agissait de l'avis de décès de Tirtsah. « Il a vu l'avis de décès et il a sauté dans le premier avion ? avança Balilti. Pas impossible. Les vieilles amitiés sont les plus solides. Je l'ai toujours dit. Ils se connaissaient depuis l'école. C'était sa seconde famille. » Il indiqua de la tête la photo posée sur la table et dit : « Je vous parie que des sourires comme ça, il n'en a plus eu beaucoup, par la suite. »

Personne ne lui répondit mais tous les yeux se braquèrent sur Michaël, qui s'était assis près de la table et examinait les papiers. « Tu n'as rien trouvé d'autre ? demanda-t-il à Nina.

— Rien, répondit-elle.

— C'est quand même étrange. Où est son portefeuille, où sont ses cartes de crédit, son argent ?

— L'hypothèse d'un crime crapuleux ne peut pas entrer en ligne de compte, marmonna Shorer. Personne ne l'a évoquée.

— Non, dit Nina. Il n'y a pas eu d'effraction. Tout indique qu'il se trouvait avec quelqu'un qu'il connaissait. Il y a une bouilloire électrique dans la cuisine, des verres dans l'évier. On les a lavés mais il reste des traces de café.

— Il n'était effectivemennt pas seul, intervint le sergent Ronen. Les gars de l'identité judiciaire ont dit qu'il y avait au moins une autre personne avec lui. » Il montra le cadavre du doigt. « Ils ne savent pas encore s'il s'agit d'un homme ou d'une femme.

— Alors pas de liquide, rien que les passeports et le billet d'avion ? » insista Michaël.

Nina acquiesça.

« Je n'en suis pas si sûr », marmotta Balilti qui s'était agenouillé au pied du lit étroit où était étendu le mort. Il regarda sous le sommier, souleva le matelas et en sortit une pochette d'agence de voyages en plastique violette, examina de l'ongle de l'auriculaire l'inscription en lettres dorées à demi effacées qui y était gravée et l'ouvrit.

Elle contenait une page de journal jaunie et un paquet de lettres attachées par un petit élastique. Balilti rompit le silence qui avait suivi sa découverte. « Que ferions-nous sans l'identité judiciaire ? » ironisa-t-il. Il regarda autour de lui et lança : « Jojo, Jojo, tu es là ? » Le technicien de l'identité judiciaire apparut dans l'encadrement de la porte. « Quoi encore ? demanda-t-il sur un ton fatigué.

— Je crois comprendre que vous avez déjà terminé ici, dit Balilti en agitant la pochette en plastique. Qu'est-ce que c'est que ça ? » Le technicien s'approcha de lui et considéra la pochette violette. « Ça sort d'où ?

— De là, jubila Balilti, et il montra le lit. Le mec avait mis ce qu'il avait de plus précieux sous sa tête. Et sais-tu ce qu'il avait de plus précieux ? Pas son fric ou ses cartes de crédit, non, mais quelque chose qui pourrait nous servir de fil conducteur, pour peu qu'on le trouve, qu'on ne dise pas : "On a fini d'examiner la chambre." Vu ?

— On a seulement relevé les empreintes », bredouilla le technicien de l'identité judiciaire, et il s'essuya le front du bras en prenant garde à ce que le gant en latex ne touche pas sa peau.

« C'est injuste, intervint Nina. Comment aurait-il pu la trouver alors que le corps est encore là ? Le médecin légiste vient à peine de commencer… tu l'as toi-même entendu dire qu'ils attendaient qu'on emporte le corps avant de démonter le lit.

— L'essentiel est que nous ayons mis la main dessus », dit Shorer, et il lança un regard d'avertissement à Balilti qui allait lui répondre.

Michaël examina le plateau de la table. « Vous pouvez y aller, nous avons pris toutes les empreintes qui s'y trouvaient », dit le technicien. Michaël essuya la table du coude et y posa la coupure de journal. Nina et Balilti s'approchèrent de lui.

« Je ne comprends pas ce que c'est, dit Nina.

— Qu'est-ce qu'il y a d'écrit sous la photo ? demanda Balilti.

— Une date, dit Michaël. 12 octobre 73.

— Montrez-moi ça », dit Shorer en s'approchant à son tour.

Balilti baissa la tête et examina le cliché de très près. « Une minute, dit-il. Viens voir ça, Jojo. Apporte-moi ta loupe », lui ordonna-t-il. Le technicien sortit de la pièce et revint en tendant la loupe à l'officier des renseignements.

« C'est une photo de prisonniers, dit Balilti au bout d'un moment. On dirait des Égyptiens dans le Sinaï. » Il releva la tête. « Oui, à première vue, c'est ça. Probablement pendant la guerre du Kippour, ajouta-t-il en examinant la date.

— Je ne vois pas le rapport avec notre affaire, dit Nina.

— Je crois savoir qu'ils ont été prisonniers des Égyptiens pendant quelques jours, dit Balilti, et il reprit l'examen de la photo à l'aide de la loupe.

— Qui ? Qui était prisonnier ?

— Ces trois-là, ceux que vous avez vus sur la photo encadrée. Ils ont fait leur service ensemble.

— Ce n'est pas tout à fait exact, fit remarquer Michaël. Mais laissons ça de côté pour le moment.

— Qu'avons-nous d'autre ? demanda Shorer.

— Des lettres, il y en a trois, je pense, dit Michaël. Je veux les lire attentivement, je le ferai plus tard au bureau ou chez moi », ajouta-t-il, mais il les sortit néanmoins de leurs enveloppes et les étala devant lui en disant : « L'une date de 75, la deuxième, de 82 et la troisième, du mois dernier. Elles sont toutes de… » Il parcourut les lettres et reprit : « De Tirtsah.

— Tirtsah Rubin l'a rencontré aux États-Unis quelques semaines avant sa mort, expliqua Balilti à Shorer. Nous pensons que c'est lié à la production de *Ido et Eïnam*, le film de Beny Meyouhas. Il avait besoin d'un supplément pour le terminer. Elle l'a peut-être vu pour lui demander plus…

— Je propose, dit Michaël en regardant Shorer, de faire venir ici Beny Meyouhas avant qu'on emporte le corps. »

Shorer demeura silencieux pendant plusieurs secondes puis il dit : « Ça lui déliera peut-être enfin la langue, on ne peut pas… tu ne veux pas attendre l'autopsie ?

— Non, dit Michaël, je veux le voir regarder le corps, ça marchera, j'en suis persuadé.

— Là, maintenant ? » demanda Balilti, et il sortit son portable de la poche de son manteau.

« Ne te fatigue pas, Dany, dit Michaël. Je vais le chercher.

— Pourquoi ? s'étonna Balilti. On peut très bien nous l'amener.

— J'y vais », s'obstina Michaël, et Balilti le regarda, surpris. Ses yeux s'éclairèrent soudain. « Je t'ai compris », dit-il avec une satisfaction manifeste.

Michaël fit un geste ambigu de la tête. Il n'aurait pas été capable d'expliquer pourquoi il tenait tant à aller chercher en personne Beny Meyouhas au dépôt de l'Esplanade russe. En voyant l'expression de Meyouhas, une expression sans vie, absente, comme si une grande terreur l'avait figé une fois pour toutes, il avait donné aux gardiens l'ordre de le surveiller avec un soin particulier, de ne pas le quitter des yeux et maintenant, en repensant à cet air égaré, il sentait que Meyouhas ne serait vraiment en sécurité que s'il était placé sous sa protection, que lui seul pouvait empêcher un drame dont le sentiment qu'il allait infailliblement se produire ne lui laissait aucun répit.

« Il a peur, dit Shorer, qu'un autre ne soit pas aussi vigilant que lui, n'est-ce pas, Michaël ? »

Embarrassé, Michaël refit ce geste ambigu de la tête qui aurait pu passer pour un tic. Il était gêné d'exprimer à haute voix, devant tout le monde, les sentiments qu'il éprouvait pour cet artiste étrange qui avait dit quelque chose de tellement profond sur la nouvelle d'Agnon. Cela faisait bien longtemps qu'il n'avait pas entendu de propos aussi intelligents. Et ces vues le rendaient aux yeux de Michaël tout à la fois précieux et vulnérable. « Il ne lui arrivera rien, allez, lui promit Balilti. Mais je viens avec toi. » Michaël voulut protester sans trouver cependant d'argument recevable pour le faire. « Bonne idée, finit-il par dire. Viens avec moi et tente de trouver un nouveau fil conducteur.

— Tu veux que je vérifie qui est sorti du bâtiment, c'est ça ? s'enquit Balilti. Les instructions étaient pourtant claires : de ne laisser entrer ni sortir personne sans notre autorisation.

— Il y a toujours des exceptions, insista Michaël. Tu sais comme moi que quand on commencera à y regarder de plus près, on s'apercevra que plus d'un employé est sorti… même Hefetz, qui est allé déjeuner avec le président de la chaîne, et ne me réponds pas "à deux pas du siège de la chaîne, dans une gargote du quartier de Romema", parce que tu sais pertinemment qu'on peut dire une chose et en faire une autre. Je n'ai pas besoin de te dire qu'on peut très bien se déplacer sans avoir à prendre sa voiture. Il suffit de prendre un taxi. Tout doit être remis à plat, à présent, et, de toute façon, un bon nombre d'entre eux sont en train d'être interrogés, à l'heure qu'il est.

— Vous êtes certains qu'il y a un lien avec les autres meurtres ? demanda Nina.

— Si on en est certains ? s'écria Balilti sur un ton sarcastique. Quelle est la dernière chose que ce type fait avant de clamser ? Il va voir Tsadik et, quand il le quitte, Tsadik est égorgé comme un vulgaire… vous le savez, non ? En plus, il correspond au portrait-robot et maintenant… écoutez, vous croyez qu'on est à la maternelle ? » Elle le regarda silencieusement. Il émit un grognement de dédain et ajouta : « Je vous rappelle qu'il n'y a pas eu d'effraction, que rien apparemment n'a été volé. Il a reçu quelqu'un et, si vous me demandez mon avis, il ne peut s'agir que de Beny Meyouhas, c'est sûrement lui qui a… » Il ne termina pas sa phrase puis, d'une voix hésitante qui ne lui ressemblait pas, il ajouta, étonné : « Bien que je ne comprenne vraiment pas… bref, il n'y a pas de mobile.

— Il y en a forcément un, le contredit Shorer, mais nous ne le connaissons pas encore.

— Comment est-ce que vous voyez ça, monsieur, demanda Nina-Nitsah à Shorer. Pensez-vous que les deux affaires n'ont font qu'une ?

— Évidemment, s'exclama Balilti. Ça tombe sous le sens.

— Il me semble que oui, lui répondit Shorer, et il tira sur les pointes de sa moustache. Mais je dirais plutôt que chacun des quatre meurtres découle du précédent.

— Expliquez-vous », lui demanda Nina en s'appuyant sur la table, l'air innocent, apparemment innocent, se dit Michaël car la façon dont son grand pull se tendait à la hauteur de ses seins constituait une provocation secrète à l'intention de Balilti.

Shorer ne la regardait pas. Il fixait le cadavre. « Nous en saurons plus, dit-il, quand Beny Meyouhas, sa sœur et peut-être aussi Aviva, on verra, identifieront formellement le corps, mais en supposant qu'il s'agisse bien de Shroul, il m'apparaît clairement que la raison de sa venue est la mort de Tirtsah. Mati Cohen a été assassiné parce qu'il avait vu quelque chose qu'il ne devait pas voir, Tsadik a été assassiné parce que cet homme lui a appris quelque chose qu'il ne devait pas savoir et, pour finir, lui aussi, si c'est bien notre homme…

— C'est lui, sans l'ombre d'un doute, s'empressa de dire Balilti. Ça ne fait pas un pli. »

Shorer posa la main sur le bras de Balilti, qui se tut aussitôt, et poursuivit : « Si c'est bien notre homme, c'est alors “l'homme qui en savait trop”. Ce qui explique qu'il a connu le même sort que les autres.

— C'est-à-dire, expliqua Balilti à Nina, qu'il faut d'abord tirer au clair pourquoi Tirtsah a été assassinée, donc par qui et pour quelle raison, et ensuite on comprendra tout le reste. Mais c'est plus compliqué que ça en a l'air parce que Beny Meyouhas était sur le toit avec son équipe quand elle a été assassinée…

— C'est inexact, dit Michaël, et il se tourna vers la porte de la chambre. Pas au moment précis où elle a été assassinée. Il était descendu chercher un projecteur, n'oublie pas que…

— D'accord, admit Balilti à contrecœur. Il est descendu chercher un projecteur puis il est remonté sur le toit et a demandé à son éclairagiste de le lui apporter, je connais les faits. Mais il n'était pas seul dans les entrepôts. J'ai cru comprendre que Schreiber se trouvait avec lui…

— Pas en permanence, précisa Michaël. Et quand on sait que l'endroit foisonne de boyaux, de galeries et de passages plus ou moins secrets…

— Tu essaies de nous dire qu'à l'instant précis où Schreiber a disparu pour quelques secondes, Beny Meyouhas, un vrai superman, je te l'accorde, ricana-t-il, s'est jeté sur Tirtsah qui se tenait près des colonnes et qu'ensuite il est retourné sur le plateau comme si de rien n'était ?

— Non, dit Michaël, je ne dis rien de tel, à ce stade, et d'ailleurs je ne dis rien du tout, je nage encore dans le brouillard, et toi ? Tu saurais quelque chose que nous ignorerions ?

— Pas pour le moment, concéda Balilti. Mais donne-moi un jour ou deux…

— Entre-temps, dit Michaël d'un ton sec, je vais le chercher. Laissez tout en l'état, s'il vous plaît. Sans toucher à rien. Tu viens ou pas ?

— Il vient, commanda Shorer, il t'accompagne et il reste à l'Esplanade pour interroger le personnel de la chaîne. »

Balilti regarda autour de lui, visiblement mécontent. « Et vous, vous restez ici ? demanda-t-il à Shorer.

— Pour le moment, répondit celui-ci avec un calme affecté. Et s'il est nécessaire que je m'en aille, je m'en irai, ça n'a rien à voir avec mon ego ou ma position. Vous êtes peut-être d'un autre avis ?

— Je me soucie de mon ego comme d'une guigne, marmonna Balilti. Je pense seulement à l'intérêt de l'enquête.

— Je reviens dans une demi-heure, résuma Michaël. Avec Meyouhas. »

Près de la porte d'entrée, Michaël entendit Shorer demander à Nina : « Pouvez-vous nous préparer un petit café, s'il vous plaît ? »

14

Dès son arrivée à l'Esplanade russe, Michaël comprit cependant qu'il ne pourrait pas retourner sur la scène du crime en une demi-heure. Les échos du brouhaha parvenaient jusque dans le hall et s'intensifiaient à mesure qu'il montait l'escalier. Devant son bureau, on se pressait et on se bousculait autour de Hefetz et de Dany Benizri qui se faisaient face : « Tu crois que je peux faire tout ce qui me passe par la tête ? » cria Hefetz, et il saisit Benizri au col de sa parka militaire mais en voyant la mine de dégoût qui se dessinait sur le visage du journaliste, il se hâta de la retirer. « Je te l'ai déjà dit ! hurla-t-il, fou de rage. Le président m'a donné l'ordre de laisser tomber cette histoire, je te l'ai dit… » En apercevant Michaël, il se tut brusquement. Puis il s'approcha à nouveau de Benizri et se mit à chuchoter. Tout en parlant, il observait Michaël du coin de l'œil, guettant ses réactions. « On n'est plus dans un pays socialiste, dit Hefetz. Il faut que tu le comprennes, c'est du passé, tout ça, personne n'en a rien à fiche de la femme de Shimshi. Les ouvriers de Hulit sont au trou, tu les as filmés en train de monter dans le panier à salade, qu'est-ce que tu peux nous proposer de nouveau ? Un reportage sur l'usine déserte ? Un sujet sur les camions ? Les bouteilles ? Le public commence à en avoir assez, on ne peut pas jouer uniquement les oiseaux de malheur.

— Tu t'entends parler ? » cria Benizri, sans prêter la moindre attention à Michaël ni d'ailleurs à Élie Bahar qui venait de sortir du bureau situé au bout du couloir et faisait signe à son supérieur. Celui-ci hocha la tête. « Tu n'es rien d'autre que la voix du président qui est lui-même aux ordres du gouvernement ! Quelle honte ! c'est la fin de la démocratie dans ce pays ! » Benizri étouffait littéralement de fureur. Il était cramoisi et les veines de son cou avaient gonflé. Il poursuivit : « Tu crois peut-être que Tsadik n'était pas, lui aussi, soumis à des pressions constantes ? Tu as oublié ces coups de fil qu'il recevait et contre lesquels il pestait sans arrêt ? Et pourtant, jamais…

— Dany, dit Schreiber qui se tenait un peu à l'écart et observait Michaël avec appréhension. Calme-toi, Dany, ça ne vaut pas la peine de… » Il le tira par le bras.

« Laisse-moi tranquille ! cria Benizri. Laissez-moi tous tranquille ! On n'est absolument pas soutenu dans son travail, ici ! d'un côté on nous tue comme des mouches et de l'autre… » Il enfouit soudain son visage dans ses mains et se mit à trembler. Schreiber lui entoura les épaules et l'entraîna avec lui.

« Écoute, Hefetz, dit Rubin qui se tenait près de lui. Je ne sais pas ce qui t'est arrivé et je ne comprends rien à tout ça, je ne sais pas si tu as pensé qu'en nous annonçant, ici, dans les locaux de la PJ, avant les interrogatoires, ton intention de procéder à des coupes claires, on ne réagirait pas immédiatement mais je tenais à te dire que tu as tort, on ne supprime pas du jour au lendemain une émission qui existe depuis des années, pas aujourd'hui, pas comme ça, de cette manière. Le corps de Tsadik est encore chaud, au propre comme au figuré, et toi, tu ne trouves rien de mieux à faire que de t'empresser de déférer, ça ne me plaît pas.

— Comprenez donc, on ne fait plus d'audience ! lança Hefetz. Le public en a marre, on ne m'a pas accordé d'état de grâce ! mettez-vous à ma place ! le président de la chaîne… Ben-Asher… aujourd'hui… ils veulent des choses plus… plus divertissantes et maintenant…

— Tu as entendu Benizri ? lui dit Rubin d'une voix autoritaire. Les gens meurent comme des mouches et toi ? Vous... » Michaël remarqua que c'était la première fois qu'il entendait Rubin crier. Avant qu'il ait eu le temps de terminer sa phrase, Benizri, repoussant Schreiber, se jeta sur Hefetz, le saisit par les épaules et le secoua de toutes ses forces : « Demain, il y aura une conférence de presse avec la ministre, ça c'est du divertissement, non ? Le sacro-saint public en aura pour son argent. On lui donnera en pâture tout le sang qu'il lui faut ! Tous les ragots fétides dont il se délecte ! Comme s'il n'y avait pas assez de sang qui coulait comme ça...

— Les ragots ont déjà commencé à circuler, Dany », dit calmement Hefetz, et Benizri le lâcha en se reculant. Hefetz s'épongea le front. « Prépare-toi à les voir s'étaler dans les journaux...

— J'avais l'intention... le problème concerne surtout..., dit Benizri d'une voix rauque. Vous pouvez m'interroger maintenant, inspecteur ? » demanda-t-il à Élie Bahar. Celui-ci hocha la tête et Benizri le suivit dans le petit bureau au bout du couloir.

Rubin s'approcha à nouveau de Hefetz. « J'aimerais comprendre », dit-il, et il le fixa dans les yeux. « Tu me dis là, maintenant, le jour où Tsadik a été assassiné dans son bureau, qu'après une entrevue avec le président de la chaîne, tu as décidé de supprimer mon émission ? Malgré tous les prix qui l'ont récompensée... et alors que celle de vendredi est déjà prête ? C'est bien ce que tu me dis ? »

Hefetz recula de plusieurs pas et regarda Michaël qui demeura impassible. « Ce qu'il veut, dit Hefetz, effrayé, ce n'est pas la suppression de l'émission, c'est trouver un autre présentateur que toi. » Un silence profond s'abattit sur le couloir. Hefetz ajusta ses lunettes, serra les lèvres et il parut soudain avoir retrouvé son assurance. « Il veut que quelqu'un d'autre la présente, répéta-t-il d'une voix calme. Tu es suspendu. Tu es suspendu parce que tu n'as pas réussi à faire remonter la courbe d'audience de ton émission. Tu comprends, maintenant ? » Rubin ricana, le visage grimaçant. « Suspendu. Et Dany », Hefetz indiqua de la tête la porte du bureau d'Élie Bahar,

« est suspendu lui aussi. Si tu veux que je t'explique le pourquoi de la chose, je peux…

— Je me doute de l'explication officielle, dit Rubin sur un ton glacial. Tu vas me débiter le laïus du président, c'est ça ? *Your master's voice* ? Tu vas me dire que Benizri est suspendu parce qu'il a "échangé des remarques critiques avec les femmes des ouvriers pendant le direct sur la ministre du Travail et des Affaires sociales ?" Ou parce qu'il était indiscipliné ? Tu crois que je ne connais pas les arguments du président ? Tsadik les bravait continuellement. Il me disait sans cesse : "Il n'a qu'à me limoger, tant que je suis à mon poste, je ne…"

— Tsadik, l'interrompit Hefetz d'une voix calme et froide, n'est plus là pour vous servir de rempart et je te rappelle que c'est moi qui suis désormais aux commandes. »

Rubin le regarda un long moment silencieusement. « Je le savais, finit-il par dire doucement. Je savais que tu étais… que le jour où tu obtiendrais plus de pouvoir tu montrerais ton vrai visage. Mais je ne pensais pas que ça arriverait aussi vite, c'est peut-être toi qui as…

— Fais attention à ce que tu dis, l'avertit Hefetz. Rubin, fais bien attention, il y a des témoins et le président de la chaîne me soutient à cent pour cent.

— À cent pour cent ! dit Rubin. Ma suspension n'a rien à voir avec l'audimat, rien ! de même que celle de Benizri n'a rien à voir avec sa prétendue indiscipline… mais peu importe, les tyrannies usent toujours de faux prétextes. Mesdames et messieurs », il s'adressa au petit groupe qui s'était formé autour d'eux, « je vous présente le nouveau tyran ! le tyran du quartier de Romema ! bienvenue au petit dictateur, bienvenue au…

— Je ne vois pas pourquoi je devrais écouter ces sottises, dit Hefetz avec mépris. Vous vouliez me parler ? demanda-t-il à Michaël. Me voici. Je vous suis. » Puis il se tourna vers Rubin : « La fête est finie et la belle vie aussi, le temps où chacun faisait ce que bon lui semblait est révolu, tu m'as compris ? Tu m'as compris ou pas ?

— Et *Ido et Eïnam* ? s'écria Hagar. Tu comptes aussi t'en… ?

— Ne t'inquiète pas, Hagar, dit Hefetz sur un ton paternel. Nous honorerons les contrats en cours et nous ferons le point quand les choses se seront un peu calmées. Mais je peux d'ores et déjà t'assurer que le président est très favorable au projet, il m'a même dit…

— Excuse-moi, Hefetz », lança soudain Eliaouh Lotfi, le chroniqueur de l'environnement, et il s'approcha de lui en ajustant sa kippah tricotée, « tu ne crois pas que tu pourrais attendre au moins que Tsadik soit enterré ? Il y a quelque chose d'inconvenant…

— Lotfi, dit Hefetz, cramoisi de rage. Toi aussi tu commences à… écoute, pour toi, rien ne va changer, tu gardes ton poste alors ne t'inquiète pas. » Il se tourna vers Michaël qui lui indiqua son bureau de la tête.

« C'est Tsila qui va vous interroger, dit Michaël. Elle arrive tout de suite. À la fin de votre conversation, vous signerez la déposition et vous pourrez repartir.

— Je pensais que ce serait vous », dit Hefetz d'un air dépité, comme un élève qui s'attend à être reçu par le directeur et trouve en face de lui la dernière des remplaçantes.

« Tsila, dit Michaël dans le combiné du téléphone intérieur, Hefetz t'attend dans mon bureau. » Il écouta pendant quelques secondes son interlocutrice et dit : « Je viens le chercher. J'ai déjà perdu suffisamment de temps comme ça. D'ici à demain matin, je veux des dépositions signées. » Puis il se tourna vers Hefetz : « Attendez Tsila, s'il vous plaît. Elle ne devrait pas tarder. » Puis il sortit de son bureau sans se soucier de sa réaction.

« Il n'a rien dit, monsieur, l'informa le policier qui se tenait devant la porte de la salle d'interrogatoire, au sous-sol. Il est assis et ne lève même pas la tête. Peut-être qu'il dort, je ne sais pas… Peretz est avec lui, en ce moment mais… » Michaël hocha la tête d'un air compatissant. « Tout ira bien, marmonna-t-il. Allez prendre quelque chose à boire, mangez un morceau, je vous relève de votre garde. » Le policier fit une esquisse de sourire et le laissa entrer.

Michaël ouvrit la porte et pénétra dans la salle. Beny Meyouhas ne leva même pas les yeux mais l'inspecteur Peretz bondit sur ses pieds, le regard effrayé. Michaël posa la main sur son épaule et Peretz se rassit, tira la manche de son fin pull bleu, fit une grimace d'impuissance et dit : « Il refuse de manger ou de boire, inutile d'ajouter qu'il refuse aussi de parler, je ne...

— Vous êtes parfait », le tranquillisa Michaël en s'approchant de Beny Meyouhas qui était assis de l'autre côté de la table. « Beny, dit-il, vous allez venir avec moi, à présent, on vous attend. » Il lui saisit le bras et Meyouhas lui lança un coup d'œil, se leva sans dire un mot et le suivit. « Venez, Peretz », dit Michaël à l'inspecteur. Ils remontèrent silencieusement l'escalier et gagnèrent le parking.

« Vous allez conduire », dit Michaël à l'inspecteur. Il se pencha vers lui et lui chuchota l'adresse. Peretz se mit au volant et Michaël ouvrit la portière arrière de la voiture, invitant Beny à y prendre place. Le réalisateur resta quelques secondes immobile mais Michaël le poussa délicatement à l'intérieur de la voiture et Meyouhas finit par se baisser et s'y engouffrer. Ils demeurèrent tous trois silencieux pendant le trajet et Michaël ne quitta pas Beny Meyouhas du regard. Il l'observa avec une attention particulière lorsque la voiture parvint à la station-service d'Oranim. Il lui sembla que Meyouhas s'était un peu redressé mais non, il restait prostré et ne regardait même pas par la vitre. C'est seulement quand le véhicule arriva en vue de la maison du quartier de Mekor Haïm que Michaël dit : « Arrêtez-vous là, s'il vous plaît, Peretz », puis, se tournant vers Beny Meyouhas : « On y est, Beny, vous pouvez descendre. Vous connaissez l'endroit, non ? » Ce n'est qu'à ce moment-là que Meyouhas leva la tête pour la première fois puis, comme ébloui par la lumière des projecteurs disposés au pied de la maison, il ferma les yeux et les protégea de ses mains.

« Oui, dit Michaël, compatissant. Je sais que vous connaissez la maison, Shroul vous y attend. »

Beny Meyouhas posa sur lui un regard apeuré. « Shroul ? dit-il tout d'un coup. Il est encore là ?

— Pourquoi ? demanda Michaël avec un calme forcé. Où pensiez-vous qu'il serait ? »

Beny Meyouhas ne répondit pas et Michaël sortit de la voiture puis il ouvrit la portière arrière.

Beny mit un pied sur le trottoir. « Je reste là, annonça-t-il à Michaël. Qu'il descende me rejoindre.

— Il vous attend là-haut, dit Michaël d'une voix douce. Il ne peut pas descendre, vous ne le savez pas ?

— Pourquoi ? demanda Beny Meyouhas. Il est trop faible ? »

Michaël considéra le visage de Meyouhas, y cherchant des traces de sarcasme, mais, sous la lumière bleutée des projecteurs, il ne vit que son air tourmenté et les sillons autour de sa bouche. Ils semblaient s'être creusés davantage depuis leur première rencontre, deux jours auparavant, et conféraient à ses traits une expression de douleur et de chagrin d'une telle intensité qu'il était pénible de le regarder. Beny leva les yeux en direction du deuxième étage. « Il allait déjà mieux, pourtant, dit-il. Il m'avait dit que l'effet durerait au moins douze heures.

— Quel effet ? demanda Michaël.

— Le… » commença Beny Meyouhas avant de se taire aussitôt. Il serra les lèvres comme un enfant qui refuse la cuillerée de soupe qu'on approche de sa bouche et secoua la tête avec obstination.

« Venez », dit Michaël, et il l'entraîna doucement vers la maison. Il eut l'impression fugitive que les genoux de Beny Meyouhas tremblaient comme s'il était sur le point de s'écrouler et, pour parer à toute éventualité, il lui serra le bras avec force en marchant à ses côtés dans l'allée.

Ronen et Shorer se tenaient devant la porte palière. Sans regarder Beny Meyouhas, ils saluèrent Michaël et s'écartèrent pour les laisser entrer dans l'appartement. Nina était dans l'embrasure de la chambre. Elle ébaucha un sourire qui s'effaça quand elle eut jeté un coup d'œil sur le visage de Meyouhas. Michaël pénétra dans la pièce avec le réalisateur, qu'il tenait toujours par le bras. Beny s'arrêta au bord du lit. Il regarda le corps et tomba à genoux, enfouissant son visage dans un des bras du mort. Après quelques instants, il leva la tête et posa un regard interrogateur sur Michaël. « Il est mort », dit Michaël après un long silence.

Beny Meyouhas gémit et se jeta sur le corps frêle puis il éclata en sanglots entrecoupés de cris perçants : « Shroul ! Shroul ! C'est ma faute ! ma faute ! » On aurait dit que ses pleurs jaillissaient du plus profond de son corps, tant ils le secouaient dans tous les sens. Le sergent Ronen lança un regard inquiet à Michaël et s'apprêtait à arracher Meyouhas du cadavre mais Michaël l'en empêcha de la main. Ils attendirent que le flot de douleur faiblisse un peu, Nina près de la porte, le sergent Ronen dans un des coins de la chambre et Michaël au bord du lit.

Beny Meyouhas finit par se détacher lui-même du cadavre et s'agenouilla à nouveau au pied du lit, se couvrant le visage des mains. Au bout de quelques secondes il se releva non sans peine et regarda Michaël de ses yeux délavés et complètement vides.

« Quand l'avez-vous vu pour la dernière fois ? demanda Michaël.

— Aujourd'hui », répondit Beny Meyouhas d'une voix rauque avec une expression concentrée, tout d'un coup extrêmement présent à la situation, « à midi, cet après-midi, avant de vous rencontrer. Il m'avait dit de venir… il voulait que je… mais je ne pouvais pas… » Des gémissements surgirent de nouveau du tréfonds de son corps.

Michaël l'entraîna dans le couloir et ensuite dans l'autre chambre où avaient été placées des chaises et une table avec un magnétocassette.

« Où voulez-vous que je la mette ? chuchota Ronen qui attendait dans l'encadrement de la porte avec sa caméra.

— À votre guise », dit Michaël en regardant Nina pendant qu'elle aidait Beny Meyouhas à s'asseoir sur l'une des chaises, dirigeant l'appareil vers lui. « Mais j'aimerais être seul avec lui... »

Michaël entra dans la pièce et s'assit en face de Beny Meyouhas. Il fit signe à Nina de sortir, pressa le bouton de mise en marche du magnétocassette, enregistra à voix basse la date, l'heure et le nom de la personne interrogée, puis il fixa Beny Meyouhas : « Nous pouvons commencer ? » Meyouhas enfouit son visage dans ses mains et dit : « Il ne me reste plus personne... je n'ai plus personne à protéger... » Puis il se redressa et demanda : « Que voulez-vous savoir ? »

15

« Vous ? » demanda Rubin quand il vit Liliane à l'entrée du bureau de Balilti. « Où est donc votre grand patron ? Je pensais qu'il était… »

Liliane tira sur les plis de la longue chemise d'homme de couleur verte qu'elle portait, s'assit en face de lui et posa sur la table la pochette en carton orange. « Pour le moment, c'est moi. Ça vous pose un problème ? » demanda-t-elle en inclinant la tête et, avec une douceur affectée, elle ajouta : « On m'a dit que vous n'aviez rien contre les femmes et voilà que…

— Non, non, non, à Dieu ne plaise, sourit Rubin. Les femmes sont ce que le monde a de meilleur, je l'ai toujours dit.

— Et pourtant, vous trouvant devant une femme au lieu de l'homme que vous attendiez, vous ne trouvez rien de mieux à faire que de vous en plaindre ! ironisa Liliane.

— C'est un malentendu, s'excusa Rubin, une surprise… je croyais que… vous pouvez… commençons, si vous le souhaitez.

— Bien », dit Liliane, et elle appuya sur le bouton « marche » du magnétocassette. Elle tourna brièvement la tête vers le mur et le miroir sans tain. Rubin suivit son regard. Ses yeux passaient de la jeune femme au magnétocassette puis, à un moment donné, il fixa sur elle un regard bleu et concentré : « J'aimerais parler à Beny, lui confia-t-il. J'en ai formulé la demande à plusieurs reprises et Ohayon, le commissaire principal, m'a promis…

— Pas de problème, dit Liliane avec un accent chaleureux. Terminons-en au plus vite et on verra… le commissaire principal Ohayon pourra peut-être même vous mener à lui en personne… » Elle indiqua la porte du bras, comme pour lui faire comprendre que, d'ici là, Michaël serait de retour mais Rubin se détourna : « Ça m'est difficile de vous parler avant… » dit-il d'une voix hésitante, et Liliane posa sur lui un regard interrogateur qui le contraignit à achever sa phrase : « Je veux d'abord parler à Beny et m'assurer qu'il va bien.

— Pourquoi ? Pourquoi est-ce important ? Vous devez coordonner vos versions ? » demanda Liliane avec une intonation taquine, un brin flirteuse. Rubin ricana comme à une plaisanterie mais l'inspectrice redevint sérieuse et ajouta : « Ce que je compte vous demander là n'a rien à voir avec Beny. Je ne vais vous poser aucune question à son sujet, pour le moment, en tout cas, d'accord ?

— D'accord, dit Rubin. Que voulez-vous savoir ?

— Premièrement, dit Liliane sur un ton pragmatique, nous enquêtons sur la présence des…

— La présence…, la railla Rubin. Vous voulez savoir où je me trouvais et ce que je faisais à un moment bien précis de la journée, c'est bien ça ? »

Liliane tendit les commissures de ses lèvres en un sourire qui ressemblait plutôt à une grimace et dit : « En fait, la question est la suivante : êtes-vous sorti du bâtiment aujourd'hui ?

— Aujourd'hui ? Vous voulez dire après le… après Tsadik ?

— Oui, dit Liliane sur un ton cordial. Mettons, entre onze heures et vingt heures à peu près.

— Deux fois, dit Rubin. Avec l'autorisation de la police. »

Liliane ouvrit la pochette en carton orange, parcourut des yeux les feuilles qu'elle contenait et dit : « Tiens donc ! Et qui vous en a donné l'autorisation ?

— Vous avez tout un dossier sur moi ? » demanda Rubin.

Liliane appuya son coude sur le bureau, y posa son menton et le regarda d'un air inquisiteur, ignorant sa question. Rubin jeta un coup d'œil sur la chemise en carton et commença à parler : « La première fois, c'est l'officier de sécurité, après que je lui ai expliqué le… c'était dans la matinée, dit-il sur un ton impatient, à cause de ma mère, et la deuxième, vers six heures, mais là, je ne me souviens plus si c'est moi ou ma productrice qui a demandé l'autorisation, à moins que Hefetz… je ne sais plus…

— Avant ou après l'arrivée de Beny Meyouhas ?

— Après, dit Rubin d'un air pensif, sans aucun doute après… je m'en souviens maintenant… mon Dieu, je n'en reviens pas, c'était il n'y a guère plus de… », il consulta sa montre, « il est déjà une heure du matin, il y a sept heures, incroyable, j'ai l'impression qu'un siècle entier s'est écoulé depuis…

— Vous êtes donc sorti deux fois. Pendant combien de temps ? demanda Liliane d'une voix suave.

— La première fois… il devait être, quoi ? onze heures environ ?

— Douze heures quarante-sept », dit Liliane après avoir consulté les feuilles qu'elle avait étalées devant elle sur le bureau, « pour être précise. Vous avez dit que la maison de retraite vous avait appelé au sujet de votre mère, ce qui nous a été confirmé.

— Bon, dit Rubin. Il n'y a donc pas de problème concernant cette première sortie ?

— Non, en effet. » Liliane haussa les épaules. « Aucun, mais…

— Quoi ? demanda Rubin d'une voix tendue.

— Eh bien, à cette occasion, dit lentement Liliane, nous avons appris que votre mère prend de la Digoxine, n'est-ce pas ?

— Je ne sais pas, répondit Rubin, visiblement embarrassé. Je ne connais pas le nom des médicaments que… je ne suis pas médecin… mais…

— On m'a dit que vous deviez lui apporter en urgence un certain médicament. Vous l'avez fait ? C'est exact ? demanda Liliane. Nous avons cru comprendre qu'il s'agissait justement de Digoxine.

Si vous l'avez acheté aujourd'hui en pharmacie, vous ne pouvez pas prétendre que…

— Comment savez-vous que je suis allé l'acheter à la pharmacie ? dit, agacé, Rubin. Écoutez, ma petite », Liliane cilla mais ne dit rien, « ma mère est une femme de quatre-vingt-trois ans qui a de nombreux problèmes de santé et de… renseignez-vous ! Appelez la maison de retraite ! Et puis je ne vois pas le rapport avec…

— C'est ce que nous avons fait », dit Liliane d'une petite voix douce d'enfant appliquée et coopérative, « et il est apparu… » Elle s'arrêta comme pour relire ses notes mais coula en fait un œil vers le miroir, les imaginant, l'espace d'un instant, en train de la critiquer, Tsila, surtout, qui était chargée de l'interrogatoire de Hefetz, qui lui donnait l'impression de s'acharner sur elle pour soulager ses frustrations, puis elle poursuivit : « … qu'elle reçoit bien de la Digoxine et que son armoire devait en contenir huit ampoules mais que, par un fait inexpliqué, quatre d'entre elles avaient disparu. »

Rubin fit un geste d'impuissance. « Je n'y peux malheureusement rien, dit-il sur un ton acrimonieux. On ne peut pas m'en imputer la responsabilité.

— Certes, mais nous avons pensé que vous pourriez peut-être nous aider, dit Liliane, parce que nous nous trouvons devant un problème que nous ne parvenons pas à résoudre. Voilà : nous avons noté que… » elle fit à nouveau mine de consulter ses papiers alors qu'elle connaissait tous les faits par cœur, « vous lui aviez rendu visite la veille à sept heures. Dans ces conditions, comment pouvait-elle manquer de Digoxine le lendemain ?

— Je ne sais rien à propos de cette Digoxine, dit Rubin avec impatience. Et quand donc, selon vous, lui ai-je rendu visite à sept heures du soir ? Je veux dire quel jour ?

— Non, s'empressa de le reprendre Liliane. Pas à sept heures du soir, à sept heures du matin, vous y étiez à sept heures du matin le lendemain… après la nuit où Tirtsah a été tuée et après…

— Bon, dit Rubin, je suis passé la voir le matin, sur le chemin du travail… je voulais voir si elle… elle aimait Tirtsah, ma mère était très attachée à elle, je voulais… j'avais peur qu'elle apprenne ce qui était arrivé à Tirtsah, qu'elle écoute les nouvelles et ça…

— Non, vous ne me comprenez pas, insista Liliane. Non seulement vous êtes allé la voir, mais il se trouve qu'après votre visite toutes ces ampoules de Digoxine ont disparu et nous nous sommes dit que…

— Je ne comprends vraiment pas ce que vous me voulez, dit Rubin, irrité. En quoi votre Digoxine me concerne-t-elle ? »

Liliane se redressa sur sa chaise, noua ses doigts et les posa sur le bureau. « Mati Cohen aussi en prenait, exactement comme votre mère. À ceci près que Mati Cohen est mort d'une surdose de Digoxine. Vous ne le saviez pas ? demanda Liliane feignant l'étonnement.

— Non, dit Rubin, furieux. Je ne le savais pas. C'est rare comme médicament ?

— Pas vraiment, rétorqua Liliane. C'est un régulateur du rythme cardiaque. Mais vous devriez le connaître aussi bien que moi puisque vous en avez acheté pour votre mère !

— C'est juste. J'avais tout simplement oublié le nom du médicament, dit Rubin.

— Et à six heures du soir ?

— Quoi donc ? demanda Rubin, manifestement troublé, en consultant sa montre. Dites-moi où est Beny. Pourquoi ne répondez-vous pas à ma question ? Je souhaite lui parler et…

— Non, la deuxième fois que vous êtes sorti avec autorisation », dit Liliane, qui fit mine d'ignorer sa réaction nerveuse, « vous m'avez dit qu'il était dix-huit heures.

— Qu'est-ce que vous me voulez ? s'insurgea-t-il avec émotion. Grands dieux ! lança-t-il avec colère. J'étais avec toute une équipe, avec un cadreur, un preneur de son et tout le bataclan, on a été à Oum Toubah, vous savez où est Oum Toubah ? » Son intonation était devenue rancunière. « De l'agressivité pure », avait expliqué par la suite Tsila lorsqu'ils avaient écouté l'enregistrement et visionné la cassette où l'on voyait le visage blême de Rubin et le dos de Liliane. « Elle l'a complètement déstabilisé », avait-elle dit avec admiration sans l'ombre d'une récrimination à son endroit.

Mais, au cours de l'interrogatoire, Liliane s'était sentie plus tendue que jamais en se représentant Tsila, assise derrière la cloison vitrée, avec toute l'équipe, guettant ses faux pas. Et pourtant, la conduite d'un interrogatoire ne lui était pas étrangère. Au contraire, si on l'avait fait venir, c'était précisément en raison de ses talents d'enquêteuse, à la brigade des mineurs, d'abord, où elle était spécialiste des usagers et par la suite à la brigade des stupéfiants où elle avait mené, avec succès, de nombreux interrogatoires de trafiquants. « C'est une enquête déterminante », lui avait dit Tsila en évitant de la regarder dans les yeux. Liliane l'avait fixée et avait pensé : « Je suis certaine que tu ne voulais pas qu'elle me soit confiée, je suis certaine qu'on t'a forcée à m'accepter dans l'équipe », et elle avait pris peur avant de se dire que personne autour d'elle, ni Tsila ni Ohayon, ne lisait dans les pensées.

« Oui, oui, dit Liliane à Rubin avec impatience. Mais nous savons que vous leur avez ordonné de retourner au siège de la chaîne et que vous êtes rentré seul un peu plus tard.

— Après le tournage, dit Rubin, je voulais m'entretenir seul avec la mère du garçon. Quand on est sans équipe ni caméra, on crée facilement un climat de confiance. Elle a coopéré sans aucune... c'était très important pour le reportage... je ne savais pas encore que j'allais être suspendu... si on peut appeler ça une suspension...

— Donc, vous êtes resté à parler avec la mère du garçon qui est le personnage principal de votre reportage ? » demanda Liliane, et elle consulta ses notes comme pour vérifier ses dires.

« Oui, c'est l'émission consacrée aux médecins qui couvrent les...

— Oui, oui, dit Liliane. On sait très bien de quelle émission il s'agit, celle où il est question du Palestinien torturé par le Shin Beth ? C'est bien ça ? » demanda Liliane. Rubin ne répondit pas.

(« Quelles sont vos opinions politiques ? avait demandé Balilti à l'inspectrice, ne me répondez pas, s'était-il empressé de dire, je les connais, je n'ai pas oublié d'où vous venez » — elle s'était déjà emportée plus d'une fois quand on faisait allusion à sa famille, proche du Likoud, pour expliquer ses propres opinions politiques — « alors vous n'aurez aucun mal à l'asticoter un peu, ça achèvera de l'ébranler ».) « Nous savons combien les droits de l'homme vous tiennent à cœur. C'est la raison pour laquelle vous cherchez à ce que justice soit faite dans le cas de ce jeune homme palestinien qui a lancé un cocktail Molotov sur...

— Il ne s'agit pas d'un jeune homme mais d'un enfant, protesta Rubin.

— Seize ans, c'est grand pour un enfant. Dans ce pays, on fait son service à dix-huit, insista Liliane. Quand ils attaquent des citoyens juifs dans les colonies, êtes-vous tout aussi révolté ? Dites-moi la vérité, si on avait humilié de la même façon un jeune Juif de seize ans dans une colonie, vous lui auriez également consacré une émission ?

— Vous mélangez tout, s'indigna Rubin. C'est de la démagogie de bas étage mais j'ai l'habitude de ces amalgames stupides. Comme je l'ai déjà dit à plusieurs reprises, c'est de tortures qu'il s'agit, pas d'humiliations. Je vous épargne les détails... Par ailleurs, si les colons avaient fondé leurs implantations à l'intérieur de la ligne verte, personne ne leur lancerait de cocktails Molotov. De plus, cette émission a pour sujet les droits de l'homme en général et les injustices commises à l'encontre des...

— ... des Palestiniens, compléta Liliane, et de personne d'autre. Vos émissions dénoncent toujours les injustices dont souffrent les Palestiniens et pas celles...

— Est-ce que je peux enfin voir Beny ? demanda Rubin d'une voix lasse. Ce n'est quand même pas pour discuter de politique qu'on m'a fait venir ici, n'est-ce pas ?

— Non, dit Liliane, mais pour savoir où est passée l'heure et demie manquante.

— Quelle heure et demie ?

— De dix-huit heures trente à vingt heures, dit Liliane. Entre le moment où l'équipe a quitté le village arabe et celui où vous êtes arrivé au siège de la chaîne. Avec une heure et demie de retard.

— Je viens de vous le dire, éclata Rubin. Je vous ai dit que je suis resté à parler avec la mère et ensuite avec la sœur du garçon, vous pouvez…

— … leur demander ? sourit suavement Liliane. Elles sont là, on les a convoquées aussi. Mais c'est vous que nous souhaitons interroger à présent, pas elles. »

Rubin se leva et repoussa sa chaise. À cet instant précis la porte s'ouvrit et Tsila apparut dans l'embrasure, très pâle, hochant la tête, faisant signe à Liliane de la rejoindre. Liliane sortit du bureau et Rubin demeura seul. La cassette montra qu'il n'avait pas bougé, pas même pour jeter un œil sur les feuilles, comme s'il sentait qu'on l'épiait. « Il y a un élément nouveau, lui dit Tsila. Ils nous ont appelés de la scène du crime, au milieu de l'interrogatoire de Beny Meyouhas, ils reviennent et ils veulent qu'avant leur arrivée tu lui fasses tout cracher à propos de Shroul. »

Liliane retourna dans le bureau de Balilti. Elle ferma doucement la porte et s'assit, le regard fixé sur Rubin. Mais le journaliste resta debout. « J'ai demandé à voir Beny, lui dit-il sur un ton menaçant. Je ne comprends pas, il n'a aucun droit. Je ne peux pas… ?

— Pas maintenant, dit Liliane. Terminons d'abord ce que nous avons commencé. Cette heure et demie, dont je suis prête à déduire dix minutes pour l'entretien avec la mère du jeune homme palestinien à Oum Toubah, où l'avez-vous passée ?

— J'aimerais savoir à quoi vous pensez, lui dit Rubin avec un sourire ironique en se rasseyant.

— Nous pensons… », dit Liliane, son expression avait changé du tout au tout, à présent, la douceur forcée et la cordialité artificielle avaient fait place à une intonation sévère et directe dont elle usait avec les trafiquants de drogue, « dites-moi », lui lança-t-elle comme si elle en avait assez de tourner autour du pot, « comment se fait-il que vous n'ayez pas soufflé mot de l'ultrareligieux brûlé qui est venu trouver Tsadik ? Pourquoi ne nous avez-vous pas dit qu'il s'agissait de votre ami Shroul ?

— Je ne savais pas que c'était Shroul, dit Rubin sans ciller. À ma connaissance, il se trouve aux États-Unis, moi, en tout cas, je ne l'ai pas vu ici.

— Et le portrait-robot ? insista Liliane. Vous auriez dû vous en rendre compte en le voyant. Quand un portrait-robot ressemble tellement à un ami d'enfance, celui dont on garde la photo dans son bureau, celui-là même que Tirtsah était allée voir avant de…

— Qui vous a dit une telle chose ? s'emporta à nouveau Rubin. Qui vous a dit qu'elle était allée le voir ? Elle s'est rendue aux États-Unis pour des raisons professionnelles. Elle l'a peut-être vu et j'ai déjà dit à Ohayon que… vous ne vous concertez pas ? Il n'y a pas de coordination entre vous ? Je lui ai dit qu'elle avait l'intention de collecter des fonds supplémentaires pour la production de *Ido et Eïnam*, peu importe, ça ne vous regarde pas…

— Tout, dit Liliane, absolument tout nous regarde, et je veux savoir pourquoi vous nous avez dissimulé que le portrait-robot était celui de votre ami Shroul ?

— Croyez-moi, répondit Rubin sur un ton conciliant, ça ne m'a pas effleuré l'esprit, tout simplement… il y a des choses qui vous échappent, ça ne m'est pas venu à l'idée… j'étais tellement troublé, je me faisais du mauvais sang pour Beny et, en plus, le corps de ma femme était encore…

— Votre ex-femme, précisa Liliane. Votre travail ne semble pas particulièrement ressentir ce trouble.

— Le travail, c'est autre chose », dit Rubin, et il se pencha en avant, la fixant droit dans les yeux. « Je n'avais sincèrement aucune idée qu'il était en Israël, je ne suis d'ailleurs toujours pas convaincu qu'il s'agit de Shroul. Si vous me laissiez parler à Beny, peut-être…

— Alors où étiez-vous pendant cette heure et demie ? Sur la route ? demanda Liliane avec un visage de pierre, pour ne rien trahir de ses pensées.

— Je vous l'ai déjà dit, soupira Rubin. Avec la mère de l'enfant, à Oum Toubah, l'enfant qui… vous savez ce qu'on lui a fait ? demanda-t-il d'un ton détaché et d'autant plus dramatique. Si je vous donne un exemple, vous comprendrez peut-être pourquoi il a fallu que je reste encore un moment avec la famille… si je vous disais qu'on lui a introduit un bâton dans l'anus ? Vous croyez qu'ils sont prêts à parler de choses pareilles devant une caméra de télévision ?

— Vous affirmez donc que vous avez passé toute cette heure et demie dans ce village arabe ? demanda Liliane en jetant un regard sur ses notes comme si elle ignorait encore quelle serait sa prochaine question.

— Oui, c'est ce que j'affirme », dit Rubin d'une voix plus calme, et il se rejeta en arrière sur sa chaise comme quelqu'un qui estime avoir accompli son devoir.

« Dans ces conditions, dit Liliane, comment expliquez-vous qu'on vous ait vu à la station-service d'Oranim ?

— Écoutez, dit Rubin en souriant. Vous voulez que je vous indique toutes les fois où j'ai fait le plein ? Je n'avais plus d'essence et…

— Non, non, non, s'empressa de dire Liliane. Je ne vous parle pas d'essence. D'abord, je ne vois pas comment on peut remplir son réservoir de carburant pendant une heure et demie. En plus, nous savons que vous n'avez rien fait de tel, n'oubliez pas que vous… que vous êtes connu comme le loup blanc et il est établi que vous êtes passé à côté de la station-service d'Oranim, que vous vous êtes arrêté à un magasin d'accessoires pour automobiles et que vous avez cherché une torche, il faisait déjà nuit. Il pleuvait aussi. Vous vous en souvenez ? C'était il y a… » elle consulta sa montre,

« sept heures ? Vous ne pouvez pas l'avoir oublié, vous étiez donc dans ce magasin, vous avez acheté une grande torche, où est-elle ?

— Oui, au temps pour moi, concéda Rubin. J'ai acheté une torche, je devais vérifier le... » Il se tut.

« Combien de temps ? demanda Liliane sans le quitter des yeux. Combien de temps y avez-vous passé ? »

Il haussa les épaules. « Je n'en ai pas la moindre idée, dit-il après un long silence. Un certain temps, je suppose.

— Et ensuite vous êtes retourné au siège de la chaîne ?

— Absolument, dit Rubin, et il cligna des yeux à plusieurs reprises. Et si vous tenez tant à savoir pourquoi j'avais besoin d'une torche, eh bien, apprenez que cela fait plusieurs semaines que j'ai l'intention d'en acheter une et là, comme je suis passé par hasard devant un...

— Par hasard ? » Liliane prit un air ébahi. « Le jour de l'assassinat de Tsadik ? de l'arrestation de Meyouhas ? de la diffusion du portrait-robot de Shroul ? Vous voulez me dire que, ce jour-là, vous aviez besoin, à tout prix, d'une torche ? Excusez-moi mais j'ai quelque difficulté à vous croire. »

Rubin la regarda attentivement et pinça les lèvres. Au bout d'un moment il dit : « Que vous me croyiez ou pas, franchement, ça ne me fait ni chaud ni froid. J'ai la désagréable impression que vous essayez de me mettre quelque chose sur le dos.

— Vous vous trompez, dit Liliane d'une voix tranquille. Je n'essaie pas de vous mettre quoi que ce soit sur le dos, croyez-moi, je veux seulement que vous me racontiez ce que vous étiez venu faire dans le quartier de Mekor Haïm, dans un appartement dont la propriétaire est la sœur de Shroul, c'est tout ce que je vous demande, que vous me le racontiez spontanément, sans que j'aie besoin de vous tirer les vers du nez. Alors maintenant que toutes les cartes sont sur la table, vous allez peut-être enfin accepter de me dire ce que vous faisiez là-bas ? »

Rubin croisa les bras sur son torse et se passa la langue sur les lèvres. Il la fixa pendant un long moment et dit : « N'oubliez pas que, dans mon métier, je me retrouve souvent dans des situations identiques de l'autre côté, de votre côté. Je connais toutes les ficelles, c'est-à-dire, ma petite », il décroisa les bras, posa les mains à plat sur le bureau et se pencha vers elle, « que je connais vos astuces et que je peux vous dire avec certitude que personne ne m'a vu à Mekor Haïm dans l'appartement de la sœur de Shroul. Et voulez-vous que je vous dise pourquoi personne ne m'y a vu ? Je vais vous le dire », il parlait très lentement, à présent, et soulignait chaque mot, « pour la simple raison que je n'y étais pas. Vous avez compris ? C'est clair, je », il souligna tout particulièrement ce dernier mot, « n'y étais pas, ni aujourd'hui, ni hier, ni avant-hier. En fait, il me semble que je n'y ai été qu'une seule fois, il y a... dix ans de cela. Voilà ce que je tenais à vous expliquer. Et désormais, je ne dirai plus rien avant d'avoir vu Beny Meyouhas. Je veux lui parler, j'ai le sentiment que, sans moi, on le bousculera chez vous jusqu'à ce qu'il... jusqu'à ce que vous lui extorquiez... peu importe, j'exige de le voir sur-le-champ et je n'accepterai aucun faux-fuyant ou alors, je vous garantis que vous entendrez parler de moi. Je suis désolé d'avoir à employer des menaces mais vous avez passé les bornes, nous sommes dans une démocratie et pas chez Saddam Hussein ! »

Ils demeurèrent silencieux l'un et l'autre pendant un long moment. Rubin finit par dire : « Vous perdez votre temps, je refuse de parler jusqu'à ce que vous teniez votre promesse de me laisser voir Beny Meyouhas.

— Attendez un instant », dit Liliane, et elle sortit du bureau.

Tsila était devant la porte. Elle l'entraîna rapidement vers le bout du couloir où elle la mit au courant des derniers développements, notamment depuis que Balilti avait été rappelé sur la scène du crime par Shorer pour épauler Michaël. Elle lui suggéra de faire attendre Rubin dans le couloir et lui récita mot pour mot, à l'aide d'un bout de papier, la question que l'officier des renseignements lui avait dictée au téléphone.

« Quoi ? demanda Liliane. Quel médecin ? Celui de son reportage ?

— Crois-moi, je ne sais pas de quoi il retourne. Il n'a pas demandé que tu attendes sa réponse, d'ailleurs, dit Tsila. Il veut seulement que tu lui poses la question, juste avant de le faire sortir dans le couloir.

— D'accord, dit Liliane à contrecœur. Bien que je n'aime pas poser de questions quand je ne comprends pas moi-même de quoi…

— Tu n'es pas la seule, lui lança Tsila. Mais après, tu auras droit à un café et des sandwichs. » Liliane la suivit du regard tandis qu'elle s'éloignait rapidement, ses longs pendants d'oreilles en argent, devenus au fil des années son emblème, se balançant de côté et d'autre.

« D'accord », dit-elle à Rubin quand elle fut de retour dans le bureau. Il lui lança un regard tendu. « Vous allez pouvoir lui parler bientôt. Jusque-là, il vous faudra attendre dehors que le commissaire principal Ohayon se libère et…

— J'exige qu'il me reçoive, réclama Rubin. J'ai toutes sortes de… je vous demande, non, j'insiste pour le voir. Vous pouvez lui faire la commission ?

— C'est déjà fait, dit Liliane d'une voix lasse. Il est au courant.

— Et il est d'accord ? » demanda Rubin.

Liliane prit une inspiration profonde, gonfla ses joues et expira bruyamment. « Il m'a demandé de vous poser une question, dit-elle alors qu'elle se trouvait près de la porte, la main sur la poignée. Savez-vous qui a tiré une balle dans le dos du médecin ? »

Ensuite, quand ils visionnèrent la cassette, les inspecteurs de la PJ discutèrent longuement de la signification de l'expression qu'afficha Rubin en entendant la question : « Il a eu les chocottes », avança Balilti tandis qu'Élie Bahar estimait que le visage de Rubin s'était crispé, ne laissant transparaître aucun sentiment. Quant à Liliane, elle affirma que la peur et la crispation sont des réactions similaires, en particulier lorsqu'elles se reflètent sur le visage. Rubin lui avait semblé interloqué, ne comprenant même pas ce à quoi elle faisait allusion, en tout cas pas immédiatement.

16

Ce n'est qu'au matin, après que Michaël eut ramené Beny Meyouhas à l'Esplanade russe et l'eut conduit dans son bureau où il le confia à la garde du sergent Yigual qui avait surgi brusquement comme un diable de sa boîte (depuis qu'il avait trouvé le tee-shirt maculé de sang dans le bureau du service étranger il s'était adjoint à l'équipe de Michaël tel un enfant qui s'associe à une bande de garçons plus âgés, prêt à faire n'importe quoi pour eux afin qu'ils l'acceptent), qu'il organisa une réunion d'urgence de toute l'équipe dans le bureau de Balilti.

Il avait interrompu l'interrogatoire de Beny Meyouhas à deux heures du matin puis il avait appelé Shorer et s'était enfermé avec lui pendant un long moment dans la cuisine. Quand ils en étaient ressortis, le commandant du secteur avait ordonné à Balilti, au sergent Ronen et à Nina de retourner avec lui à l'Esplanade russe. Balilti, qui aurait souhaité continuer à assister à l'interrogatoire mais s'était vu, une nouvelle fois, contraint d'obéir, sous le regard catégorique et inébranlable de Michaël, et de retourner à l'Esplanade russe pour se joindre à l'interrogatoire de Hefetz, ouvrit la réunion. Il présenta le résultat de ses investigations aux inspecteurs, parmi lesquels se trouvaient Tsila, Élie Bahar, dont les yeux verts étaient cernés d'un halo rougeâtre de fatigue, et Liliane, qui semblait fraîche comme une rose. Debout derrière le siège où était assis le sergent Ronen, elle lui massait d'une manière experte le cou et les épaules mais elle cessa au moment où Balilti évoqua la sortie clandestine de Hefetz du siège de la première chaîne.

« Il est sorti à la faveur de l'obscurité, vers dix-huit heures, c'est toujours un moment creux, à la télévision, avant le coup de feu, dit Balilti. Je l'ai découvert tout à fait par hasard », marmonna-t-il, mais personne ne fut dupe de cette assertion, lâchée en passant, derrière laquelle se cachait l'affirmation de ses talents exceptionnels d'officier des renseignements qui, selon lui, était même capable de « faire parler les pierres ». « Je suis passé déposer un chèque à Yéhezkel, du garage de Maty (les mésaventures de Maty, la femme de Balilti, avec sa vieille Fiat dont elle refusait de se séparer, étaient connues de tous), il devait être aux alentours de dix-neuf heures, ça peut se vérifier, toujours est-il que Yéhezkel m'apprend qu'une heure plus tôt, il a vu Hefetz entrer dans le restaurant de l'Irakien, tu te souviens de l'établissement ? » Il s'était tourné vers Michaël. « On y allait souvent, autrefois. » Michaël acquiesça. « Bref, Yéhezkel a vu Hefetz rentrer chez l'Irakien, "comme un voleur", je le cite, Yéhezkel est aussi le garagiste de Hefetz, "en regardant de tous les côtés avant de se faufiler à l'intérieur", c'est ce qu'il m'a raconté, tout à fait par hasard mais, du coup, j'ai pu glisser à Hefetz que je savais qu'il avait quitté le siège de la chaîne. J'ai ajouté qu'un autre meurtre lié à l'affaire avait été commis pendant l'heure où il s'était absenté, ce qui faisait de lui un suspect potentiel et, à partir de là, ça a été du gâteau… Je peux avoir encore un peu de café ?

— Mais l'Irakien ferme à trois ou quatre heures, lui fit remarquer Élie Bahar alors qu'une main tendait à Balilti une tasse de café remplie à moitié.

— Pour le commun des mortels, dit Balilti. Mais si tu es une personnalité, soupira-t-il, ou si tu as un rendez-vous secret avec le président de la première chaîne, le patron t'accueille en personne. Il t'attend, quelle que soit l'heure.

— Il y a quelque chose que je n'ai pas compris, dit le sergent Ronen. Lequel des deux l'Irakien connaît-il ?

— Il les connaît l'un et l'autre, dit Balilti impatiemment. Hefetz et le président de la chaîne. Ils étaient à la même école, à Bagdad, ensuite ils se sont retrouvés dans les baraquements de nouveaux immigrants, tous les trois ou deux d'entre eux, seulement, je ne sais pas trop… je crois que la famille de Hefetz n'y est restée que peu de temps. Quoi qu'il en soit, ils forment une sorte de bande, ces trois-là, depuis qu'ils sont comme ça… » Balilti posa la paume de sa main près du sol pour montrer comme ils étaient petits alors. « Ils ont haï ensemble le monde entier, les baraquements, les Ashkénazes, leurs maîtres d'école, l'Agence juive et que sais-je encore… toujours est-il que l'Irakien leur ouvre les portes de son restaurant à n'importe quelle heure. Il a une chambre, à l'arrière qui lui sert de logement… vous ne le saviez pas ? » Tous les regards convergèrent sur lui, impatients, mais Balilti poursuivit, sans se soucier des desiderata de son auditoire : « Moi, si je me pointe après trois heures, je n'ai aucune chance de trouver ne fût-ce qu'une assiette de hoummous, je m'entends dire : "La cuisine est fermée !" mais pour messieurs Hefetz et Ben-Asher, le couvert est toujours mis. C'est comme ça. Enfin, pour ce que ça me fait, après tout, il ne s'agit que d'une gargote…

— Dis donc, s'exaspéra Élie Bahar, ça te dérangerait d'en venir au fait ? Pour une fois que… » Michaël posa sur lui un regard fatigué mais sévère et il se tut, saisit la tasse où le café avait refroidi et fixa le rectangle encore obscur de la fenêtre.

« Je vous ai dit l'essentiel, il s'est absenté du siège de la chaîne, le responsable de la sécurité l'a noté, pendant une heure et demie, dit Balilti. Il avait rendez-vous avec le président. Ils ont discuté de différentes choses, les coupes budgétaires, les programmes — des émissions de lèche-culs, oui —, croyez-moi, la mort de Tsadik lui a épargné pas mal de misères. » Il soupira.

« Continuez, s'il vous plaît, lui demanda Shorer.

— Ce président », reprit Balilti en jetant un regard dégoûté sur le gobelet en polystyrène avant de le vider bruyamment d'un trait, « vous le connaissez aussi bien que moi. Les journaux ont suffisamment parlé de lui. Mais la chose à ne pas oublier, à son sujet, c'est son ardeur à vouloir baiser les Ashkénazes qui l'ont soi-disant humilié. Il a commencé sa carrière comme journaliste au service arabe de Kol Israël, ensuite il est passé à la télévision, sur la chaîne parlementaire, puis il s'est occupé de la programmation des films égyptiens diffusés le vendredi après-midi — je les regarde parfois avec Hanah, ma belle-sœur, la femme de mon petit frère — et brusquement, j'avoue que je ne sais pas trop comment, il a été bombardé président. Maintenant il va se venger, vous verrez. C'est l'histoire classique de l'esclave devenu roi. Il a déjà annoncé à Rubin qu'il était suspendu.

— Bon, dit Shorer. Mais vous n'essayez pas de nous dire qu'il est impliqué d'une manière ou d'une autre dans le meurtre de Tsadik ?

— Non, je ne dis pas ça, sourit Balilti. Il est président de la première chaîne. Je ne vois pas quel bénéfice il aurait pu tirer de la mort de son subordonné. Quant à Hefetz, il était dans la salle de rédaction lorsque Tirtsah Rubin a été assassinée, il y a des témoins qui peuvent le confirmer, à l'exception des quelques minutes qu'il a passées avec Natacha mais, là aussi, il a été vu par quelqu'un, Nivah, en l'occurrence.

— Alors on perd tous notre temps ! protesta Élie Bahar. Comme si on n'avait pas assez de travail comme ça !

— Pas sûr, dit calmement Balilti. On peut quand même en tirer un renseignement de taille.

— Lequel ? demanda Élie Bahar.

— Eh bien, que si Hefetz a pu sortir en catimini, d'autres l'ont peut-être fait également. Mais je vous accorde que notre sujet principal reste la mort de Tsadik, dont nous savons à peu près tout, à présent, n'est-ce pas ?

— C'est exact, dit Michaël, encore que l'affaire ne soit pas tout à fait bouclée. J'espère qu'après l'analyse des empreintes génétiques, les choses seront plus…

— Mais il est d'ores et déjà établi que le sang sur le tee-shirt est celui de Tsadik, je l'ai lu dans le rapport préliminaire, intervint Élie Bahar.

— Certes, s'empressa de dire Balilti. Mais on ne sait toujours pas à qui appartient le tee-shirt et, de plus, l'identité judiciaire a trouvé un cheveu gris qui est peut-être… »

Le biper de Michaël sonna. Il consulta l'écran et dit à Tsila : « C'est l'institut médico-légal, appelle-les, demande-leur ce qu'ils veulent.

— Si vite ? s'étonna Élie Bahar. Je me demande ce qu'ils ont pu trouver trois heures à peine après le… »

Tsila composa le numéro et, quand elle obtint le médecin légiste, elle passa le combiné à Michaël. Il écouta le médecin pendant un long moment et dit : « Attendez un instant, je vous mets sur haut-parleur, nous sommes en réunion… »

Tous purent entendre la voix émue du médecin légiste dire : « … envahissant, généralisé, en phase terminale. »

« De quoi parle-t-il ? demanda Liliane d'un air tendu.

— D'un cancer, Shroul avait un cancer », dit Balilti, et il se pencha sur le haut-parleur : « Docteur Siton ? De quel cancer s'agit-il ?

— Cancer du poumon, coassa le médecin légiste dans le haut-parleur. Il n'avait plus que quelques semaines à vivre, et sachez, pour votre gouverne, qu'en Amérique les médecins sont tenus de dire la vérité à leurs patients s'ils veulent éviter tout risque d'être poursuivis pour erreur médicale, vous savez bien que les Américains intentent des procès à tire-larigot… »

Shorer s'approcha à son tour du haut-parleur et, après s'être identifié, il demanda au médecin légiste : « Quelles sont les manifestations cliniques de ce stade avancé de la maladie ? En clair, est-ce qu'il est facile d'étrangler un malade en phase terminale en raison de ses problèmes respiratoires ?

— Oui, dit le médecin légiste sur un ton sarcastique. Il est effectivement facile d'étrangler quelqu'un destiné, de toute façon, à mourir étouffé.

— Excusez-moi un instant, docteur Siton, dit Michaël. C'est de nouveau Ohayon qui vous parle, j'ai une question à vous poser : dans l'état où il se trouvait, n'avait-il pas besoin d'une oxygénothérapie ?

— Si, absolument », lança le médecin légiste, et Michaël posa un regard interrogateur sur Nina qui haussa les épaules en signe d'ignorance. « Il doit y avoir un réservoir d'oxygène quelque part, c'est obligé.

— Nous n'avons rien trouvé de tel », dit Nina, et son visage eut une expression de panique. « On a pourtant mis l'appartement sens dessus dessous... la seule pièce que nous n'ayons pas fouillée est la cuisine, plus précisément le placard sous l'évier qui contenait la vaisselle. Personne n'y avait apparemment touché depuis...

— C'est impossible, affirma le médecin légiste. Il ne pouvait pas se déplacer sans appareil d'oxygène. Cherchez encore... Ça n'a pas forcément l'air d'un obus, il y a un modèle qu'on appelle des lunettes nasales, il s'agit de deux embouts qu'on place sur le nez, comme un petit masque, et qui sont raccordés à un petit réservoir sur le dos, dans un sac, ça ressemble un peu à un thermos. Il y en a forcément un à l'appartement. Et un réservoir aussi, même léger. N'avez-vous rien trouvé qui...

— Si ! s'exclama soudain Nina. Il y avait un thermos, en argent, je n'ai pas compris ce que... il était dans la cuisine, j'ai pensé... nous avons relevé les empreintes, c'étaient celles de la victime, il n'y avait rien d'autre... une sorte de siphon futuriste, c'est ça ?

— Envoyez quelqu'un le chercher, dit Michaël à Tsila. Immédiatement. » Il se tourna vers Nina : « Et ces lunettes à oxygène ? Vous n'avez pas trouvé de tuyau ou de masque ?

— Non, dit Nina, mais nous n'avons pas encore examiné les environs, à cause de l'obscurité, dehors, peut-être… bientôt, quand il fera jour et qu'il s'arrêtera de pleuvoir, on pourra reprendre les recherches.

— Comment une personne si malade, demanda Shorer au médecin légiste, peut-elle effectuer un aussi long voyage en avion et…

— On a dû lui administrer des stéroïdes. Nous n'avons pas encore examiné son sang mais je suis certain que nous trouverons des stéroïdes en très grande quantité, dit le médecin légiste. Il y a des stéroïdes anabolisants qui peuvent vous maintenir plusieurs jours dans un état d'euphorie et vous donner l'illusion que vos forces ont décuplé… vous n'êtes pas… puis vous vous écroulez, si les stéroïdes ne vous ont pas achevé entre-temps…

— Excusez-moi, dit le sergent Ronen une fois la conversation terminée. Mais je ne vois pas pourquoi on se fixe tant sur le cancer du poumon et un masque à oxygène. La victime a été étranglée, il y a des traces sur le cou, peu importe que… si vous nous disiez enfin ce qu'a raconté Beny Meyouhas ?

— On va y arriver, promit Michaël, mais sachez que ces informations ont, contrairement à ce que vous semblez penser, une importance capitale, étant donné que jusqu'à présent nous ne parvenions pas à comprendre pourquoi Shroul avait été pris d'un désir subit de parler à Tirtsah et de lui raconter il y a deux mois ce qui lui pesait depuis plus de trente ans…

— C'est parce qu'il se savait condamné ? demanda Élie Bahar. Il a eu besoin de se confesser ?

— Il était devenu très pratiquant, dit Liliane. Un juif pratiquant ne se confesse pas sur son lit de mort. Seuls les chrétiens le font, que je sache.

— Détrompez-vous. On se confesse toujours avant de mourir, dit Shorer. Surtout quand on a un gros poids sur la conscience.

— Qu'avait-il sur la conscience ? demanda Tsila. On le sait ? »

Michaël regarda Shorer et dit : « Pas encore, mais on le saura peut-être.

— Meyouhas le savait ? s'écria Balilti. Il était au courant du cancer ? Tu crois qu'il connaissait son état ?

— Nous allons tout de suite avoir la réponse. Veuillez m'excuser un moment », dit Michaël, et il se dirigea d'un pas rapide vers son bureau. Il ouvrit la porte et les deux hommes qui étaient assis l'un en face de l'autre sursautèrent. Yigual, Michaël l'avait entendu en poussant le battant, venait de demander à son vis-à-vis : « Il est venu vous chercher chez vous à l'improviste ?

— Nous essayons de rédiger une déposition, s'excusa le sergent. Je pensais qu'en l'aidant à formuler sa déclaration... »

Michaël s'assit à côté de Beny Meyouhas et fit un signe de la tête à Yigual qui se tut et se racla la gorge. « Dites-moi, demanda Michaël à Meyouhas, Shroul était-il en bonne santé ?

— Vous voulez dire, à part ses brûlures et les opérations de chirurgie plastique ?

— Oui, à part sa blessure de guerre. »

Beny Meyouhas tordit ses lèvres en une moue pensive et dit : « Oui, comme tout le monde... nous ne sommes plus si jeunes et...

— Non, non, l'interrompit Michaël. J'aimerais savoir s'il vous a parlé de son état ?

— Son état ? répéta, visiblement troublé, Beny Meyouhas. Quel état ? Qu'entendez-vous par là ?

— Son état de santé, expliqua Michaël.

— Je ne vois pas ce que vous voulez dire, répondit Meyouhas d'un air de plus en plus embarrassé.

— Quand je vous ai demandé pourquoi il avait soudain tout raconté à Tirtsah, dit Michaël sur un ton agacé, vous m'avez expliqué, reprenant les propos qu'il avait tenus à Tirtsah, que c'était parce que vous vous faisiez vieux. Je vous l'ai demandé, vous vous en souvenez ? Ça figure dans la transcription de l'enregistrement, je vous ai demandé… pourquoi il s'était retenu pendant tant d'années et avait subitement décidé de…

— Oui, vous me l'avez demandé, mais je ne sais vraiment pas, dit Meyouhas. Je vous ai déjà dit que je ne savais pas pourquoi, je n'ai aucune autre explication que sa confiance dans Tirtsah, ils ont passé de nombreuses heures ensemble et… il arrive, dans certaines situations, que des gens racontent soudain une chose qu'ils n'ont jamais dite à personne ou dont ils n'ont pas parlé pendant des années… d'après elle, il lui avait dit qu'il sentait qu'on vieillissait… que… mais je vous ai déjà raconté tout ça, non ?

— Et vous ne savez rien au sujet d'une maladie grave ou de la crainte d'une maladie grave ?

— Non, dit Beny Meyouhas. Tirtsah a dit qu'il avait mauvaise mine, qu'il était très maigre, qu'il… qu'il respirait difficilement dans des lieux fermés, que… qu'il ne pouvait pas supporter… et j'ai constaté moi aussi qu'il était très maigre, mais on ne s'était pas vus depuis des années… et la respiration… il avait beaucoup fumé dans le temps mais… pourquoi ? Pourquoi me posez-vous cette question ? »

Michaël le regarda silencieusement. « Peu importe, à présent », conclut-il, s'apprêtant à retourner dans le bureau de Balilti, mais à ce moment précis le téléphone intérieur sonna et il décrocha le combiné. À l'autre bout du fil il entendit un léger raclement de gorge puis la voix de Yaffa de l'identité judiciaire qui, d'une voix faible, ce qui ne lui ressemblait pas, lui dit : « Vous m'entendez, Michaël ? Vous m'entendez ? J'essaie de vous joindre depuis une heure sur votre biper et je ne…

— Qu'y a-t-il ? demanda Michaël avec impatience. Vous avez terminé ?

— Écoutez, dit-elle en s'éclaircissant à nouveau la gorge. Je ne sais pas comment vous le dire, mais il ne m'est encore jamais arrivé de… » Il entendit de nouveaux raclements et bredouillis et finit par lui ordonner d'une voix excédée d'en venir au fait mais, à sa réponse, il sentit ses jambes se dérober sous lui et il lui fallut s'agripper au bord du bureau et s'asseoir sur la chaise placée à côté de Beny Meyouhas, sous les regards ébahis de Yigual et du réalisateur. « Comment une telle chose est-elle possible ? s'entendit-il dire à Yaffa. Comment peut-on perdre une chose pareille ?

— Je ne sais pas, dit Yaffa d'une voix sourde. Je ne veux pas en rejeter la responsabilité sur quiconque… c'est ma faute et je… ça a disparu, pas de sachet, vous vous souvenez qu'on l'avait mis dans un petit sachet en plastique ? Près du tee-shirt ? Le tee-shirt est toujours là mais le sachet avec le cheveu… on continue à chercher, ajouta-t-elle pour le consoler, on n'a pas renoncé mais je ne peux pas vous donner à l'heure qu'il est la réponse que vous… »

Michaël reposa le combiné sans écouter la fin de la phrase et retourna dans le bureau de Balilti où l'équipe était en pleine discussion. La voix de Balilti, plus forte que les autres, lui parvint dans le couloir alors qu'il criait : « Comment voulez-vous que je fasse mon travail si on ne me dit pas tout ? On m'éloigne au milieu de l'interrogatoire de Meyouhas comme si j'étais… les faux prétextes ne marchent pas avec moi. Qu'est-ce que vous cherchez donc à me cacher ? On ne me laissera pas sur la touche comme…

— Chaque chose en son temps, dit Shorer lorsque Michaël se fut rassis. Croyez-moi…

— Vous êtes le chef, dit Balilti avec amertume. C'est vous qui décidez. Mais ne nous reprochez pas de ne pas avoir résolu l'affaire suffisamment vite…

— Beny Meyouhas n'est pas au courant du cancer du poumon de Shroul, dit calmement Michaël.

— Tirtsah, elle, le savait ? » demanda Liliane. Michaël secoua négativement la tête.

« Et Rubin ?

— Cela, dit Michaël, on le saura dans quelques heures, je l'espère.

— D'ailleurs où est-il ? demanda Liliane. Je lui ai demandé d'attendre sur le banc et on m'a dit que vous l'aviez emmené avec vous. » Elle regarda Balilti.

« Il est rentré chez lui, dit Balilti. Il attend un coup de fil de son ami Beny Meyouhas qui l'appellera quand on l'aura relâché. N'est-ce pas ? » Il se tourna vers Michaël.

« Tout à fait, dit Michaël.

— Vous l'avez laissé rentrer chez lui sans…, s'écria Liliane. Je pensais qu'il… je lui avais dit d'attendre dehors jusqu'à ce que…

— Ne vous en faites pas, dit Balilti. C'est moi qui lui ai permis de rentrer chez lui. Ne vous inquiétez pas, ricana-t-il, il se croit peut-être seul mais on ne le lâche pas d'une semelle, même sa ligne est…

— Sans mandat ? demanda Élie Bahar d'un air préoccupé.

— Crois-moi, promit Balilti, tout ira bien, je t'en donne ma parole.

— Avec tout le respect, dit Élie Bahar, quand on ira voir le procureur, quand on sera dans la salle d'audience, ta parole et tes promesses ne nous seront d'aucun secours…

— Messieurs, lança Shorer, et il leur jeta un regard sévère. Combien d'années encore allez-vous nous infliger votre petit jeu ? demanda-t-il d'une voix courroucée. C'est une honte, vous êtes des adultes ! Balilti, avez-vous un mandat pour mettre Rubin sur écoutes ou non ? »

Balilti resta muet.

« J'ai compris, dit Shorer.

— Je n'en ai pas eu le temps. Il aurait fallu que je réveille le juge de garde et…

— J'ai compris, répéta Shorer. Quand pensez-vous pouvoir en obtenir un ?

— Tout de suite, dit Balilti. J'ai envoyé quelqu'un au palais de justice, il doit revenir incessamment… je promets de… je ne voulais pas y aller moi-même, j'aurais raté cette réunion… je pensais qu'on allait enfin apprendre ce que Tirtsah avait rapporté de son voyage en Amérique, ce qu'elle savait…

— Pas maintenant, Dany, dit Shorer d'un ton péremptoire. C'est pour plus tard.

— Quoi qu'il en soit, reprit Balilti, j'ai dit à Rubin que s'il appelle ici à huit heures du matin, il sera fixé sur le sort de Beny et pourra lui parler.

— Messieurs, dit Michaël aux inspecteurs de son équipe, il nous reste deux heures jusqu'à huit heures du matin, vous pouvez prendre un peu de repos. Ensuite, nous aurons une représentation qui nécessite… » Il regarda Shorer et se tut.

« Quoi ? Que nécessite-t-elle ? demanda Tsila. J'ai besoin de connaître les détails.

— On te les communiquera d'ici peu », la rassura Shorer. Il se tourna vers Michaël et lui demanda : « Où veux-tu que ça ait lieu ?

— Au siège de la première chaîne », dit Michaël, et il examina le cure-dents qu'il avait sorti de la poche de sa chemise.

« Dans le bureau de Rubin ? demanda Shorer.

— Non, dit Michaël après un long moment de réflexion. Dans le bâtiment des "fils", près de la scène du premier crime.

— On se croirait dans un roman d'Agatha Christie, Hercule Poirot ! bougonna Balilti. La réunion décisive aura lieu là-bas et c'est ce qui poussera le coupable à avouer, c'est bien ça ?

— On n'a rien à perdre, dit Élie Bahar. En plus, ça nous donne la possibilité de… »

Shorer posa un regard inquiet sur Michaël.

« Tu as donc besoin qu'on soit tous présents ? » demanda Nina, et Michaël regarda Shorer, posa une main sur son bras et dit : « On ne va pas tarder à le savoir, en attendant, vous êtes tous en état d'alerte, tous.

— Regardez, il fait déjà jour, dit Nina avec étonnement. Et on dirait aussi que la pluie a cessé. »

On frappa à la porte. Elmaliah se tenait sur le seuil. Les yeux chassieux, il demanda si on pouvait le laisser enfin partir. Derrière lui s'élevaient des volutes de fumée et il s'écarta pour laisser entrer Hefetz. « Je peux vous parler ? demanda ce dernier à Michaël. Je dois vous consulter… » Il promena un regard circulaire sur les personnes présentes et se tut.

Michaël sortit dans le couloir et fit signe à Hefetz de l'accompagner dans la « petite pièce » au bout du couloir où il débarrassa une des chaises de la pile de chemises en carton qui s'y entassait avant de la lui indiquer du doigt. En s'asseyant, il se rendit compte pour la première fois de son immense fatigue sans savoir si ce qui l'avait abattu et affaibli était la nouvelle de la perte du cheveu par les techniciens de l'identité judiciaire dont il n'avait encore dit mot à personne, pas même à Shorer, ou le contact constant avec les vivants et les morts, les nuits sans sommeil ou encore le fait d'avoir arrêté de fumer qui avait provoqué en lui un véritable sentiment de deuil. Que pleurait-il ? La fidèle succession de cigarettes qui s'était soudain interrompue après tant d'années ou le mélange d'époques, de gens, d'amours et d'instants de vie accrochés à cette précieuse chaîne de cigarettes ?

La proscription du tabac devait donner le coup d'envoi à une « vie saine » mais lui semblait pour le moment sonner surtout le glas d'une existence riche et pleine et marquer le début de quelque chose de décousu dont il ne parvenait pas à imaginer ce qui réussirait à l'illuminer. Une personne étrangère à cette passion, à ce vice, ne pouvait pas comprendre que ces petites créatures de papier, ces feuilles séchées et ces flammes représentaient pour le fumeur une colonne de feu qui le guidait dans le vaste désert de… Michaël s'étonna de ses associations d'idées et craignit que leur démesure ne découle, elle aussi, d'un effondrement dû au sevrage.

« Je peux fumer ici ? » demanda Hefetz en regardant la fumée qui se dévidait du bout incandescent de sa cigarette. « Entre nous, j'avais arrêté, mais hier, j'ai craqué, c'est ma première depuis trois ans, dit-il, et il aspira une profonde bouffée. On vous dit que c'est mauvais pour la santé mais il faut bien mourir de quelque chose. Alors, qu'il s'agisse d'une crise cardiaque, d'un accident ou d'autre chose...

— Que puis-je pour vous ? demanda Michaël en cassant en deux le cure-dents qu'il tenait à la main.

— Je ne sais pas quoi faire au sujet de Meyouhas..., dit Hefetz. Je ne sais pas quoi dire aux gens, comment l'annoncer au journal, si je dois révéler ou non qu'il est en détention, qu'il est soupçonné de meurtre et le pire... » Il se tut et fixa son mégot.

« Le pire ? dit Michaël après un long moment de silence.

— Le pire est qu'il a le feu vert du président pour poursuivre le tournage de *Ido et Eïnam*... il peut continuer à le réaliser comme si de rien n'était, lui qui est soupçonné d'avoir assassiné deux, que dis-je, trois personnes...

— Je voudrais vous parler d'un point qui demande la discrétion la plus totale, dit Michaël sur un ton confidentiel.

— Pas de problème, je n'ai de comptes à rendre à personne, dit Hefetz en bombant le torse. Je peux... même le président de la chaîne n'est plus en mesure de...

— Vous devez vous engager à garder un silence absolu, répéta Michaël, solennellement.

— Pensez-vous que je sois une pipelette ? Qu'on ne puisse pas me faire confiance ? Pensez-vous que j'aie été nommé directeur par intérim de la première chaîne sans raison valable ? demanda Hefetz, manifestement vexé.

— La vérité est que Beny Meyouhas n'est pas soupçonné de meurtre, lui dit Michaël. Il n'est accusé ni d'assassinat, ni de complicité d'assassinat, ni... il s'apprête même à nous aider à découvrir le meurtrier mais nous devons prétendre qu'il est encore notre suspect numéro 1 et c'est pour ça que j'ai besoin de votre coopération. » Michaël fixa Hefetz dans les yeux. Il était clairement affolé et son regard s'agitait dans tous les sens.

« Qu'attendez-vous de moi ? demanda-t-il pour finir, et il écrasa son mégot contre le talon de sa botte de cow-boy.

— Que vous vous comportiez comme si vous ne compreniez rien à l'affaire. Nous allons le remettre en liberté et vous devez tous le considérer comme un malade mental, vous voyez ce que je veux dire ? Ne pas vous étonner s'il reprend son tournage et même ébruiter la nouvelle que la direction de la chaîne l'autorise à terminer *Ido et Eïnam*.

— L'ébruiter où ? dit Hefetz, effrayé.

— Nulle part en particulier, lui dit Michaël. Conservez une attitude normale. Lors de la conférence du matin, par exemple, vous prendrez la parole et direz d'une manière aussi vague que possible que Meyouhas est toujours soupçonné de meurtre mais qu'il a été libéré sous caution et que, pour lui faciliter un peu les choses, vous avez décidé de le laisser mener son projet à son terme. Vous me suivez ?

— Tout à fait, dit Hefetz. J'espère que je pourrai le faire de façon convaincante bien que je ne comprenne pas… » il regarda Michaël qui prit une expression insondable, « mais grâce à Dieu, s'empressa d'ajouter Hefetz, il n'est pas coupable ! si vous saviez comme cette nouvelle me soulage ! » Il soupira, puis ses traits se tendirent aussitôt, et il ajouta : « Pourquoi ne pas dire tout simplement qu'il a été retrouvé en bonne santé et qu'il n'est pas soupçonné de meurtre ? » Lorsque Michaël se leva silencieusement et se tourna vers la porte, Hefetz s'arrêta sur le seuil et lança d'une voix tremblante : « Si ce n'est pas Beny Meyouhas, qui a commis tous ces… qui est l'assassin ? »

17

À sept heures et demie du matin, tandis que la journaliste impertinente qui interviewait la ministre du Travail et des Affaires sociales ramenait ses cheveux longs en arrière en lui demandant si sa vie privée avait pris le pas sur la question de l'avenir des ouvriers licenciés de Hulit, au moment où la caméra s'attardait sur le visage maquillé de la ministre dont, malgré le fard, la lèvre supérieure était constellée de gouttes de sueur, Tsila apparut sur le seuil du bureau de Michaël et lui annonça que Rubin était arrivé.

« Attendez un moment, dit Michaël sans détacher les yeux de l'écran installé dans un coin de son bureau. Regardez-moi ça », marmonna-t-il alors que la ministre disait : « Je ne sais pas à quoi vous faites allusion mais le sort des ouvriers licenciés de Hulit est en tête de… »

« Je veux parler de la liaison antérieure à… » La journaliste fit une arabesque de la main et acheva sa phrase : « … votre enlèvement. »

Tsila regarda l'écran à son tour et dit : « Je n'en crois pas mes oreilles ! C'est révoltant !

— C'est à cause des photos, ils ont été surpris, dit Balilti qui se tenait sur le seuil du bureau. On l'a fait chanter avant la conférence de presse, j'ai déjà vu la une. » Il agita le journal du matin et l'ouvrit. « Regardez », jubila-t-il en posant un doigt épais sur une grande photo au centre de la première page où la ministre du Travail et des Affaires sociales se tenait devant un immeuble tandis que Dany Benizri était derrière elle, la main posée sur son épaule. « Ça a balayé tout le reste, déclara Balilti, même l'assassinat d'un ultra-religieux brûlé a été relégué en bas de page, tenez », et, pour prouver ses dires, il pointa un doigt sur le coin droit, au bas de la page. « Rien ne vaut une nouvelle affaire de cœur passionnée, interdite, les médias et le pouvoir, qui dit mieux ? » ironisa Balilti tandis que la ministre du Travail et des Affaires sociales disait : « Ceux qui pensent que ma vie privée a une influence quelconque sur ma politique... » Tsila éteignit le poste. « J'y vais, je dois tout préparer, déclara Balilti. Ton client a perdu son sang-froid, il n'a pas téléphoné, il s'est déplacé en personne, tu peux essayer de lui mettre la main dessus et de lui parler, histoire d'apprendre quelque chose de nouveau, hein, qu'en dis-tu ?

— Fais-le entrer », ordonna Michaël à Tsila, et il rassembla les papiers épars sur son bureau.

« Tu me préviendras si ça tourne mal ? demanda Balilti.

— Ne crains rien, Balilti, le railla Tsila. Allez, file, je veillerai sur lui, tu es rassuré ? » Elle le tira par le bras et le fit sortir. Puis elle introduisit Rubin dans le bureau.

Rubin marmonna un vague « Bonjour » et Michaël lui indiqua de la tête la chaise placée en face de lui. Rubin s'y assit et le regarda d'un air interrogateur. Après un moment de silence, il dit : « Je suis venu chercher Beny, je ne sais pas pourquoi je dois...

— J'avais encore quelques questions à vous poser », dit Michaël avec une indifférence feinte et il fourragea dans ses papiers, « des questions relatives à votre interrogatoire, la nuit dernière... ah, voilà ce que je cherchais... » marmonna-t-il, puis il saisit son stylo comme s'il s'apprêtait à prendre des notes et dit : « À propos de la Digoxine, nous voulions...

— Encore ? éclata Rubin. Vous recommencez ? J'ai pourtant dit à la jeune femme… Liliane, c'est ça ? Je lui ai dit cette nuit que…

— Conservez votre calme, je vous en prie, dit Michaël avec des accents paternels. Il y a quand même quelque chose qui me chiffonne, Mati Cohen, comme vous le savez, est mort subitement et nous avons trouvé…

— J'en ai assez de ces bêtises ! l'interrompit Rubin d'une voix résolue. J'ai la désagréable impression de servir de bouc émissaire. Comme vous ne trouvez pas votre coupable, vous essayez de mettre cette affaire sur le dos de… sur le dos de Beny ou sur le mien, je me trompe ? Et cela, uniquement parce que Tirtsah… vous voulez m'arrêter, peut-être ? » Il tendit les mains et croisa les poignets. « Je n'ai rien à faire ici, et vous le savez très bien. Mais si vous souhaitez m'arrêter, je vous en prie, allez-y. Vous le voulez ? »

Michaël resta silencieux.

« Dans le cas contraire, dites-moi s'il vous plaît où est Beny pour que j'aille le chercher. Lui non plus n'a pas à être détenu ici, nous sommes dans une démocratie et je peux faire appel à un avocat à tout instant, vu ? »

Michaël continuait de se taire.

« Bon, si c'est comme ça… dit Rubin et il se leva, je m'en vais, avec ou sans Beny, je sors d'ici et je reviens avec mon avocat. » Il se dirigea vers la porte sans que Michaël ne cherche à le retenir et, en posant sa main sur la poignée, Rubin ajouta : « Dites-moi seulement où se trouve Beny, c'est tout ce que je vous demande. »

Michaël haussa les épaules et regarda le tas de papiers empilé devant lui. « On l'a relâché il y a plusieurs heures, déjà. Je pense qu'il est dans les studios. »

Rubin se figea, lâcha la poignée et posa sur Michaël un regard abasourdi : « Les studios ? Il est dans les studios ?

— Oui, il termine *Ido et Eïnam*, dit Michaël comme s'il trouvait la chose parfaitement normale.

— Maintenant ? dit Rubin d'une voix tremblante. Il a repris le tournage de *Ido et Eïnam* ? »

Michaël haussa de nouveau les épaules. « La direction lui en a donné l'autorisation, expliqua-t-il. Sa productrice l'attendait dehors, il était tellement impatient de retourner sur le plateau et… »

Rubin le regarda pendant un long moment et baissa soudain la poignée puis il quitta la pièce.

Michaël attendit un instant et décrocha son téléphone : « Vous m'entendez ? » Il écouta et dit : « Rubin vient de sortir, c'est le moment. » Il écouta à nouveau et ajouta : « Il n'y a rien à faire, on en a parlé. Vous devez l'appeler tout de suite. À la seconde. Sur son portable. » Au bout de quelques instants, il dit d'une voix patiente, non dépourvue de compassion : « Je sais. Je sais, mais vous n'avez pas le choix. Vous devez appeler maintenant l'ami que vous aimez, que vous avez aimé et l'emmener avec vous. »

Il raccrocha et regarda la porte, le téléphone, puis, au bout de quelques minutes de rêverie, il ordonna à Tsila de poursuivre comme prévu.

*

« C'est le comble d'amener nos cameramans et nos preneurs de son à cet endroit, non ? » chuchota Balilti à Tsila qui ne releva pas sa remarque et dit dans le talkie-walkie : « Tout est prêt, chacun est à son poste. »

Michaël percevait le souffle de Shorer (et, l'espace d'un instant, il se sentit protégé, comme quinze ans plus tôt, lorsque celui-ci l'avait engagé et le gardait en permanence près de lui, même sur le terrain), caché dans un des renfoncements où l'on entreposait les décors. Ils regardaient Beny Meyouhas, agenouillé près de l'endroit où Tirtsah avait été assassinée, les paumes de ses mains entourant la petite flamme vacillante d'une des bougies que les femmes de l'atelier de couture et les machinistes avaient disposées en cercle tout autour. Balilti avait fait évacuer le bâtiment et indiqué à Beny où attendre. Le téléphone avait sonné et, de sa voix rauque, Beny avait dit : « Je suis là, aux “fils”, près des coulisses, à l'endroit où Tirtsah… » Après un court silence, il avait repris : « D'accord, je t'attends, bien sûr que je t'attends. »

Michaël savait que l'intonation hésitante, angoissée de la voix de Rubin lorsqu'il appela Beny Meyouhas était due à la demi-pénombre dans laquelle Balilti avait plongé le corridor.

« Je suis là, Ariéh », entendirent-ils Beny lui répondre faiblement. Il se releva et ajouta : « À côté des bougies. »

Michaël eut l'impression que la respiration haletante de Rubin emplissait le couloir. Ce dernier lança alors, sur un ton surpris et un rien railleur : « Tu es donc là ! en train d'allumer des bougies comme une adolescente le jour de la commémoration de l'assassinat de Rabin ? »

Beny Meyouhas s'agenouilla à nouveau près des bougies et Rubin s'accroupit à ses côtés. « On m'a dit que tu as repris le tournage, dit-il avec étonnement, que tu as été relâché. C'est vrai ?

— On m'a relâché mais je n'ai pas encore recommencé à tourner, dit Beny Meyouhas, la tête baissée, contrairement à ce que je leur ai dit.

— J'ai compris », dit Rubin, et tous deux restèrent silencieux pendant un long moment. Soudain, Meyouhas se tourna vers Rubin : « Dis-moi, Ariéh, tu repenses parfois au médecin ?

— Quel médecin ? dit d'une voix inquiète Rubin, et il ajouta : Ah, le médecin égyptien, non, jamais, pourquoi ?

— Parce que moi j'y pense très souvent, je n'arrive pas à l'oublier, dit Meyouhas d'une voix fêlée. Je pense… je pense à celui qui lui a tiré une balle dans le dos pendant qu'il s'éloignait.

— Beny, dit Rubin sur un ton anxieux, je ne comprends pas pourquoi tu… après toutes ces années… alors que pas une fois… tout d'un coup… pourquoi est-ce que tu ressors ça maintenant ? »

Beny baissa la tête, silencieux.

« Il n'y avait que nous trois, là-bas, Beny, dit Rubin d'une voix suppliante. Et maintenant, nous ne sommes plus que deux, Shroul est mort. Si nous n'en parlons pas, personne n'en saura jamais rien. Qu'est-ce qui te prend de remettre l'histoire du médecin égyptien sur le tapis ? » Il inspecta les coulisses du regard.

« Il n'y a personne, Ariéh, dit Beny. On est tout seuls, comment sais-tu que Shroul est mort ? »

Rubin ne répondit pas.

« Qui t'a dit qu'il était mort ? insista Beny Meyouhas.

— Je vais te le dire tout de suite, lui dit Rubin d'une voix tremblante qui trahissait son inquiétude. Mais dis-moi d'abord pourquoi tu as repensé au médecin égyptien. Je ne vois pas le rapport.

— Je vais te le dire, répondit Beny en se relevant brusquement. Je vais te dire quel est le rapport, on ne peut plus garder le silence là-dessus… c'est fini, Ariéh, je sais que tu… que tu as tué Tirtsah… je le sais, je l'ai su depuis le début. Et maintenant, je n'ai plus rien à perdre. Shroul non plus n'avait plus rien à perdre, tu lui as rendu un fier service !

— Beny, dit Rubin sur un ton soudain menaçant en s'approchant de Meyouhas qui recula, effrayé. Tu leur as parlé ?

— À qui ?

— À la police, à Ohayon, Balilti, aux autres… tu leur as parlé ?

— J'ai… j'ai…, bredouilla Beny.

— Tu leur as raconté ou pas ? chuchota Rubin d'un air menaçant. Tu vas me le dire, oui ?

— Shroul était venu en Israël pour en parler, tu le savais ? demanda Beny Meyouhas d'une voix éraillée. Il l'avait raconté à Tirtsah, à Los Angeles, je… elle… elle voulait tout révéler… elle voulait me quitter… elle m'a dit : "Vous êtes des assassins, je ne peux pas vivre avec des assassins !" »

Rubin posa la main sur l'épaule de Beny Meyouhas. « Je sais ce qu'elle a dit, Beny, regarde-moi, dit-il d'une voix calme. Regarde-moi, je sais très bien ce qu'elle a dit, elle est venue me voir aussi, figure-toi, mais je n'ai pas couru prévenir la police pour autant. »

Beny Meyouhas enfouit son visage dans ses mains. « Je ne peux pas te regarder, Ariéh, dit-il en hoquetant. Tu... es allé trop loin, tu aurais dû... on aurait dû, dès le début... maintenant tu es comme... comme Macbeth... tu ne fais que répandre le sang autour de toi... c'est ce que Shroul a dit et il voulait...

— Je sais aussi ce que Shroul a dit », dit Rubin, et il posa son autre main sur l'épaule de Beny. Ils se tenaient à présent l'un en face de l'autre, se touchant presque. « Et tu ne me laisses pas le choix », poursuivit-il en s'approchant encore. Les inspecteurs entendirent alors Beny Meyouhas murmurer dans le micro : « Ça m'est égal, je n'ai plus rien à perdre, de toute façon, je ne peux plus... » À cet instant précis, Michaël sortit en courant du renfoncement et se précipita sur Rubin qui recula, effrayé. Toutes les lumières s'allumèrent et on éloigna Beny Meyouhas qui s'effondra comme s'il n'avait plus la force de porter son propre corps puis on passa les menottes à Rubin. « Où veux-tu que je l'emmène ? demanda Balilti à Michaël à voix basse.

— Laisse-le là un petit moment, je veux rester seul avec lui, dit Michaël. Je veux qu'avant... il faut qu'il me raconte tout avant l'arrivée des avocats.

— Tiens compte de l'irrecevabilité juridique, lui rappela Balilti. Sans la présence de son avocat, ce qu'il te dira ne sera pas retenu par le tribunal.

— J'en tiens compte, dit Michaël.

— Qu'est-ce que c'est que cette histoire de médecin égyptien ? chuchota Balilti. Un secret surgi du passé ? Et moi qui pensais que...

— Faites sortir tout le monde, ordonna Shorer. Faites sortir tout le monde et laissez-le, il désigna Michaël de la tête, seul à seul avec le suspect comme il vous l'a demandé. »

Et c'est ainsi que Rubin se retrouva, menottes aux poignets, agenouillé dans le couloir, à l'endroit où Tirtsah avait été assassinée, à côté de l'atelier de couture, avec Michaël, qui s'était accroupi lui aussi.

Ils restèrent un long moment silencieux puis Michaël finit par dire : « Les gens passent leur vie à lécher leurs blessures.

— Vous avez trouvé ça tout seul ? s'exclama Rubin avec une ironie mêlée de tristesse. Quelle découverte ! Vous ne m'en voudrez pas si je vous dis qu'il ne faut pas être un génie pour comprendre ça ! » Et il se tut.

« Je pensais aussi au travail, dit calmement Michaël. Les plus chanceux réussissent à affronter leur blessure originelle par et dans leur travail.

— De quoi parlez-vous ? demanda Rubin avec étonnement. Je ne vous suis pas.

— Vous ne pensez pas que votre désir de réparer les torts et les injustices découle de ce que vous avez vécu là-bas ? lui demanda Michaël. Qui donc a tiré une balle dans le dos du médecin égyptien ? »

Rubin se releva et regarda autour de lui. « Qui vous a parlé du médecin égyptien ? demanda-t-il d'une voix rauque. Vous répétez comme un perroquet des propos que vous avez entendus ou quoi ? »

Michaël ne répondit pas.

« C'est Beny qui vous a raconté ce qui s'est passé ? »

Michaël ne dit rien.

« Je n'ai jamais parlé de Ras Soudar à personne, jamais. Pas même à Shroul et Beny… » dit Rubin d'une voix étranglée, et son expression figée ne parvenait pas à masquer la tristesse infinie que reflétait son visage.

Michaël regarda l'escalier qui menait au toit et le rai de lumière qui y brillait.

« Que voulez-vous au juste ? demanda Rubin. Un récit historique ? Vieux de vingt-quatre ans ? »

Michaël demeura silencieux.

« Beny vous a déjà tout raconté, dit Rubin. Pourquoi me poser la question ?

— Chacun a sa version, dit Michaël après un long silence, et chaque version mérite d'être entendue. Les différences sont toujours plus significatives que les points communs. A fortiori dans le cas présent.

— Donc, il vous a parlé, dit Rubin d'une voix chargée de mépris. J'ai toujours su qu'il parlerait un jour. C'est un faible, on n'y peut rien. »

Michaël resta silencieux.

« Bon, vous voulez ma version ? demanda Rubin. Vous allez l'entendre », dit-il d'une voix appliquée, comme si le fait d'avoir Michaël pour auditeur de son récit revêtait soudain pour lui une grande importance.

Michaël se releva à son tour et ils s'assirent tous deux, s'appuyant contre le mur, le regard fixant le vide devant eux. Plus tard, lorsque Emmanuel Shorer lui demanda pourquoi Rubin avait accepté de parler, Michaël lui expliqua que la blessure avait été telle qu'elle avait projeté une ombre épaisse sur la vie des trois hommes. Les crimes, destinés à faire taire les voix de la conscience et à refermer la plaie, n'avaient ni étouffé les remords ni cautérisé la plaie, bien au contraire, ils l'avaient ravivée. Et elle tourmentait Rubin plus que les autres, cette blessure violente et écrasante en regard de laquelle les crimes dont on pouvait maintenant l'accuser ne pesaient pas bien lourd…

« Ce n'est pas ce que vous pensez », dit Rubin, et il se tourna vers Michaël mais, en l'absence de toute réaction de la part de ce dernier, il poursuivit :

« En fait, nous étions huit : Beny, Shroul, moi, Ben-Nun, qui a été foudroyé par une crise cardiaque, David Albuhar, tué un peu plus tard par un sniper, Shlomo Tsemah, parti pour le Brésil où il a disparu, Yitsik Bouzaglo, mort dans un accident de voiture, et Davidoff dont j'ai perdu toute trace… »

Michaël étendit les bras et les jambes et posa ses mains sur ses genoux.

« Que voulez-vous ? demanda Rubin d'une voix soudain dure en accentuant le "vous".

— Moi ? dit Michaël. Je veux que vous me parliez de Ras Soudar pendant la guerre, je veux savoir ce que vous avez à dire à ce sujet. »

À cet instant, l'assassin et le chasseur poursuivaient le même but. Un but au goût de chagrin et de désillusion.

« Bien », dit tranquillement Rubin, et sa voix se fit lointaine, détachée. Les mots qui sortaient de sa bouche semblaient remonter l'un après l'autre à la surface, comme si on avait ôté une grosse pierre qui les écrasait jusque-là.

« Nous étions dans les paras, dit Rubin, des jeunes gens, humanistes, idéalistes et tout… nous devons avoir à peu près votre âge, non ? »

Michaël hocha affirmativement la tête.

« Donc, vous voyez ce que je veux dire, continua Rubin, quand je parle de jeunes gens animés par des idéaux parce qu'en ce temps-là, voilà trente ans, il y avait… je ne sais pas… ces choses-là sont difficiles à expliquer… mettons que j'avais des ambitions militaires, je briguais un poste de commandement, c'est pour ça que j'ai obéi aux ordres. Comme si on pouvait faire autrement ! Ça s'est passé ainsi : on nous avait confié la garde d'une colonne de prisonniers égyptiens. Ils devaient être entre soixante et soixante-dix. Ils se tenaient tranquilles, à notre merci, comme on dit. Ils avaient les mains et les pieds liés. Il faisait une chaleur épouvantable, ce jour-là à Ras Soudar… » Il marqua un temps d'arrêt puis, au bout de quelques secondes, émit une sorte de gémissement. « Je revois tout comme si c'était hier, dit-il. On leur a couvert le visage, c'est peut-être pour ça, pour ça… » Il s'étrangla.

« Pour ça…, reprit Michaël en écho.

— Pour ça, dit Rubin, qu'on a pu ensuite… ils étaient assis et on ne voyait pas leur visage… on leur donnait de l'eau, c'est tout.

Mais, pour le médecin, c'était différent. On lui avait parlé, alors personne n'a voulu… on lui a dit de partir. Ce n'est qu'une fois qu'il s'est éloigné que… qu'on lui a tiré une balle dans le dos. Je vous jure que je ne sais pas qui l'a fait. On nous avait annoncé : "Les blindés vont arriver d'une minute à l'autre." Le commandant, le commandant de la compagnie, Davidoff, il… on avait un ordre. Je ne sais pas pourquoi on n'a pas refusé d'obéir. Je ne le sais vraiment pas. Tout ça était complètement superflu… il y avait des milliers de prisonniers un peu partout dans les montagnes et personne ne s'en souciait. On avait reçu un ordre de repli. On nous avait dit de remonter vers le nord. Davidoff avait demandé : "Qu'est-ce qu'on fait de nos soixante-dix prisonniers ?" Et au téléphone de campagne, pas… au téléphone, vous vous rendez compte ? On nous avait rétorqué : "Débrouillez-vous…" » Rubin se tut et Michaël enfouit sa tête entre ses bras et attendit la suite. Rubin fixa le plafond tandis que Michaël regardait devant lui, apercevant la silhouette de Shorer qui se tenait au bout du couloir et écoutait chaque mot. Michaël eut l'impression qu'un fossé se creusait entre lui — il se rapprochait de plus en plus de Rubin — et ceux qui les observaient de l'autre côté de la coulisse. Rubin ne s'était pas trompé quand il avait ressenti qu'une sorte de connivence s'établissait entre lui et Michaël à la faveur de son récit. Il n'avait pas oublié un seul instant qu'il était un assassin en état d'arrestation mais quelque chose en lui désirait s'exprimer et il avait conscience que son interlocuteur l'écoutait d'une oreille attentive et compréhensive, ce qui, pensait-il, ne se reproduirait probablement jamais.

« Il y avait donc soixante-soixante-dix hommes assis en tailleur dans le sable et je vous assure… » sa voix se brisa soudain et se mua presque en un sanglot, « que quand on les a fait lever et qu'on les a placés en ligne sur trois rangs, Rubin enfouit son visage dans ses mains et fondit en larmes, c'était insupportable… et après… après nous avons exécuté les ordres ; on les a fauchés. Les mains et les pieds attachés, le visage recouvert et ensuite…

— Ensuite ? » demanda Michaël délicatement, surpris lui-même par cette nuance dans sa voix. Rubin prit une inspiration profonde et dit : « Ensuite les blindés sont arrivés avec leur pelleteuse pour creuser une fosse et le médecin… » Il enfouit de nouveau sa tête dans ses mains et continua : « il… il… il était… » Il ôta alors ses mains de son visage et regarda Michaël : « C'était le seul avec qui j'avais parlé, en anglais, les autres étaient sans visage…

— Alors vous lui avez tiré dans le dos ? Qui a tiré ?

— On ne pouvait pas le tuer en face, dit Rubin sur un ton implorant. Il avait un visage…

— Alors qui a tiré ? insista Michaël. Shroul ? »

Rubin baissa la tête. « Non, pas Shroul, dit-il après quelques instants de silence. Shroul n'a tiré sur personne, sur personne, à part ces… les… prisonniers… les hommes sans visage… nous leur avons tous tiré dessus et ensuite, quand Shroul a été grièvement brûlé, la nuit suivante, il… il… il a pensé que c'était un châtiment du Ciel… c'est pour ça qu'il est devenu pratiquant et…

— Et personne n'était au courant de cette histoire ? résuma Michaël. Pas même Tirtsah, avant de rencontrer Shroul à Los Angeles il y a deux mois ?

— Nous n'en avons jamais reparlé, dit Rubin, Beny et moi, pas un mot et jamais avec Shroul, au téléphone ou quand j'étais chez lui il y a cinq ans, pas un mot. Jusqu'à ce que Shroul… raconte tout à Tirtsah. À cause de sa maladie. Il savait que ses jours étaient comptés. Quand elle est rentrée d'Amérique, elle m'a dit : “Tu as une semaine pour t'organiser. Si tu ne révèles pas cette histoire toi-même, c'est moi qui le ferai ! dans tout le pays ! à la télé ! dans les journaux ! ça ne restera pas enfoui dans les sables de Ras Soudar.” »

Michaël le regarda longuement puis il dit sur un ton plein de compassion : « Elle refusait de se taire, alors vous n'avez pas eu le choix, vous deviez la mettre hors d'état de nuire.

— Je lui ai dit, poursuivit Rubin comme s'il n'avait pas entendu la remarque de Michaël, je lui ai dit : “Tirtsah, regarde ce que j'ai fait depuis ce temps-là, je me rachète depuis vingt-quatre ans, vingt-quatre ans d'expiation, tu veux réduire ma vie en poussière ? L'anéantir ? Tu ne vois pas le tort que tu vas faire à tout ce pour quoi on a lutté. À quoi auront servi tous nos efforts ?"

— Mais elle n'était pas prête à se taire, dit Michaël.

— Je suis venu la trouver à l'atelier des décors pour la convaincre, continua à expliquer Rubin, mais… elle était, comment dire, bon, c'était connu, tellement obstinée. C'était un être pur. Elle a commencé à parler de ma mère. Ma mère est une rescapée de la Shoah. "Tu leur as fait ce qu'ils ont fait à ta mère", a-t-elle crié et alors, j'ai vu rouge, dit Rubin, je ne voulais pas qu'elle… je n'avais pas l'intention de… je ne voulais pas qu'elle meure… c'était un accident… quelque chose de grand, de plus fort que moi m'a tout d'un coup envahi… quelque chose de terrible, que Tirtsah avait touché, avec naïveté et stupidité, d'une main grossière. Ta mère… les nazis… C'était plus grand que moi, plus puissant que tout ce que… »

L'espace d'un instant, le fil de la pensée de Rubin se dessina devant les yeux de Michaël de manière concrète. Il frissonna tant l'illusion était parfaite et, de même que l'aliénation jaillit dans la conscience en état d'extase, la phrase suivante surgit soudain en lui : « En vieillissant tu comprends enfin le sens du mot identification. L'identification est un moment d'identité. »

« Nous », dit Rubin. Il voyait clairement le cercle d'hostilité et d'annihilation qui était en train de se refermer sur lui et, au centre de ce cercle, la bulle de lumière et de chaleur qui s'était formée autour de lui et d'Ohayon. « Nous, nous, nous, répéta-t-il. Dans ce "nous" d'enfants de survivants des camps de concentration s'est instillé quelque chose qui nous a dépossédés de nous-mêmes. Quand nous pleurions en entendant *Le chant de l'amitié*, nous nous apitoyions sur nous-mêmes et sur les mensonges véhiculés par ses paroles. L'amitié telle que nous la chantons à chaque jour du souvenir, l'amitié dont la chanson dit : "Nous t'avons portée sans un mot / grise, têtue et silencieuse", est ce avec quoi ce pays et ce peuple nous ont écrasés. Nous pensions qu'ils étaient un père et une mère pour nous alors qu'en fait, nous étions tout seuls avec nos familles traumatisées.

« Ma vie, nos vies se sont construites autour de l'escamotage de cette vérité, de l'escamotage du meurtre du père et de la mère idéaux. Tirtsah tenait à ce mensonge constructif que j'appellerais l'"ancien sionisme". Elle le conservait pieusement. Malheur à cette pureté à laquelle j'étais marié, que j'ai aimée plus que moi-même. Malheur à cette pureté qui m'a maintenant rattrapé. »

Il se tut.

« Vous l'avez poussée et la colonne est tombée ? demanda brusquement Michaël.

— Je ne m'en souviens pas très bien, dit Rubin. Je l'ai secouée, je la tenais par les épaules, puis je l'ai prise à la gorge, elle refusait de se taire, je voulais qu'elle se taise… qu'elle ne dise pas toutes ces bêtises.

— Et Mati Cohen vous a vu », lui souffla Michaël.

Rubin se taisait.

« Il vous a vu, dit Michaël. Il a d'abord pensé qu'il s'agissait d'une dispute mais, le lendemain matin, il a appris que Tirtsah était morte et il a fait le lien, il a compris, n'est-ce pas ? »

Rubin était toujours silencieux.

« Alors vous avez mis de la Digoxine dans son café. Ou peut-être avez-vous substitué vos ampoules aux siennes ? J'avoue que je n'ai pas bien saisi si… »

Rubin gardait un silence obstiné. Il sentait que la bulle de lumière et de chaleur autour de lui et de Michaël se dissolvait. Il prenait conscience de la sévérité de cette réalité qui réduisait à néant les sentiments communs, fraternels, qui les avaient rapprochés, le temps d'un instant, et il n'en voulut pas à Michaël de s'être ressaisi.

Sa solitude absolue lui paraissait à présent plus méritée que jamais.

« Vous êtes sorti du bâtiment pour retrouver Tirtsah ? demanda Michaël. Vous aviez rendez-vous ? »

Rubin fit un geste vague de la tête.

« Quand ? Quand êtes-vous sorti ? insista Michaël. Avant ou après minuit ?

— Avant, dit Rubin d'une voix éteinte. À minuit moins le quart. Elle m'attendait.

— Et personne ne vous a vus ?

— Nous étions seuls, les salles de montage étaient vides, j'avais tout vérifié, il n'y avait du monde qu'en salle de rédaction… mais ils étaient occupés…

— Et les vigiles ? Comment avez-vous pu déjouer leur attention ?

— Ils ont dû me voir, dit Rubin sur un ton pensif, et il ferma les yeux. Mais ils regardaient un match de basket à la télé et puis, ils me connaissent, je ne suis pas un étranger, alors, que je sorte ou que je rentre, vous savez… je suis donc sorti et rentré peu après.

— Et vous vous êtes rendu aux "fils" par la porte de derrière ? demanda Michaël.

— J'ai la clé, confirma Rubin.

— C'est ainsi que vous avez pu rencontrer Tirtsah puis plus tard la tuer sans être vu par quiconque.

— L'endroit était désert, dit Rubin.

— Mais Mati Cohen passait par là, lui rappela Michaël.

— C'est vrai, dit Rubin, et sa voix se brisa. Il passait dans le couloir et je n'étais pas sûr qu'il… j'espérais… je suis retourné en salle de montage, il pleuvait, j'étais mouillé, j'ai dit quelque chose à propos de ma voiture, de cassettes… j'étais le premier étonné par ma… présence d'esprit, je crois qu'on peut appeler ça comme ça… ajouta-t-il avec amertume, je pensais tout le temps que… ensuite Natacha est arrivée… je sais, dit-il soudain, vous pensez que je suis un monstre puisque j'ai tué, assassiné et qu'ensuite je me suis remis au travail comme si de rien n'était.

— Alors que la vérité est ailleurs ? demanda Michaël sur un ton factuel.

— C'était… comme si je n'y avais pas été… comme si je n'avais pas…, dit Rubin. Je n'arrive pas à l'expliquer.

— Et Tsadik ? demanda Michaël. Shroul avait tout raconté à Tsadik ?

— Tsadik m'a convoqué, dit Rubin, comme si l'intervention de celui-ci l'étonnait encore. Il m'a appelé dans mon bureau. Je savais qu'il avait vu Shroul dans la matinée, je savais aussi ce qu'il voulait, je suis donc entré par la porte du couloir, je ne voulais pas qu'Aviva me voie passer. Je ne pensais pas encore que je serais obligé de… mais je suis néanmoins entré par la porte dérobée… il m'a dit… il m'a dit que je devais… raconter à tout le monde… il s'est mis à me parler comme Tirtsah. Tout d'un coup, lui, Tsadik, un pragmatique pourtant, un homme dépourvu de principes… allez comprendre ce qui… »

Un bruit de pas résonna dans le corridor. Michaël reconnut la silhouette d'Emmanuel Shorer et Rubin s'interrompit.

« Que s'est-il passé dans le bureau de Tsadik ? demanda Michaël. Pourquoi avoir utilisé la perceuse ? Qu'est-ce qui vous a mis dans un tel état de fureur ?

— Ce n'était pas… je n'avais pas… pas le choix, expliqua Rubin d'une voix étranglée, et il se détourna. Il m'a plongé dans le désespoir, j'ai perdu la tête, il m'avait dit au téléphone : "Je suis au courant, Rubin, viens immédiatement pour qu'on décide ensemble de ce qu'il convient de faire", j'ai compris que c'était la fin. Je n'avais pas l'intention de… je ne savais pas comment… j'ai emprunté d'instinct la porte latérale, je ne voulais pas qu'on me voie entrer dans son bureau… ce n'est qu'une fois avec lui… au début… par-derrière, avec le grand cendrier, et quand il est tombé je l'ai frappé une seconde fois, ce n'est qu'ensuite que j'ai mis le bleu de chauffe du technicien et avec la perceuse… je n'avais pas… je comprends et je vois ce qui se passe en vous, je peux tout vous décrire mais il me semble que ça n'a plus aucune importance, à présent. » Il pencha la tête et se tut.

« Et Shroul ? votre ami de jeunesse Shroul ? demanda Michaël. Il s'est étouffé quand vous lui avez enlevé le masque à oxygène ou avez-vous eu besoin de l'étrangler de vos propres mains ?

— Il était mourant alors, vous savez..., dit Rubin d'une voix qui semblait monter des profondeurs de son corps.

— Nous avons trois braves jeunes gens, dit Michaël comme s'il récitait *Dix petits nègres* : Le premier décide de s'ériger en protecteur des faibles, le deuxième découvre Dieu et le troisième... adapte au cinéma des nouvelles d'Agnon. »

Il leva la tête et regarda Shorer qui se tenait en face d'eux et lui dit calmement : « Tu as entendu ? Tu comprends ça, toi ?

— Non, répondit tout aussi calmement Shorer. Et d'ailleurs, ça ne s'est pas passé comme ça.

— Quoi ? dit, abasourdi, Michaël. Que veux-tu dire ?

— Je vais vous livrer à tous deux la version officielle, d'accord ? » Shorer regarda Rubin qui détourna la tête. « Je te le répète, tu crois que ça s'est passé comme ça. La vérité est que Rubin a tué Tirtsah par jalousie. Il était fou d'elle, il l'a suppliée de revenir vivre avec lui mais elle a refusé. Mati Cohen l'a vu la pousser, la faire tomber, bref, tout ce qu'on sait... et il l'a empoisonné. Nous ne connaissons pas encore les détails mais ça ne saurait tarder. Ça vous va, Rubin ? »

Rubin fit un geste vague de la tête.

« Nous allons maintenant l'emmener avec nous pour l'interroger en bonne et due forme et il nous racontera que Tsadik a découvert le pot aux roses et qu'il devait se débarrasser de lui. Point barre. Pas de Ras Soudar, rien. Tu m'as compris ? » Il se tourna vers Rubin : « Vous comprenez ce que je dis ? »

Rubin hocha la tête.

« Tu penses sérieusement qu'on peut tenir ça secret ? dit Michaël, stupéfait. Pourquoi est-ce que tu veux...

— On a assez de soucis comme ça. Ce n'est pas le moment de

se mettre les Égyptiens à dos, dit Shorer en posant un regard sévère sur Michaël.

— Laissons de côté l'aspect moral, dit Michaël d'une voix tremblante. Penses-tu vraiment qu'on puisse étouffer une telle affaire ? Après tout ce que…

— J'en suis certain, dit Shorer, catégorique.

— Et toi ? s'indigna Michaël. Tu vas te taire ? Tu peux passer une histoire pareille sous silence ? Et moi ? Je vais me taire aussi ? Comment peut-on…

— Tu peux et tu vas le faire ! » dit Shorer, et il saisit le bras de Michaël, le forçant à se lever. Il le fixa droit dans les yeux. « Regarde-moi, lui ordonna-t-il lorsque Michaël détourna la tête, le bien de ce pays m'est aussi cher qu'à toi. Tu penses que tu es préposé à la vérité, peut-être ? »

Michaël se tut.

« On se connaît depuis combien de temps ? demanda Shorer sans attendre la réponse. Tu te souviens de ce que ton oncle Jacquot t'a dit en ma présence quand il t'a présenté à moi ? Il t'a dit de me faire confiance comme à un père. Est-ce que j'ai trahi cette confiance pendant toutes ces années ? Est-ce que je t'ai jamais déçu ? Est-ce qu'une seule fois, je t'ai refusé mon soutien ? »

Michaël baissa la tête.

« Je ne suis pas un salaud, Michaël ! Toi-même, dans quelques jours, peut-être même plus tôt… tu découvriras que… tu as étudié l'histoire, non ? Que comptes-tu faire de cette vérité qui nous a été révélée ? Tu crois que tout est réparable ? Que la vérité est une valeur suprême ? Qu'elle est plus forte que la vie ? Sais-tu seulement quelles armes nous donnons aux… à tous ? Aux Égyptiens, aux Palestiniens, à… à certains d'entre nous ? Et puis, de toute façon, la censure ne nous laissera jamais rendre ça public… tu perds ton temps, tu comprends ?

— Je ne sais pas si je peux me taire, finit par dire Michaël. Je ne sais pas comment on peut vivre avec un secret de cette taille.

— Oh si, tu le sais ! dit Shorer sombrement. Tu le sais très bien. Tu te tairas », ajouta-t-il avec une tristesse qui allait croissant. Et après un moment de silence il dit : « Nous évoluons, tu vois ? Nous apprenons à nous taire sur des sujets de plus en plus graves. »

Ensuite, tout devint irréel ; comme en état d'apesanteur, Michaël suivit les policiers qui conduisaient Rubin à la fourgonnette et les informations hachées qui s'échappaient des autoradios dans le parking lui parvinrent comme dans un rêve : « … a tiré sur sa femme, la blessant mortellement… » disait le présentateur qui ajouta que « … les deux enfants du couple se trouvaient dans l'appartement… » et lorsque Michaël s'engouffra dans la voiture de Shorer — lui aussi avait allumé son poste — il entendit que dix-sept femmes avaient été tuées par leur mari ou leur compagnon au cours de l'année écoulée et que Shimshi et ses camarades avaient été présentés au juge pour la prolongation de leur détention.

Au portail de l'Esplanade russe, ils étaient attendus par Natacha qui suivit Rubin du regard quand il sortit, menotté, de la fourgonnette. Elle ôta de son épaule le sac en toile, ébouriffa ses courtes mèches, tira sur son écharpe et, s'approchant de son protecteur, elle lui dit : « Qu'est-ce qui se passe ? Pourquoi a-t-il des… ? » Michaël ne lui répondit pas.

« C'est une erreur, dit Natacha, c'est une grossière erreur, Rubin est un homme… quoi ? Vous l'arrêtez vraiment ? » s'étrangla-t-elle.

Michaël ne disait toujours rien.

« Je suis venue pour autre chose, marmonna Natacha, les yeux fixés sur le dos de Rubin. Je ne sais plus quoi faire, à présent que… » quelque chose dans son expression perdue retint Michaël de lui demander de partir, de le laisser tranquille. Il se tenait devant elle et elle parlait mais seuls des fragments de phrases parvenaient à sa conscience : « … maintenant Hefetz ne veut plus… je lui ai dit que vous saviez… je lui ai dit… que vous m'aideriez à porter plainte… le procureur… si vous visionnez la cassette vous comprendrez que… » et, sans savoir comment, il se retrouva en train de suivre Natacha, le sac en toile claire sale battant ses cuisses frêles, jusque dans son bureau. « Avez-vous un magnétoscope ? lui demanda-t-elle essoufflée. Parce que sinon alors… » Il n'avait pas encore prononcé une parole, c'est en tout cas ce qu'il lui semblait, mais au bout de quelques minutes, Balilti les rejoignit avec l'appareil en question. Il inséra dans la fente la cassette apportée par Natacha et Michaël entendit les voix et vit les images qui envahissaient la pièce sans qu'il ait eu l'intention de les laisser faire. Il aperçut aussi Tsila qui entrait dans son bureau avec trois tasses à la main. Elle poussa le battant de la porte du pied et s'immobilisa devant le magnétoscope. La photo aérienne d'une ville verte au bord d'un lac apparut à l'écran et Michaël entendit la voix de Natacha qui disait qu'il s'agissait d'une région au Canada, non loin de Montréal, où le rabbin Alharizi transférait les sommes et les lingots d'or qu'il collectait à l'aide de ses disciples. « Il y a deux jours », dit Natacha d'une voix claire et ferme tandis que le portrait du rabbin Alharizi s'étalait sur l'écran, « je me suis fait piéger. J'ai été trompée par des informations qu'on m'a fournies pour me détourner de l'essentiel et l'essentiel est ce… » On voyait à présent sur l'écran le rabbin Alharizi en robe de pope dans le hall d'arrivée de l'aéroport Ben-Gourion, la tête penchée, mais le capuchon suffisamment remonté pour que son identité ne fasse aucun doute. « Que fait le rabbin Alharizi à l'aéroport Ben-Gourion habillé en pope ? lança Natacha. Il prépare le terrain pour l'accomplissement de son projet visionnaire — c'est afin de m'empêcher de découvrir de quoi il retourne qu'on m'a mise sur une fausse piste mais le stratagème a échoué — dont nous allons avoir la primeur grâce à une séquence de cette cassette secrète préparée par le rabbin à l'intention de ses adeptes. » Sur l'écran apparut de nouveau le rabbin Alharizi, prêchant dans un état proche de la transe ou de la possession : « La sainte terre des Juifs sera détruite, la destruction du troisième temple est proche, il ne restera bientôt plus une pierre debout, tout sera cendres et poussière, nos ennemis les Arabes détruiront tout sur leur passage, nos champs et nos villes, les femmes juives seront la proie de ceux qui ont juré notre perte, nos maisons seront incendiées, nos enfants exterminés, l'anéantissement, mes frères ! aussi devons-nous préserver notre race sainte et nous mettre en chemin pour la nouvelle Jérusalem... »

« Arrêtez ça ! » s'écria Tsila et, toujours comme en apesanteur, Michaël vit la main de Balilti se tendre vers le magnétoscope, appuyer sur le bouton et l'image se figer.

« Qu'est-ce que c'est que ça ? cria à nouveau Tsila. Il faut que tout le monde le sache. Voilà ce qu'ils font avec nos impôts. Ils quittent le pays !

— Pour ma part, dit Balilti, qu'ils s'en aillent tous, avec leurs sales magouilles. On continue ? demanda-t-il à Natacha, puis il dit à Tsila : Tu veux qu'on appelle Élie ?

— Élie est avec les enfants, dit Tsila, et elle s'assit. Continue, continue, ordonna-t-elle à Balilti. C'est quelque chose qu'on ne doit pas... c'est une réalité qu'il faut connaître, c'est capital, murmura-t-elle, même si ça me rend malade. » N'importe quel autre jour, pensa Michaël, cette cassette l'aurait révulsé, il aurait été pris de dégoût devant cette « vision » et ce cramponnement à la « Diaspora » et aux caisses d'or mais, à présent, toutes ces images flottaient, elles aussi, dans l'univers de chagrin que les dernières heures avaient généré.

Balilti appuya sur le bouton et l'image s'anima à nouveau. La voix du rabbin tonna dans la pièce. « Non pas comme Raban Yohanan Ben Zakaï, qui quitta Jérusalem assiégée par Vespasien caché dans un cercueil pour la ville de Yavnéh, lança le rabbin d'une voix hystérique, mais la tête haute, au moyen d'un pont aérien, mes frères ! des navires vous conduiront par-delà les mers, au Canada. Faites vos bagages, aucune renaissance n'est plus possible sur cette terre... il m'a été révélé, ainsi qu'au kabbaliste Bashri, la vision suivante : nous avons entendu une voix au cœur de la nuit nous dire : "Et je ferai d'eux un exemple d'horreur pour tous les royaumes de la terre... et la dépouille de ce peuple sera la pâture de tous les oiseaux du ciel et de tous les animaux de la terre sans que nul leur fasse peur… car cette terre ne sera plus que ruine…" La destruction est proche ! levez-vous ! partez ! partez avant l'annihilation, nous avons établi dix-sept points de rassemblement… » La voix de Natacha interrompit le discours. D'une voix claire, elle récita les noms de villes du Néguev et du Nord et ceux des rabbins responsables de l'organisation de l'exode puis la harangue du rabbin reprit : « Sauvez les âmes de nos frères juifs… » Derrière le rabbin apparut le vieux kabbaliste, frappé de mutisme depuis plusieurs années, et que ses fils ainsi que ses adeptes utilisaient lors de rassemblements solennels pour sanctionner des propos qui risquaient de semer le doute : « Le Canada ! » s'exclama le rabbin Alharizi, et le chef du vieux kabbaliste, enfoncé dans un fauteuil de velours et soutenu par de grands oreillers, dodelina dans son dos, « où nous fonderons la nouvelle Yavnéh, afin de sauver notre race avant… » Soudain la prédication fut interrompue et ensuite le rabbin Alharizi entonna le cantique oriental que Michaël avait chanté dans son enfance au village, « Dieu aux terribles actions », qui fait partie de la dernière prière du jour de Kippour. Il chanta les versets que tout juif oriental traditionnel connaît, « Fais-leur procès à l'heure de la clôture », et un chœur d'ultrareligieux chargé de valises et de caisses se joignit à lui : « Dieu aux terribles actions, accorde-nous le pardon. » La séquence était finie. Un carré bleu électrique occupa l'écran.

« Qu'est-ce que… qu'est-ce qu'ils comptent faire ? murmura Tsila. Ils prennent tous leurs…

— Ils partent pour le Canada, dit Natacha. On leur construit une ville ; les subventions, les dons, tout a été converti en lingots d'or, j'ai des photos des caisses et le témoignage de Schreiber, il a vu de ses propres yeux…

— Mais de quoi parle-t-il ? lança Tsila. Pourquoi est-ce qu'ils s'en vont ?

— Pourquoi ? ricana Balilti. Parce qu'ils abandonnent le navire.

Mais je suis au courant depuis pas mal de temps, nous avons fait nos propres investigations à ce sujet. Votre cassette pourra nous aider, dit-il à Natacha, vous avez fait du bon travail, mademoiselle.

— Explique-moi, lui demanda Tsila. Sois gentil, je ne sais pas si je dois rire ou pleurer…

— Il n'y a pas grand-chose à expliquer, dit Balilti avec indifférence. Le rabbin Alharizi a veillé en personne au transfert des fonds. Ce n'est pas un rabbin ordinaire, c'est un rabbin visionnaire ! N'est-ce pas ? » Il se tourna vers Michaël qui, assis derrière son bureau sur lequel jouaient les rayons pâles du soleil de décembre, attendait patiemment que la pièce se vide de ses occupants.

« C'est très simple, dit Balilti, génial et simple. Toutes les idées géniales sont simples, en fin de compte, n'est-ce pas ? »

Personne ne lui répondit.

« Et il ne s'agit pas seulement du rabbin Alharizi, déclara Balilti. Il est soutenu par le kabbaliste Bashri, celui que vous avez vu dans le fond, sur un canapé. Nous le considérons comme une potiche mais ses adeptes sont persuadés qu'il possède des pouvoirs surnaturels.

— Il va envoyer des familles entières au Canada ? demanda Tsila.

— Par dizaines de milliers, dit Natacha, et ses yeux brillèrent. Une ville nouvellement construite les attend.

— Par centaines de milliers », s'empressa d'ajouter Balilti, en voyant l'expression sceptique sur le visage de Tsila. « Il s'agit d'une vision ! une vision ! une vision de destruction et de rédemption ! j'avais des agents à ses meetings mais ils n'ont jamais réussi à mettre la main sur la cassette et les fonds… je ne sais pas comment elle a fait pour se la procurer, cette petite », il regarda Natacha, « tout ce que nous n'avons pas pu…

— Il compte cent soixante-quinze mille fidèles à ce jour, dit Natacha.

— Quoi qu'il en soit, poursuivit Balilti, des familles entières s'apprêtent à émigrer au Canada, pour peupler la nouvelle Yavnéh… Le rabbin Alharizi dit que Jérusalem sera bientôt détruite, c'est la vision qui lui a été inspirée et là », Balilti indiqua l'écran bleu qui tremblait, « il fondera sa nouvelle Yavnéh… Vous n'avez rien d'autre ?

— Si, il y a encore une petite séquence, la mienne », dit Natacha avec modestie, et Balilti lui tendit la télécommande. Elle appuya sur le bouton et l'image du rabbin Alharizi en pope apparut de nouveau. La voix de Natacha la commentait : « Le rabbin Yohanan Ben Zakaï a quitté clandestinement Jérusalem assiégée dans un cercueil mais le rabbin Alharizi a opté pour un autre artifice…

— Très beau travail, marmonna Balilti. Une enquête journalistique de première qualité, ma mignonne. Venez avec moi, nous allons porter ce film là où il sera le plus utile. Qu'en dites-vous ? »

Natacha regarda Michaël. Il avait l'intention de hocher affirmativement la tête mais, à cet instant, son téléphone sonna et Tsila s'empressa de répondre. Pendant qu'elle écoutait, le visage rayonnant, comme si son interlocuteur était quelqu'un qu'elle aimait tout particulièrement, Natacha sortit du bureau avec Balilti et referma la porte derrière elle. « C'est Youval, dit Tsila avec un grand sourire et elle lui tendit le combiné, il est à Jérusalem, il est arrivé il y a une demi-heure et il demande si tu as un moment à lui accorder. Tu savais qu'il avait sa période de réserve ? Il a une perm d'une demi-journée ».

Michaël prit le combiné, se demandant comment il ferait pour avoir une voix normale mais son fils, bien plus animé qu'à l'accoutumée, lui dit seulement qu'il tenait à le voir. « Quelque chose ne va pas ? » demanda Michaël, et l'inquiétude dissipa tant soit peu l'impression de flottement dans laquelle il baignait. « Non, le rassura Youval, tout va très bien, je voulais seulement… j'ai deux heures… je voulais… je pensais que si tu avais un peu de temps… »

Michaël reconnut l'accent déçu que Youval prenait, quand il était enfant, chaque fois que son père lui infligeait une déception en reportant ou en annulant une sortie qu'ils avaient fixée en raison d'un empêchement de dernière minute et il s'empressa de proposer le lieu et l'heure du rendez-vous.

Les rayons du soleil filtraient le vitrage poussiéreux du café où des radiateurs à gaz répandaient une agréable chaleur et éclairaient les poils de la barbe de Youval et ses sourcils foncés hérités de son père.

« On prend un petit déjeuner ? » demanda Youval, et Michaël hocha la tête et fit signe à la serveuse. La jeune fille s'empressa de leur présenter le petit déjeuner santé. « La nouveauté qui ne figure pas encore sur la carte, précisa-t-elle.

— Je veux une omelette de trois œufs et une grande salade, dit Youval.

— Et pour vous ?

— La même chose, dit Michaël.

— Et nous ne fumons pas », lança Youval dans la salle où il n'y avait personne à l'exception d'un homme âgé qui lisait son journal et d'une jeune fille qui consultait sans cesse sa montre.

« Je ne savais pas que tu effectuais une période de réserve, dit Michaël. Pourquoi ne me l'as-tu pas dit ?

— Je n'ai pas eu l'occasion de le faire, dit Youval. Il devait s'agir d'un entraînement de routine mais… peu importe, je voulais te demander quelque chose », dit Youval sur un ton hésitant, détournant le regard d'un air embarrassé.

« Je t'écoute, dit Michaël.

— C'est un sujet qu'on a presque abordé une fois, quand je faisais mon service », dit Youval, et il marqua une courte pause puis il reprit : « J'avais à l'époque, je ne sais pas si tu t'en souviens, j'avais des doutes sur… tu ne t'en souviens sûrement pas ?

— Donne-moi un indice, un fil conducteur, dit Michaël. Il y a plusieurs choses que tu… comment veux-tu que je sache de quoi il s'agit si tu ne me dis rien ?

— Voilà, dit Youval en se penchant en avant. Ne te moque pas de moi et ne me dis pas que c'est une question indigne d'un jeune homme de vingt-quatre ans qui va décrocher sa licence dans un an, promis ? » Michaël s'apprêtait à le lui promettre mais sans lui laisser le temps de le faire, Youval poursuivit : « Je voulais te demander si tu es sioniste, papa. »

La serveuse qui revint avec un plateau sur lequel il y avait deux tasses de café et une corbeille de petits pains frais retarda sa réaction et retint la stupéfaction qu'il allait exprimer. Il s'était préparé à diverses hypothèses, des problèmes sentimentaux, une crise de vocation ou même une mauvaise passe financière, mais il ne lui était pas venu à l'esprit que la raison pour laquelle son fils avait demandé à le rencontrer de toute urgence pouvait être cette question.

« Pourquoi est-ce que tu me le demandes ? » lui dit Michaël qui essayait de gagner du temps. La serveuse était entre-temps repartie.

« Réponds-moi d'abord », dit son fils, et il prit un petit pain dans la corbeille, le coupa en deux et le tartina de beurre.

« Ce n'est pas aussi simple et évident qu'autrefois, réfléchit Michaël à haute voix. De quel sionisme parles-tu exactement, de celui qui prône que les Juifs ont droit à une patrie ? »

Youval hocha la tête. « Admettons.

— Dans ce cas, oui, je crois que je suis sioniste. Le sionisme a certes provoqué des tragédies dont les deux parties sont victimes mais qu'y faire ? Je… si le sionisme est synonyme d'un toit pour les Juifs, je peux affirmer que je suis sioniste.

— Pourquoi ? lui lança Youval. C'est vraiment important pour toi de vivre dans un pays juif ?

— Je pense que oui, dit Michaël après un certain temps. Les Juifs aussi ont besoin d'avoir leur maison. Où tes grands-parents auraient-ils pu aller après la Shoah ?

— Mais pourquoi précisément ici, en Israël ? » demanda Youval, et il posa le petit pain qu'il n'avait pas encore entamé. Il déchira trois sachets de sucre et en versa le contenu dans sa tasse de café puis il en tendit trois autres à son père — qui l'imita machinalement — et le regarda d'un air tendu.

« C'est notre maison, non ? finit par dire Michaël.

— Pourquoi ? À cause de la Shoah ? le défia Youval.

— Pas seulement », dit Michaël, et il pensa à Yusek, le grand-père de Youval, un survivant qui prêchait à son petit-fils depuis qu'il était tout gosse contre les gentils et l'antisémitisme qui dominait le monde, « ça remonte à beaucoup plus loin, à la Bible, en fait.

— La Bible ? s'exclama Youval, et il regarda autour de lui. Toi aussi, tu parles comme ça, maintenant ? Tu ne sais pas que c'est un recueil de légendes ? De mythes ?

— Qu'y a-t-il de si méprisable dans les mythes ? » demanda Michaël, et il inclina la tête en raison d'un rayon de soleil qui menaçait de lui brouiller la vue, l'exaltation et les dilemmes de son fils le remplirent soudain d'une joie inattendue. « C'est un argument au moins aussi sérieux que la revendication du Mont du Temple par les musulmans et elle est tout aussi légitime. Sinon plus.

— Dis-moi, demanda Youval en repoussant l'assiette où il avait posé le petit pain, le judaïsme est-il une religion ou une nation ? Une religion, tu en conviendras ?

— Faux, dit Michaël, et il prit une inspiration profonde. Dans le judaïsme, la religion se confond avec la nation, par conséquent l'identité israélienne est une forme de judaïsme.

— Mais que veux-tu que je fasse du Mont du Temple ? Je m'en bats l'œil, moi, du Mont du Temple ? s'écria Youval avant de baisser la voix.

— Là, je suis d'accord, dit Michaël. Je pense que nous n'avons nul besoin du Mont du Temple aujourd'hui, en tout cas tant que le Messie n'est pas arrivé, alors pourquoi commencer à se casser la tête à ce sujet ? Et à la fin des temps, quand l'heure de la rédemption aura sonné, le Saint Béni Soit-Il, comme ils disent, s'en occupera sans que nous ayons à intervenir. C'est pourquoi la question du Mont du Temple est, actuellement, purement rhétorique.

— Écoute », dit son fils, et il but une gorgée de café, fit une grimace, regarda la tasse puis son père, « c'est la raison pour laquelle je ne veux pas participer à la protection des colonies ou à leur évacuation, je pense qu'il est déraisonnable que, dans ce pays, tous les jeunes gens de mon âge doivent protéger, le fusil au poing, des Juifs bornés qui sont installés sur des terres arabes.

— Tu penses à l'ensemble du pays ou aux territoires occupés ?

— Pendant la guerre d'indépendance aussi, des Arabes ont été chassés de leurs villages, dit Youval.

— Il est vrai que nous nous sommes installés sur une terre qui était déjà occupée mais il est trop tard, aujourd'hui, pour renverser la vapeur et en plus, depuis l'aube de l'humanité, tous les peuples se sont emparés de leur territoire par la force. Les Arabes qui sont arrivés ici ne dérogent pas à cette règle, c'est la condition humaine », dit Michaël, et il regarda la serveuse qui s'approchait d'eux avec un grand plateau. « Le problème est qu'en tant que Juifs, nous voulions être moralement irréprochables… et il apparaît que nous sommes exactement comme les autres.

— Nous sommes comme des chiens, oui ! des chiens qui marquent leur territoire… » grommela Youval, et il se tut, suivant du regard les gestes maladroits de la serveuse que son père s'empressa d'aider en lui prenant des mains la salade et l'une des assiettes qui contenait une omelette.

« Mange pendant que c'est encore chaud », dit Michaël, et il considéra l'omelette posée devant lui qui, bien que dégageant une merveilleuse odeur, ne lui inspirait aucune envie d'y toucher.

« Comme des chiens, dit Youval avec mépris lorsque la serveuse se fut éloignée.

— C'est peut-être vrai, admit Michaël, mais c'est comme ça : l'être humain a besoin d'un territoire pour pouvoir protéger sa maison et ses enfants, ça n'a rien de honteux, au contraire. En revanche, je suis tout à fait d'accord avec toi que la façon dont nous gérons les territoires occupés depuis la guerre des Six Jours est injuste et abjecte. Nous nous déshonorons, en fait.

— Elle était abjecte dès le départ, protesta Youval en coupant un morceau d'omelette et en y plantant sa fourchette, parce que dès le départ, il y avait ici des Arabes et que c'était leur pays.

— Mais à présent, il est trop tard. On ne peut pas revenir en arrière. Que veux-tu faire ? Leur rendre leurs biens qui appartiennent maintenant de droit à des Juifs ? Le jour où il y aura un État palestinien et où on vivra en paix côte à côte, on pourra en reparler… ou au moins reconnaître cette injustice… dit-il.

— Mais on ne vivra jamais en paix, ici », affirma Youval, la bouche pleine d'omelette, tout en mettant un peu de salade finement hachée dans son assiette. « Alors quelle solution proposes-tu ?

— Une chance a été manquée, dit Michaël, et il planta sa fourchette dans un bout d'omelette, et je pense que d'autres se présenteront, mais la haine que les Arabes ont envers nous, une partie d'entre eux en tout cas, est ancienne, elle aussi, et on ne peut pas l'ignorer.

— Je ne veux pas vivre dans ce pays de fous, dit Youval. Tu sais ce que font les recrues des corps d'élite qui sont chargées de protéger les colons au sud de Hébron ?

— Quoi ? » demanda Michaël, et il finit par enfourner un morceau d'omelette qu'il mâcha lentement pour en savourer le goût. « Que font-ils ?

— Ils tricotent ! C'est incroyable, non ? Les trente types qui gardent les implantations au sud de Hébron et autour de la ville, des soldats d'élite ! sont assis autour d'un poêle et ils tricotent des chapeaux, des écharpes, des chaussettes, tu te rends compte ! des gars qui étaient avec moi en classe ! j'ai vu des photos, je te le jure ! »

Michaël sourit.

« Ne te marre pas, dit Youval, c'est très sérieux, une révolte contre le machisme, non ? Une révolte très très…

— … constructive, compléta Michaël.

— Voilà, dit Youval en engloutissant le reste de son omelette avant de se jeter sur le fromage et la salade, mais je ne veux pas vivre dans un tel pays, je préfère encore… je vais peut-être partir, je veux m'en aller.

— Où ça ? » demanda Michaël, et il retint sa respiration pendant un instant puis il se dit que, pour le moment, il ne s'agissait que de paroles en l'air et il se concentra sur son petit pain et son fromage blanc.

« Au Canada, peut-être… » dit Youval, et Michaël étouffa un ricanement d'effroi avant de demander : « Pourquoi le Canada ?

— Parce que…, dit Youval, la bouche pleine, ici, dans cet asile de fous, le coût de la vie est plus élevé que la vie elle-même, tu comprends ? » Michaël hocha la tête. « C'est-à-dire, poursuivit Youval, que le prix que ce pays exige comme tribut est plus élevé que la valeur même de la vie, c'est en tout cas ce que je pense aujourd'hui. Ce que je vois aujourd'hui ici », conclut-il. Il trempa un second petit pain qu'il avait coupé en deux dans la sauce à l'huile d'olive de la salade qui portait sur la carte le nom de « salade arabe ».

« Tu as peut-être raison, dit Michaël, et je veux te raconter quelque chose, mais promets-moi de…

— Tout va bien ? demanda la serveuse, rayonnant de zèle.

— Tout va très bien », la rassura Michaël.

DU MÊME AUTEUR

Aux Éditions Gallimard

MEURTRE SUR LA ROUTE DE BETHLÉEM : UNE ENQUÊTE DU COMMISSAIRE MICHAËL OHAYON, Folio Policier n° 400

JÉRUSALEM, UNE LEÇON D'HUMILITÉ, Collection Arcades, n° 67

LÀ OÙ NOUS AVONS RAISON, Collection Du Monde Entier, 2000

Aux Éditions Fayard

MEURTRE SUR LA ROUTE DE BETHLÉEM, 2003

MEURTRE AU PHILHARMONIQUE : UN CRIME MUSICAL, 1997 (Le Livre de Poche policier n° 14825)

MEURTRE AU KIBBOUTZ, 1995 (Le Livre de Poche policier n° 14478)

MEURTRE À L'UNIVERSITÉ : UN CRIME LITTÉRAIRE, 1994 (Le Livre de Poche policier n° 14998)

LE MEURTRE DU SAMEDI MATIN : UN CRIME PSYCHANALYTIQUE, 1993 (Le Livre de Poche policier n° 14540)

Achevé d'imprimer sur Roto-Page
par l'Imprimerie Floch à Mayenne,
le 13 janvier 2006.
Dépôt légal : février 2006.
Numéro d'imprimeur : 64797.

ISBN : 2-07-077350-7 / Imprimé en France.

133788